曹操

五

王暁磊
後藤裕也 —— 監訳・訳
岡本悠馬 —— 訳
川合章子 —— 訳

卑劣なる聖人

曹操社

目次

※訳注は［　　］内に記した。

第一章　呂布《りょふ》を処刑する

呂布、捕らわる

中原の情勢が変わってくると、北の大地には見る間に、袁紹《えんしょう》と曹操の二大陣営が出現した。袁紹は冀《き》州、青《せい》州、幽《ゆう》州、幷《へい》州の四つの州を擁し、兵馬は十万を超え、軍事的に優位に立っていた。一方、曹操は許都《きょと》［河南省中部］を建設して天子を奉迎し、朝廷の文書を意のままにすることで、政治的には先手を取っていた。両者は遷都問題をきっかけに決裂したが、いまはまだ、それぞれが目の前の大規模な攻城戦に手間取っていた。

袁紹は長らく易京《えきけい》［河北省中部］の公孫瓚《こうそんさん》を攻めあぐね、曹操は下邳《かひ》(1)の呂布《りょふ》を包囲したまま勝利できずにいた。先に目下の戦《いくさ》に方《かた》をつけた者が、次の決戦の機先を制することができるのだ。

建安《けんあん》三年（西暦一九八年）十二月、徐《じょ》州の下邳城は、すでに四面楚歌の状態だった。堅牢な三重の城壁を攻略するため、曹操は町の西を流れる泗水《しすい》と沂水《きすい》の二つの大河を決壊させ、轟々《ごうごう》たる洪水を下邳城へと流れ込ませていた。

早朝、呂布は手に方天画戟《ほうてんがげき》を握り締め、白門楼《はくもんろう》の姫垣《ひめがき》に寄りかかりながら、冷え切った空気を吸っていた。疲れ切ったその顔には、絶望さえ浮かんでいる。三月《みつき》にわたって防城戦が続くなかで、かつての気迫はとうに失われていた。鼻筋の通った白く美しい顔は凍傷と皺《しわ》に覆われ、かすかに青い目にはますます暗い影が差し、眉やまつ毛には霜が結晶となって付着している。抑鬱と酷寒のせいであろうか、からからに乾いてひび割れた血色の悪い唇からは血がにじみ出ている……呂布は、もうかつての万夫不当《ばんぷふとう》の飛将軍《ひしょうぐん》ではなかった。

城外に目を遣ると、下邳城だけを残し、四方は数里にわたってすべて湖と化していた。水はすでに深さ四、五尺［約一メートル］ほどはあろう。冬の渇水期に入ったとはいえ、泗水と沂水からの流れが、水路をつたって絶え間なく注ぎ込んでいる。氷のように冷たい川の水が、塹壕《ざんごう》を埋め尽くし、草木を覆い、城門を塞《ふさ》ぎ、果ては氷柱《つらら》まで作り出している。すべてが死んだように静まり返っていた。しかも、その湖の外周には、黒々とした曹操の大軍が押し迫っている。軍営、砦が連なり、旗指物は麦穂のように、槍や戟はまるで密林のごとく、孤立する城をしっかりと取り囲んでいた。水は溢《あふ》れ、兵は疲れ、ねずみ一匹出ることもできない。

大きくため息をつくと、呂布は振り向いて城内を見やった。城内の水も二、三尺［約五十センチ］の深さはあろうか。ただ、それよりも恐るべきは、城内の水に流れがないことだ。二月《ふたつき》くらい前までは、城内の兵士や民を使って水を汲み出させていたが、川の水が凍りはじめ骨身に染みる真冬になると、水から上がっては寒風にさらされ、足の指に凍傷を負う者がほとんどであった。ひとたび水の汲み出しをやめると、溜まった水はすぐに凍り出す。城壁の死角となる場所や広々とした大通りにはじまり、気温が下がるにつれ、氷結した面積もますます広がった。ついには、下邳城内はまるであちこちに氷の塊が出現したかのようになった。民家、複道《ふくどう》［上下二重の渡り廊下］、大通りから、県の衙《が》門《もん》［役所］に至るまで、あらゆる場所が凍りついてしまい、兵士や民は近くの櫓《やぐら》に登って隙間風の吹き込む天幕で耐え忍ぶしかなかった。もっとも危ういのは、内側をめぐる二重の城壁の門が開いたままであることだ。長時間の浸水と氷結によって門扉《もんぴ》がゆがみ、閉めようとしてもきちんと閉まらないのである。城の内部は集まった兵士や民でごった返し、城下には敵を防ぐ城門もない。これは、内側の二重の城壁がまったく役に立たず、曹操軍は外城《がいじょう》を落とすだけで、下邳全体を陥落させることができることを意味していた。

やれることはすべてやり、呂布にはもう、ほかにどんな方法も思いつかなかった。兵糧もわずかしか残っておらず、下邳が陥落するのも時間の問題だ。しばらくじっと一点を見つめていた呂布は、無念そうにかぶりを振ると、方天画戟を杖代わりに、じっと持ち場を守り続ける将兵に目を遣りながら楼閣へ戻ろうとした。昼も夜も敵に怯《おび》え、耐え忍ぶうちに眼窩《がんか》もくぼみ、加えて腹も満たされず寒さに凍え、吹きすさぶ寒風にさえよろめく。足元には、戦死した者、病死した者、餓死した者、凍死した者の死体の山ができている。生き残った者のために鎧や着物を剝《は》ぎ取られて丸裸にされた死体が、胸壁《きょうへき》のあたりに積み上げられてかちかちに凍りつき、曹操軍を防ぐ投石の代わりにされるのを待っていた。何人かの兵士が、寒さに耐えきれず楼閣の入り口にうずくまり、手を揉みながら戦について語っている。

そのうちの一人が、びくびくと怯えながら切り出した。「お前ら聞いたことがあるか。以前、曹操が張超《ちょうちょう》を滅ぼしたとき、もとは張超の部下だった臧旻《ぞうびん》が東郡《とう》で挙兵して援軍に向かおうとしたんだが、結局袁紹の大軍に城を包囲され、そのまま一年が過ぎたんだ。しまいには兵糧も馬も食い尽くし、とうとう人を食いはじめたそうだ。まずは死人から、そのうち生きている人間まで食いだして……」

聞いていた者たちは別に恐れる様子もなく、こう切り返す者もいた。「俺は死んでも人肉なんて食わねえぜ」

「お前が食わなくても、そのときが来たら俺たちがお前を食うさ」誰かはわからぬ声が聞こえてきた。ほかの誰かが続けた。「へっ！　人食いがなんだってんだ。俺だって兗《えん》州が飛蝗《ばった》に襲われたときに人肉を食った。だが今回は違う。曹操に囲い込まれちまった。臧旻みたいに最後まで食い尽くしても、城が落ちれば結局はみんな死んじまうんだよ」

「死にたくねえ……田舎におっ母がいるんだよ……」

「俺だって死にたくねえさ。かみさんが幷州で十年も待ってるんだ。こんなところで俺がおっ死《ち》んだら、あいつはどうなる」

「よせよせ、別の男と逃げちまってるかもよ」

誰かが低い声で言った。「ここも遅かれ早かれ落ちるんだ。死ぬのを待つより、いっそ逃げ出して降参するってのはどうだ」

「そうだ！　俺たちと曹操のあいだには何の恨みもない。あいつがつけを払わせたいのは呂布と陳《ちん》宮《きゅう》だろう」

「もう遅い……城を囲まれた時点で投降するべきだったんだ。いまさら許してなどくれるもんか。どっちにしろ死ぬんだ」

兵たちはお互いの言葉で不安をかき立てていた。ふと顔を上げると、呂布が無言のまま傍らに立っているではないか。兵たちは口をつぐんだ。士気を乱す発言をすれば、軍紀により打ち首にされてしまう。

ところが、呂布はかぶりを振って嘆息するだけで、耳も傾けずに楼閣へと向かった。呂布にはわかっていた。こいつらを殺したところでどうなる。口は封じられても、心の動きまでは封じることはできぬ。いたずらに命を奪うだけだ。呂布は、戦うことも逃げることもできないならば、投降するべきだろうと考えていた。もしかしたら董卓《とうたく》を暗殺した功績によって、曹操も命だけは助けてくれるかもしれない。だが、陳宮と高順《こうじゅん》は死ぬまで戦うことを誓っている。もはや呂布には二人を止めることはできなかった。

入り口を進もうとしたところで、背後から怒鳴り声が聞こえた。「馬鹿たれが！　城も守らずにこんなところで縮こまって暖を取っているのか。曹操の兵が溢れ出た水を渡って攻めてきたらどうする。さっさと持ち場に戻らぬか！」呂布が振り向くと、高順が鞭を振り回して兵たちをめった打ちにしている。兵士らはしたたかに打たれると、弓矢を拾い上げ、逃げるように姫垣のほうへと走っていった。するとぼろぼろの服をまとった陳宮も城壁に上ってきた。三月にわたる籠城で、着物は汚れ、破れるがままで、もとの色もわからなくなっていた。凍傷のため足を引きずって歩いている。顔は痩せこけ、髭や髪はすっかり色艶を失っているが、目に宿った怒りは消えていない。がらがらになった声を張り上げた。「高将軍、ただちに城門の守りを固めさせよ。水で木材が駄目になっている」

高順は軽蔑の眼差しを向けた。「なぜわたしに言う？　ご自身で伝令されればよかろう」こんなときになっても、二人は兗州軍と并州軍の宿怨を引きずったままなのである。

陳宮は仕方なくぼそぼそとつぶやいた。「宋憲《そうけん》や侯成《こうせい》といった并州の者らは、わしの命令を聞こうとせぬ。すまぬがひとっ走り頼みたい」

「おぬしだけでなく、昨日は侯成まで不機嫌な顔をしてきやがった」高順は振り返ると、血走った目を見開いて言った。「それにこんなに寒いのにどうやって城門の守りを固めろというのだ。空きっ腹を抱えて泳ぎ回れとでも言うのかい」

陳宮はため息をついた。「城門の上から水をかけてくれればいい。これだけ寒ければ、すぐに城門も凍りついてくれるだろう」

高順は苦笑した。「そんなことをして何になる。二月《ふたつき》もして暖かくなれば、城門はおろか、城壁の氷も解けて地盤が緩む……いずれにせよ、もはや死からは逃れられぬ」そう話しながら、目に絶望の色を浮かべていた。

陳宮はかぶりを振り、毅然とした目で高順を見据えた。「まだ生き延びる機はある。曹操の北側には大患《たいかん》が控えている。袁紹が公孫瓚を打ち破って曹操を攻めれば、下邳の包囲はおのずと解けよう。あと一月《ひとつき》ばかり持ちこたえれば、情勢はきっと変わる」陳宮はおのが目で辺譲《へんじょう》、袁忠《えんちゅう》、桓邵《かんしょう》たちの無残な死に様を見た。そのときから、どんなことがあっても曹操と戦おうと心に決めていた。形勢の有利不利は考え抜いている。

高順は陳宮のように大局的な目で見ているわけではない。自分の陥陣営《かんじんえい》［敵陣を陥落させる部隊の意］の兵たちが戦場で死んでいったことに腹を立て、いずれ己も死のうと心に誓っているだけだ。どんな計略にも望みを見出さず、冷笑するだけだった。「ふん。おぬしの言うとおりだとよいがな」そう言い捨てると綿入れを手に城壁を下りていった。失望の声を漏らした陳宮が振り返ると、ちょうど呂布と目が合った。無力感のあまり二人は何も言うことができなかった。

呂布は足取り重く楼閣へと入っていった。県の衙門が水没してしまったため、いまは家族をここに呼び寄せていた。妻、娘、下女に護衛兵、ほかに密通している秦宜禄《しんぎろく》の妻の杜《と》氏もそのなかにいた。女たちは泣き喚《わめ》き、呂布の心をかき乱した。呂布は腑抜けのように妻と側女《そばめ》たちのあいだに座り込み、眉についた水をなでていた。傍らの秦宜禄が碗の水を捧げ持ってきた。秦宜禄は杜氏が呂布に寝取られていることも気に留めていなかった。自分さえ無事でいられるのならそれでよい。命まで取られるわけではないのだ。だが、秦宜禄は呂布の敗北を予感していた。密かに劉備《りゅうび》、関羽《かんう》を通じ、杜氏を曹操に献上する代わりに命を助けてもらうという話をつけていた。だが、杜氏は呂布によってがっちりと抑え込まれている。幸いにして曹操の陣営に逃れえたとしても、献上する美女がいなければ命の保証はない。じっと時機を待つほかなかった。

呂布は水を飲み干すと、空になった碗の底を眺めて悲痛な笑みを浮かべた。「あと何日保《も》つことやら」

秦宜禄は肩をすくめておべっかを使った。「曹賊めは一時ばかり勢いを得たに過ぎませぬ。幸運と天の加護を得た将軍が何を恐れているのです。あの賊めが兵を退くまで持ちこたえれば、馬に跨がり戟を取り、鎧兜のかけらも残らぬほどに殺し尽くしてしまえばよろしいではありませぬか」

天下の英雄豪傑はお世辞など聞き慣れている。呂布も世辞を言われていることはよくわかっていたが、それでも心強かった。ふと思い出して尋ねた。「麋《び》氏はちゃんと見ているのだろうな」麋氏というのは劉備の妻で、麋竺《びじく》の妹である。小沛《しょうはい》［江蘇省北西部］を落としたときに高順によって俘虜《ふりょ》となっていた。

秦宜禄はすかさず返事をした。「もちろんです。きちんと言いつけてありますから、麋氏には指一本触れさせていません」

呂布も安心した。「うむ。しっかり面倒をみておいてくれ。くれぐれも丁重に扱うようにな」并州の兵は容赦なく家を焼き、殺し、陵辱し、略奪する。しかし、呂布は麋氏を手厚く保護するよう厳命していた。城が落ち、命乞いをする段になったとき、もし麋氏の怒りを買うようなことがあれば劉備に恨まれ、肝心な場面で曹操に何か不都合なことを吹き込まれてしまう。そうなれば自分の首が危うい。

妻の厳《げん》氏は涙をぽろぽろこぼして嗚咽し、杜氏は息子の阿蘇《あそ》を抱いたままうなだれている。呂布は両腕を広げて二人を懐に抱き寄せると、耳元でささやいた。「怖がらなくていい。一日一日を楽しく生きよ。城が落ちる日がきて、曹操が旧怨を忘れていなければ、このわたしが死ねば済むこと。決してお前たちに辱めは受けさせせぬ」

秦宜禄は内心おかしかった。そんなことを言って女を慰めているが、そのときがくれば呂布に主導権はない。呂布が自分の妻に口づけをしようとしているので、寝取られ者の秦宜禄は踵《きびす》を返して外へ出ようとした。すると、楼閣の出口にさしかかったところで、外の大混乱のありさまが耳に入ってきた。

「呂布を捕らえろ、呂布を」

叫び声が近づいてくる。声を上げる者の数もどんどん増えているようだ。城壁を登ってくる者の足音も交じっている。秦宜禄は暗澹たる思いがした。曹操軍が侵入してきたに違いない。慌てて逃げ戻り、呂布の背後に隠れた。

異変を聞き取った呂布は猛然と立ち上がり、方天画戟をつかんで出口へと駆け、外の様子を窺った。だが、城壁の下は静寂そのもので、氷の浮かぶ水にも波一つ立っていない。曹操軍ではなく、兵たちの反乱だ。うろたえた一瞬の隙《すき》に、十数人の守備兵が刀や槍を突き出し、目を血走らせて突進してきた。呂布は手中の戟を力いっぱい閃《ひらめ》かせ、たちまち頭二つを斬り飛ばして怒鳴り声を上げた。「おのが力量も知らずに反乱とは！　いったい誰が扇動した？　高順と陳宮はいずこにおるか！」兵たちも誰が首謀者なのか知らず、それどころか謀反を起こした兵の姿すら見ていなかった。兵たちは長引く籠城に嫌気が差していたため、鬨《とき》の声を聞いて反乱に加勢し、手柄の一つでも立ててやろうと目論んだのである。呂布が二人を斬り倒し、頭を失った体が手足をばたつかせて血を噴き上げているのを目の当たりにすると、残った者たちは驚愕のあまり腰を抜かし、口をあんぐりと開けて武器を捨てて逃げてしまった。姫垣を飛び越えて身投げする者まで現れる始末である。

驚きもまだ覚めやらぬ呂布は、耳をつんざくばかりの喊声を聞いた。さらに白門楼の両側からも無数の兵が攻め込んできた。長柄の槍や戟を手に、獣のような顔で殺到してくる。呂布の勇猛さはさすがであった。手中の画戟を右へ左へなぎ払うと、あっという間に十人を超える兵を打ち倒してしまった。その屍《しかばね》を乗り越えて進み出た者も、画戟の下で命を失った。その後はもう誰も近づこうとはせず、刃先を呂布に向けたまま、ゆっくりと呂布を扇形に取り囲んだ。兵たちを圧倒した呂布であったが、妻と側女のことが気がかりで、楼閣の入り口を一歩も離れることができず、戟を横ざまにして入り口をしっかりと固めた。

「将軍、もう勝負はついたのです。意味のない抵抗はおやめください」兵たちのなかで人影が動いた。并州の将、宋憲が兵をかきわけてきたが、一番前には出ず、兵士らのなかから話しかけてきた。

「お前だったのか⁉」呂布は信じられないといわんばかりの目で宋憲を見た。「十年も仕えてきながら、なぜ俺を裏切る？」

宋憲は恥じ入るような表情でしばらく黙り込んでいたが、訥々《とつとつ》と語りはじめた。「裏切り者とでもなんとでもお呼びください……しかし兵たちは疲れ切って、これ以上の戦はできませぬ。さんざんともに苦しんできたのです。城が落ちたら、みな一緒に死ねと仰るのですか。曹操に……曹操に投降いたしましょう」

「ろ、籠城を続けるのは俺の意思ではない」呂布は狼狽《ろうばい》してあたりを見回した。「陳宮、高順。出てこい」

「お静かに」もう一人の配下の将、侯成が冷やかに笑いながら進み出た。「あの阿呆二人はすでに捕らえてあります。あとは将軍、あなただけです。もう無駄な抵抗はなさいますな」

呂布の顔面の筋肉がぴくぴくと引きつった。しばらくして、無理やり笑顔を作った。「二人を捕らえるのは正しい。どうせ俺は投降を考えていたのだ。お前たちは退《さ》がれ。城門を開けて曹操の兵を入れるがいい。邪魔立てはせぬ」

「それはできませぬ」侯成はかぶりを振った。「頭《かしら》なくして兵は進まず、頭なくして鳥は飛びませぬ。

陳宮、高順を捕らえたところでどうにもなりませぬ。呂将軍こそがこの軍の総帥なのです。あなたを捕らえずして、曹公への投降は成りませぬ。呂将軍ほどのお方なら、混乱に乗じて曹公の陣営に攻め込むこともできましょうが、そのときにはわれらが責めを受けることになります」

宋憲は震えながら拱手《きょうしゅ》の礼をした。「兵たちのために、どうかご観念を。もうどうしようもないのです……」しまいには嗚咽交じりの声でそう言うのであった。

呂布はその場にいる兵士を見回した。并州人も兗州人も徐州人も謀反に加わっている。平素は仲の悪い部下たちがここにきて一致団結し、自分を縄にかけて投降しようとしているのだ。胸がえぐられるような思いだった。このまま捕らえられてもいいような気がしてきた。だが、囚われの身となれば状況は一変する。陳宮、高順はすでに捕らえられたようだが、本当なら呂布自身が兵を率いて投降してもよかったのだ。縄目にかかるということは、反乱によって捕らえられたに等しく、そうなれば曹操からの扱いも変わってしまうだろう。そう思い至った呂布は、戟の柄を握る力をますます強めて怒鳴りつけた。「馬鹿な！　城門を開きたければ開くがいい。俺はここで曹操を待って自ら釈明する」

それを聞いた侯成はまた拱手の礼をした。「兵たちの身にもなってやってください。余計な手間をかけさせず、神妙にお縄につかれますよう」

呂布は相手にせず、長柄の戟を猛然と突き出し、瞬く間に侯成の兜の房を切り落とした。恐れおののいた兵たちはじりじりと後ずさりし、後ろのほうにいた二、三人が城壁から転げ落ちた。悲鳴を聞いた兵たちは背筋を凍らせた。呂布はにたりと笑った。「俺を捕らえたいか。胸に手を当てて考えてみよ。天下にこの俺を捕らえられる者がどこにいる」兵たちは顔を見合わせ、誰も前に進み出ようとしない。曹操に命乞いをするために呂布を捕らえようとしているのに、逆に命を取られては元も子もない。

兵たちは散り散りに逃げ去り、侯成や宋憲も俯《うつむ》いてしまった。すっかりいい気分になった呂布が、優しい言葉で改めて相談を持ちかけようとしたところ、不意に誰かが楼閣内から声を上げた。「呂布よ！　さっさと戟を捨ててお縄につけ。いつまで待たせる気だ」

呂布は驚いたが、とても振り返ることはできなかった。長柄の戟を横に構え、入り口の戸の框《かまち》によりかかって様子を窺うと、手に鋼の刀を握った秦宜禄が、その刃を厳氏の首に当てているではないか。

「き……貴様……」呂布は怒りを抑えきれなかった。「刀を捨てろ」

「武器を捨てるのはそっちだ」呂布が突進してこようとするので、秦宜禄は左手で厳氏の髻《もとどり》をぐいとつかみ、右手の刃を喉元にぴたりと当てた。厳氏の首に一本、血の筋が浮かんだ。日ごろから女のことを可愛がっている呂布は、そうなるともう足が進まず、ただ歯がみするしかなかった。「この卑怯者め、俺を脅迫するのか」

「やりたくてやっているわけではない。しかし、兵たちは将軍を捕らえて武功を立てたがっている。『時務《じむ》を識《し》る者は俊傑《しゅんけつ》たり［時の流れのなかでやるべきことをわきまえている者こそが英傑である］』という。大勢に従わねばならぬのだ」秦宜禄はどこかうれしそうでさえあった。

「くそっ」呂布の胸に悲しみと憤りが湧き上がる。「先ほどは何度も俺を……」

「さっきはさっき、いまはいまだ」秦宜禄は愛想笑いをやめて、ごろつきのような態度になっていた。「長年あんたに付き従ってきた部下たちだ。功労はないかもしれないが、苦労はしてきた。そんなこいつらがどうなってもいいと思っているのかい。あんたがその戟を捨ててくれれば、それですっきり終わるんだ。飯を食うたびにあんたの恩に感謝してやるよ。それに、曹公の威名は広く知れわたっている。大人《たいじん》は小人《しょうじん》の過ちを気にかけないというからな。あんたをどうこうする気もないかもしれねえさ」秦宜禄はためらいなく呂布を裏切ると、曹操陣営に戻る前からさっそくおべんちゃらを並べ立てた。傍らで聞いていた杜氏は激怒し、子供を置いて恥知らずの夫に飛びかかった。秦宜禄はそれに目もくれず地べたに蹴り倒し、せせら笑った。「お前なあ、俺を不愉快にするような真似はよせ。夫であるこの俺の命が助かるように何とかしてくれよなあ。俺をとことんまで追い詰めやがって、一緒にぶっ殺してやる」

厳氏は刀を首に当てられたまま動くこともできず、泣き喚いている。「この恥知らずの畜生……」

秦宜禄は言い終わるのも待たずに手中の刀を押し当て、厳氏の首にくっきりとした傷を作った。そうして呂布をぎろりと睨《ね》めつけた。「さっさと観念しやがれ。こいつらがぶっ殺されてもかまわねえのかよ！」

か弱い女二人を前に、呂布の心はにわかに揺れ、手中の画戟ががらんがらんと音を立てて地に落ちた。呂布は天を仰いだ。「男としてこの世に生まれた以上、女を巻き添えにして苦しめるわけにはいかぬ」その言葉は嘆きであり、また秦宜禄を辱めるものでもあった。呂布が戟を投げ捨てたというのに、誰も呂布に縄をかけようとしない。秦宜禄が意を決して命じた。「何をしている。さっさと縛り上げろ」

命令を受けて我に返った兵たちが一斉に襲いかかり、手前にいた十人ほどが寄ってたかって呂布を抑え込んだ。覚悟を決めた呂布には抵抗する気などなかった。しかし、怯えた兵たちは一度つかんだ手を決して離そうとせず、互いにばたばた動き回るだけで一向に縄をかけることができない。烏合の衆とはまさにこのことである。兵士たちは寄ってたかって呂布を外の姫垣まで押しやり、そこでようやく首に縄をかけた。姫垣に押さえつけられた呂布は、自らの大旆《たいはい》が城壁の下に投げ捨てられるのを目の当たりにした。聞こえてくるのは兵たちが対峙する敵軍に呼びかける声ばかりである。「呂布を捕らえたぞ。われわれは投降する……曹公に投降する……」自ら捕縛されることを選んだものの、死にたくはない。呂布も懸命に叫んだ。「呂布は降伏する。俺が自ら降伏を選び、捕縛させたのだ。間違うでないぞ」

死虎《しこ》は鼠生《そせい》に如《し》かず。お縄についた呂布の言葉に耳を貸す者などおらず、めいめい勝手に自分の手柄を叫び、つい先ほどまで神のごとく崇められていた主君には見向きもしない。ふと、呂布は青白い光が閃くのを見た。ひゅうっという音とともに、城壁から刃が放り投げられていた。それは紛れもない、呂布の得物——方天画戟であった。

呂布は思わず手を伸ばしてつかもうとしたが、両腕はがっちりと縛られてぴくりとも動かせない。いくつもの戦場を震撼させ、いくつもの命を奪ってきた相棒が音を立てて水に落ちる様を、ただ見ていることしかできなかった。水面に生じたさざなみが、静かに遠ざかっていった。

（1）下邳は江蘇《こうそ》省にあり、古くは邳《ひ》国、下邳と称された。下邳は殷周時代の都邑《とゆう》であり、春秋時代には宋《そう》の襄公《じょうこう》が城邑《じょうゆう》を建て、秦代には下邳県と呼ばれた。漢代になると下邳は楚の都となり、韓信《かんしん》が楚王のときに駐屯した。後漢時代には下邳国が置かれ、十七県を管轄した。北は山東省南部から南は安徽省《あんき》の嘉山《かさん》まで、西は江蘇省の銅山《どうさん》から東は漣水《れんすい》までを領域とした。

恩讐に決着を

下邳《かひ》の外郭《そとぐるわ》の正門は水に浸かってすっかりゆがんでおり、投降した兵がどれだけ引っ張っても開かない。しまいには手に手に刀を持ち、めちゃくちゃに斬りつけて木材を割り、やっとのことで外に出ることができた。宋憲《そうけん》、侯成《こうせい》は馬に跨がり、兵士は呂布《りょふ》、陳宮《ちんきゅう》、高順《こうじゅん》、魏种《ぎちゅう》、畢諶《ひつしん》らを引っ立てて曹操の陣営に投降を申し出た。勇名を轟かせた呂布も、いまとなっては惨めなもので、冠も鎧兜も脱がされて、粽《ちまき》のようにぐるぐる巻きにされている。髪を振り乱し、水のなかを倒《こ》けつ転《まろ》びつしている。秦宜禄《しんぎろく》はその後ろで得意満面であった。手にした革の鞭を振り回して呂布を追い立てている。虎もいったん山を下りてしまえば犬にも侮られてしまうのである。

一行が水のなかでぐずぐずしていると、陣太鼓と画角《がかく》［彩色が施された笛］の鳴り響く音が聞こえた。見ると、二百ほどの虎豹騎《こひょうき》［曹操の親衛騎兵］が陣営から飛び出し、水辺まで迎えに来ている。長蛇の列をなし、一人ひとりが兜をかぶって鎧を身につけ、戦袍《せんぽう》をまとい、帯を締めている。小脇に剣を佩《は》き、弓の袋を背負い、威風堂々、殺気をみなぎらせている。

「止まれ！」兵のなかから隊長の曹純《そうじゅん》が進み出て、険しい目つきで一喝した。「官軍の陣にむやみに突っ込むな！」

下邳の投降兵はぴたりと足を止めた。宋憲、侯成も馬から水のなかに飛び降り、拳に手を添えて包《ほう》拳《けん》の礼をとると、声を押し殺して話しだした。「われらは逆賊呂布を捕らえ、帰順を申し出る者にございます。先ほど、城にてそちらの斥候《せっこう》にお伝えしたとおりでございます」

「俺が自分で帰順を願い出たのだ」すぐさま呂布が口を挟んだ。

曹純はろくに相手せず、しかめ面《つら》をしている。「一人残らず武器を取り上げ、降将《こうしょう》や罪将《ざいしょう》どもは俺とともに中軍の本営に来て沙汰を待て。兵たちはしばし陣の外にとどまれ。勝手に動くでないぞ」そう言いつけて曹純が鞭を振り上げると、虎豹騎たちは二匹の竜のように二列にわかれ、瞬く間に道を作った。

誤解を心底恐れた宋憲らは、もとより兵に武器を城内に捨ててくるよう命じてあったが、曹純の言葉を聞き、自らの佩剣《はいけん》すら岸に打ち捨てた。護衛兵のみを連れ、泥まみれになりながら水から這《は》いだし、ほかの者に手を貸しながら曹純のあとについて陣中へと進んだ。残された兵らも押し合いへし合いしながら水のあるところから出て、虎豹騎の見守るなかで地べたに腰掛け、ひと言も発さなかった。呂布は秦宜禄らに引き連れられ、よろよろとした足取りで先頭を歩いた。見ると、曹操陣営ではどの門にも番をする将校が立っている。そして、呂布をひと目見てやろうと、数え切れないほどの兵たちが轅門《えんもん》に押しかけ、好き勝手に野次を飛ばしてきた。

「あいつが呂布だと？　何てざまだ」

「へっ！　あのけだものに何人もやられたんだ。いい気味だぜ」

「何が飛将軍《ひしょうぐん》だ。たいしたこともなさそうだな。ちょっと横っ面でもひっぱたいて、やり返してくるか試してやるか」

「赤兎馬《せきとば》はどうした。方天画戟《ほうてんがげき》はどこだ。昔の偉そうな態度はどこに行った。しょげ返ってやがるぜ」

「馬鹿が生き恥をさらしてやがる。自刎《じふん》しちまえばいいものを」

呂布がうなだれると、長い髪が垂れて顔を隠した。かつては戦場を縦横無尽に駆け、威風を誇っていた男が、いまや兵卒に指をさされ、あざ笑われている。呂布は穴があったら入りたい気持ちだったが、それでも死にたくはなかった。自分はまだ若く、愛する妻と側女《そばめ》もいる。生きたいという一縷《いちる》の望みによって、屈辱を背負ってもなお、足を前に進めた。

意地の悪い曹操軍の兵が投げた石ころが、呂布の頭にまともに当たった。呂布は避けることなくうなだれている。それを見た曹純が兵の行いを咎め、いまさらのように野次馬たちを追い払った。

どのくらい歩いただろうか。曹純が突然馬を下りた。呂布が髪を振り乱しながら顔を上げると、柵にはびっしりと逆茂木《さかもぎ》が張りめぐらされ、轅門、突門《とつもん》［敵の侵攻に備える特殊な門］が互い違いにうまく配されている。さらに、隅櫓《すみやぐら》や箭楼《せんろう》が的確に配置され、十歩［約十四メートル］ごとに見張り台、五歩［約七メートル］ごとに歩哨《ほしょう》が置かれている。実に見事な中軍の本営である。東側には幕僚や文人が、西側にはきちんと鎧を身につけた将たちが並び立っている。開け放たれた轅門の両側には武装兵が戟を手に立ち、その真ん中に高さ一丈［約二・三メートル］、幅四丈［約九メートル］ほどの黒布の帳《とばり》が張られ、左には皇帝の使節などの印である白旄《はくぼう》［旄牛《からうし》の毛を飾りにした旗］、右には天子の権威の象徴である金鉞《きんえつ》［金のまさかり］、正面には漢軍の纛旗《とうき》［総帥の大旆《たいはい》］、さらには金の糸で縁取られた黒い旗が掲げられ、「司空行車騎将軍曹《しくうこうしゃきしょうぐんそう》」という八文字が刺繡されている。

呂布はほかに目を遣る暇《いとま》もなく、背中を突かれ、陣中へと押しやられた。かすむ目であたりを見回すと、傲然と立つ曹操陣営の文官武官は、誰も自分のほうをまともに見ていない。二人の虎豹騎が駆け寄ってきて、投降兵に代わって呂布を引っ立てて先を進み、両側の者たちの前をあっという間に通り過ぎた。関羽《かんう》、張飛《ちょうひ》、陳矯《ちんきょう》、徐宣《じょせん》、孫乾《そんけん》、簡雍《かんよう》ら、見知った顔がそのなかにあった。劉備《りゅうび》、陳登《ちんとう》にいたっては西側［賓客側］の筆頭に列している。そのとき、耳元に怒鳴り声が響いた。「呂布の野郎も年貢の納めどきだな。お前の肉を食らい、血を飲み干してやるぞ」無理やりもがいて振り向くと、端正な顔立ちをした若い将が両の眼《まなこ》を見開き、歯がみしていた。兗《えん》州の将、李典《りてん》であった。

呂布の胸がざわついた。兗州を制圧したときに李乾《りけん》を殺《あや》め、李進《りしん》に傷を負わせたがために、李氏という屈強な一族の恨みを買うことになったのだ。こやつが曹操をけしかけて恨みを雪《そそ》ごうと考えていないほうがおかしい。考えるに、恨みを抱いているのは李典一人にとどまらない。自分がひどい目に遭わせた者が、この陣営にいったいどれだけいるのか。今日という日を生き延びるのも容易なことではなさそうだ。

二人の兵士が左右から呂布を支え、纛旗を避けて通り、呂布を地べたに押さえつけた。曹純が本陣に入って取り次ぐ。ほどなくして、帳の内からゆっくりとした足取りで出てきた者があった。

頭に立派な冠を戴き、身には赤く染めた錦繡《きんしゅう》の深衣《しんい》［上流階級の衣服］をまとい、外には灰色の皮衣を羽織っている。腰には玉帯《ぎょくたい》を締め、雲履《うんり》［先が雲の形をした履き物］を履き、紫の長い綬《じゅ》［印を身につけるのに用いる組み紐］を下げている。面立ちに目をやると、四十を超えたくらいであろうか、色白の肌にはかすかに皺《しわ》が刻まれていて、左右の頬とあごから垂れ下がる髭にも白いものが交じっている。竜のごとき眉の下に鳳凰のような眼差しが鋭く光り、低い鼻と厚い唇のためにいささか容貌は崩れているが、眉の上の赤いほくろがひときわ目を引く。現れたのはほかでもない、曹操その人であった。

「曹公のお出ましである」諸官が一人残らず頭を下げ、礼をした。その声は耳をつんざくような気勢である。呂布は気力を振り絞って声を張り上げた。「曹公にお目見えいたします」

曹操はそれには目もくれず、曹純に命じた。「下邳城は落ちた。ただちに泗水《しすい》、沂水《きすい》を堰き止めよ。城内の民をこれ以上苦しめるな」

「はっ」命《めい》を受けた曹純が出ていく。

曹操のそっけなさを目にした呂布は顔を上げ、髪を後ろに振り上げると、懸命に笑みを作り、気遣いをしているような素振りをしてみせた。「明公《めいこう》［三公《さんこう》の敬称］は前よりもお痩せになったようで」

呂布と曹操は董卓《とうたく》の宴で酒を酌み交わしたことがある。濮陽《ぼくよう》城［河南省北東部］で対峙したとき、顔じゅう土ぼこりにまみれていた曹操はただの将校にしか見えなかった。下邳が囲まれたときにも、城壁の上と下で言葉を交わしている。二人は旧知の間柄といってよかった。

自分に取り入ろうとする呂布の口ぶりに、曹操は蔑《さげす》むような笑みを浮かべると、兵に命じて帳の入り口に腰掛けを持ってこさせた。左には功績簿を捧げ持つ王必《おうひつ》が、右には虎頭覇王矛《ことうはおうぼう》を握る許褚《きょちょ》が控え、腰掛けようとする曹操を支えた。しばらくの沈黙ののち、曹操が言葉を返した。「痩せたかだと……呂奉先《ほうせん》がなかなか捕まらぬことが気がかりで寝食もままならなかった。痩せるのも無理からぬことだ」

皮肉を言っているのは明白であったが、呂布はあえて言い返さず、愛想笑いを浮かべた。「気がかりなど無用なこと。それがし、とうに帰順する意を固めておりました。その昔、管仲《かんちゅう》は斉《せい》の桓公《かんこう》に矢を射かけましたが、のちに即位を果たした桓公は管仲を宰相に取り立てて、天下に敵なき覇者となったのです。明公の手に落ちたとあっては、それがしも股肱《ここう》の力を尽くすべきと考えていますが、いかがでしょう」

「己を管仲になぞらえるか。なんとも頼もしいことだ」曹操は思わず失笑した。「帰順するつもりだったと申すか。それならばなぜいまに至るまで籠城などして抵抗を続けたのだ。兗州では危うく命を落とすところであったぞ。あれもおぬしの股肱の力というやつか」

呂布はひたすらに弁解を続けた。「兗州の反乱は陳宮と張邈《ちょうばく》のしわざにございます。それがしも張孟卓《もうたく》のことを謙虚な君子と思い込んでおり、にわかには気づきませんでした。そのため張楊《ちょうよう》のもとを辞して東進いたしました。明公がお戻りになられると、陳宮がしつこくそそのかすため、成り行きに任せるがまま、大胆にも明公の尊厳を損なうような真似をしてしまったというわけでございます。いまになって思えば、悔やんでも悔やみきれませぬ」半分は本当、半分は偽りであった。仕掛けたのは陳宮と張邈であったが、実際に暴れ回ったのはほかでもない呂布その人である。しかし、悔やんでいるというのは嘘偽りない本音であった。

あくまでも他人に責めを転嫁しようとする呂布に、曹操は髭をしごきながら問うた。「兗州のことはひとまず措《お》いておくとしよう。玄徳《げんとく》を頼って徐《じょ》州へ奔《はし》ったにもかかわらず、袁術《えんじゅつ》と通じて背後を襲い、徐州の地を奪ったのはなにゆえか」

「それがしの望んだことではありませぬ」呂布は瞬きもせずに答えた。「陶謙《とうけん》の旧臣の丹陽《たんよう》兵が謀反を起こし、兵を率いる許耽《きょたん》がそれがしを下邳に招き入れたのです。かの地はひとまずお預かりしたまでのこと。その後、劉使君《しくん》［使君は牧《ぼく》の敬称］をお迎えに上がらせ、徐州をお譲りしようとしたところ、劉使君はそれを固辞され、小沛《しょうはい》に移られたのです」下邳の動乱を引き起こしたという許耽は彭城《ほうじょう》で戦死している。死人に口なしで、反論が出ることはない。呂布が劉備の帰還を受け入れたのは、連合して袁術を牽制するためであり、徐州を譲ろうとしていたというのはでっち上げである。劉備にそんな申し出を受け入れる勇気などあろうはずもなかった。だが、立て板に水の弁舌は辻褄も合っており、つけ入る隙《すき》がない。

曹操もそれを悟って追及をやめたが、今度は別の問いを投げかけた。「一理ある。だが、玄徳を小沛に迎えたというなら、なぜ二度にわたって玄徳を攻め、妻子を捕らえたのだ」

「陳宮が離間を図ったのです」小沛襲撃は劉備の勝手な増兵を受けてのものだったが、劉備は曹操の陣営に身を置いているため、非難を浴びせるのは得策ではない。曹操が裏切り者の陳宮を許すはずがないと踏んだ呂布は、一切の責めを陳宮に押しつけようとした。「それがしは劉使君を兄弟同然に思っておりました。それをあの陳宮めがぶち壊そうとしたのです。奥方やご令嬢を捕らえるなど、もってのほか。二度にわたり小沛を攻めた折り、使君が妻子を残していかれたのを、わが軍が保護し、不自由なく暮らせるよう侍女までつけたのでして、決して手落ちはございませぬ」

話を聞いていた曹操は、思わず劉備のほうに目を向けた。平素は悠然と、自信満々に振る舞っていることがある。豫州牧《よ》が、頭《こうべ》を垂れ、にわかに顔を赤らめている。呂布もそれを見逃さない。劉備の恥じらいが怒りに変わらないうちに、耳に心地よい言葉も聞かせてやった。「小沛を攻めたことは事実ですが、その結果、劉使君は明公の麾下《きか》に加わることができ、水を得た魚のごとく忠誠を尽くしておられるのですから、これを幸いと言わずして何と言えばよいのでしょうか」

「幸いか。はっはっは」曹操は天を仰いで大笑した。「朝廷に帰順することを幸いというのなら、おぬしはなにゆえ兵まで用いて彭城でわしの邪魔をした。なぜ、三月《みつき》にわたって下邳にこもった」

呂布がすかさず口を開いた。「それがしが投降を渋ったのではございません。陳宮が情勢を見誤ったのです。この三月というもの、城内で一切を取り仕切っていたのは陳宮と高……」そう言いかけたが、曹操は武将を重んじる人間である。高順も召し抱えられることになるだろう。いま高順のことを悪く言えば、今後二人して曹操陣営に加わったあとに折り合いが悪くなりかねない。そう考えて、言い直した。「すべて陳宮のしわざでございます。それがし、かねてより朝廷のために力を尽くしたいとの志があればこそ、董卓を殺し袁術を討ったのです。それは明公もご存じのはず」

はじめから大漢に忠誠を尽くし、一つの過ちも犯していないと言わんばかりに、あらゆる罪をほかの者になすりつけた。曹操は腹が立つやらおかしいやらで、声を大きくして皮肉を言った。「奉先よ、でたらめばかり申して、あとで困るのはおぬしだぞ」

曹操の皮肉に諸官は腹を抱えて笑い出した。左右に目を遣ると、呂布は笑顔を引っ込め、色を正して真剣な表情になった。「それがしの言葉が信じられないというのですか」

「おぬしの言葉を信じる者など、この天下にはおらぬだろうな」曹操はあざけりを交えた言葉を返した。

「それでは、明公はそれがしの武勇を信じますか」

「なんだと」曹操が目を見開いた。呂布はすっくと立ち上がると、まっすぐに曹操を見据えた。口調には先ほどのような甘ったるさがなくなっている。「天下は群雄が割拠し、許都《きょと》は盤石ならず、四方に燻《くすぶ》る戦乱の狼煙もいまだ消えてはおりませぬ。明公は帷幄《いあく》の内にて謀《はかりごと》をめぐらし、兵を用いること神のごとし。それがしは幾多の戦《いくさ》をくぐり抜け、戦場を縦横無尽に駆け回ることができます。明公を総帥、それがしを先鋒とすれば、勝てぬ戦、落ちぬ敵はなく、天下の平らかならざるを憂うこともなくなりましょう。そうなれば張繡《ちょうしゅう》、袁術はおろか、袁紹《えんしょう》、劉表《りゅうひょう》とて恐れることはありますまい」

「たわけめ。袁本初《ほんしょ》、劉景升《けいしょう》はわれら大漢の忠臣ではないか。二人を敵に回す必要がどこにある。口から出まかせを申すな」口ではそう咎めたものの、曹操の心は揺れはじめていた。呂布の人品など信じられるわけもないが、その勇猛さと戦上手は疑うべくもない。こやつを麾下に加えることができれば、まさしく虎に翼が生えたようなもの。将才を惜しむ曹操は、関羽、張遼《ちょうりょう》らの才をことのほか高く買っており、呂布ほどの比類なき武勇の持ち主なら、喉から手が出るほど欲しかった。だが、呂布を召し抱えれば、のちに禍根を残すことになりはすまいか。諸将の反対に遭うのではないか。政局全体にも影響が生じるのではないか。とっさには決めかねて、衛士《えいし》を呼んだ。「ひとまずは生かしておけ。先にほかの者を処断する」そう指図する姿を見て、呂布は曹操の心が揺れはじめたのを確認すると、兵に促されるより先に立ち上がり、大股で西側の上座にいる劉備のもとへ歩み寄り、ささやき声で乞うた。「使君は上座を占める賓客、この呂布は囚われの身。わたしのために、口添えを頼めはしないか」劉備はまっすぐに呂布を見つめたまま、答えようとしない。

それを見た曹操が一喝した。「軍中の俘虜《ふりょ》が何をぶつくさ言っておる」

呂布は振り返り、恥ずかしそうに笑った。「文句ではありませぬ。ただ、縄があまりにきついので、ちょっと緩めてはいただけぬものかと」

「虎を縛る縄を緩めると思うか」

「それがしはもはや囚われの身。軽率な真似はいたしませぬゆえ、どうかお聞き入れくだされ」

媚《こ》びへつらうようなその表情に、反抗の意図なしとみた曹操は、縄を緩めてやるよう命じた。だが、側近で主簿《しゅぼ》の王必が拱手《きょうしゅ》して諫めた。「お言葉ではございますが、俘虜になったとはいえ、呂布に気を許してはなりませぬ。配下の者たちが外にいるのです」王必は幷《へい》州の張遼が兵馬を率いて近辺をうろついていることが気がかりだった。呂布が混乱に乗じてここを抜け出し、張遼と合流するようなことがあれば、それこそ虎を野に放つも同じである。曹操はそうとは思わなかった。ここまで追い込まれて、猛将たちに取り囲まれ、槍も馬も失っているのである。たとえ呂布が覇王の勇猛さを備えていようとも、逃亡はかなうまい。だが、狼狽《ろうばい》しきった呂布の顔を見ると不意にいたずら心が芽生え、からかってみたくなった。「呂将軍、わしは縄を緩めてやりたい。だが、王主簿がそうはいかぬと言うのだ。仕方ない、辛抱してくれ」

呂布もそれ以上は求めず、しぶしぶ引き下がった。そこへ、虎豹騎の二人が高順をもみくちゃにしながら連れてきた。頭に血を上らせている高順は、兵に「跪《ひざまず》け」と一喝されても、天を仰いで聞こえないふりを決め込んでいる。虎豹騎たちによってたかって蹴られ、押さえつけられても、高順の足は鉄のように硬く、決して膝を屈することはなかった。

「もうよい。立ったまましゃべらせてやれ」曹操が手を振って制した。内心ではこの男の勇ましさ、気概を高く評価していたので、にこやかに声をかけた。「高将軍率いる陥陣営《かんじんえい》の戦いぶり、見事であった。実に苦戦させられたぞ」わざわざ機会を与えたのだが、それでも高順は天を仰いだまま、目を向けようともしない。曹操は続けた。「将軍はまだ部下が殺されたことを忘れていないのだな」高順は無表情のまま取り合わない。曹操は唾を飲み込んだ。口調が厳しくなる。「高順、こうして捕らえられたわけだが、帰順の意思はあるか」

高順は同郷の并州人たちの戦死に胸を痛めていた。部下たちを殺戮《さつりく》した曹操を憎み、移り気な劉備を憎み、敵前で矛を逆《さか》しまにした陳登を憎み、権謀術数に溺れる陳宮を憎み、主君を売り渡した宋憲、侯成、秦宜禄を、そして誰よりも、腰抜けで意気地のない呂布を憎んでいた。高順の目に映る世人はみな汚れきっていた。意気消沈し、生への希求も失ったいまとなっては、ひと言たりとも口に出すつもりはなかった。その様子を見た呂布が慌てて声を上げた。「曹公がおぬしに尋ねておるのだ。なぜ黙っている。死にたいのか」高順は蔑むような目で呂布を一瞥すると、顔を背けて目を閉じ、死を待った。

「惜しいことだ」曹操はため息をつくと、小声で命じた。「轅門へ連れていき、首を刎《は》ねよ」才を愛するとはいえ、その才が自分のものにならないとわかれば、あっさりとその命を断《た》つしかない。

「はっはっは」出し抜けに高順が高らかに笑った。「曹公のご恩に感謝する。あっはっはっは」虎豹騎に引き出されていく間も、高順の笑い声は響き続けた。曹操はかぶりを振った。なぜそこまで意固地になるのか、理解できない。呂布の顔からはさらに血の気が引いていった。悲嘆し、悔やみ、恐怖し、そして高順に対する引け目を感じた。

怒鳴り声が聞こえてきたかと思うと、魏种と畢諶が引っ立てられてきて、有無を言わさず地べたに押さえつけられた。もとより曹操に顔向けなどできない二人は、うなだれたままひと言も発さない。怒り心頭の曹操は二人に視線を送ると、まず畢諶に問うた。「ご母堂は無事か」畢諶は兗州の別駕従事《べつがじゅうじ》であったが、陳宮が謀反を起こした際に、老母が人質に取られたという理由で曹操のもとを去ったのである。離れるにあたって、繰り返しこれは裏切りではないと申し開きしていたが、結局は呂布の側についてここまできてしまった。

畢諶は曹操に対する後ろめたさから、弁解もできずに小声で答えた。「母は去年死にました。しかし、棺はいまだ帰郷できずにおります。なんという不孝者、罪深き息子でございます」そう答えながら涙をこぼすのであった。

曹操はその姿をじっと眺めながら、親を思うまっすぐな気持ちに感心していた。思い返せば幼少期の自分に母はおらず、孝行のしようがなかった。にわかに惻隠《そくいん》の情が芽生え、ため息交じりに許した。「人はみな、忠と孝は並び立たずというが、わしは孝を持ち続ければ、それが忠になるのだと思っている。そうでなければ曽子《そうし》が『孝経《こうきょう》』を著して後世に教えを説いた意味がなかろう。早く縄を解いてやれ」

畢諶は頭を下げたまま泣き続けていた。すでに兵が戒めの縄を解いているにもかかわらず、畢諶は涙声で訴えた。「不忠の者が、どうして再び明公をお助けできましょう」

曹操は髭をしごきつつ微笑み、かつての肩書で畢諶を呼んだ。「畢別駕よ、そう思い詰めるな。『心有りて善を為す、善と雖《いえど》も賞せず、心無くして悪を為す、悪と雖も罰せず［下心あって善をなせば、それが善であっても褒めず、意図せずして悪をなしたのならば、それが悪であっても罰は与えない］』という。釈明せずともわかる。呂布や陳宮がご母堂を人質に取り、おぬしを巻き込んだのであろう」

図星を指され、畢諶はさらに身を低くして泣いた。傍らの呂布が慌てて言い逃れをする。「それがしは知らぬ。すべて陳宮の仕組んだこと」

「お前は沙汰を待つ身、口を挟むな」王必が怒鳴りつけた。

曹操はまったく取り合わず、慈愛に満ちた眼差しを畢諶に向けた。「おぬしは呂布の陣営に身を置いていたが、心は漢室にあったのだ。罪に問えるはずもない。呂布は勝手に張遼を魯《ろ》国の相《しょう》に据えていたようだが、ふさわしくない。魯国は礼儀発祥の地だ。武人が国相《こくしょう》についてよいはずがない。おぬしは孝悌《こうてい》のなんたるかをよく心得ておる。わしはおぬしを魯国の相にするよう上奏するつもりだ」

畢諶は口をあんぐりと開けた。かつては別駕に、そして今度は国相に。罰を受けるどころか出世してしまうとは。あえて魯国を選んだことは、表彰でもあり警告でもある。いついかなるときにも国事に忠実であれ、礼儀に心を配れということだ。それを悟ると畢諶はぬかずいた。「朝廷と曹公の恩徳に感謝申し上げます。力の限り、社稷《しゃしょく》のために尽くす覚悟にございます」

「立つがよい」曹操が手を上げて促した。「ここを出たら服を着替えよ。何かあれば程仲徳《ちゅうとく》に世話してもらえ」曹操は、畢諶が程昱《ていいく》と旧交のあることを知っていた。

涙はぬぐったものの畢諶は立ち上がろうとしない。「曹公、一つだけお頼みしたいことが」

「ご母堂の棺を兗州に運びたいのであろう」畢諶が言い終わるより早く曹操にはわかった。「魯国への赴任は急がぬ。先に故郷へ戻ってご母堂を葬ってやるといい。葬儀は万事手抜かりのないよう執り行え。副葬品はわしが用意してやる」

「ありがとうございます」それを聞くと畢諶は立ち上がって見渡したが、東側の掾属《えんぞく》［補佐官］に程昱、薛悌《せってい》以外の顔見知りはいない。最後尾につき、頭を垂れて並んだ。

畢諶が列に並んだのを見届けると、曹操は顔色を一変させ、激しい剣幕で魏种を詰問した。「魏种よ。わしがおぬしを粗末に扱ったことがあったか」魏种は恐怖に体を震わせた。恐怖のあまりひと言も発することができない。たしかに、曹操からの恩寵は並大抵のものではなかった。孝廉《こうれん》に推挙され、従事《じゅうじ》［属官］にしてもらい、腹心の部下として扱われてきた。それにもかかわらず、兗州の反乱では賊軍の怒濤の勢いに肝をつぶし、わけもわからぬままに逆賊の側についたのである。曹操はいつか徐州で配下の者に、この天下でほかの誰が裏切ろうとも、魏种だけは寝返らないと大見得を切っていたのだ。それなのに、事実は曹操の横っ面を張り倒した。怒りに震える曹操は、「魏种め、南は山越《さんえつ》の地か北は胡族の地にでも逃げないかぎり、絶対に貴様を捨て置かぬぞ(1)」と誓ったほどである。

曹操に捕らわれたいま、魏种から話すことは何もなかった。生きて帰る望みがないことはわかりきっているので、許しを乞うこともない。魏种は穴があったら入りたい思いで、ただただ震え上がっていた。

曹操は憎々しげに魏种を睨み、怒鳴りつけた。「この臆病者めが。そんな意気地のないことで何ができるというのだ……こやつの縄を解いてやれ」

「は!?」居合わせた者たちは呆気にとられた。殺さなければ気が済まないはずが、縄を解けとは――一番驚いたのは魏种である。「曹公……これはいったい……」

曹操は白い目を向けた。「一人赦すも二人赦すもたいして変わらぬ。おぬしのその取るに足らない才覚に免じて許してやる。わが陣で掾属でもいたすがよい。兗州を治めるにあたって、いくつも手柄を立ててきたというのに、よりによって敵に寝返るとは。実にけしからん」

自分が許されたことがわかると、魏种は口元をゆがめて泣き出した。「かたじけのうございます……うっうっう……このご恩は必ずや……ううう……」

「泣くやつがあるか」曹操は叱りつけた。「おぬしはもっと度胸をつけよ。人前でみっともない真似をするでないぞ。さっさと行け」

魏种がわななきながら立ち上がると、そこには顔をほころばせた程昱がいた。「命拾いしたなあ。さあ、ここへ」そうして魏种を畢諶のそばへ連れていった。

「旧臣のお戻り、まことに喜ばしいことでございますな」呂布がすかさず口を挟んだ。

曹操が笑みを浮かべたままうなずくと、轅門の兵士がまた何者かを連れてきた。服は破れ、髪はぼさぼさで顔も垢《あか》だらけである。陳宮であった。呂布の心に黒いもやが生じたが、毅然とした表情を作った。諸官はにわかに静まり返った。

先ほど呂布は罪をこの男になすりつけようとしていたが、陳宮が兗州を混乱に陥れた黒幕であったことに間違いはない。陳宮がけしかけなければ、張邈が曹操に反旗を翻すことも、張超《ちょうちょう》、李封《りほう》、薛蘭《せつらん》、許汜《きょし》、王楷《おうかい》、毛暉《もうき》、徐翕《じょきゅう》、呉資《ごし》らが造反することもなかったはずだ。呂布が兗州を侵し、徐州を奪って何年も好き放題をすることもなかったに違いない。曹操は陳宮をひとしきりいたぶってやろうと決め、手で合図した。「縄を解いてやれ……わが恩人には尋ねたいことが山ほどある」

兵士が縄を解くと、陳宮はへりくだりも憤りもせず、仏頂面のまま曹操の前に進み出た。曹操はあざけりの笑みを浮かべた。「公台《こうだい》よ。おぬしはいつも、自分はいくらでも智謀をめぐらすことができると申しておったな。それならば、なぜこのようなところにおるのだ」

陳宮は苦笑し、呂布のほうへちらりと目を遣った。「この男が言うとおりにしなかったからでございます。わたしの言うとおりにしていたら、結果はわかりませんでした」

呂布が喚《わめ》き散らした。「でたらめをぬかすな。貴様の小手先の策が、曹公の軍略に敵うはずなかろう」

「口を挟むな」今度も王必が制止した。「無駄口ばかり叩きおって」

ここにきてまだ屈服しない陳宮を、曹操は再びからかった。「公台は今日のことをどう見ておるのだ」

陳宮が間髪入れずに答えた。「不忠の臣にして、不孝の子、死を賜わって当然でしょう」高順と同じだ。陳宮もここで死ぬつもりなのである。

曹操はさらに冷笑した。「おぬしがここで死ねば、老いた母親はどうするのだ」

陳宮は揺るがない。「孝をもって天下を治めんとする者が、人の親に手をかけるはずがありません。母の生死は、すべて明公の考え次第でしょう」そう持ち上げられれば、母親を殺せるはずもない。

曹操は再び問うた。「では、おぬしの妻子はどうする」

「仁によって天下の政《まつりごと》を行う者が、他人の跡継ぎを絶やすはずがありません。妻子の生死もまた明公次第」そう言ってまた煙に巻いた。

曹操は陳宮が強がりを言っているのだろうと思い、改めてからかってやろうとした。ところが、陳宮は一礼して願い出た。「どうか軍法に照らしてすぐにでも処断を」そう言うと踵《きびす》を返し、自ら死に行こうとした。はっとなった曹操は慌てて立ち上がった。「待て、公台」陳宮は聞く耳を持たず、大股でさっさと出ていこうとする。兵士たちが遮った。

「公台よ。おぬしは……」にわかには言葉が出てこない。本心では、陳宮のことは憎くて仕方がなかった。しかし、皮肉を繰り返したことで陳宮を追い詰め、かえって曹操のほうが弱腰になった。曹操が兗州の刺史《しし》となれたのは、陳宮が州の官吏たちを説き伏せてくれたからだ。その後、黄巾《こうきん》賊を倒し、袁術を破るにあたっても無数の手柄を立てるなど、陳宮の功労は浅からぬものがある。わが身の栄光と挫折は、すべてこの男とともにあった。兗州入りを助けてくれたのがこの男なら、謀反を起こし、すんでのところで自分を宿無しにしかけたのもこの男である。しかし、曹操自身、一日のうちに辺譲《へんじょう》、袁忠《えんちゅう》、桓邵《かんしょう》の名士三人を殺し、朝廷が任命した兗州刺史の金尚《きんしょう》を追放した。進退窮まった金尚は袁術の手にかかって死んだ。さらに、徐州の民をも虐殺した曹操の手は、無辜《むこ》の人々の血に染まっている。陳宮の謀反に道義がないわけではない。そう思うと、曹操は後ろめたさと胸を刺す痛みを抱きながら、ゆっくりと陳宮に歩み寄った。「公台よ。そこまでせずともよいではないか。わしは……」そう言いかけたが、言葉が継げなかった。どう伝えたものか、皆目わからない。まさか衆目の前で謀反の元凶を放免するわけにもいかないが、だからといってこの男を殺すのはあまりに忍びない。

いま、陳宮が跪いて許しを乞うてくれたならば……

陳宮は曹操に背を向けて立ち尽くし、目はまっすぐ前を見つめていた。思い返せば、悲喜こもごもの生涯であった。自分とは何の関係もない人間のために謀反を起こすことに、何の意味があったのだろうか。曹操を捨てて呂布につくなど、見込み違いも甚だしい。曹操と初めて会ったとき、あっさりと王肱《おうこう》を赦免したことを思い出す。寿張県《じゅちょう》［山東省南西部］で鮑信《ほうしん》が命を落としたあの激しい戦も、荀彧《じゅんいく》、毛玠《もうかい》が艱難辛苦を厭《いと》わず身を寄せてきたことも、三県しか持たぬ身から天下を狙うまでになったことも……曹操こそ当世の英雄と呼ぶにふさわしい。呂布はおろか、袁紹さえ曹操の前では見劣りする。しかし、一度放たれた矢は戻らない。志士は主君を易々と替えるものではない。日和見だと後ろ指をさされてまで、生きながらえたくはない。そう思う陳宮の胸中は悲壮であった。曹操のほうを振り返ることなどできなかった。振り返ったが最後、膝を折らずに立っている自信はない。歯を食いしばり、行く手を塞《ふさ》ぐ兵士を睨みつけた。「どけ。これから処刑されるのだ。とっとと失せろ」

背後でそれを聞いていた曹操ははっきりと思い知った。陳宮はもう戻ってこない、心を固めてしまったのだ。そう思うと涙が溢《あふ》れ出るのを抑えられなかった。手を振って道を空けるよう合図し、ぽつりとつぶやいた。「おぬしとの縁もここまでか。これからは生と死がわれらを隔てることになる。せめて見送りくらいはさせてくれ」そう言うと、ゆっくりとした足取りで陳宮のあとについていった。

文官、武官たちは、その姿に鬼気迫るものを感じた。程昱、薛悌、魏种ら、付き合いの長かった者たちにとっては感慨深いものがあった。同じ陣営で力を尽くしたことを思い起こし、続々とあとについていく。陳登、陳矯、徐宣らの憎しみも霧消したとみえ、呂布の麾下にいたときの対立も消え失せて、見送りに出ていった。面識すらなかった郭嘉《かくか》までもがあとを追って轅門へ向かう。

すぐそばで見ていた呂布の胸はざわついた。堂々と死にゆく高順、陳宮に比べ、命乞いをする己はいかにもちっぽけであった。だが、すかさず劉備の耳元に近寄り、ささやいた。「玄徳殿、どうか俺の命を救ってくれ」

「成り行きを見ましょう」劉備は無表情のままはぐらかした。

劉備のそっけない態度に、呂布は笑みを浮かべて頼み込んだ。「玄徳殿の妻子はまだ下邳城にいるのだぞ。そなたが負け戦をして、女たちを打ち捨てていったのは、わたしを当てにしてのことではなかったのか。家族を守ったことに免じて、なんとか話をつけてはもらえまいか」

劉備の色白の顔が、またかっと赤くなり、眼がきらりと光った。「いいでしょう。奉先殿の命はこの劉備にお任せください」そう言って笑った。

劉備がようやく応じてくれたので、呂布はほっと息をついた。そのとき、命令を伝える太鼓が三度鳴った。高順、陳宮の首が落とされたのであろう。しばらくすると、うなだれて茫然自失した曹操がのろのろと戻ってきた。後ろからは程昱、陳登らが嘆きながらそれぞれの場所へ戻っていく。曹操はしょげきった様子で腰を下ろし、張りのない声で命じた。「公台の家族はみな許都へ連れていき、しっかり面倒を見てやれ」

物わかりの悪い呂布が、またしゃしゃり出た。「逆賊のご成敗、まことにおめでたいことで……」言いかけたところで曹操に鋭い目で睨みつけられ、口を閉じた。呂布は当世きっての豪傑ではあるが、天下を平定せんとの志は持っていない。そんな男に曹操の心境がわかるはずもなかった。

そのとき、罪を詫びる声が聞こえ、宋憲、侯成といった将校が入ってくると、纛旗のそばに跪いた。曹操が一人ひとり検分していると、そのなかに秦宜禄がいた。思わず声を上げ、不愉快そうに尋ねた。

「捕まえたのはこれだけか」

侯成が進み出た。「ほかにも呂布の家族と……張遼とその兵たちがまだ捕まっておりませぬ」

「徐翕、毛暉、呉資の逆賊三人はどうした」東平《とうへい》の徐翕、山陽《さんよう》の毛暉、済陰《さいいん》の呉資は、曹操が兗州を統治していたときに配下だった太守たちである。当然、捨て置くわけにはいかない。

侯成は唾を飲み込み、拱手した。「呉資は二月《ふたつき》前に病死しました。徐翕、毛暉は彭城が落ちた際に逃亡しております。おそらく、臧覇《ぞうは》のところへ身を寄せているのではないかと」

「ふむ」曹操は暗い顔で思案した。臧覇、孫観《そんかん》、孫康《そんこう》、尹礼《いんれい》、呉敦《ごとん》、昌覇《しょうは》、散り散りに割拠するこの賊どもをなんとかせねば。下手をすると袁紹とやり合うときに大きな禍《わざわい》となるやもしれぬ。

事情のつかめない呂布は、曹操が侯成らの手落ちを責めているものだと勘違いし、すかさず口を挟んだ。「ご存じでないでしょうが、それがしは諸将を手厚く遇しておりました。こやつらは情勢が変わった途端に寝返り、明公に帰順しようとするわたしの誠意をくじいたのです。情も義もあったものではございませぬ」

それを聞いた宋憲と侯成は驚き、顔からは血の気がさっと引いた。ところが、曹操は出し抜けに笑いだし、いたずらっぽく尋ねた。「『手厚く遇した』だと。おぬしは妻に隠れて、部下の妻をずいぶんと可愛がっていたそうではないか。これがお前のいう手厚く遇するということか」

「はっはっは」呂布と杜《と》氏の秘めごとは大勢の者が知っていた。本人を前に曹操がそのことに触れたので、曹操の配下の将はおろか、投降兵までもが一斉に笑いだし、みなの眼差しは秦宜禄のほうに向けられた。この寝取られ者の秦宜禄、面の皮の厚さはたいしたもので、恥ずかしがるどころかみなと一緒になって大笑いしたうえで冗談を飛ばした。「『妻に隠れて』ですと⁉　いえいえ、夜のほうも連戦をこなしていたのです」

笑い声がさらに大きくなる。呂布は顔を真っ赤にし、いたたまれなくなって曹操の前にひれ伏した。「董卓を仕留め、袁術を打ち破った功に免じて、どうかお許しください。今後は、必ずや命を賭して明公にお仕えいたします」そう言うと何度も何度も地面に頭を打ちつけた。

曹操はまだ腹を決めかねていた。呂布は敵を討つ利剣《りけん》たりうるが、それは諸刃の剣なのである。こやつを配下に置くことは、福とも禍ともなりうる。顔を上げると、劉備が何ごとか言おうとしてためらっているので、こちらから水を向けてみた。「奉先をわが陣営に置こうかと思っておるが、使君はどう考える？」

呂布は喜びのあまり笑いだしそうになった。いましがた劉備に話をつけたところである。この男が口添えしてくれれば、自分の首は保てるだろう。俯いた呂布はにやりと笑い、劉備の言葉を待った。

「明公は、丁原《ていげん》と董卓のことをお忘れでしょうか」

呂布の笑顔が一瞬にして固まった。ぐいと顔を向けると、劉備に尋ねた。「いま、何と言われた」

劉備は一顧だにせず、声を高くして繰り返した。「明公は、丁原と董卓のことをお忘れでしょうか」

罪をほかの者になすりつけ、ここまで繰り返し命乞いをしてきたが、呂布の命はこのひと言で決まった。呂布は、軍から己を抜擢してくれた丁原を、栄誉と富貴のために自ら手にかけた。義理の息子として可愛がってくれた董卓を、侍女と密通するために刺し殺した。そのような人間を信じられようか。しばらくのあいだ呆気にとられていた呂布は、地べたにへたりこむと、劉備を罵倒しはじめた。

「この大耳の若造めが！　信用ならないのはお前のようなやつだ。軍門に立てた戟に矢を当てた恩義を忘れたか。幾度も妻子を見捨てたのは、俺を当てにしてのことではないのか。この恩知らずの小人《しょうじん》め」

「ふん」劉備も顔色を変えた。「お前には何の恩義もない。徐州を奪い、二度にわたり小沛を襲い、それでどの面下げて恩義などと口にするか」

「き、貴様」呂布は羊の肝のように顔を赤黒く染め、わなわなと身震いしはじめた。その身を戒める縄がきしみ、ちぎれてしまうのではないかと思われた。兵たちが一斉に飛びかかり、呂布を押さえつける。呂布は再び劉備を怒鳴りつけようとして、ふと思い直した。劉備を罵倒してどうなる。俺の命は曹操の手中にあるのだ。そこで、また曹操のほうに顔を向けた。

にわかに、曹操の顔に殺気がみなぎってきた。手は剣の柄《つか》をしっかりと握り締めている。劉備のひと言に衝《つ》き動かされ、まるで夢から覚めたようだ。曹操が顔を上げて周りを見回すと、諸官も殺せと言わんばかりの表情を浮かべている。李典などは目をつり上げ、憤怒を抑えきれない様子である。これで曹操は吹っ切れた。呂布と李氏のあいだには決して消えない因縁がある。呂布を赦してしまえば、あの世にいる李乾にどう申し開きできる。戯志才《ぎしさい》が囚われ、病で死んだのは誰のせいだ。濮陽の火災、蝗害《こうがい》と干ばつで兗州にどれだけ死者が出たか。ここで呂布を赦せば、死んでいった者たちの霊が浮かばれないではないか。兗州の者たちに合わせる顔があるか。そしてこうも考えた。たしかに、呂布には董卓を暗殺した功績がある。天子はいまもその義挙をお忘れではないだろう。もしかりに、呂布に情けをかけよとの聖旨が下されればどうすべきか。天子の意を尊ばない者は臣下にあらず。しかし、天子の意を尊べば、また新たに董承《とうしょう》のごとき内憂を抱えることになってしまう。そうだ、夏侯惇《かこうとん》の左目はこいつの指示で射抜かれたのだ。張邈兄弟との決裂は、もとをたどれば誰が仕組んだものだったのか。河内《かだい》の張楊と呂布は同郷で親しい間柄にある。今後、袁紹と決着をつけようというときになって、呂布が河内に逃げ帰ったらどうする。呂布は袁紹の軍営にもいたことがあるのだ。敵前で矛を逆しまに向けてきたらどうなる……瞬く間に、新たな憎しみ、積もり積もった恨み、疑い、懸念の数々が一緒くたになって湧き上がってきた。

曹操の鷹のような暗い目に、呂布は必死で訴えかけた。「明公、このような小人の言葉を信じてはなりませぬ。それがし、誠心誠意お仕えする覚悟。この赤誠は天地神明に誓って……」

曹操はもう聞く耳を持っていない。手を振って合図した。「引っ立てい。縛り首にしてのち首級をさらすのだ」

呂布の目の前が真っ暗になった。気づけば兵士たちが一斉に自分を引きずりだそうとしているので、無意識に抵抗した。必死で腕をばたつかせ、半歩たりとも動くまいと踏ん張った。それを見た許褚は大きな鉄の矛を打ち捨てて呂布につかみかかった。全員で力を合わせ、なんとか呂布を引きずり出した。それでも、呂布はまだあきらめない。死にもの狂いでもがき続け、口を極めて曹操を罵倒した。「曹操よ、董卓を仕留めたこの呂布の功、天下に一人として知らぬ者はない。天子は俺を温侯《おんこう》に封じた。儀同三司《ぎどうさんし》［三公並みの待遇］でもある。この俺は、貴様より先に仮節《かせつ》［皇帝より授けられた使節や将軍の印《しるし》」を得たのだぞ。ちょっとばかり勢いがあるからといって、俺をこんな目に遭わせていいと思っているのか。俺が王司徒《おうしと》とともに陛下を救ったとき、貴様は兗州で内輪喧嘩に明け暮れていたではないか。貴様に殺されるいわれはないわっ」口調は激しくなる一方である。両腕に込めた力で何人もの兵を振りほどき、許褚でさえ後ずさりした。十数人の男が、縛られた呂布一人に手を焼いている。もし曹操のところへ戻ることを許そうものなら、恐ろしい事態になりかねない。怯《ひる》んだ曹操は帳の内に逃げ隠れ、王必が両腕を広げて入り口に立ちはだかった。しゃっと剣を抜く音が響く。夏侯淵《かこうえん》、于《う》禁《きん》、楽進《がくしん》、徐晃《じょこう》、朱霊《しゅれい》らが得物《えもの》を手にし、十数人がかりで呂布を取り囲んだ。こうなっては軍営内で八つ裂きにするより仕方ない。

呂布は歩みを止め、目をむいて周囲を睨《ね》めつけた。諸将は呂布を取り囲みはしたが、誰も最初の一太刀を繰り出そうとしない。武勇でならした呂布である。うっかり縄を切ってしまおうものなら死にもの狂いで抵抗されるだろう。そうなれば状況は悪化する。両者がじっと対峙するさなかに、誰かの声が響いた。「ご一同、お待ちを」

人垣をかき分けて現れたのは郭嘉だった。呂布に向かって折り目正しくお辞儀し、恭《うやうや》しく語りかけた。「呂将軍、愚か者のあなたにお聞かせしたい言葉があります。聞いてもらえますかな」

「何だ」呂布は諸将を見渡し、返事をした。

郭嘉は滔々《とうとう》と述べた。「そなたは本来ならどんなしがらみからも縁遠い并州の大丈夫。それが何の間違いか官界に紛れ込んだのです。折しもいまは乱世、その武勇で名を馳せたものの、中原に鹿を逐《お》う志もなければ、合従連衡《がっしょうれんこう》を企図する才もありません。ここまで落ちぶれてしまったのは当たり前のこととは思いませぬか。富貴と栄華を極め、波乱万丈を乗り越え、これ以上何を望むというのです。みじめに生き延びたところで、いつまでも煩悩から抜け出すことはできますまい。天命を静かに受け入れなさい。ただただ、そなたが道を誤ったまでのこと。英雄であったそなたが、事ここに至って斬られることを恐れるのですか。そなたのためを申しておるのです。どうかおとなしくその首を差し出されよ」

郭嘉の言葉は穏やかなものであったが、呂布にとっては頭を棍棒で殴られたような衝撃だった。しばらく黙り込むと、呂布の顔から血の気が引いた。恥じているようにも、あるいは覚悟を決めたようにも見える。暴れるのをやめて空笑いをすると、両目を閉じて、いまここにある事実を受け入れた――大丈夫たるもの、ただ死を受け入れるのみ。もうこやつらと言い争う必要もない。戦場では向かうところ敵なしだったが、権謀術数ではあの下劣な曹操、劉備の敵たりえなかった。いったい誰が俺をこんな道に引き込んだのか。ずっと故郷を出ることなく、馬や羊を追っていればよかったのに、歩んではならぬ道に踏み込んでしまったときから、遅かれ早かれ首は胴から離れる運命にあったのだ。こうなることがわかっていれば、下邳城で死んでいたほうがよかった。そうすれば、こんなところで心にもない言葉を並べ立てて笑いものになることもなかったのに。曹操の陣営に入ったとしても、やつが俺を信用するだろうか。天下が乱れているうちはまだ使い道もあろうが、いつか大業が成就したとき、曹操は俺を生かしておくまい。やはり陳公台には先見の明があった。一日長生きすれば、そのぶん憂いを抱えることになる。ここまでにしよう……そう思い至った呂布には、何の心残りもなくなっていた。一つ気がかりなのは厳《げん》氏とまだ幼い娘、そして杜氏である。曹操に後事を託そうとしたが、気が変わった。頼んでどうなる。目を閉じ、意識を失えば、生きている者との縁も断たれてしまうのだから……

呂布は何もかもをあきらめて、ため息を一つついた。身をこわばらせる諸将を尻目に、その命を差し出すべく胸を張って堂々と轅門へ向かった。曹操は王必の背後でがたがたと震えていたが、呂布が黙って去っていくのを見て、ようやく人心地がついた。真冬だというのに、顔は冷や汗でぐっしょりと濡れていた。

（1）この言葉は、「魏种め、空のかなたか地の果てまで逃げるがいい。さもなくば貴様を許さぬ」という意味である。

第二章　赤兎馬《せきとば》と美女

名馬赤兎

　呂布《りょふ》の首が轅門《えんもん》の柱に懸けられると、曹操はようやく落ち着きを取り戻し、下邳《かひ》の投降兵を残らず麾下《きか》に組み込むよう将たちに命じた。宋憲《そうけん》、侯成《こうせい》はひとまずその部下とともに中軍預かりとなり、沙汰を待った。諸官もそれぞれの持ち場へ戻り、劉備一人が残った。

「周《しゅう》公は食事や入浴を差し置いても賢人の登用に当たるほどだった。わしらもそのやり方に倣《なら》いたい」曹操は興奮した口ぶりで続けた。「野には鄭康成、荀慈明、陳仲弓と、三人の大賢人がいた。惜しいことに、鄭玄《じょうげん》は北海《ほっかい》にいるため呼び寄せることができず、荀爽《じゅんそう》は董卓《とうたく》によって西の都長安《ちょうあん》で監禁されて命を落とし、陳寔《ちんしょく》はもう何年も前に亡くなってしまっている。ただいま、陳寔の息子の陳紀《ちんき》と、嫡孫《ちゃくそん》の陳羣《ちんぐん》が下邳城内にいる。玄徳殿は陳羣を召し抱えたことがあると聞いている。手間をかけさせてすまぬが、わしに引き合わせてはもらえぬか。この親子を朝廷に招き入れることができれば、これほど素晴らしいことはない」

　劉備は内心面白くなかった。陳羣は自分の旧臣であったのに、呂布のところを回り道して、いつのまにか「朝廷」の人間となってしまった。劉備の足元を揺るがそうとしていることが見え見えである。

それでも、軒を借りている以上は逆らいようがない。作り笑いをして答えた。「国のために賢人を推挙するのは当然の務め。手間だなどとは滅相もない」

傍らの王必が諫めた。「下邳はまだ水が引いておりませぬ。城内には呂布の残党もおりますゆえ、わが君が危険を冒すべきではありません。陳親子をこちらまで呼び寄せましょう」

曹操は首肯《しゅこう》しなかった。「賢人に対してそのような無精ができるか。わし自ら赴くことで、敬意を示さねばならん。それにな、陳元方《げんぽう》はもう六十を超えておる。水浸しのなかを歩いて来させるようなことをすれば、朝廷には仁愛の心が欠けていると自ら言いふらすようなものだ」

王必が答えた。「軍やお国を左右する大事ではないのですから、二、三日お待ちになってはいかがでしょう。下邳の後始末の段取りが済み、水が引いてから赴けばよろしいかと」

「お前に何がわかる」曹操の表情には怒気がこもっている。「許都《きょと》を建てたばかりで人心もいまだ落ち着かぬ。このようなときだからこそ、賢人を朝廷に迎え入れねばならぬのだ。こうした大事を後回しにできるはずがなかろう」

劉備があとに続いた。「明公《めいこう》は社稷《しゃしょく》のことをお考えになり、賢人を渇望しておられるのだ。王主簿《しゅぼ》にそれを妨げられるいわれはなかろう。下邳が危険だということなら、虎豹騎《こひょうき》〔曹操の親衛騎兵〕を護衛につければよい。陳殿はかねてより賢人として名高いお方。この親子を朝廷に引き入れることができれば、それはすなわち許都の栄誉であり、曹公の栄誉、そしてそなたとわたしの栄誉でもあるのだぞ」

そう言われてしまっては王必には返す言葉がない。唯々諾々と従うのみである。曹操は劉備の言葉がいたく気に入ったらしく、笑っている。「さすが玄徳殿はお目が高い。ご家族も城内にいるのだから、入城したついでに連れ帰るがよいだろう。そうと決まれば善は急げだ」そう促すと劉備の手を取り、親しげに陣営の外へと出た。それを見ていた王必も、慌てて曹純《そうじゅん》に虎豹騎三十人を選ばせ、許褚《きょちょ》の統率のもと、曹操を護衛させた。

一行が轅門を出ると、関羽《かんう》、張飛《ちょうひ》、孫乾《そんけん》、簡雍《かんよう》、趙雲《ちょううん》、陳到《ちんとう》らが物見櫓《やぐら》の下で腕組みしたまま立っていた。曹操が劉備だけを陣中に残していたので、心配になって待っていたのである。その光景を目にすると、劉備は部下たちを叱りつけた。「軍務もこなさずにこんなところに残って、いったい何をしておる」曹操はお見通しである。手を振って制すると笑った。「玄徳殿、そうかっかなさるな。わしが『鴻門《こうもん》の会』でも企んでいると思ったのであろう。そなたの身を案じてのことだ」

劉備は、その言葉に棘《とげ》が含まれているのを感じ取り、さらに怒気を強めた。「この役立たずどもめ、わたしがいなければ何もできんのか。わたしは曹公とともに城へ行き、陳元方親子に会う。家族も連れ帰るつもりだ。さっさと戻れ。下邳は抑えたが、張遼《ちょうりょう》はまだ捕まっておらぬ。この陣をしっかり守り、敵の奇襲に備えよ」

命《めい》を受けた関羽たちは拳に手を添えて包拳《ほうけん》の礼をとった。趙雲が護衛に加わりたがったが、簡雍に引き留められた。

そのとき、馬の嘶《いなな》きが聞こえた。秦宜禄《しんぎろく》が曹操の前で手柄自慢をしようと、満面の笑みを浮かべて赤兎馬を牽《ひ》いてきたのである。

赤兎馬は中原の馬ではない。董卓が西域《さいいき》の戊己校尉《ぼきこうい》［屯田を管理し、匈奴《きょうど》の襲来に備える役職］であったころ戦場で手に入れたもので、のちに丁原《ていげん》を殺した功績により呂布に下賜された。汗血馬の一種であるが、並の汗血馬とは比較にならぬほど優れた馬である。蹄《ひづめ》から背中までの高さは八尺［約百八十四センチ］、頭から尾までは一丈二尺［約二百七十六センチ］、全身上から下まで熾《おこ》った炭のように赤く、雑じり毛の一本も見当たらない。日に千里［約四百キロメートル］を行き、夜も八百里［約三百三十キロメートル］を走る。水路も沢も足の運びを乱すことなく踏み越え、山も川も平地のごとく駆け抜ける。呂布はこの馬の力によって戦場で勇名を馳せ、関中《かんちゅう》［函谷関《かんこくかん》以西の渭水《いすい》盆地一帯］から一気に徐《じょ》州へと攻め入った。凛々しい乗り手と美しき愛馬、軍中では「人中に呂布あり、馬中に赤兎あり」と言い習わされていた。

秦宜禄は恭《うやうや》しく手綱を曹操に手渡し、歯をむいて笑った。「赤兎ほどの名馬はほかにおりませぬ。呂布ごときには過ぎた馬でございました。これからはわが君が四海を踏みならすお役に立て、朝廷のために尽くさせましょう。それこそこの馬の正しい用い方であり、赤兎も水を得た魚のごとき働きを見せるはず。言葉を知らぬ畜生ではありますが、もし口を聞くことができたなら、『この赤兎、主君にお目見えいたす。この身果てるまでお尽くし申し上げます』などと、高らかに声を上げましょう」そう話すと、秦宜禄は馬を真似てか鼻を鳴らした。

秦宜禄のなりふりかまわぬへつらいぶりに、周りの者たちは思わず目を背けたが、このときばかりは曹操も上機嫌で、赤兎のたてがみを優しくなでた。赤兎がおとなしいまま拒むそぶりを見せないので、曹操はこの馬が、えも言われぬほど愛おしくなった。それを見ていた秦宜禄がすかさず褒め称えた。「奇跡です。まさに奇跡。わたしが牽いてきたときはさんざん苦労したというのに。わが君の凛々《りんりん》たる威風、蓋世の気魄《きはく》がこの馬を制したのです」もはやほかの者がどう思っているかなど気にもせず、これでもかと持ち上げた。

「そんなわけなかろう」曹操は鼻白み、改めて赤兎の顔をのぞき込んだ。目に、なんとなく涙が光っているように見える。不思議なものだと思ってつぶやいた。「項羽《こうう》が垓下《がいか》に追いつめられたとき、騅《すい》は嘆き悲しんだという。赤兎が涙で両目を潤ませているのは、主人の死を知っているからなのか。呂布は一介の武人に過ぎぬが、馬に対しては実に情け深かった。鳥や獣にも親子の情はあるというが、忠心まで持ち合わせているとは。世に不忠不義の人間のなんと多いことか。畜生にも劣るとはこのことだ」何の気なしに発した言葉であったが、勝手に言外の意を読み取ったらしく、城壁なみに面《つら》の皮が厚い秦宜禄も、このときばかりは顔を真っ赤にした。

「赤兎よ、よいか。世には大義と小義《しょうぎ》の別がある。呂布はそなたをずいぶん可愛がったようだが、やつの本性は乱世の逆臣だ。そなたは大漢の馬、漢の大事にこそ力を尽くすべきなのだ。四海を平定し、民が安らかに暮らせるよう、力を貸してくれ。大義の前では小義を捨てねばならぬ。大いに忠義を尽くす者は小さな恩義を顧みてはならぬ」曹操は赤兎の背をなでながら理屈を説いた。それはまるで小さな子供に言い聞かせているようで、どこか微笑ましくもあった。

不思議なことに、曹操が話し終えると、赤兎はまるで理解したかのように首を縦に振り、低く鳴いた。曹操は高らかに笑い、一歩進み出ると手綱を握り締め、あっという間にその背に跨がった。「良い馬だ。ひとっ走りしてこよう」秦宜禄は曹操が皮衣の裾を尻の下に敷いてしまっているのを見て、整えてやろうと近寄ったが、曹操はすかさず馬に鞭を入れた。赤兎は間髪入れずに駆け出し、蹴り上げた蹄が秦宜禄の太ももをしたたかに打った。たまたま鎧兜を着たままだったのが幸いし、すっ転んだだけで済んだが、馬の尻を叩いた［「おべっかを使った」の意］のに蹴られるとはまさにこのことである。

「わが君、この馬は凶暴です。お気をつけを」肝をつぶした許褚と劉備があとを追うと、関羽、張飛らも面白がって続いた。

曹操は赤兎をけしかけ、一陣の風となって陣営内を駆け抜けた。居合わせた将兵は慌てて道を開け、上を下への大騒ぎである。しかし、そんな騒ぎを尻目に、あっという間に北から陣営を抜け出し、だだっ広い原野へと駆け出していった。そのあとを、ずいぶん遅れて許褚たちがぜいぜいとあえぎながら追っていく。「わが君、お気をつけくだされ。このあたりには張遼の残党がおります。早くお戻りを」いつの間にかそこにいた郭嘉が、笏《しゃく》(1)を掲げて叫ぶ。「早くお戻りください。河内《かだい》から急報です」

秦宜禄が足を引きずりながらついてきて、笑いかけた。「郭祭酒《さいしゅ》、何をそんなに慌てているのです。軍務は大事ですが、一刻を争うほどのものでもありますまい。せっかくわが君が乗馬をお楽しみですのに」

郭嘉はもとより秦宜禄を相手にする気などなく、叫び続けた。曹操はというと馬に夢中で、ほかの者など目に入っていない。立て続けに鞭を振るい、赤兎の達者な足と、飛ぶような走りを味わっていた。左右の風景が一瞬にして通り過ぎていき、空気が顔に当たって涙が出る。まるで風か雷にでもなったようだ。ぐるりと大きく回ると、赤兎を下邳城の周囲の水のなかに飛び込ませた。ばしゃばしゃという音とともに蹄が蹴立てた水飛沫は、ゆうに人一人分の高さがあった。赤兎は少しも怯《ひる》むそぶりを見せず、まっすぐに駆けていく。水辺も平地のごとく踏み越えるというのは大げさではなかった。戦乱に身を投じてからというもの、曹操も無数の良馬に跨がってきた。何進《かしん》の贈ってくれた大宛《だいえん》の千里馬［汗血馬］は、長社《ちょうしゃ》［河南省中部］で黄巾《こうきん》賊を打ち破るのに大いに役立ってくれた。曹洪《そうこう》が譲ってくれた白鵠《はくこく》は、汴河《べんが》［河南省中部］の水も、濮陽《ぼくよう》［河南省北東部］の火も乗り越え、二度にわたって主《あるじ》を救ってくれた。宛《えん》城［河南省南西部］で窮地に陥ったときには、息子の曹昂《そうこう》が自らの命も顧みず絶影《ぜつえい》を譲ってくれたおかげで、かろうじて生き延びることができた。三頭はいずれも名馬であったが、赤兎に比べればやはり見劣りしてしまう。

曹操は思うさま馬を走らせていたが、許褚や郭嘉らは気が気でない。叫んでも叫んでも、赤い旋風が目の前を通り過ぎていくばかり。そうこうしているうちに、曹操を乗せた赤兎が戻ってきた。手綱を引かれると、赤兎は前足を高く上げ、嘶きが天まで響きわたった。まるで海へ潜ろうとする蛟《みずち》のようである。赤兎の嘶きを聞いて、陣営にいるほかの軍馬までもが嘶きはじめ、あちらこちらで響くその声がいつまでも耳に残った。

「痛快このうえない」曹操が馬から下りてきた。

秦宜禄は遠く離れたところから大絶賛した。「神にも等しきわが君は天下無双、赤兎がいれば、もはや向かうところ敵なしでございますな」

しかし、曹操はため息をついている。「良き馬ではあるが、これは優れた将に与えて、戦場で敵将を斬るのに用いねばならん。わしが乗っても宝の持ち腐れだ」秦宜禄のおべっかは終わらない。「まさか。どんな将であろうと、わが君がご自身で跨がると仰れば異は唱えぬかと」

曹操は無視して郭嘉から笏を受け取った。「そこまで喫緊のことか」

「河内の張楊《ちょうよう》が兵を連れて黄河に押し寄せております。呂布の仇を討つなどと申しているようで」

てっきり袁紹《えんしょう》に動きがあったものと思っていたので、曹操はそれを聞いて安心した。張楊も天子を洛陽へ帰した功績により、大司馬《だいしば》に任じられている。しかしこの男、進取の精神を持ち合わせておらず、天子を迎えるという使命をほかの者に譲り、自分は河内にとどまり続けている。河内の北は袁紹が、南は曹操が支配しているため、二強に挟まれて身動きがとれず、いまだに兵馬は数千を数えるのみ。それでも平然として、情勢を見極めながら主君を選ぼうとしている。

張楊は大志を抱き謀《はかりごと》をめぐらす男ではなく、むしろ寛容で義俠心のある人物である。寝返った配下の将を捕らえても、泣いて赦しを乞われれば罪を不問にしてしまう。かつて呂布とともに幷《へい》州の属官となり、莫逆《ばくぎゃく》の交わりを結んだという。袁紹が呂布を追ってきたときには呂布を庇護し、河内の兵を徴発して呂布に与えた。さらに、密かに関西《かんせい》［函谷関以西の地］の良馬を提供して陥陣営《かんじんえい》［敵陣を陥落させる部隊の意］を組織させた。このたび曹操が東征したと知ったときは、張繡《ちょうしゅう》、劉表《りゅうひょう》が背後を突くだろうと考え、大事になるとはみていなかったが、二月《ふたつき》あまりが過ぎても動きがみられず、曹操が下邳を包囲してしまったため、張楊は居ても立ってもいられなくなった。黄河を渡って南下して許都を襲い、友人の窮地を救いたいとの思いはあれど、貧弱な戦力ではわざわざ殺されにいくに等しい。仕方なく黄河のほとりに陣を築き、声を上げて曹操の兵を撤退させようとしたのだが、やって来るのが遅すぎた。すでに呂布の首は胴から離れてしまっていたのである。

曹操は知らせを見て思わず感心した。「無駄だとわかっていながらこうした挙に出てくるとは。張楊もなかなかの男ではないか。かつてわしには鮑信《ほうしん》が、張超《ちょうちょう》には臧洪《ぞうこう》がいたが、呂布のような馬鹿者にも命を賭してくれる友がおったとは。弁州の男はたいしたものではないか」

郭嘉はそうした感慨には浸《ひた》らず注意を促した。「張楊は物の数ではありませぬが、河内郡は黄河の北に位置し、河南にとって防波堤となっております。この地を失えば、中原への入り口が破られることになります」一同の前では明言しないものの、呂布の死を知った張楊が袁紹の側につけば、河北《かほく》の大軍が河内を通り道として許都城になだれ込んでくると言いたいのである。

劉備は、関羽たちがまだ近くでうろうろしているので、軍機に触れてあらぬ疑いをかけられてはまずいと思い、叱りつけた。「まだこんなところにいたのか。何を待っている」

曹操はそれを気にも留めず、考えにふけって眉をひそめていたが、あることを閃《ひらめ》いた。「曹仁を指揮官、史渙《しかん》を先鋒として八千の兵馬で反撃せよ。目にもの見せてやれ」そう言うと、自らも馬に跨がって出発することにした。だが、この近辺の豪族も押さえ込めてはおらず、張遼も野放しのままだ。油断は禁物である。幸い、河北の情勢は把握できている。袁紹は易京《えきけい》［河北省中部］で公孫瓚《こうそんさん》を攻め立てており、張燕《ちょうえん》も公孫瓚に加勢しているため、南方にかまう余裕はない。曹仁を西に向かわせれば、完勝とはいわないまでも、張楊が袁紹と合流しないよう河内に釘づけにしておくことはできよう。青《せい》州と徐州を平定してからあとを追っても遅くはない。

「御意」郭嘉が命を受けて去っていった。

曹操はひと息ついた。そこではじめて、顔じゅうが土ぼこりにまみれ、水飛沫も加わって泥だらけになっていることに気がついた。陳紀親子に会いにいくべく、手綱を許褚に預け、水辺に行って顔を洗った。すると秦宜禄がすかさず水辺までにじり寄り、鎧兜を脱いで胴着をちぎると、両手で曹操の目の前に差し出した。「わが君、水が冷とうございます。早くお顔をお拭《ふ》きください」

曹操はその布切れで顔を拭き、投げ返した。「ずいぶん世話を焼いてくれるではないか」

秦宜禄はへらへらと笑っている。「あなたさまに孝悌《こうてい》を尽くすのは当たり前です」秦宜禄は曹操より年上であるにもかかわらず、あえて「孝悌」などという言葉を用いる。

「かつてお前は栄華のために主君を売り、何苗《かびょう》に仕えたあとは董卓に、最後には呂布の配下となった。それを忘れたとは言わせぬぞ」

秦宜禄は地べたに跪《ひざまず》き、何度も頭を打ちつけた。「どうかお慈悲を。かつてお仕えしていたことに免じて、どうか……」

「知ったことか。昔の話を思い出すとむかむかしてくる」曹操はその場を立ち去ろうとした。「さんざん聞かされた阿諛追従《あゆついしょう》が、いまも耳にこびりついておるわ。恥知らずの小人《しょうじん》めが。お前のほざくことなど信じられるか」

「ごもっとも、ごもっとも」秦宜禄はいちいちうなずいて見せた。「わが身の罪深きことはよくよく承知しております。ただ、もしまだここにいてよいと仰ってくださるのなら、わが君に例の杜《と》氏を……」自分の妻である杜氏を曹操に献上しようと考えていたのだが、さすがにみなの前では口にできなかった。

はっとなった曹操は思わず振り返った。劉備の配下たちはもう遠くまで行っていたが、関羽だけは、長いあごひげをさわりながら、何度も何度も振り返っていた。何か言いたいことでもあったのだろうか。そこで曹操は、関羽に杜氏をやると約束していたことを思い出した。ただ、考えるほどに合点がいかなかった――なんとも理解しかねる。王允《おういん》の屋敷で貂蟬冠《ちょうせんかん》(2)を持っていた侍女に過ぎぬではないか。しかも、ならず者に嫁いだ女だ。なぜ呂布や関羽はそれほどまでに執着するのだ。一度この目で見てやるとするか――

そう考えると、曹操はかがんで秦宜禄に耳打ちした。「お前のような小悪党が、見た者を残らず虜にするような妻を得るとはな。お前を許すかどうかはまだ決めておらぬが、いずれにせよわしの考え次第だ。とにかく杜氏をわしのところへ連れて参れ。会ってから決める」

秦宜禄は満面の笑みで承諾した。「それでは今夜お届けいたします」

「声が高い」曹操が顔色を変え、秦宜禄を刺すように見据えた。「奉孝《ほうこう》とよく相談してやれよ。女子《おなご》は誰の目にも止まらぬようにしておけ。くれぐれも、変な噂を立てさせぬように。知らぬはずの者があらぬ噂を立てるようなことがあれば、お前の首をもらうぞ」そう脅すと劉備に声をかけて下邳城内へと入っていった。

曹操たちが遠ざかっていっても、秦宜禄は叩頭し続けた。「不覚は取りませぬ。夜のあいだに家内をお届けいたします。万事抜かりなく、決して抜かりなく進めますとも」

(1)笏とは、古人にとって通信器具でもあった。木版や竹の板に書いたものをしっかりと折り畳んで束ねた。魚の形を彫りつけた笏もあった。
(2)貂蟬冠とは、侍中《じちゅう》、黄門侍郎《こうもんじろう》、侍御史《じぎょし》ら天子の侍臣、宦官の冠で、貂《てん》の尾と蟬形の紋様で飾られている。

侍御史のとき、王允はこの冠をかぶっていた。伝説上の美女「貂蝉」は、この杜氏がモデルである。

賢人を訪ねて刺客に遭う

曹操と劉備《りゅうび》は水浸しの道を進み、下邳《かひ》城に入った。城内にはすでに自軍の隊が進駐しており、各所で城の守りについていた呂布《りょふ》の兵らもすべて集められて整列していた。取り上げられた武器が小山のようにうずたかく積み上げられている。洪水も引く気配を見せており、民たちも助け合いながら城壁や櫓《やぐら》から下りてきている。水のなかを歩いて渡り、水浸しになったわが家の様子を見にいく者たちで往来はごった返していた。

曹操は煩わしくてたまらず、配下の者に陳《ちん》氏親子の所在を訊きに行かせた。虎豹騎《こひょうき》が接収の将兵に尋ね、接収の将兵が投降兵に尋ね、投降兵が民に尋ね、回りまわって、ようやく陳氏親子は一番内側の城壁に立つ東の楼閣に身を寄せていることがわかった。曹操は馬の足取りにまかせて内城へと入り、失礼のないようにと、劉備、許褚《きょちょ》、そして虎豹騎三十人だけを連れて東の城壁の下までやってきた。曹操は石段は異常なまでに険しく、上り下りする民たちは、高貴な身分の官の出現に戸惑っていた。曹操は鷹揚《おうよう》にみなを先に行かせると、馬をつなぎ、許褚に支えられながら楼閣を登っていった。

あたり一帯へ逃げ込んでいた民たちがそこらじゅうで跪《ひざまず》こうとするので、曹操はそれには及ばぬと伝え、まっすぐに楼閣へと向かった。門は開け放たれていたが、なかで拱手《きょうしゅ》して立つ無数の使用人たちを目にし、慌てて後ずさりした。曹操は拱手して跪くと、真面目くさった顔で「沛《はい》国の曹操、陳元《げん》方《ほう》先生に拝謁に参りました」と伝えた。賢人に面会するにあたり、曹操は平等であることを示すため、本籍のみを述べて官職は告げなかった。劉備も急いで拱手した。「涿《たく》郡の劉備もお目通りを願って参りました」

大物がやってきたとなれば大騒ぎになると思ったのだが、陳家の者たちは堂々としたもので、慌てず騒がず、丁寧にお辞儀を返す者までいた。「曹公と劉使君《しくん》のおいでとあっては、主人も甚だ光栄に思うことでしょう。ご苦労さまでございます。どうぞこちらへ」

曹操が前に、劉備が後ろになって進んでいくと、よく躾《しつけ》られた使用人たちは、みな深々とお辞儀をして自ら退出していく。楼閣のなかは薄暗いが、西側に年寄りと若者が四人、一緒になって座っているのが見えた。おかしな座り方をするものだと思っていたが、ふと考えて納得がいった。荀彧《じゅんいく》が言っていたように、潁川《えいせん》の陳紀と平原《へいげん》の華歆《かきん》はどちらも名高き人物であるが、家の治め方は真逆だった。華歆は子弟に厳しく接し、人気のない部屋であろうと朝廷での礼法のような厳粛さを求めた。一方、陳家の者たちは柔和で慈愛に満ちていることを重んじ、父子兄弟は気兼ねない間柄にあった。両家の隔たりは大きかったが、どちらの家の者も仲睦まじく暮らしていた。

曹操、劉備が礼をしようとすると、若い三人が中心にいる白髪の老人に手を貸して立たせ、先んじて頭を下げた。曹操が拱手を終えると、四人のうちの三人は跪いて礼をしているのだが、一番左にいる中年の文人はまっすぐに立ち、包拳《ほうけん》の礼をとってお辞儀するだけである。国の礼法では、天子でさえ三公《さんこう》にまみえるときには頭を下げて挨拶し、九卿《きゅうけい》は当然最大限の礼をもって挨拶する。いわんや市井の民草をやである。この男、天下の司空《しくう》の前で膝を突かぬとは、なんたる傲岸不遜《ごうがんふそん》。曹操は内心鼻白んだが、あえて口に出して問いただしはせず、真ん中にいる老人をうち眺めた。きっとこの男が陳紀であろう。さっと手を伸ばして立たせた。

果たしてそのとおりであり、老人が微笑んだ。「朝廷の三公の身分にありながら、わざわざ水が溢《あふ》れているなかをお見えになってくださり、実にかたじけない。さ、お掛けになってお話でもいたしましょう」

劉備がすかさず歩み出て、右側の男の腕を引いてきた。「こちらが陳長文《ちょうぶん》殿にございます」

陳羣《ちんぐん》はもう一度恭《うやうや》しくお辞儀をした。曹操も拱手して挨拶した。「ご高名はかねがね伺っております」三十を超えたくらいであろうか。色白で端正な顔立ちをしており、物腰の柔らかそうな、親しみやすい面持ちで、顔に浮かべた笑みを絶やさない。「曹公、お足元の悪いところをお運びくださり、実に恐縮にございます」

「なんの、なんの」そう言いながら、曹操は右のほうに目を動かした。

陳羣は意を汲み取り、すぐに紹介した。「陳《ちん》国の袁《えん》氏のお二人でございます」陳国の袁氏は名声こそ汝南《じょなん》の袁氏に劣るが、並みの家柄ではない。袁滂《えんぼう》は先々帝の御代に三公の位にあったが、すでに故人である。こちらの二人、年上のほうは三、四十歳、年下のほうは二十代であろう。袁滂の子、あるいは甥にあたるに違いない。

拝謁をしなかった中年の男が軽く拱手した。「袁渙《えんかん》と申します。こちらは従弟《いとこ》の袁敏《えんびん》にございます」

曹操はこれで合点がいった——袁滂には渙という息子と、覇《は》、徽《き》、敏という三人の甥がいて、それなりに高名だと聞いていたが、なるほど、これがその袁渙と袁敏であったか。ともに都に来てくれれば、錦上《きんじょう》に花を添えるというもの——先ほど袁渙が跪かなかったことなどもうすっかり忘れて、曹操は笑みを浮かべた。「ご高名は伺っております。袁殿のお二方、あとの二人もこちらにおいでかな」

袁渙は横柄な態度で髭をしごいた。「覇は河北《かほく》に、徽は戦乱を避けて交州《こう(1)》におります」袁家の四人はそれぞれに暮らし、袁覇は袁紹《えんしょう》の麾下《きか》、袁徽は流浪の隠者だという。交州は南方の未開の地であるが、士燮《ししょう》、士壱《しいつ》という豪族の兄弟がいる。『春秋左氏伝《しゅんじゅうさしでん》』に通じ、礼儀と風教《ふうきょう》を重んじており、南蛮《なんばん》の地では大いに尊敬されているという。士氏一門は州郡の要職を占め、当地の有力者のみならず、避難民たちにもことのほか親切にしているらしい。そのため、交州は辺境の地でありながら、劉璋《りゅうしょう》の蜀《しょく》、劉表《りゅうひょう》の荊《けい》州、公孫度《こうそんたく》の遼東《りょうとう》に並ぶ、避難民たちにとっての楽土となっていた。

「立ちっぱなしも何です、腰を下ろしましょう」劉備が率先して堅苦しい雰囲気を打ち破った。

楼閣内は粗末なものであったが、みなは主客にこだわることなくぐるりと輪になって座った。曹操が積極的に口を開く。「騒乱の世となってからというもの、中原の名士たちはあちこちへ難を逃れていきました。陳先生とご子息も徐《じょ》州に流れつき、さぞかし故郷が恋しいことでしょう。陳氏は潁川許《きょ》県のご一族。ご帰郷とあれば、許都に参られるのがよいでしょう」

陳紀はここ何年にもわたり苦労を重ねてきた。董卓《とうたく》によって無理やり官職につけられ、孔融《こうゆう》の計らいで下邳に逃げ込めたと思った矢先、今度は呂布の手に落ちてしまった。そうした目に遭ってきたため、曹操が賑やかしのために自分を迎え入れようとしていることもよくわかった。老人は灰色の髭をさわりながら、おもむろに答えた。「曹公のお取り計らいはたいへんありがたい。本来ならば、都に駆けつけて朝廷をお助けせねばならぬところ。ただ、笑われるのを承知で言えば、いまとなっては体も弱り、病もある身で、だらけた暮らしをしております。老い先短いこのわたしにできることがあるとも思えませぬ。下邳に暮らすようになり、こちらの気候にも慣れてきたところで、もうここに落ち着きたく思っておるのです」

「そんなことを仰らずに。韓融《かんゆう》、楊彪《ようひょう》、孔融、桓典《かんてん》らもおります。お戻りになって、久闊《きゅうかつ》を叙するのもよいではありませんか」

陳紀はうんうんと唸《うな》って黙り込んでしまった。一方、陳羣は目を輝かせている。ほかの者はともかく、孔融とは昔なじみの間柄である。孔融は北海《ほっかい》の相《しょう》を務めていたころ、陳氏父子を徐州に逃がすために手を貸した。年齢は陳氏父子のあいだであり、本来なら陳紀とも対等に付き合えるが、陳羣と知り合って意気投合してからは、陳紀を目上の者として敬っていた。陳羣が劉備の麾下に加わったのも、孔融の橋渡しによる。

曹操は陳羣の表情が変わったのを見逃さなかった。「陳先生はたしかにご高齢ではありますが、長文殿はまだまだ働き盛り、朝廷のために力を尽くすべきでしょう」

陳紀に嫌と言えるはずがない。息子もすがるような目でこちらを見ている。困った表情で苦笑した。「そうは言っても、この年寄りには……」許都の官僚のほとんどがお飾りであることは知っている。自分もずいぶん年を取った。遠大な志もとうの昔に失っている。たいへんな思いをして許都に戻り、堅苦しい朝廷で過ごすよりは、下邳で静かに余生を過ごしたい。

劉備が朗らかに笑い、曹操に代わって説得に出た。「陳先生、『樹《き》静かならんと欲すれども風止まず』

という言葉もございます。呂布は除きましたが、先生の声望はあまりにも高い。いま、この話を断ったとしても、やがて北方の袁紹、南方の袁術から使者が参りましょう。曹公は好意から申し出ておられるのです。許都へ行けば帰郷もでき、朝廷に尽くすこともできます。このお年まで苦労を重ねていらしたというのに、またさらにやつらのような尊大な勢力に仕えるよりよほどましではありませんか。やつらは曹公のように大義名分や道理を重んじませぬ。兵を送り込んできて先生を連れ去るかもしれません。そうなったときに後悔しても、もう遅いのですよ」

よくぞ言ってくれた。曹操は劉備を抱き寄せて口づけしてやりたい気分で、畳みかけた。「玄徳殿の言うとおり。官職に興味がないのはかまいませぬ。閑居《かんきょ》なさるなら、郷里のほうが下邳よりもよほど安全でしょう」そう言いつつも、曹操は内心、とにかく許都へ連れていき、三日にあげず朝廷に出仕するよう説得すれば、いずれ折れてくれるはずだと考えていた。

「弱ったのう……そこまで言ってもらっては、断るわけにもいかんかのう」陳紀は頭を抱えてしまった。しかし、この老人にも世の流れというものが見えている。劉備は袁紹、袁術が連れ去りに来るなどと言っていたが、曹操の機嫌を損ねれば同じことをされかねない。息子も行きたがっているようだ……ぐっと歯を食いしばると、陳紀は膝を打った。「よかろう。この老体、そなたにお預けするとしよう」

「ありがたき幸せ」曹操の顔がにわかに明るくなった。「お体に障るようであれば、大軍とともに行く必要はありませぬ。まずは長文殿に一緒に来てもらい、改めてお迎えを出しましょう。春を待って、のんびりゆっくり、物見遊山でもしながらおいでいただくというのではいかがでしょう」

「お心遣いに感謝する」陳紀は何度も拱手した。「道同じからざれば、相為《ため》に謀《はか》らず［志の異なる者と話し合うことはない］」という言葉もあるが、このときばかりは曹操の鷹揚さに感心させられていた。

陳氏父子の説得を果たした曹操は、袁渙のほうを向いて尋ねた。「袁殿、そなたら二人もともに許都へ行こう。家族がいるなら、陳国へ送らせるよう手配するが、いかがかな」

袁渙は小さく微笑んだがそれには答えず、劉備に告げた。「玄徳公のご家族は向かいの楼閣にいらっしゃいます。呂布はなんの危害も加えておりませぬが、気が動転しておられます。早くお迎えにいかれるがよろしいかと」

曹操には解《げ》せなかった。袁渙が劉備の字《あざな》を呼んだからには、これが初対面ではないようだ。劉備も一瞬ばつが悪そうにしたが、すぐに立ち上がってお辞儀をした。「こたびの不幸はお恥ずかしいかぎり。明公《めいこう》、お先に失礼を……」

「ああ」

劉備が去ると、陳羣が説明した。「ご存じないでしょうが、袁曜卿《ようけい》(2)はかつて劉使君が推挙した茂才《もさい》(3)なのでございます」

曹操は内心で賞賛した。あの大耳の劉備にも見る目があったということか。陳羣、袁渙のごとき非凡の才が、あの草鞋《わらじ》売りのもとにいたとは。

不思議がっていると、袁渙が口を開いた。「明公、先ほどの無礼をどうかお許しください」

「なんのなんの」先ほど、跪かなかったことを言っているのだろう。懐の深いところを見せつけるように続けた。「何かわしに失礼なところがあったのなら、どうか教えてくれ」

「三公の貴きにあり、節鉞《せつえつ》［軍権の印《しるし》である割り符とまさかり］を手にし、敬われ頼りとされる明公がご来駕くださったのです。そこまでの寵を受けて、失礼などあろうはずがありません。ただ……」

袁渙は立ち上がり、後ろの窓のほうへ歩いていった。そして城下を指さし、真剣な表情で胸の内を明かした。「泗水《しすい》、沂水《ぎすい》の両河を決壊させ、下邳を水攻めにされたため、多くの民がその害を蒙りました」

曹操は背筋が寒くなった。立ち上がり、同じ窓辺に立って眺めた。下邳の城内はどこもひどいありさまである。民家は倒壊し、凍りついた瓦礫が水のなかで見え隠れしている。かつての住まいに帰り着いた民たちは、残骸ばかりになった家の前に伏して泣き喚いている。すすり泣く声、号泣する声、怒号などが途切れることなく響き渡っている。

青ざめた顔をする曹操に、袁渙が厳しい声で詰め寄った。「ご覧になられましたか。呂布を倒すための水攻めで、いったいどれだけの罪なき民が苦しんでいることか。明公が各地を転戦し、諸侯を掃討するのは、天子の恩に報い、民草を安んじるためでありましょう。呂布は死にましたが、民はかえって大きな苦しみにあえいでおります。これは本末転倒とはいえませぬか」

「わしは国賊を除くことだけを考えていた。まさかこのようなことになるとは」曹操はうなだれて、自らの過ちを認めた。曹操にも言い分があった。袁紹が河北を平定する前に呂布を亡き者にし、袁紹に対して優位な立場を固めておきたかった。そうすれば、許都の安定と大漢の国運を守ることができる。しかし、悲嘆に暮れる民らを前にしては、そのような大義名分もあえなく崩れ去ってしまうのであった。

落ち着きを失う曹操に、袁渙は髭をしごきつつ訴えた。「ひと言、よろしいでしょうか。ご一考いただければと思うのですが」

「どうかご教示を賜りたい」曹操からは三公の威厳もすっかり失われてしまっていた。

「『教示』というほどのものではありませぬ」袁渙の態度がずいぶんと和らいでいる。「そもそも武器とは人を殺傷するもので、やむをえない場合にのみ用いるものです。道徳により味方を鼓舞し、仁義により敵を討つことで、民を安んじ、憂いを取り除く。そうしてこそ、民と生死をともにできるのです。大乱が生じてから十年が経ち、民が安らぎを渇望すること、逆さ吊《づ》りから逃れようとするより切なるものがあります。しかるに、暴乱が収まらないのはなにゆえでしょう。考えますに、政《まつりごと》が正道を踏み外しているからです」流れるように語った。

曹操は俯《うつむ》き、考え込んだ。袁渙はずいぶん不満を抱いているようだ。許都の朝廷が、あらゆる点でまともではないと言いたいのだろうか。自分とて民に平安をもたらすことを考えてきた。しかし、自ら手を下さなければ、自分が討ち滅ぼされてしまう。太平の世のしきたりや布令などで、どうやって軍を養い、敵を防ぐことができようか。袁紹という朝敵を打ち破らなければ、中原の人々に本当の安らぎなどやってこない。朝廷の布令とて確実に実施していくことなどできないのだ。

袁渙はこのときの曹操の思いを知らず、ひたすらに自分の主張を述べ続け、しだいに想いを馳せるような表情に変わっていった。「聞くところによれば、立派な君主とは世の万民を救うことに長け、世が乱れれば仁義をもってまとめ上げ、時勢に虚飾がはびこれば質朴をもって落ち着かせるといいます。しかし、世が異なれば形勢も変わるもの。治国の策も異なります。このことをよくお考えいただきたいのです。そもそも制度のありようも古今で必ずしも同じではありません。天下にひろく愛情を注ぎ、正しい世を取り戻すには、たとえ武力で動乱を平定しても徳による助けが欠かせません。それは王たる者にとって変わらぬ道理であります。明公の優れた見識は世人をはるかに凌《しの》ぎ、過去の君主が民の心をつかんだ施策はすでに十分になさっています。一方、いまの君主が民の信頼を失った行いについては、警戒を怠っていません。四海の内は明公のおかげで、危急存亡の瀬戸際から脱しましたが、民は道義をわきまえるに至っておりません。明公が民に道義を教え諭すことは、天下にとって大いなる幸せをもたらすでしょう」

「天下に広く愛情を注ぎ、正しい世を取り戻すには、武力で平定しても徳による助けが欠かせぬか……けだし名言」曹操はしきりにうなずいた。「十年の読書にも勝《まさ》る話が聞けた。許都に戻ったら必ず陛下に上奏しよう。まず、徐州の今年の税を免除する。武力で動乱を平定しても徳による助けが欠かせぬからな」

曹操がこんなにも話の通じる、付き合いやすい人間だとは思いもしなかった。袁渙は内心で快哉を叫んだ。「明公は広く意見を募り真摯に諫言に耳を傾けると伝え聞いていましたが、まさに評判に違《たが》わぬお方。かくなるうえは……」そう言って跪き、深く頭を下げた。「明公のもとで、朝廷のために力を尽くしたく存じます」袁渙は典型的な、力に屈しない負けん気の強い男である。死をも恐れぬ男にとって、三公九卿の位など何の意味もなさない。その気骨と志が踏みにじられれば、白刃を首筋に当てられようとも動じることはないが、しかし、自分の主張が認められたなら、その恩には同じだけのものを返す用意があった。

「それはありがたい」曹操は両手を差し伸べた。「水攻めで下邳の民は大きな被害を受けた。一、二年、税を免除したたところで、埋め合わせはできまい。あたり一面に溜まった水が厄介だ。水が引いても、耕作のできないぬかるみとなろう」

するると、傍らにいた袁敏が話に加わってきた。「たかが水ではありませんか。これくらいのことが何だっていうんです。もしわたくしめにお任せいただけるのであれば、解決してご覧に入れます」

「何だと」曹操はここに入ってきてから、ずっと陳氏父子、袁渙と言葉を交わしており、一番年下の袁敏のことは目に入っていなかった。ずいぶん大きなことを言うものだと思い、改めてその姿を見ると、まだ二十歳を過ぎたばかりで色黒の顔にはあどけなさが残り、質素な服をまとっている。てきぱきとしているようには見えず、屈託なく笑っている。少しも名門の子弟らしくない。

袁渙は従弟が口から出まかせを言っていると思い、叱りつけた。「黙っておれ。明公の前でなんというほらを吹くのだ。みっともない」

人は見かけによらぬものであることを知っている曹操は、袁敏が大胆なことを言うのは何か成算あってのことに違いないと思い、袁渙を遮った。「かまわぬ……では弟君よ、おぬしに任せるのはたやすいことだが、どのような策があるのか、まずは聞かせてくれ」

曹操から「弟君」と呼ばれるのは、たいへんな栄誉である。ほかの者なら頭を下げて遠慮するところだが、この袁敏は従兄《いとこ》に輪をかけて気位が高いようで、腰も上げずににっこりと笑った。「下邳は古《いにしえ》よりの堅城、韓信《かんしん》はここに都を置きました。しかし、のちに流れが変えられ、いまこの県城はくぼ地に位置しています。三月《みつき》前、明公がここを取り囲んだときにも曜卿と密かに話し合っていたのですが……」そう言いながら袁渙のほうを向いて眉を上げた。「ねえ、覚えているでしょう。『曹殿が水攻めをしてきたら、呂布のやつはきっと負ける』って言ったよね。そのとおりになったでしょう。へへへ」

袁渙は従弟が有頂天になって「曹殿」とまで言うので、思わず眉をひそめた。「いい加減にしないか。行儀が悪いぞ」一方の曹操は袁敏の率直な物言いを咎めもせず、手で袁渙を制した。

袁敏は立ち上がって窓辺へ行き、外を指さして言った。「城内に溜まった水は二、三尺［約五十センチ］。外はもっとひどい。冬だからまだ良かったものの、春や夏の増水する時期だったら、流れ込んできた水で家屋は全部水没していたでしょう。明公はすでに決壊させたところを塞《ふさ》いでくださいましたが、川の増水が心配です。あのへんは民らも気にかけていましたから。しかもこの戦乱の時代も終わらないときては、いつかまた誰かが同じやり方で城攻めをするかもしれません。そうなれば、もう持ちこたえられないでしょう」

実に興味深い話だった。曹操は拱手した。「よい手立てがあれば教えてもらいたい」口ぶりも恭しくなってしまっていた。

袁敏はさも当然という顔で、言い含めるように答えた。「ご覧ください。もう半日も経っているのに、水は少しも引いていません。くぼんだ地形は変えようがありませんし、こんなに大きな城をよそへ移すこともできません。水の流れを変えてやるしかないのです」

「流れを変える……だと？」曹操にはわからなかった。

「へへへ、何のことかわからないでしょう」袁敏はまだ短い髭をなでながら、身振り手振りを交えて得意げに語った。「昔、大禹《だいう》の父、鯀《こん》(4)は命《めい》を受けて治水に当たりました。決壊したところを塞いでも水位は上がるばかりで、そのたびに堤防をどんどん高くしていきました。しかし、結局川は氾濫し、さらに多くの犠牲者が出てしまいました。堯《ぎょう》は鯀を処刑し、禹に治水を任せました。禹は命を受け、迂回路を作って水を流すと、氾濫は起こらなくなりました。水はことごとく大海に帰る、これは万世不変の道理です。城を水攻めにする水路を掘ってしまったのなら、いっそのことそのまま掘り進め、水を沂水に返してしまえばいいのです。西の高きより東の低きへ、水はおのずから流れ込み、数日で引いてくれるでしょう。そうしてから、われわれはその二本の水路を利用して、下邳の外郭《そとぐるわ》に沿って深い堀を造るのです。さらに上流にも水路を掘れば、泗水が沂水に流れ込む地点の決壊の危険性が低くなり、下邳城を守る防波堤にもなります。新しい水路ができれば、民の灌漑もずいぶん便利になりましょう」袁敏は自分の計画にすっかり酔っていた。

「一挙三得か、素晴らしい案だ」曹操は大喜びで、感心しきりだった。「どうやらこの治水の任、おぬしでなければ務まらぬようだな」

「えへへへ……そりゃあそうですよ」袁敏は謙遜もしない。袁渙はすっかり得意げになっている従弟を見て、不愉快そうに言った。「袁敏ときたら礼儀も知らず、どうかお許しください。父が死んだときにはまだほんの子供で、わたしたちの手で育てたのです。ここ数年は戦乱から逃れることで頭がいっぱいで、ろくに躾《しつけ》もしてやれず、学業は惨憺たるありさまで礼儀もわきまえておらず、何もかもわたしたちの過ちでございます」

曹操は気にも留めない。「治水の術を極めれば、民に福をもたらすことができる。前途は洋々ではないか」

「そうは仰いましても、『君子は器《うつわ》ならず［君子は一芸だけに秀でた人物であってはならない］』との言葉もあります。所詮は官としての王道ではありませぬ」袁渙の考えは古くさいとはいえ、否定もしがたい。漢の成立よりこの方、治水を専らにする官は都水長《とすいちょう》や都水丞《とすいじょう》といって、太常《たいじょう》の配下の低い職に過ぎなかった。令史《れいし》［属官］と同等の位にあり、とても尊敬を集める官職ではない。

曹操にも袁渙の懸念は理解できた。どうせ麾下に加えるなら一つ恩を着せておこうと思い、微笑みかけた。「都に戻ったら、弟君のために河隄謁者《かていえっしゃ》の職位を設けよう。治水や漕運《そううん》の仕事をしてもらう。武《ぶ》帝の御代にあった官位で、三公九卿の束縛も受けず、普請《ふしん》の支出などは直接尚書《しょうしょ》と話し合うことができる。いかがかな」

「ありがたき幸せ」袁氏の二人は跪いて礼を言った。袁渙は自分たちを何かと気にかけてくれる曹操に、全力で仕えようと心に決めた。袁敏は、束縛を受けないと聞いて大喜びし、思い切り仕事に励もうと思った。

曹操にとっても、水浸しのなかをわざわざやってきた甲斐があったというものである。陳氏父子を迎えて袁渙を召し抱え、さらには袁敏という若き水利の奇才をも手に入れることができた。曹操は思わず顔をほころばせた。年齢に関係なく四人と車座になり、昔の話や許都での出来事などについて語り合った。和やかな雰囲気に包まれながら、半刻［一時間］あまりも語り合ったところで、曹操はようやく腰を上げた。「みなとの歓談は美酒を飲むかのようで、知らぬ間に酔いしれてしまった。今日はもう遅い。陣中でいろいろと片づけねばならぬこともあるゆえ、わしはここで失礼する。また後日、陣中でお会いしよう」

四人は曹操を見送るために出てこようとした。陳紀の年齢を考え、曹操は楼閣の出口までで見送りを固辞した。「石段が滑りやすくなっております。城下の水も引いていません。ここまでで結構でございます。それから、下邳の蔵には少なくない財貨が収められています。いずれも呂布が奪ってきたものですから、必要なだけ取るとよいでしょう」

袁渙が答えた。「財貨などどうでもよいのですが、書物があれば遠慮なくいただきましょう」

曹操は繰り返しうなずいた。「『呂氏春秋《りょししゅんじゅう》』にも、『和氏《かし》の璧《へき》と道徳の至言とを以て、以て賢者に示さば、賢者 必ず至言を取らん［和氏の璧と道徳の至言を賢人に示せば、賢人は必ず道徳の至言を選ぶだろう］』とある。袁曜卿はやはり当代随一の賢人だ」

互いに挨拶を交わしていると、許褚と虎豹騎たちが楼閣の出入り口で待っていた。陳紀の使用人たちも神妙な顔でそばに立っている。これだけの護衛がいれば、不測の事態が起こることもあるまい。そのとき、手に竹簡を持った一人の兵士が俯きながら駆け寄ってきた。曹操に何か報告があるらしい。

「待て」許褚が腕を伸ばして行く手を阻んだ。兵士は跪き、竹簡を捧げた。「急信にございます。急ぎわが君にお見せせねばなりません」

四人に別れを告げていた曹操は、急信と聞いてすぐさま許褚に持ってこさせた。ところが、開いてみても竹簡には何も書かれていない。その瞬間、目の前で白刃が閃《ひらめ》いた。なんと、兵士の手に長剣が握られていた。兵士に扮した刺客は、瞬く間に許褚の手を振り払って前に躍り出ると、右手の剣を曹操の喉元めがけて突き出した。とっさのことで防ぐ間もなく、その場にいた護衛たちも手出しができない。

あわや曹操の命運ここで尽きたかというところで、「がきん」という音とともに、斜めから伸びてきた剣が刺客の一撃を受け止めた——袁敏である。袁敏は治水だけでなく、剣術においても相当の腕前の持ち主で、慌てふためきつつも致命的な一撃を食い止めることができた。その様子を見ていた護衛たちが、手に手に剣を握り、一斉に斬りかかっていく。刺客は逃げもせずに護衛たちと立ち回りをはじめた。

刺客は相手の意表を突く正確無比な剣さばきで、いくつもの悲鳴とともに虎豹騎たちを斬り捨てていく。許褚が怒りを爆発させ、鉄の矛を振り回しながらかかっていく。内側の城壁は外郭のような厚みもなく、姫垣《ひめがき》も腰の高さほどしかないため、うっかりすれば転落しかねない。許褚が振り回した鉄の矛は、まず間違いなく命中するはずだった。ところが、刺客の身のこなしは戦場での動きとは別物であった。右へ左へと飛び跳ね、狭い場所にもかかわらず許褚の攻撃をことごとくかわした。

許褚は何度振り回しても敵に当てることができず、逆に逃げ道を作ってしまった。刺客は楼閣の門のところへ転がり込み、再び曹操に向かって剣を繰り出した。焦ったのは護衛たちである。十本以上の剣が刃を阻んだ。すかさず許褚と護衛たちが刺客を扇状に囲み、姫垣のほうへと追い詰めていく。刺客は城内に入ってから急信を差し出すまでずっと俯いていたが、戦闘の際に素早く飛び跳ねたため、ここに来てはじめて顔を黒い布で覆っていることがわかった。凶悪な目だけが隙間からのぞいている。

一同は一分の隙《すき》も見せぬよう、刺客を壁際に追い込んで捕らえようとした。

刺客は一歩、また一歩と後ずさりし、少しずつ姫垣に寄っていったかと思うと、出し抜けに身を翻して姫垣を乗り越えた。許褚たちは、刺客が身投げして自尽《じじん》したかと思い、駆け寄って下を見た。ところが、敵もあっぱれなもので、城壁から落ちたと見せかけて許褚たちを壁際に引きつけながら、実際は飛び降りた瞬間に左手でしっかりと壁をつかんでおり、壁を蹴り上げてまた跳び上がってきた。さらにそのままの勢いで兵士たちの頭を跳び越え、膝をぐっと曲げると足を後ろに蹴り出した。蹴った先にあったのは許褚の肩である。許褚は危うく蹴落とされそうになった。刺客は蹴った反動を生かしてまた剣を振り上げ、楼閣の門へと向かった。次は陳羣が標的となった。

護衛たちの剣は空を切るばかりで、またもや袁敏に頼る展開となった。二本の剣が交わった瞬間、袁敏の剣が弾き飛ばされた。剣術の心得があるとはいえ、刺客との実力差は大きかった。一撃で優位に立った刺客は、陳紀に詰め寄った。高齢の陳紀は足も不自由で、供の者もみな刺客の背後にいる。もはや凶刃を防ぎようがない。

絶体絶命のそのとき、また一つの人影が跳び出し、稲妻のような一振りで刺客の剣を遮った。一同が目を向けると、それは陳家に仕える中年の使用人であった。剣を繰り出すその速さは刺客に少しも引けを取らない。たちまちのうちに剣光が閃き、人影が揺れ動き、二人は丁々発止の渡り合いをはじめた。曹操は顔じゅうに冷や汗をかき、胸が激しく動悸した。そこでようやく、自分が恐怖でたじろいでいることに気づいた。楼閣とはそもそも身を隠すための場所である。急いで陳紀の腕を取り、袁渙、袁敏、陳羣とともに楼閣内へ逃げ込み、門を閉めて窓辺から外の様子を窺った。

剣光の閃きにすっかり目を奪われたが、いまや使用人と刺客の命がけの勝負も聞こえてくるのは風の音ばかりで、二振りの剣はぶつかり合うことなく、二人はずっと間合いを測っている。両者とも、これだけ狭い場所で渡り合うとは相当な腕前の持ち主である。許褚や護衛たちは近づくこともできず、剣を手に、傍らでひたすら時機を窺っている。戦局を見ていた曹操は奇妙に思った――刺客がやってきた動機は何だ。俺一人ではなく、この楼閣にいた者をことごとく殺そうとしたのはなぜだ。助けに入ってくれた使用人は、いったい何者だ――

瞬く間に形勢が変わった。使用人は刺客の剣が落ち着きをなくしているのを見て取ると、力んで肩が開いてしまい、胸を敵にさらす格好になった。護衛たちが「まずい」と叫んだときには、刺客はすでに構えを変えて使用人の喉元を突こうとしていた。もはやこれまで、と誰もが思った。しかし、使用人はわざと隙を作っていた。剣が突き刺さろうかというその瞬間、首をすくめて頭を下げ、右手の剣を左手に持ち替え、刺客の胴めがけて勢いよく払い上げた。刺客の胴がぱっくりと斬り裂かれたかと思いきや、刺客も手練《てだ》れである。とっさにつま先で地面を蹴って後方の姫垣まで跳び退《の》いた。剣先が胸元をかすり、傷は負わなかったものの、覆面がめくり上げられた。姫垣に手をついて姿勢を立て直したため、覆面は落ちなかったが、その痩せこけた顔を目の当たりにした袁渙が、あっと声を上げた。「お前だったのか」曹操の知らぬ顔だった。誰なのかを尋ねようとしたところに、再び吶喊《とっかん》の声が響いてきた。劉備が剣を手に城壁の下から駆け上がってくる。使用人とともに挟み撃ちにしようというのだろう。許褚もそれに応ずべく、鉄の矛を横に構えた。

もはや勝ち目なしと悟った刺客は姫垣によじ登ると、あっという間に城壁を飛び降りてしまった。誰もが一巻の終わりだと思ったが、なんと刺客は別の低い楼閣の屋根に飛び降りていた。立ち上がると、さらに背の低い民家の屋根に飛び移り、あっという間に水に飛び込んでしまった。劉備が下に向かって叫んだ。「刺客を捕らえよ」城内は大混乱に陥った。曹操の兵、投降兵、民たちがごちゃごちゃに入り交じっている。もともと兵士に化けて紛れ込んできた刺客である。今度は人混みに紛れて、あっという間に姿をくらましてしまった。

楼閣の門が開き、曹操たち五人が出てきた。陳紀は命の恩人となった使用人をひしと抱いた。「そなた、名は何と申す。なぜ腕前を隠して使用人などしておったのだ……わが一拝を受けたまえ」

中年の男はそれを遮り、反対に陳紀の前にひれ伏した。「そのようなことをなさる必要はございませぬ。それがし、鄧展《とうてん》と申す者。若き時分にご主人のご一族よりご恩を受けました。この鎮まらぬ四海にてご恩に報いたく、使用人としてお屋敷に身を潜め、密かに御身の安全を見守ってまいりました」

陳氏父子は互いに顔を見合わせた。いったいいつ、鄧展という男に情けをかけたのだろうか。それを見た鄧展は大きなため息をついた。「ああ、旦那さまは梁上《りょうじょう》の君子のことをお忘れでしょうか」

「梁上の君子とな」陳紀は真っ白な髭をなでながらしばし黙り込んでいたが、にわかにこの者の来歴を思い出した。十年以上も前のことである。陳紀の父、陳寔《ちんしょく》もまだ存命であったが、すでに齢《よわい》は古希を過ぎ、朝廷からの三公の招請にも応じられなくなり、郷里で余生を過ごしていた。ある日、屋敷に賊が入った。盗みに失敗し、梁《はり》の上に身を隠していたのを、陳寔が見つけた。陳寔は追い出しも罵倒もせず、役人に知らせることもなく、子弟たちを呼び寄せてこう言った。「人とは本来努力するものだ。悪人も根っからの悪人ではない。悪い習慣が身についただけだ。梁上の君子もその一人だ」と。君子とまで呼ばれてしまった梁の上の賊は、恥ずかしさのあまり下に降りてきて、頭を下げて謝罪した。陳寔はこの男が貧しさのあまりやむにやまれず盗みに入ったことを知ると、罪を不問にしただけでなく、絹を二、三匹贈り、これを機に行いを改めるよう言い聞かせたのだった。あの日梁の上にいた盗っ人こそ鄧展その人であった。陳寔に諭されてからというもの、十年の長きにわたって師に仕えて友と交わり、見事な剣術を身につけたのだった。

鄧展がこれまでの経緯を語ると、陳紀は彼の手を取って何度も礼を言った。義理堅く、そして剣術に長けたこの男を前にして、曹操は居ても立ってもいられなくなった。「鄧殿、そなたの見事な剣を、朝廷のために振るってみようとは思わぬか」

鄧展は何度も何度もぬかずいた。「文武の芸を身につけたのは、天子のお役に立てんがためです。しかしながら、わたくしめは陳家から大きなご恩を受けた身、己の志を遂げるのはご恩に最後まで報いてからにしたいと存じます」持って回った言い方だが、もう若くない陳紀に仕え、天寿を全うするのを見届けたあとに仕官したいと言っているのだ。

曹操は感心していた。『易経《えききょう》』にも「積善《せきぜん》の家には必ず余慶《よけい》あり」とあるが、偽りではなかったのだ。陳寔、陳紀、陳羣が三代にわたって積んできた善はまことのものであった。誠意をもってこの者たちを召し抱えることができれば、天下の士人《しじん》たちはわしの恩徳に心服するだろう……

一同は賑やかに歓談していたが、劉備と許褚は青い顔でひれ伏した。「それがしの警護が行き届きませんでした。どうぞ罰をお与えください」

「わしがうかつであったのだ。おぬしたちのせいではない」曹操は手を振って制すると、袁渙に向き直って尋ねた。「曜卿殿はあの刺客をご存じか」

袁渙はうなずいた。「陶謙《とうけん》の旧臣で、河東《かとう》の薛永《せつえい》といいます」

薛永だと。曹操は眉間に皺《しわ》を寄せた。薛永は、東海《とうかい》の相だった薛衍《せつえん》の孫で、兗《えん》州の従事《じゅうじ》だった薛蘭《せつらん》の息子だ。薛蘭は兗州の乱で呂布を助けて兗州の功曹《こうそう》となったが、最後には曹操に敗れて鉅野《きょや》県［山東省南西部］でさらし首にされている。薛蘭の子であり陶謙の旧臣でもある薛永は、曹操とは不倶戴天の敵であるといってよかった。しかし、解《げ》しがたいのは、薛永が曹操一人だけでなく、陳氏父子までをも亡き者にしようとしたことだ。

どれだけ考えても答えが出ない。曹操は陳紀たち四人に告げた。「本当ならばもうしばらく城内で暮らしていただきたかったところですが、ここは危険です。兵たちにみなさんを本陣に送らせましょう。そこならここよりは安全です」このような事件の起こったあとであるから四人にも異議はない。するとう、劉備が申し出た。「薛永はそう遠くへは行っておらぬはず。人馬を率いて捜索いたしましょう。うまくすれば捕らえられるかもしれませぬ」

「数万の大軍は御しやすくも、一介の刺客は尋ねがたしだ」曹操は劉備の肩をぽんと叩いた。「玄徳殿の忠義心は素晴らしい。だが、大海で針一本を探すようなものだ。しくじった以上は下邳から遠く逃げ去ってしまうはず。見つかりはしまい」劉備が鼻息を荒くした。「徒労に終わろうとも、探してみようと思います。あの凶賊を野放しにするつもりはありませぬ。呂布を誅してくださった曹公のご恩は海よりも深いものです。それがし、犬馬の労を厭《いと》いませせぬ」

そこまでの忠誠心を目の当たりにしては、曹操にも何も言えない。劉備が兵を集めて城壁を下りていく姿を眺めているしかなかった。曹操の胸に安堵の思いが湧き上がってきた。仇の一人や二人がなんだ。わし自身が胸襟を開いて接していれば、奸悪の徒など何ほどのことがあろう。あの劉備ですらわしの恩に感じ入り、すっかり心服しているではないか。

（1）交州は、現在のベトナム、カンボジア。交趾《こうし》とも言われる。

（2）袁曜卿とは、袁渙のこと。漢末の戦乱では長江、淮河《わいが》の流域一帯に避難した。はじめ袁術に用いられ、のちには呂布に仕えることとなった。建安《けんあん》三年、曹操が呂布を滅ぼすと、袁渙は曹操に身を寄せ、沛の南部《なんぶ》都尉《とい》となり、のちには諫議大夫《かんぎたいふ》、郎中令《ろうちゅうれい》などを歴任した。在任中は職務に精励し、直諫の士として知られた。

（3）茂才とは、優れた人材のことで、漢代の官吏登用における推薦制度。

（4）鯀は、禹の父。言い伝えによれば、鯀は治水に失敗して尭に殺された。禹は父を悼むとともに、身を粉にし、知恵を絞って治水に専念し、家の前を通ろうとも入ることはなかった。

欲望の海に溺れる

曹操は許褚《きょちょ》らに護衛されながら軍営へと戻り、陳紀《ちんき》父子には居所を用意してやった。下邳《かひ》城で薛《せつ》永《えい》による暗殺未遂があったことを伝えると、軍営じゅうの文官、武官は一人残らず仰天し、王必《おうひつ》、曹《そう》純《じゅん》は直ちに陣中の護衛を増員した。曹操は軍師《ぐんし》の荀攸《じゅんゆう》と語り合っていたが、日も暮れてきたので料理番に夕餉《ゆうげ》の支度を命じた。

荀攸が、邪魔になってはならぬから暇《いとま》を告げようと腰を上げたところへ、幕舎《ばくしゃ》の前で番をしていた許褚が報告にやってきた。「広陵太守《こうりょうたいしゅ》の陳登《ちんとう》が食を供しに参りました」言い終わるより先に、白布をかけた盆を両手で持った陳登が現れた。暗殺騒動の直後ということもあり、陣中での検問が厳しく、従者たちは轅門《えんもん》の外で待たされていた。

「元竜《げんりゅう》よ、そのような気遣いは無用だというのに」曹操は微笑むと、荀攸も引き止めた。「軍師も残るがよい。元竜がうまい物を持ってきてくれた。一緒に味わおう」

陳登が微笑み、頭を下げて幕舎の内に入ろうとすると、許褚が遮った。「待て、先に物を見せてもらおう」陳登は曹操陣営の生え抜きではない。許褚は、専諸《せんしょ》［春秋時代の呉《ご》の刺客］が呉王の僚《りょう》を暗殺したような事態を恐れているのだ。覆いを取ると、白くつやつやとした桂円肉《けいえんにく》［竜眼の果肉を乾燥させたもの］らしきものがあった。これで一安心と思いきや、ほのかに生臭さが漂っている。毒でも入っているのではないかと思い、陳登の説明も聞かずにつかみ上げると口に放り込んだ。「がきん」という音がして歯に激痛が走り、思わず吐き出してしまった。あごを押さえて呻《うめ》いている。

陳登が大笑いした。「許将軍は食い意地が張っておるな。これは殻をむいて食うのだ」

許褚は怪力自慢の牛のごとき男であるが、どれだけ力持ちでも歯だけは鍛えようがない。口を押さえて泣きそうな声で尋ねた。「いったい何だこれは。本当に食べ物か」

「わたくしめが選《よ》りすぐった大自然のご馳走です」陳登は盆を卓上に置いて笑った。「明公《めいこう》はご存じですかな」

「牡蠣《かき》ではないか」曹操は卓上の物を眺めて笑った。「仲康《ちゅうこう》、豫《よ》州生まれのおぬしにとっては珍しかろう」

ところが、陳登は口に手を当てて笑っている。「いえいえ、もっとよくご覧になってください」

「だから牡蠣なのであろう」よくよく見てみると、形は牡蠣の殻のように見えるが、ずいぶんと大きい。実は淡い黄色で、殻と一体になっている。まるで人間の耳のようだ。箸を取り、一つつまんでみると、身は牡蠣よりずいぶんと固いようだ。手で殻をむくと、内側はさまざまな色の混じった青白い光を放ち、大きさの等しい九つの穴が一列に並んでいる。ずっと眺めいても皆目わからない。荀攸に見せても、かぶりを振っている。曹操は吹き出してしまった。「物を知らぬのはわしのほうのようだ。これはいったい何だ」

陳登は笑って答えた。「鰒《あわび》にございます」

「ほう」曹操には思い当たる節があった。鰒というのは沿海部の特産品である。希少なため普通は天子の御膳にのみ供され、美味であり滋養に富んでいると聞く。緑林《りょくりん》の乱で、百万の兵を擁しながら昆陽《こんよう》［河南省中部］で劉秀《りゅうしゅう》に敗れた王莽《おうもう》は、失望のあまり食を受けつけなくなってしまったが、毎日少しずつ鰒を羹《あつもの》にして飲んだところ、飯も食わなくて済むくらいに力がみなぎってきたという。

陳登は続けた。「この鰒は都で御膳にするものとはまったくの別物。保存が難しく、洛陽や長安に届く前に腐ってしまうため、献上品はすべて塩漬けにするのですが、今日お持ちしたものはすべて新鮮そのもの。漁師が海から取ってきたものを、涼しいうちに早馬で届けさせたものにございます。さあ、どうぞご賞味あれ」

「元竜よ。わしにこれを食わせるために、いったいどれだけの手間暇をかけたのだ。ずいぶん値が張ったであろう」曹操がつぶやいた。

「鰒は別名を石決明《せっけつめい》といい、常食することで肝の臓の働きを整え、熱を下げ、眼《まなこ》を開き、渇きを癒やし、尿の出を良くする効能がございます。殻にも薬効があり、夷人《いじん》どもは古くからこれを粉にして眼病に用いてきたとか」陳登がつらつらと述べる。「しかしながら、物は稀なるをもって貴しとなすとも言います。中原では上等品扱いをされますが、青州《せい》や徐州《じょ》の海沿いではたいした価値はありませぬ。地元の漁師たちはこれを鮑魚《ほうぎょ》などとも呼んでおります」

「鮑魚だと」荀攸が笑った。「孟子に、『鮑魚の肆《いちぐら》に入るが如し。久しく其の臭いを聞かず「塩漬けの魚を商う店に入るとその臭いにも慣れるように、悪人と交わると自らも悪に染まる」』とある。よく知られた名だ」

陳登はたいしたものではないと言うが、貴重な一品であることには変わりない。曹操はそろそろと一つをつまみ、丸ごと口に放り込むのではなく、ひと口だけかじり、ゆっくりと噛み締めた。なるほど、甘みと塩気に混じって旨味が染み出してくる。肉はこりこりとして、口じゅうがよい香りで満たされる。思わず唸《うな》った。「うまい。さすがのうまさだ」皿を渡して、荀攸と許褚にも分けてやった。

先ほどひどい目にあった許褚は、うまい物だと聞かされて一つ手に取ると、殻をむいて口に放り込んだ。ごくりと丸飲みにしてしまったので何の味もしない。じっくりと味わっていた荀攸は、合点がいったようだ。「鮑魚はきわめて生臭いと聞いていましたが、実際に口にしてみるとうまいものですな。実に素晴らしい」

曹操は立て続けにいくつも平らげると、箸を置いた。「元竜、良い物をいただいた。おぬしも食え」陳登は笑みを浮かべつつ遠慮した。「それがし、平素より鰒や牡蠣は口にしませぬ。生魚は好んで食するのですが」荀攸が口を尖らせた。「生魚など生臭かろう。とても食えたものではない」

「毎日食しておりますので慣れました」陳登は平気な顔をしている。

そう言っているうちに料理番が夕餉を運んできた。曹操は荀攸、陳登を座らせ、配下の者に酒を用意させた。「陣中で酒は禁物なのだが、下邳の降将《こうしょう》の侯成《こうせい》が献上してきたものがある。自家製の酒だそうだ。侯成のやつ、呂布《りょふ》にはずいぶんとひどい目に遭わされていたらしい」そう言って笑った。

呂布の降将と聞いて、陳登は箸を置いた。「なんとご寛容な。呂布の残党をお赦しになるとは。しかし、降将どもは誰の下につけるのがよいでしょうな」

曹操はふと考え込み、ふっと笑った。「玄徳に与えてはどうかな」

陳登が賛同した。「よろしいかと。劉使君《りゅうしくん》は小沛《しょうはい》［江蘇省北西部］でたいそうな損失を被られました。宋憲《そうけん》、侯成らを率いさせるのにうってつけの人物です」

一方、荀攸はかぶりを振った。「なりませぬ。小沛を守る呂布の諸将とは幾度も衝突しております。関羽《かんう》、張飛《ちょうひ》らが宋憲、侯成と仲違《たが》いするようなことがあれば、士気が乱れます」これは口実に過ぎず、実は荀攸はいまだ劉備《りゅうび》を信用してはいなかったのだ。

「公達《こうたつ》は用心深い男だ」曹操は荀攸の心情もわかったので、話はそれまでとなった。三人は互いに酒を酌み交わし、あっという間に夜は更けていった。

またもや許褚からの取り次ぎがあった。「鎮東《ちんとう》将軍がおいでです」劉備が幕舎の外で跪《ひざまず》き、拳に手を添えて包拳《ほうけん》の礼をとっている。

曹操がからかった。「玄徳殿は鼻が利く。ここで鰒を食っていることがばれてしまったか。おぬしも相伴にあずかりたかったのか」

劉備は剣を外《はず》してなかに入り、一礼した。「下邳城をくまなく捜索し、各陣営の諸将にも伝達いたしましたが、刺客の足取りはつかめませんでした」

「ご苦労だった」

「無能のためご期待に沿えず……」

曹操は笑った。「玄徳殿、そう自分を責めるな。逃げてしまった相手だ。見つからないのが当たり前だ。こちらで一緒に飯を食おう」

「明公の御前にわたしの席などありませぬ。お邪魔するのは恐縮でしたが、お気にかけていることと思い、参上したまでのこと。恐れ入ります」劉備はそう言って固辞した。

曹操は笑った。「邪魔なものか。軍中に小事なしだ。みなが玄徳殿のようであればよいのだがな。さあ、座れといったら座るのだ」

劉備はそれ以上断るわけにもいかず、小さくなって端のほうに腰を下ろしたが、曹操を前にして料理に箸をつけようとはしない。荀攸が髭をさすりながら懸念を口にした。「刺客の件は軽く見てはなりませせぬ。薛永は隙《すき》に乗じて襲ってきました。明公の行動を把握しておるのでしょう。軍中にも間諜がおるやもしれませぬ。誰かが裏で糸を引いている可能性もあります」

劉備がすかさず話を継いだ。「張遼《ちょうりょう》、臧覇《ぞうは》らもまだ捕らえておりませぬ。黒幕というのはやつらのことではありませんか」

陳登はかぶりを振った。「張遼、臧覇、孫観《そんかん》らほどの豪の者がそんな真似に及ぶとは思えませせぬ。この首を賭けてもかまいませせぬ。やつらではございません」

曹操と荀攸は目を見合わせた。陳元竜はなぜそこまで彼らを買っているのだ。

劉備が意見を述べた。「いずれにしても、青州、徐州の沿海の賊どもは始末しておかねば

「そのとおり」曹操が箸を置いた。「始末はする。だが、皆殺しにする必要はない。わが軍門に降らせればよい。土地を離れたくないなら、その郡県の官職を与えればよい。朝廷を認め、民を苦しめることさえなければ、これまでどおり自分たちの土地を支配してもらって一向にかまわぬ。徐州は戦乱に次ぐ戦乱で、民たちの安寧な暮らしが失われている。臧覇、孫観らは卑しき身分の出で、賊名を負ってはいるが、数年の長きにわたって諸県を支配しているからには、民心も得ているはずだ」そう考えを述べると、また一つ鰒をつまんだ。「まるで塩漬けした魚のようだな。臭いをかぐと少々生臭いが、口に入れると実に良い香りだ」曹操にとって一番の気がかりはやはり袁紹《えんしょう》であった。河北《かほく》での戦《いくさ》に対して、曹操自身に不安はなかったが、袁紹がいつ勝利を得るかは読めず、沿海の小物どもを相手にしている暇などなかった。できるだけ早く懐柔してこの地を脱し、豫州、兗《えん》州の黄河沿いに兵力を配しておきたかった。

陳登には曹操の心中は推し量れなかったが、徐州を離れたがっていることには感づいていた。「明公、許都《きょと》にお戻りの際には、誰に徐州を任せるのですか」

まだ決めかねていたので、曹操は反対に問うてみた。「元竜には思い当たる者がいるか」

陳登は劉備を指さした。「われらの目の前にいるではありませんか。玄徳殿は長く徐州におられ、陶謙《とうけん》殿から徐州を譲られた男でもありますし、徐州の刺史《しし》となってもらえれば東方の憂いはなくなりましょう」

曹操の返答を待たずして、荀攸が割って入った。「なりませぬ、なりませぬ。玄徳殿は豫州牧《ぼく》である身、刺史に降格するような侮辱があってはなりませぬ」豫州牧など形だけのお飾りでしかなかった。徐州刺史は州牧より一等劣るが、許都の直接的な支配を免れることができる。荀攸は劉備のためを思うふりをしているが、本当は心を許していないだけなのだ。

陳登によって劉備の心にともされた小さな火は、たちまち荀攸の手で冷水を浴びせられた。劉備は殊勝なふうを装った。「軍師殿の仰るとおり。それがしにはその才も力もありませぬ。許都に戻って都をお守りいたしましょう」曹操は劉備に微笑みかけることしかできず、いま一度、荀攸に問うた。

「では、軍師は誰を徐州刺史にするのがよいと思う」

荀攸は口が堅いことで知られている。陳登と劉備の前でそれを口にすることは憚られ、お茶を濁した。「沿海がまだ平定されていませぬゆえ、まだ時期尚早かと存じます。都に戻ってから令君《れいくん》［荀彧《じゅんいく》］の意見を聞いてみるというのはいかがでしょう。何か名案があるやもしれませぬ」

陳登は食を献じるという口実で徐州の今後の動向を探りに来ていたのだが、話題をことごとく荀攸にはね返され、興ざめしてしまった。杯《さかずき》の酒を飲み干して立ち上がると、劉備もつられるように立ち上がった。今度は曹操も引き止めず、拱手《きょうしゅ》して許褚に見送りを頼んだ。二人が出ていくと、荀攸は即座に口調を変えた。「今宵、二人を引き止めたのは誤りでした」

「朝廷に帰順しておるのだ。なぜそう目くじらを立てる」鰒と美酒を堪能したためか、曹操はいつになく無頓着な物言いをした。

荀攸が忠告した。「陳元竜は広陵《こうりょう》に数千の兵を擁しております。劉玄徳はどっちつかずの食えない男。この二人にはくれぐれも用心くださいませ」曹操は一笑に付して気に留めようともしなかった。不意に、幕舎の外から若い男の声が聞こえてきた。「軍師殿の仰るとおり。二人を信用しきってはなりませぬ」郭嘉《かくか》がふらりと入ってきた。

「奉孝《ほうこう》、こんな時間にやってきたということは、また河内の戦況を密かにつかんだのか」荀攸が身を固くした。

郭嘉はさっと顔を赤らめ、気まずそうに笑った。「いえいえ、ちょっとわが君と内々の話をしたいと思いまして」曹操は秦宜禄《しんぎろく》の妻の杜《と》氏に会うつもりで、内緒で郭嘉に連れてこさせていたのだ。荀攸に知られるわけにはいかない。

荀攸は自分が避けられていることに気づき、甚だ不愉快であった。郭嘉は軍師祭酒《ぐんしさいしゅ》であるとはいえ、実際には張京《ちょうけい》、徐佗《じょた》、武周《ぶしゅう》らよりずいぶんと厚遇されていた。この若造はいつも飄々《ひょうひょう》として曹操のご機嫌取りをしている。そして、その寵愛を笠に着て、許都ではずいぶん好き放題をやっているらしい。荀攸はてっきり、郭嘉が何かねだりに来たのだと誤解し、心中面白くなかった。おのずと口調も説教じみたものになった。「奉孝、軍営に関係のないことをあまり口にせぬようにな。夜も更けてきた。わが君のお休みを邪魔するでない」

「はい、わかっております」郭嘉が繰り返し返事をした。

「では、わたしはこれにて失礼いたします」荀攸は頭を下げた。「もう一つだけ。よくお考えいただきいのですが、どうか諸官を公平に遇してください。えこひいきがありますと、下の者があることないことを言い出しかねません」

完全に誤解しているので、曹操は思わず笑ってしまいそうになったが、本当のことを打ち明けるわけにもいかない。「その言葉、忘れずにおこう。私腹を肥やそうとする者が現れたら、思い切り懲らしめてやる」そう言いながら、郭嘉のほうを見た。

荀攸が満足そうに帰っていくと、曹操は幕舎の外まで見送り、許褚に灯《あか》りを持たせて送らせた。二人の姿が見えなくなると、振り返って尋ねた。「杜氏は来たか」

郭嘉が声を低くして答えた。「秦宜禄のやつ、寝取られ者のくせにこういうことにはよく気が利きます。馬車に乗せて脇門《わきもん》から入らせております。誰にも気取られぬよう、すでに寝所のほうにお送りしました」

曹操は満足げにうなずいた。「よくやった。顔は見たか」

「わが君のものとなる女子《おなご》を、そう気安く見るわけにはいきませぬ」

「余計なことは言わずともよい。秦宜禄の淫《みだ》らな妻をどうこうしようというのではない。ただの好奇心で、ひと目見てやろうと思っているだけだ」

曹操の真面目くさった顔を見て、郭嘉はからかった。「ひと目ご覧になるだけならよいのですが。御身は軍旅《ぐんりょ》にあり責任のあるお立場、あまりにお疲れになるようなことはお避けください」

曹操は言外の意味を読み取って、ぷっと吹き出したが、またしかめ面《つら》を作った。「このことは言いふらすでないぞ。ほかの者に余計なことを言われては面倒だからな。とくに、陳元方《げんほう》父子はまだ軍営内にいるだろう。あれに知られては軽蔑されかねん」

「ご安心を。秦宜禄と護衛兵数名のほかは、誰も知りませぬ」

それを聞いて安心した。「よし。それでは、呂布も関羽も虜になったという女の顔を拝んでやるとするか」

郭嘉は自ら灯りを持ち、曹操を寝所まで送ることにした。二人が前後して軍営の奥へ進むと、寝所の衛兵はいなくなっており、簡素な馬車が停まっている。秦宜禄がひと言も発さず車の脇に跪き、曹操を出迎えた。がたがたと震えている。冷たい風のなかでずっとそうしていたのだろう。曹操の姿が見えると、すぐさま笑顔を浮かべた。「お、お待ち申し上げておりました」口八丁の秦宜禄が、寒さで歯の根も合わなくなってしまっている。

曹操はほのかな灯りを頼りに、この恥知らずな小人《しょうじん》をうち眺めた。中央に寄り気味の眉に、上目遣いの目。鷲鼻に、菱の実を思わせる口。首をすくめて顔じゅう皺《しわ》だらけにして白々しく笑みを浮かべている。左右の頬とあごに蓄えた髭には白いものが交じっている。この男は目先の利益しか見ていない。お世辞とおべっかだけで生きているような人間だ。半生をあちこち転々とし、格の低い主君に乗り換えることを繰り返して今日のていたらくがある。自分の妻さえも出世や保身の道具にするというのだから、悲しくもおかしい、なんとも憐れなやつだ。

秦宜禄にとっては、いまさら面子《めんつ》などどうでもいい。押し殺した声でささやいた。「ささ、美人の女盛りは短うございます。早く寝所へお入りを……」

妻を踏み台にして上役に取り入るとは、人はここまで恥を捨てられるものなのだろうか。曹操はわけのわからない怒りに襲われ、秦宜禄に平手打ちを食らわせた。乾いた音が響き渡り、秦宜禄の顔にくっきりと五本の指の跡がついたが、秦宜禄は手で顔を押さえるでもなく、歯をむいて笑っている。

「何かお気に障ることでもいたしましたでしょうか。わたくしめに至らぬところがあれば、どうぞお叱りください。しかし、わたくしめのこの忠義心には一点の曇りもありませぬ」

「ばちん」と音を立てて、返す手で曹操が再び一発浴びせた。秦宜禄は恥じ入る様子も困惑する様子もなく、相変わらず薄ら笑いを浮かべている。「打《ぶ》たれても、怒鳴られてもかまいません」曹操の怒りは激しくなる一方だった。襟首をつかむと、左右から「ばち、ばち、ばち、ばち、ばち、ばち」と立て続けに六発も平手打ちを浴びせた。

秦宜禄は頭がぼうっとして、目から火花が飛び出た。両頰は真っ赤に腫れ上がり、唇の端からは血がたらりと流れ出た。それでも、一時ぼんやりしただけで、すぐに笑顔を作ってみせた。「打たれて当然、わたくしめをここに置いてくださるならば、毎日打たれてもかまいません」

曹操は呆気にとられ、何かをあきらめたかのようにかぶりを振った。こんな男、殴る価値もない。奴僕はどこまでも奴僕だ。秦宜禄の腹のなかにはもはや「恥」という言葉はないのだ。曹操は嘆息すると、ゆっくりと言い渡した。「宜禄よ。いまこのときをもって、貴様と杜氏とは赤の他人だ。杜氏には別の男をあてがってやる。もしも余計なことを口にして騒ぎ立てたら、貴様の生皮を剝《は》いでやるからな」

秦宜禄は唇の血をぬぐいながら笑った。「杜氏とはとうの昔に縁を切っております。どうぞご安心を」秦宜禄は呂布の命《めい》を受けて袁術を訪ねていったことがある。皇帝になりたくて仕方のない袁術は、秦宜禄のお世辞にのぼせ上がってしまい、浮かれた挙げ句に劉《りゅう》氏一族の女を妻として与えた。秦宜禄はすぐに杜氏を側女《そばめ》に落とし、のちに杜氏は呂布のものとなったため、夫婦関係はすでに終わっていた。

　曹操は秦宜禄の声にも顔にもすっかり嫌気が差し、しばらく黙っていたが、最後は許してやった。

「まあよい。命だけは助けてやる」

「かたじけのうございます。かたじけのうございます」秦宜禄は何度も額を地べたに擦《す》りつけた。

「わたくしは屋敷に戻ってわが君のおそばに侍っておればよいでしょうか」

「戯《たわ》けめ。お前ごとき下賤の輩が掾属《えんぞく》［補佐官］になれるわけなかろう」曹操は袖を翻した。

「お天道さまもご覧くだされ、わたくしめのこの忠義の心を」秦宜禄は天に誓いつつ、曹操の衽《おくみ》をつかんで訴えた。

「離せ」曹操が蹴り飛ばした。「お前の臭い口から出る声を聞くくらいなら、驢《ろ》馬《ば》の鳴き声でも聞いているほうがましだ。さっさと失せろ」

「お、お待ちを」秦宜禄は身の振り方をなんとかしようと考えをめぐらせていた。これからも、上にへつらい下をくじき、虎の威を借りて生きていかねばならぬ。このまま曹操に追い払われては、お世辞を言い、殴られまでした先ほどの苦労が水の泡だ。曹操に蹴られるがまま、着物の裾にすがりついて哀願した。「どうかお慈悲を、どんなにつまらない役職でもかまいませぬゆえ……ともに出兵し、馬を走らせた間柄ではございませせぬか」

　靴底にへばりつく、ふやけた餅のような男である。曹操はもはや愛想を尽かしていた。「離せ。すぐに離さねば棒で打たせて叩き出すぞ」そう脅してはみたものの、殺すわけにも追い出すわけにもいかない。こんな夜更けに騒ぎを起こせば、醜聞がみなに知れ渡ることになる。郭嘉はさすがに頭がよく回る。曹操の耳元でささやいた。「こやつを故郷に帰してはなりませぬ。あちこちで杜氏のことを吹聴して回るようなことがあれば、わが君の名に傷がつきます。適当に役職を与えてやればよいのです。そうしておいて、あとで噂を立てるようなことがあれば殺してしまいましょう」

「それもそうだな」曹操はうなずき、不機嫌そうな顔で言い放った。「宜禄よ、お前はわけもなく悶着を起こした。だが、奉孝の取りなしにより、とくに官職を与えてやる。ちょうど銍《ちつ》県［安徽《あんき》省北部］の県長《けんちょう》に欠員が出たゆえ、それを務めるがよい」

秦宜禄は内心、落胆してしまった。銍県といえば豫州の沛《はい》国、曹操の故郷のほど近くにある土地だ。いまでは朝廷の武官は、上は司令官から下は宿衛《しゅくえい》まで、半分近くが沛国の者で占められている。彼らの郷里で形ばかりの県長をやるということは、彼らのご機嫌取りに奔走する立場に置かれるということだ。だが、首がつながっただけでも僥倖《ぎょうこう》である。これ以上ごねれば曹操に何をされるかわかったものではない。ただただ叩頭するしかない。「曹公のご厚恩、まことにかたじけのうございます」

「先に言っておくぞ。わしがかつて県令としてどう振る舞っていたか、お前は見ていたはずだ。同じようにやるのだぞ。賂《まいない》を受けたり、無辜《むこ》の者を苦しめたりするようなことがあれば、その首はないものと思え」

「ご安心を。銍県を見事に治め、いかなる悪事も起こらぬ県にしてみせます」

「できるものならやってみろ。わかったらさっさと行け。二度と顔を見せるな」これ以上相手にしてはいられなかった。

「お待ちを」郭嘉が引き止めた。「秦宜禄は敵方から帰順した身。一族の者を人質として都に置いてもらわねば地方の役職につけるわけにはいきませぬ」

秦宜禄はよほど「俺の側女を取り上げたくせに」と言ってやりたかったが、杜氏とは縁を切っていると言った手前、それでは道理が通らない。再び嫌らしい笑みを浮かべた。「息子が一人おります。杜氏の生んだ子ですから、母と一緒に都に置いておけばよいかと。わたくしめに二心《ふたごころ》はございませぬが、もしわが君のお気に障ることがありましたら、どうぞあの豚児めを殺して、秦の家を途絶えさせてくださいい」

「息子が豚なら、お前は何なのだ」曹操は冷たく笑った。この男は本当に手段というものを選ばない。妻を捨て、血を分けた実の子すら殺してしまってかまわないと言ってのける。ちっぽけな官職にしがみついて生き延びたとして、そこに意味はあるのだろうか。考えるほどにこの男が醜悪に思えて、言葉をかけることすら億劫になり、背を向けた。「さっさと行け」

「はっ」秦宜禄は聞き分けよく、見るからに殊勝げにへこへこと頭を下げて立ち上がると、しょんぼりと去っていった。

曹操は遠ざかる後ろ姿を眺め、胸が締めつけられるような思いがした。「洛陽の北の城門で門番をしていた小吏が、取り立ててやったころは多少なりとも骨があったものだが、世が乱れるにつれて恥を忘れ、ここまで落ちぶれてしまった。憐れな男、情けない男だ」

郭嘉はというと笑みを浮かべている。「自業自得です。自身の心を入れ替えない限り、あやつに世を憂う資格はありませぬ。太平の世であっても、強きを助けて弱きをくじく小役人は掃いて捨てるほどおります。あんな小人、珍しくもありませぬ」

「あいつが自分でみじめな生き方を選んだのだ。好きにさせてやろう」曹操はそう納得して、郭嘉に命じた。「奉孝、それでは一つ美女にお目見えして、しかるのちに解放してやろう。おぬしは外で見張りをしておれ。誰にも邪魔をさせるな」

「はっ」郭嘉は返事をして門のほうへと下がったが、内心でおかしがっていた――しかるのちに、女のことが気に入ってしまったら、決して手放しはせぬだろうな。

寝所には黒い布の帳《とばり》がかかり、隙間からかすかな光が漏れていた。女を驚かせてはいけないと思い、曹操は軽く咳払いをしてから帳をめくってなかに入った。なかには女が二人いた。一人は年増の女中で、粗末な衣を着て、懐に一、二歳の子供を抱いている。もう一人の女に視線を移し、じっと目を凝らしてみると、曹操はそこから目が離せなくなった。

この杜氏という女、年はすでに三十路に近いが、顔かたちは十六、七の年ごろの娘より美しい。背丈はそれほど高くなく、しなやかですらりとした体つき。墨で染めたように黒々とした髪はひと束に結い上げ、髪を飾る真珠や翡翠が星のようにきらめき、夜の薄闇のなかで光を放っている。うりざね顔であごは細く、色白の肌に薄紅を差し、まるで咲きはじめの芙蓉《ふよう》か、春を彩る桃李《とうり》を思わせる。二本の黒い細眉が美しい弧を描き、二月の新柳のように見る者の心をさざめかせ、雲にかかる新月にも見える。黒目と白目がくっきり分かれ、大きな眼は潤んでいる。二重瞼からは長いまつ毛がふわりと伸び、色気を漂わせ、秋波を送ってくる。すらりと通った鼻、頬骨は高く、桜桃のような唇には紅を引いている。形の良い耳には翡翠の耳飾りを下げ、綺麗に揃《そろ》えられた鬢《びん》の毛を引き立てている。

すべては曹操に取り入るため、秦宜禄が呂布の妻である厳《げん》氏の装飾品を奪い、この絶世の美女に身に着けさせて、入念に飾り立てたのである。頭には褒姒《ほうじ》［周《しゅう》代の妃《きさき》］も挿した鳳凰の翼をかたどった金の簪《かんざし》を挿し、身には妲己《だっき》［殷《いん》代の妃］がまとった百花《ひゃっか》紋様の錦の袷《あわせ》をまとい、腰には西施《せいし》［春秋時代の越《えつ》の美女］と同じ青緑色の紗《しゃ》の裳《も》を巻いている。手には鉤弋夫人《こうよくふじん》［前漢の武帝の側室趙婕妤《ちょうしょうよ》］が所持していた絹の手巾《しゅきん》を握り、頬には驪姫《りき》［春秋時代の晋《しん》の妃］が用いた蠱惑《こわく》的な脂粉《しふん》の粧《よそお》いを凝らしている。足には趙飛燕《ちょうひえん》［前漢の皇后］が履いて舞ったという鴛鴦《おしどり》の刺繍が施された緞子《どんす》の靴を履いている。まさしく、言葉を解する花、匂い立つ玉、美女のなかの美女といってよかった。

　杜氏は立派な衣冠を身に着けた中年の男が入ってきたのを見て、この男こそ曹操であろうと思った。じっと見つめられていることに気まずさを感じたが、礼を失してはならないと思い、立ち上がって静かに歩み寄ると、深々とお辞儀をし、そのまま言葉は発しなかった。

　曹操は秦宜禄の人品を心の底から軽蔑していた。その妻や側女など淫らで汚《けが》れたものに決まっていると思っていた。何人もの男を骨抜きにしてきた女とはいったいどんな姿をしているのか、ただそれを見てみたかっただけで、あとは関羽にくれてやろうと思っていたのだ。ところが、杜氏をひと目見たその瞬間に、心は揺れ動き、このうえない心地よさに包まれ、さっきまでの考えなど雲散霧消してしまった。杜氏の眼の前に詰め寄ると、灯りを持ち上げておとがいを上げ、しげしげと眺めた。灯りに照らされると、いや増して艶《なま》めかしく見えた。ただ、どういうわけか杜氏は眉をかすかにひそめた。両の眼は虚《うつ》ろでどんよりと曇り、あきらめと哀しみの念をたたえていた。しかし、その姿がなおいっそう男の心をざわめかせるのであった。

　曹操は目をむき、口を半開きにして、涎《よだれ》を垂らしそうになっていた。これほどの上玉だったとは。

しばらくのあいだ言葉を失っていたが、ふと我に返ると、灯りを置いて李延年《りえんねん》［前漢の楽人《がくじん》］が妹を献上したときの歌を思い起こし、小さな声で吟じはじめた。「北方に佳人有り、絶世にして独り立つ。一たび顧みれば人の城を傾け、再び顧みれば人の国を傾く。寧《いず》くんぞ傾城と傾国を知らざらんや、佳人再びは得難し［北方にいる美人は、絶世の美しさで並び立つ者などいない。彼女が一度、見つめれば城は危うくなり、二度、見つめれば国が危うくなる。城や国を危うくすることはわかっているが、これほどの美人は二度と手に入らない］」吟じ終わると両の手で女を寝台に座らせ、ため息をついた。「そなたほどの絶世の麗人が、秦宜禄のごとき卑劣な小人に身を任せ、さらには呂布に奪われ辱めを受けていたとは。まことに、美人薄命」

杜氏は目を伏せたままひと言も発さなかった。醜悪な面構えをした前夫のことは心底嫌っていたが、愛情を注いでくれた呂奉先《ほうせん》のことはそこまで恨んではいなかった。

「男は生業《なりわい》を、女は嫁ぎ先を誤ってはならぬという。王司徒《しと》［王允《おういん》］は稀代の名臣であったが、人情というものを知らなすぎた。そなたのような女を秦宜禄のごとき犬畜生に与えるとはな。豚に真珠とはこのことだ」そう語りかけながら曹操は杜氏の細くしなやかな指をぎゅっと握った。玉のようなその指はすべすべとしてしっとり柔らかく、いや増して欲望がかき立てられる。杜氏が振りほどこうとしても、曹操の指は鉤爪《かぎづめ》のように食いついて、そのまま袖をめくり上げ、雪のような腕をなでさすりはじめた。杜氏の胸に冷たいものが走った。容貌にばかり恵まれても、心が満たされたことなどない。またこうして一人の好色漢の手に落ちてしまうのだ。

生来色を好む曹操だが、この数か月は軍旅にあり、女の味も忘れてしまっていた。どんな女でも欲望を満たせる、そんなときに出会ったのがこの絶世の美女である。薄汚い秦宜禄のことも、三公《さんこう》としての体面も忘れ、関羽との約束も彼方に捨ててしまった。そのままの勢いで杜氏に迫り、細い腰をかき抱《いだ》き、髭面を突き出して口づけしようとした。

「おやめください」杜氏はありったけの力で曹操を押しのけ、胸元をかばい、切々と訴えた。「わたくしは子のある身、どうか自重くださいませ」

曹操は相手に子や夫がいても意に介することはない。ただただその声と吐息によって、体は言葉にできぬほど熱を帯びてきた。帯も解いてしまい、杜氏をじっと眺めた。杜氏には、その目がまるで肉を食い破ろうとする虱《しらみ》のように見えた。しかし、天下の三公の逆鱗に触れるわけにはいかない。言葉の調子を和らげて、改めて懇願した。「わたくしは子のある身、どうか自重くださいませ」

「なるほど、そうかそうか」曹操は振り返り、傍らで立ち尽くしている女中に手招きした。「子の顔を見せてくれ」

女中がおずおずと近寄ると、曹操はおくるみをめくった。白く、丸々とした可愛らしい赤子が口を尖らせて眠っている。触れてみたいという気持ちが湧き上がり、手を伸ばしてその小さな顔をやさしくつまんでみた。杜氏は気が気でない。「まだ二歳になったばかりで、阿蘇《あそ》と申します。どうかそのまま寝かせてやってください」

「阿蘇か……実の名は何という」

「秦朗《しんろう》でございます」

曹操は不審に思った。秦宜禄がこのような美しい顔の子を授かるだろうか。まさかこれは呂布の……ひとたび疑念がよぎると、もうそのようにしか見えなくなり、気づけば赤子の喉に手をかけていた。

杜氏は目を見開いて曹操を見つめた。男に苦しめられ続けた心は、すでに冷え切っている。秦宜禄の子とも呂布の子とも知れないこの息子がいなければ、とうに首をくくっていたことだろう。息子だけが心の支えである。曹操がこの子を締め殺すのなら、相手がどれだけの力を持っていようと、どれだけ高い位にあろうとかまわない、死ぬまで抗《あらが》うつもりだ。だが、じっと赤子を見つめていた曹操は、その手を引っ込めた。女中と赤子を少し遠ざけると、気味悪く笑った。「なかなか可愛らしい子ではないか。だが、秦宜禄はお前を捨てて別に妻《めと》を娶り、息子も要らぬと言っていたぞ。孤児と寡婦だけで、これからどうやって暮らしていくつもりだ」

杜氏は黙ったまま答えない。

曹操はがばりと両手を広げて芳しい玉のような体を抱き締め、黒髪に顔を擦りつけた。「わしは朝廷の三公、万民の上に立つ身だ。わしのところに来れば、許都に戻ってからも着るもの食うものに困ることはない。そなたたち母子を苦しめる者もいなくなるだろう……」言うが早いか杜氏を寝台に押し倒し、慌ただしく帯を解きはじめた。

「おやめください、やめて」杜氏は力なくもがいてはいるが、俗に女の情欲は三十のときで狼のよう、四十のときで虎のようともいう。たくましく、権力を持った男を拒み続けることはできなかった。もがいているうちに一糸まとわぬ姿にむかれてしまい、されるがまま、涙を流して訴えた。「わかりました。どうぞお好きになさってください。ただ、一つだけお願いがございます」

曹操は髭面を豊かな胸に埋め、牛のようにあえぎながら答えた。「一つと言わず、十でも聞いてやる」

杜氏はすすり泣いていた。「呂布が死に、一人娘が残されました。ご夫人の厳氏はわたくしに姉妹のように接してくださいました。どうか母娘に寛大なお取り計らいをお願いいいたします」

「たやすいことだ。元凶が死ねば家族は罪に問わぬ。許都に連れ帰り、銭と食べ物を与えよう。そなたの顔に免じてな」そう言うと、曹操は杜氏の履物と絽《ろ》の足袋を慌ただしく脱がせ、美しい指を握った。おくるみのなかの赤子が目を覚まし、首を精いっぱい伸ばして大泣きする。女中も驚いて青い顔をしている。まさか朝廷の重鎮がこのような振る舞いに出るとは。寝台の周りには帳の一枚もないというのに、他人の目の前でこんなことをして恥ずかしくないのだろうか。真冬で、軍営のなかということもあり、赤子と一緒に外で夜を明かすわけにもいかない。寝所の片隅で牛のごときあえぎ声を聞くしかなかった。女中は寝台から目を背け、泣き喚《わめ》く秦朗を必死であやした。

寝所のなかでは盛大に事が繰り広げられたが、外には一人の衛兵もいない。郭嘉が兵たちを門のところに移し、許褚の立ち入りすら許さなかったのだ。郭嘉は吹きすさぶ寒風のなかで半刻［一時間］ほど立ったままで過ごしていた。遠くに見える寝所は帳を下ろしたままだ。「『大事すでに成れり』か」。郭嘉は羨ましいようなおかしいような心持ちだった。衛兵たちに交代を言いつけ、許褚と二言三言言葉を交わして、休むことにした。

そこに、暗闇を駆け抜けてくる人影があった。大声で「朗報です。朗報です」と叫んでいる。なんと、秦宜禄が舞い戻ってきたのである。「軍中にて朗報がございます。すぐに曹公にお知らせせねば」

郭嘉は冷たく笑った。「秦県長、軍中にどんな急報があろうとも、それを伝えるのはそなたの役目ではなかろうが」

まったくもって郭嘉の言うとおりである。秦宜禄は銍県の県長に任命されたことが不満で、ある知らせを耳に挟んだのをいいことに、王必に先を越されぬよう、時を移さず伝えにやってきたのだ。これを機に曹操の歓心を買い、厚かましくも役職を替えてもらおうと目論んだのである。郭嘉に痛いところを突かれると、慌てて作り笑顔を浮かべた。「郭祭酒、これから長い付き合いになるのです。もう少しお手柔らかに願いますよ」

「何がだ」郭嘉は白い目を向けた。「朗報とは何だ。先にここで言え」

「張遼が東海《とうかい》から夜を徹して駆け戻り、自ら両腕を縛り上げて投降してきたのです」

「張遼が投降してきただと」郭嘉は喜びを隠しきれなかった。「それは好都合。やつが降れば徐州は平定されたも同然だ」

「神のごときご威光を持ち、天下無敵の曹公の前にあっては、張遼のごとき匹夫など蟷螂《とうろう》の斧も同じでございます」秦宜禄はすかさず世辞を言う。「この秦宜禄が直々に報告に参ります」

「それはまずいな」なりふりかまわず手柄を立てようとはやる姿が、心の底から不愉快であった。また、昼間曹操が馬に乗っていたときに軍務の報告を聞いてもらえなかったことを思い出し、曹操の口調を真似した。「秦県長、何を焦っておる。軍務はたしかに重要だが、一刻を争うほどのことではない。わが君はお楽しみの最中であるぞ」

「わっはっはっは」左右にいた護衛兵が吹き出し、腹を抱えて笑った。許褚が掌中の長柄の矛でどすりと地を突き、真正面から怒鳴りつけた。「この寝取られ者めが。軍務の報告は貴様の役目ではないわ。さっさと行け。痛い目に遭いたいか」

仰天した秦宜禄は頭を抱えてねずみのように逃げていった。もとの妻まで献上し、さんざんお世辞を言い、懸命に媚《こ》びを売ったというのに、引き換えに得たのはつまらない県長の役目。これではあまりにも割に合わない。落胆して自分の天幕に戻ってきた。愚痴の一つでも吐き出そうとしたところで、はたと思った。どうせへつらうならばもっと徹底しなければ。曹操にはあくまでひれ伏して拝み倒すべきであり、陰で呪詛《じゅそ》してどうなるものでもない。秦宜禄はそう考えを改めると、心のなかで郭嘉とその先祖代々をひとしきり罵倒したのであった。

第三章　徐《じょ》州平定、土豪と契りを結ぶ

張遼《ちょうりょう》の帰順

張遼が両腕を縛り上げて投降してきたとの知らせを聞いて、曹操はうれしさのあまり寝台から跳ね起き、杜《と》氏を傍らへ追いやった。美女よりも、天下のほうが大事である。すぐに郭嘉《かくか》を呼んで杜氏を追い払い、衣冠を正して直ちに軍議をはじめた。

杜氏を乗せた馬車が去ると、軍営には灯《あか》りがともされ、にわかに真昼のような明るさになった。于《う》禁《きん》、楽進《がくしん》、徐晃《じょこう》、朱霊《しゅれい》、李典《りてん》、呂虔《りょけん》、路招《ろしょう》らそうそうたる将たちが、鎧兜を身にまとって参集した。曹操は中軍の幕舎《ばくしゃ》のなかに腰掛け、罪将《ざいしょう》の張遼を連れてくるよう命じた。

しばらくすると、兵士らに背を押されて屈強な大男がやってきた。顔は黄色くくすみ、額は広く、真一文字に結んだ口、垂れ下がった大きな耳、あごは十能《じゅうのう》のようにしゃくれている。くるくると癖のある髭は胸にまで広がっている。見るからにただ者ではないことがわかる。その大男が泣きそうな顔でよろよろと歩いてくる。後ろ手に縛られ、幕舎のなかに入っても突っ立ったまま、跪《ひざまず》こうともしない。

「跪け」于禁が一喝した。

「無理強いはよせ」内心ほくほくの曹操は、手を振って制した。「幷州従事《へいじゅうじ》であった張文遠《ぶんえん》に間違いないか」

「罪将のことにございます」張遼は鐘を打つような威厳ある声で答えた。

「誰に縛られた」

「罪将は朝廷に反逆した身、自ら縛りました」

「誰に投降するよう勧められた」

「誰にも勧められてはおりませぬ。自らの意志で参りました」

曹操は大喜びで聞いていた。「そういうことか。ならば早く縄を解いてやれ」

「それには及びませぬ」張遼はぐっと顔を上げた。「どうかいますぐそれがしを打ち首にしてくだされ」

「なんだと」曹操は目を丸くした。「帰順してくれた者を、なぜむざむざ殺さねばならぬのだ」

張遼は嘆息した。「帰順ではなく、処刑を願い出ておるのです。それがしは呂布さま麾下《きか》の将、主君を失ったからには明公《めいこう》につくわけにはいきませぬ。さあ、この首をひと思いに叩っ斬ってくだされ」

幕舎にいた将官はみな呆気にとられた。なぜこの男はこんなに死にたがっているのか。曹操は張遼をじっと見つめ、探るように小声で尋ねた。「張文遠、そなたは呂布がいかなる人間であったか知っておるのか」

すかさず張遼が答えた。「胸に大志なく腹に良謀のない、腰の定まらぬ逆賊でございます」

「よくわかっているではないか」曹操はうなずいた。「呂布の無才と無徳を知りながら、なぜそんな男に殉じるのだ」

「臣下である以上、忠義に殉じるのは当然のこと」

「それは違うな」曹操は噛んで含めるように言い聞かせた。「呂布は情も義も解さぬ男だ。恩人を殺《あや》めて義父を弑逆《しいぎゃく》した、そんな男に忠義を尽くす必要がどこにある」

「明公はご存じないのです」張遼は力強くかぶりを振った。「呂布さまはほかの者には恩も義も尽くしませんでしたが、それがしのことは厚く遇してくださったのです。十年にわたって運命をともにし、肩を並べて戦ってきたのです。呂布さまのために死んでも悔いはありませぬ」

「『良禽《りょうきん》は木を択《えら》んで棲《す》み、良臣は主を択んで仕える』という言葉を知らぬのか」

張遼は笑い飛ばした。「はっはっは。そんなものは裏切り者の戯言《たわごと》です」張遼の言葉に不快感を覚えた曹操軍の将は数知れなかった。朱霊は袁紹《えんしょう》の麾下であったし、徐晃は白波《はくは》から降ってきた。路招は王匡《おうきょう》と袁紹に仕えたことがある。張遼に言わせれば、みな裏切り者だということになる。将たちは歯がみした。李典が声を上げた。「こんなやつの首は刎《は》ねるべきです」李典の親類である李進《りしん》は、張遼に重傷を負わされてまもなく死んだ。仇を前にして、目を血走らせている。

そうした経緯も承知しているため、曹操は李典が叫ぶに任せ、頑なに殺せと言い張る張遼の顔をじっと見据えていた。どれくらいそうしていただろうか、ふっと笑顔を見せて尋ねた。「本当に、死なねば気が済まぬのか」

張遼は嘆き悲しんだ。「それがしは并州の民草に過ぎませんでした。丁原《ていげん》さまの下で形ばかりの従事をしていただけで、呂布さまに抜擢されていなければ、魯《ろ》国の相《しょう》など務められたはずもなく……」

李典は大股で歩み寄り、大声で遮った。「盗っ人猛々しいとはこのこと。その魯国の相とやらは逆賊によって任じられたものだ。すでに兗州《えんしゅう》の畢諶《ひっしん》がその職についておる。貴様はとっとと処刑されてしまえばよいのだ」無茶を言っているのは李典のほうだ。張遼はすでに首を差し出していて、曹操が殺すのを渋っているのだから……

李典の個人的な恨みを知っている曹操は、あえて口を挟まず、手で制して李典を下がらせた。張遼が続けた。「彭城《ほうじょう》で敗れたあと、それがしは東海《とうかい》にて臧覇《ぞうは》、孫観《そんかん》、呉敦《ごとん》に派兵を頼みましたが、一歩遅く、下邳《かひ》は包囲されてしまいました。包囲を破るほどの将兵はおらず、散発的に軍営を襲っておりましたが下邳が陥落し、呂布さま、そして高順までも……」そこまで言うと言葉を詰まらせた。「首がさらし者にされているのを目の当たりにし、もはやここまでと思い、こちらへ出頭した次第にございます。兄弟たちとともにこの世を去りたいのです」

「気骨ある并州の好漢よ。『士は己を知る者のために死す』を地で行くとは」曹操は感心しきり、ますます殺すに忍びなくなった。思わず諸将を見渡した――この者たちは張遼と同等の思いを自分に向けてくれているのだろうか――

曹操麾下の諸将は決して一枚岩ではない。個人的な対立はいくらでも存在した。はじめ、曹操は兗州で挙兵したため、最古参は于禁、楽進の二将である。その後、朱霊、徐晃、路招、馮楷《ふうかい》らが帰順し、ほかにも夏侯《かこう》家の者たち、曹家の者たち、卞秉《べんぺい》ら近親たちがいる。三派に分かれた勢力が、水面下でうごめいているのである。とりわけ、亭《てい》侯の位にある于禁は曹操軍第一の将であり、曹操からの信任は曹仁《そうじん》や夏侯淵《かこうえん》よりも厚い。勲功を争うことになる新参者を歓迎するはずもなかった。それゆえ、曹操が決断を渋るときには、私怨を抱える李典はもちろんのこと、于禁ら兗州の者たちも内心では処刑を望むのである。

曹操がいつまでも決断を下そうとしないので、張遼が催促した。「申すべきことは残らず申しました。さあ、どうぞこの首、お斬りくだされ」

曹操はそれには取り合わず、話題を変えた。「文遠、面《おもて》を上げてわしをよく見ろ。われらは旧知の仲であろうに、忘れたか」

「はあ」不意を突かれた張遼は顔を上げ、灯《あか》りに照らされた曹操の顔をまじまじと見つめた。「あなたは……」

曹操は髭をさすりながら笑っている。「ちょうど十年前だ。董卓《とうたく》と丁原の兵が洛陽に入り、弁州軍と涼《りょう》州軍がそれぞれ守備に当たっていた。そなたの麾下の弁州兵五人が乱暴を働いていたところを、馬で通りがかった典軍《てんぐん》校尉がその場で一人斬り殺した。それから……」

張遼ははたと膝を打った。「それから、それがしが残りの四人を始末して首を引き渡し、お屋敷の門前に矛を突き刺して……あなたがあのときの……」

「そのとおりだ」曹操は髭に手を触れた。「わしがあのときの典軍校尉だ」

張遼は恥ずかしそうに笑った。「それがし、あのときはまだ二十歳にも満たず、世間知らずのとんだ粗忽者でございました」

「そうは思わなかったがな。あれから十年、いくつもの戦《いくさ》を経てきたが、あの事件を忘れたことはない。文遠こそ英傑よ。無法者を始末したのは軍紀を守るため。矛を突き立てたのは弁州軍の面子《めんつ》を守らんがため。忠の心と義理人情をともに備えている」曹操は当時に思いを馳せたのか、遠い目をした。「あのころから、文遠とはぜひ懇意にしたいものだと願っていた。秩序を失った世の中で戦場を転々とし、再会がかなわぬままこんなに年月が流れてしまったというわけだ」

「買いかぶりでございます」張遼は俯《うつむ》いた。

「文遠、どうかわしの面子を立てて、わが麾下に加わってくれぬか。これからは官軍として手柄を立て、英雄としての志を得ることができれば、これほど素晴らしいことはないと思わんか」もはや帰順を乞い願うような口ぶりになっていた。

張遼は実直な男である。死ぬつもりで投降したというのに、まさかこんなことになろうとは。優しい言葉で懇願されて、鉄の意思も揺るぎはじめた。しかし、一度は呂布に忠誠を誓った身。弐臣《じしん》［主君を裏切った臣下］の汚名を着せられることへの恐れと板挟みになり、なお決断しかねていた。于禁は、曹操があくまでも張遼の罪を問おうとしないことに我慢がならず、思わず声を上げた。「西北の賊め、曹公はお前を取り立ててくださると言っておるのだ。死ぬか生きるか、はっきりせぬか」

于禁は張遼の頑なな態度を見て、わざと悪態をついた。死を選ぶよう仕向けたのだ。ところが、張遼を差し置いて、傍らにいた徐晃が腹を立てた。「于文則《ぶんそく》よ。賊とは誰のことだ」徐晃は河東《かとう》郡の出身で、白波賊の楊奉《ようほう》に従っていた。于禁の「西北の賊」という言葉は、徐晃の感情を逆なでしたのだ。

「公明《こうめい》、そなたのことではない」于禁が慌てて釈明した。

「誰のことだろうと言ってはならぬことだ」徐晃の怒りは収まらない。「『関東《かんとう》［函谷関《かんこくかん》以東の地］は相を出し、関西《かんせい》［函谷関以西の地］は将を出す』という言葉がある。われら西北の男は腰抜けではない。

口が滑ったということにしてやるが、次に同じことを言えば命はないものと思え」

さばけた性格の路招が慌てて諫めた。「さあさあ、言い争いはこのくらいに」

曹操は部下たちの言動を目にして苦り切ってしまった。さらに張遼に問いかけようとした矢先、幕舎の外がにわかに騒がしくなり、兵たちのどなり声が聞こえてきた。「入ってはならぬ。ならぬというに」その声とほとんど同時に、許褚《きょちょ》ともう一人の武将がもみ合いながら幕舎に入ってきた。身の丈九尺［約二メートル七センチ］、顔は熟した棗《なつめ》のように赤く、太く濃い眉に切れ長の目、左右の頬と口の左右、あごから垂れ下がった長い髭、関雲長《うんちょう》その人であった。

「二人とも手を放せ」曹操が声を上げた。「いったい何ごとだ」

怒り心頭の許褚が答えた。「関羽《かんう》は劉使君《りゅうしくん》麾下の将ですのに、いったいどんな了見か、中軍の幕舎に押し入ってまいったのです」

関羽は切れ長の目をさらに細め、包拳《ほうけん》の礼をとってお辞儀した。「それがし、文遠がここにいると聞きつけ、話をしたい一心で、軽率ながらも参上した次第にございます。どうかお許しを」

「雲長よ、続けるがいい。仲康《ちゅうこう》は退《さ》がれ」関羽の咎《とが》は明らかであったが、曹操はあえてその肩を持った。

「かたじけのうございます」関羽が再び礼をし、幕舎のなかの諸将を見回して真面目な顔で話しはじめた。「外で公明殿の話を聞きました。われら西北には屈強な男しかおりません。まったくもって仰るとおりです」そう言うと腰に差した剣を抜き、張遼の手首にかけられた縄を切り落とした。

「不届き者め」たちまち李典が逆上し、剣を奪おうとつかみかかった。しかし、関羽の相手になるはずもなく、突き飛ばされてよろめいた。慌てた于禁、楽進、呂虔が剣を抜き、関羽に襲いかかろうとした。それを見た徐晃、朱霊はすかさず剣を取って関羽と張遼をかばった。幕舎の内に、剣から放たれる冷たい光がきらめいた。

曹操が将帥用の卓を叩いた。「なんとみっともないやつらだ。その手に持ったものを放さぬか」がちゃん、がちゃんと響き、諸将は武器を手放したが、関羽はまず張遼の縄を切ってから、ようやく剣を置いた。曹操は諸将を刺すような目で見渡した――まったく腹立たしいやらおかしいやら。この者らは気性ばかり激しく、何かというとすぐにもめごとを起こす。まあ、そうでもなければ、敵陣に突入して瞬きもせずに人を殺すことなどできんがな。むやみに叱りつけるわけにもいかぬか……

関羽も河東郡の出身である。劉備の配下ではあったが、小沛《しょうはい》［江蘇《こうそ》省北西部］での数年のあいだに張遼とも親しく交際しており、その忠義と武勇には一目を置いていた。劉備一人を主君と認め、曹操には易々とは膝を突かなかった関羽が、今日だけは自ら跪き、長い髭を手首に乗せて包拳の礼をとった。「張文遠は義侠心の人。この関羽、自らの命をもって保証いたしますゆえ、どうぞ将としてお取り立てくだされ」そう訴えると張遼のほうを向いた。「文遠、英雄の生涯とはいかにも短いもの。一時の感情に身を任せて死んでしまっては、そなたが口にしていた壮志が嘘になってしまうではないか。愚兄の言うことを聞け。投降するのだ」

「雲長殿、なぜそこまで……」張遼はかぶりを振った。

関羽と張遼は、曹操にとって忘れようとしても忘れられず、いくら求めても手の届かない武将であった。赤ら顔の関羽は劉備にしか従わず、黄みがかった顔の張遼は死んでも投降しようとしない。

猛将を手なずけることは、美女をものにするよりはるかに難しいことだった。女であれば力づくで言いなりにさせられる。しかし、この二人は決して力では動かない。曹操は立ち上がり、卓を回って張遼の目の前まで近寄っていった。「英雄は英雄を惜しみ、好漢は好漢を惜しむ。これでも文遠は投降せぬか。仁義で知られたそなただ。まさか呂布や高順だけが友であったというのか。雲長も友であろう。このわしはそなたの友としてふさわしくないか」

「友」という言葉に張遼の心は沸き立ち、小さな声でつぶやいた。「友とはありがたいものだが、ときに面倒なもの。左には友、右には仁義、この張遼をなんとも苦しめてくれる……」

曹操はようやく安堵して、笑いかけた。「そなたに対する呂布の恩義を否定するわけではない。だが、わしもいまの朝廷で三公《さんこう》の地位にある身。大義も小義《しょうぎ》もあって当たり前。選択は難しくあるまい。それから、侯成《こうせい》、宋憲《そんけん》、成廉《せいれん》らもみなわが陣営におる。投降してくれるというのなら、この者たちとその麾下にいる兵馬はすべてそなたに預ける。弁州の同郷であろう」

張遼は歯を食いしばった。「わかりました。士は己を知る者のために死す。投降そのものは難しいことではありません。ただ、一つお願いがございます」于禁らが不満を露わにし、白い目を向けた。投降を認めるというだけで、どれだけ面子を立ててやっているかわからないのに、まだ条件を突きつけてくるとは……

曹操は一向に気にしない。「申してみよ」

「沿海に割拠する臧覇、孫康《そんこう》兄弟、呉敦らはわが友にございます。この者たちが帰順するよう説得に参りたく思います」

曹操の眼《まなこ》がぱっと輝いた。願ってもないことだ。臧覇、孫観、孫康、呉敦、尹礼《いんれい》、昌覇《しょうは》は青州《せい》と徐《じょ》州の沿海に居座る者たちだ。いずれも匪賊の出で、世の混乱に乗じて勢力を広げている。張遼がやつらを帰順させてくれるなら、徐州は完全に朝廷のものとなる。後顧の憂いもなくなり、大手柄を持ち帰ることができよう。そして何より袁紹との対決を有利に運ぶことができる。曹操はその利を十分に承知していたが、あえて迷うそぶりを見せ、髭をいじくり回しながらわざと返事を渋った。「それは……まあよかろう。そなたの顔に免じて、臧覇らの説得を許そう」

張遼に憎しみを抱く李典が横槍を入れた。「なりませぬ。臧覇どもは民に害なす匪賊ですぞ。そのような者を朝廷は受け入れるのですか」

「何を言うか」張遼が反駁した。「民に害なす匪賊だと。臧宣高《せんこう》の父は泰山《たいざん》郡の獄卒だった。宣高は天下の大乱によって東海に流れ、義勇兵を率いて黄巾賊を討ったのだ。いずれにしても朝廷の任命した騎都尉《きとい》である。孫氏兄弟らは匪賊の出とはいえ、殺すのは悪徳官吏や無法者だけで、貧しい者を苦しめたことなどない。俺に言わせれば貪官汚吏《たんかんおり》などよりも匪賊のほうがよほど清らかだ」

李典が言い返そうとすると、曹操がそれを遮った。「文遠の言うとおりだ。英雄豪傑でさえあれば拒む理由はない」

張遼は心の底から感動していた。「曹公は英明であられる。それがしに残された数百の兵馬は下邳の東におりますが、そやつらに武器を捨てて投降するよう伝えます……それから、それがしに十日いただけないでしょうか」

「十日もか」

「はい。十日のうちに臧覇たちを説得し、こちらへ帰順させてみせます」

李典がまた口を挟んだ。「河内《かだい》での戦で、急を要するのだ。十日も待っていられるか」

「黙っておれ」曹操の堪忍袋の緒が切れた。「おぬしは礼儀というものを知らんのか。それともわざと邪魔をしているのか。何年も学問をしてきたというに、お国の敵と家の仇もまともに区別できぬというのか」

一族の仇を前に激昂し、頭ごなしに叱りつけられた李典は、いつもならおっとりとした穏やかな人柄であるのに、このときばかりは怒りのあまり地団駄を踏み、戦袍《せんぽう》を翻して礼もせずに去っていった。

「わが李家の仇め……」と、天を仰ぎ涙を流しながら……

曹操はそれにはかまわず、張遼に約束した。「よかろう。ここで十日間待ってやる」

「ご厚恩に感謝いたします」張遼はひれ伏した。

曹操は張遼に手を差し伸べて立たせようとしたが、どうしても立ち上がろうとしない。「どういうつもりだ。寝所を用意させておるゆえ、ひとまず休むがよい。何かあるなら明日にせい」

そこで張遼はついと身を起こした。「善は急げと申します。これから行ってまいります」

その眼に一切の迷いがないことを見て取った曹操は、もはやてこでも動かぬと悟った。「そうか。ならば行ってこい。いずれにせよ、十日目には報告に戻るのだぞ」

張遼は苦笑いを浮かべた。「十日のうちに臧覇を引き入れることができなければ、合わせる顔がありません。どこか山にでも入って自刃いたしましょう。うまく運ぶことを祈るのみ。明公もどうかご無事で」そう言い置くと、振り返りもせずに出ていった。

曹操はその後ろ姿を眺めながら、呆気にとられてつぶやいた。「義士なり。公明、雲長、見送ってやるがいい」

命《めい》を受けて徐晃、関羽が出ていくと、曹操は長いため息をつき、しばらく突っ立っていたが、手招きして呂虔を呼んだ。「子恪《しかく》、おぬしは曼成《まんせい》と懇意にしていたな。わしの代わりに慰めてやってくれ。天下動乱のいま、私怨によって大事を誤ってはならぬとな。それから、卞秉に言付けてほしい。下邳での戦利品のなかから、最上の鎧兜や剣やらを見繕《つくろ》って、曼成に与えよとな」

「はっ」呂虔は内心、面白くなかったが、命には従い出ていった。

「もう遅い。みな休め」曹操はうなだれたまま卓に戻った。もはや杜氏の体のぬくもりも忘れ、ひたすら張遼の帰還を祈った。

諸将は黙ったままぞろぞろと退出していった。于禁は足取りも重く、胸に不安を抱えていた――張遼は軍門に降る前からこれほどの寵愛を受けている。兵馬を与えられ、友と一緒に帰順することを許され、今後はさらに厚く遇されることになるだろう。軍の筆頭を争う相手はあの男か……

土豪に官位を授ける

君子に二言はない。臧覇《ぞうは》らの説得を張遼《ちょうりょう》に任せた曹操は、戦《いくさ》のことはひとまず忘れて知らせを待つこととし、一方で袁敏《えんびん》を下邳《かひ》の水路の普請《ふしん》に当たらせた。何の音沙汰もなくあっという間に九日が経ち、将兵らは、張遼が匪賊の説得にしくじり、大口を叩いた手前、陣営に戻ることもできなくなったのだと噂した。于禁《うきん》や李典《りてん》といった、張遼とのあいだにわだかまりを持つ者は、即刻河内《かだい》に援軍を送るよう進言した。

だが、いかなる提案にも曹操は耳を塞《ふさ》いだ。気骨ある男との交わりで何よりも大切なのは、誓いを守ることとである。張遼が十日と言ったならば十日だ。何より、このたびの張遼の説得工作は、徐州《じょ》、ひいては朝廷全体の命運をも左右する一大事である。臧覇、孫観《そんかん》らを取り込むことができれば、許都《きょと》以東は完全に平定されることになる。そそくさと兵を退《ひ》いたりしようものなら、禍根を残し、来《きた》るべき袁紹《えんしょう》との対決にあたって青《せい》州と徐州の地が再び不安定な要素になる恐れがある。事の成否は張遼の双肩にかかっている。曹操にもどう転ぶかわからず、ただただ天に成功を祈るばかりであった。

はらはらしながら十日目の申《さる》の刻［午後四時ごろ］を迎えたが、何の音沙汰もない。荀攸《じゅんゆう》、郭嘉《かくか》すら望みはついえたと思っているようで、曹操もそれを認めるしかないと覚悟した。徐州はついに手にすることができず、猛将も面子《めんつ》を失い帰る場所を失ったのだ。嘆息しつつ、全将兵に輜重《しちょう》をまとめさせ、翌日には河内へ向けて発つよう軍令を発した。その矢先のことである。斥候《せっこう》からの知らせが舞い込んできた。「東から駆けくる五騎あり。本陣営に向かっております。先頭は張遼である模様」曹操は奮い立った。諸官を招集することも忘れ、護衛兵だけを連れて陣を飛び出し、東のほうを眺めた。

ほどなくして、広大な地を全速力で駆けてくる五騎が姿を現した。夕日の残照を受け、土煙を巻き上げながら走ってくる。馬上の者たちはひたすらに鞭を振るっている。曹操はその姿から目が離せなかった。立場も忘れ、めいっぱい首を伸ばして大声で呼びかけた。「それなる者は張文遠《ぶんえん》か」

先頭の男は鞭を高々と掲げ、中空に円を描いて答えた。「明公《めいこう》、みなを連れてまいりました」

「なんと」いい年をして、曹操はうれしさのあまり跳び上がりそうになった。両腕を振って張遼を出迎えた。五騎の輪廓がしだいにはっきりしてくる。先頭を駆ける凛々しい大丈夫は言わずと知れた張遼である。あとの四人は布衣《ふい》をまとい、絹の手巾《しゅきん》で頭を覆っている。いずれも見事な体格で、三十そこらの血気盛んな男たちであった。

張遼は曹操のすぐそばまで駆け寄り、鞍から転がるように下りると足元にひれ伏した。「遅くなりました。どうかお許しを」

ここへきて曹操の気持ちもようやく落ち着いてきた。この并《へい》州の好漢、情にも信義にも厚く、言葉に信がある。まさに豪俠《ごうきょう》の士であるというほかない。自分の配下にもいる、阿諛追従《あゆついしょう》だけが取り柄の将とはものが違う。張遼が自らひれ伏す姿を見て、曹操の胸中に自信がみなぎってきた。張遼を立たせて声をかけた。「文遠、そなたの言葉に偽りはなかったな」

ほかの四人もあとに続いて到着し、張遼が曹操に引き合わせた。一人目は大型の馬に跨がり、射るような眼差しに渦巻く頰髭を生やし、威風堂々とした身のこなしの、見るからにこの一団の頭《かしら》といった出で立ちである。この男こそ琅邪《ろうや》一帯に名を轟かす騎都尉《きとい》、臧覇その人であった。二人目は丸々とした頭にでっぷりと肥えた姿をしている。北海《ほっかい》の諸県で権勢をほしいままにする孫氏兄弟の弟のほう、孫観である。三人目は青蟹《あおがに》の甲羅のような醜い顔立ちで、利城《りじょう》［江蘇《こうそ》省北部］に巣食う呉敦《ごとん》。最後の一人は満面に刀傷が残るどす黒い顔で、東莞《とうかん》［山東省中部］の沿海で略奪を働いていたこともある尹礼《いんれい》であった。偉丈夫四人が一斉に馬を下りると、さすがの許褚《きょちょ》たちもたじろぎつつ、曹操を囲んで守った。

曹操は許褚を押しのけ、咎めるような口調で言った。「帰順してくれるというのに、そう構えてどうする」

許褚はかぶりを振った。「どう見てもまともな手合いではございませぬ」

「お前が言うことか」曹操にそうたしなめられると許褚も返す言葉がない。曹操は前に進み出て拱手《きょうしゅ》した。「ご高名はかねがね伺っている。お会いできたことは光栄の至り」

己を律することなど知らぬ男たちである。三公《さんこう》にまみえるときの礼儀もわきまえず、ただただ包拳《ほうけん》し拱手するのみで、太った孫観が答えた。「なんのなんの。お互い住む世界が違いますし、遠く離れて挨拶もできませんで。粗忽者ばかりの集まりですが堪忍してくだせえ」ぐわんぐわんと響く声で、山賊同士の挨拶のような口の聞き方をする。曹操を匪賊の大親分だとでも思っているようだ。

「なんのなんの」曹操は思わず笑ってしまった。

張遼も笑っている。「十日のうちにというお約束をし、出立してから最初に会ったのが臧宣高《せんこう》でした。宣高はすぐさま伝令を出し、頭たちもそれに応じて集まってくれたのです」

曹操は再び頭を下げた。「臧宣高殿、わしのために苦労をかけたな」

臧覇は厳《いか》つい顔をしているが、言葉遣いはいたって折り目正しい。「朝廷に帰順することこそ正しい道。しかも曹公のお召しとあらば、このうえなく誇らしいこと。決して疎《おろそ》かにはできませぬ。それに、文遠とは生死をともにすると決めた間柄、それがしにとって悪い話であるはずがありませぬ」

孫観が口を開いた。「臧の兄貴は大きな陣にいて、俺たち三人は三日前には臧の兄貴のところに着いていました。それから三日もかかっちまったのは昌覇《しょうは》を待っていたからなんです。あの野郎、結局、来ないもんだから、大急ぎで馬を走らせる羽目になりました。待ちぼうけを食らい、もう少しで期日に遅れるところでした。あいつめ、臧の兄貴の話も聞かねえなんて、まったく頭にきますぜ」そう毒づくと臧覇が決まり悪そうな顔をした。

曹操には見当がついていた。臧覇、呉敦、尹礼は到着している。孫氏兄弟は片方が到着していればそれでよかろう。しかし、昌覇の姿が見えない。つまり、朝廷に帰順するかどうかで揉めたのだ。顔色のすぐれない臧覇が話をそらした。「かまわぬ、かまわぬ。ここにいるみなが範を示せばよい。昌覇のことなど気にするな」

ところが、孫観は思ったことがそのまま口から出てしまう男のようである。臧覇の言葉を遮った。「そんなことより、まずは条件だ。俺たち兄弟に故郷を捨てさせて戦に行かせようってんなら、お供するのはやめさせてもらいますぜ」呉敦、尹礼もしきりにうなずいた。それぞれに一千かそこらの子分を抱える者たちである。到底、一筋縄ではいかない。山や海で官軍とやり合えば、十年かかっても殲滅できないだろう。

これまで、曹操に面と向かってあからさまに条件を突きつけてくる者などいたためしがない。許褚たちは眉をつり上げているが、当の曹操は一向に気にせぬ様子で拱手した。「英雄たちよ。あとでわしから話をさせてもらおう。きっと満足するぞ。声も出ぬくらいにな」

言いたい放題の孫観を見かねて、張遼が話を引き取った。「明公、どうかお気になさらず。弟分の孫仲台《ちゅうだい》は誰よりも心根が温かいやつなのです。明公は鰒《あわび》がお好きだと聞いて、塩漬けにしたものを車いっぱい用意するくらいなのですから。われらが先着し、あとから仲間たちが車を牽《ひ》いてきます」

曹操はほくほく顔である。「孫殿のご厚意、ありがたく受け取ろう。戦乱の世になってからというもの、貢ぎ物も途絶えている。その鰒は許都に持ち帰り、天子にお召し上がりいただこう」

孫観は腕組みしたまま大笑いした。「あれは明公への贈り物、陛下に差し上げるものじゃありませんや。俺たち兄弟を故郷にとどめてくださるってんなら、陛下の分もちゃんと用意しますわ」

尹礼も楽しそうに言った。「いかがです。口は悪いが根はいいやつなんです。どうかわかってやってください」

孫観が口をへの字にした。「なんだって。俺は心根もいいし口だって悪かねえさ」

二人のやりとりに一同は大笑いした。張遼は促した。「日も傾いてきたし、続きは陣営に入ってからだ」

「待て待て」曹操が五人を遮った。「そうぞんざいに扱うわけにはいかぬ。仲康《ちゅうこう》、伝令だ。諸将に両脇で隊列を作らせ、太鼓叩きや楽人《がくじん》たちにも支度をさせろ。笛太鼓を鳴らし、英雄たちを堂々とお迎えするのだ」

軍令が下ると、陣営内がにわかに騒がしくなった。各軍の将や祭酒《さいしゅ》、掾属《えんぞく》［補佐官］たちが続々と身なりを整えて駆けつけてきた。軍楽隊はまるで賓客をもてなすときのように太鼓や笛を鳴らす。陣営内の者が隊列をつくり、視線を浴びせるなか、曹操と張遼が手を取り合い、胸を張って大股で歩いてきた。その後ろからは髭面《づら》の男、丸々と太った男、青い顔をした男、刀傷が残る男が、ほこりまみれの長衣をまとい絹の手巾で頭を覆い、腰には大刀を提《さ》げてついてくる。この異様な風体の者どもはいったい何者だろうか。官軍が匪賊を出迎えていることに、諸将は笑うこともできず、曹操の顔を見つめたまま礼をしていた。孫観たちは見たこともない盛大な出迎えに驚き、ひたすら包拳して礼を返した。いったいどれだけの将兵を召し抱えているのか、とても数え切れない。内心、曹操の勢力にはとても敵わないと舌を巻いていた。

曹操は四人を中軍の幕舎に招き入れ、最高の酒宴を用意するよう料理番に命じた。また、亡き者にしようとしていると疑われぬよう、将たちはそこで解散させ、護衛の王必《おうひつ》と許褚を除いては、気心の知れている張遼、陳登だけを残した。あっという間に美酒や山海の珍味が並べられた。上等な鰒の羹《あつもの》もある。陳登には新鮮な魚の造りが用意された。一同は主客に分かれて席についた。

山出しの男たちの気性を知り抜いている曹操は、銅尊《どうそん》［杯《さかずき》］は使わず、丼鉢《どんぶりばち》に酒を注いで振る舞った。そして手酌で自分の酒をゆっくり注ぐと、高く掲げた。「英雄の到来を祝して、まずわしが飲み干そう」そう言うと、なみなみと注いだ強い酒を一気に呷《あお》った。

「これはお見事」曹操の飲みっぷりを見た臧覇たちも酒を飲み干した。

普段それほど酒を飲まないくせに、豪気なふりをして丼鉢にいっぱいの酒を飲んだものだから、曹操は頭がくらくらして目眩《めまい》を覚えた。しばらくしてようやく人心地がつくと、ゆっくりと語りかけた。「諸君はまことの英雄、好漢である。従者もつけずにわが陣営に駆けつけてくれた。諸君が心を開いてくれたからには、わしも誠心誠意、真心をもって付き合いたい」

ずっと口を開かず、だんまりを決め込んでいた呉敦が、酒の力でようやくしゃべりはじめた。「人の世でもっとも大切なのは義侠の心。明公は文遠のご友人で、文遠と臧の兄貴も友人、そして臧の兄貴と俺たちは大の親友。回りまわって、みな親友ということですな」

一介の匪賊が天下の三公と友情を語るなど、身の程知らずもいいところだが、曹操は意に介さない。「そのとおり、みなが親友同士なのだ。さあ、友よ、杯を受けてくれ」そう言って、一人ひとりと乾杯していったが、一気に飲むのはもう控えた。

丼鉢二杯分の酒を腹に収めると、孫観はまた大声で喚《わめ》き立てはじめた。「『友のためなら死をも恐れず』ってのはよく言ったもんだ。文遠と奴寇《どこう》に呼ばれたとあっては、来ないわけにはいかんからなあ」

「奴寇だと」とんでもない響きの名前に曹操が驚いた。

厳つい顔の臧覇の顔に照れが浮かんだ。「いやいや、お恥ずかしい。それがしのあだ名で……」

曹操が微笑んだ。「奴寇……奴寇か。苦しみばかりの世の中が、奴《ど》をして寇《こう》とならしめたか。そう思えばなかなか悪くない名だ。ほかの者にもあだ名はあるのか」

曹操が聞きたがるので、孫観はますます調子に乗って大声で語った。「おいらのあだ名は嬰子《えいし》、呉敦は黯奴《あんど》、尹礼は盧児《ろじ》っていうんでさあ」臧奴寇、孫嬰子、呉黯奴、尹盧児、いずれもすぐに匪賊とわかるあだ名ばかりである。

「面白いではないか」曹操はにこにこ顔だ。

無知の者は恐れというものを知らない。孫観はおかまいなしでうれしそうに尋ねた。「曹公のあだ名はなんていうんですか」その瞬間、張遼と陳登の顔が驚きのあまり青ざめた。

曹操は一向に気にすることなく、面白がって答えてやった。「わしにはこれといってあだ名はないが、幼名は阿瞞《あまん》だ」曹操が怒っていないので、張遼はほっとして杯に手を伸ばした。

「女の子みてえな名前じゃねえですか」孫観は腹を抱えて笑っている。

曹操が手を振って制した。「そういえば、昌覇のあだ名はなんというのだ？」

孫観がふと考え込んだ。雷のようなだみ声は鳴りを潜め、つぶやくように答えた。「あいつにはあだ名なんてありません。ただ、民からは昌豨《しょうき》って呼ばれてます」

「何だと、昌豨か……」曹操も考え込んでしまった。豨《き》というのは猪のことだ。『淮南子《えなんじ》』には「封豨《ほうき》、脩蛇《しゅうじゃ》、皆民の害を為す［大猪、大蛇が民に害を与えた］」とある。民がそう呼ぶのは昌覇が残虐非道な男だからだろう。だが、目下の情勢を考えると、その男一人のために時間を割くわけにもいかず、曹操は深刻そうにつぶやいた。「そんなひどい呼ばれ方をしているのか」

臧覇は、曹操が不快感を覚えたのではないかと思い、慌てて付け加えた。「昌覇はちょっと変わったやつではありますが、決して悪人ではありません」

臧覇がかばうならば顔をつぶすわけにもいかず、相槌を打った。「そうだな。生まれつきの悪人などおらぬ。乱世が人を悪人にするのだ」そう話を合わせながら四人の顔に視線を走らせた。四人が空気の変化を感じて目を伏せたので、曹操は声を高くした。「臧覇、孫観、呉敦、尹礼よ、そなたらに命ずる」

四人は投降してきたとはいえ、兵馬、糧秣《りょうまつ》、支配地域といったことは、これから話し合いで決めることになる。そこへ出し抜けに曹操が命令口調になったものだから、とっさのことに動揺して互いに顔を見合わせた。張遼が臧覇に耳打ちした。「安心せい。跪《ひざまず》いてお沙汰を聞けば、悪いようにはされん」張遼に信頼を寄せる臧覇は、大きな卓を回って本営の真ん中にひれ伏した。臧覇は四人の頭である。頭がひれ伏したのを見て、孫観たちもしばらく迷ったあと、続いてひれ伏した。「曹公の仰せのままに」そうは言いつつも、心中の不安は抑えがたい。四人の声はばらばらだった。

曹操は四人がおとなしく跪いたのを見て、髭をしごいた。「そなたらはかつては善良なる民であったにもかかわらず、乱世のために賊に身を落とした。だが、それでも善なる心を抱き続け、天下の基《もとい》を忘れなかった。郡県を占拠し沿海の地をほしいままに支配しているとはいえ、黄巾《こうきん》を討ち、貪官《たんかん》汚吏《おり》を追い払い、極悪人を誅し、呂布《りょふ》からの再度の援軍要請を拒み、民の暮らしを守ったこと、功なしとは言えぬ。朝廷に書を奉り、上奏せねばならぬ」そこまで言うと曹操はわざと間を置いた。四人は顔をこわばらせている。ふっと微笑みかけてやった。「そなたらを郡国の長官にするよう上奏する。臧覇は徐州の琅邪の相《しょう》に、孫観は青州の北海の相に、利城などの諸県は利城郡とし、呉敦を利城太守《たいしゅ》に任命する。東莞などの諸県は東莞郡とし、尹礼を東莞太守に任命する。そなたらの支配する沿海の県城は現状のままとし、兵馬、糧秣、官吏の差配はすべてそなたらに任せる」

四人は目を丸くし、口をあんぐりと開けている。舌は地べたに落ちそうになっていた。男たちの呆然とした姿に、曹操は微笑みかけた。「どうだ。これでも何か不満があるか」

「曹公はこの孫嬰子の大恩人だぜ」孫観がひときわ大きな声を上げ、ごつりと音を立てて叩頭した。「朝廷に帰順するのがこんなに素晴らしいことだと知っていたら、とっくに足を洗っておりましたよ」臧覇らほかの三人も、あまりの厚遇に驚き、餌をついばむ鶏のように叩頭した。曹操は、青州と徐州の沿海の土地を奪わなかった。それどころか、自分たちの支配の正当性まで認め、太守、国相《こくしょう》といった高官にしてくれた。四人の出自は卑しい。野で暮らしていたか、せいぜい衙門《がもん》［役所］の使い走り程度で、どれだけさかのぼっても身分のある者など輩出したことはない。それがたちまちのうちに秩《ちつ》二千石《せき》の地方の高官に大出世したのだから、ご先祖さまが聞いたらひっくり返ってしまうだろう。

感極まって何度も叩頭する四人を見て、曹操は腹を抱えて笑った。「はっはっは。これは朝廷のお情けである。そして、そなたらの行いによってもたらされたものでもある。さあ、立つがよい」曹操は天子を賛美するかたわら四人を褒め称え、自分の利害はおくびにも出さなかった。

四人は慌てて立ち上がり、臧覇が包拳した。「朝廷と曹公のご厚恩に応えるべく、今後は命尽きるまでお仕えいたしまする」

その言葉が聞きたかったのだ。曹操は髭をひねりながら小さくうなずいた。孫観などは頭を打ちつけすぎて額が赤くなっている。その率直さが好ましく思えて、手招きした。「孫国相、近う寄れ」

自分が「国相」と呼ばれる日が来るなど考えたこともなかったので、孫観は自分のことだとわからなかった。臧覇が後ろから押してくる。開けっぴろげの性格をした男だが、このときばかりはもじもじしながら曹操の前に立った。振る舞い方もわからず、包拳もお辞儀も忘れて、腰をかがめた。「俺のことを呼んだんですかい？」

「そなたが北海の相になったからには、兄君を放っておくわけにはいくまい。琅邪郡や北海国の一部を城陽郡《じょうようぐん》とし、兄君にはそこの太守を任せたい」曹操はさも当然といった体《てい》で伝えた。

孫観は感極まってもはや叩頭すらままならず、七尺［約百六十一センチ］あまりの山東《さんとう》［北中国の東部］生まれの好漢が曹操の足元にひれ伏し、わんわんと泣きはじめた。「賊に落ちちまったからには子々孫々賊をしていく定めだと思っていたのに、まさか、まさかこんなことになるなんて。このご恩に、俺と兄貴はどうやって報いればいいんですか。これからは曹公が東を向けと言えば西なんて向きませんし、犬をぶっ叩けと言えば絶対に鶏なんて捕まえません。誰か曹公の気に入らないやつがいたら、その一族郎党の首を捧げます。曹公の命《めい》とあらば、剣の山でも油のぐつぐつ煮えた鍋のなかでも、どこにでも参上します。怖気づいたりなんかしたら、俺は畜生にも劣るってもんですぜ！」

その乱暴な口振りに、ほかの者たちは思わず大笑いした。曹操は両手を差し出して孫観を立たせた。

「孫国相、こんなめでたい日に泣いてどうする。それに、これは朝廷のお情けであるぞ。わしごときの小さな計らいなど気にしてはならぬ」

「へえ、もう泣くのはやめます」そう言うと孫観は涙をぬぐいながら、にこっと笑った。

四人が山出しの粗暴な男たちであることを十分踏まえたうえで、曹操はこんこんと説いて聞かせた。

「みなはこれからわしと同じ、朝廷の臣下となる。いついかなるときも朝廷のことを、天下のことを思え。兵馬や役人たちはそのままでよいが、朝廷の礼法と制度はきっちり守ってもらう。わからないことは学べ。そなたらの土地にいる立派な人間に教えを請うのだ。汚い言葉を吐いてはならぬ。それから、先ほどのあだ名は二度と使うな。郡や県の衙門に入って孫嬰子や尹盧児などと呼び合っていれば、面目丸つぶれだぞ」

みな大笑いして次々に包拳した。「必ずやお教えのとおりにいたします」

四人が心から忠誠を寄せてくれたのを見て取ると、曹操は安心した。ゆっくりと臧覇に歩み寄った。

「宣高よ。昌覇の縄張りはどこだ」

臧覇は不意に緊張を覚え、顔からは笑顔が消えた。「決まった縄張りはありませんが、だいたいは東海《とうかい》の昌慮《しょうりょ》あたりにおります」そう答えてから、心に不安がよぎった。曹操は、昌覇を除くよう命じてくるのではないか。もしそのような命が下されれば、忠誠心と義理人情のあいだで板挟みになってしまう。

曹操の言葉は意外なものだった。「すまぬが、言伝《ことづて》を頼みたい。これ以上無辜《むこ》の者を苦しめることなく、いっそのこと昌慮に腰を落ち着けてはどうかとな。先ほどの例に倣《なら》って県を郡とし、昌覇をそなたらと同じく昌慮太守にしたい。兄弟分なら、福は分かち合わねばのう」臧覇は驚き、慌てて跪こうとしたが、曹操がそれを遮った。「今日は何度も頭を下げてもらった。もうこれ以上は結構だ」

臧覇は計り知れない満足感に包まれた。「曹公の懐は海のように深くあらせられる。それがし、昌覇に代わってご厚恩に感謝申し上げまする」

曹操はため息をついた。「天下の広さと民草の数からすれば、昌慮くらい何ほどのこともない。だが、今後は朝廷の命に従い、二度と民を苦しめてはならぬぞ」

「はっ」跪くことを止められた臧覇は、小さく頭を下げた。「一字一句、仰せのままにお伝えいたします」

曹操は席に戻ると、四人にも着座するよう促した。四人はほくほく顔で従った。これで、一番の懸念が取り除かれたことになる。曹操にしても満足できる取り引きだ。青州、徐州の沿海を縄張りにするのは匪賊や賊さながらの乱暴者ばかりである。しかも、山がちな土地であるから、腰を据えて戦をするとなれば、どれほどの年月と労力を要するかは想像を絶する。河北《かほく》という大敵との戦を控えているいま、曹操はこれ以上心配事を抱えるわけにはいかなかった。反対に、この男たちを帰順させることができれば、東方で袁氏に対抗するための持ち駒になるかもしれない。長く戦乱にさらされてきた徐州は兵も民も疲弊しきり、拠出できる物資など残ってはいない。こやつらに土地をくれてやったところで痛くも痒くもないというものだ。加えて、彼らの占拠する北海は青州の管轄内にあり、いかに朝廷といえど力の及びにくい場所にある。官職を与えて任地にしっかりと縛りつけておけば、袁氏が侵犯してきた場合、朝廷のためでなくとも自らのために死力を尽くすことだろう。しかも、曹操は陶謙《とうけん》征伐の際に東海で大規模に殺戮《さつりく》を行ったことがあり、民からはいまだにひどく恨まれている。地元の人間に治めさせたほうが、民たちも心情的に受け入れやすかろう。急場しのぎの策とはいえ、どう考えてもこうするのが一番だろうと思われた。

ほっと息をついた曹操の目に、黙って微笑んでいる陳登の姿が入ってきた。俯《うつむ》いて生魚を食っている。曹操はその姿に凄みのようなものを感じた。臧覇のような田舎者たちなら御しやすいが、この陳元竜《げんりょう》という男、やはりただ者ではない。呂布の懐に入り込んだうえで寝返った謀《はかりごと》はともかく、その能力たるや、荒廃した広陵郡をわずか二年で見違えるほどに立て直し、五千の人馬を調練し、戦場で目を見張る働きをした。能力、野心、胆力を備え、民心まで得ている者が東南の一隅《いちぐう》を占めていることが、果たして吉と出るか凶と出るか。小さな動きが大局に影響を及ぼしうる。広陵郡の民に広く支持されている以上、陳登を官職から外《はず》そうものなら、とんでもない面倒を引き起こすことになる。

陳登が酒を勧めにきた。曹操がじっと自分を見据えているので、愛想笑いを返してきた。「どうかなさったのですか」

曹操は酒の入った碗を手に取り、穏やかな口調で尋ねた。「元竜は、これからどうするつもりなのだ」

陳登は下邳が落ちたその日からさまざまに思いを馳せていた。曹操から疑われていることは明らかだったが、それでもあえて率直に伝えた。「それがしは広陵にとどまり、民の安寧と軍備の増強に努め、いずれは南下して孫策《そんさく》めを討ち取りたく存じます」

曹操は目を見開かれる思いがした。揚《よう》州刺史の厳象《げんしょう》がひところ前によこした書信によると、討逆《とうぎゃく》将軍の孫策は呉《ご》郡東部の豪族、厳白虎《げんはくこ》の残党を掃討し、祖郎《そろう》や太史慈《たいしじ》といった揚州の故将を取り込み、江東《こうとう》［長江下流の南岸の地域］を占拠してしまった。孫策自身は会稽《かいけい》の太守となり、叔父の呉景《ごけい》を丹《たん》陽《よう》太守に、従弟《いとこ》の孫賁《そんふん》を豫章《よしょう》太守に、腹心の朱治《しゅち》を呉郡太守に仕立て上げ、江東の地に確固たる勢力を築き上げた。こうなっては朝廷から任命されたはずの厳象も無力である。紛れもなく、孫策は強敵の一人となった。幸いなのは両者は袁術《えんじゅつ》の存在によって隔てられていることだった。零落の一途をたどっているとはいえ、孫策の父、孫堅のかつての主君である。孫策にとっても滅ぼすに忍びない相手である。かといって、皇帝を僭称する袁術と手を組むわけにもいかない。そのため、ひとまずは袁術のことは放っておき、その配下を引き込む工作をするくらいであった。劉表《りゅうひょう》麾下《きか》の江夏《こうか》太守、黄祖《こうそ》という孫堅殺しの元凶の存在も相まって、荊州、揚州が牽制し合っているため、戦の炎はまだ北には伸びてきていない。

陳登が孫策を敵視するのは、一つには孫家の若造と自分のどちらが上か勝負をつけたいという意地からであるが、もう一つには、広陵の荒廃によって江東の孫氏を頼って去ってしまった士人《しじん》の存在がある。そして最大の理由は、陳一族の一人の陳瑀《ちんう》が孫策との戦いに敗れており、その恨みがいまだ晴れていないことである。曹操の心にある考えが浮かんだ——陳登と孫策を争わせればよいではないか。「元竜よ、焦るでない。孫家の若造は江東に足場を固めて久しい。朝廷にも使いを送り朝貢もしておる。気安く事を起こしてよい相手ではないぞ」

陳登はかつて呂布に聞かせた台詞を再び持ち出してきた。「いまやつめを討ちにいかなければ、江東の虎の子は日増しに大きくなっていきます。いずれ江表《こうひょう》［長江の南岸一帯］でのさばり、目も当てられなくなりましょう」

そんなことは百も承知である。曹操はじっと考え込むそぶりを見せた。「元竜、そこまでの視野と大志を持っておるそなただ。加えて呂布討伐での功もある。そなたはすでに広陵太守だが、わしが朝廷に奏上し、さらに伏波《ふくは》将軍としよう」

伏波将軍とは並の将軍号ではない。かつて光武《こうぶ》帝に仕えた名将、馬援《ばえん》に授けられた将軍号である。馬援は西方では羌《きょう》族の反乱を鎮圧し、南方では交趾《こうし》での乱を平定し、北方では匈奴《きょうど》を御して赫々《かっかく》たる勲功を打ち立てた将である。加えて「伏波」とは、「水軍を率い、波浪を鎮める」という意味を持つ。つまり、その剣はまっすぐに江東の孫策へ向けられることとなる。

陳登は眼を輝かせ、がばりと跪くと礼を述べた。「まことにありがたき朝廷のご厚恩、必ずや先賢に倣い、命を賭して逆賊を討ち果たします」

「そう大げさなことを申すな」曹操は立ち上がるよう促した。

陳登は立たない。「広陵郡はいくばくかの人馬を有するとはいえ、それがしの兵は南進させるにはいまだ力不足。なにとぞ、朝廷のお力添えを」

曹操が陳登を伏波将軍にしたのは士気を鼓舞し、孫策を牽制したかったからに過ぎない。袁紹が北に鎮座し、南征にまで気が回らないことはもちろんだが、たとえ本当に南征を行うにしても陳登を用いるかどうかは慎重に考えなければならないところだ。陳登はやる気にはやり、大局を忘れている。長い沈黙のあと、曹操は髭を触りながら答えた。「元竜よ。そなたの智謀、大志はよく心得ておる。だが、中原の地はいまだ予断を許さぬ。ひとまずは広陵の守りを固め、養生し、力を蓄えておくのだ」そう話すと、まだ何か言いたげな陳登に先んじて続けた。「東方は平定できたとはいえ、朝廷を囲むほかの三方にはなお危険が潜んでおる。わしも心苦しいのだ。どうか察してくれ」ほかの者もいる前で袁紹と干戈《かんか》を交える考えを口にするわけにもいかず、それとなく匂わせることしかできない。

張遼、臧覇のような無骨者とは違い、陳登ははるかに物分かりがよかった。それを聞いて少しばかり考えていたが、拱手すると席へ戻っていった。曹操は内心ほっとした。陳登は曹操の苦心が理解できぬ男ではない。公にはできぬ事情というものがあるのだ。

実のところ、陳登は不惑を目前にして奇妙な病に悩まされていた。時折、胸が詰まるような鈍い痛みを感じていたのである。医者に聞いても治す薬はないと言われ、ここ数年はますます頻繁に起こるようになっていた。曹操が気を遣ってくれていることはわかる。いまが南征の好機ではないこともわかる。だが、時機は待つことができても、自分の体はこれ以上待ってはくれないらしい。この苦しみを抱えたままで、あと何年後かに戦を指揮し戦場を駆け回ることができるのだろうか。功を立て、家名を上げることはできるのか。一族の仇は討てるのか。生きていられるかどうかも定かではない。しかし、だからといって病のことを打ち明ければ、それを口実に広陵太守の地位まで取り上げられ、許都での名ばかりの閑職に追いやられるかもしれない。そうなれば、人生を賭けた抱負が絵空事になってしまう。言葉にできない苦しみに、陳登はいつにも増して胸に焼けつくような苦しみを覚え、慌てて冷えた生魚をつまむと口に放り込んだ。

陳登が引き下がってくれたので、曹操はようやく安堵することができた。そもそもここで彼らと宴をするつもりなどなく、この機会に徐州の善後策も講じておこうと思ったに過ぎない。それも済んだので、曹操は立ち上がった。「どうやら飲みすぎてしまったようだ。ここ数日は風邪気味でな。一足先に休ませてもらうとしよう。みなの者……」

すると一同が立ち上がり、声を合わせた。「わたしたちが退《さ》がります。これにてお暇《いとま》を」

「そう急《せ》くでない」曹操はさもうれしそうな顔つきで手を振って制した。「いや、わしが先に休むゆえ、みなはどうか心ゆくまで飲んでくれ」そうして振り返ると、王必と許褚を指さした。「この者どもに相手をさせよう。みなをしらふで帰してしまっては、わしの面子にかかわるからな」

そこまで言われて先に帰るわけにはいかない。一同は深々と頭を下げて曹操を見送った。許褚が曹操に歩み寄り、耳打ちした。「ご寝所までお送りしてからこちらに戻りましょう」薛永《せつえい》の件が念頭にあった。いつまたどこから刺客が現れるか知れたものではない。

曹操はうなずき、そそくさと外へ出た。明るい星月夜に、薄雲がたなびいている。冷えた空気を鼻で吸い込むと、爽やかな心持ちになった。曹操は俯き、花か月かと見紛うほどに美しい杜《と》氏が寝床で待っていることを思うと、なおのこと気持ちが高ぶってきた。歩き出したところへ、背後から大騒ぎする声が聞こえてきた。曹操が席を外した途端に、孫観、呉敦ら武骨者たちが拳《けん》を打ちながら「宴会での遊戯の一つ」、盛大に飲みはじめたのだった。

「なんと野蛮な男たちだ。官職も無事に勤め上げられるかどうか。郡の衙門を盗賊の根城にしてくれるなよ」そう皮肉たっぷりにつぶやいたとき、背後から大きな人影が伸びてきた。振り向くと、張遼がついてきていた。

「文遠、どうしたのだ」

張遼がどすんと音を立てて跪いた。曹操が立ち上がらせようとするが、どんなに頑張ってもそこを動こうとしない。「またそれか。いったい何だ。申してみよ」曹操は笑った。

「わが君のご人徳、まことに感激いたしました」涙で声を詰まらせながら感謝の言葉を述べた。この幷州の荒武者には、曹操がなぜ臧覇たちをこれほどまでに厚遇するのかがわからない。すべて自分の顔を立ててくれてのことだと思っている。張遼は、この世に親族などいなくてもかまわないと思っているが、友だけは失いたくないと考えている。それゆえ、誰に対しても真心をもって付き合ってきた。関羽《かんう》、臧覇はもちろん、呂布や高順《こうじゅん》であろうと、志を異にする者であっても、腹を割り、誠心誠意接してきた。そのため張遼の眼には、臧覇たちを自分以上に厚遇するのは、曹操が情け深いからだと映っている。

張遼のその姿に曹操は胸を打たれ、感嘆した。「そなたのごとき無私の心を持つものは、この世にはおらぬだろう。臧宣高を説き伏せたのは大手柄であった。礼を言わねばならぬのはわしのほうだ」

張遼がゆっくりと立ち上がり、頭を下げて包拳した。「それがしは犬馬の労を……」

「言うな。言葉にすれば軽くなる」曹操は張遼の手を押さえた。「忠誠を誓うだけの言葉ならば、世の俗物どもは誰でも口にする。文遠の嘘偽りない心は胸の中にある。凡夫どもと同じことをせずともよい。わしとそなたの誠の交わりはここにあればよい」そして胸をぽんぽんと叩いた。

「はっ、それがしは必ずや……」思わずまた忠誠心を口にしそうになった張遼は、曹操に注意されたことを思い出して言葉を呑み込んだ。

曹操は張遼の肩を叩いた。「しっかり飲んでおけ。明日は荀軍師《ぐんし》に臧覇たちの件を詰めてもらおう。午後にはここを撤収して河内へ向かう。時局は常に動き、一時たりとも止まってはくれぬ。これからも数え切れぬほどの戦が待っておるぞ。これからは……」ふと李典のことを思い出した。「これからは曼成《まんせい》とよくよく言葉を交わしておけ。乱世に恩讐はつきものだ。解けないわだかまりなどない。すべては時が解決してくれるだろう」

張遼は呂布の麾下にいたときにも十分満足していたが、ここまで自分に寄り添う言葉をかけられたことはなかった。猛将の目に涙が溢《あふ》れ、言葉が出てこなかった。

「わしは寝るぞ。あいつらに付き合ってやれ。好きにやるがよい」振り返って歩きだそうとした曹操は、また何ごとかを思い出した。「しまった。もう少しで忘れるところだった。徐翕《じょきゅう》、毛暉《もうき》の賊二人をまだ捕らえておらぬ。臧覇たちに尋ねるのも忘れていた。そなたから臧覇に伝えておいてくれ。賊二人を縛り上げて連れてこい、決して逃がすなとな」

「はっ」命を受け、張遼が去っていった。

曹操はその大きな後ろ姿を見送った。張遼にかける言葉は親愛の情に満ちていた。先ほどの言葉はいささか大げさだったかもしれないが、本心でもあった。張遼と関羽は、喉から手が出るほどほしいと思っていた武将である。張遼の心は射止めた。では、関羽は……そこまで考えると、曹操は自分のことが恥ずかしくなった。杜氏は関雲長《うんちょう》にくれてやると言っていたのに、己のものにしてしまった。

そんなことをして本当によかったのだろうか……

第四章　郭嘉《かくか》の十勝論

昌邑《しょうゆう》での接見

臧覇《ぞうは》たちの帰順をもって、徐《じょ》州の全域が完全に平定された。曹操は兵糧の一部を民に施し、袁敏《えんびん》たちを残して引き続き水路を普請《ふしん》するよう命じた。さらに陳登《ちんとう》、臧覇、孫観《そんかん》たちをおのおのの郡に帰して守りを固めさせることとし、万事手はずを整えてから下邳《かひ》を撤収した。

それでも曹操は安心して許都《きょと》へ戻ることはできなかった。卞秉《べんへい》に陳紀《ちんき》父子と杜《と》氏を許都まで送るよう命じ、自身は大軍を率いて兗《えん》州を経由して北西に向かい、河内《かだい》での戦《いくさ》の指揮に赴こうとした。ところが、半分ほど来たところで早馬の知らせがあった。張楊《ちょうよう》の軍中で謀反が起こったという。部下の楊《よう》醜《しゅう》が張楊を殺害し、兵馬を引き連れて許都に帰順しようとしているらしい。それは喜ばしいことだったが、二、三日後、今度は黒山《こくざん》賊の降将《こうしょう》の眭固《すいこ》が楊醜を殺し、部隊は北西へと進路を変えたという。袁紹《えんしょう》側に身を投じて并《へい》州からの救援を要請するつもりらしい。すったもんだの挙げ句、もともとたいして強くもない河内の軍勢がさらに弱体化した。大軍勢で押し寄せる必要のなくなった曹操は、曹仁《そうじん》と史渙《しかん》に全速力で前進し、何が何でも眭固が并州に到達する前に殲滅せよと命じた。一方、自身は兗州の治所《ちしょ》である昌邑に向かい、兗州刺史《しし》の万潜《ばんせん》と各郡の太守《たいしゅ》を招集して、河北《かほく》［黄河の北］に対する防御を固める手はずを整えた。

　だが、あまたいる兗州の国相《こくしょう》、太守のうち、慎重に扱わなければならない人物が三人いた。すなわち、済陰《さいいん》太守の袁叙《えんじょ》、嬴《えい》郡太守の麋竺《びじく》、彭城《ほうじょう》の相《しょう》の麋芳《びほう》である。袁叙は汝南《じょなん》の袁氏の一族で、袁紹、袁術《えんじゅつ》の従弟《いとこ》にあたる。曹操が許県に遷都した折りに、袁紹との関係を考えて済陰の太守に命じていた。麋竺、麋芳の兄弟は劉備《りゅうび》の旧臣である。劉備に莫大な財産を寄贈し、妹まで嫁がせている。劉備が帰順すると、曹操は劉備の勢力を分散させるため、泰山《たいざん》郡に嬴城など五県を区画し、麋竺に嬴郡を、麋芳には彭城国を任せた。

　三人は国相や太守の位にあったものの、その一挙一動は曹操の息のかかった腹心によって秘密裏に監視されていた。曹操は日をずらして三人を昌邑へ呼び、別個に接見することにした。さらに、泰山太守の薛悌《せってい》、泰山都尉《とい》の呂虔《りょけん》、そして劉備を迎えに出した。

　袁叙は汝南の名士を自認しているが、何の才覚もない男だった。曹操から一郡を任されると、降って湧いた幸運とばかりに大喜びし、就任してからは誰憚ることなく政務を小吏に丸投げし、日がな一日琴を奏で、酒に浸って優雅に暮らしていた。だが、袁紹が鄄《けん》城［山東省南西部］への遷都を要求して曹操と対立したことで、袁叙はようやく自身の立場の危うさを自覚した。これまでは袁紹という親類のあることが有利に働いていたが、いまではそれが不安要素になってしまった。曹操は必ずや疑いの目を向けてくるだろう。最悪の場合は命すら危うい。そうして名案も浮かばず途方に暮れていたところで呼び出しを受けたのである。もはや命運も尽きたと思い、薛悌に連れられて曹操にまみえたときには、がくがくと震えながら立つのもやっとだった。

曹操は、怯《おび》えて青ざめた袁叙の顔を見ると、わざと声色を変えて尋ねた。「袁太守、以前許都で会ったときには洒脱でさっぱりとした物言いをしていたのに、なにゆえ今日はそんなに固くなっておるのだ」

袁叙はへなへなとその場にへたり込んでしまった。「わたくし、謀反の心はひとかけらたりとも持ち合わせておりませぬ」

これでは疑ってくれと言っているようなものではないか。曹操は冷やかに笑った。「袁太守、どういうことかな。藪《やぶ》から棒に、何をわざわざ忠誠を誓うのだ」

袁叙は目をしばたたかせた。曹操は果たして本気で言っているのか、それともしらばくれているのか。もごもごと口を濁した。「わたくしは、その……その……」

「言うてみよ」

「明公《めいこう》に疑われているのではないかと」袁叙は隠さず話すことに決めた。

「どういうことだ。いわれもなく疑うわけがなかろう」曹操の目つきが険しくなった。「胸にやましいことがなければそのような恐れが生じるはずもない。さては陰で何か企んでおるのか」

「そのようなことは決して」怯えきった袁叙は何度も額を床につけた。「そのような罰当たりなこと、するわけがございません」

「わっはっはっは」うろたえるばかりの姿に、曹操は思わず大笑いした。「冗談だ。本気にするな。さあ、立つがよい」

恐れのあまり頭がくらくらしてきた袁叙は、がくがくと震えたまま立ち上がることもできない。曹操が薛悌に目で合図すると、薛悌は心得たとばかりに袁叙を立たせ、わざとらしい作り笑顔で語りかけた。「袁太守、心配召されるな。わたしの知る限り、そなたと袁紹は互いの行き来はおろか、便りのやりとりすらないようです。この何か月かで、そなたから出された三通の便りのうち、一通は汝南の家へ小作料の取り立てを命じたもの。一通は許都にいるご友人に繻子《しゅす》や緞子《どんす》の買いつけを頼んだもの。そして最後の一通は孔融《こうゆう》に詩を送って教えを請うたものです。だが、向こうからは音沙汰なし。それから、暇なときの手遊《てすさ》びには……まあ、そなたは毎日暇そうに過ごしておられますな。琴を弾き、酒を飲んで詩をひねるなどしておられる。よその者との交流もない。近ごろはまた側女《そばめ》を二人囲いはじめたようですな。一人は貧しい家から買った女、もう一人は配下の小吏から贈られた女。毎日仲睦まじくやっておられるそなたのことだ。ほかのことを考える暇などあるはずもなかろう」

袁叙は目をむき、口をあんぐり開けた。ここにきて初めて、自分の一挙手一投足がすべて薛悌の監視のもとにあったことを知った。誰に便りを出したか、何を書いたか、側女との寝物語まで聞かれているに違いない。しかも、薛悌はここ最近は曹操の陣中にいたにもかかわらず、済陰のことを手に取るように知っている。恐ろしいまでの監視の徹底ぶりだ。袁叙は恐怖のあまりびっしょりと冷や汗をかいた。

曹操にとってみれば、薛悌が袁叙たちの動きをしっかりつかんでいればそれでよく、謀反を起こさない限りは袁叙が何をしていようとどうでもよかったのだが、一つひとつ数え上げられたその「業績」を聞くうちに、今回ばかりは怒り心頭に発した。政《まつりごと》を怠り、詩酒に耽《ふけ》って遊び呆《ほう》けていたとは……。いわゆる名家の者ですらこのありさまだ。大漢はこの百年のあいだに、こやつらのごとき役立たずどもを養い続けてきたのだ。何の才覚も持ち合わせていない分際で、名士の肩書を笠に着て、民から搾れるだけ搾り取って優雅な暮らしを満喫していたのだ。こんな役人どもが何の役に立つというのだ。いざ戦になったときに身を挺して陣頭に立つとはとても思えない。いっそのこと殺してしまおうかとも考えた。だが、曹操は怒りの言葉をぐっとこらえた。とにかく袁紹と通じていたわけではないのだ。いまはまだ殺すときではない。袁氏の一族を囲っておいて、汝南の袁氏が朝廷に忠誠を誓っていることを示せば、輿論《よろん》で袁紹に対抗する武器になるやもしれぬ。いずれにせよ袁叙のような腰抜けの阿呆を殺すことなど、蟻《あり》をひねりつぶすがごとくたやすい。ひとまずは生かしておき、袁紹との決着がついてから始末してやろう。

そう考えると曹操は無理やり笑顔を作った。「袁太守、孝威《こうい》の言ったことに誤りはないか」

袁叙は思わず跪《ひざまず》いた。「仰るとおり、一つの誤りもございませぬ」

「まあ、立て」曹操はこの大馬鹿者にあきれ返っていたが、素知らぬ顔で続けた。「何の罪も犯しておらぬというのに、なぜ跪いておるのだ」

「それがしにもわかりませぬ。明公をひと目見るだけで恐ろしく」袁叙もいい年をして、よくもまあ思ったことをここまで素直に口にするものだ。

「恐れは悪いことではない」曹操も腹を割って話してやることにした。「『潜夫論《せんぷろん》』にこうある。『君子戦々慄々《せんせんりつりつ》たり、日に一日を慎み、克己三省《こっきさんせい》す［君子とはいつも恐れて震え、日増しに身を慎む。自己を律して日に三度その身を顧みる］』とな。むしろ慎み深くなければならぬのだ。心配は無用、引き続き済陰太守を任せるつもりゆえ、好きなように振る舞っておればよい。だが、そなたの一挙一動、一言一行はすべてわしに見られていると思え。袁紹が人を遣わしてそなたを引き込もうとしたときには……」

袁叙は曹操が言い終わるのを待たず、すかさず言葉を継いだ。「その者を取り押さえ、枷《かせ》をはめて引き連れて参ります。そのうえで袁紹に返事を送り、先祖十八代に至るまで罵り倒します」

薛悌が口を挟んだ。「あやつの先祖はそなたの先祖でもあるのだぞ」

袁叙は忠誠心を示そうと、ひたすらにまくし立てた。「あのような親戚など知りませぬ。絶縁、絶交、金輪際関わり合いは持ちませぬ。あのような者、はじめから赤の他人、親の仇、犬畜生にも……」

「わかった、わかった」曹操はもううんざりしていた。「そのとおりにしてくれればよい。死ぬも生きるもおぬし次第だ。自分で選ぶがよい」

「わたくし、必ずや……」

「もうよいわ」これ以上聞きたくもない曹操は袁叙の言葉を遮った。「軍備についてなど話しておきたかったが、おぬしはその器ではなさそうだ。遊びはほどほどにして、少しは役目を果たせ。それだけだ。わかったら行け」

袁叙は返事をすると脱兎のごとく逃げ去っていった。曹操は唾を吐き捨てた。「なんというやつだ。あれでは悪事を働く頭も持ち合わせてはおるまい」

薛悌が意見した。「警戒は続けるべきでしょう。『君子坦《たん》として蕩々《とうとう》たり、小人《しょうじん》長《とこ》しえに戚々《せきせき》たり〔君子は常に心穏やかでいるが、小人はいつも何かにびくびく怯えている〕』と申します。あの小人の忠誠心など信じられたものではありませぬ。戦局が変われば何だってやってのけましょう。監視を緩めてはなりませぬ」

「そうだな。任せたぞ」

そのとき、挨拶の声が聞こえ、劉備と万潜がお互いに譲りながらやってきた。二人は恭《うやうや》しく曹操に挨拶をして伝えた。「纂子仲《しちゅう》、纂子方《しほう》の兄弟が到着しました」

「どこだ」曹操は首を伸ばして窺った。

劉備は笑って答えた。「呂都尉が付き添っております。先にご報告をと思いまして」

親族であり、かつ旧臣であるにもかかわらず、劉備は陰で纂氏兄弟と会おうとはしない。疑いをかけられまいと周到に配慮している。曹操は大いに満足だったが、口では真逆のことを言った。「なんだと。玄徳《げんとく》殿も水くさいことをする。妻の兄上であろうに、しっかり付き添うべきではないかな」

「なんともお恥ずかしいことで」劉備は袖で顔を隠した。「小沛《しょうはい》［江蘇《こうそ》省北西部］を失い、夫人も数か月にわたって呂布《りょふ》に囚われてしまったこのわたし、義兄たちに合わせる顔などありませぬ」

なるほど、それももっともなことだと思い、曹操は大笑いした。「勝敗は兵家の常。無事に戻ったことを喜べばよい。纂氏兄弟は話のわかる人物だと聞いている。そう心配せずともよかろう。あとでわしからもとりなしておこう。なんといっても親類なのだからな」

「ありがとうございます」劉備はそう言って傍らに下がった。

万潜は満面の笑みを浮かべている。「纂氏兄弟を太守、国相としたこと、やはり明公は人を見る目をお持ちでございます。纂子仲は嬴郡に入ると、悪政を正し、清廉にして民をいたわり、たいへんな評判でございます。纂子方は彭城にて無法者どもを撃退し、昨年などは呂子恪《しかく》とともに山賊を退治したとか」

それを聞いて曹操は安堵した。だが、万潜は真面目一筋の男で、人間同士のどろどろとした駆け引きには疎《うと》い。そこで、薛悌に尋ねてみた。「孝威、そなたはどう思う」

薛悌はかしこまった表情に無理やり微笑みを作った。「麋氏兄弟は品行方正で慎み深い人物です。それがしも適当な人選かと存じます。さすがは明公、ご慧眼《けいがん》でございます」

薛悌が言う「品行方正」とは、麋竺、麋芳が劉備との腐れ縁を断ち切ったということだ。意を汲み取った曹操は満足げにうなずき、劉備を指さして笑った。「わしに人を見る目があるのではない。玄徳殿こそが慧眼の持ち主なのだ。玄徳殿がよき親類を持っていなければ、わしが麋氏兄弟のような美玉のごとき立派な人間に恵まれることはなかったのだからな」

「そんなことはありませぬ」劉備は慌てて謙遜した。「子仲兄弟がわたしのもとにいたときには、あちこちを流転するしかなかったのです。明公がいなければ二人が大志を叶えることなどできなかったでしょう。万使君《しくん》［使君は刺史の敬称］と薛太守の称賛は少しも誤ってはおりませぬ。麋氏兄弟も明公に恩義を感じていることでしょう」

「はっはっは」曹操は機嫌よく笑った。「そなたが親類を得て、わしがそれを用いる。功績は半分ずつといったところだな」そう言って笑った曹操は、すっかり麋氏兄弟に心を許すようになった。

すぐに麋竺、麋芳が呂虔に連れられて現れた。兄弟二人は凛々しい顔つきで、立ち居振る舞いも堂々としており、言葉遣いも立派なものだった。接見の場に入っても劉備に目を向けない。立ち上がって出迎えた曹操が政務について尋ねても、一つひとつ明瞭に返答し、職務も忠実にこなしている様子である。曹操は内心舌を巻いていた。袁氏などは何代にもわたって官職を占めてきたにもかかわらず、袁叙のごとき無能の凡才を輩出しているのである。一介の草鞋《わらじ》売りに過ぎない劉備が、このような立派な知己を得ているのをみれば、まさに雲泥の差である。曹操は大満足で河北の守りについて包み隠さず己の考えを開陳し、二人に意見を求めた。

麋竺が遠慮がちに口を開いた。「戦乱の世となってからは、泰山、任城《じんじょう》一帯に盗賊があまた出没するようになりました。かの地は兗、青《せい》、徐、三州の境目のあたりで、賊は討てども討てども湧いて出てくるありさま。加えて黄巾《こうきん》の残党徐和《じょか》も好き放題をして、沿海の匪賊の首領、昌覇《しょうは》どもと気脈を通じているとのこと。わたくしに義勇兵を募ることをお許しいただけませんか。大勢は要りませぬ。数百人いれば山の民を守り切ることができましょう」きわめて慎重な口ぶりである。

「よかろう」曹操は提案を受け入れた。「そなたにはまだ伝えていなかったが、昌覇を昌慮《しょうりょ》太守とするよう上奏しておる。これで徐和のごとき賊どもとも縁を切るはずだ。だが、討つべき匪賊は討たねばならぬ。禍根を残さぬためにもな」

麋竺はしきりにうなずいた。そこへ、広間の外からうれしそうな笑い声が響いてきた。誰かが声を張り上げた。「建武《けんぶ》将軍のお戻りだ！」

「ほう」曹操はほかの者がいるのにもかかわらず、立ち上がると出入り口まで歩いていった。大勢の若い将に取り巻かれながら、夏侯惇《かこうとん》が向かってきた。たいへんな騒ぎようである。夏侯惇は呂布討伐の際、左目に流れ矢を受けたことですっかり滅入ってしまい、民のために太寿《たいじゅ》の古城での水路補修を志願していた。だが、河北での戦を目前に控えたいま、夏侯惇の力は不可欠である。曹操は復帰を拒絶されることを恐れたが、昌邑へ来る道中で王図《おうと》、賈信《かしん》、蔡陽《さいよう》、扈質《こしつ》ら、夏侯惇に抜擢された将らに迎えを命じていたのである。果たして、夏侯惇は威風堂々と軍に戻ってきてくれた。

顔色がずいぶん良くなっている。ふた回りほど肉がついたようだ。将たちと冗談を言い合って笑っている。左目には黒布で作った眼帯が当てられ、もともと精悍で男らしい顔つきだったのが、さらにいくぶんか殺気をまとうようになった。

「やっと戻ってきたか」曹操は安堵した。「傷は癒えたのか」

「もう大丈夫だ」夏侯惇はうなずいた。「吹っ切れた。起こったことにくよくよしていても仕方ないからな。太寿の古城では民らとともに働き、貧しい者たちの苦しみを目の当たりにしてきた。それに比べれば、こんな傷ごとき、何ということもない」

王図がうれしそうに話に割って入ってきた。「わが君、ご存じですか。わたしたちが太寿に行ったとき、建武将軍は農民と一緒に稲を植えておったのです。粗衣《そい》を着て、笠をかぶり、袖も裾もからげて田植えをしていたのですよ。その目のおかげでわかったからよかったものの、とても将軍には見え……」そこまで話して、口を滑らせたことに気づき、恐れのあまり俯《うつむ》いた。

怒らせてしまったかと思いきや、夏侯惇は笑っている。「片目は片目、何とでも言え。これが本当の『一目瞭然』だ。おぬしたち、この言葉を知っているか」

夏侯惇が完全に吹っ切れていることがわかり、曹操も笑顔で手を上げた。「大事な話をしておるのだ。おぬしたち、こんなところで遊んでいないで、さっさと陣を築いて建武将軍に不自由のないよう支度して差し上げろ。手抜かりがあったら、このわしが許さぬぞ」

命《めい》を受けた王図、賈信らが立ち去ろうとすると、夏侯惇がひと言言い添えた。「鏡は要らぬからな」

曹操ははっとした。心にまだ影を落としているのだと思い、慌てて付け加えた。「建武将軍が使わんのであれば、おぬしらも使ってはならぬ。今後、陣営内には一枚の鏡も置くな。すべて処分してしまえ」

王図は拳に手を添えて包拳《ほうけん》の礼をした。「ご安心を。鏡だけでなく、人の姿が映るものはすべて処分いたします」

「いいからさっさと行け」曹操は夏侯惇の手を引いて広間に入った。なかで待っていた麋竺と麋芳は、夏侯惇の殺気立った顔にぎょっとして頭を下げた。二人は身内同士の話を邪魔してはならないと考え、礼をしてそそくさと立ち去ろうとした。言うべきことはおおかた言い尽くしたので、曹操もあえて引き止めず、万潜たちに見送りをさせ、劉備にはしっかり世話をしてやるよう言い含めた。これでやっと夏侯惇と落ち着いて話ができる。だが、顔を上げてみると、薛悌が残っている。「孝威、まだ何かあるのか」

「麋氏兄弟が義勇兵を募ったあとは、監視を強めるべきでしょうか」薛悌が尋ねた。

曹操は手を振って否定した。「その必要はなかろう。劉備との主従関係も解消されておるしな」

「そうでしょうか」薛悌は山羊髭《やぎひげ》をなでた。「主従ではなくなりましたが、親戚同士です。親戚なら家のことで行き来があるはずで、便りも交わすはず。しかし、麋氏兄弟は赴任してからというもの、劉備には一通の便りも書いておりませぬ。ただごとではないように思えます。ここまでくると、少し怪しいのでは」

曹操にはそうとは思えなかった。「疑われないようにしているのだろう」

「そう装っているのは、何かあるということでは」薛悌はいやにこだわっている。

「孝威よ、おぬしから見れば誰でも悪人に見えるのだな。便りを交わしても、交わさなくても気に入らないのか。では、いったいどうせよというのだ」

薛悌は答えに窮した。上に立つ者には上に立つ者の懐の広さや胆力が欠かせないが、しかし、下っ端には下っ端の揺るぎない意思や鋭い洞察力があるべきだと思い直し、しばらく考えてから頭を下げた。「念のためでございます。やはり見張りは続けたく思います。用心するに越したことはありませんので」

「そうか、わかった」そう言われては曹操も任せるしかない。「だが、節度というものをわきまえるのだぞ。過ぎたことをして世に知れたら、わしはどう見られると思う。賊扱いはするな。息苦しく思われては都合が悪い」

「御意」そう答えて薛悌も出ていった。

人払いが済んだところで、夏侯惇が口を開いた。「袁紹が北方諸県の黄河沿いに砦を築きはじめたそうだ。向こうも備えに入ったのだろう」

「初耳だ」曹操は驚いて尋ねた。「なぜ誰も報告に来なかった」

「これは冀《き》州の民が密かに伝えてくれたのだ。袁紹の大軍は幽《ゆう》州で易京《えきけい》［河北省中部］を攻めあぐねているが、われわれの先制攻撃も恐れている。それゆえ、黄河沿いに住む民を徴用しはじめたのだが、その一部が労役に怯えて兗州に逃げて来たのだ」

『鴆《ちん》を飲みて渇《かつ》を止《とど》む［喉の渇きを癒やすために毒を呷《あお》る］』とは、このことだな」曹操は冷笑した。「急《せ》いては事を仕損じるという言葉を知らぬらしい。目先のことで民を苦しめておいて、あとでどう人心を鎮めるというのだ」そう貶《けな》しつつも、曹操は注意深く考えた。黄河沿いに砦を築いているということは、そこで一戦を交えようというのだろう。東の沿海部から西の河朔《かさく》［黄河の北］まで戦線を広げられれば、曹操は一巻の終わりである。

夏侯惇の残された片目にも、曹操の怯えははっきりと見て取れた。「焦る必要はない。先んじているのはこちらだ。袁紹がいま公孫瓚《こうそんさん》を滅ぼしたとしても、張燕《ちょうえん》、幽州の故将、三つの郡の烏丸《うがん》、遼東《りょうとう》の公孫度《こうそんたく》らが残っており、すぐにはやって来られん」

「袁紹が来ることが恐ろしいのではない。やつが来ないほうが困るのだ」曹操はかぶりを振った。「もろもろ手つかずのまま焦って攻め寄せてくれればいいが、ゆったり構えるとなれば、あらゆる問題をきれいに片づけて臨んでくることになる。一年か、それとも二年か、ほかの勢力を掃討し尽くし、兵馬を十分に休ませ、兵糧をたっぷり蓄えたあとでこちらの各隊と内通でもしたら、どう戦えというのだ。やつは辺境の州郡で英気を養うことができる。かたやこちらは四方で戦の起こっている中原だ。半日の太平もありはせぬ。劉表《りゅうひょう》や孫策《そんさく》がいつ攻めてくるかわからぬのだぞ。のんびりと黄河を隔てて睨み合っていてはわしらがもたぬ。それゆえ、速戦即決でなければならぬのだ。向こうがかかって来ぬならこちらが打って出る。一歩先んじている優位を保ったまま、袁紹を引きずり回してやるのだ」

ちょうどそのとき、荀攸《じゅんゆう》、郭嘉《かくか》、程昱《ていいく》が入ってきた。三人が揃《そろ》ってやってきたことに、曹操は異変を察知した。「何ごとだ」

「公孫瓚が死にました」荀攸が押し殺した声で伝えた。

「何だと」まさかと思った。「こんなに早くか」

「河北の間諜からです。張燕に救援を請う公孫瓚の密書を袁紹が手に入れ、計略によって易京の砦を次々と落とし、公孫瓚は火を放って自害したとのこと」

「そうか……」曹操は眉間に皺《しわ》を寄せたが、すぐに気を取り直した。「遅かれ早かれ袁紹は河北を統一していたのだ。すぐに備えをすればよい」

郭嘉が発破をかけるように言った。「楚漢《そかん》の争いでも強者と弱者は明らかでした。高祖《こうそ》皇帝は智をもって勝利したのです。項羽《こうう》は兵も窮し、無益な戦いをして滅ぼされました。それがしが数えたところ、袁紹には十の敗因があり、曹公には十の勝因がございます。強力な兵馬を持つ袁紹とて、なす術はございませせぬ」

自分に十の勝因があり、袁紹に十の敗因があるとはどういうことだ。曹操は興味が湧いてきた。「十の勝因とは何だ」

郭嘉は滔々《とうとう》と語りはじめた。「袁紹は煩雑な儀礼にこだわりますが、曹公はごく自然に振る舞われます。『道』［基本姿勢］において勝ちでございます。袁紹は天子に仇《あだ》なす逆賊でありますが、曹公は天子を奉《たてまつ》り逆臣を討つ身です。『義』において勝ちでございます。桓《かん》帝、霊《れい》帝よりこの方、政は寛大に過ぎたため失敗してきました。袁紹は寛大さをもって世を治めようとし、豪族に好き勝手させています。曹公は厳しさによって世の上も下も糾《ただ》そうとされています。つまり『治』において勝ちでございます」荀攸と程昱は目を見合わせた。上手い見立てではあるが、どこか空虚な論に思えた。

郭嘉は自信満々に続けた。「袁紹は表向きは度量がありそうでいて内心では気が小さく、人を信用せず、親戚や子弟ばかりを重用します。曹公は一見、素っ気ないものの、実は公明正大で、人を用いるにあたっては疑心を抱かず、その才を見て任用し、出自を問いませぬ。これは四つ目、『度』〔度量〕における勝ちにございます。袁紹は策を弄したがるくせに決断力に欠け、後手《ごて》に回ってばかりですが、曹公は即断即決にして、臨機応変に動かれます。これが五つ目、『謀』における勝ち。名門に生まれた袁紹は、高尚な議論と謙虚な態度で評判を勝ち得ました。その結果、議論を好み、外見を飾る人物が多く集まっています。曹公は真心をもって人に接し、誠意をもって処遇します。心にもなく褒めたりせず、特別な待遇は一切されませんが、功ある者には惜しみなく与えます。そのため、忠実に仕え、先を見通すことのできる実力者が登用を待ち望んでいます。『徳』における勝ちでございます」

徳の点では曹操も素直に喜んだ。四代にわたって三公《さんこう》を輩出した袁氏の袁紹よりも、自分の徳が勝っているのだ。「続きを申してみよ」

「袁紹は飢えや寒さなど、目に見えるものには憐みの情を示しますが、見えないものには思いが至りません。いわゆる、女子《おなご》の仁に過ぎません。曹公は、目の前の小事が疎《おろそ》かになることはあっても、大事については天下のことととして、期待以上の恩愛を施してくださいます。目にできないことも、見過ごすことなくしっかりと気を配られます。これが七つ目、『仁』の勝ちでございます。袁紹の陣営では臣下が権力争いで仲違《たが》いし、讒言《ざんげん》が飛び交っていますが、曹公のもとでは部下の扱いにも筋が通っているので、讒言が幅を利かせることはありません。これが八つ目、『明』〔明察〕における勝ちでございます」興が乗ってきた郭嘉は立て板に水のごとくしゃべり続けた。「袁紹は事の是非がわかりません。曹公は正しいことは礼をもってこれを推し進め、間違ったことは法をもって正します。これが九つ目、『文』［法制度］における勝ちでございます。袁紹は虚勢を張りたがり、兵法の要諦を知りません。曹公は寡兵をもって大軍に勝ち、その用兵は神業のごとし。味方はこれを恃《たの》みとし、敵はこれを恐れます。これが最後、『武』における勝ちにございます」

その場にいたものは、自信満々に言い切る郭嘉の言葉に多分の阿諛追従《あゆついしょう》を嗅ぎ取ったが、いまは士気を上げるべき時機である。多少話が大きくなるのも致し方ない。

「よくぞ申した」曹操の顔が明るくなった。だが、一笑はしても、心の奥底にある憂いがすぐに頭をもたげてくる。呂布を討ったという点では自分が先を越した。だが、袁紹はもう追いすがってきている。そして兵力には圧倒的な差がある。他者を打ち負かすにはまず己を守らねばならぬ。袁紹を引きずり回すには、つけ入る隙《すき》を見せてはならない。東に憂いはない。だが、西には大きな穴がぽっかりと開いている。もし眭固が袁紹に合流するようなことがあれば、河内は中原で最大の危険地帯と化す。袁紹が張燕に気を取られているあいだに、張楊の残党を討ち果たし、優勢を保たねばならない。

そう考えた曹操はおもむろに立ち上がると、厳かな口調で伝えた。「河内の戦は一刻の猶予も許されぬ。奉孝《ほうこう》、伝令だ。三軍の士卒は輜重《しちょう》と兵器をまとめ、明朝ここを撤収、敖倉《ごうそう》［河南省中部］へ向けて出立する」

「はっ」命を受けた郭嘉が出ていった。

続けて曹操は程昱に命じた。「各郡の太守に伝えよ。すぐに任地へ戻り、城の守りを固めるのだ」

「はっ」命を受けて出ていこうとした程昱だが、名残り惜しそうにこちらを振り返っている。何か話があるようだ。

曹操には程昱の気持ちが読めていた。「仲徳《ちゅうとく》はわしと一緒に河内の戦に行きたいのか」

「そのとおりでございます」程昱はさっと駆け戻ってきた。「兗州の防備の手はずは整っております。万潜、李典《りてん》、呂虔たちもいることですし、こたびは軍と行動をともにしとうございます」程昱は武功を立てる機会を待ちわびていた。許県への遷都後、程昱は兗州の留守を預かってきたが、呂布亡きいま、東では功を立てられるような戦もなく、うずうずしていたのだ。

「之《これ》を好む者は之を楽しむ者に如《し》かず、か。では、連れていってやろう」

「孟徳《もうとく》、俺に考えがある」夏侯惇が眼帯を触りながら切り出した。「河南尹《かなんいん》の董昭《とうしょう》は張楊の麾下《きか》で幕僚をしていたことがある。河内の諸将のほとんどが顔見知りだ。あいつを軍に入れておけば役に立つときが来るかもしれぬ」

「素晴らしい考えです」荀攸が親指を立てて絶賛した。「建武将軍の策は冴え渡る一方ですな。すぐに令君《れいくん》［荀彧《じゅんいく》］に手紙を出しましょう」

曹操もうれしそうに夏侯惇を一瞥した。「元譲《げんじょう》、左目を失って、眼力はむしろ高まったのではないか」そう言ってからかった。

戦わずして勝つ

建安《けんあん》四年（一九九年）三月、黒山《こくざん》軍の統帥である張燕《ちょうえん》は十万の農民軍を組織し、公孫瓚《こうそんさん》の息子である公孫続《こうそんしょく》の道案内のもと、三手に分かれて易京《えきけい》へ救援に向かった。公孫瓚は事前に息子へ密書を送っていた。五千騎を率いて易京の北に陣取らせ、狼煙を合図に内外から袁紹《えんしょう》を挟撃する内容であったが、袁紹の包囲網を脱出できなかった使者が捕らえられてしまった。計略を知った袁紹はこれを逆に利用することを思いつき、伏兵を配置して偽の狼煙を上げ、公孫瓚の軍を一挙に打ち負かした。これに加え、先立って掘り進めていた地下道も敵陣の中枢に達し、防御のための櫓《やぐら》は次々と倒壊、ついに易京は落ちた。「白馬《はくば》将軍」として一世を風靡した公孫瓚は高楼に逃げ込み、妻子を殺して火を放ち自害したのである。

同じころ、曹操はいよいよ情勢が差し迫ってきたと感じ、大軍を率いて滎陽《けいよう》［河南省中部］から黄河の南に到着すると、対岸にある河内《かだい》郡の第一の県城、懐《かい》県［河南省北部］を目指した。曹仁《そうじん》、史渙《しかん》ら先発隊がすでに黄河を渡って眭固《すいこ》を追撃していたが、曹操は于禁《うきん》、楽進《がくしん》、徐晃《じょこう》らにも加勢を命じた。激戦の末、五将は野王《やおう》県の射犬《しゃけん》［河南省北西部］のあたりで張楊《ちょうよう》の残党の主力部隊を殲滅し、首領の眭固は乱戦のなかで死んだ。それでも、懐県を守る河内太守の繆尚《りゅうしょう》、長史《ちょうし》の薛洪《せつこう》は粘り強く抵抗を続けていた。

黄河の南岸に本陣を設けた曹操は、兵馬に黄河を渡らせて懐県を包囲した。しかし、ここまで攻め込んで、戦況はまたも膠着状態に陥った。懐県は下邳《かひ》城ほどの堅城ではなかったが、その地理的条件が絶妙だった。公孫瓚を討った袁紹が、いつ何時冀《き》州、幷《へい》州から援軍を送ってくるかわからない。早く城を落とさなければ絶体絶命の危機に立たされることになる。繆尚、薛洪は堅固な防御をめぐらして籠城しており、今回も手を焼くことになりそうだった。

打つ手なしかと思われたそのとき、かつて張楊の麾下《きか》にあった董昭《とうしょう》が見事な働きを見せた。単身、県城に入っていくと、わずか一刻［二時間］ほどで繆尚、薛洪を説き伏せ、城門を開いて投降させたのである。こうして、河内郡も許都《きょと》の朝廷に帰順することとなった。

曹操は将、掾属《えんぞく》［補佐官］を大勢引き連れて黄河のほとりにたたずんでいた。投降兵たちが武器を捨てていく。一同はそのさまを満足げに眺めていた。河内を手にすることで、西側に防波堤を一つ得ることとなった。袁紹にまたしても先んじたのである。

一葉の小舟が岸に漕ぎ寄せてくる。董昭に連れられて、繆尚、薛洪が曹操に拝謁するべく黄河を渡ってきた。董昭はいったいどのような方術《ほうじゅつ》を使ったのか。繆尚、薛洪の二人からは籠城のときの傲慢な態度が消え失せ、舟を下りるが早いか曹操の前に跪《ひざまず》いた。「帰順が遅くなりましたこと、まことに申し訳ございませぬ」

挙兵してからというもの、連戦連勝を続けてきた曹操であったが、今日のように兵の血を見ることなく戦《いくさ》が終わった例はほとんどない。「かまわぬ。朝廷に帰順する者に功はあっても罪はない」

繆尚、薛洪の二人は立ち上がり、堰《せき》を切ったように弁明をはじめた。「張楊が兵を引き連れて黄河のほとりに押し寄せたことも、眭固が部隊を率いて逃亡を図ったことも、二人の独断によるもの。われわれとは関係ありませぬ」二人は居並ぶ文官、武官と屈強な兵馬を従えた曹操の姿を目の当たりにし、必死で自らの潔白を訴えたのである。

二人が怯《おび》えているのをわかったうえで、曹操は素知らぬ顔で答えた。「わかっておる。心配するな。だが、懐県からは立ち退いてもらおう。城に戻って財をまとめ、家族とともに許都へ移ってもらう。

官職も与えよう」

繆尚と薛洪は思わず董昭のほうを見た。董昭は笑っている。「ご安心を。曹公が約束を違《たが》えることはありませぬ。許都に行けば栄達は思いのまま。このわたしが良い例ではありませんか」

それを聞いて二人はようやく胸をなで下ろした。董昭を岸に上がらせ、舟を出させると、家財をまとめに戻っていった。二人が遠ざかると、曹操は董昭に尋ねた。「明らかにこのわしを疑っておったのに、おぬしはいったいどんな手を使って投降させたのだ」

「たやすきことにございます」董昭は真面目くさった顔で語った。「張楊という男、胸に大志もなければ部下に対しても甘《あも》うございました。配下の将も先見の明など持ち合わせてはおりませぬ。繆尚、薛洪などは大事を前にして、わが身可愛さと目先の利に飛びついて命乞いをしてきたまでのこと。やつらに天下や道義、利害や事の成り行きを説いても聞き入れはしますまい。金銀財宝に香車《こうしゃ》［美しく飾り立てた車］、美女を約束してやると、目つきが変わりました」

「はっはっは」曹操は腹を抱えて大笑いした。「見事だ。あやつらが自身の根城を富と引き換えようというのなら、望みどおりにしてやろうではないか。二人を列侯《れっこう》とするよう朝廷に上奏してやろう」

戦乱によって税収が急減し、曹操の陣営では輝かしい功績を挙げている将たちにも特別な爵位は与えられていない。繆尚、薛洪の帰順は、たしかに功といってもよいが、本来なら列侯に封じられるほどのことではない。だが、曹操がここで、先例として二人を投降者の模範に仕立て上げたならば、割拠しているほかの者もあとに続くに違いない。

董昭が間髪入れずに提案した。「河内にはまだ数千の兵馬がおります。そちらから軍中へ補充いたしましょう」

「それもよいが……」曹操は髭をいじくり回しながら、ほかの手を考えていた。「土地を得るだけでは足りぬ。人を得ることこそ肝要。都の議郎《ぎろう》、車冑《しゃちゅう》は河内の者であったな。控え目で寡黙な男だ。いまは人心を得《う》べきとき。徐《じょ》州の平定も成ったばかりであるし、わしはこの者を徐州刺史とすることで、河内の士人《しじん》たちを慰撫しようと思う」

「一挙両得の名案でございますな」董昭は繰り返しうなずいた。車冑は控え目というよりも臆病といったほうがいいような男だ。徐州には陳登《ちんとう》、臧覇《ぞうは》、呉敦《ごとん》といった実力者たちがいて、刺史の位などお飾りに過ぎない。曹操は車冑を利用して河内の人心を掌握し、さらには陳登たちに信任を示すことができる。まさに、一挙両得の策なのである。

「だが一人では足りぬ。そなたは河内にいたことがあったな。ほかに優れた者がおれば、官職を授けて朝廷に招きたいのだが」

董昭は思案した。「河内随一の名士といえば、脩武《しゅうぶ》［河南省北部］の張範《ちょうはん》でしょう。先々帝の御代の太尉《たいい》、張延《ちょうえん》の息子で、婿に迎えたいという袁隗《えんかい》の申し出をはねつけ、ずいぶん恨みを買ったそうですが……」

袁家とのいざこざがあると聞いて、曹操は色めき立った。「それは好都合。ぜひとも招き入れよう」

「話は続きがございます」董昭が苦笑いした。「その張範は揚《よう》州へ行ってしまっていて、いまは脩武県にはおらぬのです」

曹操は肩を落とした。「では、ほかに誰かおらぬのか」

「ほかといいますと、温《おん》県［河南省中部］の司馬《しば》家でしょうか。かつての京兆尹《けいちょういん》、司馬防《しばぼう》が官職を捨て、隠居しているとか……」

「司馬建公《けんこう》か」曹操は笑った。二十五年ほど前、曹操が孝廉《こうれん》に推挙されたとき、尚書右丞《しょうしょゆうじょう》についていたのが司馬防で、当時の選部尚書《せんぶしょうしょ》の梁鵠《りょうこく》とともに官職の割り当てを司っていた。曹操は洛陽令《らくようれい》［洛陽県の県令］になりたかったのだが、司馬防、梁鵠に退けられ、洛陽北部尉《らくようほくぶい》［洛陽北部の治安を維持する役職］に落ち着いたのであった。世はめぐりめぐって、いまでは曹操が司空《しくう》となり、司馬防は反対に閑居の人となっているのである。

「司馬防をご存じなのですか」董昭は曹操の笑みを不思議がっている。

「もちろん知っている。古い知り合いだ」曹操は意味ありげに答えた。「司馬建公ももう五十を過ぎた年であろう」

「五十一でございます。息子が何人もおりますが、長子の司馬朗《しばろう》、次子の司馬懿《しばい》はすでに元服し、一族の司馬芝《しばし》が劉表《りゅうひょう》に仕えております」

「なるほど。ほかの者ならともかく、司馬一族ならぜひとも召し抱えたい。都に戻ったら毛玠《もうかい》とよく相談しておけ。人材を逃してはならぬぞ」曹操はほくほく顔であった。かつて面子《めんつ》をつぶされた遺恨を、司馬防の子弟を跪かせることで晴らそうというのである。

ようやく二人の話が終わり、傍らで先ほどからやきもきしていた郭嘉《かくか》が口を挟んできた。「わが君、士人の登用は喫緊の問題ではございませぬ。河内の守りは誰に託すべきでしょうか」河内郡は司隷《しれい》に属するが、黄河の北に位置し、曹操のほかの支配地域からは外れている。しかも太行《たいこう》山脈に接し、北東には冀《き》州、北西には幷州という、袁紹の支配地域にほど近い。ここの守りを固めることなしに、中原の中心地帯の安全は望めない。だが、この地を守るということはすなわち独り河北《かほく》で大敵に対峙することを意味する。この任に当たる者には人並み優れた勇気と能力が求められよう。

ひとしきり思案した曹操は、その困難なことに改めて思い至ると、急に対岸を指さし、居並ぶ文官、武官に向かって声を張り上げた。「誰か、あの地を守ろうという気概のある者はおらぬか」

曹操がそう言い終わるや否や、末席を占める掾属の一人が意を決したように立ち上がった。「不肖このわたくし、河内をお守りいたしたく存じます」

みなの視線が一斉にその男に降り注がれた。申し出たのは魏《ぎ》种《ちゅう》だった。

魏种は呂《りょ》布《ふ》の軍門に下った過去を人一倍恥じており、いつも誰かに「臆病者め」と後ろ指を指されている気がしていた。数日前、曹操のお供をして故郷の兗州に戻ると、万《ばん》潜《せん》が刺史となり、李《り》典《てん》、薛《せつ》悌《てい》が太守の位を得ていた。かつて部下だった小吏までもが出世を果たしているというのに、曹操自らが選んだかつての孝廉は、振り出しからやり直しを余儀なくされていた。魏种は密かに決心を固めていた――必ずや並外れた功を立てて恥を雪《そそ》いでやる――そのため、この困難な役目を買って出たのである。

将たちは裏切りの過去を持つこの男が立ち上がったのを見て互いに耳打ちし、蔑《さげす》みの眼差しを向けた。その一方で、曹操は目を輝かせた。河内郡は朝廷に帰順したばかりだ。この地を治めるには武勇のみならず、豪族たちを抑え、官民を団結させる手腕が求められる。多少の兵を与えればうまく運ぶというものではない。魏种はかつて兗州で地盤を築いていく曹操の背中を見ているため、新しい土地を治めていく要諦をよく心得ている。ましていまは恥を雪ごうという意欲に満ちているのだろうから、これ以上ない人選だといえる。そう考えた曹操は荀攸《じゅんゆう》、郭嘉、程昱《ていいく》、そして董昭に視線を送った。四人とも微笑みながらこっくりとうなずいた。

魏种は跪くと額を地べたにすりつけ、曹操の返事も待たずに口を開いた。「それがしがかつて過ちを犯したことは承知のうえで申し上げます。いま一度、機会をお与えください」

すでに腹は決めていたが、曹操はわざと持って回った口ぶりで答えた。「独り河北で大敵を防ぐという大役だ。本当に引き受ける覚悟があるのか」

「もちろんでございます」いまの魏种にとっては、腰抜け扱いされることが何よりもつらい。

曹操は挑発を続けた。「河内の地は中原の入り口である。北西の并州、北東の冀州には袁紹の精鋭が控えておる。難しい役目だぞ。しかも、地方の豪族と民を治めねばならぬ。容易なことではない」

「わが君のご寛恕を賜った身、命と引き換えてでもご恩に報います」

「よくよく考えてみよ。いま、許都は東西南北全方位の守りを固めねばならぬ。そなたのために割ける兵馬は少ない。自ら義勇兵を募り、糧秣《りょうまつ》を調達せねばならぬが、どうだ?」

「承知のうえでございます。どのような苦難があろうともやり遂げとうございます」魏种は涙ながらに訴えた。「どうか、どうか恥を雪ぐ機会をお与えください。河北で敵兵に対峙することは言うに及ばず、矛で胸を突かれ、白刃が首に当てられようとも、河内と存亡をともにする覚悟でございます」

そう言うとまた音を立てて叩頭した。

「死ぬ必要はない。生きて河内を守り、いずれ許都でともに心ゆくまで勝利の美酒を味わおうではないか。わしの目に狂いはなかったようだ。おぬしを孝廉に推挙したことは誤りではなかったのだ。そなたを河内太守に任命する。全権を与えるゆえ戦に備えよ」

「ありがたき幸せ」魏种はようやく立ち上がった。

曹操が歩み寄り、耳打ちした。「河内郡の十八県すべてに目を配ることはできぬ。おぬしの役目は黄河沿いの県城、とりわけ目の前の懐県を守り切ることにある。河北の兵が懐県から黄河を渡って南下し、滎陽、敖倉《ごうそう》に入れば対処のしようがない。ひとまず二千の兵を授ける。自分でも知恵を絞って兵を調達せよ。それでも足りなければわしに申せ。安心しろ。決しておぬしを見殺しにはせぬ」

「承知いたしました」魏种は本来なら一を聞いて十を知る聡明な男なのである。

そうして、河内の守りについての人選が終わった。曹操は黄河沿いで兵を三日休ませ、繆尚、薛洪らの支度が整うのを待ち、降将《こうしょう》や戦利品を検分したのち、追加の兵を魏种に与えて出立した。しかし、半日ほど進んだところで、留府掾属《りゅうふえんぞく》［曹操遠征中に都にとどまる補佐官］の王思《おうし》が荀彧《じゅんいく》からの便りを持って現れた。

天子が董承《とうしょう》を車騎《しゃき》将軍に任命するとの詔勅を下したという。書簡を手にした曹操は仰天した。容易ならざる事態である。曹操の官職は司空だが、司空にはもともと兵権がなかったため、「行《こう》車騎将軍」［「行」は兼ねる意］の職位が加えられていた。それなのに、董承を車騎将軍に任じるということは、董承が曹操の地位に取って代わることを意味する。だが、天子である劉協《りゅうきょう》が何の実権も持っていないことは誰もが知るところであり、詔書を下すには尚書令《しょうしょれい》である荀彧の手を経なければならない。ましてや、このようなきわめて重大な任命である。まさか、荀彧が裏切ったというのか……

曹操は書簡を荀攸、郭嘉、董昭らに回したが、三人の見方も曹操と一致していた。その手のことにもっとも通じた董昭が、王思に尋ねた。「誰の差し金だ？」

「陛下御自らの御心によるものです」王思が答えた。「董承が望んだのではなく、董承の知らぬ間に決められたのです。どういうわけか陛下のご決意は固く、荀令君《れいくん》に何度も訴えたようです。荀令君も思案されましたが、董承は涼《りょう》州の軍の出であり、昇進させることで関中《かんちゅう》［函谷関《かんこくかん》以西の渭水《いすい》盆地一帯］の諸将を手なずけやすくなるならと思い、賛成に転じられました。所詮、名ばかりの官職にございます。放っておくに越したことはないでしょう」

そうはいっても、曹操にしてみれば皇帝の劉協に兵権の裏づけを奪われたようなものである。あるいは背後に別の陰謀が隠されているのか。しばらく沈黙し、不意に尋ねた。「都ではほかに動きはないか。軍は動いておらぬか」

王思はかぶりを振った。「ほかには何も。董承、伏完《ふくかん》、劉服《りゅうふく》はあくまで職務一筋、宮中で幼き皇子の病のために駆けずり回っております」

「もう一度よく思い出せ。取るに足らないようなことでもよい。ほかに任命はなかったか」

王思は眉間に皺《しわ》を寄せて考えたが、またかぶりを振った。「ありませぬ。本当に」

曹操は半信半疑だった。劉協は何年ものあいだ董卓《とうたく》、李傕《りかく》の傀儡《かいらい》だった。有名無実の天子としての身の振り方は十分心得ているはずだ。何の意図もなしに軽はずみな振る舞いはするまい。袁紹が河北を統一し、それに続くように朝廷が動いた。無関係のようにも思えるが、このような偶然があるだろうか。考えても答えは出ず、曹操は自分の額を軽く叩くと、重々しくため息をついた。「まったく、令君もそのようなものに同意せずともよいものを……」

董昭が沈鬱な面持ちで助言した。「『君　密ならざれば則ち臣を失い、臣　密ならざれば則ち身を失う［君主が言葉を厳密に扱わなければ臣下を失い、臣下が言葉を厳密に扱わなければ命を失う］』です。陰謀の有無はひとまず措《お》いて、都に戻ることが先決でしょう」

王思も同意見だった。「賛成です。関中の諸将が送ってくる使者がまもなく許都に着きます。接見にも間に合うかと存じます」

「よかろう。兵の半分はわしとともに都へ戻る。残りは建武《けんぶ》将軍とともに敖倉に駐屯せよ。司空府の掾属、そして劉備《りゅうび》、張遼《ちょうりょう》、繆尚ら上奏の必要な者もわしと一緒だ」曹操は呼吸も荒く、あきらめたような表情をして嘆いた。「まったく、内も外も厄介事だらけだな。一時たりとも心が休まらぬ」

第五章　関中《かんちゅう》の諸将を官に任じる

募る陛下への不信

曹操は疑心暗鬼に陥ったまま許都《きょと》に戻ってきたが、そこで目にしたのは、いままでと何ら変わることのない都の様子だった。城外では曹洪《そうこう》が大陣営を敷いて守りを固め、城内では許都令《きょとれい》の満寵《まんちょう》が兵を率いて注意深く巡邏《じゅんら》していた。役人、農民、職人、商人はおのおの仕事に精を出し、いささかも異変の兆しは見当たらない。劉備《りゅうび》、張遼《ちょうりょう》たちを軍営に残し、掾属《えんぞく》［補佐官］だけを連れて司空府《しくう》に帰ると、門のずいぶん手前だというのに、大勢が出迎えにやってきた。留府長史《りゅうふちょうし》の劉岱《りゅうたい》、書佐《しょさ》の徐佗《じょた》、毛玠《もうかい》、何夔《かき》、劉馥《りゅうふく》、路粋《ろすい》ら留府掾属《りゅうふえんぞく》［曹操留守中に都にとどまる補佐官］、さらには長男の曹丕《そうひ》、次男の曹彰《そうしょう》、三男の曹植《そうしょく》、そして養子の曹真《そうしん》、曹彬《そうひん》……曹操に代わって車騎《しゃき》将軍に就任した董承《とうしょう》までもがそのなかにいた。

曹操の馬が近づいてくると、董承は駆け寄って手綱をひったくり、恭《うやうや》しく馬を牽《ひ》いて笑顔で曹操をねぎらった。「呂布《りょふ》を討伐したうえに、河内《かだい》を取り戻したとのこと。大手柄でございますな。さぞかしご苦労なさったことでしょう」

追従笑《ついしょう》いを浮かべる董承に拍子抜けしてしまい、曹操は内心複雑なものがあったが、礼を失してはならぬと馬を下りた。「これはこれは……それがしごときの馬を車騎将軍に牽いていただくなど、恐縮の至り」

董承は「車騎将軍」のひと言が強調されたことを感じ取り、一瞬、ばつの悪そうな表情を浮かべたが、手綱をぐっと握り締め、顔を赤らめた。「ご冗談はおやめくだされ。曹公と職位を争う気はありませぬ。陛下がぜひにと仰るため、再三の固辞も甲斐なく、仕方なくお引き受けした次第でして……」

「何を仰いますやら。国舅《こっきゅう》がそのようにへりくだることはありますまい。お互い朝廷に仕える身、天子のご意向に従うのは当たり前のこと。このわたしがどうこう言えるものでも、言うつもりもありませぬ」曹操は持って回った言い方をした。「それに、車騎将軍の位はこれまでも外戚が就任してきたもの。和《わ》帝は外戚の竇憲《とうけん》を、安《あん》帝は鄧騭《とうしつ》を車騎将軍に命じてきたのです。ご息女が陛下にお仕えし、貴人《きじん》［妃《きさき》の称号］の位にある貴殿こそ、車騎将軍にふさわしい」

車騎将軍はもともと前漢の文《ぶん》帝が設けたもので、名将灌嬰《かんえい》、周亜夫《しゅうあふ》、金日磾《きんじつてい》らが務めてきた。そして、光《こう》武《ぶ》の中興よりこの方、この位は外戚が朝政を牛耳るための手段と化していた。だが、竇憲、鄧騭はどちらも没落の憂き目を見ている。曹操がわざわざこの二人を持ち出したのは、明らかにお追従の形を借りた脅迫である。

言外の意を読み取った董承は、自分に火中の栗を拾わせた天子を恨んだ。名ばかりの官職に過ぎないのに、なんと肩身が狭いことだろう。手綱を放り出し、深々と頭を下げた。「才も徳もないこのわたくしめがこの位につけたのも曹公のご寛容あってのこと。曹公のご恩に報いるべく、誠心誠意お仕えいたします」

「いったい何の話をしているのです。わたしが車騎将軍にあれこれ指図をするわけがない。天子のご意向に従い、全身全霊で朝廷のご恩に報いるがよろしかろう」

戦々恐々としながら許都で三年を過ごしてきた董承は、曹操の気性を知り抜いていた。曹操が激高し、辛辣な言葉を投げつけても、怒りさえ収まってしまえば問題ないが、平静を装い慇懃な物言いをすればするほど、内心では恨みを募らせているのである。あえて遠ざけるような曹操の言葉遣いを聞くと、董承は人目も気にせず裾をたくし上げて跪《ひざまず》き、震える声で哀願した。「どうか誤解のなきよう、きちんと釈明させていただけぬか。今回の件では本当に参っていたのです。思いの丈を正直に告白しようと、毎日司空府に参上してお帰りを待っていたほど。何とぞ、何とぞそれがしを信じてくだされ」

曹操は俯《うつむ》き、この哀れな国舅の姿を眺めた。天子に働きかけて自分に立ち向かってくるほどの度胸もないらしい。ぷっと吹き出して、董承を立たせた。「国舅ともあろうお方が何をしているのです。信じておりますとも」

ようやく胸のつかえが下りた董承は、額の汗を拭《ふ》き拭き、消え入りそうなか細い声で申し開きをした。「本当にどうしようもなかったのです。詔《みことのり》に背くこともできず、曹公の威厳を傷つけることも本意ではなく、まことに……」まことに進退窮まるとはこのことで、どちらを敵に回してもたいへんなことになってしまう。

「国舅、深刻に考えすぎでございましょう。わたしはどこまでも信じておるのですから。あまり泣き言が過ぎますと、笑われますぞ」曹操はにこやかな表情をしたが、内心に湧き上がる暗雲は増す一方であった。董承の意思とは無関係だとしても、天子は公然と自分への不満を示して見せたのだ。

もう少し曹操の気を引くようなことを言いたい董承であったが、もう何も思い浮かばない。曹操に身内扱いされたことはなく、腹を割った話などできるはずもない。董承は内心で嘆息した。ふと顔を上げると、周りの掾属たちは蔑《さげす》むような眼《まなこ》でこちらを見ている。曹丕ら子供たちに至ってはあざ笑ってすらいる。天下の車騎将軍ともあろう者が往来の真ん中で跪いているのだ。こんな惨めな話があるだろうか。いたたまれなくなり、口を開いた。「そういうことであれば、お邪魔するのはここまでといたしましょう。長旅でお疲れのことでしょうし、また日を改めてご挨拶に伺います」

「まことに恐縮でございます。徐《じょ》州から鰒《あわび》を持参しました。一人で味わうにはもったいない美味であるゆえ、あとで届けさせましょう」

「それはそれは、ありがたいことで」董承はお辞儀をして立ち去ろうとしたが、少し歩いたところで振り返った。「何かご用事があれば、すぐに駆けつけますぞ」また歩きだして、自身の立場を明らかにしておくにはまだ足りないと思い、もう一度振り返った。「何か仰りにくいことがありましたら、娘を通じて陛下のお耳に入れるようにいたしますゆえ」そう言ったところで、女が政治に口を出すことは禁忌であることを思い出した。「いや、やはりわたしめから陛下にお伝えするようにいたしましょう」そうへりくだったものの、曹操の知らぬところで天子に会えば必ずや要らぬ疑いを招くだろうと思い、また言い直した。「やはりともに天子にまみえるのがよいでしょうな」そうして董承は三歩ごとにひと言話しかけ、二歩ごとに一度振り返り、万に一つの誤りも犯さぬよう細心の注意を払った。曹操がずっと微笑みを向けているのを見て胸をなで下ろし、ようやく車に乗り込んだのであった。

郭嘉《かくか》が曹操に歩み寄った。「どうやら本当に自分の意思ではなかったようですね」

曹操はしきりにかぶりを振った。「だからこそ厄介なのだ」

曹彰と曹植は半年以上も父親に会っていなかった。「招かれざる客」が立ち去るなり、脇目も振らずに駆け寄ると、かたや父の袖を引っ張り、かたや父の足に抱きついた。曹操は内心では喜びつつ、子供たちを叱った。「離せ、離せというに。高官の子弟ともあろう者が礼儀をわきまえないでどうする」

曹丕は十四歳、曹真は十六歳、曹彬は十三歳で、もう子供ではない。三人揃《そろ》って父の前に跪いた。

「父上、お帰りなさいませ」

「久しく都を離れておったからな、学業のほうはどうだ。近ごろ書いたものをあとで見せてもらおうか」そう言い置くと曹操は片方の手で曹彰と、もう片方の手で曹植と手をつなぎ、司空府に入った。劉岱、徐佗たちは親子の挨拶が終わると、続々と跪いて礼をした。

二の門をくぐって広間に入ると、掾属たちは退《さ》がっていった。曹操は黙ったまま曹丕を招き寄せて耳打ちした。「新しく来た杜《と》氏の世話に抜かりはないか」まだ別れて日が浅いというのに、例の美女のことが気がかりで仕方ないのである。

曹丕は決まり悪そうにもごもごと答えた。「奥様があの方と周おばさまを一緒の部屋に割り振りました」奥様とは実の母である卞《べん》氏ではなく、正妻の丁《てい》氏のことである。

丁氏は愛情を注いで育てた曹昂《そうこう》が宛城《えんじょう》［河南省南西部］で戦死して以来、曹操と仲違《たが》いするようになり、夫婦関係がぎくしゃくしている。丁氏によって侍女の出である周氏と同じところに杜氏が押し込められていることを知り、曹操はむっとした。「そんなやり方があるか。空き部屋がないわけではあるまい」

曹丕は勇気を奮い起こして答えた。「奥様は杜おばさまが再婚なのが気に入らないのでしょう」

曹操にはよくわかっていた。尹《いん》氏を側女《そばめ》とし、何《か》家の忘れ形見である何晏《かあん》を連れてきたこと、張済《ちょうさい》の妻であった王《おう》氏を側女にし、張繡《ちょうしゅう》の恨みを買って曹昂が宛城で戦死したこと、そして一度は結婚したことのある寡婦を連れてきたこと、そのすべてが面白くないのだろう。何気ないふうを装って言いつけた。「住処《すみか》というものは安らげることを第一に考えるものだ。新しい部屋を用意させ、杜氏をそこへ移せばよい」

曹丕はあたりを見回し、小声で答えた。「母もそのように提案しましたが、奥様がお許しにならないのです。ここ数日は周おばさまも出産を控え、杜おばさまがあれこれと世話を焼いておいでです。周おばさまの出産が終わってから移っていただくというのはどうでしょう」周氏は王氏の侍女だったが、曹操の寵愛を受けて昨年身ごもり、もう九か月目に入っている。

「よかろう」曹操は面倒になってきた。「天下の大事があるのだ。そんなことにかかずらっている暇などない。丁氏とよく話し合うよう母に伝えておけ」

曹丕は目をぱちくりさせながら答えた。「父上は朝廷の柱石、お国のお勤めで頭がいっぱいで、家のことなどかまっていられないでしょう。幸い母上が屋敷を切り盛りしているので、奥様のやり方の善し悪しについて、おばさま方や侍女たちも母の顔に免じて目をつぶってくれているようですが……」

曹操は警戒するような眼差しで息子を見た。色白でみずみずしい大きな顔、凛々しい目に立派な眉、すっと通った鼻筋、外側に張り出した大きな耳、紅を引いたように赤い唇、真っ白い歯、曹操と卞氏の美点ばかりを受け継いだようだ。話し方は恭しく丁寧だが、どこか冷たさを覚えるのは、言葉のはしばしで、丁氏のほうが間違っていて、万事自分の母が正しいとほのめかしているためであろう。丁氏を正妻の座から外《はず》し、自分の母を正妻にすべきだと言いたいのか。若者が経書や学問に精を出さず、この自分に対して邪《よこしま》なことを企んでくるとは……

ただ、咎め立てて怒るわけにもいかず、曹操はにたりと笑った。「そういった細かい話に口を出す必要はない。『孝経《こうきょう》』でも書き写して、夜に持ってきなさい」

「はい」息子は手習いをしに行った。

「待て」曹操が呼び止めた。「陳長文《ちんちょうぶん》を司空《しくう》府で掾属として使うことにした。陳家は三代にわたって才徳を備えた孝行者ばかりだ。お前たちもそれに見習って、陳羣《ちんぐん》から忠孝の道を学ぶとよい……さあ、行け」

曹丕は余計なことを言ってしまったと思い、奥の間へと退がった。曹操は息子の後ろ姿を見送りながら、肩を落とした。遠征ばかりしているうちに、父子の間柄が疎遠になってしまったようだ。

そのとき、王必《おうひつ》が駆け込んできた。「申し上げます。荀令君《じゅんれいくん》がお見えでございます」

曹操は気を取り直し、無理に笑ってみせた。「通してくれ。おぬしも軍中で何か月も働き詰めだ。戻って休め。何かあれば劉岱や徐佗たちに任せる」

ほどなくして、尚書令《しょうしょれい》の荀彧《じゅんいく》がかしこまって入ってきた。家に帰り、ようやく腰を落ち着けることができた曹操は疲労感に襲われ、形式的なことはどうでもよくなってきた。内輪の人間でもあり、東側の長椅子を与えた。「座ってくれ」

荀彧は折り目正しく、礼法どおり丁寧にお辞儀をすると腰を下ろした。「西へ東へのご遠征、さぞかしご苦労なさったことでしょう。白いものが増えたのではないですか」

「そうか」考えたこともなかった。曹操は思わず髪をまさぐり、苦笑した。「もう不惑も過ぎておるのだ。白髪など珍しくもない。呂布にはずいぶんと手を焼いたが、ここからが正念場だ」すかさず本題に入った。「袁本初《えんほんしょ》からの上奏文は来ておるか」

「いいえ、音沙汰なしです」荀彧はかぶりを振った。「形だけとはいえ、以前はよこしていたのですが、鄄《けん》城［山東省南西部］への遷都が退けられてからというもの、袁本初は朝廷を無視するようになりました。公孫瓚《こうそんさん》を滅ぼすといった大事についても、上奏文一つよこしませぬ」

「わしとの対決に頭がいっぱいで、建て前はどうでもよくなってきたと見える」

言い終えたところで、また王必がやってきた。「議郎《ぎろう》だった趙達《ちょうたつ》がお目見えしたいとのことです」

趙達は実力者に取り入ることに余念がなく、朝廷の議郎でありながら、実利を求めてわざわざ曹操の掾属になろうとした輩である。曹操はその卑しさを嫌い、趙達が議郎を辞めても召し抱えようとしなかった。趙達は痺れを切らして日参し、伝手《つて》を頼ってあちこちを駆け回っている。曹操本人が相手にしないと見ると、下男を手なずけて近づいてきたのだ。

曹操は何度もかぶりを振った。「耳ざといやつめ。戻った途端にやって来おった」

王必が笑った。「あやつ、許都じゅうの屋敷の門番と仲良くなったそうです。当家の者とて例外ではありますまい」

荀彧が口を挟んだ。「あの趙達とやら、しだいに目に余るようになってきました。昨日もわたしが追い払ったところです」

下男が水を運んできた。それをすすった曹操は気だるさを覚え、手近な腰掛けを引き寄せるとそれに寄りかかった。「そんなやつの相手をする暇などありはせぬ。棒で打ち払っておけ。しつこいようなら嫌というほど処罰してやる」

「はっ」王必が退がっていった。

曹操はあくびを一つすると、話をもとに戻した。「徐州、兗《えん》州はこれでよいだろう。車冑《しゃちゅう》を徐州刺《し》史《し》にして、魏种《ぎちゅう》に河内を守らせる。詔書は任せたぞ」

「承知いたしました」荀彧がうなずいた。

「それから、繆尚《りょうしょう》、薛洪《せつこう》を列侯にして、あとは……」曹操は考え考えしゃべり続けた。「劉備も戻ってきておる。許都に屋敷を用意してやってくれ。あれは孔融《こうゆう》、袁渙《えんかん》とも旧知の間柄だ。笑いものにされぬよう、できるだけ広い家をあてがってやれ」許都は洛陽《らくよう》と異なり、文官、武官の屋敷が狭かった。「それから、并《へい》州の勇将、張遼を召し抱えることになった。軍中に身を置いてはいるが、屋敷は用意してやれ。住むかどうかは好きにさせろ。部下を連れて帰順してくれたのだ。臧覇《ぞうは》たちを説得してくれた手柄もある。ひとまず中郎将《ちゅうろうしょう》とし、関内侯《かんだいこう》の爵位を与え、呂布の残兵をつけて……」

荀彧が口を挟んだ。「并州軍は軍紀が乱れ、長らく逆らってまいりました。まだ帰順して間もないことですし、張遼には目付役をつけておきましょうか」

「それもそうだな。祭酒《さいしゅ》の武周《ぶしゅう》に任せよう。張遼と協力して兵を治めよと伝えておけ」武周は長らく曹操軍で働き、忠誠心に溢《あふ》れる豪の者である。しかも、出身は沛国《はい》竹邑《ちくゆう》［安徽省北部《あんき》］で、曹家とはほとんど同郷のようなものだ。目付役としてこれ以上の人選はない。

「ほかには何か」

「そうだな……呂布のついていた職位が空いたままだ。劉備を左《さ》将軍とするか」

「また昇進させるのですか」荀彧には曹操の意図が読めない。「すでに鎮東《ちんとう》将軍と豫州牧《よしゅうぼく》を兼ねておりますが」

徐州での日々を経て、劉備に対する曹操の印象は良くなる一方だった。「劉玄徳《げんとく》は降将としての範を示しておる。用兵はお粗末なものだが、東方の名士たちとの付き合いもある。陳登《ちんとう》に不安を抱かせぬためにも力を借りねばな。まあ、こんなところだろう。ほかに思い出したことがあれば追って知らせよう」曹操はあえて董承のことは黙っていた。

荀彧は一つひとつ書き留めると、また口を開いた。「陳紀《ちんき》父子はすでに用意した屋敷に落ち着かれました。ご老人も都の住み心地にご満足のようで。ただ、来客が多いのには辟易しておられるようです。あまり声望が高いのも困りものです」

「都に来た以上、官職の一つくらいは務めてもらわねば困る。おぬしからも伝えておいてくれ。九卿《きゅうけい》の大鴻臚《だいこうろ》に空きがある。ひとまずそれを任せるとしよう」

荀彧は目をしばたたかせた。「陳元方《げんほう》殿によると、官職にはつけないと下邳《かひ》でお約束されたそうですが」

「わしは約束したが、朝廷も天子もそのような約束はしておらぬ」

そんな無理は通るまい。荀彧はかぶりを振った。「それでは納得しないでしょう」

「かまわぬ。よくよく説くのだ。形だけの大鴻臚でよい。役目は果たそうが果たすまいがどちらでもよい。隠居していたければそれでもかまわぬ。天子の朝議も例外ではない。あの老人が出たくないと言うなら、わざわざ異を唱える者もおらぬだろう」

「わかりました。暇を見つけて伝えましょう」荀彧は空返事をしてやり過ごすと、話題を変えた。「ところで、良いところにお帰りになりました。あと何日かしたら裴茂《はいぼう》が段煨《だんわい》と関中［函谷関《かんこくかん》以西の渭水《いすい》盆地一帯］の使者を連れてやってきますから、お会いになってはいかがですか」

「それは好都合」曹操はうなずいた。「段煨はさすがは『涼《りょう》州の三明』の一人、段熲《だんけい》の一族だけある。天子と朝廷に敬意を払っておる」一年前、尚書《しょうしょ》の裴茂は謁者僕射《えっしゃぼくや》(1)の身分で節《せつ》［皇帝より授けられた使者などの印《しるし》］を持って関中に入ると、関中の将たちを引き連れて李傕《りかく》、郭汜《かくし》を討伐した。中郎将の段煨は長安《ちょうあん》を攻めて李傕を誅殺し、郭汜は部下に裏切られて殺されている。このたび段煨が裴茂とともに都入りするのは、自分が朝廷側の人間であることを示すためである。

日ごろ堅苦しい荀彧が不意に笑顔を見せた。「段煨が来ることで、関中の諸将の心も動きました。あちらこちらの群雄も使者を立てて一緒にやってきます。遠くは西涼《せいりょう》の馬騰《ばとう》、韓遂《かんすい》も使者を出し、涼州刺史の韋端《いたん》などはとっくに従事《じゅうじ》の楊阜《ようふ》を弘農《こうのう》に送って裴茂に引き合わせております。おそらくこたびは大勢の使節がやって来ましょう。許都の駅亭には収まりきらぬかもしれませぬ」

霊《れい》帝の御代の末期、西涼の首領王国《おうこく》、北宮伯玉《ほくきゅうはくぎょく》、辺章《へんしょう》らが乱を起こし、馬騰、韓遂たちが義勇兵を率いて制圧に出た。しかし、戦いも終盤に近づき、王国、北宮伯玉、辺章らが相次いで敗れると、馬騰と韓遂は逆賊の頭《かしら》になってしまったのである。董卓《とうたく》の長安遷都、李傕と郭汜の専横の際にも、馬騰と韓遂は長安城を攻めたことがあったが、李傕、郭汜に撃退されていた。その後、天下はいよいよ乱れ、涼州を抑え込めなくなった長安の朝廷は、馬騰を征西《せいせい》将軍に、韓遂を鎮西《ちんせい》将軍に任命し、二人の支配を黙認した。また、京兆尹《けいちょういん》の名士韋端を涼州刺史とし、朝廷との対立を和らげたのである。

西方に割拠する二人が使節を送ってくるという話に、曹操も笑った。「許都の勢いは朝廷がまっとうな姿に戻ったことを示しておる。しっかりもてなしてやれ」

荀彧が微笑んだ。「光武帝が烏丸《うがん》を手なずけた策を思い出しました。一つ真似てはいかがかと」光武帝劉秀《りゅうしゅう》が天下を平定したあとも烏丸は抵抗を続けていたが、長年にわたる戦《いくさ》で民は疲弊しきっており、劉秀もそれ以上の戦は望まなかった。そこで劉秀は洛陽を豪華絢爛《けんらん》に飾り立て、烏丸の首領たちを都に招いた。貧しい辺境の地からやってきた野蛮人の首領たちは賑やかな街やそびえ立つ宮殿、精緻な細工を施した美食を目の当たりにし、多くの者が都を離れようとしなかった。それを機に、烏丸は東北に移り住み朝廷に服従したのである。劉秀は血を一滴も流すことなく烏丸に膝をつかせたのであった。

「良い手だな。丁沖《ていちゅう》、満寵に任せよ。盛大にもてなしてやるのだぞ」だが、ひと笑いしたあと、曹操の顔にはまたも憂いの影が差してきた。「光武帝は戦わずして烏丸を屈服させたが、いまでは烏丸の民は袁紹《えんしょう》の側についている……東西南北、いたるところに脅威ありか……」曹操は身を起こすと、卓上に並べられた筆と墨を手に取り、まだ何も書かれていない竹簡にゆっくりと名を書いていった。

「関中の諸将、荊州の劉表《りゅうひょう》、江東《こうとう》［長江下流の南岸の地方］の孫策《そんさく》、淮南《わいなん》［淮河《わいが》以南、長江以北の地方］の袁術《えんじゅつ》、南陽《なんよう》の張繡」一人の名を書くごとに、それを声に出して読み、書き終えると筆を擱《お》いてため息をついた。「袁紹と決着をつけるには、先にこやつらを抑えておかねばならぬ。肝心なときに邪魔立てされてはかなわぬからな」

荀彧が答えた。「飯はひと口ずつ食べるもの、道は一歩ずつ歩むものです。一人ずつまいりましょう。まずは関中の諸将から」

「そうだな。焦ってどうにかなるものではない。世は瞬く間に移り変わってゆく。機を見失わない限り、打つ手はある」

用件の済んだ荀彧は、立ち上がると暇を告げた。曹操も見送りのため、億劫ではあったが腰を上げた。広間を出ようというときに、荀彧が急に歩みを止め、顔を曇らせた。「それから……車騎将軍のことですが、わたくしは……」曹操に会いに駆けつけてきた主意は、曹操の疑念を払うためだったのだが、どう切り出せばいいかわからないままここまで引き延ばしていた。

曹操は荀彧の奥ゆかしい人となりを知っている。肩を軽く叩くと優しい言葉をかけた。「文若《ぶんじゃく》、もうよい。おぬしのことはよくわかっている。心根は善良で礼儀正しく、およそ人としての徳はすべて備えている。天子がやれと言うのだ。拒み通せるものではない」

「そうまで仰ってくださるのなら、もう何も言葉はありませぬ。本当に……」曹操がすべてを理解してくれたことがわかると、荀彧は深いため息をついた。「陛下はこのところ怒りっぽくなっておられるようです。幼い皇子の病に心を痛めておいでなのでしょう」皇子の名は劉馮《りゅうふう》といい、伏完《ふくかん》の娘、伏皇后が昨年産んだ子である。皇帝の劉協《りゅうきょう》自身が二十歳にもならないうちにできた子であるからか、劉馮は生まれつき体が弱く、病が絶えなかった。

「赤子の病と政《まつりごと》に何の関係がある」曹操には理解しかねることだった。

「たしかにそのとおりです。董承は西涼の故将でした。いま昇進させてやれば、関中の籠絡に役立つに違いありません。度量の大きさを見せるに越したことはないでしょう」荀彧にもあまり突っ込んだ話はできなかった。「こうするのはいかがでしょう。明日、董承とともに陛下に謁見し、主君と臣下のあいだで腹を割って話をし、そのついでに呂布討伐の報告をなさっては」

「いや、やめておこう。もうくたくたなのだ」曹操はまたあくびをした。「いつまた戦になるかわからぬ。ひとまず何日かは休ませてもらう。あとで繁欽《はんきん》に上奏文を出させよ。段煨が来たら陛下に会いにいく。それも形だけのことだ」

曹操の機嫌が悪くなっていることに気づき、荀彧は声を和らげた。「仰せのままにいたしましょう。陛下もまだお若い。臣下たるもの、それを酌《く》まねばなりません。それではこれにて……」

曹操は荀彧を見送ったが、心は晴れなかった。天子ももう十九歳。志を抱くようになる年ごろだ。わしに一切を取り仕切られて面白いはずがない。だが、胸に手を当てて問うてみることもできぬのか。この曹操なくして朝廷が、漢室の天下があると思うか。わしのほかに、誰が袁紹に立ち向かえるというのだ。

（1）謁者は中央から派遣される使者のこと。謁者僕射とは謁者の上役であり、朝廷の儀礼、使命の伝達の責任者であり、ときには冤罪の審理や動乱を起こした官を慰撫することもあった。

関中《かんちゅう》の人心を掌握する

関中に割拠する者は数十を下らないが、有力な将は数えるほどしかいない。諸将は殺し合いと騙《だま》し合いを繰り返し、そこに秩序など存在しなかった。今日同じ卓を囲んで酒を酌《く》み交わしたかと思えば、明日には兵刃を交え、その翌日には手を握り合って兄弟の契りを交わす。不安定な状況のなかで、諸将は後ろ盾を欲していた。そのため、大喜びで東の許都《きょと》の朝廷を認めたのである。

二年前、鍾繇《しょうよう》が司隷校尉《しれいこうい》に昇進し、関中の統治に乗り出したときには、多くの諸将が許都に使者を送り、そのほとんどが朝廷に争いを取りなすよう求めた。このたび諸将は謁者僕射《えっしゃぼくや》の裴茂《はいぼう》とともに朝廷の号令のもとでひとまずは一致団結し、李傕《りかく》と郭汜《かくし》を殲滅した。誰もが自分の立てた手柄だと思い、朝廷からの褒賞を待ちわび、曹操が後ろ盾になってくれることを願った。そのなかでもとりわけ声望高い段煨《だんわい》が自ら都入りしたため、それに触発された諸将は、大物は涼州《りょう》を統《す》べる馬騰《ばとう》、韓遂《かんすい》から、小物は一県の支配地域しか持たぬ豪族まで、続々と使者を出してきた。

謁者僕射の裴茂が節《せつ》を持って前を行き、段煨、楊阜《ようふ》が左右に付き従った。後ろには百人近い使者の列を従えている。立派な馬に跨がって往来を闊歩すると、民たちがわっと見物に集まってきた。許都《きょと》令《れい》の満寵《まんちょう》の手配により、あちらこちらが美しく飾り立てられており、たいへんな賑わいである。

使者たちは血腥《ちなまぐさ》い戦乱の地から這《は》い出してきた者ばかりである。世間のことなどまるで知らぬ混血の胡人などは、許都の市井の賑わいを目の当たりにしてきょろきょろと見回し、大興奮の様子で、親にもらった両目だけでは到底見足りぬと嘆くほどであった。

早くから知らせを受けて支度していたことが功を奏し、許都の駅亭では仮設の宿舎をいくつも建てていた。そうでなければこれほどの客人を受け入れることはできなかっただろう。曹操は使者の受け入れに細心の注意を払っていた。王必《おうひつ》、劉岱《りゅうたい》に手厚いもてなしを命じただけでなく、朝廷にいる治書《ちしょ》侍御史《じぎょし》の衛覬《えいき》、議郎《ぎろう》の金旋《きんせん》、長水《ちょうすい》校尉の种輯《ちゅうしゅう》ら、関中を出自とする官たちにも応接を命じた。同じお国訛《なま》りを聞くことができれば、よりいっそう親近感を覚えてくれるだろうとの計らいである。玉石混淆の使者はともかく、鎮圧の功労者である中郎将の段煨はとりわけ手厚くもてなさねばならない。曹操と車騎《しゃき》将軍の董承《とうしょう》、輔国《ほこく》将軍の伏完《ふくかん》、偏《へん》将軍にして梁《りょう》王子の劉服《りゅうふく》、尚書令《しょうしょれい》の荀彧《じゅんいく》、そして謁者僕射の裴茂は段煨とともに昇殿し、天子にまみえた。

段煨は字《あざな》を忠明《ちゅうめい》といい、武威《ぶい》は姑臧《こぞう》［甘粛省中部《かんしゅくしょうちゅうぶ》］の人である。年はもう六十近い。弘農《こうのう》郡の諸県で勢力を振るっていたが、ほかの野蛮な武骨者たちとまったく異なるのは、段煨が破羌《はきょう》将軍として名高い段熲《だんけい》の一族だからである。桓《かん》帝や霊《れい》帝の御代に辺境を守っていたのは皇甫規《こうほき》、張奐《ちょうかん》、段熲の三名将であった。いずれも涼州の出身である。三人とも字に「明」の字があった（1）ため、世間では尊敬の念を込めて「涼州の三明」と呼ばれていた。そしてこの三人のうち、もっとも勇猛で戦《いくさ》上手であったのが段熲である。惜しむらくは、功名心が強すぎるあまり、わが身の出世ばかり考えていたことである。かつては曹操の父、曹嵩《そうすう》とも親交があった。のちに大宦官の王甫《おうほ》の側について太尉《たいい》となり、党人《とうじん》や太学《たいがく》生［最高学府の学生］を捕縛した。そのため、王甫が失脚すると段熲も地位と名誉を失い、命を落としたのである。当代きっての勇将が、戦場ではなく政争によって命を落とすと、一族郎党もみな落ちぶれた。当時、涼州で軍官の職にあった段煨も巻き添えを食って免職された。黄巾《こうきん》の乱が起こると霊帝劉宏《れいていりゅうこう》は党人を赦免し、朝廷内部での対立を和らげるために段氏一族の罪も免じた。段煨は軍に復帰し、皇甫嵩《こうほすう》、董卓《とうたく》とともに辺章《へんしょう》らの反乱を鎮圧し、少なからぬ功を立てた。さらには董卓の都入りののちに中郎将に昇進している。とはいえ、罪に問われた過去があるため、漢室の天子に対する段煨の忠誠心はいくぶん冷めていた。

だが、悲運の天子劉協《りゅうきょう》とのあいだには浅からぬ縁があった。かつて、劉協は後《こう》将軍の楊定《ようてい》、安集《あんしゅう》将軍の董承、興義《こうぎ》将軍の楊奉《ようほう》の護衛のもと、李傕、郭汜の手を逃れ、百官を率いて洛陽《らくよう》へと帰還した。道中、段煨の駐屯する華陰《かいん》県［陝西《せんせい》省東部］を通過する際、段煨もあらかじめ十分な食糧や物資を用意して天子を出迎えた。だが、段煨とのあいだにわだかまりのあった後将軍の楊定が天子の近侍《きんじ》と結託し、段煨が郭汜とともに天子を奪おうと企んでいるとの濡れ衣を着せた。さらには、軍を率いて段煨の陣中に攻め込むと、罪状を問う詔書を天子に発布させようとしたのである。十五歳の劉協は段煨の潔白を信じて詔書は下さず、反対に楊定を責めた。「王たる者が人を討伐するには、天意と民心に合致しなければならぬ。司寇《しこう》［刑罰、警察を司る官］が刑を実施するときも、司寇の意見だけで刑の実施を判断しないのに、朕が詔書を下せようか」結局、楊定は段煨の陣営を攻め落とせず、一方の段煨は変わらず食事や衣を献上した。その後、楊定は再び段煨謀殺の段取りを進めたが、劉協は密かに事実を伝えて段煨を守った。手に汗握る緊迫の事態を経て、段煨はこの若き皇帝に心から感謝した。段煨が朝廷を認め、進んで曹操の助けになろうとしているのは、そのような経緯があったからだ。

あれから四年あまりの歳月を経て、今日、段煨はついに恩ある若き皇帝にまみえることができた。正殿に跪《ひざまず》いて挨拶した。「参内が遅くなりました。どうかお許しくださいませ」

段煨に会えた劉協の喜びは大きかった。「そなたは許しを請うような過ちを犯しておらぬではないか」

段煨は笏《しゃく》を手に語った。「それがしの罪は重うございます。陛下のご厚恩を無下にしておりました。陛下のおそばに控えているべきであったものを、奸臣楊定への憤りのあまり、最初から最後まで陛下の洛陽へのご帰還に付き添うことができませんでした。思い出すたびにお恥ずかしく……」そう語る老人の目からふた筋の涙が流れた。

段煨の真情の吐露を聞き、曹操、董承、伏完らは、一人残らず心を打たれた。劉協も目を潤ませて語りかけた。「『疾風に勁草《けいそう》を知る〔苦難に遭ってはじめてその者の節操の堅さがわかる〕』という言葉がある。楊定はその後の危機にあって朕を放り捨てて逃げ去った。いまに至るまであの者の行方はわからぬ。だが、そなたは李傕を誅殺して朕のもとにやって来てくれた。はじめからそなたが朕のそばにいてくれたなら、あるいは……」あるいは、今日こうして許県に都を移して不自由を強いられるようなことはなかったかもしれない。だが、曹操を前にそのようなことは口にできるはずもなく、話をそらした。「もっと早く李傕と郭汜の賊二人を誅滅できていたやもしれぬ」

段煨は笏を掲げて再び頭《こうべ》を垂れた。「それがしが職務を全うしきれなかったがために、陛下を幾度も危険にさらしました。なんとお恥ずかしいことか。しかし、幸いにして曹公が社稷《しゃしょく》を支え、朝廷を立て直してくださいました」そう言うと首をひねり、曹操に目を向けた。「どうか曹公の言を聞き入れ、曹公の力を恃《たの》みとし、乱れた天下をもとの平穏な姿にお戻しくださいますよう」

いましがた胸を打たれた劉協も、話を聞いて少し顔をしかめた。「それもそうだな」そして心中では、曹操への恨みを募らせた――長らく朝廷を離れていたそなたにはわかるまい。曹操の功は大なりとはいえ、権力をほしいままにし、朕を操り人形のごとくみなしておる。曹操、この天下が朕のものであることを忘れるな――

曹操は段煨の言葉に大喜びであったが、劉協の投げやりな態度を目にし、内心はなはだ不満であった。段煨は皇帝がなぜ急に冷やかになったのかわからず、怪訝な顔をした。その光景を見た董承、伏完、裴茂はすぐさま低く頭を下げ、誰の顔も見ないようにした。王子の劉服は愉快そうに口元を覆って笑っている。荀彧は気まずさを覚え、一歩進み出て笏を掲げた。「段中郎将の大手柄に、陛下、どうかご褒賞を」

荀彧に促された劉協は、自身の不満はひとまず脇に措《お》いて、機嫌の良さそうな表情に戻った。「逆賊を誅したそなたの功に鑑み、そなたを安南《あんなん》将軍とし、閿郷《びんきょう》侯に封ずる」どちらも荀彧が先だって言い含めていたことだ。

「そのような過分な恩賞を受けるわけにはまいりませぬ」段煨は跪いて辞退しようとした。

「受けられぬとな」劉協が続けた。「朕の顔はともかく、曹公の顔を立てぬというのか」棘《とげ》を含んだ台詞である。

殿上にいた者は残らずその意図するところを悟り、にわかにあたりは静まり返った。陛下はいったいどうなされてしまったというのか。曹操は見るに忍びなく、また、劉協に何か耳障りなことを言われてはかなわぬと思い、早足で進み出ると段煨の肩を抱き、へつらうように笑った。「将軍、恩賞は陛下の心からのお気持ちなのです。どうかお受けください」

「そうか、そうだな」段煨は何も気づかなかったふりをして、すぐにぬかずいて感謝の言葉を述べると、立ち上がって曹操とともに列に戻った。

一部始終を見ていた裴茂は手に節を捧げ持ち、ひれ伏して朗々と述べた。「それがし、詔《みことのり》を奉り、関中の将を率いて逆賊を征伐いたしました。悲願を成し遂げ、陛下のもとに戻ってまいりました」

「悲願を成し遂げただと」劉協に曹操を怒らせる度胸はないので、代わりに裴茂を怒鳴りつけた。「小物の賊二人を滅した程度で大得意か。いつになったら大功を立ててくれるものやら。朕はその日を見ることができるのかのう」裴茂もいい年をした男である。思わぬ当てこすりを受けて狼狽《ろうばい》し、節を侍臣に手渡すと、叩頭して百官の列へと退いた。

荀彧は胸に激しい動悸を覚えながらも、曹操に、さらには劉協に目を向けた。このままでは殿中で君主と臣下の争いがはじまってしまうと思い、とっさに笏を掲げた。「もう遅くなりました。段将軍も曹公も軍のことでお話し合いがありましょう。駅亭でもてなしを待つ使者も少なくありませぬ。陛下からほかにお言いつけがないようでしたら、これにて退廷いたしたく存じますが」

劉協は手を振って散会を促すと、力なく返事をした。「退《さ》がってよいぞ。朕に代わってしっかり段将軍をもてなしてくれ……それから、裴茂よ。先ほどの話は気にしないでくれ。そなたのことを責めるつもりはない」

曹操は目を見開いた――裴茂でなければわしを責めているということか――しかし、ここで物申すのも気が引けて、深々と一礼すると一同とともに退出した。正殿を出るときに、再び顔を上げて皇帝の目を見た。凛々しい目に立派な眉、高い鼻に赤い唇、理知的ですっきりとした顔にはいくぶんかの怒気が含まれていた。ゆらゆらと揺れる冕旒《べんりゅう》は、まるでその揺れ動く心を物語っているかのようだった——もう大人だ。大人たちにいいようにもてあそばれていた子供ではないのだ——

正殿から離れるまで、一同は俯《うつむ》いて足元を見ていたが、気まずさを打ち破ったのはやはり荀彧だった。「ここ最近は皇子がご病気になられ、陛下は少し苛立っておられます。段将軍、どうか気を悪くなさらず」

段煨は微笑んだ。「誰もが若者の時代を経る。陛下とてそれは変わらぬ。苛立つこともあろう。わしの若いころなど腹が立つことがあれば戦場で羌人たちを殺しておったわ。はっはっは」謁見のときはかしこまっていたが、外に出ると武人の本性をさらけ出して見せた。

どっと笑いが起こり、沈鬱な雰囲気が一掃されると、荀彧がまた語りかけた。「段将軍、先に曹公とともに司空《しくう》府へおゆきください。わたしはまだ少し公務が残っておりますゆえ。あとで駅亭に人を遣り、使者のみなさまも司空府にお連れするよう伝えておきます。曹公が宴を開いておもてなしをいたします」

「曹公にはお世話になりますな」段煨は繰り返し頭を下げた。「令君も来てくれよ」

「もちろんです。叔父と何伯求《かはくきゅう》殿の棺を送り届けていただいたのです。三献差し上げてお礼をいたさねば」荀彧の叔父にあたる荀爽《じゅんそう》と何顒《かぎょう》は西の都長安《ちょうあん》で命を落とし、このたび段煨が棺を掘り起こして故郷の潁川《えいせん》に埋葬してやったのである。

段煨が答えた。「そのくらいどうということはない。そなたらの酒が飲めればそれでよい」

「段将軍、遠慮は無用。主人役としてできるだけのことをするだけです。ほかの使者とも顔見知りになれましょう」曹操はそう話すと、今度は董承、伏完、劉服にも礼を尽くして誘った。「お三方も、司空府にて楽しみましょうぞ」

董承と伏完の二人に曹操の招きを受ける勇気はなかった。二人で何か話し込んで、そのことが曹操の耳に入ったら余計な疑いを招きかねない。二人は前後して手を振り断った。「われわれもまだ務めが残っておりますゆえ、今日は遠慮いたします。また日を改めて曹公の労をねぎらい、段将軍の武勲をお祝いに伺いましょう」梁王子の劉服は平素より宗室《そうしつ》の身であることを鼻にかけている。関中の諸将のような武骨者と席を同じくすることなどもってのほかだと言わんばかりに黙ってかぶりを振った。

段煨はその意図には気づかず、からからと笑った。「董国舅《こっきゅう》、そなたには来てもらわねば困る。涼州の同郷人が山ほどおるのだ。会いに行かぬなどという法はあるまい」

董承にしてみればとんでもない話である。慌ててでたらめを並べた。「それが、どうも下っ腹の具合がおかしく、何やらひどくなってきたようで……今日はこれにてお暇《いとま》いたします」

董承らが来ぬと聞いて曹操は気持ちが軽くなり、有無を言わせぬ調子で裴茂を誘った。「そなたはもちろん来るのであろうな」

裴茂は先ほどの件で鬱々としていた。「わたしも少々具合が悪く、今日は……」

話をする腹積もりだった曹操は、笑顔で話を遮った。「嘘はいけない。今日の宴には関中の使者を招いているのだ。賊を討った殊勲者であるそなたが欠けては困る。良いではないか」

そうこうしているうちに一行は宮門を出て、董承ら三人は深々と礼をして去っていった。荀彧は執務に戻り、曹操は執拗に段煨と裴茂を自分の安車《あんしゃ》［年配の高級官僚などが座って乗る馬車］に乗せようとした。二人はひとしきり遠慮してからようやく乗り込み、左右から曹操を挟む形となった。馬車でしばらくかかる道のりである。曹操は出し抜けに本題に入った。「段将軍、今後はどうなされるおつもりか」

「別に何も。朝廷の命ずるままに」段煨は関中では実力者で通っているが、兵三千を擁する程度で、天下を動かすほどの持ち駒があるわけではない。それに加えて、寄る年波のためにいま以上の高みなど目指すつもりもなかった。許都へ来たのも、流されるままにたどり着いた結果だった。

その答えを聞いた曹操は単刀直入に頼んだ。「将軍さえよろしければ、弘農へお戻りください。関中の諸将は玉石混淆で、威望ある統帥者が必要なのです。戻って諸将に朝廷の恩徳を触れ回り、おのおのが分をよく守って朝廷からの沙汰をおとなしく待つよう伝えていただきたいのです」

「朝廷が信任してくれるというのなら、わしとしてはお安い御用だ。曹公が河北《かほく》［黄河の北］の袁《えん》紹《しょう》を討ったあと、また朝廷に戻って拝謁に伺うとしよう」

曹操は仰天した。「それは……」

段煨は真っ白な髭をいじくり回しながら笑った。「戦漬けの人生だった。曹公のように何もかもを動かしているのでなくとも、天下の大勢はよくわかる。天子の御恩を受け、官位をもらって列侯《れっこう》に封じられた以上、朝廷のために尽力するのは当然のこと。関中の地は引き受けた。安心されよ」

「はっはっは、さすがは歴戦の勇士。やはりたいしたお方です」曹操は竹を割ったような性格の老将がますます気に入り、おもねるような口ぶりで褒めそやした。「関中の諸将どもは数十にとどまりませぬ。どいつもこいつも目先のことしか考えておらず、物事をわきまえているのは将軍お一人だけ。やはり官の家系に生まれたお方だ」光武《こうぶ》帝の中興ののち、士人《しじん》たちがもっとも重視したのは家柄だった。兵を統べる将でさえ真っ先に儒林の子弟から選ばれた。出自の卑しい涼州の武人は、どれだけ手柄を立てようとも朝廷から礼遇されることはなく、戸籍を内地に移すこともできない。だからこそ、官の家系にあることを褒めるのは最大級の賛辞になるのである。

段煨は万人の上に立つ曹操がそこまで自分を持ち上げてくれるので、背中がむず痒くなりつつも、背筋をぴんと伸ばした。「それがしの先祖は先朝の西域都護《せいいきとご》、その名も高き段会宗《だんかいそう》である」段煨は段会宗の直系ではなく、血縁関係は浅いのだが、幼いころより一族の老人からそう言い聞かされて育ってきたので、まんざら嘘でもない。

「なるほど、そうだったのですか」曹操はここぞとばかりに首肯《しゅこう》した。「涼州の名門のご出身とあらば、涼州の諸将のこともよくご存じでしょうな」

「もちろんだ」

「穣《じょう》県［河南省南西部］に居座る張繡《ちょうしゅう》のことは」

段煨は大笑いした。「わっはっは。やつの親族の張済《ちょうさい》とは兄弟みたいなものだった。張繡にはおじさん呼ばわりされておったぞ」

曹操はつられて笑うと、髭を触りながらゆっくりと尋ねた。「こんな話を耳にしました。張繡の参謀、賈詡《かく》とはご同郷だそうですが、南下の際に家族を将軍に預けたとか。それはまことですか」

段煨はたちまち笑顔をやめ、内心舌打ちをした。余計なことを口にした。曹孟徳《もうとく》のおべっかに乗せられてしまったではないか。段煨と賈詡は親密な間柄で、いま賈詡の家族は華陰県にいる。曹操が三たび張繡を討とうとするも果たせずにいることは知っていた。賈詡の家族の話を持ち出してくるということは、十中八九、賈詡を脅すための人質として差し出せということであろう。段煨は否定したかったが、長く関中にいる裴茂が隣に座っていては、嘘をついてもすぐにばれてしまう。そう思い至ると歯切れの悪い答えを返した。「賈文和《ぶんわ》はわが涼州の智謀の士、それがしとは同郷でもあり古い友人でもある」

暗に認めていながら、かばうようなその口ぶりに、曹操は段煨の懸念を読み取り、愛想笑いをした。「段将軍、考えすぎです。決して他意はありませぬ。朝廷は天下の正義のおわすところ。人質を取るようなことはいたしませぬ。しかしながら、一つ無理なお願いを聞いていただきたい。賈詡に便りを書いてはもらえないでしょうか。昔からのよしみで心を動かし、利害を説き、張繡を朝廷へ帰順させてほしいのです。劉表《りゅうひょう》とも手を切ってほしい」曹操はわかっていた。賈詡は名目上は張繡の参謀だが、事実上はほとんど張繡の名代といってよかった。

段煨はそう易々と信用できなかった。「明公《めいこう》は息子を殺された恨みをお忘れになられたのか」曹操は最初に張繡を討とうとして敗れたとき、嫡子の曹昂《そうこう》、甥の曹安民《そうあんみん》、股肱《ここう》の臣の典韋《てんい》などを宛《えん》城で失っていた。

曹操は前方を見据え、ため息をついた。「張繡のごとき勇将、賈詡のごとき鬼謀の策士が朝廷に帰順することは天下にとっての至福です。昔から、大事を成すものは小事にこだわらぬと言います。天下の平安のためなら、子の一人や二人、惜しくもなんともありませぬ」

段煨は半信半疑であった。それを見た曹操がさらに付け加えた。「段将軍、陛下がお与えになった官職を覚えておいでですかな」

「忘れるものか。安南将軍であろう」段煨は何かを悟ったようだった。関中は西であるにもかかわらず、曹操が天子を通じて贈らせたのは安南将軍という将軍号であった。つまり、それは南陽《なんよう》の張繡を指していたのである。そこまでが織り込み済みのことだったのだ。

「『平南《へいなん》』でも『鎮南《ちんなん》』でもない。『安南』、つまり『安』であることが肝なのです。かの地を安定させ、戦を起こさせず、仲を壊すことはしない」曹操はそう解釈してみせた。「将軍、ご安心を。賈詡の家族をよこせなどとは申しませぬ。便りを書いてくだされればよいのです。厳しいことを言わず、許都で見聞きしたことをつれづれなるままに書き、帰順のことはそのついででよいのです。賈文和は聡明な人物、一読して悟ってくれるでしょう。わたしが保証します。張繡が帰順するとなれば既往《きおう》は咎めず、それどころか位を上げることになりましょう」

段煨はしばらくのあいだ曹操を見つめていたが、最後にはぐっと歯を食いしばって答えた。「良かろう。これまでの友情に訴えかけてみよう。だが、必ず約束は守ってもらうぞ」

「もちろんですとも」曹操は拱手《きょうしゅ》した。「君子に二言はありませぬ。将軍を困らせることはありませんぬ」

曹操が段煨を厚くもてなすのは一石二鳥を狙ってのことであった。関中の勢力を抱き込み、さらには穰県に触手を伸ばそうというのである。だが、張繡の後ろ盾には劉表がいる。ときに戦い、ときに和してきた厄介な相手である。曹操は裴茂のほうに顔を向けて笑った。「ご子息は荊州の劉表に賓客として遇されておいでとか」

「いかにも」裴茂に隠し立てする様子はない。たしかに、乱を避けて荊州に身を寄せている息子がおり、劉表から厚遇されている。曹操は同様に話を持ちかけようとしたが、口を開くより先に裴茂が遮った。「お恥ずかしい話ですが、わからずやで大雑把、礼儀知らずな不肖の息子でございます。わたしの望むところではなかったのですが、戦乱の世になってからは父子の道も分かれてしまいました。何の音沙汰もなく、疎遠になっているありさまでして」いかにも腹立たしいといった様子である。親子で憎しみ合ってさえいるようだ。

よくよく考えてみても嘘ではないようだ。漢室は孝によって天下を治めている。父子が別に暮らすというのは人情にも道義にももとる。しかも、互いに別の主人に仕え、便りも交わさぬという状況だというではないか。その家にはその家の事情がある。裴氏父子の仲違《たが》いはそう簡単に解けるものではないらしい。曹操が裴茂を連れてきたのは、息子のことを話すためだったが、そういうことなら仕方ない。胸いっぱいの熱もすっかり冷めてしまい、裴茂を慰めるよりなかった。「竜は九子を生むといい、十本の指も長さはそれぞれ異なる。息子が父の思いどおりにならぬのは世間ではよくあること」

裴茂はしばらく呻吟してから続けた。「明公のお気持ちはよくわかります。劉表が荊州の襄陽《じょうよう》「湖北省北部」に擁する兵力は許都にとって脅威です。ただ、わたしにはいかんともしがたいことで。遠交近攻、合従連衡《がっしょうれんこう》という言葉もあります。益《えき》州の劉璋《りゅうしょう》に働きかけてみてはいかがでしょう」

「ほう」曹操は髭をしごき、唸《うな》った。「なかなかに大胆な提案だな」古《いにしえ》の巴蜀《はしょく》の地である益州には早くから独立勢力がおり、劉焉《りゅうえん》、劉璋の父子二代にわたって続いている。劉璋は字を季玉《ききょく》といい、劉焉の第四子で、本来ならば後継者になる立場ではなかった。しかし、長子の劉範《りゅうはん》と次子の劉誕《りゅうたん》は、馬騰《ばとう》と組んで長安を攻めた際に李傕の手にかかって命を落とし、第三子の劉瑁《りゅうぼう》は病に冒され、世継ぎの座がめぐってきたのである。曹操にしてみれば、劉璋は劉表を牽制する格好の道具たりうるが、中原から蜀の地へは遠く険しい道が待ち受けており、使者の旅路は困難を極める。しかも南への道は荊州を通るため西から迂回せねばならず、使者はなおのこと関中の諸将と親密な間柄であることが求められる。曹操はしばらく考えたあと、不意に笑みを見せた。「そう提案するということは、そなたが朝廷のために苦労を引き受けてくれるということか」

裴茂は苦笑し、白いものが交じった髭を触った。「それはかまいませぬが、戻って明公にお目見えするまで命が持つかどうか」

壮士も老いには勝てず。曹操にも無理強いはできない。「では、誰か適当な者はいるのか」

裴茂は迷いなく答えた。「治書侍御史の衛覬ならば任に耐えうるでしょう。衛伯儒《はくじゅ》は河東《かとう》の安邑《あんゆう》［山西省南西部］の出で、関中の諸将とも親しく、学才にも優れた若者でございます。きっと役目を果たしてくれることでしょう」

「よし、わかった」曹操は一も二もなく応じた。「衛覬を謁者僕射に任じ、関中から益州へ赴いて劉璋との関係を結んでもらおう」

大事が二つ片づいたころ、ちょうど馬車も司空府の門前に着いた。招待された使者たちはすでに到着しており、曹操、段煨、裴茂が同じ車でやってくるのを見て続々とひれ伏し、声を揃《そろ》えて挨拶した。

曹操は玉石混淆の使者たちを目にして密かにあざ笑った――一致団結しているように見せかけているが、お互いに出し抜こうと目を光らせている。こやつらが足の引っ張り合いをはじめれば、関東《かんとう》［函谷関以東《かんこくかんいとう》の地］に出兵してわしの大事を邪魔することもなかろう。しかも段煨が朝廷に代わってなだめておいてくれるのだ。これで関中の地に邪魔者はいなくなった――

そう思うと曹操は慌てて下車することもせず、使者に手を振った。「面《おもて》を上げよ。ここに来られた以上は朝廷の賓客だ。そなたらの指揮官は賊の討伐で手柄を立てた。朝廷はみなに等しく恩賞を与えるであろう」

「ありがたき幸せ」使者たちは一人、また一人と立ち上がった。

裴茂が補足した。「それから、そなたらの指揮官に伝えてくれ。朝廷から正式な任命を受けたからには、天子の恩徳に感謝せよとな。好き勝手をするでないぞ」そう釘を刺すと段煨に尋ねた。「段将軍、ほかに何かありますかな」

「あるとも」そう答えると、段煨は車上で立ち上がり、声を張り上げた。「あとの酒宴ではしこたま飲んでもらう。わしが注《つ》ぐ酒を飲めぬという者には、わしの拳骨を食らってもらう。朝廷からの酒を真心で飲み干せ。朝廷への真心も本物であれ」老将の演説に一同は腹を抱えて笑った。瞬く間に屋敷の門前は人で溢《あふ》れ返り、上品な祝いの言葉が下卑《げび》たふざけ合いに変わっていった。曹操もその場の雰囲気に合わせて高らかに声を上げた。「さあ、酒だ」

涼州の従事《じゅうじ》の楊阜が率先して曹操たちを車から下ろした。曹操はその手を取ってにこやかにお辞儀した。「楊従事。わが軍の調練を見に行ったそうだな。いかがだったかな」

楊阜は恭《うやうや》しく答えた。「曹公は傑出した才と遠大な戦略を持ち、機を逃さず決断され、法令は一貫し兵は精鋭。あらゆる人材を使いこなし、各人に尽力できる場を与えておられます。必ずや大事を成し遂げられることでしょう。それがし、目を見開かれる思いでした。帰りましたら韋使君《いしくん》に、全身全霊をもって朝廷の号令に応えるよう伝えます。高慢で不忠な輩が何をささやいてこようとも、われらは決して動揺いたしませぬ」言葉のはしばしに袁紹を意識していることが感じられた。

若者の聡明さと熱心な言葉に、曹操は思わず大笑いした。

（1）皇甫規の字は威明《いめい》、張奐の字は然明《ぜんめい》、段熲の字は紀明《きめい》という。

第六章　酒を煮て英雄を論ず

青梅の酒を煮る

関中《かんちゅう》［函谷関《かんこくかん》以西の渭水《いすい》盆地一帯］の使者たちが満足して帰っていくと、許都《きょと》より西の憂いは消えた。そして、衛覬《えいき》が詔《みことのり》を受けて益《えき》州へ旅立つと、荊州の平定にも明るい光が見えてきた。さらに、衛覬が許都を発って数日もしないうちに、予想だにしなかった朗報がもたらされた。劉表《りゅうひょう》のほうから従事《じゅうじ》の韓嵩《かんすう》を許都へ謁見によこしてきたのである。

昨年の穰《じょう》県［河南省南西部］の戦いで、曹操軍と劉表軍は兵刃を交えており、韓嵩の来訪はまさしく両者のあいだの壁を砕くものといってよかった。もともと孫策《そんさく》の父、破虜《はりょ》将軍の孫堅《そんけん》は江夏太守《こうかたいしゅ》の黄祖《こうそ》の手にかかって死んでおり、いまや江東《こうとう》［長江下流の南岸の地域］を平定した孫策は、西側との戦《いくさ》に備えはじめていた。一つには父の仇《かたき》である黄祖を誅滅するためであり、もう一つには荊州の襄陽《じょうよう》［湖北省北部］という長江上流の要地を奪うためであった。孫策の軍は戦勝に次ぐ戦勝で士気をみなぎらせており、恐れをなした劉表は曹操との挟み撃ちを懸念し、慌てて韓嵩を送り関係を改善しようとしてきたのである。

遠きに交わりて近きを攻め、強きを離して弱きを合す。互いに弱点を握り合っていれば、話し合う余地もある。曹操はひとまず懸案には触れず、まずは韓嵩を厚くもてなした。自ら接見して酒宴を開くとともに、孔融《こうゆう》、郗慮《ちりょ》、荀悦《じゅんえつ》、謝該《しゃがい》ら許都の名士たちに順番に相手をさせた。また、侍中《じちゅう》の官職を与えるよう朝廷に上奏して友好の意を示した。これまでにない厚遇に韓嵩はいたく感じ入り、荆州へ帰ってから、朝廷に帰順し張繡《ちょうしゅう》との付き合いも断つよう劉表を説得することを約束した。

周辺の群雄との対立をあっさりと解決し、許都に後顧の憂いがなくなった曹操は大々的に戦に備えはじめた。糧秣《りょうまつ》の徴発や武器の修理、軍の調練といった一切が粛々と進められると、曹操の軍営内には余裕が生じた。戦に怯《おび》える様子は少しも見られず、このままいけば、戦局は明るいものになると思われた。曹操本人は忙しい合間を縫って、暇ができれば掾属《えんぞく》［補佐官］らを伴い、隠居暮らしの陳紀《ちんき》の屋敷に足を運んだ。今日は天下の大事を語り、明日には中興の道を論ずるといった具合で、再三の説得にとうとう根負けした陳紀は、しぶしぶ大鴻臚《だいこうろ》への就任を承諾したのであった。

その日も曹操は郭嘉《かくか》を連れて陳紀のもとを訪れていた。昼ごろに屋敷を辞すると、門を出たところで冷たい風が顔に吹きつけてくるのを感じた。空を見上げると、雲行きが怪しくなっている。

郭嘉が文句を言った。「嫌な雨雲ですな。昨夜は夜中まで降り続いたのに、今日も降りそうな気配です。各地から来る糧秣がまだ届いておりませぬ。雨が降ればまた遅れがでましょう。さあ、早く司《し》空《くう》府にお戻りを。急がないと濡れてしまいます」

「おぬしもまだまだ青いな。空の読み方がわかっておらぬ」曹操は空を見上げながら微笑んだ。「わしの田舎に『朝には南東を見、晩には北西を見る』という言葉がある。雲はまだ遠い。急がずともよかろう。せっかくの涼しい天気だ、都亭《とてい》［許都近郊の宿駅］に伝えよ。今日の調練はやめにして休みにせよとな。はっはっは」先日、側女《そばめ》の周氏《しゅう》が男の子を産み、曹均《そうきん》と名づけられた。それでここ数日の曹操は天にも昇る心地でいるのである。

郭嘉がすかさずおべっかを使った。「竜の行くところ雨あり、虎の行くところ風あり。ご子息がお生まれになるや、この雨続きの空模様。きっと大物になられることでしょう」

「そう上手くいくものではないわ」口では謙遜してみせたが、内心は上機嫌の曹操であった。振り返って陳家の真新しい屋敷を眺めた。「ここに来たばかりのころとは見違えるようだ。戦乱で荒れ果てていたのが、どうだ。車馬は道に溢《あふ》れ、大邸宅が立ち並び、まるで夢のようではないか」そう感慨を口にすると司空府の門の東に目を遣った。すぐ隣は劉備《りゅうび》の邸宅である。曹操は笑みを浮かべた。「奉孝《ほうこう》よ、休みにしたことでもあるし、大耳の劉備の顔でも拝みに行くか。あやつとの話はなかなか愉快だ」

「わたしが思うに、やめておいたほうがよろしいかと。劉玄徳《げんとく》は帰順してきた者です。明公《めいこう》が許都に屋敷をお与えになっただけでも大いに面子《めんつ》を立ててやったというもの。それなのに、屋敷までわざわざご訪問とあっては、ほかの将軍たちも面白くありますまい。お会いになるのであれば司空府に呼びつければよろしいではありませぬか」建て前としてそう忠告しただけで、実のところ郭嘉はまだ劉備を警戒しているのである。

「それがどうした。どちらも陛下の臣であることに変わりはなかろう」曹操があくまでも劉備のもとを訪れようとするのは、劉備と話をするのが好きだということのほかに、あわよくば関羽《かんう》に会い、杜氏《と》のことを謝りたかったからだ。劉備を自分のところに呼び寄せてしまったら、関羽には会えない。

諫めようがないとわかると、郭嘉は密かに許褚《きょちょ》に目配せをした。供の者たちはその意を悟り、曹操の後ろにぴったりとくっついた。だが、劉備の屋敷の門前に来たところで、何やら悪臭が漂ってきた。西側から肥桶《こえおけ》を担いだ雑役夫たちが現れ、堂々と入っていくではないか。曹操は思わず鼻を押さえた。

「玄徳のやつ、いったい何をしておるのだ。屋敷が臭くてたまらんではないか。ここは許の都であるぞ、いったいどうしたことか」

許褚が天秤棒を担いだ雑役夫を呼び止めた。天下の司空がお出ましになったと聞いて仰天した雑役夫は足をもつれさせ、肥やしの入った桶二つを放り出すと跪《ひざまず》いた。そして、がたがたと震えながら答えた。「も、申し上げます。うちらの将軍は暇を持て余し、屋敷の裏庭を掘り返して野良仕事をしておるのです」

「野良仕事だと」曹操は呆気にとられた。「毎日毎日土いじりをして、軍営内のことはどうでもよいというのか」

雑役夫が答えた。「調練には関さまと張《ちょう》さまのお二人が出ております。屋敷のことは孫《そん》さま、簡《かん》さまが切り盛りしておりますんで、将軍はすることがなく、気晴らしに畑仕事を……」

それを聞いて曹操はむしろ安堵した。劉備は自分の立場が微妙なことをよくわきまえている。毎日屋敷に閉じこもって畑仕事で憂さ晴らしとは、物わかりがよく高望みもしておらぬということ、なかなか見所があるではないか。生まれてはじめて曹操のような高貴な身分の者に会う雑役夫は、気の利くところを見せようとして、声を詰まらせながら続けた。「将軍は曹公のことを大漢の大黒柱、並ぶ者のない忠臣だと仰っておりました。このあいだもあっしに、最初に出来た野菜を曹公にお届けして味わっていただくのだと。ですからこうしてせっせと糞をまいてるんです。この糞は屯田を耕しているやつらのところで譲ってもらったもので、桶に十いくつも運んでくるのはそれは骨でした。糞をまかねばうまくなりませんから」

「馬鹿を言いやがって！」許褚が平手打ちを浴びせようと振りかぶった。

「待たぬか。物を知らぬ無骨者めが。このような者に本気になってどうする」曹操は上機嫌で、供の者が何を言っても意に介さず、鼻を押さえたまま雑役夫に言いつけた。「奥へ行って将軍に伝えよ。このわしが来たが、屋敷が臭くて入るに入れんとな。将軍と酒が飲みたいゆえ、司空府まで来るよう伝えておけ。ちょっと待て、もう一つ、体を洗って服を換えてから来るように言っておけ。さあ、行け」

雑役夫を追い払うと、曹操と郭嘉は車に乗って司空府へ戻ることにした。途中、霧雨が降りはじめたが、それもまた爽やかなものに感じられた。司空府に戻って着物を拭《ふ》いていると、長史《ちょうし》の劉岱《りゅうたい》が劉備の来訪を告げに来た。劉備は大慌てで駆けつけてきたようである。

曹操は目を丸くした。「あの大耳め、ずいぶん早いではないか。奥の庭へ案内しろ。亭《ちん》に料理を並べておけ。玄徳と一杯やろう」そう言いつけると郭嘉の袖を引いた。「おぬしも暇だろう。一緒に来い」

「明公のお住まいのほうにお邪魔するなど」

「来いと言ったら来い。余計な遠慮は要らん」曹操は有無を言わさず、郭嘉の腕を取って歩き出した。

曹操がいる司空府は許都でもっとも大きな邸宅である。しかし、造作《ぞうさく》は簡素そのもので、洛陽《らくよう》にかつてあった三公《さんこう》の屋敷には大きく見劣りする。曹操は質素倹約を旨とし、真珠や玉、彫刻といったものは一切用いることなく、築山や池などにもまるで興味がなかった。庭といっても空き地に盛り土をし、その上に亭を設けて周りに木を数本植えただけの代物である。使用人たちが行ったり来たりして果物や酒、肴などを運んできた。曹操と郭嘉が腰を下ろし、ちょうど酒を酌《く》もうと匙《さじ》を手に取ったところへ、劉岱に連れられて劉備がやってきた。

身の丈七尺五寸［約百七十三センチ］の劉玄徳は、風を受けた玉樹のごとくすらりとした出で立ちで、頭には鉄の枠組みでできた建華冠《けんかかん》を戴いているが、きれいにまとめられているのは前髪だけで、後ろ髪は梳《くしけず》りもせず流れるがままにしている。それが風に揺れるさまもまた垢《あか》抜けて見える。金の縁取りがされた杏子色の着物をまとい、金糸で花の模様が刺繍されている。内には雪のように白い肌着、上はゆったり、下はきつめに仕立ててある。大袖が軽やかに翻るさまも雅やかなものだ。腰には黒い布袋をくくりつけ、小脇には蝶結びで、膝まで長い房飾りを垂らしている……涼やかな面立ち、白い歯、赤い唇に加えて、人目を引く変わった出で立ちのため、桃や柳の木のなかに立っていると、天界から降りてきた仙人のように瀟洒に見えるのであった。

「玄徳殿、よく来たな……今日は改まった場ではないゆえ、無礼講でかまわぬ。さあ、こちらへ掛けよ」曹操は満面の笑みで酒を注いでやった。

劉備はおずおずと腰を下ろした。顔には微笑みをたたえている。「宴席のための着物を備えておいて助かりました。これがなければ沐浴して着替えようにも、よい香りの着替えがなかったところでした」

酒宴用の着物を持っているとは、草鞋《わらじ》売りにしてはえらくこだわるではないかと、曹操は内心で笑った。「洒落者のそなたが暇を持て余して家で土いじりをしておるのか。おかげで許都じゅうがそなたの屋敷の肥やしの臭いで満ちておるぞ。近所の陳家も迷惑しておろうが。それに、そなたがよくても、ご夫人二人は我慢ならぬであろう」

「家内どもは三月《みつき》も下邳《かひ》に閉じ込められていたことでわたしに腹を立て、子供たちを連れて麋竺《びじく》のところへ行ってしまいました。いまは一人、誰に憚ることもありません。はっはっは。そもそもそれがしは田舎者でして、戦場では明公の英明果断に遠く及ばぬことはもちろん、詩や賦《ふ》も詠めませぬ。畑仕事くらいしか暇つぶしの術《すべ》がないのです」どこまでも己を卑下してみせる劉備である。

曹操は不思議そうにこの男の顔を見ていた。下賤《げせん》の出とはいえ、高官貴人よりも身なりに気を遣い、親しく交わるのは貴顕たちばかり。流浪の徒とはいいながら、自分の庭を畑にしてしまうような貴人などいるはずもない。実に面白い人物だ。しばらくの沈黙のあと、郭嘉が口を挟んだ。「曹公は天下の輔弼《ほひつ》の臣、劉使君《しくん》も将軍職にある貴人にございます。こうして小さいながらも宴を開き、座をともにできましたこと、まことに幸いでございます。それがし、先に杯《さかずき》を干しましょう」

「お待ちを」劉備が制した。「かくのごとき美酒、そのような飲み方では興ざめでございましょう。奉孝殿、そなたも官職に『酒』の字を持つ身。この酒が何という酒か、ご存じか」

そう問われて郭嘉は杯のなかをまじまじと見つめた。それほど透き通ってはいない。「これは醴酒《れいしゅ》(1)ですな」

劉備がにやりと笑った。「今日の主人はほかならぬ曹公、醴酒を客に出すはずがない」

曹操も笑っている。「奉孝でも誤ることがあるのか。味見してみよ」

郭嘉が口をつけてみると、甘く、それでいて芳醇な味わいが口に広がる。並の醴酒ではない。「これはいったい？」

劉備が髭に手をやった。「わたしの誤りでなければ、これは洛陽の宮廷の御酒《みき》、俗に濃香醴《のうこうれい》と呼ばれるもの」

「そのとおり」曹操は微笑してうなずいた。「なかなか手に入らぬ酒で、わしのとっておきだ。あの呑兵衛の丁沖《ていちゅう》が何度もねだってきおったが、あやつに飲ませるのはもったいない。玄徳殿は飲んだことがおありかな」

「わたしごときが宮中の御酒にありつくことなどできるはずもありませぬ。盧尚書《ろしょうしょ》の屋敷で学んでおりましたときに、教えていただいたのです」劉備は公孫瓚《こうそんさん》とともに盧植《ろしょく》のもとで学んでいたことがある。「中興以来、宮中には天下に名を馳せる御酒が二つあります。一つは南陽《なんよう》の賒店《しゃてん》、もう一つがこの濃香醴だとか」

「はっはっは」曹操は大笑いしている。「玄徳殿は物知りだのう。光武《こうぶ》帝らが南陽で挙兵したときのことだ。酒肆《しゅし》に英傑たちを集めたが、兵も武器も不足し、戦をやろうにも馬がなく、牛に跨がっていた。将帥旗など望むべくもない。酒肆の主《あるじ》も劉という姓だった。そこで光武帝は酒肆の旗を借りて将帥旗とし、酒も一緒に有名になった。民らは旗を賒《おきの》った「掛け買いした」故事にちなんで、その酒を賒店(2)と呼ぶようになったのだ」

郭嘉も潁川《えいせん》の名門の出だが、そのような故事があることは知らなかった。「それでは、もう一方の濃香醴とは？」

劉備が答えた。「それも光武帝ご用達の酒だ。河北《かほく》［黄河の北］で王昌《おうしょう》を討ったときに飲んだもので、光武帝と郭《かく》皇后が婚儀の際に飲んだという言い伝えがある。酒に酔って賦を一首作ったとか。『佳《よ》き地を履《ふ》み酣宴《かんえん》を享《う》け、傑士《けっし》を得て吾《わ》が漢を興さん。美酒 吾を助け、志 酬《むく》われること永《とこ》しえなり。封賞を厚くせんことを吾 誓わん、皇天《こうてん》照鑑《しょうかん》せん［良き地に来て歓待を受け、傑出した人物を得たからにはわが漢を再興したいと思う。美酒がわたしを助け、志が永遠に叶えられよう。厚い褒賞を授けることをわたしは誓う。天の神よ、ご照覧あれ］』先人の風流には、まことに頭が下がりまする」劉備め、経書もろくに読めぬくせに、帝王の故事にはやたらと詳しいではないか。鋭い郭嘉はそんなことを思っていた。曹操は何の気なしに尋ねた。「玄徳殿よ、この酒は大切に飲めということだが、何か興を添えることはできぬか」

劉備が立ち上がった。亭のそばには立派に育った梅の木が立っている。枝を屋根の下まで伸ばし、丸々とした青梅を実らせていた。劉備はそれをいくつかもぎとって振り返った。「今日はどうも陰気くさい天気ですな。焜炉《こんろ》に火を焚いて、酒に青梅を入れれば、濃香醴に梅の味わいが染み出し、美味ではないかと存じます」

「よし、玄徳殿の言うとおりにしよう」

使用人に言いつけると、ほどなくして炭のくべられた焜炉が運ばれてきた。酒甕《さけがめ》を大きな卣《ゆう》[3]に取り替え、そこに青梅が入れられた。しばらくすると、もうもうと湯気が立ち、まだ青い梅が酒のなかでごろごろと転がりはじめた。三人はめいめい酒を酌み、ひと口飲んでみた。甘酸っぱく、それでいてまろやかな、なんともいえぬ味わいの酒に変わっているではないか。

何杯かの酒が腹に収まると、三人はうっとりとした酔い心地になって、郭嘉も余計なことを考えなくなった。すっかりいい気分で飲んでいると、小雨のなか、劉岱がやって来た。手に書簡を捧げ持っている。「曹公、偏《へん》将軍の劉服《りゅうふく》からの便りにございます」

劉備が暇《いとま》を告げようとして立ち上がると、曹操が引き止めた。「玄徳殿は身内だ。退《さ》がるには及ばぬ。奉孝、読んでみよ」

郭嘉が書簡を受け取り、読み上げた。都で暇を持て余して居ても立ってもいられなくなった王子の劉服が、手柄を立てようとして、袁紹《えんしょう》討伐に際しては先鋒を務めたいと申し出てきたのだ。曹操はじっと黙り込みつぶやいた。「ふむ……袁紹との争いはもはや公然の秘密となったようだ。知らぬ者はもうおるまい。王子の心意気は買うが、宗室《そうしつ》の子弟にある身、自ら死地に身をさらすこともあるまい。承諾できぬな」それは建前上の理由に過ぎなかった。もう一つ、人には言えない理由があった。劉氏に連なる者が手柄を立て、大きな顔をされることは絶対に避けたかったのだ。

「ごもっとも」郭嘉には曹操の意図が見えていた。「王子の劉服は戦の経験ありとはいえ、尊い血筋の方、強敵にぶつけるわけにはいきませぬ」そう付け加えた。

「そのとおり」曹操はうなずいた。「そうと決まれば、奉孝よ、劉服に伝えておいてくれ。気持ちは受け取った。だが、先鋒は許さぬ。元譲《げんじょう》とともに都をしっかり守ってくれとな。自惚《うぬぼ》れ屋のひねくれ者だ。やんわりと伝えるのだぞ」

「はっ」郭嘉は立ち上がり、雨のなかを劉岱とともに去っていった。

郭嘉が去ると、亭は曹操と劉備の二人きりになった。劉服の便りに興をそがれ、美酒によるせっかくの酔郷から現実に引き戻されてしまった。二人は俯《うつむ》いて酒もろくに口にせず、それぞれ考えごとにふけった。長いあいだそうしていたかと思うと、曹操が出し抜けに尋ねた。「玄徳殿、この濃香醴はどこで作られているのだ」

劉備が微笑んだ。「それがしの覚え違いでなければ、真定県《しんてい》［河北省南西部］のものでございます」

「冀《き》州常山《じょうざん》国の真定県か……」曹操が重々しくつぶやいた。「河北の支配下ではないか。袁紹に勝たねば、朝廷の命《めい》が天下に伝わらぬだけでなく、宮中の御酒すらもう口にできぬということか」

表向きはにこやかな劉備であるが、最近は野良仕事をしつつ、心の内に人には告げられぬ秘密を抱えていた。突然曹操から酒盛りに呼び出されたのも奇妙なことだったが、なんとか場を取り繕《つくろ》って楽しげに振る舞っていた。ところが、曹操が急に話題を変えると、針のむしろに座らされているような気になり、低く俯いたまま息もできない心持ちだった。

二人はじっと向かい合って座っている。そこに突然、ごろごろという雷の音が響いた。見上げれば真っ黒な雲が南東から迫ってきて、冷たい風が吹きはじめたかと思うと稲妻が空を切り裂いた。しとしとと降っていた小雨はあっという間に滂沱《ぼうだ》たる雨になり、庭の木々は西へ東へと揺さぶられ、葉がざわざわと音を立てた。劉備が外を見やると、空の向こうで雲が渦巻き、竜巻となっていた。指さして曹操に知らせた。「明公、竜巻でございます。ひとまずここを離れましょう」

手酌で飲んでいた曹操は目も上げない。「刀も槍も恐れず天下をゆく男は、狂風など恐れはせぬ」劉備はこの場を離れる口実が欲しかっただけなのだが、曹操が動こうとしないので、いま一度諫めた。

「ご存じでしょうか。竜巻は竜神が空へ昇るときに起こると言われております。天地で猛威を振るい、家を壊し木をなぎ倒すものです。やはりお逃げになるのがよろしいかと」

「竜だと」曹操は恐れるどころか笑ってすらいる。「四十年あまり生きてきたが、竜などついぞ見たことがない。いったいどういう姿をしておるのだ」

劉備がもっともらしく語った。「大きくも小さくもなることができ、天に昇ったり身を隠すことができます。大きくなれば雲を起こし霧を吐き、小さくなればその姿を隠します。昇ればはるか天の彼方まで、潜れば深い淵の底まで……」

「違う、違う」曹操は杯を置くと立ち上がった。「そんなものはでたらめだ。王充《おうじゅう》の『論衡《ろんこう》』を読んだが、この世に竜などおりはせぬ」

劉備は同意しない。「天の星に青竜《せいりゅう》、白虎《びゃっこ》、朱雀《すざく》、玄武《げんぶ》があるゆえ、地にも竜、虎、雀、亀がいるのでございます」

「玄徳殿は間違っておる。青竜など世人が勝手に名づけたものに過ぎぬ。虎、雀、亀はなるほど四海におるが、竜を見たことがある者がどこにいる」曹操は亭の端のほうへ歩みを進め、蒼茫《そうぼう》たる大地を眺め、横なぐりの雨が衣を濡らすに任せた。しばらくそうしていたかと思うと、さっと振り返ってよく通る声で続けた。「『天地の性《せい》は、人を貴しと為す［この天地でもっとも貴いのは人である］』と申すではないか。始皇帝《しこうてい》は六国《りっこく》を平定して祖竜《そりゅう》と称されたが、では、始皇帝は雷に乗って天に昇る竜であったか。竜が時に乗じて変化すること、あたかも人が志を得て四海を縦横するがごとし。竜が淵に潜むこと、あたかも人が困難に阻まれて韜晦《とうかい》するがごとし。わしが思うに、まことに竜の名にふさわしいものは、そのような幻ではなく、この世の荒波を越えてゆく英雄にほかならぬ」

「韜晦」という言葉を聞いて、劉備は寒気を覚えた。曹操は何かに感づいているのだろうか。だが、感極まったその顔は自分に探りを入れているようには見えない。劉備は気を鎮めて世辞を言った。「明公、まことに……卓見《たっけん》でございますな……」

「はっはっは」曹操は大笑いすると杯を手に取り、一気に飲み干して劉備の肩を叩いた。「玄徳殿、いまのこの天下で、英雄の二文字にふさわしいのは誰だと思う」

卓上に倒れ伏しそうになりながら、劉備は苦悶した。いったいどういう意図でそれを自分に問うのか。何かの知らせでも耳に入ったのか。まさか、自分が韜晦していることに感づいたか。

曹操は笑っている。「ほかには誰もおらぬゆえ、わしの耳にしか入らぬ。思い切って言うてみよ」

「この世の英雄とは、まさに明公にございます。天子を奉り……」

「わしのことはどうでもよい。さあ、ほかに英雄と呼べる者は誰だ」

劉備は内心恐れおののいていたが、顔にはできる限りの笑みを浮かべ、箸を取って料理を口に運ぶと、それを食べながら答えた。「河北の袁紹は四代にわたって三公を輩出した名門の出、門生《もんせい》や故吏《こり》［昔の属官］はあちこちにおります。冀、青《せい》、幽《ゆう》、幷《へい》の四州に覇を唱え、精鋭の兵と良将を無数に抱えております。まさに英雄ではないかと」

曹操は手を振って否定した。「袁本初《ほんしょ》は祖先の遺徳を引き継いだだけで、あやつには何の才もありはせぬ。陰謀に明け暮れて董卓《とうたく》の専横を許し、天下を混乱に陥れた男だぞ。わしよりも兵や糧秣に恵まれてはおるが、英雄などではない」

劉備はやや眉をひそめると再度答えた。「早くから名を成し、党錮《とうこ》の禁《きん》で追及されるも、清流派の八俊《はっしゅん》に名を連ね、襄陽に割拠する劉景升《けいしょう》は英雄といえましょうか」

曹操は袖を振ると、いかにもくだらないという顔で一蹴した。「劉表など名ばかりの男だ。張繡の力で北にいるわしを阻み、黄祖に東の孫氏を防がせ、蒯祺《かいき》に頼って西の劉璋《りゅうしょう》を阻んでいるが、やつ本人は座って風雅を語っているに過ぎぬ。そのような者が英雄であるはずがない」

「では、孫伯符《はくふ》はいかがでしょう。若くして江東を席捲するあの才俊は英雄といえるのでは」

その名を口にすると、曹操はくすりと笑った。「孫策は江東に名を轟かし、『小覇王《しょうはおう》』などと呼ばれてはおるが、それは父である孫堅の威名を借りておるゆえ、さらには袁術《えんじゅつ》の軍を得たためだ。まだまだ青二才、一人前の英雄とはいえぬな」

「それでは袁術はどうでしょう」劉備が続けざまに尋ねた。

曹操はあざけるように笑った。「墓のなかの骸骨同然、愚かな逆賊だ。いまは英雄の話をしておるのだぞ。あんなやつを取り上げてどうする」

劉備にはもはや口にすべき名が思い浮かばなかった。また料理を口に入れたが、まるで蠟《ろう》を嚙んでいるようである。「益州の劉季玉《きぎょく》は英雄といえましょう」投げやりに問うた。

「劉璋は父ほどの才も志もなく、ただの番犬だ。話にならぬ」

劉備はおろおろするばかりで、ひとしきり黙ってようやく口を開いた。「呂奉先《ほうせん》は……」

「呆《ほう》けたか。死人の話をしてどうする」曹操は劉備に白い目を向けた。

「はあ」劉備は目を伏せた。「生きている者……では張繡、馬騰《ばとう》、公孫度《こうそんたく》たちはいかがでしょう」

曹操は手を叩いて大笑いした。「どいつもこいつも凡庸なやつらばかりだ。大事を成すことはできぬ」

劉備は苦り切った笑みを浮かべ、かぶりを振った。「もうこれ以上は思いつきませぬ」

「玄徳殿よ、わが劉使君よ」曹操は劉備の眼前ににじり寄った。「英雄の何たるやを知らぬと見える。英雄とは、胸に大志を抱き、腹に良謀を隠し、天地の理《ことわり》を知り、この世の志のある者を受け入れることも斬り捨てることもできる者だ」

劉備は顔を上げ、よく響く声で大言する曹操を見た。そのとき稲妻が一閃《いっせん》した。目がくらむような光を浴びた背の低い曹操の姿は、まるで悪鬼《あっき》のように見える。ぎらぎらと輝く眼差しに向き合い、轟く雷の音を聞いた劉備は、心臓が飛び出しそうになり、震える声で尋ねた。「それでは、明公はいったい誰が英雄にふさわしいとお考えなのでしょう」

曹操は不敵な笑みを浮かべて自分の胸に手を当てると、不意にその手を劉備の胸先に向けて指さし、低い声でささやいた。「このうえまだ誰かと尋ねるか。天下の英雄、それはそなたとわしだけよ」

その言葉は雷の轟音と同時に放たれた。劉備の頭がぐわんと鳴った。肝をつぶして倒れそうになり、持っていた箸を思わず取り落とした。

曹操はほんの冗談のつもりだったが、劉備の顔色が一変したのを見て驚いた――こやつ、何をそんなに恐れておる――

劉備はついに見抜かれたかと思ったが、曹操はきょとんとした顔でこちらを見ている。そこでようやく、酒席での戯《ざ》れ言《ごと》に過ぎないことに気づいた。すぐさましゃがみこんで箸を拾い上げ、胸をなでた。「やれやれ、驚きました。なんという雷でしょう」

「雷？」曹操は振り返って空を眺めた。「雷の何が恐ろしいのだ」

劉備は額の冷や汗を拭き、無理に笑顔を作った。「これこそ『天が竜を招き寄せる』でございます。昔からの言い伝えで、竜は天に昇るときに身を木に潜め、天が雷で木を倒すと、竜はその雷に乗って天に昇るのです。これを俗に『天が竜を招き寄せる』と言うのです」

曹操は、やはり竜の存在を信じているらしい劉備のまどろっこしい話に耳を傾けていたが、思わず口を尖らせた。「あくまでも竜はいるというのなら仕方あるまい。摩訶不思議な話というのはいくらでもあるからな。竜の話ならば、わしは『新論《しんろん》』に書かれた言葉だけがまことらしく思う」

曹操がそれ以上追及する気がないらしいので、劉備はやっと安心した。「不勉強なもので、どのような内容かを存じ上げませぬ」

曹操は厳かに語った。「『新論』にはこうある。『竜 尺木《しゃくぼく》無くんば、以て天に昇る無し。聖人尺土《しゃくど》無くんば、以て天下に王たる無し「竜であろうと霊力が宿る頭上の角がなければ、天に昇れない。聖人であろうと少しの土地もなければ、天下の王にはなれない」』前の句は怪しいものだが、あとの句は紛れもなく真実だ」

曹操は何の気なしに語ったのだが、その言葉は剣のように劉備の心に突き刺さった。聖人 尺土無くんば、以て天下に王たる無し……天下を治められるだけの才があり、国を安んじようという志があったとしても、支配地がなければ抱負を叶えることなどできない。劉備は恐ろしくもあり悲しくもあった。庇《ひさし》のそばで柱によりかかり、冷たい雨に頭を濡らした。内心の苦悶を抑えつつ、口では当たり障りのないことを言った。「読書人の言葉はそれがしにはよくわかりませぬ。いずれにせよ、天に昇る竜はいると思います。それが角を持つ小さな竜であったとしても。きっと……」

そうこう話しているうちに、激しかった雨風もしだいに収まってきた。そこへ、またもや劉岱が使用人たちを引き連れてやってきた。「いやはや、たいへんなことでございます。先ほどの雷に打たれて屋敷の門前の桐の木が倒れてしまいました。なんでも城外では竜巻まで起こったとか。蓑《みの》をお持ちいたしましたので、これで雨をよけながらどうぞなかへお戻りください」

曹操は劉備の袖を引いて、いたずらっぽく誘った。「さあ、なかで飲み直そう。玄徳殿の申す竜探しはまた日を改めようぞ」

そこで劉岱が告げた。「先ほど、孫乾《そんけん》殿が馬車をよこしてきました。天気が悪いので使君をお迎えに参ったそうです」

「そうか」劉備は内心大喜びであった。やっとここから抜け出せる。せわしなく曹操にお辞儀をした。「曹公、お酒はもう十分いただきましたゆえ、また日を改めましょう。畑のほうも気になります。先ほどまいた肥《こえ》が、雨で流れ出していないか気がかりで」

曹操は想像すると気分が悪くなり、手を振って帰るよう促した。「ああ、行くがよい。しかし、将軍なのにまったく顔を見せぬというのではいかんぞ。暇があるときは軍営内にも足を向けよ。雲長《うんちょう》に任せきりにするでないぞ」

劉備はあたふたと返事をした。蓑をかぶったときにはすっかり背中までびしょ濡れになっていたが、それは雨だったのか、それとも冷や汗だったのか……

（1）古代、酒は五等級に分かれた。『周官《しゅうかん》』の「礼正《れいせい》」によると、氾《はん》、醴《れい》、盎《おう》、緹《てい》、沈《ちん》の順番でだんだんと澄み、こくが深まる。そのうち醴酒とは現代の甘酒に相当し、甘くさっぱりとした酒だったようである。古代の人は客をこくのある酒でもてなすべきと考えており、醴酒で客をもてなすのはやや粗略な扱いである。

（2）劉秀が酒を飲んで旗を借りた地は、いまの河南省南陽市社旗《しゃき》県賒店《しゃてん》鎮で、「賒店」という酒は、近代以降の「賒店老酒」の原形である。

（3）卣《ゆう》は古代の酒を注ぐ器具で、壺状になっていて、蓋と取っ手がついている。

河北《かほく》の軍議

曹操と劉備《りゅうび》が酒を煮て英雄を論じていたころ、河北《かほく》では袁紹《えんしょう》が黒山《こくざん》軍を撃破していた。そもそも兵糧も、武具も、馬もろくに持たない百姓である。おのずから正規軍の相手ではなかった。張燕《ちょうえん》は再び山奥に逃げ込むことを余儀なくされた。公孫瓚《こうそんさん》の息子のなかでただ一人生き残った公孫続《こうそんしょく》は、幷州《へい》に落ち延びて匈奴《きょうど》と手を結ぼうとしたが、その道中で屠各《とかく》［匈奴の一部族］などの襲撃を受けて落命した。ここに至って、袁紹は全面的な勝利を収めたのである。

曹操にしてみれば、戦《いくさ》の絶えない中原にあって、許都《きょと》の安全を確保するためにはできるだけ早く袁紹と決着をつける必要があった。一方の袁紹は強敵に取り囲まれているわけではないため、長期決戦でも短期決戦でも、好きに選ぶことができた。

局地的な情勢を見てみると、袁紹は河北の統一を果たしたとはいえ、いくつかの小さな問題を抱えていた。前任の幽州牧《ゆうしゅうぼく》である劉虞《りゅうぐ》の残党、遼西《りょうせい》、上谷《じょうこく》、右北平《ゆうほくへい》で動きをみせる烏丸《うがん》の部族、北東の遼東《りょうとう》に割拠する太守《たいしゅ》の公孫度《こうそんたく》らの存在である。大局には影響のないこれらの小さな勢力に対して、わざわざ大軍を動かす必要はなく、取り込んでしまうか位を与えるか、いずれにしても武力以外の方法で解決できるものであった。そして、袁紹にしても、いま以上に勢力を拡大することを望むのであれば、曹操との対決は避けられなかった。

袁紹の本心としては、曹操に鄄城《けん》［山東省南西部］への遷都を要求した時点で、すでに戦う腹積もりであった。だが、情勢が動くに従い、決戦への決意を鈍らせる要因が大きくなっていた。公孫瓚の討伐が、曹操による呂布討伐よりも一歩遅れたがために、いたるところで遅れを取ることになった。青州《せい》、徐州《じょ》の土豪たちを手懐《なず》けるのにも先を越され、河内郡《かだい》へ救援に向かう機会を失ったかと思えば、関中《かんちゅう》の勢力を取り込む点でも後塵を拝し、旧友であるはずの劉表《りゅうひょう》でさえ明確な約束をしてくれない。一歩の差がどうしても埋められないのだ。これ以上遅れを取ることはできない、痛切にそう感じた袁紹は、鄴城《ぎょう》［河北省南部］に軍勢が戻るのも待たずに、文武の諸官を招集して南下について話し合いをはじめた。

中軍の幕舎《ばくしゃ》はぴりぴりとした雰囲気に包まれていた。淳于瓊《じゅんうけい》、顔良《がんりょう》、文醜《ぶんしゅう》、張郃《ちょうこう》、高覧《こうらん》ら武将たちが西側に腰掛け、田豊《でんほう》、沮授《そじゅ》、郭図《かくと》、逢紀《ほうき》、審配《しんぱい》、辛評《しんぴょう》ら参謀たちが東側に列している。大《だい》将軍の袁紹は深刻な顔で襟を正して座り、低く力強い声で座にいる者たちの鼓膜を震わせた。

「大漢が興ってより四百年、公明正大な政《まつりごと》によって民草は安らかに暮らしてきた。だが、董卓《とうたく》が都入りして天子を廃立してからというもの、あちこちに邪《よこしま》な野望を抱く者が割拠し、乱臣逆賊が猖獗《しょうけつ》を極めておる。朝廷、社稷《しゃしょく》の危うきこと累卵のごとし。天下はいままさに存亡の危機に直面しておる」袁紹はわざとしばらく黙り込み、一人ひとりの顔に重々しい表情が浮かぶのを見て取ってから続けた。「逆賊公孫瓚の行いを見てみよ。やつは卑劣な策で劉虞を謀殺し、酷吏《こくり》を重用して民草を殺戮《さつりく》し、上奏を経ずして冀《き》、青、兗《えん》の三州で偽の官位を授け、黒山賊と結託して古《いにしえ》の代《だい》の北部を十年近くも荒し回った。幸いにもわしが全軍を統帥し、勇猛果敢に戦いを繰り広げた結果、河北の豪傑たちも相争ってこれに加わり、ついに賊徒を除くことができたのだ」河北平定の話をすると、袁紹の厳粛な顔にいささか誇らしい表情が浮かぶのであった。「これはわしにとってのみならず、みなの衆にとっても栄誉である。ひいては朝廷にとっての幸い、社稷にとっての幸いである……」

田豊は苦り切った顔で俯《うつむ》いている。袁紹が感慨たっぷりに語る言葉は、ひと言たりとも田豊の耳に入らず、頭ではまったく別のことを考えていた。易京《えきけい》［河北省中部］を落として公孫瓚を討ち取った翌日、行軍主簿《こうぐんしゅぼ》の耿苞《こうほう》が「赤徳《せきとく》は衰えております。袁氏は黄徳《こうとく》の血統であるので天意に沿って民心に従うのがよろしかろう」などと、思わせぶりなことを言ってきたのである。五徳終始説《ごとくしゅうしせつ》［王朝の交代は五徳の循環によるものだとする説］によれば、炎劉《えんりゅう》と呼ばれる漢室は火徳《かとく》［色は赤が配当される］に属すといわれる。そして土は火を覆ってしまうことができるから、耿苞が袁氏を土徳《どとく》［色は黄が配当される］だと言うのは、袁氏が劉家に代わって皇帝になるべきだと言っているにほかならない。かねてより漢室の忠臣であることを自任している田豊は、耿苞を思い切り怒鳴りつけた。その後、沮授、郭図、辛評らと内々で話してみたところ、みな耿苞から同じような話を聞かされていたことがわかった。田豊はそのような馬鹿げた話を気にしていたわけではない。耿苞が大胆にも軍営内でそのようなことを触れ回っていたことのほうが気がかりであった——まさか、わが君の命《めい》ではあるまいな——自分が一途に付き従ってきた大将軍も、本当は自分が皇帝になりたいだけなのだろうか……

袁紹の話が本題にさしかかってきた。「公孫瓚など田舎の道化に過ぎぬ。許都に居座り、三公《さんこう》を騙《かた》る曹操こそが天下一の奸賊《かんぞく》である。やつは天下の騒乱に乗じて火事場泥棒を働き、陛下を許県に連れ去ってしまった。武によって朝堂を牛耳り、天子を幽閉し、王室を軽んじて綱紀を乱し、座して三台《さんだい》［尚書《しょうしょ》、御史《ぎょし》、謁者《えっしゃ》］を統《す》べて朝政をほしいままにし、忠良を害して百官を押さえ込んでおる。無法の限りを尽くすこの者を除かずして正義はない。これを誅さずして天下を安んじることはできぬ。それゆえ……」袁紹は左右を見渡した。「わしは河北から挙兵して、天子に取り憑く逆賊曹操を討ち取り、その首をかき切って漢室の宗廟《そうびょう》に供えようと思う。みなの考えを聞きたい」

公孫瓚を滅ぼし、張燕を撃退したばかりだというのに、袁紹は息つく間もなく南へ攻め込もうとしている。文官も武官も互いに耳打ちをし、あたりは議論の声で騒然となった。ある者はかぶりを振り、ある者はうなずいている。一人として袁紹の問いかけに反応しない者はいなかった。袁紹が眉間に皺《しわ》を寄せていると、ただ一人、田豊だけが俯いて黙り込んでいる。何か優れた案があるのでは、そう思って尋ねてみた。「元皓《げんこう》、何かいい考えはあるか」

考えごとにふけっている田豊の耳には届いていない。

袁紹はほかの者に静かにするよう手で合図すると、もう一度尋ねた。「南下し曹操を討伐する、この案について、元皓にいい考えがあるか。よければみなに聞かせてやってくれ。ともに考えたい」それでもまだ反応がないので、小声で呼びかけた。「元皓……元皓……」

「はっ！」袁紹に呼ばれた田豊は我を忘れ、うっかり口走ってしまった。「わが君も皇帝になりたいのですか」

それを聞き、一座の者は一人残らず口をあんぐりと開けた。みるみるうちに袁紹の顔色が変わったが、袁紹はばつが悪そうに怒りを押さえ込みながら笑った。「はっはっは……元皓はわしをからかっておるのか」

田豊は口を滑らせたことに気がつくと、頭を低く下げて黙り込んだ。隣には平素より田豊と仲の悪い逢紀が座っている。毎日毎日、目を皿のようにして田豊のあらを探しているので、田豊の失言を見逃すはずがなかった。「無礼者、田豊。昼間からみなの前でそのような恐れ多いことを口にするとは、いったいどういうつもりだ」

田豊に非がある。すかさずひれ伏してありのままを告げた。「わたくしの気が触れたのではありませぬ。先日、耿苞がわが軍営にやってきまして、わが君が炎劉に代わって天子になるべきだと言ったのです。あまりに大胆な臣下にあるまじき言葉、それがあまりにも気にかかり、うっかり口にしてしまったのでございます」その瞬間、一同は入り口に立っている耿苞に鋭い眼差しを向けた。

行軍主簿の耿苞は、幕僚や武将と座を同じくする身分ではなかったが、入り口に立って一部始終をすべて見聞きしていた。田豊が一同の前で一切をばらしてしまったため、震え上がった耿苞は地面にひれ伏し、跪いたままなかへにじり寄ると、野良猫のような声で叫んだ。「濡れ衣、濡れ衣でございます。そのようなことは申しておりませぬ。田豊の言いがかりです」

「貴様こそ人を陥れる小人《しょうじん》だ！」田豊が言い返すよりも先に、全軍の指揮官の沮授が怒鳴りつけた。「同じようなことを元皓殿のみならず、このわしにも申してきたではないか。忘れたとでも思ったか」

郭図も目を見張って、袁紹に拱手《きょうしゅ》した。「申し上げます。耿苞はそれがしにも同じことを言ってきました。いったいどのような意図があってのものなのか」それに続いて張郃、高覧、審配らも続々と報告した。逢紀だけが口を開かない。

袁紹の胸は激しく動悸を打っていた。五徳終始説を触れ回っていたのは間違いなく耿苞である。だが、袁紹はそれが広まるのを黙認していた。これを機に、文武の諸官が自分に即位を勧めるか否かを試したのである。結果ははかばかしいものではなかった。逢紀らわずかな懐刀を除き、ほとんどの者は袁紹が皇帝になることに反対していたのだ。そしていま、田豊が一同の前で事を暴露してしまった。このうえ耿苞が自分の指示で触れ回っていたなどと言い出したら面目は丸つぶれである。袁紹の上品な顔に、瞬く間に殺気が浮かび上がった。卓に手をついて立ち上がり、冷たく言い放った。「不届き者めが。なにゆえそのような大逆無道を口にした」

耿苞は悔やんでも悔やみきれない思いだった。みなが寄ってたかって自分を責めるが、責任を誰かに押しつけることもできず、かといって真実を語る度胸もない。こうなっては開き直るよりほかなかった。「漢室は衰え、明日をも知れぬありさま。賊臣曹操は天子を擁して世を乱しております。わが君は四代にわたり三公を輩出した一族の子孫として、天下に威名を轟かせております。河北の豪傑は命を賭してついていくことでしょう。いまこそ、帝位を受け継ぎ天下に君臨すべきとき。それなくしては、民も安らかに暮らすことはできず、士人《しじん》も志を遂げることなどできぬのです。これこそが、わたくしの嘘偽りなき本心にございます」

「馬鹿めが」郭図の鷹のような目がいまにも飛び出しそうだ。「それが本心だと。わが君に不義を働くようそそのかすのが貴様の本心か」

沮授はさらに厳しい言葉で詰め寄った。「大漢の天子や大将軍がなにゆえ貴様の言いなりになるのだ。貴様はどこの国の大将軍に仕えて主簿をしているかわかっておるのか。忠孝、仁義を忘れた畜生めが」

「殺せ！　殺せ！」淳于瓊、高覧、顔良といった将たちも声を上げはじめた。

それを見た逢紀も旗色を鮮明にした。「天下の戦乱が鎮まらぬいまこそ、逆賊を誅滅して漢の社稷を復興すべきとき。わが君は列侯《れっこう》の家系に生まれ、朝廷の恩徳に長く浴してきた身。曹操が天子を尊ぶふりをして専横を極めておるときに、なにゆえわが君が同じことをせねばならぬのだ。いまそのようなことを口にするとは、身の程知らずも甚だしい」根が狡猾な逢紀は、「いまそのようなことを口にするとは」という言葉に、「いまはまだ時期尚早である」との意味を込め、とくに反対しているわけではないことを袁紹に聞かせたのである。

しかし、そのようなことに気づく袁紹ではなかった。このまま臣下たちが責め立てれば、耿苞は真相を白状してしまいかねない。ばしりと卓を叩いた。「誰か、こやつを引っ立てて斬ってしまえ」

耿苞は地べたに倒れ込んだ。「大将軍、どうか命ばかりは！　これは……」

「黙れ！」袁紹は一喝した。「これ以上でたらめをぬかすな」

袁紹の言葉に隠された意図を読み取った逢紀は、腰掛けを手にすると勢いよく立ち上がり、耿苞の頭に重い一撃を食らわせた。目から火花をほとばしらせて昏倒した耿苞は、弁解する暇《いとま》もなく外へと引きずり出されていった。

「あの小人め、わが君に反逆をそそのかすとは、まったく頭にきますな」逢紀は腰に手を当てて白々しくそう罵ると、手にしていた腰掛けを置いて座り直した。

袁紹はがっかりして腰を下ろし、長いため息をついた。田豊はまだ跪《ひざまず》いている。腹立たしく、やるせない思いだったが、ここは笑ってみせなければならない。「元皓よ、立ってくれ。そなたが明かしてくれなければ、流言飛語のためにわしの評判は地に落ちるところであったぞ」

田豊は顔を上げ、大きな声で答えた。「どうか袁公路《こうろ》の失敗を戒《いまし》めとし、天下の民草のため、くれぐれも早まることのございませぬよう、ご自重願いたく存じます」

袁紹は自尊心を踏みにじられる思いで、いい加減うるさくなってきたため手で遮った。「もうよい。つまらぬ男が謡言《ようげん》を流したまでのこと。四代にわたり三公を務めた袁家のわしが、反逆などとんでもないことだ」

田豊は半信半疑で力なく腰を下ろした。内心の疑念は膨らむばかりである。一方の袁紹は、南下についで意見を求めるだけのはずが、とんだ事態になって戸惑っていた。先ほどのことがきっかけで田豊が南下を拒否するのではないかと思い、問うのはやめてずばり言うことにした。「わしは河北より大軍を発して逆臣の曹操を討とうと思う。そなたらに異議はあるか」

「なりませぬ」監軍《かんぐん》の沮授がさっそく反対した。「近くの公孫氏を討つだけでも何年にもわたる出兵となり、民は疲弊しきっております。蓄えも底をつき、厳しい賦役《ふえき》によって河北は憂慮すべき状況です。いまはひとまず兵を休ませて民を慰撫し、天子に公孫氏を討伐したことを上奏すべきかと。曹操が上奏文を握りつぶすようなことがあれば、それから黎陽《れいよう》［河南省北部］に進軍し、河南《かなん》［黄河の南］に陣営を築いても遅くはありません。船を造り、武器を修理し、精鋭の騎兵で曹操との国境《くにざかい》を侵せば、曹操は気が気でなくなるでしょう。そうすれば、労せずして南下のための足場を固めることができます」

言い終わるが早いか郭図が反論をはじめた。「沮監軍にお尋ねしたい。河南に陣営を築くと仰るが、いったいどのような方法で築くのですか。曹操との国境を侵すためにはどのくらいの兵馬が要るのですか。黄河を越えて曹操の勢力内で事を構えるには、困難があまりにも多く、道ははるかに遠い。少数ではろくな成果は出ますまい。いたずらに時を費やすよりも、大軍を送って一気に曹操を殲滅すべきではないでしょうか」

袁紹は目の前が明るくなったような気がした。「公則《こうそく》は出兵に賛成か」

「賛成です」そう言いながら郭図は立ち上がり、恭《うやうや》しくお辞儀をすると、よく響く声で語りはじめた。「兵書にこうあります。『十なれば則ち之《これ》を囲み、五なれば則ち之を攻め、倍すれば則ち之を分かち、敵《てき》なれば則ち能《よ》く之と戦う［味方に十倍の兵力があるときは敵を包囲し、五倍ならば攻め、倍であれば敵軍を分裂させ、互角なら全力を尽くして戦う］』わが君は類い稀な武勇を有し、河朔《かさく》［黄河以北の地域］の強力な軍を擁しておられます。曹操を討つこともたやすいはず。むしろ、いまこのときを逃せば、のちのち苦労することとなりましょう」

「実に馬鹿馬鹿しい論だ」沮授がまた反論した。「河北の地は民多くして土地は肥沃なれど、豫《よ》と兗の二州は続く災禍のために民が弱りきっている。いま、わが軍は後顧の憂いなく一方を占め、中原にある曹操は目に見えぬあまたの危険にさらされている。長期の睨み合いが続けば、それだけわが軍は強くなり、曹操は弱まる一方だ。そなたの論はまるで理に適っておらぬ」

袁紹が口を挟んだ。「必ずしもそうとは限らぬ。公則の言うことにも一理ある」沮授は理に適っていないと言ったが、袁紹は検討する価値ありと見た。袁紹は日に日に強くなってゆく曹操を目の当りにしている。曹操のことを口にするときは毎度けちをつけているが、用兵の才において自分が及ばぬことはわかっていた。いま冀、青、幽、幷の四州を得て絶対的な優勢を占めているうちに曹操を除く必要がある。これ以上勢力を増すのを待っている暇はない。そして、何よりも重要なのは、自分がすでに齢《よわい》五十を数えている身だということだ。天下平定のために残された時は日増しに短くなってゆく。さらに言えば、たとえ曹操を滅ぼしたとしても、それはただ北方を平らげたということしか意味しない。そのあともいくつもの戦をしてゆかねばならないのだ。近ごろは気分がすぐれないことも多く、体力も昔ほどではなくなってきた。これ以上引き延ばして、果たして生きているうちに天下統一が成るかどうか……

風が自分に吹いていることに気づいた郭図は、さらに遠慮なく畳みかけた。「もはや勝負は明白。わが君は四州を束ね、擁する兵力は十万あまり、曹操の兵は三、四万に過ぎませぬ。大軍をもって寡《か》勢《ぜい》を撃つ。そのまま許都に攻め込むこともたやすい！」

田豊も黙ってはいられない。「戦わずして人を屈服させることこそ上策。食糧の増産と武装に励み、軽騎兵をもって敵を叩けば、熟れた瓜が自然に落ちてくるがごとく、時機が熟せば勝利を手にすることができましょう」

逢紀はじっと田豊を見つめていたが、すぐに真っ向から反対の意見をぶつけた。「いまの天下に自縄自縛《じじょうじばく》して首を差し出す者がどこにおろうか。討たねば倒せぬ。攻めねば破れぬ。この戦を避ける術などない。痛みは長引かせるべきではない。早きに越したことはなかろう」

郭図と沮授の論戦だったのが、田豊と逢紀が口を挟んできたため、ほかの者も思い思いに割って入ってきた。曹操の旧友である許攸《きょゆう》と荀彧《じゅんいく》の兄の荀諶《じゅんしん》は、疑われるのを恐れて口をつぐんでいたが、二人を除く文武の諸官は続々と己の立場を表明した。審配、淳于瓊、顔良、文醜は主戦派、辛評、張郃、高覧、陳琳《ちんりん》らは反対派となり、幕舎内はたいへんな騒ぎとなった。

「いい加減にせぬか！」袁紹が卓を叩くと、臣下らの口論はぴたりと止んだ。袁紹は陰鬱な顔で一同をぐるりと見渡した。「曹操は朝廷を牛耳り政《まつりごと》をほしいままにしている。わしの頭の上で威張り散らしておるのだ。これ以上やつの好きにさせてはおけぬ。決めたぞ。鄴城に戻ったらすぐに後方のことを片づけ、各部隊の人馬を集めて南下する。そして必ずや逆賊を除く」

袁紹の決意が固いことを見て取った沮授は慌てて諫めた。「わが君、天下を救い暴乱を誅する者を義兵といい、衆を恃《たの》み強きに凭《もた》れるを驕《きょう》兵といいます。義兵は無敵で、驕兵はすぐさま滅びます。曹操は天子を迎え、許都を建てました。いま兵を南に向けるは義にもとる行為となります。策は兵の強弱によってのみ決めるものではありませぬ。曹操は法令を徹底し、士卒は精鋭。公孫瓚のように黙って包囲させてはくれませぬ。万全の策を捨てて名分のない戦を起こすことを危惧するのでございます」

袁紹は自らの臣下が大義名分や悲観論を語ってくることが甚だ不愉快であった。「もう決まったことだ。これ以上申すな」そう言って制した。

「敵を褒めそやし、自軍の鋭気をそぐとは、なんと愚かな」逢紀までもが当てこすってきた。

郭図はけたけたと笑い、沮授に向かって拱手した。「武王《ぶ》［周《しゅう》の王］が紂王《ちゅう》［殷《いん》の王］を討ったのは義によるものです。ましてや曹操を討つことに大義がないと仰るのか。大将軍の兵は精鋭揃《ぞろ》い、将兵も奮迅の働きを見せ、大業は早々に成りましょう。かつて、范蠡《はんれい》［春秋時代の越《えつ》の政治家］は勾践《こうせん》［春秋時代の越の王］に『天の与えるものを受け取らねば、かえって天罰を受ける』と語りました。これこそ、越が覇者となり呉《ご》が滅した所以《ゆえん》です。兵権を長く握っているはずの貴殿が、なぜかくも目先のことしか見ておられないのか。戦とはつまるところ臨機応変です。『兵に常勢《じょうせい》なく、水に常形《じょうけい》なし』という言葉を聞いたことがありましょう」あざけりを隠そうともしない口ぶりである。

むろん沮授も臨機応変であることに反対するわけではない。だが、いま出兵するのは沮授の望むところではなかった。久しく全軍の指揮官を任され、公孫瓚を滅ぼしたことの代償を知り尽くしていたからである。何年にもわたる戦によって士卒は疲弊しきり、休息を乞い願っている。沮授は怯《ひる》むことなく郭図に視線を走らせて反論した。「臨機応変、言うは易く行うは難し。上はわれらが大将軍から下は各部隊の将校に至るまで、曹操を上回る深謀遠慮を持つ者が果たしているかどうか」

袁紹は自分が曹操に劣っていると言われることが何よりも我慢ならない。沮授を睨みつけた。「わしがそう決めたからには、これ以上の議論は無用。すぐに黄河沿いの諸県に書状を送れ。大軍の駐屯に備えて砦を築くよう命じるのだ。逢元図《げんと》はここに残れ。ほかの者は解散だ」

沮授は自分が袁紹の虎の尾を踏んでしまったことに気づき、田豊のほうを見た。田豊もやるせない表情をしている。二人が礼をして立ち去ると、ほかの者も三々五々席を立った。戦を前に腕を鳴らす者、かぶりを振って嘆息する者、がやがやと声を響かせながら次々に出っていったが、郭図だけはぴくりとも動かず腰を下ろしたままであった。

逢紀は袁紹から何か密命を与えられるのではないかと思ったが、郭図がぐずぐずしているので、笑顔を見せながら尋ねた。「公則殿、何かご用かな」郭図との関係は決して良好ではなかったが、逢紀は郭図の陰険で冷酷な性格を恐れ、田豊に食ってかかったようには挑発しなかった。

郭図は逢紀を一瞥すると、馬鹿にしたように口を尖らせた。「わが君に話があるのだ。先に出ていかれよ」

「何と……」けんもほろろに自分を追い払おうとする郭図に、逢紀は不愉快でたまらなかったが、怒らせることは得策ではない。「それならさっさと済ますがよい。こちらも用事があるのだ」そう言い置くと、憤然として幕舎の外へ出ていった。

郭図はその後ろ姿を睨みつけた。逢紀が角を曲がって見えなくなるのを見届けると、主君の前に進み出た。「わが君、一つご注意いただきたいことが」

もったいぶった様子の郭図に、袁紹はにわかに興味を惹《ひ》かれた。「何ごとだ」

「こたびの南下、沮授に全軍の指揮を任せたままにするのは、いかがなものかと」

「何だと」袁紹は目を丸くしたが、なるほど一理あるかもしれないと考えた。

「沮授はこたびの戦には慎重です。あやつに全軍の指揮を任せれば、迷いのあまり勝機を逸してしまうやもしれませぬ」

沮授から兵権を奪う、虎視眈々と狙いを定めていた郭図は、これを機に沮授をさんざんに讒言《ざんげん》した。

「つまり、何が言いたいのだ」袁紹は警戒を強めた。

「沮授は長く兵権を握り、直属軍と地方軍の双方を統べて己の権威を全軍に轟かせ、少なくない武勲を立ててきました。しかし、功を恃み、徒党を組んで私欲を満たしております。わが君もご覧になりましたでしょう。すでにお心を固めたことに冷水を浴びせるようなことを言い、ますます驕りを見せるようになってきました。このまま、あやつのほしいままにさせておいて、尾大掉《びだいふる》わずということになれば、わが君はどうやって押さえ込むおつもりですか」

沮授が自説に固執していることは袁紹も否定しないが、二心《ふたごころ》ありという話はあまり信じられるものではなかった。倦《う》まず弛《たゆ》まず全軍を統率してきた実績がある。河北四州の平定は袁紹の手腕というよりも、沮授が袁紹に代わって実現させたと言ってもよいくらいなのだ。しばらく眉をひそめていた袁紹は、言いにくそうに口を開いた。「そうは申しても、沮授は長く兵権を司ってきたのだ。軽々しく更迭すれば兵たちの士気が下がりかねぬ」

「沮授を更迭すれば士気が下がると仰られますが、なぜそうしたことになるのか考えたことがおありでしょうか」郭図は険しい顔をしてみせた。「あやつに持たせた権力があまりに大きいため、すでに張郃や高覧らとのあいだで暗黙の了解ができているのです。現に短期決戦に及び腰な沮授に同調していたではありませぬか」

根が人の話を信じやすい袁紹は、はたと納得した。「ぐるになっているというのか」

「そうとまでは言い切れませぬが、軍権だけは召し上げておくべきかと。『三略《さんりゃく》』にも、『臣の主と同じくする者は昌《さか》え、主の臣と同じくする者は亡《ほろ》ぶ〔臣下が主君に合わせれば栄え、主君が臣下に合わせれば亡ぶ〕』と説いております。用心するに越したことはありますまい」

袁紹は不安に顔をこわばらせた。「まさかそのようなことはあるまい」

「沮授の忠誠心についてはひとまず措《お》いておきましょう。こたびの南下のことだけをとっても、あやつに全軍の指揮を任せるのは避けるべきです。万一、両軍が戦っているさなかに沮授とわが君の意見が食い違えば、一時の怒りに任せて曹操に通じて事を起こさぬとも限りませぬ。そうなれば……」

郭図はわざとその先は言わなかった。

「用心の必要はあろうな」袁紹は頬をぴくりと動かし、暗い声で命じた。「では、開戦を唱えるそなたが、今日からしばらく沮授に代われ。沮授は曹操を打ち破ったあとにもとの職位に戻そう」

「ありがたき幸せ」郭図は一人ほくそ笑んだ。曹操討伐という稀代の功を挙げてしまえば、沮授などものの数ではなくなる。

兵権を与えたとはいえ、袁紹は郭図の頭の固さを知っているので、眉間に皺を寄せて尋ねた。「指揮を任せはするが、そなたには敵に勝つ良策でもあるのか」

郭図は笑って答えた。「兵は拙速《せっそく》を尊ぶと申します。南下を決めたからには速《すみ》やかに動くべきです。鄴城には戻らず、中軍を率いて黎陽に駐屯し、ほかの兵馬にはあとを追わせます。黄河のこちら側で威嚇する態勢を必ずつくっておかねばなりません。まず、気勢で曹操を圧倒しておけば、南岸の者らは浮き足立ち、戦が進めやすくなるでしょう」

袁紹は一理あると思い、答えた。「考えておこう。先に戻っておれ」

「考えておく、でございますか」郭図は目を丸くした。「わが君、方針が定まった以上、のんびりとしてはおれませぬ。曹操に先んじなければ士気に関わります。機先を制するためにも速やかなご決断を」

袁紹は煩わしそうに答えた。「すでに沿岸の諸県には砦を築いて敵を防ぐよう命じておるであろう。劉表、張繡《ちょうしゅう》を引き込み、泰山がごとき威勢で圧するのだ。出兵はそれが済んでからだ」自信満々で髭をしごく袁紹は、もはや郭図との話を続ける気はなかった。「では、手はずを整えておけ。それから、ついでに元図をこちらへ呼んでまいれ」

袁紹の気質をよく心得ている郭図はそれ以上言葉を重ねることをやめ、引き下がった。ふと見ると、逢紀が幕舎のそばでぼんやりとしている。声をかけるにも値しないと思い、口をへの字に曲げて大手を振って去っていった。逢紀は郭図が出ていったのを見ると、思い上がりおってと胸の内で悪態をついたが、口に出して言い争う勇気はない。作り笑いを顔いっぱいに浮かべ、袁紹の前に進み出た。「それがしにはいかなるご用命でしょうか」

「わしの代わりに青州に行ってきてもらいたい」

「青州ですか」逢紀は袁紹の末っ子の袁尚《えんしょう》と仲が良く、一方で青州にいる袁譚《えんたん》とは不仲だった。あまり気の進まない使いである。「これから戦だというときに青州へ行って何をするのでしょうか」

袁紹は笑っている。「息子から便りが来てな。袁公路に託された書簡を送ってきたのだ」

「何と。袁術《えんじゅつ》が突然何の用事なのでしょう」

「あの皇帝気取りの男め、淮南《わいなん》［淮河《わいが》以南、長江以北の地方］で肩身が狭くなっておるようだ」袁紹は小気味よさそうに語った。「北上してわしのところへ身を寄せようという算段らしい。一族の袁叙《えんじょ》が曹操の配下で済陰《さいいん》太守をしているのだが、そやつが仲立ちして伝えてきたそうだ」

逢紀にはまだ意味がわからない。「ではなぜわたしが青州へ」

「袁術は将兵の数も少なく、曹操の支配領域を通り抜けることは難しかろう。息子に兵を出すよう伝え、迎えに行かせるのだ。それから……」袁紹の目に、貪欲な光がさした。「袁術を迎え入れたあと、あやつの持つ伝国《でんこく》の玉璽《ぎょくじ》を取り上げるのだ」

なるほど、そういうことか。わが君は玉璽が欲しかったのだ……逢紀は媚《こ》びるように笑った。「ご安心を。必ずや玉璽を陛下のもとに持ち帰ります」

「陛下」という台詞を聞いた袁紹は「馬鹿を申すでない」と咎めたが、まんざらでもなさそうだった。袁紹が喜んでいるのを目にした逢紀は探るように尋ねた。「先ほど、郭公則は何を話していたのですか」

「たいしたことではない」袁紹は努めて軽い調子で話した。「沮授が戦に及び腰なのでな、全軍の監軍を郭図に代えたのだ」

「なんですと」逢紀は、まずいことになったと思った。これは袁家の大事に関わる問題である。袁紹には成人している息子が三人いる。長男の袁譚、次男の袁熙《えんき》、三男の袁尚である。袁譚は軍事に長年携わり、その才能を見せているが、人に対して酷薄なところがある。袁紹は上品な顔立ちの三男の袁尚を溺愛し、周囲に家督を継がせるつもりがあることまでほのめかしている。これにより臣下は二派に分かれ、審配、逢紀は袁尚側に立ち、郭図、辛評は袁譚を立てることを主張している。田豊、沮授たちは立場を明らかにしていない。袁尚派の審配は河北第一の豪族で、逢紀は袁紹が厚い信頼を寄せている。一方で袁譚派の郭図と辛評は、いずれも故郷の潁川《えいせん》を離れて河北に仮住まいする身で、対抗するための手立てを欠いていた。しかし、郭図が軍権を握れば、袁譚には軍という政治的手札がもたらされることになる。これに怯んだ逢紀はしきりに撤回を勧めた。「郭公則にそのような大権を与えてはなりませぬ」

「なぜだ」

「あのような目つきの悪い男が善人であるはずがありません。何より、郭公則はご長男と親しい間柄。郭公則が軍をわが物としてご三男に刃を向けたらどうされますか」

また面倒な話になってきたので、袁紹はうるさがって遮った。「もうよい。おぬしらはそんな話ばかりをしおって、いったい誰の言うことを信じればよいのかわからぬわ。ひとまずそう決まったのだ。話は曹操を討ってからだ」

「そうなればもう終わりですぞ」逢紀も郭図と同じことを言った。「兵権をほかの者に渡してはなりませぬ」

「これ以上申すな。郭公則は短期決戦を主張しておる。このたびは郭公則の策を容れる」

もはや挽回の目はないと悟った逢紀は、思い切って妥協案を出した。「それほどまでお考えが固まっているならば、これ以上は申しませぬ。しかし、兵権の扱いには細心の注意を払わねばなりません。一人に任せるよりも複数人に分担させ、互いに牽制させれば不届きなことを考える者もいなくなりましょう」

「ほう、それもそうだな」根が疑り深い袁紹はそれは名案だと思い、沮授を解任した影響も和らげられると考えたので、卓を打った。「こうしよう。今後は全軍を統帥する職を廃し、全兵馬を鄴城に集めて三隊に分け、三人の都督《ととく》を任命する。沮授、郭図、そして淳于瓊にも都督になってもらおう」

淳于瓊は洛陽《らくよう》時代から袁紹に付き従ってきた古参で、頭は単純であるが忠誠心の強い男である。沮授と郭図の勢力がむやみに大きくなることを防げるだろう。

だが、袁紹はあることを見逃していた。軍を鄴城に戻して兵馬を編成すればかなりの時を費やし、軍を三隊に分ければ対立する可能性が生じてしまう。こうして袁紹は沮授の提案した手堅い策を拒絶すると同時に、先手必勝を主張する郭図の計画をも台無しにしたのである。

第七章　皇帝の秘めたる狙い

虎を野に放つ

済陰太守《さいいんたいしゅ》の袁叙《えんじょ》は愚鈍な男だが、自身の置かれた境遇についてては見当がついていた。曹操は袁紹《えんしょう》との決戦を控え、軽々しく自分に手を出すことはしないだろう。むしろ汝南《じょなん》の袁氏が朝廷に忠誠を誓っている旗印として自分を利用するつもりだろうが、戦《いくさ》が終われば容赦はしないはずだ。曹操が勝てば、粛清される者のなかに自分の名が挙がることは間違いない。「袁」の名を冠する以上、それは決して逃れられない宿罪なのである。しかし、かりに曹操が敗北すれば、状況はさらにまずいことになる。それほど親しくもない従兄《いとこ》である。自分のことを一族の裏切り者だと罵り、逆臣に手を貸したという罪を着せて襲いかかってくるであろう。

袁叙はひとしきり考えると、危ない橋を渡る決心を固めた。自分と鄴城《ぎょう》［河北省南部］のやり取りが曹操に見張られていることは知っていたので、腹心をわざわざ青《せい》州の袁譚《えんたん》に遣わし、袁術《えんじゅつ》北上の連絡人になったのである。事はきわめて順調に進み、袁叙も密かに徐《じょ》州に逃れて袁術と合流する計画を立てた。だが、細心の注意を払っていたにもかかわらず、袁叙は済陰の郡境を出る前に薛悌《せってい》の配下に取り押さえられ、大事な二通の密書も取り上げられてしまった。薛悌は書状を見て色を失い、これはうかうかしておれぬとすぐさま袁叙に枷《かせ》をはめ、鎖で戒めて檻車《かんしゃ》［囚人護送用の檻のついた車］に乗せた。郡の事務はすべて呂虔《りょけん》に任せ、自身は密書を携えて許都《きょと》へと走り、曹操に手渡した。

袁紹が黄河の北に大々的に砦を築いているという知らせを受けた曹操は、相手も決戦の覚悟をしたものと見て、すぐさま迎撃のための出兵計画を立てた。そこへ突然に薛悌が駆け込んできたため、曹操は眉をひそめた。「孝威《こうい》よ。そなたも一郡の将であろう。大戦《おおいくさ》を前にそのような小事で直々にやってくる必要がどこにある。罪人の押送《おうそう》など、小吏に任せておけばよい」

「わが君のあずかり知らぬところで、袁術が青州へ北上しようとの陰謀を企てておりました」薛悌は奪い取った二通の密書を卓上に置いた。「文面から察するに、これが最初のやり取りではありませぬ。入念に北の防備をしていたつもりでしたが、まさか袁叙めが袁術と気脈を通じていたとは……それがしの不徳の致すところ、いかなる罰をもお受けする覚悟です」

「そなたの過ちではない。袁叙が自ら墓穴を掘ったのだ。そんなことまで止められるものか。ましてや袁術のように贅沢三昧で金を湯水のように使っていては、天にも人にも恨まれ、孤立無援に陥るは必定。いずれ進退窮まる日の訪れることはわかっていた。袁紹にすがりつかなければ、そのほうが不思議というものだ」曹操は平然とした顔で帛書《はくしょ》を開いた。それは袁術自らが袁紹に宛てて書いたものだった。

漢の天下を失うこと久し、天子 提挈《ていけつ》し、政《まつりごと》は家門《かもん》に在り。豪雄 角逐し、疆宇《きょうう》を分裂す。此れ周《しゅう》の末年 七国の勢《せい》を分《わ》くると異なる無く、卒《つい》に彊《つよ》き者 之を兼ねんのみ。加えて袁氏の命《めい》を受けて当《まさ》に王たるべきは、符瑞《ふずい》に炳然《へいぜん》たり。今君 四州を擁有《ようゆう》し、民戸《みんこ》百万、彊きを以てすれば則ち大なること比ぶる所無く、徳を以てすれば則ち高きこと比ぶる所無し。曹操 衰を扶《たす》け弱を拯《すく》わんと欲するも、安《いず》くんぞ能《よ》く絶えたる命を続《つ》ぎ已《すで》に滅びたるを救えんや。謹んで大命に帰す、君 其れ之を興せ。

「漢が天下を失ってからすでに久しく、天子は人に支えられ、政は重臣に握られています。豪雄たちは争い合い、国土を分割しています。これは周朝末期、七国が割拠していたのと何ら変わらず、結局は強者のみがこれを統《す》べるはずです。さらに袁氏が天命を受けて王者になるべきことは、徴《しるし》に燦然と示されています。いま貴殿は四州を支配し、擁する戸数は百万に上り、強さからして比類なく、徳からしてもほかを圧倒しています。曹操は衰微した漢を助けようとしているものの、どうして途絶えた天命をつなぎ、すでに滅んだものを救えましょうや。謹んで大命を委ねますので、貴殿はどうかこれを興したまえ」

読み終えると曹操は笑った。「袁公路《こうろ》が皇帝を自称して何年にもなる。軍略の才は衰える一方だが、日がな一日偽の詔《みことのり》を書いているだけあって、文筆のほうはずいぶん進歩しているではないか。長々と書いてはいるが、要するに袁本初《ほんしょ》に投降するということだ。それでも、『投降』の二文字だけは避けている。たいした文才だな」

薛悌は憤慨した。「袁術は袁紹のことを婢女《はしため》の子だと言って蔑《さげす》んでいました。自分が追い詰められたからといってその従兄にすがろうとは、何たる厚顔無恥。袁紹も豫《よ》州の争いのことをすっかり忘れてしまったのでしょうか。周《しゅう》氏兄弟の恨みもそっちのけで投降を許すとは。節操がない従兄弟ですな」

「そう思うのは誤りだ。袁術のごとき負け犬、袁紹にとってはどうでもいいこと。ましてや肉親の情など屁とも思ってはおらぬ。やつは袁術の持つ伝国《でんこく》の玉璽《ぎょくじ》を狙っているのだ」曹操は嫌悪を露わにした。「符瑞に炳然たり、か……玉璽だけで天下を平定できるとでも思っているのか」

薛悌はもう一枚の帛書を曹操の手にねじ込んだ。「こちらをご覧ください。袁叔が袁紹に宛てたものです。書かれていることも逆賊そのもの。袁氏一族に罪ありと断ずるに十分なものかと」

曹操は微笑し、文面を読んだ。

今海内《かいだい》喪《ほろ》び敗れ、天意実《まこと》に我が家に在り、神応《しんおう》徴有るは、当《まさ》に尊兄に在るべし。南兄の臣下、即位せしめんと欲するも、南兄言うならく、「年を以てすれば則ち北兄長じ、位を以てすれば則ち北兄重し」と。便《すなわ》ち璽を送らんと欲するも、曹操道を断つを恐る。

［いま四海の内は崩壊し、天意はわが袁家にあり、天の示す兆候もまさに貴兄にあります。南兄（袁術）の臣下が南兄を即位させようとしたとき、南兄はこう申しました。「年齢では北兄（袁紹）が上であり、官位でも北兄が重い」と。そこで玉璽を送ろうとしましたが、曹操が道を遮ることを恐れたのです］

「南兄だの北兄だの、ずいぶん仲のいいことだな。ご苦労なことよ」曹操は皮肉たっぷりに笑っている。「袁叔も不思議なやつだ。ただでさえ愚か者だと思われているのに、それを上回る愚行を見せる。袁紹の配下に入るというならまだ気概もあるが、犬も相手にせぬくそったれの袁術に取り入ろうとするとは。いったいどう頭を使えばそんなことを考えつくやら」

「袁叙本人を連れて来ておりますが、お会いになられますか」

「それには及ばぬ。あのような下種《げす》の相手をする暇はない。首を洗って待っていろと伝えておけ。挙兵の日に血祭りに上げてやる」曹操は目を輝かせた。「袁術はわしが『衰を扶《たす》け弱を拯《すく》』おうとしているなどと当てこすっているが、それならやつらに目にもの見せてやろう。袁紹に勝つことは言うに及ばず、やつらを完膚なきまでに叩きのめしてくれる」

「まずは兵馬を差し向けて袁術を速《すみ》やかに殲滅すべきでは」薛悌が提案した。

「殲滅するまでもなかろう。兵は減り糧秣《りょうまつ》も残り少なく、どのみち先は長くない。わしと一戦交える力など持っておらぬ。行く手を塞《ふさ》いで追い返せばそれでよい。心配するな、手は打ってある」いまはまだ袁術を滅ぼさず、孫策《そんさく》を牽制するために生かしておくつもりだった。何より、袁術は皇帝を僭称しているのだ。袁紹のほかに助け舟を出す者はいない。北上して袁紹に合流しない限り、何の脅威にもならない。曹操は二通の密書を薛悌の懐に戻した。「出兵の名分をどうしようか悩んでいたところに、やつらのほうから尻尾を出してきおったわ。その密書を荀令君《れいくん》に届けて上奏文を書かせよ。袁紹と袁術の陰謀を白日の下にさらし、四代にわたって三公《さんこう》を輩出した家の子弟が何を申しているか、世人に知らしめてやれ」

「はっ」返事をしてから、薛悌はまた一つ提案した。「袁氏には門生《もんせい》や故吏《こり》［昔の属官］が数多くおります。朝廷内で袁氏に連なる者を一度徹底的に調べてみてはいかがでしょう」

「ならぬ！　下手に騒ぎを大きくしては、朝廷内の輿論《よろん》がわしを標的とするだろう。それでは人心が離れてしまう」曹操は致し方ないといった目をして続けた。「騒ぎにならぬ限りは見て見ぬふりをしておれ。何かあればあとでつけは払わせる」

薛悌は鷹のような目を見開き、なおも食い下がった。「明公《めいこう》の寛大さは美徳ではありますが、事は袁叙一人にとどまりますまい。朝廷の官全員とは申しませぬ。袁氏一族だけでも用心すべきではありませぬか。汝南には袁家の親戚や昔なじみが少なからずいることをお忘れなく」

「それについても手は打ってある。余計な真似はするな。まずは上奏文を仕上げ、急ぎ泰山《たいざん》へ向かうのだ。昌覇《しょうは》が分をわきまえず、臧覇《ぞうは》、孫観《そんかん》たち旧友の面子《めんつ》も顧みず、大っぴらに黄巾《こうきん》の残党どもと付き合っているらしい。それこそ見張っていなければ東方が落ち着かぬ。肝心なときに邪魔立てされては困るからな」

薛悌が立ち去ると、曹操は王必《おうひつ》を軍営に向かわせ、劉備《りゅうび》、朱霊《しゅれい》、路招《ろしょう》の三将を呼び出し、兵を連れて袁術の北上を防ぎに行くよう命じた。さらに、汝南に駐屯している振威《しんい》中郎将の李通《りつう》に向けて自ら書簡をしたため、袁氏の一族の動向を探るよう命じた。また、従妹《いとこ》の夫である任峻《じんしゅん》と義弟の卞秉《べんへい》に、糧秣の運搬や武器の修理などを言いつけた。曹操は抱えていた軍務をそつなくこなすと、多忙の合間を縫って息子の顔も見に行った。そして、荀彧《じゅんいく》が上奏文を書き終えたころを見計らって朝服《ちょうふく》に着替えると、皇帝に面会すべく、皇宮《こうぐう》に向かう車馬を支度させた。

袁紹が逆臣と結託し、伝国の玉璽をわが物にしようと企てている証拠があれば、河北《かほく》［黄河の北］への出兵は、袁紹と曹操との私怨の問題から「大義」の問題になってくる。反逆者を討つよう命じる詔書を天子に書かせる名分ができるのだ。皇宮に着き、二の門をくぐった曹操は、遠くで荀彧が上奏文を持って立っている姿を認めた。少府《しょうふ》の孔融《こうゆう》が隣で何かぶつぶつ言っている。

「これは文挙殿《ぶんきょ》、いったいどういう風の吹き回しですかな」曹操は差し出がましい口を利くこの男にうんざりしていたが、表向きは丁寧に尋ねた。

孔融は悲痛に満ちた表情をして、暗い声で答えた。「禰衡《でいこう》が死んだのだ……」

禰衡は傲慢な性格の男で、かつて太鼓を叩いて曹操を罵り、いたく怒らせたことがあった。曹操は辺譲《へんじょう》のことを戒めとし、賢人を手にかけることはせず、禰衡を馬上に縛りつけて荊州に追い払ってしまった。自分の手を汚さないためである。自分の企みがうまく遂げられたことを知ると、曹操は大満足だったが、素知らぬ顔をして言ってのけた。「なんということだ。こんなことになるのなら荊州などに遣るのではなかった。劉景升《けいしょう》ほどの名士が、なぜあのような賢人を殺してしまったのか。実に嘆かわしいことだ」

孔融はすっかり意気消沈している。「手を下したのは、劉表ではなく黄祖《こうそ》だ。先ほど、韓嵩《かんすう》と雑談していたときに偶然話題に上ったのだ。もう二月《ふたつき》も前のことだそうだ」

実は、禰衡が襄陽《じょうよう》［湖北省北部］に来ると、劉表はその才能に感服し、下にも置かないもてなしぶりで詩文を書くよう頼んだりしていた。だが、日が経つにつれ、禰衡の傲岸不遜《ごうがんふそん》な性格が顔を出し、劉表を辛辣に貶《けな》すようになった。劉表は表向きは気にしないふりをしていたが、内心では恨みを募らせた。それでも、曹操同様、自ら賢人を手にかけることを嫌って、禰衡を江夏《こうか》太守の黄祖のもとへ送ることにした。武人の出で気の短い黄祖が、禰衡のような人物を容れるはずもない。幸いなことに、黄祖の子で章陵《しょうりょう》太守の黄射《こうえき》は風雅を好むところがあり、たびたび禰衡をかばってくれた。その後、孫策が江夏へ進攻してくる動きを見せると、黄祖も戦に向けて備えをはじめた。ある日、黄祖が蒙衝《もうしょう》［敵の船団に衝突させるための軍船《いくさぶね》」の船上で諸将と会見していると、禰衡はまたもその偏屈ぶりを発揮し、諸将の眼前で黄祖を「死に損ない」などと罵倒した。黄祖の怒りは頂点に達し、禰衡は斬り殺されてしまった。その死を悼んだ黄射によって、禰衡は長江に浮かぶ鸚鵡洲《おうむしゅう》(1)という小島に厚く葬られた。享年二十六歳であった。

孔融が悲痛な面持ちで事の次第を語るなか、曹操は胸がすく思いだった。悲しげな素振りで孔融の肩をぽんぽんと叩いた。「禰正平《せいへい》は平素よりへそ曲がりが過ぎました。悪言《あくげん》が祟って黄祖の手にかかってしまいましたが、無理もないことです。文挙殿、もう泣くのはおよしになるがよかろう」そう言って慰めた。

孔融は涙をぬぐった。「そもそも禰正平は明公の命を受けて荊州へ参ったのだ。要するに朝廷の人間だったということ。それが長江の真ん中で独り葬られているとは。朝廷から人を出して棺を取り戻し、故郷に葬ってやろう」孔融が荀彧を訪ねてきたのはそのためだったのだ。

曹操にはそんなことにかかずらう気はさらさらなかった。「天下の戦乱もいまだ平定されぬいま、朝廷の政《まつりごと》も繁忙を極めております。喫緊の問題ではないゆえ、また改めて考えましょう」そうお茶を濁すと正殿に入ろうとした。

すかさず、孔融が足早に進み出て曹操を遮った。「なぜ禰正平が異郷で客死したのを黙って見過ごすのだ。『惟《た》だ死を送る、以て大事に当《あ》つべし［何よりも大切なのは、死者を手厚く葬ってやることである］』というのを忘れたか」

曹操は、またやかましいやつに絡まれたと思いつつ苦笑した。「文挙殿、この乱世に、魂が故郷に帰れていない者がどれだけいると思われる。文挙殿も北海《ほっかい》で黄巾賊と戦った身。一度の戦で無数の命が消えていくのをご存じであろう。埋葬してもらえただけでも御の字ではありませんか。わたしの血を分けた息子も淯水《いくすい》で死にました。屍《しかばね》がどこへ流されていったのか、知る由もないのです」

ほかの者ならばここであきらめるところだが、孔融は引き下がらなかった。「それとこれとは別の話。明公の息子は戦死したのだ。禰正平は明公の命で荊州に赴いた。最後まで務めを果たすべきではないか。荀爽《じゅんそう》や何顒《かぎょう》の棺は段煨《だんわい》に送り届けてもらったというのに、なぜ禰衡はその程度の扱いなのだ」

孔融があくまでも食い下がるので、曹操は噛んで含めるように言い聞かせた。「禰衡はたしかにわたしが荊州へ遣わしました。だが、それもせいぜい掾属《えんぞく》［補佐官］の一人としてであって、あの者は朝廷の大官ではありません。荀公や何顒殿と比べることなどできません。文挙殿の悲しみは察するにあまりありますが、同じようなことはいくらでも起こっています。一つひとつにかまっている時間はないのです」

「『愛する者の生を欲し、悪《にく》む者の死を欲す』ということか」先に怒りを露わにしたのは孔融だった。「何顒と明公は旧知の仲、荀爽は令君と軍師《ぐんし》の親族だから二人は帰ってこられたのだ。禰正平は明公を罵倒したからこそ、無視されるのだろうな」唐突に名前を出され、諫めようと思っていた荀彧は口を塞がれる格好となった。

曹操も度量の小さい人間ではないが、大事を前にしてそのような小事に付き合っている暇はなかった。お辞儀をしながらこう言ってあしらった。「わかりました、わかりました。好きな者には生きていてほしいし、嫌いな者には死んでほしいということです。文挙殿とてそうではありませんか。自分と無関係の者が死んだときに、胸を痛めたことがありますか。もうよいでしょう。陛下がお待ちなのです。老夫《ろうふ》はこのあたりで失礼しますが、かまいませんかな」

孔融はつかの間、呆気にとられていたかと思うと、冷やかに笑った。「老夫だと？『大夫《たいふ》は七十にして事を致し、自ら称して老夫と曰《い》う［大夫は七十歳で職務を返上し、老夫と自称する］』と申す。まだまだ壮年の明公が老夫とは、いささか不釣り合いではないか」

そう指摘されて曹操は狼狽《ろうばい》した。『礼記《らいき》』に云わく、「人 生まれて十年を幼と曰《い》い、学ぶ。二十を弱と曰い、冠す。三十を壮と曰い、室《しつ》を有す［妻を迎える］。四十を強と曰い、而して仕《しこう》う。五十を艾《がい》と曰い、官政《かんせい》に服す［官職政務を扱う］。六十を耆《き》と曰い、指使《しし》す［多くの人を指揮する］。七十を老と曰い、而して伝う［地位を人を譲る］」これによると、人は四十歳にしてはじめて仕官し、七十歳にして老夫と自称するようになる。だが、世は移り変わっている。古いやり方では通用しなくなってきているのだ。軍中で若者と付き合うことに慣れている曹操は、「老夫」を自称することにも慣れており、いまも何気なく口にしただけだった。孔融に揚げ足を取られて腹立たしい限りであったが、さりとてこの頑固者はどうすることもできない。

孔融が黙らなければ曹操の怒りに火がつくことは明らかだ。見かねた荀彧が口を挟んだ。「文挙殿、禰衡は平原《へいげん》郡の出です。棺を持ち帰るとして、どうやって故郷に帰してやろうというのです」そのひと言で孔融は黙り込んでしまった。平原郡は青州、つまり袁家の勢力範囲にある。袁紹が朝廷を無視し、行き来も途絶えてしまっているいま、禰衡の棺を運ぶこともできないのである。

絶句してしまった孔融に、曹操は淡々と告げた。「令君の申すとおりです。朝廷の使者にもできないことを、まさか文挙殿個人の名で請け負うのですか」孔融は北海で袁譚と長く戦ってきた。青州に赴けば、生きて帰ってくることはできないだろう。

ここへ来て孔融はようやく、自分が無理難題を吹っかけていることに気づいた。「しからば、このことはまた日を改めよう」

袁紹討伐を上奏しようとしていた曹操は、あることを閃《ひらめ》いた――孔融のやつめ、わしの前では口やかましいが、わしが陛下の前でどれだけ威厳があるか、一つ見せてやる。少しばかり驚かせておけば、あれこれ口出ししてくることもなくなるだろう――そう考えると、曹操はすかさず孔融の腕を取り、笑顔になった。「待たれよ。文挙殿がそこまで仰るなら、わたしにも考えがあります。これから一緒に陛下のところへ参りましょう」孔融は曹操の言葉を訝《いぶか》りながらも、曹操と荀彧のあとについて、殿中へと続く階《きざはし》を上がっていった。

皇帝の劉協《りゅうきょう》は殿中で着座しており、重苦しい顔で玉案に寄りかかっていた。曹操たちが跪《ひざまず》いて礼をするのを見ると、手を挙げるのも億劫そうに投げやりな様子で尋ねた。「面《おもて》を上げよ。出し抜けに朕《ちん》に会いたいとは、いったい何ごとだ」

曹操が呂布《りょふ》を討ち滅ぼしてからこの方、皇帝の態度は冷淡さを増していた。董承《とうしょう》を車騎《しゃき》将軍につけただけではなく、言葉のはしばしからも不満が漏れており、君臣の関係は冷え切っていた。曹操は、段煨を伴ってここへ来てから一度も昇殿して皇帝にご機嫌伺いしていなかった。そして今日の皇帝のこの振る舞いである。質問には答えず、荀彧に目配せをした。

荀彧は書き上げたばかりの上奏文を捧げ持つと願い出た。「大将軍袁紹は逆賊袁術と結託し、伝国の玉璽を掠《かす》め取ろうと企み、不穏な動きを見せております。ここに上奏して弾劾いたします。陛下におかれましては、どうか天下に詔書を発布し、曹公を総帥として逆賊を討伐するようお命じください」

わけもわからぬままやってきた孔融は、荀彧の言葉を聞いて驚き、手に持っていた笏《しゃく》を取り落としそうになった。すでに侍御史《じぎょし》が上奏文を受け取り、皇帝の玉案に置いているが、劉協はそれには目もくれず、気だるそうに返答した。「軍のことはすべて曹公に任せておる。朕に何を話すことがあろう」もはや自分には何の関係もないと言わんばかりの口調である。

凍えてしまいそうな冷たい言葉を受けても、荀彧はあえて繰り返した。「逆臣を討つは朝廷の大事でございます。どうぞ、詔書の発布を」

「令君、ふざけるのもいい加減にしてくれ」劉協は冷笑している。「この天下の詔書はそなたの言うがままであることを知らぬ者はおらぬ。朕が首を縦に振ろうと横に振ろうと同じことではないか」

荀彧はそれを聞いて酷刑を受けているような気持ちになったが、額を床にすりつけて、「そのようなことはございませぬ」と答えた。

「河北征伐にはまだ議論の余地がございます」孔融が出し抜けに声を張り上げた。

曹操が笑いながら尋ねた。「孔大人《たいじん》、なぜ反対なさる。袁紹の大逆無道が明るみに出たいま、速やかに官軍を出して誅滅せねばなりませぬ。河北四州を取り戻せば、孔大人の友人も故郷に葬ってやることができるのですぞ」

孔融はもはや笏を掲げることもせず、曹操に顔を向けて言い立てた。「袁紹の支配地域は広く、兵は強い。田豊《でんほう》や許攸《きょゆう》といった智謀の士が計略を立て、審配《しんぱい》、逢紀《ほうき》といった忠臣が政《まつりごと》を担っている。

さらには全軍でもっとも勇猛な顔良《がんりょう》と文醜《ぶんしゅう》が兵を統率しているのだ。勝利を収めることはほとんど難しいだろう」

荀彧は皇帝に動揺を与えてはならぬと、すかさず反駁した。「田豊は頑なで上に逆らい、許攸は貪《どん》婪《らん》で品行が芳しくありません。審配は独断的で智謀に欠け、逢紀は向こう見ずで己のことしか考えません。顔良、文醜に至っては匹夫の勇があるに過ぎず、一戦交えれば捕らえられましょう」

孔融は何度もかぶりを振った。「言うは易く行うは難しだ。実に難しい」

曹操は白い目を向けた。「朝廷が河北を討たねば、袁紹はこちらに攻め込んできます。座して死を待てとでも仰るのか」

孔融は曹操一派に身を置いているわけではないが、袁紹への恨みも骨髄に徹している。「袁紹は逆臣ではあるが、その軍の勢いたるや盛んそのもの。かたや朝廷は兵力も不十分で後顧の憂いもある。河北は平定せねばならぬが、急《せ》いてはならぬ。事は慎重に運ばねば」

「慎重に、ですと」荀彧が恭《うやうや》しく拱手《きょうしゅ》の礼をした。「何か具体的な策がおありなのですか。ならば、陛下と曹公にお聞かせくだされ」

孔融は軍事の才覚を持ち合わせていない。北海でも袁譚に攻められて城を出ることすらかなわなかったのだ。敵の強さと自軍の弱さを指摘したところで策など持ち合わせておらず、しょんぼりと俯《うつむ》いてしまった。孔融が言葉に詰まるや、曹操は髭をなで、自信満々に語りはじめた。「わたしは袁紹の人となりを承知しております。野心は大きいですが智略が伴いません。顔つきは立派ですが度胸がありません。猜疑心が強く、威信に欠けます。兵は多いものの統制は取れておらず、将は驕って勝手な命令を出しています。たしかに支配地域は広く食糧も豊富ですが、それはわれらのために用意されているようなものです。黄河を越えて打って出れば、必ずや寡兵をもって多勢を破り、大勝利をつかむことでしょう」

曹操にも十分な勝算があるわけではない、そのことは荀彧も承知していた。いまは勝利への決意を見せているに過ぎない。だが、事ここに至っては戦は避けられぬ。荀彧は曹操の話に合わせた。「曹公の言葉に偽りはありませぬ。袁紹強しといえども所詮は逆賊。古《いにしえ》より邪道が正道に勝ったためしはありませぬ。陛下におかれましては早々に……」ふと目を遣ると、玉案には誰もいない。言い争っているあいだに、劉協はさっさと席を蹴って去ってしまっていた。

睨み合ったままの曹操と孔融も、荀彧の言葉が途中で止まったことでようやく皇帝の不在に気づき、三人は気まずい顔になった。しばらく黙り込んでいた曹操が、重い口を開いた。「陛下に異議なしということであれば、令君は詔書の草案を書いてくれ」

三人はうなだれて正殿から出てきた。孔融の口からはもはや文句が出ることもなく、長々とお辞儀をすると去っていった。荀彧は曹操を外へ送っていったが、二人とも口を開かなかった。ひとまず出兵は決まったが、多勢を相手に勝利できるのかはなお未知数であり、天子があの態度では、後方についても安心できそうになかった。

宮門を出ると、程昱《ていいく》、郭嘉《かくか》が馬車の前で行ったり来たりしているのが見えた。城外の軍営からわざわざここまでやってくるとは、何か大切な用事があるのだろう。曹操が出てくると、郭嘉は衛士《えいし》たちを押しのけて駆け寄ってきた。「明公、なぜ劉備、朱霊、路招の三将に出兵をお命じになったのですか」そう問われて曹操は目を白黒させたが、笑って答えた。「何を慌てておる。袁術が北上し、袁紹のところへ身を寄せようとしているのだ。それを阻止するため、出兵を命じたに過ぎぬ」

「明公、なりませぬぞ」程昱が話に割って入った。「かつて、劉備がわがほうへ身を寄せてきたとき、明公は誅殺するに忍びないとして、劉備を小沛《しょうはい》［江蘇《こうそ》省北西部］に駐屯させ、呂布を牽制させるという策を採られました。しかし、あのときとは違います。呂布亡きいま、劉備を再び解き放つことは虎を野に放つに等しい。命令に背いて出奔してしまえば、もう手に負えなくなります」

曹操は眉間に皺《しわ》を寄せた。「そんなことにはなるまい……」曹操は少なくない将を抱えている。わざわざ劉備、朱霊、路招の三将を選んだのには理由がある。劉備は徐州を失い、曹操の麾下《きか》についた。朱霊はもとは袁紹の配下だったが、曹操の家臣となった。路招も生え抜きの将ではなく、三人ともそれぞれに部下がいる。袁紹との戦を控え、土壇場での裏切りを防ぐため、曹操は三人の忠誠を確かなものにしておきたかった。三人が袁術の北上を防げば、袁紹の怒りを買うことになる。そうなれば、曹操に依存せざるをえない。

郭嘉は曹操の考えを読み取っているようだった。周囲に部外者はいないと見て、率直に切り出した。「竜は九子を生むといい、人もまたそれぞれです。朱霊、路招の二人は武人の出であり、統制することもできましょう。しかし、劉備はそもそも行商人から身を立てた男。将軍や使君《しくん》といった職にありながらも、その野心の大きさたるや、並みひと通りの計で御しきれる人間ではありませぬ。わが君は英傑を好み、殺すには忍びないのでしょうが、あやつを何の縛りもない自由の身にしてはなりませぬ」

言い終えるより先に、西のほうから一騎、駆けてくる者がいた。董昭《とうしょう》である。曹操の姿を認めるや、馬を下りてよく通る声で尋ねてきた。「小官が見回りをしていると、城外にて兵馬が出陣してゆきました。明公、なにゆえ劉備に兵をお与えになったのです」曹操の心がざわつきはじめた。「公仁《こうじん》、そなたもやつを都から出してはならぬと思うのか」

董昭は俯いて小声で答えた。「わたくしが見るに、劉備は勇敢で大きな志があり、さらに関羽《かんう》、張《ちょう》飛《ひ》という翼を備えています。あの男の胸の内は計り知れませぬ」

嗅覚の鋭い董昭までもが懸念を口にするので、曹操はいささか迷いはじめた。「そうは申しても、ここ最近玄徳《げんとく》はおとなしく暮らしておったし、兵馬もすでに出陣してしまっている……」

「呼び戻しましょう」郭嘉が話に割って入った。「まだ遠くへ行かぬうちに、早く呼び戻すのです」

「朝令暮改ではないか……」曹操は三人の顔を見てしばらく考え込んでいたが、命令を下した。「わかった。用心するに越したことはなかろう。仲康《ちゅうこう》、すまぬが伝令を頼む。すぐに劉備と兵士らを呼び戻せ」

命を受けた許褚《きょちょ》が発とうとすると、再び曹操が命じた。「待て。劉備だけを呼び戻したのでは余計な疑いを招く。三将を全員呼び戻し、別の者を出動させるとしよう」

「はっ」馬に跨がった許褚が駆けていった。

しかし、許褚の骨折りも功を奏することはなかった。許褚が追いつくと、劉備ら三人は、于禁《うきん》が曹操に余計なことを吹き込んで、不信感を植えつけたに違いないと憤慨した。それどころか、手柄を挙げ、あの兗《えん》州人に目にもの見せてやるとまくし立てて、撤収に応じなかったのである。

手ぶらで帰ってきた許褚が経緯を話すと、曹操もそれ以上の追及はしなかった。まもなく大軍勢に出撃を命じなければならず、ちっぽけな問題に気を回している余裕はなかった。ましてや劉備は曹操にとって、雷にも怯《おび》える臆病者なのだから。

（1）鸚鵡洲は長江の中洲にある小島で、水流がぶつかって出来た。現在も湖北省武漢《ぶかん》に遺跡が残っている。

袁術《えんじゅつ》の最期

袁術は、董卓《とうたく》討伐に失敗してから最初に台頭した勢力である。南陽《なんよう》で挙兵してからというもの、名門の声望と配下に控える孫堅《そんけん》の勇猛さによって、向かうところ敵なしの連勝を重ね、さらには洛陽《らくよう》の廃墟から伝国《でんこく》の玉璽《ぎょくじ》まで見つけ出した。その勢力が隆盛を極めたころ、袁術は幽《ゆう》州の公孫瓚《こうそんさん》、徐《じょ》州の陶謙《とうけん》、匈奴《きょうど》の於夫羅《おふら》と同盟を組み、袁紹《えんしょう》陣営を凌駕していく。しかし、孫堅が襄陽《じょうよう》で戦死し、北上した袁術は曹操に大敗、これが人生最初の挫折となった。その後、豫《よ》州を放棄して淮南《わいなん》［淮河《わいが》以南、長江以北の地方］に転戦すると、瞬く間に九江郡《きゅうこう》を占拠、寿春《じゅしゅん》［安徽《あんき》省中部］で態勢を立て直し、東南の地を脅かすようになった。その後、寿春の地で袁術の野望は膨れ上がり、大漢の臣下でいることを不服に思うようになった。

武《ぶ》帝の時代から巷《ちまた》では、「漢に代わるは当塗高《とうとこう》」という予言があり、『漢武故事《かんぶこじ》』にもそう書き記されている。帝王の象徴である伝国の玉璽を手にした袁術は、九江郡の管轄下で当塗県［安徽省中部］を治めていたし、袁一族は土徳《どとく》を象徴する大舜《たいしゅん》の末裔を自任していた。いくつもの偶然の一致が身に降り注いだ袁術は天命を得たと思い込み、賢人の諫言にも耳を貸さず、突如として「仲家《ちゅう》の天子」として即位したのである。九江太守は淮南尹《わいなんいん》とし、瑞祥をでっち上げ、郊祀《こうし》［天子が都の郊外で冬至に天を、夏至に地を祀《まつ》る行事］を行い、百官を任命すると、さして広くもない支配地域で皇帝を称するようになった。

だが、天は袁術の味方ではなかった。天下を平定するどころか、袁術は周辺勢力の格好の標的となってしまったのである。大漢の天子が逆臣を討伐せよとの詔書を発すると、手ぐすねを引いていた各地の兵馬が襲いかかった。呂布《りょふ》は袁術を徹底的に攻め立て、淮河より北の重要な物資を奪い去った。曹操は蘄《き》県［安徽省北部］で袁術の主力軍を包囲して殲滅し、多くの将を斬り殺した。袁術はわが子のように目をかけていた孫策《そんさく》にも裏切られ、配下の者たちとともに江東《こうとう》［長江下流の南岸の地域］の片隅で息を潜めた。

それでも袁術は己の「天命」を露ほども疑わず、これまでと変わらず大得意で贅沢三昧の日々を送った。高官の家に生まれ、幼いころより錦衣玉食《きんいぎょくしょく》を与えられ、下男下女にかしずかれながら生きてきたが、皇帝となってからはそれがますます甚だしくなった。皇宮《こうぐう》建設のために重税を課し、後宮に侍らせた数百人の美女には一人残らず薄絹や綸子《りんず》、繻子《しゅす》、緞子《どんす》を着せた。来る日も来る日も山海の珍味を食し、米にも肉にも飽きてしまうような日々を送った。数百万戸の民が暮らす豊かな土地だった淮南は、袁術が皇帝に即位してから三年も経たないうちに、災禍によってその様相を一変させた。絶え間ない戦《いくさ》に重税と収奪、蝗害《こうがい》や干ばつなどの天災、さらには流行り病に襲われ、数えきれないほどの民が命を落とした。淮南一帯は人家もまばらになり、飢えた者たちが人を食いはじめ、寿春城にもこの世の地獄が現出したのである。

油一滴も出ないほど民を搾り尽くし、兵糧も役人の食うものもままならなくなると、袁術もいよいよ窮地に立たされた。臣下のなかには許都《きょと》の朝廷に逃げ出す者もいれば、孫策に引き抜かれてしまう者、さらには生きるために匪賊に身を落とす者まで現れるありさまである。そして、いつ何どき曹操、孫策という死神がとどめの一撃を浴びせに来るか知れない。万策尽き果てた袁術は、皇宮を焼き払うと一族を連れて北上し、厚かましいことに犬猿の仲で、奴僕と貶《おとし》めていた袁紹を頼ることにした。伝国の玉璽と引き換えに、残る半生の安逸を手に入れようと目論んだのである。

しかし、すっかり天に見放されてしまったのか、袁術が徐州に足を踏み入れた途端、袁叙《えんじょ》が捕らえられたとの知らせが飛び込んできた。さらには、宿敵曹操が、これまた袁術と対立する劉備を差し向け、行く手を阻んできた。袁術は、ここで敵に出会えば泥沼の戦いになることを悟った。自軍の兵馬は弱りきり、戦意も喪失している。引き連れた家族や財物が足手まといになって、ここを突破することはもはやかなわない。仕方なく、寿春へ帰還するよう命《めい》を伝えた。

士卒たちがほうほうの体《てい》で寿春へ逃げ帰ると、留守を任せていた部下は蔵を開けて、最後に残っていた食糧を民に配ってしまっていた。そのうえ部下は、「わたしが死なねばならぬことはわかっております。むしろわたし一人の命によって、民を塗炭の苦しみから救おうと考えたのです」とまで言ってのけた。どうやらここにも自分の居場所はなくなったようだ。袁術に残された道は、盗賊に身をやつしている陳蘭《ちんらん》、雷薄《らいはく》といった旧臣を頼って灊山《せんざん》(1)へ行くことくらいであった。だが、その陳蘭や雷薄らにも受け入れを拒まれ、山からやってきた使者はこんなことを言って体よく断った。「わが将軍たちは、灊山のような小山に皇帝陛下をお迎えすることはいたしかねると申しております。陛下におかれましてはわれらに生きる道を与え、巻き添えにせぬようお願い申し上げます」そうして粗末な食糧を少しばかりよこすと、まるで疫病神のように袁術ら一行を追い払った。

袁術は灊山の近辺で三日ほど過ごしたが、陳蘭と雷薄にまったく相手にされていないことを知ると、すごすごと立ち去っていった。次にはどこへ行くべきか、袁術にもわからなかった。行く当てもなく数日のあいださまよい歩いていると、寿春から八十里［約三十キロメートル］ほど離れた江亭《こうてい》［河南省南部］に着いた。兵卒が腹が減ったと喚《わめ》くので、ここで休息をとることにした。

夏真っ盛りの六月、ぎらつく太陽が烈火のごとく大地を灼《や》いている。袁術は肌脱ぎになって「御簾」のなかにいた。息が詰まるような苦しみと刺すような喉の渇きにあえいでいたが、水を汲みに行った兵はまだ戻らない。袁術は俯《うつむ》き、骨と皮ばかりの体を眺めて耐えていた。おかしなもので、ここ何日かを除けば、生涯を通して苦しい日々を送ってきたわけでもなく、むしろ帝位についてからは贅沢三昧の暮らしをしていたのだが、袁術の体に肉がついたことはなかった。それゆえ孔融《こうゆう》はかつて袁術を「墓のなかの骸骨同然」などとあざ笑ったが、いまこんな姿にまで落ちぶれても、袁術は自分が皇帝であることにどこか満足を覚えていた。ふと思い出して卓上にある伝国の玉璽をつかむと、しっかりと胸にかき抱いた。玉のひやりとした冷たさが、つかの間だけでも暑さを忘れさせてくれる。

息子の袁燿《えんよう》、従弟《いとこ》の袁胤《えんいん》、娘婿の黄猗《こうい》、長史《ちょうし》の楊弘《ようこう》が袁術を取り囲んでいた。四人は疲れきった表情で、めいめいかぶりを振ったり嘆息したりしている。進退窮まるとはまさにこうした状況を言うのだろう。

そのとき、軍営内にただ一人残っていた武将の張勲《ちょうくん》がやってきた。帳《とばり》の外でゆっくりと三拝九拝の正式な礼をし、立ち上がると口を開いた。「陛下に申し上げます。灊山の……」

「陛下はもうよせ」袁術はかすれた声で答えた。「わしのどこが皇帝に見えるというのだ」

張勲は唾を飲み込んで続けた。「灊山の諸将から貢がれた食糧が底をつこうとしています。もう麦くずが三十斛《こく》［約六百リットル］ほどしか残っておりませぬ。何か手を打たねば」

袁術は聞こえないふりをしているのか、虚《うつ》ろな目で玉璽を眺めて、もごもごとつぶやいた。「水……水をくれ……」

長史の楊弘はその様子を見て眉をひそめると、張勲に目配せをした。「わが君も知っておいでのことだ。そなたは造反した兵を抑えに行け」

「はっ」張勲は身を翻して出ていった。

しばらくして、黄猗が不意に口を開いた。「人すら次々と姿を消しているのに、食糧などどこを探すというのだ。このままではまずい。たとえ餓死を免れても、造反した兵に殺される。なんとか手を考えなければ……そうだ、徐璆《じょきゅう》を解放してやるというのはどうだろう。徐璆に取りなしてもらって許都に投降し、伝国の玉璽を献上すれば、曹操も命までは取らぬのではないか」徐璆は先々帝の名臣で、朱儁《しゅしゅん》とともに南陽の黄巾賊《こうきん》を滅ぼし、のちに汝南《じょなん》の太守に任命された。皇帝を自称した袁術は徐璆を寿春まで連れ去り、輔弼《ほひつ》の任を務めるよう迫ったが、徐璆はこれを頑なに拒否したため、軍営内に監禁されていたのである。

それを聞いた袁燿が黄猗に白い目を向けた。「義兄《にい》さんともあろう人がとぼけたことを言わないでくれ。俺たちは大漢にとっては逆賊だぞ。誰も同情などしてくれぬ。義兄さんは袁家の人間ではないから殺されないかもしれないが、われらなどは曹賊めに八つ裂きにされるに決まっている」袁胤には別の考えがあるようで、そこで口を挟んできた。「曹操に投降せずとも、徐璆は放してやろう。もはやこのままとどめておく意味はない。ここでぐずぐずしていても仕方ない。劉勲《りゅうくん》を頼って皖《かん》城［安徽省南西部］へ行くほうがよいのでは」劉勲は袁術が廬江《ろこう》太守に任命した男だったが、いまでは袁術の指図に従わなくなっていた。

「それはなりませぬ」袁燿は大反対した。「劉勲は沛《はい》国で官吏をしていた過去があります。曹家とは昔なじみの間柄です。早晩、曹操の軍門に降りましょう。それこそ死にに行くようなものです」

袁胤はかぶりを振った。「劉子台《しだい》は陛下の旧臣、われらに害をなすことはなかろう」

袁燿は一笑に付した。「ふん！　陳蘭、雷薄、梅乾《ばいけん》も揃《そろ》って父上の旧臣でしたでしょうに、大難が降りかかるや逃げ去って、誰も助けてくれやしません。孫家の若造を頼りにするに越したことはありません」この期に及んでも三人はまったく意見が一致しない。袁胤、黄猗はそもそも袁術とそれほど親密な間柄ではなく、兵権もない。誰かを当てにして曹操から赦免を勝ち取り、余生を楽に生きることしか考えていなかった。一方で息子の袁燿は赦免などされるはずもなく、孫策と年も近く旧交があることから、楊弘、張勲ら残る兵を引き連れて孫策のもとへ身を寄せるつもりでいた。

袁燿があくまでも意見を曲げないので、袁胤は顔じゅうの汗をぬぐい、笑顔を浮かべながら諭した。「そう意固地になるな。北上する道を曹操に断たれてしまった以上、ひとまずは劉子台のもとで身を落ち着けて、本初《ほんしょ》殿が南下するのに合わせて合流しても遅くはなかろう」

袁燿は目をむいた。「子供扱いはしないでもらいたい。われら父子は皖城に着いた途端に縛り上げられ、許都送りになるに決まっています」

「そのとおりです」楊弘が相槌を打った。「若君の仰るとおりです。まだ兵は残っています。孫策のもとへ行き、あくまでも曹操に抗《あらが》うべきです」

黄猗が言い返した。「うちのことに首を突っ込まないでもらおう。孫策は手懐《なず》けることのできぬ恩知らずだ。あいつが曹操を倒せると思うか。『普天の下、王土に非ざるは莫し（この天下に王のものでない土地はない）』だ。孫の若造はもちろんのこと、袁紹とていつ終わりを迎えるかわからぬのだ。遅かれ早かれ朝廷の赦免を求めることになる」

袁胤、黄猗は劉勲のもとへ行くことを主張し、袁燿、楊弘は孫策のもとへ身を寄せることを主張し、おのおのが自分たちの正しさを訴えた。言い争いは激しくなり、手まで出かかる始末であった。袁術はもはや我関せずといった様子で玉璽を抱いて真ん中に座り、喉の渇きに耐えながら低い声で告げた。

「出て……出ていけ……」

「聞きましたか。父上は出ていけと仰っています」

「何を馬鹿な。おぬしのような親不孝者に出ていけと仰っているのだ」

「わが幕舎《ばくしゃ》で、なぜわたしが出ていかねばならぬのです」

「なんと。貴様はまだ太子気取りでいるのか」

いつ終わるとも知れぬ四人の言い争いに袁術はついに激怒し、からからになった喉を震わせて怒鳴りつけた。「貴様らまとめて出ていけ！　出ていかぬか！」

袁燿、袁胤たちは不意を突かれて呆然としたが、頭を下げてそろそろと出ていった。それでも、幕舎の外に出た途端にまたもや言い争いの続きをはじめた。袁術は二度も無理に声を上げたからか、胸の苦しさがさらに増していた。体じゅうが熱く火照ってきたが、一滴の汗も出ず、寝台に倒れ込んだ。胸にはまだ伝国の玉璽を抱きかかえている。しばらく横になっていれば楽になってくるかと思いきや、苦痛は増すばかりである。目眩《めまい》がして頭がぼうっとする。耳には外から罵り声が聞こえてくる。まるで自分が罵倒されているような錯覚に陥った。喉の渇きが頂点に達し、袁術は呻《うめ》き声を上げた。「水……水を持ってきてくれ……」

衛兵が声を聞きつけ、恐る恐る入ってきた。「陛下、何かご用でしょうか」

「水……水をくれ……」

「よく聞こえません。いま何と?」

「水だ……水……」

兵は震える声で答えた。「水を汲みにいった者がまだ戻っておりませぬ。もしかしたら……」もしかしたら、これ幸いと逃亡してしまい、二度と戻ってこないのかもしれない。

袁術は呻き続けている。「蜜水《みつすい》を……」皇帝を称して贅沢三昧の暮らしをしていたので、水にも蜂蜜を入れて飲んでいたのだ。

兵は痛ましげにかぶりを振った。「蜜水などありませぬ。ここにあるのは生き血だけでございます」

それを聞いた袁術は体を震わせ、痙攣《けいれん》を起こしはじめた。過去の出来事が脳裏を駆けめぐる……わが父袁逢《えんほう》は先々帝に国老として敬われ、家では飯椀さえ金で出来ていた。袁氏の門生《もんせい》、故吏《こり》は天下にあまねくいる。何進《かしん》が殺されたとき、いち早く皇宮に乗り込んで宦官を誅殺したのはこのわしだ。天下が大乱に陥ったとき、真っ先に中原に覇を唱えたのもこのわしだ。わしは皇帝なのだ。わしには玉璽がある。漢に代わるは当塗高……朕《ちん》は天の命を受けたのだ。何ゆえ蜜水すら飲めぬ。なぜだ……なぜなのだ……

袁術は天を仰いで叫んだ。「この袁術、なにゆえかくまで落ちぶれたか！」叫び終えると痙攣が激しくなり、寝台の上をのたうち回った。腹が締めつけられる。胸が苦しい。喉はからからで目の前が真っ暗になった。そのとき、袁術の口から鮮血がほとばしり出た。一度ならず二度、三度と……またたく間に一斗［約二リットル］はあろうかという血を吐き出した。

衛兵は慌てふためき、大急ぎで抱き起こそうとしたが、ずっしりと重くなった袁術の体からは何の反応もなかった。顔をのぞき込むと、両頬は落ちくぼみ、白目をむいていた。袁術はすでに事切れていた。両手がだらりと垂れ下がると、金の細工が施された血まみれの玉璽が落ち、土ぼこりだらけの地べたに転がった。

建安《けんあん》四年（西暦一九九年）六月、仲家皇帝を自称した袁術は見るも無残に落ちぶれ、江亭で伝国の玉璽を抱いたまま、血を吐いてその生涯を終えた。

（1）灊山とは古い地名で、現在の安徽省霍山《かくざん》の北東にあたる。

秘められた野心

袁術《えんじゅつ》が世を去ったころ、許都《きょと》の城外は喧騒を極めていた。三万の大軍を召集した出陣式である。官軍が逆賊を討つという大義名分をはっきりと示すため、文武百官は城外まで見送りに出た。そこで曹操は命《めい》を下し、逆臣の袁叙《えんじょ》を衆目のなかで斬首した。一つには、金鉞《きんえつ》［金のまさかりで、最高軍事指揮官の象徴］と白旄《はくぼう》［旄牛《からうし》の毛の飾りをした旗で、皇帝の使節などの象徴］に捧げるためであり、もう一つには、態度がはっきりしない者に警告するためである。そして、兵馬を率い、殺気をみなぎらせて河《か》北《ほく》の前線へと駆けていった。

偏《へん》将軍の劉服《りゅうふく》は諸侯王の子弟という貴人であり、曹操が遷都するにあたっても十分に貢献したが、いまではすっかり閑職に追いやられていた。建前上は都で留守を預かる副総帥だが、軍務はすべて夏《か》侯惇《こうとん》の一存で決まるため、仕事が回ってくることはまったくなかった。さらには、劉服が梁《りょう》国から連れてきた五百の精鋭たちも、老人やひ弱な男たちにそっくり入れ替えられてしまっていた。

ただ、曹操も劉服の功労には感謝しており、劉服が暮らしに困らないよう手厚く遇していた。戦《いくさ》に勝利すれば戦利品を贈り、折りに触れて城外での狩猟も認めた。だが、この王子の劉服、文武に秀でた才を持つ自信家で、二十歳そこそこの野心を抱きがちな年ごろでもあった。退屈を持て余し風雅に身をやつす気ままな王子ではなく、この世に生まれたからには、常人が考えもつかぬことを成し遂げたいと願っていた。天子に実権があろうとなかろうと、自分の胸に溢《あふ》れる野心を満たしたい。そのためにも、このたびは曹操とともに出陣して腕を振るいたかったのだが、遠回しに拒絶された。宗室《そうしつ》であり重臣でもある身を危険にさらすことはできないというが、真の理由は明らかで、劉氏の血統にある者の勢力を広げさせたくないのである。

劉服は内心面白くなかったが、作り笑顔で曹操を送り出し、がっくりとうなだれて屋敷に戻った。食事を済ませてしばらく休み、昼間の暑さを避けて城外へ狩りに出かけるつもりだったが、ごろごろと音が響き、外では雨が降りはじめていた。

「曹阿瞞《あまん》のやつ、出兵して半日で雨に降られるとは、いい気味だ。わたしを連れていかなかった罰が当たったのだ」劉服は愉快げに笑ったが、それで退屈が紛れるわけでもない。腕枕をして横になり、ぼんやりしていると、家僕がやってきた。「車騎《しゃき》将軍の董承《とうしょう》さまがお見えです」

劉服はにわかに元気になった。「早く入ってもらえ。酒と料理を持ってこい」董承とは、はじめから良好な関係を築いていたわけではなかった。許県に遷都したとき、劉服が暗に曹操を助けたせいで皇帝への拝謁を妨げられ、董承はなす術もなく従わされたのである。しかし、時が流れるにつれ、宗室や外戚は一人残らず抑圧を受けるようになり、二人は同病相憐れむ友人となった。

劉服は雨のなかを二の門まで迎えに出向いた。董承は蓑《みの》と笠を身に着け、盧洪《ろこう》という名の信頼する従者だけを連れていた。「董国舅《こっきゅう》、結構な出で立ちでいらっしゃる」劉服は拱手《きょうしゅ》して庇《ひさし》の下に招き入れた。董承が蓑を取ると、その下は普段着で、頭巾をかぶっていた。「曹公が行ってしまったので、われらは羽を伸ばすとしましょう。世間話でもどうかと思いましてな」そう来訪の理由を告げて笑った。

酒や料理が適当に並べられると、給仕も断って、二人は足を崩して向かい合った。董承は何やら興奮している様子で、客としてやってきたくせに酒を盛んに勧めてくる。劉服が遠慮しても、「王子は高貴な身分のお方。このくらい当然のこと」と言って聞かない。

劉服はわずかにうなずき、杯《さかずき》に酒が満たされると、董承にもなみなみと注《つ》いでやった。「董将軍のほうこそ外戚の重臣。ささ、わたしからもお注ぎしましょう」そう勧めると二人は目を見合わせて笑った。辛酸をなめた自嘲に満ちた笑みだった。宗室という高貴な身分も外戚の重臣も、いまや虚名に過ぎない。

董承は酒を口に含むと、お世辞を言いはじめた。「われわれ外戚など王家の方々とは比べようもありませぬ。そういえば、かつて呂《りょ》氏の乱が起こったとき、高祖《こうそ》の孫の城陽《じょうよう》王が丞相《じょうしょう》を騙《かた》る呂産《りょさん》を斬り殺し、朝政をほしいままにする逆臣を誅殺しましたな。あれこそは宗室にして英雄と呼ぶにふさわしい行いかと」劉服は言外の意味に気づいて空恐ろしくなり、何も気づかぬふりをしてお世辞を返した。「その程度のこと。外戚の大《だい》将軍衛青《えいせい》は匈奴《きょうど》を征伐し、わが大漢の領土を守ったではありませんか。あの者こそ英雄でしょう」

話をはぐらかされた董承は、俯《うつむ》いて杯をもてあそび、笑っているのかよくわからない表情でつぶやいた。「世辞の言い合いはやめましょう。名の通った宗室や外戚は稀有なもの、天下の大業を成すのはやはり在野の英傑なのです。たとえば、韓信《かんしん》などは不遇の時代には一介の戟《げき》持ちの門番に過ぎませんでしたが、要職につけられると、密かに陳倉《ちんそう》［陝西《せんせい》省西部］に渡り、魏《ぎ》を攻め趙《ちょう》を平らげ斉《せい》を鎮めて楚《そ》を滅しました。十面埋伏《じゅうめんまいふく》の計によって項羽《こうう》を追い詰め、功成り名を遂げて諸侯王に列せられたではありませんか」そこまで語ると、劉服がしきりにうなずいているので、すかさず話の矛先を一転させた。「ですが、『狡兎《こうと》死して走狗《そうく》烹《に》られ、飛鳥《ひちょう》尽きて良弓《りょうきゅう》蔵され、敵国破れて謀臣亡《ほろ》ぶ［すばしこい兎がいなくなれば猟犬も不要になって煮て食われ、捕まえる鳥がいなくなると良い弓は死蔵され、敵国が滅ぼされると智謀の臣は殺される］』こととなり、韓信は未央宮《びおうきゅう》にて凶刃に倒れました。なんと惜しいことか……」

劉服はいつの間にか放心していた。かつては曹操とともに天子に遷都を勧めていた自分が、いまや見捨てられた身である。煮られたわけでも焼かれたわけでもないが、実際はそれと何ら選ぶところがない。考えれば考えるほど、董承の仕掛けた策略に嵌《は》まっていくような気がして、慌てて笑い飛ばした。「国舅殿、それは下種《げす》の勘繰りというものではありませぬか。何ごとも自分がまいた種によるものでしょう。韓信は淮陰侯《わいいんこう》に格下げされましたが、そのまま引き下がっていればあのような悲惨な最期を迎えることはなかったはず。陳平《ちんぺい》のように天寿を全うできたかもしれません。ひとえに韓信が誠実ではなく、樊噲《はんかい》をあざけり、陳豨《ちんき》と結託したことがそもそもの原因。自ら死を招いたのであって、ほかの誰のせいでもありませぬ」

劉服が話に乗ってこないので、董承は気をもんだ。外に漏れてはならない機密を携えてきたのに、万一このへそ曲がりのお坊ちゃんが聞く耳を持たず、曹操に洗いざらいぶちまけてしまったら、自分の命を差し出す羽目に陥ってしまう。そこまで思い至ると董承は景気づけに酒を飲み干し、きっぱりと言い放った。「男として生まれたからにはこの世で何ごとかを成すべきですが、千載一遇の好機は電光石火のごとく過ぎ去っていきます。命あるうちに己の抱負を実現できないのなら、たとえ生を全うしたとしても、失意に嘆息するだけの老境を迎えることになります。できぬとわかっていながらそれでもなお挑もうとする者こそ、真の男でありましょう」

この台詞は劉服の心をこれ以上なくくすぐったが、それでもなお慎重な劉服は警告した。「国舅殿、どうか言葉にお気をつけくだされ。衛青になりそこねて李弐師《りじし》になってしまうことのございませぬよう」李弐師とは、武《ぶ》帝の寵妃李《り》夫人と寵臣李延年《りえんねん》の兄にあたる李広利《りこうり》のことである。李広利は西域にある大宛《だいえん》の弐師《じし》城を攻め、優れた軍馬をもたらした功績で弐師将軍に任じられた。武帝は晩年、太子の劉拠《りゅうきょ》に疑いの目を向けていた。一方で李広利は丞相の劉屈氂《りゅうくつり》に取り入り、匈奴征伐で手柄を立てていたため、自らの甥である昌邑《しょうゆう》王を皇太子にすることを目論んだ。ところが、戦で勝ちを得るに至らず、ついには匈奴に投降し、国舅になりそこねたばかりか、外戚の恥さらしと言われるようになった。それからというもの、裏切り者は李広利の官職にちなんで「弐臣《じしん》」と呼ばれるようになったほどである。

董承は内心すでにわかっていた。劉服にまったくその気がないのなら、さっさと自分を追い払っているはずだ。悩むそぶりを見せないどころか、昔話まで持ち出して警戒心を露わにしている。曹操を何とかしたいと思っているのは明らかだ。そこでずばりと本音を突きつけた。「王子、もうご託はよいのです。わたしは大漢に反逆しようというのではありません。大漢の天下が逆臣の手に落ちることを阻止したいのです」

劉服もこれにはさすがに驚き、慌てて言葉を遮り、戸口に駆け寄るとあたりの様子を窺った。董承の使用人の盧洪が廊下に腰を下ろして酒を飲み、肉を食らっている。食事に夢中で、雷が落ちても気づきそうにない。座に戻って腰を落ち着けると、その口ぶりはさっきとは打って変わって傲慢な詰問調になっていた。「国舅も無茶なことを。やにわにやって来たかと思えば、そのようなことを口にするとはな。壁に耳ありだぞ。わたしを厄介事に巻き込むつもりか」

「これは申し訳ないことをしました……」董承が笑った。「王子は漢室につながるお方、忠心報国の思いについては、いまさら言うまでもありません。いま曹賊めは権勢を思う様広げ、天子の憂いは尽きることがありません。そこでそれがしに密詔を下され、王子とともに賊を除けとお命じになったのです」

「ふんっ」劉服は冷たく笑い飛ばした。「三歳のガキでもあるまいし、騙《だま》されるものか。劉協《りゅうきょう》がそなたとわたしに言付けただと。そなた一人の考えであろう」天子の諱《いみな》を呼び捨てにし、露ほども敬意を払おうとしない。

董承は眉をひそめた。「密詔ならここにあります。なぜ信じぬのです」そう口を尖らすと懐に手を差し入れ、取り出そうとした。

劉服は驚愕し、すかさず制した。「待て。それはそなたが偽造したものであろう」

「そのような大それたことをするはずが……」

「黙れ」劉服にはそもそも聞く気などなかった。「かりにそれが本物だったとしても、それはそなたに向けられたもの。そなたの良き娘婿とともにやってのけるがいい」

「王子は宗室の身でありながら、なぜそのようなことを仰るのです。まさか……」

「建前など聞きたくない」劉服は左の眉をつり上げ、目をむいた。「人はこの世で才に応じて地位につくもの。民の望みや先祖の功績などまやかしに過ぎぬ。勝てば官軍、負ければ賊軍は間違っておらぬ。曹賊めが今日の地位にあるのはすべて己の力によるのであり、やつが政《まつりごと》を天子に返すかどうかなど知ったことではない。宮中に閉じこもりきりの天子に何ができる。そんな天子のために命を賭けるというなら、わたしは高みの見物を決め込ませてもらう。見事、功成り名を遂げた暁には、栄華も富貴もすべてそなたらのもの。わたしには何の関係もない」今日、董承に言ったことが外に漏れることは決してない、そう劉服にはわかっていた。だからこそ思いついたまま好き放題言い散らかせるのである。

董承の驚きようは並大抵のものではなかった。まさか王子の劉服がこのような態度に出てこようとは。まるで天子に官爵を要求するかのような不遜さで、言葉の端々からもまったく敬意を抱いていないことがわかる。董承はただただ劉服の傲慢な怒りの表情を不思議そうに眺めた。

劉服は不意に立ち上がると、机の周りを行ったり来たりしてぶつぶつとつぶやいた。「いまの天子など賊臣董卓《とうたく》に立てられ、才も徳もないくせに即位したのだ。他人の言いなり、まさしく傀儡《かいらい》だ。曹賊めを討ち滅ぼして政権を取り戻してやったところで、あのような惰弱な君主にこの乱世が平定できるはずもない」そこまで毒づいたところで、董承がまだ解《げ》せぬという顔をしていることに気づき、いっそう声を張り上げた。「わが梁国の宗室は光武《こうぶ》帝の直系だ。初代の節《せつ》王は陰貴人《いんきじん》から生まれた、比類なき高貴な血筋のお方だ。ほかの諸侯王の倍ほどの土地に封じられ、傍系の子孫から郷《きょう》侯、亭《てい》侯を九人も輩出している。地位も血統も、われらに勝《まさ》る者がどこにいるというのだ」

その言動を目の当たりにした董承はまず驚愕し、その後に背筋が凍るような心持ちがした。曹操を除くだけでは飽き足らず、自分こそ皇帝にふさわしいと言っている。この若造はとんだ食わせものだ。これで何もかもが明らかになった。劉服が曹操に面会したとき、自分と天子は洛陽《らくよう》への帰還途中であった。身辺には楊奉《ようほう》、韓暹《かんせん》といった悪辣な者たちがおり、背後からは李傕《りかく》、郭汜《かくし》といったけだものが迫り、天子が生き延びられるかどうかも定かでなかった。つまり、劉服は劉協が戦乱で死んだあと、曹操から皇帝に擁立されることを目論んでいたのだ。ところが天子は生き延び、曹操にはまったく興味を持たれず、当てが外れる格好となった。劉服は袁術と同じく、自分が帝位につく機会を長らく窺っていたのだ。そしていま、この機に乗じていよいよ動きだそうというのである。

　実のところ、董承自身にも下心はあった。先ごろ劉協によって車騎将軍に昇進させられ、恐れおののきながら曹操に跪《ひざまず》いて許しを請うた。そのあとに知ったことだが、皇帝劉協による抜擢の裏には、曹操に対する不満の表明と、もう一つの事情が関係していた。董《とう》貴人が身ごもったのである。皇帝の密詔にもはっきりと書かれていることだが、嫡子の劉馮《りゅうふう》は体が弱く、おそらく長くは保《も》たない。そして董貴人が男児を産み、その子が太子となり、曹操を除くことさえできれば、董承は朝政を牛耳る大将軍に収まり、外孫が将来の皇帝となるのだ。董承は万人の上に立ち、一族の栄耀栄華も思いのまま、子々孫々に至るまで富貴を享受することになる。実に魅力的な誘惑であった。

　劉服がまた声を張り上げた。「わが父は広く民を愛し、その恩徳は梁国の隅々にまで行き渡り、賢王という尊称で呼ばれている。わが母の李氏王妃は兗《えん》州の豪族の末裔である。わたしは挙兵して葛陂《かっぴ》［河南省南東部］で黄巾《こうきん》賊を打ち破り、洛陽で陛下をお迎えしてからは官軍に従い、楊奉、韓暹らと戦ってきた。許都の皇宮《こうぐう》の木材はわが先祖の陵墓に植わっていたものを伐《き》ってきたものだ。いまでこそわが麾下《きか》には五百に満たぬ兵卒しかおらぬが、いざかつての部下を集めようと思えばひと声かけるだけで……」

長々と話していたが、董承の胸に響いたのは最後のひと言だけだった。いま都を防衛する北軍《ほくぐん》の五校尉はいずれも名前だけのものになっており、駐軍しているなかで、曹操が信頼を寄せる劉服は一人で五百人の部隊を抱えている。もしもかつての部下を呼び寄せ、董承の部下も加えれば、一千かそこらの兵を集めることができる。曹操に対抗する力としてはまるで不十分だが、兵をあちらこちらに配して宮廷の衛兵を倒し、天子さえわが物にしてしまえばよいのだ。

劉服は唾を飛ばしながら延々と語り続けていたが、董承がしかめ面《つら》を崩さないのが面白くないのか、身を翻した。「申すことは申した。ほかに用がなければこれでお引き取り願おう。曹操に密告して富貴の夢を壊すようなことはせぬゆえ、安心するがいい。はっはっは……」そう告げると意味ありげな笑みを浮かべた。

その笑みを見ているうちに、董承は密告されるのではないかと気が気でなくなってきた。劉服の心根を知ってしまった以上、あやふやにしたままここを離れるのがもっとも危うい。内心歯がみしながら腹を決めた――よかろう。ひとまずはこの若造に威張らせておいてやる。うまく利用して曹操を討つまでだ。事が成れば方策を講じて亡き者にしてくれる。そのときは天子にお出まし願い呼びかけてもらうまで。さすれば、兵はわしとおぬし、どちらの命を聞くかな……

そこまで考えると董承は急に立ち上がり、衣を整えて跪いた。「『富貴の夢』と仰られたが、それを抱かぬ者がこの世におりますかな。ですが、王子とわたしはほかの者とは異なります。昔、呂不韋《りょふい》の家は子楚《しそ》によって立派になりました。いまのわたしと王子の間柄も同じでしょう」言わんとすることは明白であった。戦国時代、呂不韋は趙の人質となっていた秦《しん》の公子、嬴異人《えいいじん》を目にすると、「奇貨《きか》居《お》くべし」と考えた。巨額の金を投じて秦へ帰してやり、何から何まで世話をすると、「子楚」と改名させて世継ぎに仕立て上げた。これが始皇帝《しこうてい》の父、荘襄王《そうじょう》である。そうして呂不韋は丞相にまで昇り詰めた。董承は自らを呂不韋になぞらえ、王子の劉服を荘襄王に見立て、事が成った暁には劉服を天子にしてやろうとほのめかしているのである。

劉服が求めていたものはそれだった。が、一つ大きく息をつくと、手を挙げて制した。「なんと畏れ多いことを」口先ではそう言っているが、少しも憚る様子はない。振り返り、窓の外の滂沱《ぼうだ》と降る雨を眺めると、思わずほんの少し笑みを浮かべた。だが、それもつかの間、またむっつりと黙り込んだ――董承が口から出まかせを言っているのは承知のうえだ。なんと言っても今上はこやつの娘婿、蔑《ないがし》ろにするはずがない。今後誰が帝位につくかは成り行き次第だが、いまは互いを利用し合うべきだ。それより目下の問題は、董承と手を組んだとしても、手薄な兵力で曹操を討つことができるかだ。曹操を討てねば、あとの話もただの妄言と化してしまう……劉服の顔から笑みが消えた。「わたしには五百の兵しかおらぬ。そなたはわたしにすら及ばぬ。その程度の人数で、どうやって曹操に対処するというのだ」

董承には成算があった。「寡兵をもって大軍に勝つことは不可能ではありません。かつて李傕と郭汜は長安《ちょうあん》で戦いましたが、郭汜はわずか数百騎の兵で万に上る李傕の軍を打ち負かしました」

劉服はかぶりを振った。「郭汜は西涼《せいりょう》の勇士を率いていたのだ。わたしたちに残っているのは老いて弱りきった兵ばかり。これで曹操に立ち向かうなど、無謀もいいところだ」

「必ずしも曹操に襲いかかる必要はありません」董承が耳打ちした。「いま曹賊の兵は出払っています。独眼の夏侯を討ち、許都の城門を閉ざせばよいのです。そうすれば曹操の前には袁紹《えんしょう》、後ろにはわれらがいることになります。そこで天子が改めて詔書を下し、曹操を朝廷の逆臣であると言い渡せば、兵はおのずと瓦解していきましょう」

それでも劉服は不安をぬぐいきれない。「独眼竜だけを相手にするにしても、やはり戦力が足りぬ」

董承が答えた。「皇宮に突入して天子をわがものとし、尚書令《しょうしょれい》の荀彧《じゅんいく》を捕らえるのです。詔書を書かせて軍を動かせば、曹操の兵馬もこちらのものになります。夏侯惇が聖旨に逆らおうとも、兵らはどちらの号令に従えばいいのか惑うことでしょう。浮足立ったところを突けば、多勢に無勢でも勝てます」

それを聞いて劉服も一理あると思い、うなずいた。「われらのほかに、加わる者はいないのか」手を後ろに回し、さながら部下に尋ねるような態度である。

「長水校尉《ちょうすいこうい》の种輯《ちゅうしゅう》、議郎《ぎろう》の呉碩《ごせき》はわが腹心、それから……」

「役立たずばかりだ」劉服が手を振って制した。「兵がなくて大事が成るか。劉協の密詔はどこだ。見せてくれ」

董承は劉服の傲慢な態度を気にすることもなく、懐から帛書《はくしょ》を取り出し、恭《うやうや》しく手渡した。「心を同じくする者は残らずここに名を記しています」

劉協さえ歯牙にもかけない劉服であるが、密詔の実物を受け取るときにはさすがに胸を高鳴らせた。

心なしか、薄い帛書が手にずしりとのしかかってくるような気がする。恐る恐る開いてみると、なんと文面はすべて赤い血でしたためられていた。劉協は指を嚙み切った血で密詔を書き上げたのだ。劉服は何はともあれ筆跡を確かめると、文面には目もくれず、密詔の最後に目を走らせた。そしてそこに連なる四人の名を、つぶやくように読み上げた。「車騎将軍董承、議郎呉碩、長水校尉种輯、左……」劉服は武者震いし、思わず尋ねた。「なぜこの者までもが」

董承は得意げに髭をしごいた。「兵を率いて加わってくれます。このうえない助っ人です」

「いける……」劉服は笑った。「この者がいれば、内と外の両方から攻めることができる。大いに手間が省けるではないか」

「王子はいつ動かれるおつもりですかな」

「焦るでない」

「もたもたしていては状況が変わってしまいます」董承はもはや待ってはいられなかった。

「それでも好機を待たねばならぬ。袁紹と曹操の二強が争っているときに都の制圧を急げば、曹操の敗北を呼び込むことはできるが、あとからやってくる袁紹に手を焼くことになる。骨を折った挙句、袁紹にお膳立てをしてやることになるではないか」劉服は目をぎらぎらと輝かせた。「傍目から見ていればよくわかる。兵力では曹操は袁紹に及ばぬ。だが才智では袁紹は曹操に及ばぬ。双方が泥沼の戦いで共倒れになり、われらが漁夫の利を得ることこそ最善だ」

「卓見《たっけん》なり」董承は心から感服した。「では、王子も早く名を」密詔に名を連ねた瞬間、一蓮托生となる。

劉服はためらうことなく帛書を卓上に広げ、指を噛んで出した血で最後に書き足しはじめた。偏将軍王子——最後の「服」の字を書き終えようというとき、突然、外で雷鳴が轟いた。志を胸に滔々《とうとう》と語り続けていた劉服だったが、一線を越えてしまった事実にたじろぎ、胸は早鐘を撞《つ》くように騒いだ。その刹那、冷たい風が急に窓から吹き込んで、密詔が劉服の体にばさっとまとわりついた。

第八章　賈詡《かく》、曹操との和解を説く

河北《かほく》にて挙兵する

自身の半分にも満たない兵力の曹操が先に仕掛けてこようとは、袁紹《えんしょう》は夢にも思わなかった。建安《けんあん》四年（一九九年）の夏には南下を決定していたが、黒山《こくざん》軍や幽《ゆう》州の故将、烏丸《うがん》などに手を焼いているうちに、曹操のほうから河北に攻め寄せてきたのである。何の心構えもしていなかった袁紹陣営は、たいした抵抗もできないまま冀《き》州の黎陽《れいよう》県［河南省北部］内に攻め込まれた。同時に、臧覇《ぞうは》、孫観《そんかん》、呉敦《ごとん》ら徐《じょ》州の将たちもそれぞれ部隊を率い、青《せい》州に入って各県城で略奪や殺戮《さつりく》を働いて、袁譚《えんたん》とのあいだで遊撃戦を繰り広げた。河北の前線はにわかに混乱に陥り、袁紹軍が築いていた砦もことごとく叩き壊され、先遣部隊の多くが曹操軍に討ち破られた。曹操は、袁紹が公孫瓚《こうそんさん》を滅ぼすよりも三月《みつき》早く呂布《りょふ》を討ち果たしており、袁紹に先んじて準備できたおかげで、各戦線で機先を制することができたのだ。

　しかし、曹操軍の将兵たちが勇猛果敢に奮戦していたまさにそのとき、曹操は突然戦闘を止める命《めい》を下し、今度は于禁《うきん》、楽進《がくしん》にそれぞれ兵五千をつけて全速力で黄河沿いを西へと向かわせた。魏种《ぎちゅう》が治める河内《かだい》郡へ救援に遣ったのである。そして曹操自身はというと略奪したものをまとめ、陣を焼き払って黄河の南岸へと退いた。

絶好の形勢をみすみす放棄して撤退を命じられ、将たちは渡河しながらぶつぶつと恨み言をつぶやいた。気が短い曹洪《そうこう》、夏侯淵《かこうえん》などは曹操に食ってかかったが、曹操は、「兵たちをまとめておけ。二度と余計な口を挟みに来るな」とけんもほろろであった。

滔々《とうとう》と流れる黄河を、「曹」と縫い取られた旗指物を高く掲げた大きな船が、風に乗り波を蹴立てて南岸へと進んでいく。曹操は船の舳先に仁王立ちになって、川の流れを眺めていた。武者震いかそれとも緊張か、言い表せぬ感情が湧き上がってくる。背後にいた軍師《ぐんし》の荀攸《じゅんゆう》の耳にも、ため息が聞こえてきた。「何か心配事でしょうか」荀攸は慌てて尋ねた。

将たちは機先を制した曹操をひたすら褒めそやしたが、目前に迫った大戦《おおいくさ》に、曹操は内心では大きな懸念を抱いていた。それというのも、情勢に迫られて戦うことになったに過ぎないからだ。曹操の頭のなかではさまざまな心配事がぐるぐると駆けめぐっていた。いま現在において存在している気がかりもあれば、戦が展開するなかで避けては通れない懸念、そして何よりも大きいのは漠然とした不安である。ふとした瞬間に、予想だにしないことが起こるのではないか、それがいったい何なのか、言葉にすることもできなかった。そのとき、荀攸が自分に声をかけてきたことに気づいた。うすぼんやりと濁った黄色い水を眺めながら答えた。「前漢代、大司馬《だいしば》の張戎《ちょうじゅう》は、『河水《かすい》の濁り、一石の水に六斗の泥［黄河の水は濁っていて、一石（十九・八リットル）の水に六斗（約十二リットル）の泥が含まれている］』と言ったが、民が黄河の水を引いて田を潤し、水が引いたあとには泥が溜まっていく。毎年三月、桃の花が咲くころになると、運河が氾濫して禍《わざわい》となる。朝廷は堤防を造ったが、水かさは増すばかりで、水面が平地よりも高い場所さえあるのだ」

荀攸は曹操が話をそらしていることに気づいたが、話を合わせた。「運河の土砂をさらうことも、できないことではありませぬ。河隄謁者《かていえっしゃ》の袁敏《えんびん》に治水をお命じになれば、数年の普請《ふしん》で効果が見られましょう」そう助言すると黄河のほうを向き、言外に意味を込めてこう続けた。「天下のあらゆることには回り道ややり直しがつきものですが、弛《たゆ》まず尽力すれば、最終的にはおのずから成すことができます」

荀攸の言わんとすることを悟った曹操は、自身の不安が見抜かれていることを知った。不意に立ち上がり、尋ねた。「軍師には、わしがなぜ撤退したかわかるか」

荀攸はあたりを見回し、許褚《きょちょ》ら数人の腹心以外は残らず櫂を漕いでいることを確かめると、ずばり答えた。「思うに、袁紹が渡河したところで一戦交えようと誘っているのでは」

「我を知る者は軍師なり」曹操は黄河の北側を眺めた。「これまでの勝利は不意打ちのおかげだ。袁紹が各地の人馬を動員して助太刀に来ればすぐに取り囲まれてしまう。それがわからぬ将たちが、わしに黎陽を守る気がなくなったなどと噂している。あやつらにその利害得失がわかっていないからといって、説いてやるわけにもいかんしな……」曹操は兵力で袁紹に劣る。口にしてしまえば兵を怖がらせることになるだろう。そして、袁紹が渡河するよう誘い込むことは軍の重大機密であり、情報が漏れてしまうことを恐れたのである。

荀攸には曹操の置かれている苦境が理解できた。「子曰《いわ》く『民は之《これ》に由《よ》ら使《し》む可《べ》し、之を知ら使む可からず［民は政《まつりごと》に従わせればよいのであり、その道理をわからせる必要はない］』ですか。戦も同じことですな。兵たちが彼我の戦力の差を知れば、怖気《おじけ》づいて戦どころではなくなりましょう」

「黄河を挟んでの睨み合いが続けば、広大な領地を持つ袁紹はいくらでも持ちこたえられるが、わが軍は必ずや先に崩れるだろう。だからこそ、あやつに渡河させねばならぬのだ。黄河を渡ればあやつの戦線はさらに延び、兵糧の補給に困難さを増してくる。こちらが力を発揮するのはそのあとだ」

そう語る曹操の表情は憂いに満ちていた。「だが、先手必勝で相手を挑発するやり方では、袁紹は南岸にやってこないかもしれぬ」

これればかりは荀攸にもどうしようもない。「きちんと布石は打ったのです。来るかどうかは袁紹次第。人事を尽くすことはできても天命を定めることはできません。ですが、ご心配なく。黎陽での一戦の効果はすぐに現れないかもしれませんが、その益たるや少なくありません。関中《かんちゅう》［函谷関《かんこくかん》以東の渭水《いすい》盆地一帯］が従いはじめたばかりで許都《きょと》の人心は動揺していましたが、ここでの小さな勝利で勢いづき、後方はだいぶ安心したようです」

それを聞くと曹操は振り向いて後ろを見やった。大河に浮かぶいくつもの小船が南へと帰っていく。兵たちは船を漕ぎながらうれしそうに笑っている。手にしたばかりの勝利を喜び、高らかに歌っている。誰もが自信に満ちた表情をし、これから訪れる苦しい戦いのことなど忘れているかのようである。ほどよく力が抜けていながら節度は失っていない。このような楽観なら悪くない。

曹操は慰められる思いで髭をいじりながら、不意に目を輝かせて述べた。「挑発だけでは足りぬ。袁紹に餌を与え、鼻っ面《つら》を引き回してやろう」

「餌ですと⁉」荀攸もいい考えだと思ったが、その餌とはどういうものなのか。曹操は手を後ろに組んでにっこり笑っている。成算ありということらしい。

軍船《いくさぶね》はゆっくりと進み、南岸にある延津《えんしん》の渡し場に着いた。兵とともに南岸の留守を守っていた曹仁《そうじん》はすっかり待ちくたびれ、曹操が船を下りきる前に迎えに上がってきた。「青州からの知らせです。臧覇、孫観、呉敦が敵の攪乱《かくらん》に成功し、諸県で袁紹軍の兵数百を襲って討ち取りました。袁譚の送った援軍は間に合わず、みな無事に徐州へ戻っております」

許褚に支えられ、曹操は大笑いしながら下船してきた。「匪賊上がりの者どもは遊撃が得意だからな。あやつらが騒いでいるうちは、青州に安寧の日は来ぬわ」

「しかし……」曹仁の口ぶりが変わった。「徐州の各軍はそれぞれに奮戦したのに、昌覇《しょうは》は作戦に協力せぬばかりか、官軍の運んだ兵糧を奪う始末。これは造反ではありませぬか」

昌覇ははじめから朝廷への帰順を拒んでいた。曹操が太守の位を与えても、頑として指図に応じようとしない。しかし、いまは仲違《たが》いしている場合ではなく、結束せねばならない。曹操は少し思案し、答えた。「見て見ぬふりでかまわぬ。馬鹿な真似はよせと昌覇を戒めるよう、孫観に伝えよ」

曹仁が続けて報告した。「臧覇からの書簡も来ております。自分の顔に免じて、徐翕《じょきゅう》、毛暉《もうき》を赦してほしいとのことですが」東平《とうへい》の徐翕、山陽《さんよう》の毛暉という兗《えん》州の逆臣について、曹操は幾度も劉備《りゅうび》、張遼《ちょうりょう》を通じて陰に陽に臧覇に処分を命じてきた。しかし、臧覇はこれまでのよしみから二人を殺すに忍びなく、便りをまたもよこして請願してきたのだ。

「あの臧奴寇《どこう》めが……」曹操は臧覇のあだ名を思い起こした。「あやつの父はもともと県の衙門《がもん》の獄吏であろう。罪人どもと接していたからか、まさかいまになっても逆賊どもとよしみを結ぶとはな。

ああいった手合いは義理人情しか頭になく、決まりをまるで知らぬのだ」

荀攸は傍らで笑った。「徐州は平定され、呂布も討ち果たしたいま、徐翕、毛暉ごときを生かしておいたところで痛くも痒くもありませぬ。臧奴寇に恩を売っておく機会となりましょう」

曹操も一理あると思い、命じた。「情けをかけるならば徹底せよということか。では軍師よ、臧覇にこう返答せよ。そなたの顔に免じて二人の命は助けてやる。そのうえで、徐翕、毛暉が青州で立派に戦えば、いずれ官職に戻してやるとな」

そんなやり取りをしているあいだに、川岸がやかましくなってきた。兵馬が続々と岸に上がり、夏侯淵、張遼らが集まってきたのだ。曹操は将たちに、延津に陣を築き黄河沿いを守るよう命じた。兵たちは幕舎《ばくしゃ》を張り、砦を築き、逆茂木《さかもぎ》を並べはじめた。ほどなくして、曹操が真新しい本陣に着座すると、于禁からの使いの兵が報告した。「申し上げます。わがほうの将軍が黄河沿いを西進し、獲嘉《かくか》、汲《きゅう》県［ともに河南省北部］にて袁紹軍の砦を打ち破り、敵軍千あまりを殲滅、何茂《かぼう》、王摩《おうま》ら袁紹軍の将二十人ほどを捕縛しました」

西のほうの砦を破ったということは、河内郡での袁紹軍の脅威が薄れたことになる。曹操は胸をなで下ろした。「戻って于将軍と楽将軍に伝えよ。よくやった。速《すみ》やかに延津の大軍に合流せよとな」

「はっ」兵は答えたもののその場を立ち去らず、再び跪《ひざまず》いた。「于将軍からもう一つ伝言がございます。もしも孤軍にて強敵に立ち向かうような任務があれば、ぜひお任せいただきたいとのこと」それを聞くと諸将は一人残らず顔をしかめた。于文則《ぶんそく》のやつめ、我を張りすぎだ。河内におりながらこちらの役目まで奪い、手柄を独り占めするつもりか。

だが、曹操は于禁の勇猛さを称賛すべきと思い、二つ返事で応じた。「よかろう。于将軍に伝えよ。延津の守りはそなたに任せるとな」

「はっ」兵は大喜びで去っていった。

于禁は愉快であろうが、諸将はみな心穏やかでない。と、そのとき、曹操がまた口を開いた。「もう一人、この要衝の守りにつけたいのだが、果たして誰が適任か……」諸将は色めき立ち、今度こそは自分にと、期待に満ちた眼差しで主君を見つめた。

ところが、曹操は諸将には目もくれず、掾属《えんぞく》［補佐官］たちを見回すと、手を挙げて合図した。

「劉延《りゅうえん》、出てこい」

劉延は曹操の臣下になってから一貫して民政に携わっており、戦はしたことがない。曹操に名を呼ばれると、口をぽかんと開いて立ち尽くした。近くにいた護軍《ごぐん》の武周《ぶしゅう》に押し出されると、劉延はわななきながら礼をした。「わたくしは、その、一度も……」

「戦の経験がないことは承知しておる。だが、そなたは白馬《はくば》県［河南省北東部］の出身であろう」

「さようでございます……」劉延はびくびくしながら答えた。

曹操は劉延を上から下まで眺めつつ、ゆっくりとした口調で話した。「白馬県は良いところだな。忠臣も賢人も輩出しておる。かつての白馬県令、李雲《りうん》は上奏して奸佞《かんねい》な輩を弾劾し、そのため宦官に陥れられたという。小人《しょうじん》に膝を屈するよりも死を選んだ人物と申せよう。そしていま、かの地はわがほうと敵方が死力を尽くして争う要衝となっておる。東に濮陽《ぼくよう》［河南省北東部］、南西に延津が控え、黎陽城とは黄河を隔てて相対する。わがほうと敵方は互いに一挙手一投足を凝視しておる。袁紹の大軍は南下するにあたり、どうしても黎陽に駐屯する必要があり、そのときには白馬県は袁紹を食い止める最初の防衛線となる。劉延よ、白馬を故郷とするそなたは、民に呼びかけて県城を守る気はあるか」

曹操が守る「力」の有無を尋ねれば、劉延は「ない」と答えることができた。しかし、いま問われているのは、守る「気」の有無である。口が裂けても「ない」などとは言えない。曹操にそこまで迫られれば、さすがの劉延も覚悟を決めざるをえない。歯を食いしばって足を踏ん張り、背筋をぴんと伸ばして答えた。「わたくし、敵を御する才は持ち合わせておりませぬが、わが君が見込んでくださったご恩がございます。要衝を守るは言うに及ばず、たとえ死ねと命じられたところで何の不満がありましょう。奇《く》しくも白馬県はわが故郷、力の限りを尽くしましょう。城が落ちて事切れることになろうとも、故郷で死ねるのは本望です」死を視《み》ること帰するがごとし、とはまさにこのことである。

「よくぞ申した」曹操は軍令用の小旗を手に取った。「いまこのときをもって、そなたを東郡太守《とうぐんたいしゅ》に任ずる。二千の人馬を率いて白馬に駐屯せよ」諸将はざわついた。戦の経験もない文官に敵の先鋒を防ぐことなどできようか。しかも、与えられる兵馬はわずか二千。死にに行けと命じているようなものではないか。

劉延は気を奮い立たせて拝命した。曹操はまた軍令用の小旗を取り出した。「張遼、徐晃《じょこう》よ、聞け」

「はっ」二人が列から出てきて跪いた。

「そなたらは兵馬を率いて官渡《かんと》に砦を作れ。土塁を積み、大軍の駐屯に備えよ」

命令が下されると、将たちはまたもざわめき立った。官渡は陽武《ようぶ》県［河南省中部］の県境の鴻溝《こうこう》沿岸で、黄河の前線からは遠く離れている。どうしてそんなところに砦を築くのか。ほかの者がきょとんとしているなか、軍師の荀攸は目の前が開ける思いだった。袁紹軍の砦を幾度も破った于禁に延津を守らせるのは敵を挑発するためだ。一介の文官である劉延に白馬を守らせるのは、弱点をさらけ出すためだ。二人は袁紹をおびき寄せて渡河させるための餌なのだ。本当の決戦は官渡で行われる。

張遼、徐晃はわけもわからず命を受けて本陣を出ていった。曹操は驚愕する諸将に一瞥もくれず、手を挙げて合図した。「残りの者は船を一所《ひとところ》に集めたら武器の修理をせよ。解散だ」いったいどういうつもりか見当もつかないまま、荀攸を除く諸将がみな整然と戻っていった。

「軍師はどう見る」将たちが去ると、曹操は待ちわびたように振り返って荀攸に尋ねた。

「檻を設けて虎豹を捕らえ、香餌《こうじ》を備えて金鼇《きんごう》［金色の亀］を釣るですな。わが君の智謀には到底敵いませぬ」荀攸は本心からそう答えた。

「世辞は要らぬ」曹操は苦笑いした。「挑発に誘惑にと、できることはすべてやった。しかし、速戦即決が成るかどうかは袁紹の出方次第。こちらがどれだけ良い布石を打ったとしても、残り半分の手は敵の掌《たなごころ》のうちにあるのだからな」

荀攸はけだし名言であると思い、思わず舌を巻いた。「わが君が袁本初《ほんしょ》と知り合ってから二十年あまり、袁本初麾下《きか》の者よりもあの者の性格を熟知しておられる。来ないはずがありませぬ」

「そうだと良いがな。では、われらもここで英気を養っておこう。もう少しすれば、命のやりとりよりも心をすり減らすことが待っておる」話しながら曹操はあることを思い出していた。「劉備、朱《しゅ》霊《れい》、路招《ろしょう》が出兵して二月《ふたつき》が経つ。兗州を出て下邳《かひ》を過ぎ、寿春《じゅしゅん》［安徽《あんき》省中部］を目指していたが、袁《えん》術《じゅつ》はすでに死んだ。そろそろ戻ってきてもいいころだが、何の音沙汰もないのはなぜか……」

言い終わらぬうちに、幕舎の外から明るい声が聞こえてきた。「おめでとうございます」郭嘉が足早に入ってきた。残務処理のため許都に残っていたので、一歩出遅れたのだ。

「この程度の勝ち、たいしたことはない」

郭嘉は意味ありげに語った。「どうか誤解なされませぬよう。わたしがお祝いしているのは黎陽での勝利ではありませせぬ。もう一つ、めでたいことがあるのです」そう前置きすると、袖から一通の帛《はく》書《しょ》を取り出して曹操に手渡した。

袁術の死後、その配下のあいだで内紛が起きた。子の袁燿《えんよう》は長史《ちょうし》の楊弘《ようこう》、部下の将の張勲《ちょうくん》とともに、兵を率いて孫策《そんさく》に身を寄せようとした。それを望まない袁胤《えんいん》と黄猗《こうい》は混乱に乗じて皖《かん》城［安徽省南西部］に逃げ込み、廬《ろ》江《こう》太守の劉勲《りゅうくん》に帰順した。袁胤らが、袁術の死後に残された数々の財宝について劉勲に語り聞かせると、それに心を動かされた劉勲は兵を動かして袁燿を襲い、その財宝を奪った。父の棺を守っていた袁燿は抵抗する術もなく、劉勲に身ぐるみ剝《は》がされてしまった。部下の張勲、楊弘もともに討ち取られ、残る兵たちも続々と投降してしまい、袁燿はほうほうの体《てい》で孫策のもとへ逃げ込んだ。うまい汁を吸った劉勲だったが、このために孫氏と敵対することになり、不安に駆られた。そこで、幕僚の劉曄《りゅうよう》は朝廷に帰順するよう勧めた。かつて沛《はい》国で官吏をしていた劉勲は曹家とは旧知の間柄であり、差し支えなかろうと考え、大急ぎで許都に使者を遣って上奏した。廬江郡の朝廷への帰順が認められれば、曹操が後ろ盾となる。曹操にしてみても、力のある劉勲の協力を得られれば、孫策を防ぐにあたって心強い。

帛書を読み終えると曹操も笑った。「はっはっは。守銭奴の劉子台《しだい》もついにわしに頭を下げにきたか」曹操は帛書を荀攸に渡した。「いまや東には劉表《りゅうひょう》、北には劉勲、北西には陳登《ちんとう》がいる。孫の若造にどれほどの実力があろうと、これ以上の好き勝手はできまい」

ただ、荀攸はそれほど楽観的ではなかった。「この劉勲、財宝のために敵を作るような小人でございます。どうかご用心を」

「かまわぬ。権力や天下に執着されるよりよほど御しやすい。十分な恩恵を施してやれば、何でもやってくれよう。袁術が死に、孫策は動きを縛られ、後顧の憂いが二つも減ったわい」

郭嘉がすかさず口を挟んだ。「まだ穣県《じょう》［河南省南西部］の張繡《ちょうしゅう》がおります」

その名を聞いて、曹操は眉をひそめた。数多くいる敵のなかで、張繡はもっとも弱小だが、一番やりにくい相手だった。建安元年から三年にかけて、曹操は三たび張繡の討伐に乗り出したが、兵を失ったことは言うに及ばず、息子の曹昂《そうこう》、甥の曹安民《そうあんみん》、股肱《ここう》の臣の典韋《てんい》までもが、この者の手にかかって命を落としたのだ。張繡は穣県におり、兵力は大幅に減っているとはいえ、袁紹との決戦にあたってはほんの小さな誤算でも致命傷になりかねない。

荀攸が説明した。「ここ何日か、安南《あんなん》将軍の段煨《だんわい》がしきりに張繡や賈詡に便りを送っていますが、どうも態度がはっきりしません。袁紹も二人を取り込もうとしているのやもしれませぬ」

曹操はにやりと笑った。「張繡は風向きを見ておるのだ。わしと袁紹のどちらが強いのかとな。あいつめ、自分が勝者になることしか考えておらぬ。だが、果実にありつけるのは木を植えた者のみ。口を開けて待っていても、飛び込んでくるのは鳥の糞くらいなものだ」

荀攸が注意を促した。「もしもわが軍が袁紹と戦った際に不利に傾くようなことがあれば、やつはすぐにでも袁紹の側につき、われらを背後から襲うでしょう」

曹操は頭のなかで算盤《そろばん》を弾いた。いつの世も、賊を防ぐのは賊になるよりよほど難しい。張繡が降ってこなければ許都への脅威は消えない。ほかに方法がなければ、賈詡の一族郎党をひっ捕らえて人質にするよりほかあるまい。しかし、それではあまりに世間体が悪い。しかも、段煨ら関中の将たちへも悪影響を及ぼすであろう。果たしてどう対処すべきか。

郭嘉が急に大声を上げた。「わが君、それがしが自ら穰県に赴き、張繡に帰順を促しましょう」

「なんだと」曹操は目を丸くした。「おぬしがか」

「ええ」郭嘉が包拳《ほうけん》の礼をとった。「いま、明公《めいこう》と劉表との関係は改善され、張繡は後ろ盾を失っております。遠く離れているので、袁紹のもとに走ることもできませぬ。事ここに至っては、張繡も明公を敵に回すわけにはいきません。こちらが度量のあるところを見せてやれば、成算は九割ほどかと」

「九割だと……それほど自信があるのか」曹操は手を振って制した。「張繡がなにゆえ厄介かわかっておるのか」

「ええ……」郭嘉はもちろん承知していたが、口にすることはできなかった。曹操が、張済《ちょうさい》の寡婦を側女《そばめ》にしてしまったことがきっかけで、張繡が曹操の息子を殺害するに至ったという因縁がある。郭嘉は口には出さず、話を変えた。「賈詡は袁紹に身を寄せた場合とこちらに膝を屈した場合の損得を承知しており、こちらに帰順したがっていると思われます。ただ、家族が段煨のもとにいて、そうした境遇に置かれていることを張繡にも知られているため、おそらく表立っては話を持ちだせずにいるのです。わたしが穣県へ行き、張繡に利害得失と大義を説けば、明公のお手を煩わすことはないでしょう。賈詡が傍らで何を申そうと、張繡は必ずや帰順します」

理屈は誰にでもわかるが、本当にそれを成そうとすれば話は違ってくる。曹操は荀攸を一瞥したが、荀攸は自信なさげに眉根を寄せている。「そのやり方も悪くはないが、奉孝《ほうこう》が自ら出向く必要はあるまい。誰かを探りにやらせ、張繡の反応を見てからでも遅くはなかろう」

「なりませぬ。わたしでなければなりませぬ」郭嘉は毅然として退けた。「かつて宛城《えん》［河南省南西部］に攻め込んだとき、賈詡とはいろいろと経緯がありまして、わたしが行けば予想外のことが生じようと賈詡と話をつけやすいのです。それに、もし送る人物を誤れば、少しの油断で張繡に殺されてしまうでしょう。そうなれば互いの遺恨を解消することはできませぬ。説得とは一度で成功させねばならぬのです」

曹操もその考えはもっともだと思ったが、郭嘉を遣るのはやはり不安だった。曹操にとって郭嘉の存在はきわめて重要で、軍師の荀攸に次ぐ幕僚であり、年も若く前途は洋々である。張繡との遺恨は根深く、説得には大きな危険を伴う。何か手違いがあれば、この腹心の部下が穣県で命を落としてしまう。そう思うと心配でならなかった。

郭嘉は曹操と荀攸の顔色がすぐれないのを見て取り、正直胸に迫るものがあったが、大見得を切った。「曹公、軍師殿、ご安心くだされ。この三寸不爛《ふらん》の舌でもって、必ずや成功させてご覧に入れましょう。先日語った十勝論を聞かせてやれば、きっと心が動くはずです」

曹操は郭嘉が自信ありげに笑う姿を見て、意を決した。「よかろう。だが、くれぐれも気をつけるのだぞ」

郭嘉は胸を叩いた。「必ずや成功させてみせます」

曹操は心配そうにかぶりを振った。「成功するかどうかはどうでも良い。とにかく生きて戻るのだ。おぬしには、わしらの墓参りをしてもらうつもりだからな」

舌戦

郭嘉《かくか》はやると言えばやってのける男である。すぐさま十名あまりの従者を連れ、張繡《ちょうしゅう》を説得するべく、陣を出て南下した。黎陽《れいよう》から南陽《なんよう》への長い道のりを、休むことなく馬を乗り換えながら、夜を日に継いで疾駆した。南陽に差しかかったところでようやく駅亭に投宿して一晩休んだ。翌朝、郭嘉は日もまだ昇らぬうちから、鏡に向かって身なりを整えた。髭を剃り、鬢《びん》を整え、真新しい服と冠を身につけ、従者たちにも着替えを命じて馬をぴかぴかに洗わせた。半刻［一時間］ほどかかって支度を整えると、堂々たる出で立ちで穰《じょう》県へと向かった。

情勢の変化により、劉表《りゅうひょう》と曹操の関係は小康状態にある一方、張繡は苦境に陥っており、そのため厳戒態勢をとる穰県は四方の門を固く閉ざしていた。北門へとやってきた郭嘉は配下の者を使って楼上の兵に呼びかけた。「城の守兵よ、聞くがよい。朝廷の使者が曹公の命《めい》により馳せ参じた。そのほうたちの将軍と会いたい。話を通してくれ」それを聞いた見張りの兵士たちは上を下への大騒ぎとなり、ずいぶん経ってからようやく返事が来た。すでに事情は伝えてあるので、いましばらく待ってほしいとのことだった。

郭嘉は落ち着き払って微笑みまでたたえ、馬上で張繍にかける言葉を練っていた。すると、伝令の兵士が立ち去った矢先に、東のほうから十ほどの騎馬が駆けてきた。めいめいが美しく整った出で立ちで、鮮やかな色の馬具をつけた見事な体軀の馬に跨がっている。そのなかの一人が、城壁のほうに向かって声を上げた。「穰県の兵士よ、よく聞け。大《だい》将軍の使者が到着した。急ぎの用があって建忠《けんちゅう》将軍に目通りしたい。ただちに門を開かれよ」

曹操の使者と袁紹《えんしょう》の使者が同時にやってきたのである。城壁を守る兵士は輪をかけて混乱した。すぐさま張繍への伝令が走った。真剣な面持ちでやりとりを聞いていた郭嘉は、思わず騎馬のほうに目を向けた。すると向こうも何やらひそひそと噂している。おそらくこちらが何者かを推測しているのであろう。郭嘉もさるもので、手綱を引いて向かい合うと、包拳《ほうけん》の礼をとってにっこりと笑って尋ねた。「袁大将軍の使者はどなたかな」

「それがしである」その言葉とともに一騎が進み出た。身の丈七尺［約百六十一センチ］ほどの、堂々たる相貌をした男である。三十歳前後であろうか。整った色白の四角い顔に長い髭を生やし、身のこなしのはしばしから貫禄が感じられる。「名を伺ってもよろしいかな」

「頴川《えいせん》の郭嘉と申す者。曹公の命によりここへ参った。そちらは？」

男は恭《うやうや》しく拱手《きょうしゅ》すると笑顔を見せた。「冀《き》州の従事《じゅうじ》、李孚《りふ》と申す。大将軍の命により役目を果たしに参った」

李孚、字《あざな》は子憲《しけん》、鉅鹿《きょろく》の人で、智勇をもって広く知られている。戦乱の世にあって、薤《おおにら》などを植えて活計《たつき》としていたが、田舎で田畑を耕していてもなおその才気と名声は日増しに高まり、袁紹に冀州従事として召し抱えられ、もう長らく袁紹の三男である袁尚《えんしょう》に仕えていた。張繡の説得にあたり、李孚は黄河の南に深く入り込み、曹操の支配地域を通過しなければならなかった。説得の成否はさておき、ここまで無事にたどり着くことすら容易ではない。それだけでも李孚の能力が並みのものではないことがわかる。

互いに名乗りあった二人は、どちらも相手の噂を聞いたことがあった。ともに「これは一筋縄ではいかぬ」と心中穏やかではなかったが、表向きはいたって和やかに振る舞った。郭嘉はひらひらと衣の袖を振るい、李孚も上品な身のこなしで、互いの来し方を語り、風光を愛でるなどした。傍目には、久方ぶりに会う友人同士が語らっているように見えたが、実際には二人は互いの学識や人となりを探り合っていたのである。

ほどなくして、轟音とともに穰県の北門が開かれた。二列になった兵が駆け出してきたかと思うと、なかから若い将が進み出て拱手した。「将軍から、お二人を県の衙門《がもん》にお連れせよとの命を受けました」そう告げると傍らに下がり、一行を城内へ招き入れた。

張繡も賈詡《かく》も味な真似をしてくれる。自分と李孚を競わせて高みの見物を決め込むつもりだろう。郭嘉は道中ずっと言葉を練っていたが、それはすべて張繡に向けたものだった。まさか袁紹の配下の者と真正面から対決することになるとは予想もしていなかった。曹操の前で大きなことを言い過ぎたかもしれぬと、胸騒ぎを覚えた。横目で李孚をちらりと見ると、相手もこわばった面持ちをしている。拱手して先を譲った。「李殿、さあ、どうぞ」

「郭殿こそ先に行かれよ」李孚も笑顔を作って譲り返した。

腹に一物ある郭嘉はそれには乗らず、あくまでも先を譲ろうとした。「官職からして、そなたのご主君は大将軍、曹公の上におられる。尊《たっと》きは先に、卑《いや》しきはあとに。さあ、どうぞお先に」

李孚も状況をよく察している。どちらかが先に話をすれば、あとから話すほうはそれに対処する形で進めることができる。郭嘉の小細工を内心であざ笑いつつ、頑《かたく》なに先を譲った。「大将軍の身分の尊きことは確かですが……しかし、何事も順序というものを守らねばなりませぬ。郭殿が先に到着されたのですから、先を行かれるのが筋でありましょう」

「遠慮なされるな。李殿が先に」

「いや、郭殿が……」

「卑しき者が尊き者を侮ることなどできませぬ」

「割り込みをするなどもってのほか」

相手も頑固なので、郭嘉は思い切ってこう持ちかけた。「そう仰るなら、轡《くつわ》を並べてともに行くというのはいかがかな」

「よろしかろう」李孚は手綱を取った。「さあ、参りましょう」

へりくだりながら互いに譲り合っていた二人だったが、最後には轡を並べて同時に城門をくぐることになった。あとに続く配下の者たちも互いに遠慮して譲り合うという、なんとも白々しい光景が現れた。張繡の兵は、「敵同士だというのに、なぜ一緒になって進んでくるのだ」と目を白黒させた。

張繡は南陽に駐屯して以来、一貫して劉表の北方に対する防波堤となってきた。そうして曹操軍の南下を防ぎつつ、袁紹とも戦略的な必要性から行き来があった。しかし、いま劉表は東の孫策の相手に忙しく、曹操との緊張関係は和らいでいる。劉表が立てた使者の韓嵩《かんすう》も許都《きょと》で官職を授かるなどしており、双方には和解の余地が生まれていた。戦《いくさ》がなくなるのであれば、荊州には盾など必要なくなる。最近になって朝廷に帰順した段煨《だんわい》が頻繁に便りをよこし、袁紹からも誘いがかかっていた。張繡はうれしいやら不安やらで、どちらにつくか決めかねていた。朝廷に帰順しようにも、張繡は曹操にとって息子を殺した仇であり、吉と出るか凶と出るかは未知数であった。一方で袁紹に帰順しようにも、南北で遠く隔たり、さらにあいだには曹操がいるため、事は困難を極めた。穣県のごとき非常に狭い土地で、兵は四千に満たず、糧秣《りょうまつ》にも事欠くありさまであった。曹操も袁紹も、そう簡単に敵に回してよい相手ではない。肝心なのは、どちらが勝つ可能性が高いかだ。いま、もっとも重要なのは自分の立ち位置であり、万が一にも沈みゆく船に乗り込むわけにはいかなかった。考えあぐねていた張繡は、曹操と袁紹の使者が揃《そろ》ってやってきたことを伝え聞き、焦りで気がおかしくなりそうだった。すぐに頼みの綱である賈詡を呼びにやったが、間の悪いことに軍営の巡視からまだ戻っていないという。張繡は地団駄を踏んだ。何かいい方法はないかと思案した結果、いっそのこと双方の使者を一緒に来させ、目の前で議論させることを思いついた。どちらに成算があるのかを見極め、ついでに賈詡が戻ってくるまでの時間稼ぎをしてやろうという魂胆である。

郭嘉、李孚は県の衙門に着いて馬を下りると、従者を門外に残し、肩を並べてさも親しげに広間へと入っていった。張繡は威風堂々たる姿で将帥用の卓の後ろにどっかりと腰を下ろし、両側にはきらびやかな鎧兜を身に着けた配下の将が控えている。そのほかに、肌脱ぎになった刀持ちが十名、出入り口を固めている。誰も彼も大きな顔で肉づきが良く、黒々とした耳のうぶ毛を生やし、懐にはぎらぎらと輝く罪人処刑用の刀を抱えていた。二人が広間に入ると、扉はまるで宝物殿のように、もはや生きては出さぬと言わんばかりに固く閉ざされた。郭嘉も李孚もこの程度で怯《ひる》みはせず、大手を振って進み出ると挨拶をした。姓名を述べると、張繡は二人に着座するよう促した。郭嘉は東に、李孚は西に、ちょうど向き合う格好となり、緊張はいや増しに高まった。

張繡はかっと目を見開くと、左右を見渡した。賈詡がいなければ気ままに行動するこの男は、片時のあいだ何か考えごとをしていたかと思うといきなり立ち上がり、護衛兵の手から自らの銀の槍を引ったくって両手で力任せに振るった。広間に稲妻が一閃《いっせん》し、鋭利な長柄の槍はど真ん中の床石に二寸［約五センチ］ばかりも突き刺さった。柄がまだぶんぶんと音を立てて振動している。

絶技を披露した張繡は手をぽんぽんと叩くと冷たく言い放った。「この張繡は涼《りょう》州の無骨者、何ごともきっぱりと、わかりやすくやりたい。そなたらの目的はわかっている。ありていに申せ。このちっぽけな穰県にいつまでもとどまるつもりはない。いずれ後ろ盾を探すことになる。だが、二つの家に嫁ぐ娘はおらぬ。今日は三人で腹を割って話そうではないか。曹公と袁大将軍、天下を平定する力を持つ側で、この張繡は槍を振るおう。ひとたび戦となれば喜んで最前線に立つつもりだ」そうまくし立てると気味の悪い笑みを浮かべた。「では、わしの前で論を戦わせてみよ。一言一句、拝聴しよう。しかし、あらかじめ断っておくが、ここに入ったからにはわしのやり方に従ってもらう。妄言や嘘偽りを吐こうものなら、わが槍がその胸を貫く。もう一つ。この扉を生きて出られるのは一人だけだ。負けた側はすなわちわが敵、話が済めば切り刻んでくれる。わかったな。話はそれだけだ。はじめてくれ」言い終えるとどっかりと座り込み、黙って真正面を見据えた。

張繡のこのやり口に、李孚は眉をひそめた。門をくぐるときは上品に遠慮していたが、ここは気勢を上げて主導権を握ろうと、すかさず拱手した。「建忠将軍、わたくしは冀……」

張繡は手を上げて制した。「そなたが何者かは知っている。要らぬことは申さずともよい。わしは聞くだけで話には加わらぬ。そなたの話し相手は向こうだ。聞きたいことがあればあとでこちらから尋ねる」張繡は双方ともに能弁の士であることをわかっていた。賈詡がいないいま、自分ごときの弁舌では丸め込まれてしまう。いっそのこと聞き役に徹することにした。

李孚は生まれて初めてこのような状況に出くわし、言葉を失った。そこへ先に口を開いたのは郭嘉だった。「李殿に問う。そちらの大将軍は朝廷の重臣でありながら、なぜ邪《よこしま》な心を抱いて社稷《しゃしょく》を奪おうとするのか」

郭嘉が出し抜けに罪を着せてきたが、李孚は努めて気にしない様子で答えた。「その台詞、そのまま返そう。邪なのはいったいどちらだ」言い終えると郭嘉を見据え、平然として袖を振るい、張繡のほうに向き直り冷やかに笑って見せた。

李孚は全身これ智謀の塊、ゆめゆめ油断はならぬ――郭嘉はそう気を引き締めて詰問を続けた。「袁紹は逆賊袁術《えんじゅつ》と結託し、玉璽《ぎょくじ》を手に入れようとしたではないか。天子が詔書を発し、公にしたことだ。知らぬとは言わせぬ。袁紹が胸に抱く邪心こそ、天下に禍《わざわい》をもたらすものだ」

「罪を着せようと思えば、言いがかりなどいくらでもでっち上げられる……」李孚は軽く袖を払うと、気にも止めない様子で答えた。「わが大将軍が邪な心を抱いているというが、証拠はあるのか。

あるのなら、わたしと建忠将軍に見せてもらいたいものだ」郭嘉が書信など持っているはずがないと踏んでいるのだ。

「禁中に二通の書信があり、済陰《さいいん》太守の袁叙《えんじょ》は罪を認め、斬首に処せられた。まだしらを切るつもりか」

「そんなもの、でっち上げに決まっている」李孚はあくまでも認めない。「袁術は数か月も前に江《こう》亭《てい》［河南省南部］で死んだ。わが主君と通じあってもいなければ、北上して玉璽を献上してもいない。だというのに、曹孟徳《もうとく》は劉備《りゅうび》ら三将を遣って寿春《じゅしゅん》を攻めた。伝国《でんこく》の玉璽もすでに手に入れたのではないのか」

郭嘉は手を打って笑った。「はっはっは。李子憲よ、河北《かほく》の名士であるそなたが、顔色も変えずに嘘偽りを申すとはな。わが主君が劉備ら三将を遣わしたのは徐《じょ》州からの北上を阻止するためだ。寿春になど行っておらん」

「こやつの言葉を信じてはなりませぬ」李孚は張繡のほうを見ながら朗々と述べた。「一介の将に過ぎなかった曹操を、わが大将軍がそのわずかな才に憐れみをかけ、兵馬と糧秣を分け与え、奮武《ふんぶ》将軍の職を授けたのです。それもこれも社稷を助けて黄巾《こうきん》賊を討伐させるため。それを曹操は黄河を渡って王肱《おうこう》を東《とう》郡から追い出し、濮陽《ぼくよう》では兗《えん》州を奪い取り、金尚《きんしょう》を昌邑《しょうゆう》［山東省南西部］から追い出し、張邈《ちょうばく》を雍丘《ようきゅう》［河南省東部］で殺しました。さらには誰憚ることなく辺譲《へんじょう》ら三人の士人《しじん》を謀殺し、徐州では睢陵《すいりょう》［江蘇《こうそ》省西部］をはじめ五城で殺戮《さつりく》を繰り広げました。わが将軍は曹操との旧交を思い、刃を向けるに忍びなかったのです。ところが、この賊めはますます非道になってほしいままを行うようになりました。しまいには陛下を許県に連れ去り、朝廷で専横を極めて異を唱える者を害し、忠臣を陥れている始末。曹賊こそは天下第一の不忠不孝、不仁不義の恥知らずである」

郭嘉も負けずに袁紹を非難した。「子憲殿、それは謙遜が過ぎよう。恥を知らぬという点で、曹公はそなたの主君の足元にも及ばぬ。四代にわたって三公《さんこう》を務めた家に生まれ、お国の禄を食《は》み、要職を与えられたにもかかわらず、邪な心を抱いて反逆するとは。宦官が政《まつりごと》を乱したときに董卓《とうたく》と結託して洛陽《らくよう》を踏み荒したのは、まさに天下大乱の元凶であろう。挙兵してから先祖の遺徳で盟主に祭り上げられたが、いったい袁紹が何をしたか。韓馥《かんふく》を追い払って冀州を奪い、孔融《こうゆう》を攻めて青州《せい》に混乱を引き起こし、野盗どもと結託して并《へい》州を占領し、こたびは公孫瓚《こうそんさん》を殺して幽《ゆう》州をわがものとした。さらには、王匡《おうきょう》を謀殺させ、臧洪《ぞうこう》を殺害し、三人の子は山河を不法に占拠し、強きを助けて民草を抑圧し、悪逆の限りを尽くして朝廷に混乱をもたらしているではないか。君主に背き、兄弟を欺き、恩義を忘れ、友を売る。数々の陰険かつ醜悪なる所業、わが曹公など足元にも及ばぬ」

二人の応酬に耳を傾けていた張繡は、しだいに背筋が寒くなってきた――袁紹も曹操も同じ穴の狢《むじな》ではないか。裏切りに非道、悪行の限りを尽くしている。どちらにつくにしても用心せねばなるまい――呆気にとられていると、今度は李孚が非難した。「それでは尋ねるが、いまの朝廷とは天子の朝廷か。それとも曹賊めの朝廷か」

郭嘉は包拳の礼をして、馬鹿丁寧に答えた。「むろん、大漢の天子の朝廷だ」

「それはまた奇妙なことを……」李孚は承服しかねると言いたげに髭をしごいた。「天子は宮中奥深くに押し込められ、政は曹賊めの独断で行われていると聞く。豫《よ》州や兗州にしても、天子自ら任命した県令が一人でもいるだろうか。天子の統《す》べる部隊が一つでもあるだろうか。知らぬのはわたしだけかな」

「まったくの物知らずと見える」郭嘉が一顧だにせず答えた。「桓譚《かんたん》の『新論《しんろん》』に、『国の廃興《はいこう》は政《せい》事《じ》に在り。政事の得失は輔佐に由《よ》る。国を治むるは輔佐の本なり、其の任用咸《ことごと》く大才《たいさい》を得、大才乃ち主の股肱羽翼《ここううよく》なり［国が栄えるも衰えるも、政の善し悪しによって決まる。政が成功するか否かは、輔弼《ほひつ》の善し悪しにかかっている。国をうまく治めることが輔弼の根本であり、須《すべから》く立派な才能を有する者を任用して、陛下の股肱の臣、側近とすべきである］』とあるのを聞いたことがないようだ。わが曹公が輔政《ほせい》の任についてからというもの、賢良の士を登用し、屯田を興し、不忠の輩を征伐し、小人《しょうじん》を誅し、その功績はあまねく四海に響き渡っている。まさしく当世の周公旦《しゅうこうたん》［周の政治家］、伊尹《いいん》［殷《いん》初期の政治家］であろう」

「これは異なことを」李孚が高笑いしながら反駁した。「わたしに言わせれば、奸佞《かんねい》な輩を登用し、牢獄を賑わせ、良臣を征伐し、忠臣を殺《あや》めと、罪を重ね悪名が遠く響き渡っている。つまり当世の趙高《ちょうこう》［秦《しん》の宦官］、王莽《おうもう》だ。まことにやつが忠臣なら、政を天子に返し、民心を落ち着かせているはず。こうしよう。わたしが大将軍に代わって決めさせてもらう。曹孟徳が国の政を返して隠居するならば、この戦はおしまいだ。盟約を結び、武器は蔵に入れ、軍馬は野に放ち、生涯にわたって黄河を越えぬと誓うのだ。いかがかな」

本気で言っているのではないと知りながら、郭嘉は半歩たりとも退かない。「猛獣を捕らえるのに女官に命じることもなければ、巨大な魚を釣るのに幼子《おさなご》に頼むこともなかろう。親政をさせないのではなく、天子のお力が足りないのだ。天子はまだお若い。曹公が手を引けば、逆賊の袁紹に殺されてしまう」

李孚は腹を抱えて笑い、その場にいる者たちに訴えた。「みなさま方、お聞きになりましたか。何が何でも天子を手放すつもりはないと見えます。わたしが曹賊めを趙高、王莽と申したこと、まことでしょう」

「井のなかの蛙が好き勝手な推測をしているに過ぎぬ」郭嘉は袖を振るって立ち上がった。『凡《およ》そ人性《せい》は極め難く、知り難きなり。故に其の絶異《ぜつい》なる者は常に世俗の遺失する所と為《な》る［総じて人の本性を見極め、知ることは難しい。そこですこぶる優れた者でも常に世間から忘れられてしまう］』と申すではないか。わが曹公は天子を奉戴して逆臣を討ち、天子を輔弼しているというのに、邪推もいいところだ」

「ふんっ。天子を擁して諸侯に令しているように見えるがね」李孚も立ち上がった。

「天子を奉戴して逆臣を討っているのだ」

「天子を擁して諸侯に令しているだけだ」

「天子を奉戴して逆臣を討っているのだ！」

郭嘉が衣をさっと払って言葉巧みに語れば、李孚は大声で遠慮なくまくし立てる。広間は売り言葉に買い言葉――二人は口角泡《こうかく》を飛ばして鋭く対立し、お互いの実力が拮抗《きっこう》していることを感じていた。この舌戦、刀や槍での実戦にも決して引けを取らない。その場にいた者たちは一人残らず眉をひそめ、刀持ちの男たちさえも呆気にとられていた。張繡は兵を並べて二人に本音を吐かせてやろうと身構えていたが、あろうことか二人とも闘志を燃やしはじめ、もはや張繡らには何を話しているのかさえわからなくなってきた。心を乱されてどうすべきか決めかね、張繡は慌てて一喝した。「黙れ！文人気取りどもめが。そういう上っ面《つら》だけの話に何の意味がある。この戦、いったいどちらが勝つのだ」

早かったのはやはり郭嘉だった。「曹公の勝利に間違いありませぬ。すでに黄河に兵を揃え、砦をいくつも落としております。袁本初《ほんしょ》に反撃する力はありませぬ」

李孚も負けていない。「信じてはなりませぬ。わが大軍が到着するまで、大目に見てやっていただけのこと。わが河北の精兵は十万あまり、ひとたび黎陽に至れば曹操などあっという間に撃破してみせましょう。蛍光《けいこう》が日月と輝きを競ったところで勝てませぬ」

「この法螺《ほら》吹きめ。優柔不断で兵法もろくに知らぬ袁紹が来たところで、わざわざ首を差し出しにくるようなものだ」

「曹操こそ無能の輩。そういえば汴水《べんすい》［河南省中部］では敗北を喫し、寿張《じゅちょう》［山東省南西部］では敵に包囲され、呂布《りょふ》には帰るべき城がないところまで追い込まれたではないか」李孚はそう反論してから、張繡の卓に近寄った。「将軍は覚えておいででしょうか。宛《えん》城［河南省南西部］で破れた曹賊めが、将軍の手でどれほどの憂き目に遭わされたかを。敗者の申すことに耳を傾ける必要はございません」

この言葉は張繡の胸に突き刺さった。張繡の懸念は曹操の用兵の巧拙ではなく、曹操が息子を殺された恨みを抱いているのかどうかにあった。張繡が顔を引きつらせているのを見た郭嘉は、旗色が悪くなっていることを感じ取り、同じように卓に駆け寄った。「耳を貸す必要はありませぬ。袁紹は見かけ倒しの男。将軍と同列に論じられるような人間ではありませぬ。あのような者についていったところで、戦に負けることはもちろん、たとえ勝ったとしても良い思いなどできませぬ。張導《ちょうどう》、劉勲《りゅうくん》、臧洪、麴義《きくぎ》らは袁紹のために尽力したにも関わらず、最後には袁紹の凶刃に倒れました。用済みになれば消す、それが袁紹の一貫したやり口です。人間のやることでしょうか」

張繡の心がまた揺れ動いた。いまの話も偽りではない。袁紹は恐ろしく打算的な男で、善良な心の持ち主ではない。李孚が苦り切った表情を浮かべた。「郭奉孝《ほうこう》よ。そなたも河北の臣下であった身、曹操の側についたからといって、かつての主君をそこまで悪し様《あざま》に貶《けな》すとは」

「ふんっ。貴様のような小人よりましだ」

二人は激昂してそのまま実力行使に出そうな勢いである。張繡は眉間に深い皺《しわ》を刻んで考え込んでいた。果たしてどちらにつくべきか。口を開くほどに興奮が高まっていく二人は、ついには卓にしがみついて自説を説き、張繡は耳が痛くなって頭がぼうっとしてきた。もはやひと言も耳に入ってこず、気怠《けだる》さを覚えはじめた。

ちょうどそのとき、広間の外から低く重みのある笑い声が響いてきた。「ほっほっほ……誰か来ているのか。ずいぶん賑やかではないか」

郭嘉と李孚は目を見開いた。刀持ちの男たちが扉を開くと、一人の男が俯《うつむ》きがちにゆっくりと入ってきた。年は四十を過ぎたあたり、背丈は高くなく、少し背中を丸めている。少しばかり皺が刻まれた温和で色白の顔、蓄えられた長い髭、文人が着る黒い服をまとい、やはり黒っぽい頭巾で頭を包んだ姿は、穏やかで老成した雰囲気をたたえている——入ってきたのは賈詡その人であった。

「賈の叔父上、ようやくお戻りになりましたか」張繡は安堵のため息をもらした。それ以上言葉を続けることも億劫で、広間の男二人を指さすと、卓にもたれかかってひと息ついた。

「奉孝ではないか」賈詡は曹操が宛城に攻め込んだときにすでに郭嘉に会っていた。これ以上ないほど丁寧に礼をすると、李孚のほうを振り返って拱手した。「どなたであったかな」

長いあいだ郭嘉と言い争い、声も嗄《か》れてしまった李孚は咳払いをすると、礼儀正しく答えた。「鉅鹿の李孚と申します。大将軍の麾下《きか》にて冀州の従事をしている者です」

「ご高名はかねがね」賈詡の返事は、本当に知っているのか単なる挨拶かも判然としない。

「あなたはかの名高き賈文和《ぶんわ》殿でいらっしゃいますね」李孚には目の前の人物が誰なのか、見当がついていた。

「名高きと申しても、名声ではなく悪名であろう」賈詡は手を振って否定した。「大将軍は近ごろ易《えき》京《けい》［河北省中部］の公孫瓚を葬り、黒山《こくざん》の賊兵を破ったと聞く。冀、青、幽、并の四州を手中に収め、その麾下には数え切れぬほどの猛将、君子を抱えているそうですな。精兵は十万を下らず、割拠する勢力を片づけ、烏丸《うがん》を手懐《なず》け、河北の地には豪傑が押し寄せているとか。実に結構なことだ。めでたい、めでたい」

「もったいないお言葉」賈詡の言葉で自信を得た李孚は、得意げに郭嘉のほうを見た。

郭嘉の全身がわななないた。この老いぼれは、袁紹に帰順するよう主張するに違いない。そう思ったところで最初の張繡の言葉を思い出し、首筋が寒くなった。ところが、賈詡は依然として慇懃な態度のまま、口ぶりを一転させた。「いくつか、大将軍に伝えていただきたいことがある。俗に『一尺の布も尚《なお》縫うべし。一斗の粟《ぞく》も尚舂《うすづ》くべし。兄弟二人相容れず［一尺の布ですら一緒に縫うと一つになる。

一斗の粟ですら一緒に搗《つ》くと一つの食べ物になる。だが兄弟二人は相容れない」』と言う。大将軍と淮南《わいなん》［淮河《わいが》以南、長江以北の地方］の後将軍は血を分けた身内であるのに互いに反目し、敵対し、駆け引きをし合う間柄になってしまった。世の者がそれを見て心を痛めぬはずがない。『兄弟心を斉《ひと》しくすれば、其の利《と》きこと金を断つ［兄弟で心を合わせれば、その鋭さは金をも断つものとなる］』というではないか。協力して南北で呼応していれば、中原はとうの昔に袁家のものになっていただろう。袁公路《こうろ》も欲に目がくらんで江亭で倒れることもなかった。大将軍は身内を許してやる度量さえ持ち合わせておらぬようだが、それでどうやって天下の豪傑たちの心を得ることができよう」賈詡は淡々と語ったが、そのひと言ひと言は剣先のように鋭かった。「それゆえ……わが将軍が大将軍に帰順することはできぬ。どうかお引き取りを」そのひと言が出るや、郭嘉も張繡も目を丸くして言葉を失った。まさか賈詡がこれほど淡々と決断を下そうとは思いもしなかった。李孚も呆然としていたが、しばらくして気を取り直し、反論しようとした。「賈殿。ご存じないかもしれませぬが、わが大将軍は……」

「もうよい」賈詡はあくまでもにこやかに話を遮った。「そなたらの勢力が強大であることは知っている。だが、物事というのは天が定めるもの。人にできるのは人事を尽くすことだけだ。わたしは古い人間でな、やはり朝廷に帰順していなければ心が落ち着かぬのだ。勝敗については……互いに戦場で全力を尽くすとしようではないか」そう語ると、門を固めている刀持ちの男たちに合図した。「君子は交わり絶ゆとも悪声を出《い》ださず。物騒なものをちらつかせるな。みなの者、下がるがよい。李殿をきちんとお見送りするのだ」

賈詡がそこまで言うので、李孚はもはや口を開くのも恥ずかしく、ひれ伏して嘆息した。「そうですか……建忠将軍、賈殿とともに大事を謀《はか》ることができぬとは、残念極まりない。お二人とも、どうか達者で。わたしはこれにて失礼する」

賈詡は変わらず恭しく礼を返した。先ほどあれだけ激しく言い争っていたにもかかわらず、郭嘉は李孚がたいした人物だと思うようになっていた。敵意はすでに失せ、知己としての情が芽生えていた。歩み寄り、声をかけた。「先ほどは失礼した。子憲殿、道中ご無事で」

李孚の長旅は水泡に帰したが、それでも戻って報告しなければならない。内心遣る方ないものがあったが、それでもあえて笑ってみせた。「なんの、なんの」

郭嘉はその表情を見て、思わず袖を引いた。「子憲殿、つらい帰還になるのではないか。もしも北へ戻って肩身の狭い思いをするくらいなら……」

懐柔の意を察した李孚はただちに袖を振り払った。「郭奉孝、そなたはわたしを甘く見ておるな。才も力も足りぬとはいえ、袁氏の恩を受ける身。主君から罰せられるなら甘んじて受けるまでのこと。士たる者、殺されようとも辱めを受けず。わたしに不忠の男になれというのか」

郭嘉はむっとした顔で言葉を返した。「辱めるなど。ただ、李殿の無事を願ったまでのこと」李孚は郭嘉が本心からそう口にしていると見て取り、拱手した。「かたじけない」そう礼を述べると踵《きびす》を返して歩きだした。

まさに雨降って地固まる、郭嘉は、李孚が敵であるとはいえ、道中で曹操の兵に捕らえられ、命を落とすのではないかと不安を覚えて再び声をかけた。「道中気をつけてな。無事に帰れるよう、味方の兵に伝えておこうか」

李孚は歩みを止めて振り返った。「ここまで無事にやって来られたのだ。帰りもきっとつつがなく進んでいけよう。心遣い、痛み入る」郭嘉は己の取り越し苦労を感じつつ、笑った。「いつかそなたが曹公に捕らえられたら、きっと申し開きをしてやるからな」

李孚も笑った。「偉そうなことを言ってくれる。そなたらが勝つことはなかろうが、かりに戦に勝って鄴城《ぎょう》［河北省南部］を包囲したとしても、わたしを捕らえることなどできぬ。はっはっは」天を仰いで笑いながら、李孚は風のように去っていった。郭嘉は名残惜しさで胸がいっぱいになり、しばらくのあいだぼんやりしていたが、ふと我に返ってひれ伏した。「建忠将軍は大義を忘れず、賈殿は並外れた智謀をお持ちのお方。曹公に代わってお礼申し上げます。これでわれらはともに朝廷の人間です」

事は賈詡の鶴のひと声で決まったが、張繡は依然として浮かぬ顔をしていた。かねてより賈詡を敬愛し、自分の頭越しに決定を下されても反対したことはなかったが、このたびばかりはどうにも納得しがたかった。郭嘉に向かってぶっきらぼうに告げた。「ご使者は駅亭にて休まれよ。委細については明日改めて話そうぞ」そう言うと立ち上がり、広間の中心まで歩くと、床石に刺さったままの銀の槍に手をかけ、力を込めて瞬く間に引き抜いた。

「素晴らしいお手並みです」郭嘉は親指を立てて褒め称えた。「決戦の時は近い。そしてこれは朝廷の存亡のみならず、将軍ご自身の生死にも関わる大事。一日も早くここを発ち、兵とともに北上して曹公に合流していただきたい」郭嘉はそう話してまた一礼し、改めて賈詡にも頭を下げると、配下の者を連れて駅亭へと向かった。

重苦しい表情の張繡を目にし、賈詡は張繡が不満を抱いていることに気づいて優しく問いかけた。

「将軍、何かご心配がおありかな」

「いえ、叔父上が決めたことに従えばよいのです」張繡はそう答えながら手中の銀の槍をもてあそんだ。しかし、張繡は物事を胸のなかにしまい込んでおくことのできない性格である。何度か槍を振り回すと、思わず本音を漏らした。「叔父上を責めているのではありません。本心を聞かせてほしいのですが、わたしは叔父上をきちんと処遇できているでしょうか」

「将軍のご恩は海のごとく深うございます」

張繡は銀の槍を放り投げ、腰に手を当てた。「穰県のことは大小問わず叔父上が取り仕切っており、それを知らぬ者はおりませぬ。わたしも何か良い物を手に入れれば真っ先に叔父上に贈っています。実の叔父に対してでさえそれだけのことはしておりませぬ。しかし、あなたはわたしにどう接しているのか。叔父上の家族が華陰《かいん》［陝西《せんせい》省東部］で段煨の手中にあることは知っています。ですが、どうか本音を話してくれないでしょうか。郭嘉との話をまとめるにしても、最低限曹操からの保証が要るのではないでしょうか。過去のことは水に流すと言明してもらえなければ安心できませぬ。こうもあっさりと軍門に降ってしまったのでは、こちらの生死も利害もあったものではありません。よもや、ご自身の家族のためにわが一族を捧げてしまうのではありますまいな。曹操にとってわたしは息子の仇ですぞ。ずいぶんと乱暴なやり方ではありませんか」

賈詡は微笑んだまま反駁もせず、張繡の言葉が終わると、ゆっくりと語った。「わたしが家族のことを気にかけているのは本当です。しかし、曹操に帰順するのは将軍のためでもあるのです」

「ふんっ」張繡は白い目を向け、槍を拾うとまた振り回しはじめた。「いまさら何を言ったところで仕方ありません。どちらにしても袁紹は強く、曹操は弱い。そしてわたしは曹操の仇です。これからは肩身が狭くなりましょう」

すると、賈詡はあろうことか腹を抱えて笑いはじめた。「はっはっは……将軍は何もおわかりでない」

張繡は皆目見当がつかない。「もったいぶっていないで、どういうことか教えてください」

「袁紹は強く曹操は弱い、そして将軍が曹操の仇であるからこそ、わたしは曹操に帰順することが得策だと申しているのです」賈詡は髭をひねりながら歩きだした。「曹操が天子を奉戴して逆臣を討とうが、天子を擁して諸侯に令しようが、いずれにせよ天子はあやつの手のなかにあるのです。曹操に帰順することは道義の上でも説明がつきます。たとえあとになって戦に負けても挽回の余地があります。しかし、袁紹はいかに強大とはいえ、道義にもとることをしている以上、かりに袁紹に帰順して負けてしまえば、それこそ『罪を天に獲《う》れば、禱《いの》る所無きなり「天から見放されれば、どこで祈りを捧げても同じ」』というものです。自ら退路を絶つことをしてはいけませぬ。これが曹操に帰順する一つ目の理由です」

張繡の怒りも消え、心を落ち着けて耳を傾けた。賈詡は笑って続けた。「二つ目です。われらには四千の人馬しかございませぬ。一方で袁紹の兵力は十万を下りません。われらはいかにも中途半端な数なのです。帰順したとしても将軍が重用されることはありませぬ。しかし、曹操の持つ人馬は少ない。帰順すれば大喜びで、必ずや厚遇されることでしょう」

張繡は半信半疑だったが、腹に満ちていた怒りはいつの間にか雲散霧消していた。賈詡は滔々《とうとう》と語り続けた。「そして三つ目の理由。これがもっとも重要です。それは、将軍が曹操の息子を殺したという事実……」

「どういうことです」張繡にはわけがわからなかった。

「覇王の志を持つ者は私怨を忘れ、四海に徳を輝かせようとするものです。曹操は将軍の心情をも利用して、世間に見せつけたいのです。自分に帰順しさえすれば、たとえ肉親を殺された深い恨みであっても水に流すと。それゆえ、曹操は将軍に害を及ぼさないのはもちろん、官職を授け、厚遇することでしょう。将軍に決して不自由な思いをさせません。将軍が健在である限り、曹操の名声も損なわれることがないからです」

張繡は胸のつかえが下りる思いだったが、それでもなお聞いておきたかった。「本当にそのとおりになるのでしょうか」

「ゆめゆめ疑いなさるな」賈詡は鋭い眼差しで張繡を見た。「曹操との怨讐はすでに消え失せております。嘘だと思うなら、許都へ行って確かめられるが良いでしょう」

第九章　劉備《りゅうび》、造反して下邳《かひ》を取る

風雲急を告げる

綿密な計画を経て、曹操は劉延《りゅうえん》を白馬《はくば》県［河南省北東部］に、于禁《うきん》を延津《えんしん》の渡し場に配し、河北《かほく》に対する防衛戦の最前線とした。自身は大軍を率いて官渡《かんと》［河南省中部］に駐屯し、袁紹《えんしょう》の大軍がやって来るのをいまかいまかと待ち続けた。そうして二月《ふたつき》あまり過ぎたが、敵は依然として影も形も見せなかった……

袁紹は鄴《ぎょう》城［河北省南部］に戻ると、全軍を統《す》べる監軍《かんぐん》の職を廃し、郭図《かくと》、沮授《そじゅ》、淳于瓊《じゅんうけい》の三人を都督《ととく》に任じて、それぞれが一軍を統べるよう兵馬を再編成していたが、この緊迫した情勢下で、新たな問題が発生した。幽《ゆう》州の故将の鮮于輔《せんうほ》、そして臨時に烏丸校尉《うがんこうい》の職についていた閻柔《えんじゅう》が、公然と袁紹の指揮に逆らったのである。また、遼東太守《りょうとうたいしゅ》の公孫度《こうそんたく》も、海賊と手を結んで青《せい》州の地を脅かしていた。

そもそも公孫瓚《こうそんさん》に殺された前任の幽州牧《ぼく》の劉虞《りゅうぐ》は、生前異民族と融和的であった。そのため、かつての部下たちも烏丸、鮮卑《せんぴ》らと良好な関係を結んでいて、劉虞が殺害されると、鮮于輔らは劉虞の仇を討つため烏丸とともに挙兵し、袁紹を助けて公孫瓚を攻め立てた。また、朝廷が任命した烏丸校尉の邢挙《けいきょ》を鮮卑と結んで殺し、広陽《こうよう》の勇士である閻柔がその職を代行するとともに、鮮卑、烏丸の兵馬を率いて公孫瓚の送り込んだ官吏を討った。しかし、公孫瓚の一派が滅び去ると、幽州の将らは烏丸からの支持もあり、しだいに袁紹に従わなくなってきていた。

また、小役人から成り上がった公孫度は、戦乱の世になってから董卓《とうたく》の配下の将で同郷でもあった徐栄《じょえい》に推挙され、遼東太守となっていた。赴任してからは郡内の豪族を殺害して兵馬を蓄え、戦《いくさ》から逃れてきた士人《しじん》を任用した。東は高句麗《こうくり》に侵攻し、西は烏丸を追い払い、扶余《ふよ》国までも自身の領地にした。公孫度は新たに得た土地に独断で遼西《りょうせい》と中遼《ちゅうりょう》の二郡を置き、「遼東侯」を自称し、中華とは別の国の天子のように振る舞った。そして、東北の地盤を確固たるものにすると、今度は海を渡って青州の東萊《とうらい》などの地を狙うようになったのである。

前線で戦いをはじめる前から後方で問題が生じたので、田豊《でんほう》や騎都尉《きとい》の崔琰《さいえん》らは、袁紹に南下をやめて後方の対策に専念し、曹操に対して穏健な策を取るよう諫めた。しかし、曹操に黎陽《れいよう》［河南省北部］の砦を破壊されて激怒していた袁紹は、後方を安んじて固めるという提案のみ受け入れた。使者を送って偽の詔《みことのり》を発し、遼西烏丸の首領蹋頓《とうとん》、遼東烏丸の首領蘇僕延《そぼくえん》、右北平《ゆうほくへい》烏丸の首領烏延《うえん》を単于《ぜんう》に任じ、敬意を表するために安車《あんしゃ》［年配の高級官僚などが座って乗る小型の馬車］、絹傘、そして羽旄《うぼう》［雉《きじ》の羽と旄牛《からうし》の毛を飾りにした幢《はたぼこ》］を三人に贈った。さらに、幽州諸将の軍職についても昇進させ、正式に閻柔を烏丸校尉に任じ、公孫度が遼東侯を名乗ることも黙認した。一連の対処によって対立は和らぎ、ひとまずこの者たちを黙らせることに成功した。その後、袁紹は次子の袁熙《えんき》を幽州刺史《しし》に、三子の袁《えん》尚《しょう》を冀《き》州刺史に、甥の高幹《こうかん》を并《へい》州刺史に任じ、州を統べて地盤を固めさせることにした。また、青州刺史を務める長子の袁譚《えんたん》には、軍を率いて鄴城まで来させて従軍させることとし、青州の政《まつりごと》は青州別駕《べつが》の王脩《おうしゅう》に代行させた。ところが、息子三人と甥一人にそれぞれ一州を与えるという案は、またしても沮授らの反対を受けた。

指折り数えてみれば、袁紹が南下を決断してからすでに四、五か月が経っていた。ところが、なおもあちらこちらから問題が噴出し、後方の問題は完全な解決を見ることなく、人心も統一できずにいた。加えて、疲れ果てた士卒の愚痴はやまず、将たちも軍の再編に不満げであった。袁紹自身にも即断即決する胆力が欠けており、戦の準備は混乱のなかで遅れに遅れ、出陣の日は一日、また一日と遅れていった。

曹操はとうの昔に準備を整えていたが、待てど暮らせど袁紹が鄴城でぐずぐずしているので、さすがに痺《しび》れを切らし、大軍を官渡に残したまま、自らは後方の調整のため、護衛兵を連れて許都《きょと》に戻った。曹操が都に戻るや否や、穰県《じょうけん》［河南省南西部］の張繡《ちょうしゅう》が首尾よく朝廷に帰順するとの知らせが舞い込んできた。賈詡《かく》の助言により、穰県から軍を引き連れて北上し、官渡で戦の準備に協力してくれるという。曹操はすぐさま書状を送り、許都で合流してから、袁紹の出陣に合わせてともに北上するようにと伝えた。

張繡はびくびくしながら許都にやって来た。賈詡が情勢をわかりやすく説明し、郭嘉《かくか》も言葉を尽くして身の安全を保証してくれたものの、曹操がまだ自分を恨んでいるのではないかと思うと気が気でなかった。ところが、まだ許都から遠く離れたところで、朝廷の使者が詔書を携えて駆けつけ、張繡を揚武《ようぶ》将軍に任ずると告げてきた。さらに、関西《かんせい》［函谷関《かんこくかん》以西の地］出身の官たちも曹操の命《めい》を受けて続々と出迎え、しだいに和やかな雰囲気となって張繡は心強く感じた。曹操本人はというと、本営で盛大な宴会を準備し、張繡の帰順を大々的に祝おうとしていた。

箜篌《くご》［弦楽器の一つ］が奏でられ、羌笛《きょうてき》も賑やかな音を響かせている。楽人《がくじん》が演奏するのはいずれも涼《りょう》州の曲である。朝廷の官たちが袖を振るい、続々と拱手《きょうしゅ》してきたかと思えば、平服を身につけて武冠《ぶかん》をかぶった曹操陣営の将たちも一斉に会釈してきた。西涼《せいりょう》の軍はこれまで世間にさんざん蔑《さげす》まれ、董卓の暴政この方、官や豪族から蛇蝎《だかつ》のごとく嫌われてきた。張繡は災禍をもたらした張済《ちょうさい》の親族であったが、今日のこの厚遇を見るに、時世が移り変わり、過去のことがすべて水に流されたのは明らかだった。とても賑やかな雰囲気のなか、本営の幕舎《ばくしゃ》をくぐった張繡は緊張がいくぶんか和らいでいた。しかし、顔を上げ、威風堂々たる出で立ちの曹操の姿を目の当たりにすると、思わずその足元にひれ伏した。「長きにわたり天子のご威光に逆らっておりました。何とぞ……」

「昔のことはもうよい」曹操は張繡が言い終えるのも待たずに立たせた。「大義を忘れることなく帰順してくれたからには、将軍はすでに朝廷の功臣である」

張繡は立ち上がると、ばつが悪そうに曹操を見つめた。曹操も胸に何かがつかえているような面持ちで張繡を眺めている。四つの眼《まなこ》が向き合い、しばらくのあいだ無言が続いた。三年前の宛《えん》城［河南省南西部］でも同じような対面があり、当時は張繡も心から帰順し、曹操も快く受け入れた。それがあろうことか、女一人のために何もかもが台無しになった。しかし、世は移り変わり、曹操と張繡は大きく遠回りして、いまここで再び相まみえたのである。張繡は一時の怒りに任せて反旗を翻し、曹《そう》昂《こう》、曹安民《そうあんみん》、そして典韋《てんい》を殺《あや》めたことを深く後悔していた。劉表《りゅうひょう》と結んでなんとか三年のあいだ生き延びたが、最後には曹操に屈服することとなった。曹操も当時の自分に冷静さが足りなかったことを思い知っていた。将兵を失い、三度にわたってちっぽけな南陽《なんよう》を攻めるも抜くことができず、袁紹という強敵を目の前にしたいま、帰順を受け入れないわけにはいかなかった。この怨讐による教訓を経て、二人は互いに思慮深くなり、いくぶんかの冷静さを身につけたと言える。

曹操にしてみれば、決して気持ちの良いものではなかったが、張繍がやって来るのは有利なことに違いなかった。一つには南陽という禍《わざわい》のもとがこれで断たれたのであり、もう一つには、袁紹に対抗するための味方が増えたのである。袁紹の半分の兵力にも満たない曹操にとって、兵の加勢は数を問わず願ってもないことであり、そこへ張繍が一気に四千もの人馬を引き連れてきたのだ。何より張繍その人こそ得難き勇将である。そう思うと曹操は笑顔を見せ、張繍の手をぐいと引き、自分の隣に誘った。

張繍は再三固辞したが、曹操は許してくれず、針のむしろに座らされるような心持ちで腰を下ろした。緊張が高まったが、ふと見ると、ちょうど郭嘉が賈詡を連れて着席するところで、賈詡の助言を思い出した。曹操に会ったならば、人質を送ることを自ら提案すべきであり、そうしてはじめて曹操の不信感をぬぐい去ることができる、と。張繍はさっそく切り出した。「明公《めいこう》、それがしの家族がまだ軍中におりまして……」

「うむ。心配は無用だ。すでに食事を手配するよう命じてある」

「かたじけのうございます」曹操がこちらの意図を誤解しているので、張繍は改めて申し出た。「それがし、今後は明公とともに戦地に赴き、一族郎党を挙げて……」

言い終える前に曹操は杯《さかずき》を手にし、声を上げた。「ご列席の諸君、張将軍が軍勢を率いてはるばるやって来てくれた。まずは長旅をねぎらって乾杯といこうではないか」その声を合図に、幕舎じゅうの官や将たちが一斉に動きだした。みな続々と立ち上がり、思い思いに酒を酌《く》み交わしている。張繍も言いかけた言葉を飲み込み、席を立って挨拶をしに回った。

そうしてしばらくのあいだ世間話をしてから、張繍は自席に戻って酒を飲み干した。袖で口元をぬぐい、改めて人質の話を持ちかけようとした。ところが、曹操のほうから出し抜けに耳打ちしてきた。「将軍のところにご息女が生まれたと聞いたが、それはまことか」

張繍は目をしばたたかせ、なぜそんな話をするのだろうと思いながらも、恭《うやうや》しく答えた。「仰るとおり、まだ一歳にもならぬ娘がおります」

「それは結構」曹操は髭をしごくと、こう持ちかけた。「わしの夫人、周氏《しゅうし》が息子を産んだ。名を曹《そう》均《きん》といい、ご息女と同い年にあたる。もし将軍さえ嫌でなければ、ご息女をわしの息子にめあわせて、両家が一族になるというのはどうかな」

張繍はまさかの幸運に驚いて口をあんぐりと開けた。子の仇という恨みがありながら、曹操のほうから縁組みを持ちかけてくるとは。かつての怨恨が水に流されて安心していたところに、娘が曹家に嫁入りするという話まで降って湧いてきたのである。人質のような物騒な話よりよほど魅力的だ。何よりありがたいのは、周氏がかつて張済《ちょうさい》の妻だった王《おう》氏の侍女をしていたことだ。周氏はただの使用人ではなく、王氏とは義理の姉妹といっていい間柄である。その息子、曹均が自分の娘を妻に迎えるというのだ。絶えようとしていた親戚が続くことになる。よくもまあそんなことを思いついたものだ。

張繡は片時のあいだ頭が真っ白になったが、慌てて包拳《ほうけん》の礼をとり、満面の笑みで答えた。「それがしの娘をご子息の妻にとは、願ってもないことでございます」

曹操も笑った。「勇将の娘がわが子の妻に来てくれれば、わしもうれしいぞ。はっはっは」

そこまでの話になれば、張繡も曹操の懐の深さに敬服せざるをえない。心から感じ入った様子で感激の言葉を述べた。「海のごとき懐の深さ、そしてご恩、まこと痛み入ります。これからは犬馬の労をとり、誠心誠意、尽くしてまいります」

「まあ、まあ……」曹操は張繡の手を離すと、また杯を手に取った。「承諾をしてもらったいま、われらは親戚となった。そう水くさいことは申すな。同じ舟に乗った者が助け合うのは当たり前のことだ。恩だ何だと口にするのはやめてくれ。さあ、この酒を飲み干して、縁談を言祝《ことほ》ごうではないか」

酒が腹に収まると、仇同士は親戚となった。張繡もすっかり心強くなって、思わず賈詡のほうに喜びの眼差しを向けた。賈叔父上の言うことはやはり正しかった。

不安が取り除かれると、身のこなしからも硬さが消え、二人は袁紹への対抗策を論じはじめた。張繡はもはや袁紹の使者の申し出を拒んだことを悔いていなかった。加えて、自分はいまや曹操の親戚である。そこで、自ら四千の人馬を率いて官渡の最前線に駐屯し、先鋒を務めたいと願い出た。曹操もその意気込みを買って承諾した。語るほどに意気投合していく二人は、宛城での出来事をすっかり忘れていた。

酒と料理が行き渡り、楽人や歌妓《かぎ》が芸を披露するなか、官や掾属《えんぞく》［補佐官］は酒を勧め合い、涼州の諸将は歌姫に胸をときめかせている。曹操が涼州の舞いについて張繡と語っていると、慌てた様子で留府長史《りゅうふちょうし》の劉岱《りゅうたい》が幕舎の入り口に現れた。何か急ぎの知らせがあるらしい。曹操は勢いよく立ち上がった。「ちょっと衣を替えてくるゆえ、張将軍はしばしここでお待ちを」

そう言い置いて立ち上がると、ほかの者も一斉に腰を上げ、卓から離れて包拳の礼をとった。曹操はうなずいてそれに応えたが、賈詡も遠慮がちに隅のほうに立っているのが見え、誇らしい気持ちになった。この男が曹操に残した印象はあまりに大きい。李傕《りかく》、郭汜《かくし》を焚きつけて長安《ちょうあん》を混乱に陥れた悪の元凶だが、天子が洛陽に帰還するにあたっては大いに尽力した。曹操が南陽を三たび攻めるも降せなかったのは、張繡が善戦したというより、賈詡の謀略が功を奏したと言うべきであろう。張繡が帰順したのも、すべてこの男のお膳立てである。局面を打開する手腕は、天下広しといえどもこの男に及ぶ者はそうそういない。

「賈先生、道中は順調でしたかな」曹操は努めてにこやかに近づいた。

賈詡の表情は硬い。「罪がありながら刑に服しておらず、許しを得て帰順しましたが、不安でもあり、喜ばしくもあります」

なるほど、上手いことを言う。曹操はけちのつけようがない台詞だと思った。賈詡に歩み寄り、手を取って安心させた。「そなたに罪があろうはずはない。わが信義を天下に知らしめてくれたのは、そなたではないか」曹操は、賈詡が聡《さと》い男で、憚ることなく直言することを知っている。賈詡がこのたび張繡に帰順を勧めてくれたことで、曹操は、朝廷に帰順すれば子殺しの恨みさえ許すのだから、ほかの者は言うまでもないと、天下に示す機会を得ることができた。それゆえ曹操は、賈詡が「わが信義を天下に知らしめてくれた」と述べたのである。

賈詡は、曹操の言葉に懐柔の意図を読み取って遠慮した。「過分なお褒めにあずかりまして、まことに恐縮でございます。しかし、わたくしはかつて李傕や郭汜に従って、天下に害をなしました。その後は張将軍にお仕えする機会を得て、厚遇していただいております。帰順したのは、朝廷のためだけでなく、張将軍のために活路を開くという意味もございます」賈詡の読みどおりである。才を愛する曹操なら、あらゆる手を講じて自分を抱き込もうとするだろう。だが、自分はお国と民に禍をもたらした鼻つまみ者であり、曹操の生え抜きの家臣ではない。司空府《しくう》で任につけば、ほかの者の恨みを買いかねない。つかず離れずがちょうど良く、何か閑職でも与えてもらい、のんびりと暮らしてゆきたい。

そう遠慮されてしまえば曹操も強くは出られず、しばらく考えてから申し渡した。「こちらにいらした以上、朝廷の命には従っていただきます。取り急ぎ、執金吾《しつきんご》についていただくよう上奏しましょう。許都の官らとも親しくなれば、また別の職についていただくということで」執金吾といえば、九卿《きゅうけい》に肩を並べる官職で、近衛軍を司って都と宮中の安全を守る職である。曹操が政を牛耳るいま、司る近衛軍はあってないようなものだが、毎月三度、火災防止のために都を巡視する。その巡視の際、執金吾は立派な衣を身にまとい、手には吉祥を象徴する金烏《きんう》に似せた儀仗を携え、二百のきらびやかな緹騎《ていき》［配下の騎兵］を従える。そのため、都でもっとも名誉ある官職である。光武帝《こうぶてい》劉秀《りゅうしゅう》の言葉にも、「仕官するなら執金吾、妻《めと》を娶らば陰麗華《いんれいか》」とある。曹操がこの華々しい職を賈詡に与えたのは、多分に籠絡する意図があった。賈詡は曹操の下心を見抜いていたが、おずおずと小声で承った。「謹んで朝廷の任命をお受けいたします」

曹操は賈詡が「朝廷の」としか言わなかったことを、内心でせせら笑った――食えぬ男だ。だが、許都に来たからには朝廷の詔書によって従軍させ、用いてやろう。逆らえるものなら逆らってみよ――そう考えて微笑むと、あとはもう何も言わず、ゆっくりとした足取りで幕舎を出ていった。

劉岱はいまかいまかと曹操を待っていた。王必《おうひつ》が官渡に行ってしまったいま、あらゆる仕事がすべて自分に降りかかってくる。賈詡と長々と話をしていた曹操がようやく出てきたので、礼儀もわきまえず駆け寄った。「わが君……一大事です」

「どうした」曹操はにわかに色めき立った。「袁紹が出陣してきたか」

「いえ、そうではなく……」劉岱は口ごもった。

「さっさと言わんか」

事は重大であり、みなに知られれば士気に関わる。劉岱は首を伸ばして曹操に耳打ちした。「劉備《りゅうび》が裏切りました」

「何だと……」曹操は自分の耳を疑った。

「劉備が徐《じょ》州刺史の車冑《しゃちゅう》を殺し、下邳を占拠して造反したのです」

相次ぐ凶報

劉備《りゅうび》が謀反したとの知らせに、曹操は怒り狂った。すぐさま宴を切り上げて司空《しくう》府に戻ったが、劉《りゅう》岱《たい》や許褚《きょちょ》の手を借りて馬車から降りたときも顔を真っ赤にして全身を震わせ、ずっと劉備を罵り続けていた。「大耳の賊め！　恥知らずな草鞋《わらじ》売りめ……節操なしの恩知らずめ。必ず貴様を八つ裂きにして一族郎党を皆殺しにしてくれる。ええい、腹の立つ……ああ、ちくしょう、忌々《いまいま》しい……」

「わが君、お体に障ります」許褚が心配した。

もとよりそう言われて鎮まる程度の怒りではない。「兵を連れて劉備の屋敷を包囲しろ、なかにいるやつをみな捕えてこい、一人残らず殺してやる」

「わが君、ご安心ください。知らせを聞いてすぐに劉岱が王忠《おうちゅう》を向かわせております」

「……あやつの一族を殺し尽くさねば気が済まん……」

裏切られるのは別にはじめてのことではなかった。かつては陳宮《ちんきゅう》と呂布《りょふ》が兗州一帯を巻き込んで反旗を翻し、危うく曹操は帰る場所を失うほどの窮地に追い込まれた。だが、そのときでさえ今日ほどは腹を立てなかった。なんとなれば、陳宮に対しては曹操自身も負い目を感じており、謀反もやむをえないと思えたからだ。しかし、このたびの謀反は当時とはまるで異なる。曹操は劉備に情誼を尽くしてきた――呂布が徐《じょ》州を奪ったとき、行き場を失って途方に暮れる劉備を受け入れ、小沛《しょうはい》に足場を築くのを手伝い、豫州牧《よしゅうぼく》に任命したうえ、鎮東《ちんとう》将軍にもしてやった。その後、小沛を呂布に奪われても、ただのひと言も責めることなく劉備が妻を取り戻すのを助け、兵馬を与えて許都《きょと》に迎え入れ、左《さ》将軍にまで任じてやった。重用を約束し、さらには卓を挟んで酌《く》み交わし、語らいもした。全軍の将兵を見渡しても、これほどの歓待を受けたのは夏侯惇《かこうとん》ぐらいなものである。ときに顔をほころばせながら、酒を煮て英雄を論じた記憶も遠くない。心からの誓いの言葉もまだ耳に残っている。口を開けば忠義を語っていたその男が、自分に刃を向けたのだ。荀彧《じゅんいく》、荀攸《じゅんゆう》、郭嘉《かくか》、董昭《とうしょう》、薛悌《せってい》……かつてどれだけの者たちが劉備を疑っただろう。いったいどれだけの者たちが、再三再四、劉備に気をつけろと注意を促したことだろう。だが、曹操は劉備のあの整った顔立ち、耳に心地よい言葉、恭《うやうや》しさを前面に押し出した「演技」に、まんまと騙《だま》されてしまったのだ……これがどうして恨まずにいられよう。どうして後悔せずにいられよう。

しかし、いまさら罵ったところでどうしようもない。劉備が下邳《かひ》を占拠して謀反を起こしたことは、曹操に対する裏切りというにとどまらず、東方の戦線を大いに乱すものである。本来なら平穏であった徐州に敵が出現したのだから、袁紹《えんしょう》との決戦に与える影響は致命的だった。

二の門を足早にくぐり抜けると、毛玠《もうかい》、何夔《かき》、徐佗《じょた》、繁欽《はんきん》、王思《おうし》といった掾属《えんぞく》が、すでに広間の前で待っていた。曹操がさぞかし腹を立てているだろうと、誰もが頭《こうべ》を低く垂れ、息をするのも憚られるほどにびくびくしていた。曹操は一同には目もくれずにつぶやいた。「報告に来た者をすぐに連れてこい」それだけ言いつけると、そのまま広間に入っていった。

ほどなくして、河隄謁者《かていえっしゃ》の袁敏《えんびん》が肩を支えられながら入ってきた。袁敏は下邳で大勢の民を動員し、一年近くにわたって二本の新しい水路の掘削に携わっていた。苦労した普請《ふしん》がまもなく終わろうというときに、劉備が兵を率いてやって来たのである。曹公の命《めい》により城を守りに来たと言ったため、徐州刺史《しし》の車冑《しゃちゅう》が自ら出迎えたのだが、半日もしないうちに、下邳城内に阿鼻叫喚が響き渡り、続いて車冑が殺されたとの知らせが舞い込んだ。劉備は民を安堵させるため、袁紹に投降しようと企んでいた車冑を、曹操の密命を帯びて成敗しに来たのだと告げた。最初はこれをさほど疑う者もいなかったが、数日のうちに、周囲に散らばっていたと思しき兵や山賊、追い剝《は》ぎの類いが大挙して下邳に集まってきた。さらに劉備は水路の普請に従事していた者たちまで自軍に組み込んだ。ここに至って劉備の謀反は誰の目にも明らかとなった。恐れおののいた袁敏は普請を放り出して下邳を抜け出すと、この急報を許都に届けた。道中は夜を日に継いで馬を飛ばしたため、司空府に到着したときには疲労困憊していた。

袁敏の話を聞いた曹操は、腹のなかがいっそう煮えくり返った。「わしの命令と偽って下邳を奪うとは、憎たらしいにもほどがある」

疲れ切った袁敏は長椅子にもたれかかりながら声を落として告げた。「さらに驚くべきことがございます」

「なんだ」

「先に曹公の暗殺を働いた薛永《せつえい》も劉備の一味だったのです」

「何だと!?」曹操は驚きの声を上げた。

袁敏はあえぎながら言葉を継いだ。「この目で見たので間違いありません……劉備は徐州刺史だったときに薛永と知り合ったのでしょう。また、劉備の友人に魯《ろ》国の劉琰《りゅうえん》というのがおります。漢室の魯の恭《きょう》王の末裔と称しておるのですが、薛永は暗殺にしくじったのち、この劉琰の家に隠れていたのです。劉備が車冑を殺したあくる日、劉琰は何人かの者を連れてやって来ましたが、そのなかに薛永もおりました。これを見てわたしは劉備の謀反を確信したのです」

曹操はその場にへたり込むと、背筋が寒くなるのを覚えた――わしは見誤っていた……どうしようもなく見誤っていた。劉備は最初からわしの命を狙っていたのだ。暗殺の際も薛永を捕らえようとしたが、すべて芝居だったのだ。やつはわしのために一肌脱ぐ気などさらさらなかった。朝廷に忠義を尽くすというのも虚言を弄したに過ぎず、何もかもが出まかせだったのだ……あの大耳の賊こそ正真正銘の似非《えせ》君子ではないか。嘘八百を並べおって！

そのとき、鎧兜を身につけた王忠が広間の入り口に駆け込んできた。「申し上げます。劉備の屋敷にいた者をすべて牢獄へ入れましたが、雇い人や侍女、女中ばかりで、身内の者は一人もおりませんでした」

「身内は一人もおらぬだと⁉」曹操はふと劉備と酒を飲んだ日のことを思い出した。劉備は麋《び》氏が側女《そばめ》や娘らと一緒に兄の家に里帰りしていると言っていた。曹操は嫌な予感がして、がばと立ち上がって叫んだ。「急ぎ書簡を泰山《たいざん》に……」

言い終えぬうちに、劉岱がほこりまみれの若者を連れて入ってきた。若者は床にひれ伏して正式な礼をとった。「泰山の従事《じゅうじ》、高堂隆《こうどうりゅう》にございます……薛太守《たいしゅ》の命によりご報告に参りました」

「遅かったか」曹操は薛悌が人をよこしてきたので、ため息とともに腰を下ろして苦笑いした。「麋《び》竺《じく》と麋芳《びほう》も劉備について逃げたか……」

「どうしてご存じなのですか」驚いた高堂隆は書簡を取り出し、それを差し出しながら経緯を語りはじめた。「数日前、嬴《えい》郡太守の麋竺が官を捨てて家族とともに逃げ出し、同じ日に彭城《ほうじょう》の相《しょう》の麋芳も、山賊の討伐だと言って義勇軍を率いて出たきり戻りませんでした。薛太守は方々を調べ回り、左将軍の劉備が謀反を起こし、徐州刺史の車冑を殺して下邳を占拠したこと、麋兄弟もそれに共謀していたことを突き止めたのです。さらに、済南《さいなん》国では黄巾《こうきん》の残党の徐和《じょか》がこれに呼応し、泰山の謀反人の郭祖《かくそ》と公孫犢《こうそんとく》も同じ日に兵を挙げました。昌慮《しょうりょ》太守の昌覇《しょうは》も兵を率いて南下し、劉備と合流する気配です……」

なぜかはわからないが、曹操は知らせを聞くうちに、だんだんとおかしくなってきた。自身の愚かさを、そして劉備のしたたかさを笑いたくなった――これではっきりした。こたびのことは偶然ではない。念入りかつ周到に仕組まれた謀反だったのだ。まず下邳城に現れた刺客、薛永はそもそも劉備の手の者だった。やつは捜索にかこつけ、薛永をかばって劉琰のもとに逃がしたのだ。その後、帰省と称して家族を麋竺に連れて行かせ、許都で人質に取られるのを未然に防いだ。屋敷で野良仕事をしていたのは韜晦《とうかい》の計だ。一緒に酒を飲んだときの言葉も、すべてはこちらを油断させるためだったのだ。そして、ついに機会がめぐって来たというわけだ。袁術《えんじゅつ》の北上を阻止すると見せかけて兵を出し、徐州をわしの手から取り戻しおった。もと徐州刺史のやつには地盤があるゆえ、昌覇や徐和とも手を組めたのだ。麋竺が率先して義勇兵を集めたのも山賊退治のためなどではない。嬴郡から逃走するための護衛だったのだ。そして山賊討伐を買って出た麋芳、あれも郭祖や公孫犢と通じていたか、いや、むしろやつ自身が連中をけしかけた可能性もある。となると、麋竺と麋芳は兗州で三年ものあいだ耐え忍び、慎重かつ綿密に謀反の計画を練っていたことになる……まったく見上げたものだ。どうやらあの大耳の逃げ上手を見くびっていたらしい……あれの智謀と大胆さは袁紹のはるか上をいくぞ……てっきり羊だと思っていたが、やつは蛇だ。それも、わが命を奪いかねん毒蛇だ。凍え死にしそうなところを、懐に入れて助けてやったのに、いまやわしに嚙みついてきおった……いや、待て。朱霊《しゅれい》と路招《ろしょう》は何をしている？　劉備が謀反を起こしたというのに、なぜ知らせを送って来ない……

突然、曹操は大声で笑いはじめ、その場にいた者たちを驚かせた。一同は曹操が衝撃のあまり気が触れたのかと思い、訝《いぶか》しげな視線を向けた。ところが、曹操は急に顔を曇らせると、厳しい口調で疑念を口にした。「朱霊と路招も劉備に通じていたのか？」

一同は呆気にとられて顔を見合わせたが、その言葉の持つ意味はわからなかった。曹操は凍てつくような視線を一人ひとりに投げかけた。せっかちな王思についてはとりわけじっくり見据えたが、その驚いた顔に変わったところは見受けられない。ところが、そばにいた徐佗が顔を真っ青にして震え出した。これで十中八九見当をつけた曹操は、すぐに詰問した。「徐佗、何か知っておるな」

隠しきれないと感じた徐佗は、おろおろして答えた。「朱霊、路招の忠誠心は厚く、決して敵と通じたりはいたしておりません。すでに官渡《かんと》に向かっています」その言葉に、一同の目が一斉に徐佗に向けられた。曹操が卓をどんと叩いた。「なんたること！　そなたは二人からの急信を目にしたのだな」

徐佗は縮み上がって跪《ひざまず》いた。「半月ほど前、朱霊と路招が司空府に書簡を送ってまいりました。それによれば、袁術の北上を阻止するための道中において、劉備はわが君の密命により下邳に向かうとのこと、それを聞いた朱霊と路招は徐州の州境で劉備と別れ、計画どおり官渡へ向かうとありました」

曹操は立ち上がると徐佗の首根っこをつかんで怒鳴った。「そんな大事な知らせをなぜ報告しなかったのだ」徐佗は恐怖のあまり腰が抜けた。「劉備が謀反を起こすなどとは思わず、いつもの報告だと考えたのでございます。それに、そのときわが君は官渡におられ、朱霊、路招とは官渡でお会いになると思ったのです。まさか許に戻られてすれ違いになるとは夢にも思わず……」

ばしっ！　曹操は徐佗の頬を打《ぶ》った。「お前ごときに何がわかる。貴様のような愚か者のせいで、わしは大事を誤ったのだぞ。すぐに朱霊と路招からの急信を受け取っていたら、劉備の反逆にもっと早く気づき、事を未然に防げたのだ。それを全部貴様が台無しにしたのだ」

徐佗は顔を押さえながら必死に弁明した。「戦《いくさ》のときは火急の件を除いて報告する必要はないと仰いました。わたしはただ……」

「ふん！」曹操は徐佗の弁明に耳を貸さなかった。「こやつを連れ出して斬り捨てよ」

「えっ……」徐佗の顔から血の気が引き、床にへたり込んだ。

慌てて何夔が跪いて命乞いした。「わが君、落ち着いてください。徐書佐《しょさ》の罪はほんの不注意で、死に値するものではありません。どうかこたびはお赦しください」劉岱、毛玠、繁欽、王思らもばたばたと跪き、さっき来たばかりの高堂隆も一緒になって命乞いした。

曹操はふんっと鼻を鳴らして席に戻ると罰を言い渡した。「死罪は免れても罪は免れん。棒叩き五十を食らわせ、小吏に落としてこき使ってやる」

これで諸官の顔を立てたことになる。一同もそれ以上は強いて頼み込むわけにいかず、許褚が徐佗を連れ出すのを見守るしかなかった。すぐに「ばん、ばん」という棍棒の音が聞こえてきた。時折、徐佗の悲鳴も耳に届き、一同をぞっとさせた。将兵の移動に関する報告は毎日山のように届けられ、ほとんどがただの連絡であるため、こうした不注意は容易に起こりうる。徐佗に罪がないとは言えないが、気の毒なことであった。そもそも曹操が劉備を遣わさなければ起こらなかったことで、過ちの原因は曹操自身にある。徐佗にすればとんだとばっちりであった。

路粋《ろすい》が軍師祭酒《ぐんしさいしゅ》に異動してからは繁欽が文書を主管する職務を引き継いでいたが、王思がせっかちなせいで手違いも多く、二人が処罰される可能性は徐佗より高かった。まったく徐佗は運が悪いというほかない。よりによって朱霊と路招の急信がもたらされたときに当直だったのだから……

徐佗が罰を受けているのを見た繁欽と王思は急に恐ろしくなり、そのときに当直でなかったことを密かに喜んだ。誇り高い君子の何夔は、上司が棍棒で部下を責めるのを生まれてはじめて目にした。徐佗は曹操に早くから仕えてきた司空府の老吏である。五十歳を過ぎた者がこんな罰を受けるとは信じがたい。何夔は曹操の掾属を務めるのも楽ではないとため息をつき、家に戻ると毒薬を包んで常に携帯することにした。万一不運が自身の身に降りかかったら、自死してでも辱めを受けまいと決心したのだ。

だが、曹操は自身の裁きが適当かどうかなど気にもかけていなかった。「東方の戦況はどうなっておる。陳登《ちんとう》に何か動きはあったか」劉備が以前陳登と協力して少なからぬ仕事をしていたことを、曹操も承知していた。もし陳登が劉備とともに謀反を起こし、さらに孫策《そんさく》と手を結ぼうものなら、まさに絶望的な状況になる。

高堂隆が報告した。「陳元竜《げんりゅう》は広陵《こうりょう》を守って責務を果たし、不穏な動きはまったくありません。また反乱の件ですが、臧覇《ぞうは》、呉敦《ごとん》、尹礼《いんれい》らの兵が昌覇を包囲したと聞いておりますし、都尉《とい》の呂虔《りょけん》も兵を率いて徐和を阻止しに向かったそうです。わが薛太守もすでに人を遣って郭祖ら暴徒を……」

「昌覇や徐和は烏合の衆に過ぎません。謀反の首謀者である劉備の動向はどうなっていますか」このとき、はっきりとした滑舌とともに、郭嘉がゆっくりと広間に入ってきた。宴がお開きになったあと、張繡《ちょうしゅう》と賈詡《かく》を陣に送り届けて戻ってきたのである。

いきなり口を挟まれた高堂隆はびっくりして曹操を見たが、まったく気にしていないようなので言葉を続けた。「劉備は下邳を占拠したとはいえ、かつての部下が集まって来たに過ぎず、すぐによそを攻めるということはないでしょう。しばらくはお気になさらずともよいかと存じます」

曹操の表情が険しさを増した。「あの大耳はすこぶる狡猾だ。わしと賊どもを戦わせ、己は下邳を守って力を蓄え、袁紹が南下した隙《すき》にわしの背後を突くつもりなのだ」

郭嘉が近づいてきて助言した。「劉備の占める下邳は徐州の中心に位置します。北では臧覇が青《せい》州を荒らし回り、南では陳登が江東《こうとう》［長江下流の南岸の地方］を牽制しているものの、どこか一つがぐらつけば余波は徐州全域に及ぶでしょう。つまり、劉備を除かない限り、東方が落ち着くことは永遠にありません」

曹操もそんな理屈は百も承知していたが、いまは大軍が官渡に駐屯しており、このうえ徐州へ繰り出せる将兵は都に残っていなかった。曹操自身すぐにでも官渡に戻って戦の指揮を執らなければならず、夏侯惇を徐州に遣ったのでは許都を守る者がいなくなってしまう。かといって、帰順したばかりの張繡を劉備討伐に送ることには不安があった。曹操はしばらく悩んでからようやく口を開いた。「劉岱、王忠！」

「はっ」二人が跪いた。

「そなたら二人はすぐに夏侯将軍の配下から二千の兵を選《よ》りすぐり、速《すみ》やかに下邳へ向かい、劉備の勢いがつかぬうちに叩くのだ」

「御意」威勢よい返事とは裏腹に、二人とも自信はなかった。劉備はかつての徐州刺史で小沛にも長らく駐屯しており、地の利は向こうにある。しかも関羽《かんう》や張飛《ちょうひ》といった猛者《もさ》まで従えている。ただの長史《ちょうし》と名もなき末将で対抗できようか。

「お待ちください、明公《めいこう》」書簡を持ってきた高堂隆が叫んだ。

これには広間にいた一同が驚愕した。たかが従事の分際で、三公《さんこう》の命に異を唱えるとは！　曹操はじろりと高堂隆を見据えた。「何だ」

「ひ、卑見を……」曹操が話を遮らないので、高堂隆は覚悟を決めた。「卑見を申しますれば、劉備は謀反を起こしたとはいえ明公を恐れております。劉、王のお二方に明公の纛旗《とうき》［総帥の大旆《たいはい》］と陣太鼓をお預けになれば、謀反人どもは明公が自ら攻めてきたと勘違いし、必ずや恐れて散り散りになりましょう。さすればいくぶんかの勝算もあるかと存じます」

これを聞いた郭嘉が手を打って賛意を示した。「妙計ですな」

「よし、そのとおりにしよう」曹操は再び劉岱らに命じた。「わが纛旗と陣太鼓をもって、道中わし自らが兵を率いてきたと喧伝するのだ。決して大耳の賊に嘘と見破られてはならぬぞ」

「御意」劉岱と王忠は命を奉じて出ていった。

劉岱らの背中を見ながら曹操が指示した。「代筆せよ。兗州の諸将においては……」そうくるだろうと予想していた繁欽は、すでに筆を手に待ち受けていた。「都尉の呂虔を泰山太守とし、兗州より東の賊討伐を統《す》べさせる。賊どもと劉備が結託するのを防げ。刺史の万潜《ばんせん》は密かに都に戻り、兵粮確保の任に当たることとする。兗州刺史には薛悌を任ずるゆえ引き続き防備に当たれ。この書簡が届き次第、命令どおりに事を進めよ。詔書は追って送る」万潜は民政に優れていたが、いまは非常事態である。苛烈に過ぎるくらいの薛悌に事態を収めさせ、賊の勢力拡大を防ぐ必要があった。

繁欽の記した軍令状は、墨を乾かして折り畳んだのち錦嚢《きんのう》に入れられた。さらに漆《うるし》でしっかりと封がされ、その上に司空の印が押された。曹操はそれを手ずから高堂隆に渡し、念入りに申しつけた。

「この軍令状は詔書にも劣らず、そなたは朝廷の使者も同然、速やかに戻るのだ。一刻も無駄にするでないぞ」

「はっ」これを聞いた高堂隆はいたく感動した。「勅使となったからには、まず昌邑《しょうよう》［山東省南西部］へ向かって万使君に異動の命をお伝えし、それから泰山に戻って太守に会おうと存じます」

「なかなか仕事のできるやつだ……」曹操は賛嘆してうなずいた。「気に入った。戻って薛悌に伝えよ。そなたを昇進させるよう、わしが申していたとな」

「ありがたき幸せ。仰せのままにいたします」高堂隆は浮き浮きして去っていこうとしたが、不意に出口のところで立ち止まり、再びその場で跪いた。「もう一つ、無理なお願いがございます。徐書佐は一時の不注意で手落ちをなさいましたが、どうかご寛恕くださ……」

「無礼であるぞ！」曹操が目をむいた。「少し褒めたからといって、つけ上がるにもほどがある」

曹操の喜怒哀楽の激しさを知らなかった高堂隆は驚きたまげ、書簡を小脇に抱えて逃げ出した。曹操はようやく一つ息をついた。結果がどうなるかはわからないが、やれることはすべてやった。腰を伸ばした曹操の耳に、弱々しくなっていく徐佗の呻《うめ》き声が聞こえてきた。「仲康《ちゅうこう》、いくつだ？」

「三十四です」許褚が外から答えた。

「もういい。打ち殺してしまっては、これから役に立たんからな。すぐに車を用意せよ。荀令君《れいくん》のところへ行って詔書を手配させねばならん」だいぶ怒りが鎮まった曹操は、ゆっくりと立ち上がった。

「大戦《おおいくさ》がはじまろうというのに、やらねばならんことが多すぎる。せめて劉岱と王忠がうまくやってくれればいいのだが……」

だが、ときとして時局は人の想像を超えて動く。劉備の反乱の陰で、もう一つの危機がじわじわと曹操に迫っていた――

江東を占拠した孫策は、ずっと廬江《ろこう》の地を狙っていた。袁燿《えんよう》が劉勲《りゅうくん》に襲われ身ぐるみ剝《は》がされたことも根に持っており、必ず落とし前をつけてやると考えていた。孫策は劉勲の貪欲さにつけ込んだ。使者に金銀財宝を持たせてその歓心を買い、兵を出して上繚《じょうりょう》の匪賊を掃討する手助けをしてほしいと、劉勲に頼んだのである。そして、これがうまくいけば、さらに財宝を贈ると持ちかけた。欲に目がくらんだ劉勲は幕僚の劉曄《りゅうよう》が諫めるのも聞かず、ただちに上繚に出兵した。それを聞いた孫策はほくそ笑んだ。密かに部下の周瑜《しゅうゆ》と二万の兵を率いて、劉勲の拠点である皖城《かんじょう》［安徽《あんき》省南西部］を襲撃すると、先に贈った財宝のみならず、袁術《えんじゅつ》が残した宝物もすべて奪い去り、袁胤《えんいん》や黄猗《こうい》といった袁術の故将を殺したうえ、さらには自身の配下の李術《りじゅつ》を廬江太守に据えたのだった。

劉勲は根城を失ったうえに財宝も奪われ、官職まで他人に取って代わられてしまい、やむなく江夏《こうか》に使者を送って、孫家の宿敵である黄祖《こうそ》に出兵を依頼した。そこで黄祖は息子の黄射《こうえき》に五千の兵を与えて劉勲の支配地域を奪回しようとしたが、かえって孫策に大敗を喫してしまった。孫策の勢いはとどまるところを知らず、兵を江夏に向け、ここに孫策と劉表《りゅうひょう》による大戦の幕が切って落とされた。劉表は一族の劉虎《りゅうこ》と配下の韓晞《かんき》に五千の精鋭を与えて先鋒とし、黄祖は自ら大軍と戦船《いくさぶね》を率いて後詰めとなり、長江で孫策軍と激突した。この戦いは阿鼻叫喚がこだまする激しいものとなったが、江東の孫家の若武者は大いに神威を発揮し、荊《けい》州兵は大敗、劉虎、韓晞は陣没し、黄祖は全軍を失って単身夏口《かこう》［湖北省東部］へ逃げ落ちていった。

孫策が連戦連勝する一方、劉勲と黄祖は尾羽《おは》打ち枯らした状態で、劉表さえ荊州に亀のごとく閉じこもり、江東に対する防波堤がことごとく失われた。孫策の勢力はいよいよ淮南《わいなん》［淮河《わいが》以南、長江以北の地方］に達し、広陵を守る陳登が危うい状況になっただけでなく、許都の安全さえおぼつかなくなった。気勢が上がる孫策はさらに曹操を脅《おびや》かそうと、威勢のいい上奏文まで書いて、参謀の張紘《ちょうこう》を許都に遣わしてきた。

　臣　黄祖を討つに、十二月八日を以てに祖の屯する所の沙羨《させん》県に到る。劉表　将を遣わし祖を助け、並《なら》び来《きた》りて臣に趣《おもむ》く。臣　十一日平旦《へいたん》を以て、部する所の領江夏太守にして行建威中郎将《こうけんいちゅうろうしょう》の周瑜、領桂陽《けいよう》太守にして行征虜《せいりょ》中郎将の呂範《りょはん》、領零陵《れいりょう》太守にして行蕩寇《とうこう》中郎将の程普《ていふ》、行奉業校尉《ほうぎょうこうい》の孫権《そんけん》、行先登《せんとう》校尉の韓当《かんとう》、行武鋒《ぶほう》校尉の黄蓋《こうがい》等と、時を同じくし倶《とも》に進む。身《みずか》ら馬に跨がり陳を櫟《う》ち、手ずから急鼓を撃ち、以て戦勢《せんせい》を斉《ととの》う。吏士《りし》奮激《ふんげき》し、踊躍《ようやく》すること百倍、心は精に意は果にして、各《おのおの》競って命を用う。重塹《ちょうざん》を越えて渡るは、迅疾《じんしつ》なること飛ぶが若《ごと》し。火もて上風に放たば、兵は煙下に激し、弓弩《きゅうど》並び発さば、流矢《りゅうし》は雨のごとく集まり、日辰時《しんじ》に加わり、祖乃ち潰爛《かいらん》す。鋒刃《ほうじん》の截《き》る所、猋火《ひょうか》の焚《や》く所、前に生寇《せいこう》無く、惟《た》だ祖のみ迸走《ほうそう》す。其の妻息《さいそく》男女七人を獲《え》、劉虎《りゅうこ》、韓晞《かんき》已下《いか》二万余級を斬り、其の水に赴き溺れる者一万余口、船六千余艘、財物山積す。表 未だ禽《とりこ》にせざると雖《いえど》も、然れども祖 狡猾を宿し、表の腹心と為り、出でては爪牙《そうが》と作《な》る。表の鴟張《しちょう》は祖の気息を以てなり。而るに祖が家属部曲《かぞくぶきょく》は地を掃《は》らって余り無し。表は孤特《ことく》の虜なり、鬼行屍《きこうし》と成る。誠に皆聖朝の神武遠く振るい、臣 罪有るを討ち、微勤《びきん》を効《いた》すを得たり。

「わたくしは黄祖討伐のため、十二月八日には黄祖のいる沙羨県に到着しました。劉表が将を送ってきて黄祖を助け、ともにわたくしを攻めてまいりました。わたくしは十一日の明け方、江夏太守を兼任し建威中郎将を代行する周瑜、桂陽太守を兼任し征虜中郎将を代行する呂範、零陵太守を兼任し蕩寇中郎将を代行する程普、奉業校尉を代行する孫権、先登校尉を代行する韓当、武鋒校尉を代行する黄蓋らを率いて、一斉に攻め込みました。自ら先頭に立って馬に跨がり敵陣に駆け込み、手にした陣太鼓を打ち鳴らし、味方を鼓舞しました。軍吏も兵士も奮い立って勇気百倍し、心を一つにして果敢に任務を競い合いました。幾重もの塹壕《ざんごう》を疾風のごとく乗り越えていきました。風上で火を放てば、兵は煙をかいくぐって攻め込み、弓や弩で矢を雨霰《あられ》のごとく放ち、辰《たつ》の刻［午前八時ごろ］になるころには、黄祖軍は壊滅しました。鋭利な刃で斬って捨て、旋風《つむじかぜ》に煽られた炎が猛威を振るい、敵兵はことごとく命を落とし、ただ黄祖だけが逃走したのです。その妻や息子ら男女七人を捕らえ、劉虎や韓晞以下二万あまりの首級《しるし》を挙げました。長江で溺れる者は一万あまり、奪った船は六千艘を超え、財物も山のように残されていました。まだ劉表は捕らえられていませんが、これまでは狡猾な黄祖が劉表の腹心となり手先となっていたことで、劉表も威勢を示せていました。しかし、いま黄祖一族は絶え、その部下も残っておりません。劉表はすでに孤立無援の俘虜《ふりょ》同然、生ける屍《しかばね》に過ぎません。これも天子の神武が辺境の地まで及んだおかげで、わたくしも罪深き者どもを討ち、わが忠勤の志をいささかでも世に示すことがかないました」

「これのどこが上奏だ。わしに対する脅しではないか」孫策の上奏文を読み終わった曹操の衣は冷や汗でぐっしょり濡れていた。

荀彧の衝撃も大きく、竹簡を指さして懸念を口にした。「孫策が勝手に授けた官職をご覧ください。周瑜に江夏太守、呂範に桂陽太守、程普に零陵太守を兼ねさせております。この勢いですと荊州全土を呑み込みかねません」

「やつが荊州とやり合ってくれれば、それはそれで結構だ」曹操は口を尖らせると、かぶりを振った。「だが、おそらくやつの次の狙いはわれらだろう」

「孫策がそこまでするでしょうか」

「してこないと思うか。挙兵以来、あの孫の若造は何であろうと成し遂げてきた。かつて袁術が与えたのはわずか一千の兵だった。だが、いまのやつを見てみろ。劉繇《りゅうよう》や王朗《おうろう》を破り、華歆《かきん》を降し、陳《ちん》瑀《う》に大勝し、劉勲を追いやり、袁術の故将らを取り込み、揚州六郡を占拠している。やつの父の孫堅《そんけん》もかつて猛将と称されていた。宛城《えんじょう》でともに黄巾を破ったことは、わしも生涯忘れられん。だが、まさかその息子が父をも凌《しの》ぐとは思いもしなかった。挙兵してからほとんど負けておらんのだぞ。しかもたった五年だ。たった五年で……」曹操の眼《まなこ》に恐怖の色が浮かんだ。「わしと袁本初《ほんしょ》は十年ものあいだ死に物狂いで戦い、やっといまの地位にまでのし上がってきたというのに、それをやつは半分の時間で、わしらと対等なところまで登ってきた。しかもやつはまだ二十五歳、わしと袁紹のどちらが勝とうと、いずれあの孫家の若造が、わしらの前に立ちはだかるに違いない。まったく……怖いもの知らずの猛犬を相手にするのは難しいものだ」

聞けば聞くほど荀彧も恐ろしくなってきた。「では、どうなさいます。河北《かほく》からの報告では、袁紹もまもなく兵を出してくるようですし、東にも劉備の問題があり、とても南方にかまっている余裕はありません」

曹操は眉間のあたりを揉みほぐした。「仕方ない。いまはやつを懐柔するしかあるまい。やつが送ってきた張紘とは会ったか」

「はい、会いました」張紘の話が出ると、険しかった荀彧の表情もいくぶんか緩んだ。「張紘は広陵の名士で、彭城《ほうじょう》の張昭《ちょうしょう》と並び称され、孔融《こうゆう》や陳登らとも親しいようです。話し方にも品があり、わたくしが想像していた孫策配下の者とはおよそ異なっております」

「そこが恐ろしいところなのだ。孫策が武勇に優れるだけの男なら与《くみ》しやすいが、やつは智謀も備え、士人《しじん》たちを味方につけつつある。張紘のような名士でさえ、やつのために自ら足を運ぶほどだ。このままいけばどうなると思う」曹操は固く拳を握り締めた。「急ぎ上奏文を起草してくれ。張紘を侍御史《じぎょし》に任じ、許都にとどめて歓待するのだ。万一孫策が兵を向けてきたら、張紘にあいだを取り持ってもらおう」

「上奏文はいかようにしたためましょう」

曹操はかぶりを振った。「袁術を討つとき、やつに与えられるものは残らず与えた。孫策はすでに呉侯《ごこう》で討逆将軍《とうぎゃく》なのだ。わしにはもうやつに与えるものがない……孫策に兄弟はいるか」

「孫家は大家族で、父の代では孫羌《そんきょう》、孫堅、孫静《そんせい》の三兄弟が武勇で名を馳せておりました」

荀彧は張紘に詳しく尋ねていた。「孫策は孫堅の長子で、その下には孫権、孫翊《そんよく》、孫匡《そんきょう》、孫朗《そんろう》の四人の弟がおりますが、みなまだ幼うございます。従兄弟《いとこ》で言えば、孫羌、孫静にはそれぞれ五人の息子がございまして、そのなかの孫賁《そんふん》や孫輔《そんほ》は太守を僭称しており、年も比較的上でございます」

「百足《ひゃくそく》の虫は死して倒れずというからな。十五人もいれば、天下を取るには十分といったところか。姉や妹はどうなのだ」

「女兄弟でございますか」荀彧は、曹操が何のためにそんな問いを発したのかわからなかった。「そちらについては詳しくありませんが、ただ張紘が申すには、孫賁には新しく生まれた娘が……」

「それで十分だ」曹操は近ごろ張繡と縁戚関係を結んだことを思い出していた。「すまぬがちょっと張紘と話し合ってくれ。わしが孫家と縁続きになることを望んでいると持ちかけるのだ。まずは息子の曹彰《そうしょう》の妻として孫賁の娘を娶《めと》らせよう。こちらもわしの姪かそのあたりで年ごろの娘を……孫策の弟で妻を娶っていないのは誰になる?」

孫家と手を結ぶためである。曹操は手段を選んでいられなかった。ただ、わが子が孫策の姪世代の娘を娶り、孫策の弟がこちらの姪世代の娘を娶れば、親戚間の長幼の序はややこしいことになる。荀彧は思わず噴き出しそうになったが、曹操が大真面目なので、こらえて話を続けた。「おそらく孫権はすでに許嫁《いいなずけ》がいるでしょうし、孫匡では幼すぎます。孫朗は側女《そばめ》が生んだ子ですし……そうすると孫翊が適当かと」

「ならば、そいつでいい。両家が互いに嫁をもらって関係を保つ。戦いさえしなければ、それは十分良い親戚ではないか」曹操は後ろ手を組んでうろうろしながら付け足した。「それから、もう一度揚州刺史の厳象《げんしょう》に書簡を送り、孫権を茂才《もさい》に推挙するよう命じてくれ。これで孫家の顔も少しは立つだろう」朝廷の官吏登用制度では、州や郡のなかで学才に優れた者を茂才に推挙するが、曹操はその制度を使って孫策の歓心を買おうとした。

荀彧も引き受けた。「張紘とよく相談いたしますゆえ、ご安心ください。孔融らとの付き合いもありますから、孫家も断ってくることはないでしょう。ただ……」ただ、こんなうわべだけのつながりで、孫策の北上の企みを抑え込めるのだろうか。しかし、その疑念を口にするのは憚られた。

むろん曹操もそれは承知のうえで、不敵に笑った。「父と子が争い、兄と弟が殺し合うご時世に縁戚関係など頼りにはならん。そこで劉表を巻き込むのだ。都に来ている韓嵩《かんすう》が、張紘と顔を合わせたら具合が悪い。やつを劉表のもとへ返すとしよう。おぬしは韓嵩を零陵太守にするという詔書を起草してくれ。たしか孫策の部下の程普が零陵太守を名乗っていただろう。わしが劉表のために正式な零陵太守を立ててやれば、両家は争うことになる」

荀彧はしばらく驚いたように曹操を見つめた。こうした方法はうまくいきそうに見えて、実際の効力はほとんどないに等しく、孫策は結局やりたいようにやってくるだろう。袁紹との決戦を前にして、後方の問題を解決する根本的な対策がないとはなんとも心許ない。だが、荀彧はそれ以上考えるのをやめて話題を変えた。「そういえば劉勲が書簡をよこしてきました。敗残兵を引き連れてすでに潁川《えいせん》に到着し、早ければ今夜、おそくとも明日には許都に着くそうです。書簡は追従《ついしょう》の言葉ばかりで、曹公との昔のよしみを何度も強調していました。貪欲さゆえに事をしくじった者など使いものになりません。来なくともかまわないのですが」

「なんとしても来させるのだ」曹操は躊躇《ちゅうちょ》なく答えた。「すぐに詔勅を下し、劉勲を征虜《せいりょ》将軍に任命して、官渡に加勢に来るよう伝えよ」

「劉勲は孫策に大敗し、残っている兵はわずか数百に過ぎませぬが」

「この大事に、兵は一人でも多いほうがいい」

迅雷《じんらい》耳を掩《おお》うに暇《いとま》あらず——たった数日前、曹操を取り巻く情勢は上々で、兵は黎陽《れいよう》を占拠し、許都の周囲にも何ら問題はなかった。ところが、瞬く間に事態は急転し、戦局全体が不利な方向へと向かいはじめていた。

曹操は尚書台《しょうしょだい》を離れると、皇宮《こうぐう》の黒煉瓦を踏んで一人そぞろ歩いた。冷たい風が首筋に吹きつけ、ぶるっと身震いして朝服《ちょうふく》の襟元をかき合わせた。もうまもなく年末にもなるというのに、袁紹はなぜ攻めてこない……そのとき曹操はふと気がついた。袁紹は後方の問題を片づけているだけでなく、冬を待っているのだ。河北の兵は寄せ集めの曹操軍より寒さに強い。もし戦局が膠着状態に陥れば、その違いは徐々に袁紹に有利に働くだろう。寒さと飢えも人を殺す武器となりうる……だが、曹操に退路はなく、もはやこの戦は避けられない。逃げることは死を意味する。曹操は振り返って、さほど立派ではない許都の宮殿に目を遣った。宮殿は曹操が自らの手で作り上げたものだ。自分がここにいる限り、大漢王朝はここに存在するのであり、また大漢王朝がここにありさえすれば、強敵に対抗するための大義名分は自分の手の内にある……曹操は思いを新たにし、歩調を速め、まっすぐ二の門を出た。

宮門を一歩出れば、外の警備はものものしい。許褚は護衛の兵とともに曹操の馬車を守っている。そのそばでは、懐手《ふところで》をした郭嘉が誰かと雑談に興じていた。相手の男はいやにぺこぺこと頭を下げている。曹操には、ひと目でそれが趙達《ちょうたつ》だとわかった。また自分に取り入ろうとしてやって来たに違いない。曹操は嫌悪感を覚えて怒鳴りつけた。「奉孝《ほうこう》、ろくでもないやつと無駄話をしている暇はないぞ。わしとともに急ぎ陣へ行き、手はずを整えたら明後日には出立だ」そう伝えて馬車に乗り込んだ。

郭嘉は趙達の肩を叩いて皮肉った。「趙議郎《ぎろう》、また暇ができたらご高説を伺いに参りましょう」

ようやっと曹操に会えた趙達は、馬車の轅《ながえ》に取りついて追従笑いを浮かべた。「曹公、いつになったらわたくしを辟召《へきしょう》してくださるのでしょう。もうじき一年になりますが、まさか嘘ということはございませんよね。それに、実はお伝えしておきたいある秘密がございまして……」

言い終わる前に、許褚の大きな手が趙達の襟首をつかんだ。「三公の馬車を遮るでない」そう言うと力任せに趙達を馬車から引き剝《は》がした。前のめりに転んだ趙達だが、それでも起き上がって叫んだ。「曹公はわたくしを掾属にすると約束してくださったではありませんか。それで朝廷の官を辞めたのに、お見捨てになるというのですか。お願いでございます……今日もご承諾いただけないなら、ここで自刃する覚悟でございます」

曹操は冷やかに笑った。「ほう、ならば剣を渡してやれ」

兵が佩《は》いていた剣を趙達に投げると、驚いた趙達は慌ててよけた。

曹操はそんな趙達に白い目を向けた。「ふん。貴様に気骨があれば、そんな窮地に陥ることもなかったのだ。朝廷であれ司空府であれ、勇士や義士、君子なら用いるが、貴様のようなくだらぬ話を広めるだけの小人《しょうじん》など用いる場所はない。早く馬車を出せ」

御者が馬にひと鞭くれると、立派な朱漆塗りの車輪の馬車が大通りを疾走しはじめた。趙達は土ぼこりが巻き上がるなか、大股で追いかけた。「曹公……話を聞いてください……密謀を知っているんです。曹公を狙う者が……」

許褚は思わず振り向いたが、曹操は腹を立てていた。「やつのでたらめに耳を貸すことはない。大げさなことをほざいて面倒の種をまく小人は山ほど見てきた……もっと急げ、軍務が待っているのだ」

趙達はあきらめずに気力を振り絞って喚《わめ》いた。「陛下が曹公を狙っているのです。密勅を下して殺す気です。これがでたらめなら、どんな咎めも受け入れましょう！」

その刹那、鋭い嘶《いなな》きが響き渡り、疾駆していた馬がぴたりと足を止めた。

曹操は愕然とし、金の手すり越しに首を伸ばして振り返った。じろりと密告者の顔を睨みつけると、恐怖にゆがんだその顔からは、すっかり血の気が引いていた……

第十章　皇宮《こうぐう》の粛清

謀反人を処罰する

建安《けんあん》四年（西暦一九九年）十二月、許都《きょと》は凄まじい雰囲気に包まれていた。北西の風が降り積もった雪を巻き上げるなか、軍装に身を包み刀や槍を手にした曹操軍の兵士たちが、大通りから路地まであちらこちらを見回っている。役人、農民、職人、商人、いかなる身分の者であってもここ数日はおとなしく家にこもり、どんなに大切な用があろうと、この嵐が過ぎ去るのを待たねばならなかった。

曹操は狐裘《こきゅう》を羽織り、本営の幕舎《ばくしゃ》のなかで腰を下ろしていた。手には剣の柄《つか》を固く握り締め、いささか興奮しているように見える。鋭い視線はちらちらと揺れる火鉢の炎に据えられているが、その表情からはいかなる感情も窺えない。そのそばには鎧兜を身につけた武猛都尉《ぶもうとい》の許褚《きょちょ》が、手に大きな鉄の矛を持ち、恐ろしい形相で侍立《じりつ》している。郭嘉《かくか》も気が気ではないといった様子で、整った色白の顔を曇らせ、炯々《けいけい》と光る目を閉じ、平素の闊達さは影を潜めている。閉じた瞼をときどき持ち上げても、血の気の引いた顔で目を伏せている真向いの毛玠《もうかい》に目を遣るばかりである。鎧の上に戦袍《せんぽう》を羽織った夏侯惇《かこうとん》は、冷たい隙間風が吹き抜ける幕舎のなかで、冷や汗をかきながら一つしかない眼《まなこ》をかっと見開き、入り口に垂れ下がった帳《とばり》を凝視している。そのほかの掾属《えんぞく》［補佐官］や将たちも息を殺し、立っている者も座っている者も、まるで泥人形のように身じろぎもしない。ただ、書佐《しょさ》［文書を司る補佐官］の繁欽《はんきん》だけが、手にした硯《すずり》と墨をときどき火鉢に近づけていた。墨汁が凍って職務に支障を来《きた》さないようにするためだ。帳のすぐ外では校尉の段昭《だんしょう》と任福《じんふく》が剣を持ち、何人《なんぴと》たりとも勝手に入らぬよう、通夜の席よろしく静まり返った幕舎の守りを固めている。さらにその外側は夏侯惇麾下《きか》の軍司馬《ぐんしば》である韓浩《かんこう》と劉若《りゅうじゃく》が、自ら兵を指揮して幾重にも取り囲んでいた。曹家の家僕たちも、吹きつける雪にめげず直立している……

長い静寂を打ち破ったのは、いつものように曹操の義弟の卞秉《べんへい》だった。「わが君、もう遅いので、先に何か食べてはいかがですか」

曹操はかぶりを振った。「食欲がない」

「それじゃあ、一晩もちませんよ。明後日には出立ですし、いま病にかかったらまずいでしょう」

曹操はいくぶん疲れのにじんだ顔を何度もさすった。「この有事だ。どんな珍味佳肴《かこう》も喉を通らん」

一同はこっそりと腹をさすった。もうすぐ亥《い》の刻［午後十時ごろ］だというのに、曹操が食事を取らないので、ほかの者も夕餉《ゆうげ》にありつけていない。

卞秉は左右に目を遣って立ち上がった。「われわれが食べないのはかまいませんが、奥方やお子たちも陣の奥にいるんです。そちらには用意するべきでしょう。わたしが行って料理番に何か作らせてきますよ」曹操が反対しないのを確かめてから、卞秉は外に出ようとした。

「待て」曹操はそれを呼び止めた。「陣中は手狭だ。沖《ちゅう》や玹《けん》、均《きん》はまだ小さいからぐずるかもしれん。卞《べん》氏に面倒を見るよう頼んでくれ。家のことはすべて任せるとな」正妻の丁《てい》氏は前にも増して機嫌が悪く、肝心なときにはやはり卞氏に頼るしかない。

「ご安心ください、義兄《にい》さん」卞秉もいまではすっかりいつ「わが君」と呼び、いつ「義兄さん」と呼ぶべきか心得ていた。「用が済めばすぐに戻ってきます。ついでに炊事場で鰒《あわび》の羹《あつもの》でも作ってもらいますよ。食欲がなくても少しは腹に入れてください」そう言い置くと、出入り口の帳を少しだけ持ち上げ、隙間から身を滑らせて出ていった。

卞秉がいなくなると、幕舎のなかはまたしんと静まり返った。曹操は頬杖をついて何度もため息をついた。ここ半日の出来事は、まったく悪夢のようだった。午後に皇宮を出たときにはすべてが順調で、曹操は心の底から「天子を奉戴して逆臣を討つ」のだと考えており、朝廷の正義を大義名分に掲げて、袁紹《えんしょう》と力の限り戦うつもりだった。だが、趙達《ちょうたつ》の密告を聞いてからはすべてが一変した。車騎《しゃき》将軍の董承《とうしょう》、偏《へん》将軍で梁《りょう》国王子の劉服《りゅうふく》、長水校尉《ちょうすい》の种輯《ちゅうしゅう》、議郎《ぎろう》の呉碩《ごせき》が曹操のお膝元で陰謀を企て、危うく二度と立ち直れない窮地に追い込まれるところだった。しかも恐るべきことに、この者たちの手には天子の密勅が握られていたのである。皇帝劉協《りゅうきょう》がいったいいつから曹操の独断専行に不満を募らせていたのかわからない。だが、自由の利かない宮中の奥深くで、まさか密勅を玉帯《ぎょくたい》のなかに縫い込み、それを小人《しょうじん》に下賜するという手段に出てくるとは、思いも寄らないことだった。

議郎の呉碩は天子が洛陽《らくよう》へ戻るのに従った旧臣だが、長安《ちょうあん》にいたときは李傕《りかく》に媚《こ》びへつらい、侍御《じぎょ》史《し》に弾劾されるほどの輩だった。幸い洛陽帰還の際のわずかな功績のおかげで、罪臣《ざいしん》の列に並ばずに済んだのである。議郎の位にあるとはいえ何の功績も才覚もなく、ただ皇帝の機嫌をとって無駄飯を食らっているに過ぎなかった。そのため、これまで誰も呉碩など眼中になく、玉帯を下賜されたと聞いても気に留める者はいなかった。だが、それがおよそ信じられない事態を引き起こしたのである。

呉碩は玉帯を締めると大手を振って皇宮を出て、それを董承に手渡した。すると董承は、腹心の种輯と腹黒い王子の劉服を呼び寄せ、仲間に引き入れた。こうして許都を乗っ取る計画が進められた。もし曹操が兵を率いて北へ向かっている隙《すき》に反乱を起こし、皇宮になだれ込んで天子の詔勅を得て、夏侯惇を殺したうえで曹操のことを漢室簒奪の反逆者だと宣言していたら……曹操はその先のことなど考えたくもなかったが、官渡《かんと》の将兵たちは狼狽《ろうばい》し、四散しないまでも士気の奮わぬまま袁紹軍の餌食になっていたに違いない。二日後には都を離れる段取りであったことを思うと、曹操はぞっとした。

だが、千丈の堤も蟻《あり》の一穴《いっけつ》からという。無駄話以外に能がない趙達というたった一人の小人のために、すべての計画は水泡に帰したのだ。趙達は曹操に取り入るため董承の部下に近づき、苦心惨憺してその弱味を見つけようとした。やがて董承のそばに仕える盧洪《ろこう》という使用人と酒を酌《く》み交わす仲となり、その盧洪が不用意に大事の計画を漏らしたのである。二人はよくよく相談し、董承についたまま危険を冒すより、いっそ董承を曹操に売って富貴を得たほうがいいとの結論に至った。そこで董承らの計画を曹操に洗いざらい話したのである。追い詰められたことを知れば、董承と劉服が暴挙に出るかもしれない。曹操は司空《しくう》府に戻らず、そのまま城外の本営に向かって部下を召集し、城内に兵を入れて皇宮を守るよう指示を出し、同時に、家族をすべて陣営に連れて来させた。それからようやく「逆臣」を捕えよと命《めい》を下した。

卓上に伏して休んでいた曹操の胸には、憤怒と無念とが相半ばしていた。決戦にあたり、天子を奉戴して逆臣を討つという大義名分こそが曹操の頼みの綱だった。いまその天子が曹操を不忠の臣とみなしている。これでは勅命を奉ずることはおろか、天下の人心を味方につけることもできない。それでどうして袁紹と渡り合えよう……

「お三方がお戻りになられました」にわかに外が騒がしくなったかと思うと、段昭と任福が帳を開け、冷たい冬の風とともに入って報告した。続いて司隷校尉《しれいこうい》の丁沖《ていちゅう》、河南尹《かなんいん》の董昭《とうしょう》、光禄勲《こうろくくん》の郗慮《ちりょ》が、全身雪まみれのまま小走りに入ってきた。

一同が固唾を呑むなか、曹操は体を起こして尋ねた。「首尾は？」

三人は一斉に礼をすると、董昭が報告した。「董承、劉服、呉碩、种輯の罪人四人はすでに捕らえ、その家族も屋敷内に拘束しております。部下の五百の兵については残らず武具を取り上げました。主犯の四人は許都令《きょとれい》の満大人《まんたいじん》に引き渡しました。廷尉《ていい》は正監《せいかん》らを立ち会いによこし、趙達と盧洪を証人として尋問しております」本来なら、これほどの大事件は廷尉自ら尋問すべきだが、陛下の密勅が絡んでいるとあって、廷尉は恐れて出てこなかった。代わりに正監、左監《さかん》、左平《さへい》という補佐官三名を出して、曹操の腹心の満寵《まんちょう》に協力させた。

曹操はこれでようやく人心地がつき、悪し様《あざま》に罵った。「下劣な賊どもめ。切り刻んでも飽き足らぬ！」

郗慮が董昭の報告に付け加えた。「宮中の侍衛《じえい》もすべて入れ替えました。下っ端の者らも問いただしておりますが、いまだ手がかりはつかめておりません。おそらくほかに仲間はいないかと存じます」郗慮の立場からすると、関係者は多いほうが望ましい。なんとなれば、密勅は天子の本心から出たものではなく、「天聴《てんちょう》を惑わし、重臣と離間させた」との罪で誰かを身代わりにできるからだ。

丁沖の顔色も死人のように青白かった。懐から薄い絹帛《けんぱく》を取り出すと、びくびくしながら卓上に置いた。「例の物を持ってまいりました……」丁沖は、それが詔書であると認めるわけにはいかなかった。認めてしまえば、このたびの事件は天子の意思だということになる。いまはすべての罪を董承や劉服ら四人に着せ、陛下とほかの臣のあいだには何ら問題はないという顔をしなければならない。それゆえ「例の物」と言うしかなかった。

曹操は手を振って拒んだ。「見とうない……」

丁沖はごくりと唾を呑み込んだ。「ご覧ください。もう一人、思いも寄らない人物が関わっていました」

「なんだと？」曹操はまったく見当がつかず、動揺を押し殺して詔書を開いた。いきなり曹操の目にびっしりと血で書かれた文字が飛び込んできた――自らの血でこの詔書を書いたのか……なんたる深い恨み――ぞっとするような血文字と次々に現れる怨念のこもった言葉を目にするうちに、曹操の手はいつの間にか震えていた。しだいに目がくらんで頭がぼうっとなり、書かれてある文字も頭に入ってこなくなった。ただ、結びの一句「この正道に反する逆臣を誅するのみ」の末尾の一字、「耳《のみ》」の字の長く伸びた最後の一画は、いまも血が滴っているように感じられた。

そこで曹操は思わず目を閉じた。いったん気持ちを落ち着かせ、血で記された文字を袖で覆い隠すと、最後の署名のところだけに視線を移した。すると呉碩のしなやかな文字と劉服の覇気に満ちた文字のあいだに、その男の名は記されていた――左《さ》将軍劉備《りゅうび》！

「あっ……」曹操は大きな声を上げた。「あの大耳の賊め！　なんとしても捕まえて八つ裂きにしてくれる！」そう叫びながら絹帛を力いっぱい投げ捨てたが、軽い絹帛は宙をひらひらと舞ったのち、よりによってもとの卓上に落ちてきた。

「わが君、どうか落ち着いてください」一同が揃《そろ》って跪《ひざまず》いた。

曹操は卓に手をついて肩で息をしながら、かろうじて残っていた理性で落ち着きを取り戻した。「みな立つがよい……誰か、董昭らに席を与えよ」

段昭と任福が腰掛けを持ってきて三人を座らせ、護衛兵たちも灯《あか》りを運んできた。三人は譲り合ったのち席についたが、董昭は腰を落ち着ける間もなく、すぐに本題に入った。「許県に遷《うつ》ってより、曹公は倦《う》まず弛《たゆ》まず陛下にお仕えし、宗廟《そうびょう》を立て、袁術《えんじゅつ》を討ち、屯田を開き、呂布《りょふ》を平らげ、朝廷のために多大な功績をお立てになりました。今上《きんじょう》陛下も深く信頼を寄せられ、曹公を当世の周公《しゅうこう》［周《しゅう》の政治家］、伊尹《いいん》［殷《いん》初期の政治家］とみなしておられます」ここで董昭は話題を変えた。「思うに賊臣の董承は、そもそも西涼《せいりょう》の逆臣董卓《とうたく》の一派、わが君を奇貨《きか》居《お》くべしとみて本心をひた隠しにし、忠良の士に成りすましていたのです。万悪は淫を首《はじめ》とし、その心よりは行いを論ずべし、百行は孝を先とし、その行いよりは心を論ずべしとか。曹公は寛大にも董承が外戚であることを慮《おもんぱかり》り、胸襟を開いて恩沢を施し、これを教化しようとなさいました。あの者が身を慎み、忠誠の心が芽生えるのを期待されたのでしょう。ところが、山河は動かしやすきも本性は改めがたし、董承は過ちを悔い改めるどころか、密かに反逆の心を抱くようになったのです……」ここで董昭は卓上の絹帛を指さした。「徒党を組んで偽の血詔《けっしょう》を捏造したのです！　人心を惑わし、忠良の士を害し、閻顕《えんけん》や梁冀《りょうき》のような横暴を振るおうとしたのです。陛下を欺いて法に反する企みを画策したばかりか、陛下と曹公のあいだまで裂こうとしました。これこそ天下随一の奸臣というほかありません！」

　この董昭の熱弁が決め手となった。密勅は偽物だと言い切ることで、事態をひっくり返したのである。真実は、その場にいる誰もがわかっていた。しかし、一様に何度もうなずいて賛同の意を表した。ここにいる者はともに曹操という船に乗り込んだ仲間である。事は主君のためのみならず、わが身と一族の命にも関わる大問題である。郭嘉が異様な眼差しを董昭に向けた――よくもまあ、こんな大義凛然たる話を編み出したものだ――そこで、後れを取ってはなるものかと自分も声を張り上げた。

「董尹君《いんくん》［尹君は河南尹の敬称］の仰るとおりです。また呉碩や种輯といった輩は名もなき小人であり、劉服は宗室《そうしつ》に身を置くとはいえ極悪人であります。どうかこの逆臣どもを刑に処されますよう！」

　郭嘉の声につられてほかの者も口々に叫び出した。興奮が渦巻くなかでも、丁沖、郗慮、毛玠、何《か》夔《き》といった伝統を重んじる者だけは声を上げなかった。董承や劉服らはむろん黒である。かといって曹操が必ずしも白というわけではない。玉帯に詔《みことのり》が隠されていたこのたびの事件は、つまるところ君臣間の権力争いに端を発する不祥事であり、どちらかが正しいというものではなかった。

　曹操は強い後押しを受けて宣言した。「みなの申すとおりだ。事態が明らかになった以上、直ちに逆賊どもをまとめて処刑する！」こうして取り調べをする前から一方的に判決が下された。

　董昭がさらに促した。「詔を偽造して乱を企て、三公《さんこう》を害そうとした罪は重うございます。ここは戒めとするためにも三族を滅ぼすべきかと」

「そうだ！」これこそ曹操の意に適うものだった。禍根は根こそぎ除かねばならない。

　しかし、そばに座っていた郗慮は眉をひそめた。ずっと気になっていたことだが、いまこそ口にしないわけにはいかなかった。郗慮は立ち上がって一礼した。「董貴人《きじん》〔貴人は妃《きさき》の称号〕は……」そう切り出してはみたものの、その先をどう続けたものかわからず口ごもってしまった。

だが、このひと言で幕舎のなかは急に静まり返った。董貴人は董承の娘である。刑が一族に及ぶとなれば董貴人も含まれる。董昭は一瞬たりとも躊躇《ちゅうちょ》せずに意見した。「陛下は幸いにも徳を備えておいでですが、かように悪逆非道な賊臣を父に持つ董氏が、どうしてこのまま陛下にお仕えしてよいものでしょうか。当然、処刑すべきでしょう」董昭は「貴人」という称号を使わず、早くも「董氏」と呼び変えた。

郗慮はちらと董昭に目を遣ると、胸の内で思った――天下に「董」姓は一人で良いということか。なんとむごいことを――郗慮は曹操に拱手《きょうしゅ》して願い出た。「曹公、むろん董氏にも罪はありますが、陛下の御子を身ごもって、すでに八か月となります。御子が生まれるのを待って処罰するというのはいかがでしょう」

董昭は郗慮の浅見を密かに笑った。禍《わざわい》の種をわざわざ残す道理はない。そこですぐに反論した。「郗大人のお言葉こそ、まさに宋襄《そうじょう》の仁。宮中では古《いにしえ》より、子は母をもって貴しとします。皇子を産む前は言うに及ばず、産んだとしても、事態の大きさを考慮すればともに処刑すべきでしょう」そう話すや、もはや郗慮に反論する隙を与えず、仰々しく曹操の卓の前で跪いた。「貴人といえば天子のお身内、陛下の許しがなければ処罰できません。三公九卿《きゅうけい》をはじめ百官に呼びかけて、宮門の前で揃って跪拝《きはい》し、陛下に処断を請願することをお許しください」そうすれば貴人の断罪は曹操と一切関係がなくなる。その手を血で汚すこともない。

曹操は何度もうなずいた。「そうだな。すぐに進めてくれ」

「はっ」董昭は立ち上がると、郗慮と丁沖に声をかけた。「お二方も一緒に参りましょう。手分けして百官に知らせるのです」郗慮はごくりと唾を呑み込み、黙って従った。丁沖は懐から酒の入った瓢《ひょう》箪《たん》を取り出した。この酒好きばかりは、どんなに高官になろうとも改まらず、丁沖はやけ酒をひと口呷《あお》ってから、ようやく董昭についていった。

三人が出ていったあとも、幕舎内はなかなか落ち着かなかった。そこへ今度は許都令の満寵が駆け込んできた。曹操が訝《いぶか》しんで尋ねた。「もう尋問が終わったのか」

いつもは冷静で落ちついている満寵が、このときばかりは難しい顔をして跪いた。「案件に込み入った事情があり、わたくしの一存では決めかねまして」そう答えると、曹操に竹簡を差し出した。「これは董承と劉服の供述書です」

曹操はなかを検《あらた》めもせず尋ねた。「今度は何だ」

満寵は頭《こうべ》をこれでもかと垂れた。「本件の真の狙いは暗殺ではありません。謀反でございます」

「謀反!?」曹操の目つきが変わった。

「董承らは、事が成った暁には、梁国王子の劉服を皇帝に立てるつもりだったのです」

その場にいた一同は意外な顚末《てんまつ》を耳にして呆気にとられた。曹操はすぐに供述書をじっくり読みはじめた。董承は王子の劉服に、事が成功したら自身を皇帝にせよと脅されたと供述し、さらに二人が雨音に紛れて交わした謀議を洗いざらい暴露していた。劉服は頑なに董承の供述を否認したが、盧洪の証言があったため、拷問の末ようやく自白したようだ。だが、劉服によると、董承は劉服の即位をしぶしぶ承諾したうえで、実は自分は外戚の大将軍《だい》になろうとしていたのだという。供述では二人とも互いに相手を謗《そし》り、責任をなすりつけ、相手がより重い罰を受けるように罪を押しつけ合っていた。

「こんな輩が、わしに張り合おうとしていたのか。陛下は……」そこから先はかろうじて呑み込んだ――陛下はこんな野心家どもに目をかけていたのか――曹操は傷つき、我ながら滑稽にも思えて、突如大声で笑い出した。だが、その声はどこか嘆いているようにも聞こえた。

ともかく、謀反となればこれは曹操に有利に働く。董承らを「三公暗殺を企てた罪」で裁くより「謀反の大罪」で裁いたほうが、ずっと人々を納得させやすい。罪もここまでくれば、一族皆殺しにしようが貴人を廃そうが、至極当然ということになる。満寵は曹操の不気味な笑い声を断ち切るように、咳払いして話を戻した。「ただ、劉服ほどの身分ともなると、処罰は容易ではありません」

傍らにいた郭嘉らは、この言葉に肝が縮み上がった――劉服は梁王劉弥《りゅうび》の子である。このたびの謀反が重臣によって企てられたのではなく、宗室によるものだったとすれば、処罰は梁王の身にまで及ぶ。事件がここまで大きくなっては、満寵がためらうのも致し方なかった。郭嘉も再考を促そうとして立ち上がった。すると、曹操は急に笑うのをやめ、竹簡を卓上に投げつけると、おぞましい声で満寵に告げた。「これだけ証拠が揃っているのに何を尋ねることがある。国には国の法があり、劉服はそれを犯したのだ。その罪に見合う罰を与えよ。謀反を企てた以上、生かしてはおけぬ。同じようなことはこれまでにもあったであろう。それに照らして処理すれば済む話だ」

光武帝《こうぶ》の中興以来の慣例に則れば、宗室の諸侯王に軽微な違法行為があった場合は封国《ほうこく》を削られる。だが、謀反の嫌疑がかかった場合は、間違いなく死罪であった。明帝《めい》の御代には広陵王《こうりょう》の劉荊《りゅうけい》が帝位の簒奪を企て、自尽《じじん》させられている。楚《そ》王の劉英《りゅうえい》は自ら図讖《としん》［吉凶の予言を隠語や図で表したもの］を作って方術士らと結託したが、反乱の計画が露見して自尽した。質《しつ》帝の御代には清河《せいが》王の劉蒜《りゅうさん》が謀反の罪を着せられ、封国を奪われて自尽した。もっとも近いところでは霊《れい》帝の御代、宦官の王甫《おうほ》に謀反の罪で誣告された勃海《ぼっかい》王の劉悝《りゅうかい》も自尽を迫られたうえ、百人近い一族が獄中で殺されている。勃海国は取りつぶされ、勃海の相《しょう》以下、官吏はすべて「王を導くに忠ならず」として処刑された……こうした先例に倣《なら》うなら梁王の劉弥も死刑は避けられず、その妃たちも無事では済まない。だが、この微妙な時期に宗室を殺害すれば、囂々《ごうごう》たる非難を浴びるであろう。この一歩を踏み出せば、天下の者たちは曹操の下心を疑うであろう。大戦《おおいくさ》を目前に控え、天下の輿論《よろん》にも影響を与えるに違いない。

郭嘉、毛玠らが揃って立ち上がった。「わが君、よくお考えください……」

曹操はうるさげに手を振った。その顔に動じる様子は微塵もなく、逆に殺気が立ち上っていた。「董承のことを憎いとは思わん。わしはかつてやつの手から権力を奪ったのだからな。だが、劉服がわしを殺そうとする理由は何だ？　挙兵した日から、やつは密かに帝位の簒奪を目論んでいたが、わしは見て見ぬふりをしてきた。だが、まさかわしまで陥れようとするとは思いもしなかった。わしがおらねば、やつは偏将軍になどなれはしなかった。錦の衣や珍味佳肴はもちろん、金銀や美女まで与えて、粗略に扱ったことなど一度もなかった。わしでさえ、あんな贅沢な暮らしをしたことはない」それは事実である。曹操の生活は非常に質素なものだった。「ましてや簒奪を企てるなど、それがどれほどの罪かわかるか。自分でまいた種は自分で刈らねばならん。一族皆殺しは自業自得だ。梁王自身は関与しておらずとも、自分の育てた息子を恨むしかあるまい。慣例に倣って処罰を行え」

曹操は間違ったことを言っているわけではない。ただ、いまは時機が悪い。どれほどの人間が曹操を注視していることか。たとえそれが公正であろうとも、梁王を殺せば宗室を害したという汚名は免れないのだ。郭嘉と毛玠は互いに顔を見合わせ、もう一度諫めようとしたが、一切の反論は容れぬと言わんばかりの曹操の険しい顔つきを見て、結局は言葉を呑み込んだ。満寵は唇を嚙み締め、心を鬼にして答えた。「わかりました。そうと決まった以上は徹底的に行います」そう言い置くと身を翻した。

「伯寧《はくねい》、待て……」

一同は曹操が思い直したかと思ったが、曹操はまったく別の件を話しだした。「わしは汝南《じょなん》に駐屯している李通《りつう》を裨《ひ》将軍にするよう上奏しておるが、こたびの一件が片づいたら、そなたを汝南太守《たいしゅ》に任ずることとする。戻ったら準備しておくように」

「はっ」満寵にもう迷いはなかった。汝南は袁氏の故郷であり、門生《もんせい》や故吏《こり》［昔の属官］が多く住んでいる。曹操が満寵を汝南太守にするということは、李通を助けて、そうした者たちを監視しろということである。幕舎を出るなり、満寵の頭のなかでは、すでに汝南の者らを押さえつけるための方策が練られはじめていた。

満寵が去ってすぐ、またも外から兵の報告する声が聞こえてきた。「荀令君《じゅんれいくん》と劉常伯《じょうはく》(1)がお見えです」帳がめくられると、全身雪まみれの荀彧《じゅんいく》が、老いた侍中《じちゅう》の劉邈《りゅうばく》を支えながら、ゆっくりとなかに入ってきた。

曹操は内心どきりとした——この老いぼれ、いったい何をしに来た！

(1)「常伯」はもともと周代《しゅう》の官職だが、漢代には侍中の敬称となっていた。

心の浮き沈み

劉邈《りゅうばく》は齢《よわい》七十を過ぎた老人であるが、光武帝《こうぶ》の直系の末裔にして、琅邪王《ろうや》劉容《りゅうよう》の弟である。かつて九江太守《きゅうこうたいしゅ》を務めていた折り、董卓《とうたく》討伐に失敗して揚州《よう》に南下してきた曹操と、揚州刺史《しし》の陳温《ちんおん》を通して知り合った。その後、劉邈は西の都長安《ちょうあん》に上って天子に拝謁し、曹操のことを文武両道で忠義に厚い人物であると絶賛した。曹操が兗州牧《えんぼく》に任命されたのは、劉邈の推薦あってのことと言える。また、天子に遷都を勧める際も少なからず尽力した。朝廷が落ち着きを取り戻すと、恩に報いたい曹操は劉邈を侍中《じちゅう》の職につけたが、実際の待遇は三公《さんこう》に並ぶほどだった。曹操は劉邈が不自由なく老後を送れるようにと気を配り、天子も宗室《そうしつ》の長老として敬っていた。

かなりの高齢ゆえ出仕もしていなかったその劉邈が、いま突然陣中にやって来たのである。青い緞《どん》子《す》の平服の上には狐裘《こきゅう》を羽織り、まばらな白髪をきれいに梳《くしけず》って翡翠の簪《かんざし》で留め、市井の金持ちのような姿をしている。足には薄底の靴をはき、手には角形の竹製の杖を持ち、朱漆《うるし》塗りの瓢箪《ひょうたん》まで提げている。老人は丸くなった背を揺らしながらゆっくりと幕舎《ばくしゃ》に入ってくると、真っ白な髭をしごきながら曹操に向かって微笑んだ。笑うと顔じゅうに皺《しわ》が走って、さながら胡桃の殻のようである。

本来なら三公が侍中に礼を尽くす必要はない。だが、年齢や血筋からしても、これまでの付き合いからしても無下にはできず、曹操は急いで立ち上がると笑みを浮かべた。「こんな寒い夜にわざわざお越しになるとは、どうなさったのですか」そう話しながら駆け寄って劉邈の手を取ると、老人の体に積もった雪を軽くはたいた。

劉邈は年を取っているが目も耳も達者で、滑舌もはっきりしていた。「こんな大事が起こったとあっては、この老いぼれも出向かぬわけにはいかんじゃろう」

その場にいた全員が立ち上がり、いくつもの腰掛けが老人に差し出された。曹操と荀彧《じゅんいく》は左右から支えて老人を座らせた。夏侯惇《かこうとん》は老人を驚かせてはいけないと思い、許褚《きょちょ》や段昭《だんしょう》といった武人らを連れて退出した。曹操は恨めしそうにちらと荀彧に目を遣った。「令君《れいくん》が劉常伯《じょうはく》に知らせてお連れしたのか？」

劉邈が笑いながら手を振った。「そうではない。わしが令君にお願いしたのだ」

「曹公、お騒がせして申し訳ありません」寒さのせいか怯《おび》えているのか、荀彧の顔は真っ青で、ひどくぎこちなかった。一つ息をついて落ち着きを取り戻すと、荀彧はようやく袖のなかから上奏文を取り出して曹操に手渡した。「今宵、伏完《ふくかん》さまが尚書台《しょうしょだい》に持ってきたものです」

皇后の父の伏完は真面目な人物で、官は輔国《ほこく》将軍、儀同三司《ぎどうさんし》［三公並みの待遇］を許されている。このたび董承《とうしょう》の企みが露見したため、自身の立場も危ういと考えたのだろう。すぐに上奏文をしたため、印綬を返して名目だけの一介の大夫《たいふ》になりたいと求めていた。曹操はざっと目を通すと上奏文を脇に置き、先に劉邈の相手をした。「朝廷での捕り物、劉常伯にはご心配をおかけしてしまいました」

劉邈がため息をついた。「いや……国が落ち着かぬとき奸賊《かんぞく》は現れる。董承ときたら、まったく話にもならぬ。国のために戦い、その赤心《せきしん》は唯一無二の曹公に手を出すとは……」劉邈はそう嘆きながら、いきり立った。

劉邈は本当に密勅のことを知らないのか、それとも知らないふりをしているだけなのか、見当がつかない曹操は、ただうなずくしかなかった。

「聞けばほかに、梁王《りょう》の息子の劉服《りゅうふく》もいたとか」劉邈は俯《うつむ》き加減に尋ねた。

その言葉で曹操にも劉邈の来意が見えてきた。曹操は卓上の供述書を取って劉邈に見せると、老眼を案じてわざわざ大きな声で説明を添えた。「梁国王子の劉服は謀反の首謀者です。董承らは劉服を皇帝に立てるつもりでした。証拠も揃《そろ》っており、その罪は許せるものではありません」劉邈は梁王の命だけでも助けようと思っている、曹操はそう考え、ことさらはっきりと罪状を告げることで、その口を塞《ふさ》ごうとした。

供述書を握り締めた劉邈は、杖で地面を叩きながら罵った。「なんと罪作りなやつだ！　わが劉家の面《つら》汚しめ、憎んでも憎みきれぬ。罪は万死に値する」

どうやら劉邈もおとなしく聞き入れてくれそうだ——曹操は胸をなで下ろした。ところが、劉邈は供述書を自分の懐に押し込むと、髭をしごきながら何でもないことのように言った。「劉服は小さいころから親に面倒をかけどおしでな。梁王がやつを養子に出したのも、いまとなっては正しい判断だったということか」

「養子に出したですと？」曹操は驚いた。「誰に養子に出したのです」

「母方のおじの李《り》氏だ」劉邈は口から出まかせに言った。「それゆえ本来なら、やつは李服《りふく》と呼ぶべきなのだ」

曹操は頭に来た。劉邈は劉服を劉家の者でないとすることで、連座が梁王にまで及ぶのを防ごうとしている。しかも王妃の李氏本人やその兄弟は早くに亡くなっており、これが嘘だと証言する人間も残っていない。曹操は怒りを抑えつけて、無理に笑顔を作った。「お尋ねしますが、梁王には何人のご子息がおられますか」

「劉……いや、李服一人だな」劉邈は口ごもりながら答えた。

「では、たった一人しかいない息子を養子に出したと仰るのですか」

「梁王が自ら養子に出したのだ。他人が口出しすることではあるまい」劉邈の口調がにわかに凄みを帯びた。

相手が劉邈とあっては、怒鳴りつけることもできない。曹操は自分で腰掛けを移動させて劉邈のそばに座った。「劉常伯のお気持ちはわかります。ですが、劉服が大逆の罪を犯したことは間違いないのです」

だが、劉邈は頑なに言い張った。「やつが郷里を離れて都に来てからもう四年、梁王とはとっくに縁が切れておる。先には親不孝で父を蔑《ないがし》ろにし、こたびは謀反によって君主を蔑ろにした。そんな息子、劉弥《りゅうび》からすればとうの昔に死んだも同然なのだ。やつが謀反を起こそうと、陛下を弑逆《しいぎゃく》しようと、父親とは関係ない」

若き日の劉邈は舌鋒鋭い論客だったと曹操も聞いてはいたが、今日はじめてその片鱗を見た思いがした。曹操はため息をついて立ち上がり、幕舎の暗い天井を眺めると、行きつ戻りつしながら話しだした。「この曹操、陛下をお迎えして以来、朝早くから夜遅くまで倦《う》まず弛《たゆ》まず仕えてまいりました。

これまで不届きな思いを懐いたことなど片時もありません。わたしのことを、権力をもっぱらにして政《まつりごと》を乱す不忠の臣だと指弾する者もおりますが、わたしは見て見ぬふりをしてきました。それなのに陛下は……」

「われらはひとまず失礼いたします」郭嘉《かくか》や毛玠《もうかい》は、曹操が事の真相を話そうとしているのを見て驚き、我先にと幕舎の外へ逃げだした。

大きな幕舎のなかには曹操と劉邈、そして荀彧の三人だけが残された。曹操は言葉を続けた。「陛下までもわたしを殺そうとしたのです。玉帯《ぎょくたい》のなかに密勅を隠してわたしの殺害を命じるなど、これほどひどい仕打ちがありますか！　しかも陛下が頼ったのはどんな人物です？　かつて董卓《とうたく》の一味だった董承に、わたしのような忠誠心がありますか。やつは外戚の大《だい》将軍になろうと企んでいたのですよ。竇憲《とうけん》や梁冀《りょうき》になろうとしていたのです。それにあの大耳の劉備、あれこそは掛け値なしの小人《しょうじん》です。誰彼かまわず尻尾を振ってついて回る、吐き気がするほど憎たらしいやつです」曹操は今宵一晩で溜まりに溜まった鬱憤を一気にぶちまけた。「劉服はもっと話になりません。あの厚顔無恥の盗っ人め！　この世は邪《よこしま》なやつばかりだ。ちょっと偉くなったからといって帝位を望みますか？　陛下はわたしを見捨て、こんなやつらに乗り換えようとしたのですぞ。連中にいまの乱世が治められますか。わたしにはわかりません。まったくもってわからない！　皇宮《こうぐう》の宮殿も高楼も、この曹操が心血を注いで建てたもの。許都《きょと》で豪華な服を着てうまいものが食えるのも、この曹操が屯田をはじめて取れ高を上げたからです。それなのに陛下はわたしが要らず、あんな逆賊どもが必要だと……これはいったいどういうことです。連中に大漢を救えますか。本当に、この乱世の苦しみから民を救えるとお思いですか？」

劉邈と荀彧はなす術なく俯いた。天子の権力とはいったい何なのか。朝廷という存在が本当に天下の民を代表できるのか。むろん答えは二人にもわからず、またわかろうとも思わなかった。

そのとき、突然曹操が大きな声で笑いはじめた。「はっはっは……わたしはどこで間違った？　ちくしょう、何を間違ったというんだ……はっはっは……この天下を二十歳そこその若造に差し出せばよかったのですか。やつの好きなようにさせればよかったのですか。大漢王朝が袁紹《えんしょう》に滅ぼされれば、貴殿ら宗室は満足なのですか。胸に手を置いてよくお考えください。もしこの曹操がいなかったら、この天下にいったい何人の皇帝や王を称する輩が現れたか。はっはっは……」笑いながら曹操は中央の座に戻った。「梁王は自業自得です。あんな息子に育ててしまったのですから。宗室にこんな失態が生じたというのに、その尻拭いをわたしにさせながら、その罪までわたしに着せる気ですか。いい加減にしてもらいたい。梁王は処刑せねばならんのです」

劉邈は曹操の批判を聞きながら、悪い夢でも見ているような気がした――曹操の言葉はいちいちもっともだ。劉家も落ちるところまで落ちたものよ。兄の琅邪王劉容は八十近くになって最後は琅邪で亡くなったが、その死の真相もわからずじまい……琅邪国は臧覇《ぞうは》ごとき奸賊の手に落ち、劉容の子孫は落ちぶれてよその土地へ流れていった……光武帝が復興したときの英気はどこにいってしまったのだ？　宗室の者がいなくなったら、いったい誰が陛下をお守りする？　ああ、世の中は変わり果ててしまったのか――だが、劉邈はそこで気持ちを切り替えた。杖をつきながらゆっくりと曹操の卓に近づき、真面目な口調で頼み込んだ。「曹孟徳《もうとく》、わしの顔に免じて梁王を赦してやってはくれぬか。

どうしても駄目だというのなら……この膝を折ってでも」

曹操が慌てて劉邈を助け起こした。「あの者たちが愚かだったのです。わたしに跪《ひざまず》いて何になるというのですか？」

「はじめて梁国の王に封じられたのは光武帝の血を引く劉暢《りゅうちょう》だ。梁国は天下でも大きな封国《ほうこく》の一つ。その末裔に手をかけるなど、孟徳は天下の者に不忠の臣と罵られてよいのか」

曹操は冷たく言い放った。「罵らせておけばいいのです。それよりもこの胸の鬱憤を晴らさなければ、わたしの気が収まりません」

劉邈は眉をひそめた。「それは梁王に対する鬱憤ではなく、陛下に対する鬱憤であろう」

「とにかく晴らすと決めたのです。わたしは何も間違っていません」

これでは埒《らち》が明かないとみた劉邈は、年寄りの図々しさを発揮して、卓上に座り込むという挙に出た。「そなたが梁王を赦すまで、わしはここを動かん。そなたに覚悟があるなら先にわしを殺すがいい！」

曹操もとうとう怒りを露わにした。「それなら座り続ければいい。死ぬまで座っていようとも梁王は赦しませんぞ」

「殺すなといったら殺すな！」

「どうあろうと死んでもらいます」

「できるものならやってみよ。刺し違えてでも止めてやる！」

二人とも顔を真っ赤にして意地を張り、声を嗄《か》らして言い争った。天下の司空《しくう》と宗室の老臣が争うのを誰が止められよう。荀彧はどちらの肩を持つこともできず、おののいて俯いたまま、目を上げることもできなかった。

「これ以上、出しゃばるのはおよしなさい。梁王は何があろうと処刑します」

「わしは陛下の命《めい》を受けてここに来ておる。梁王を殺すことは許さん！」劉邈は出まかせに言い返した。

「そんなでたらめ、信じられません。だったら詔書を見せてください」

「待っておれ。いまから詔書をもらってくる。持ってきたって無駄です。そうなってから吠え面かくなよ」

曹操も売り言葉に買い言葉である。「持ってきたって無駄です。決して赦しやしません」

「この天下はわが劉家のものか、それとも曹家のものか!?」

「何を仰るのです」

劉邈も一歩も譲らない。手にした杖を投げ捨てると、曹操の鼻先に指を突きつけて再び怒鳴った。

「この天下はわが劉家のものか、それとも曹家のものか!?」

……

二人は黙り込んだまま長いあいだ睨み合った。曹操は頭から冷や水を浴びせられたような気がした。恨み言が喉につかえ、胸が苦しくなり、目眩《めまい》がして、そのままふらふらと長椅子にへたり込んだ

――とうとう劉邈が伝家の宝刀を抜いたのだ！

劉邈は曹操が顔面蒼白になったのを見て、慌てて話をもとに戻した。「ともかくだ……わしもそなたに良かれと思って言っているのだ。大戦《おおいくさ》を前に宗室を殺したら、袁紹が必ずこの件を利用して人心

を惑わそうとするだろう。わしももう年だ。本気でそなたとやり合うつもりなどない。それに梁国を廃したら、そなたと陛下のわだかまりもいっそう深まるであろう。それでこの先どうするつもりだ。どうやって漢室を復興させ、平生《へいぜい》の大願を叶えられる。よくよく考えてみてくれ。『官僚勤めは見ざる、聞かざる』という言葉もある。少しくらい目をつぶってはどうだ……」

「……もう結構です」曹操は虚《うつ》ろな目で、気だるそうに手を挙げて制した。「首魁《しゅかい》の劉服以外、宗室は一人も殺しません……殺しませんとも……」

「そうか、殺さぬのならそれでいい……」ともすれば、自分が殺されていたかもしれない。劉邈は曹操が折れてくれたのを見て、緊張が解けたからか、目には安堵の涙を浮かべていた。

曹操は力なく視線を上げた。「もうずいぶん遅くなりました。どうかお戻りください……お願いします……」

劉邈もすっかり疲れて咳き込んだ。荀彧は劉邈の杖を拾い上げると、その手を取って歩き出した。歩きながらも劉邈はまだ安心できないのか、何度も振り返って曹操を見た。そのたびに荀彧がなだめ、二人はようやく出ていった。がらんとした幕舎のなかに、曹操だけが一人取り残された。目を閉じて卓上に俯《うつぶ》せると、頭のなかにがんがんと音が鳴り響き、断続的に痛みが襲ってきた。今日一日で受けた精神的な打撃は計り知れない。曹操が疲れ果てるのも無理はなかった。しかも、目の前には戦という、より大きな困難が待ち受けているのだ。

そのままどれほどの時が経ったのだろうか。曹操はふと冷たい風を感じ、ゆっくりと瞼を開けた。お碗を持つ曹丕《そうひ》が見える。その後ろには卞秉《べんへい》と曹真《そうしん》の姿もあった。

「父上、何か少しでも召し上がったほうがよろしいかと」曹丕は鮑《あわび》の羹《あつもの》が入った碗を曹操の目の前に置いた。ずっと腹を立てていたせいか、食欲はさらに失せていた。だが、息子の心配そうな顔を見ると、曹操は碗を持ち上げてひと口すすった。ほっと息をつくと、ようやく口を開いた。「賊どもは残らず捕らえたが、今日はもう遅い。家の者には一晩このまま陣営で我慢してもらい明日の朝早く戻るとしよう」

卞秉が難しい顔で話しかけた。「均《きん》はまだ小さく、ここの寒さが堪えるのか泣きどおしです。どこか具合が悪いのかもしれません。周《しゅう》氏が医者を呼んでもいいか尋ねてほしいと……」

「そんなことまで断らずともよい。すぐ医者に診てもらえ」

曹丕は曹真と一緒になって曹操の肩を揉みはじめ、その耳元でささやいた。「周おばさんはずっと医者に診てもらいたがっているんですが、丁《てい》夫人が許さないんです。それで父上にお願いに上がったんですよ。均が張繡《ちょうしゅう》の娘と結婚すると聞いて、丁夫人のご機嫌が悪いんです」丁氏が手塩にかけて育てた曹昂《そうこう》は張繡の手にかかって死んだ。その仇を討つどころか、逆に縁戚関係まで結ぶとあっては、丁氏が激怒するのも当然である。

むろん曹操も丁氏に負い目を感じていたが、それを曹丕に打ち明けても仕方がない。「何があろうと丁氏に逆らうんじゃないぞ。だが、いまは均の病を治すのが先だ。阿秉、急ぎ城内に戻って宮中の侍医を残らず連れてこい」

「はい」曹操の許可を得て卞秉が出ていった。

羹を飲んだ曹操は、腹のなかから温まってくるのを感じた。息子たちが肩を揉んでくれたおかげで、気分もいくらか楽になった。もっとも頭はまだ少し痛む。このとき入り口の帳《とばり》が持ち上がり、荀彧が戻ってきた。「劉常伯は馬車に乗ってお屋敷に戻られました」その表情は暗く、また声も低かった。朝政を統轄する尚書令《しょうしょれい》でありながら、都でこれほどの陰謀が企まれていることにまったく気づかなかったのだ。そればかりか、先には董承が車騎《しゃき》将軍に昇進するのを黙って見過ごしていたわけで、これは自身の失策だと荀彧は感じていた。

「もうすべて決着したのだ。このことは二度と持ち出すでないぞ。なすべきことをすればそれでよい……」曹操は物憂そうにかぶりを振った。「四人の賊には相応の罪名を与え、われらが出立したのち刑に処せ」曹操は自身が都を離れてから四人を処刑することで、それが私的な報復ではないことを天下に知らしめようとした。

荀彧はこの件について釘を刺されたので、すぐに話題を変えた。「劉勲《りゅうくん》が北伐に加わるために、この雪を物ともせず昼夜兼行で向かっております。日が昇るころには到着するでしょう」

曹操はほっと息をついた。「では劉勲らのことも考えて、二日後、陣をはらって北へ向かう。それにしてもこんな大事なときに……張繡や劉勲に笑われてしまうな」荀彧には話題にするなと言いながら、自ら蒸し返すところを見ると、やはり相当気にかかるのだろう。

荀彧は曹操の気を紛らわそうと、すぐに明るい話題を持ち出した。「劉勲は袁術が無理やり手元にとどめていた名士を何人か助け出したそうで、そのなかには先々帝の御代に荆州《けい》刺史を務めていた徐《じょ》璆《きゅう》殿もおられたそうです」

孟玉《もうぎょく》

「徐璆《じょきゅう》がか？」かつて黄巾《こうきん》討伐の際、曹操と徐璆は朱儁《しゅしゅん》に従ってともに戦ったことがある。

「聞くところでは、袁術の死後、部下のあいだで争いが生じ、徐璆殿はその混乱に乗じて伝国《でんこく》の玉《ぎょく》璽《じ》を持ち出したそうです。こたびはそれを朝廷にお返ししたいとのこと」

曹操は両手を額に当てた。(1)「失われてから十年、伝国の玉璽がとうとう持ち主のもとへ帰るのか。これぞ天のご加護だな」大いに喜んだ曹操だったが、卓上に置かれた血の詔《みことのり》が目に入ると、また気分が沈んだ――陛下はずっとわしの死を望んでいた……玉璽が戻ったからといって何を喜ぶことがある――曹操は絹帛《けんぱく》をそっと持ち上げると投げやりにつぶやいた。「わしは漢室という車につながれた牛馬だな。陛下がわしをどう見ていようと前に向かって進むしかない。引き返すことはできんのだ……」そして密勅をくしゃくしゃに丸めると、火鉢のなかへ投げ入れた。

燃え残っていた炭火がつかの間赤く熾《おこ》り、薄い絹帛は天子の血とともに、あっという間に黒い蝶に姿を変え、わずかな煙とともに舞い上がって消えた。荀彧は軽く目を閉じ、君臣の反目というこの不祥事を忘れようとした。曹丕と曹真は何も見なかったふりをして、曹操の肩を健気に揉み続けた。そして曹操は、じっと火鉢を見つめながら、わが身と大漢王朝との関係について、さらにはこれから進むべき道について思いを馳せた……

長い沈黙ののち、幕舎の外から許褚の声が聞こえてきた。「わが君、趙達《ちょうたつ》とあの盧《ろ》何とかが勝手に入ろうとするので捕まえました。どういたしましょう」趙達の喚《わめ》き声も聞こえてきた。「勝手に入ろうとしたんじゃありません。曹公にご報告したい内密の話があるのです」

このたびのことがあるので、曹操も趙達を追い返すことはしなかった。「仲康《ちゅうこう》、そやつらをなかに入れてやれ」荀彧はこういった恥知らずな小人と顔を合わせるのも嫌がり、慌てて曹操に一礼した。

「もしほかに用事がないようでしたら、わたくしは宮中へ戻ります。百官はまだ陛下に董貴人を差し出すよう請願しておりましょうから」

「そうしてくれ」曹操はひと息つくと、気を取り直して居住まいを正した。趙達と盧洪《ろこう》は、二人して這《は》うようになかへ入ってきた。かたや色白でぶくぶくと太り、かたや痩せこけた猿のようだが、曹操に取り入るための追従笑《ついしょう》いはそっくり同じである。曹操も二人のことはよくわかっていたが、それでも功績があったことは間違いない。無理に笑みを作ってねぎらった。「こたびの通報、ご苦労であった。厚く褒美を取らせるぞ」

「褒美は要りませぬ。ただ、以前のお言葉どおり、明公《めいこう》にお仕えして一臂《いっぴ》の力を振るいたく存じております」趙達はまたもや辟召《へきしょう》の件を持ち出してきた。

盧洪もにやにやと笑みを浮かべながら願い出た。「わたくしも明公にどこまでもついて行き、お仕えしとう存じます」いま目の前の褒美に釣られることはない。曹操につき従ってさえいれば富貴も出世も思うまま、司空府の掾属《えんぞく》になれれば御の字だが、悪くても県令くらいにはなれるだろう。

「ふん、貴様らにどんな才がある」

盧洪は額を地べたにこすりつけて答えた。「われらにはなんの取り柄もありません。文は国を治める才もなく、武は乱を鎮める勇もありません。ですが、われらは目と耳が利きます。許都に置いてくだされば、曹公は百官の動きを知ることができます。われらが百官の一挙一動を監視しさえすれば、こたび董承が起こしたような事件は二度と起こらぬかと。曹公は何の憂いもなく大事に専念し、枕を高くして寝ておられましょう」

「ほう」曹操は目を見開いた。俄然、二人の小人が役に立つ気がしてきた。

「どうかわれらの力を信じてください」曹操が心を動かされたとみて、趙達はすぐに付け加えた。「実はわれらがここに参ったのは、褒美を求めてのことではありません。よくよく考えましたところ、こたびの聖旨……もとい偽の密勅の件では、共謀した者がもう一人いるはずです。署名はありませんが、この者も処罰すべきかと」

「もう一人!?」曹操の目にきらりと光が宿り、肩に置かれた曹丕と曹真の手をどかせた。「父はまだ大事な用がある。お前たちは自分の幕舎に戻りなさい」

盧洪は狡猾そうな目で二人を見送ると、腹立たしげに告げた。「明公、よくお考えください。密勅は玉帯のなかに縫いつけられておりました。こうした針仕事を陛下がなさったと思われますか」

「お前たちに言われるまでもない。陛下がそのようなことをなさるはずがなかろう。後宮の女子《おなご》にさせたはずだ」

「女子といっても、ただの宮女にさせるはずがありません。このような大事を陛下が託せる女となると……」

曹操ははっと気がついた。「董貴人《とうきじん》が手ずから縫ったと申すのか」

趙達は薄気味悪い笑みを浮かべて答えた。「董貴人は懐妊中の身、宮女が一日じゅうそばに仕えていますから無理でしょう。明公、どうかよくお考えください。董貴人のほかに、陛下と苦楽をともにされている女といえば……」

曹操にも十中八九見当がついた。ふと視線を落とすと、卓上に置かれた伏完の辞任を願い出る上奏文が目に入った。曹操は緊張し、また頭痛がぶり返してきた。目を閉じてしばし葛藤に苦しんだのち、最後にはため息をついた。「もういい……」皇后を廃するとなれば、その影響は甚大であり、いまの曹操にそんな余裕はなかった。

趙達と盧洪は顔を見合わせ、なおも焚きつけた。「禍根を断たねば早晩良からぬことが起こります。董貴人に梁王、それに皇后と伏完の一族は放っておいてはなりません」

「董貴人は殺さねばならん。だが、梁王と伏皇后については……」曹操は力なくかぶりを振ると、きっと目を見開いた。「お前たちはわしに仕えたいのだろう?」

趙達と盧洪は色めき立ってしきりにうなずき、膝を擦《す》って近づいた。

「では、お前たちには奸臣を探ってもらおう。校事《こうじ》に任命するゆえ、許都の一切の動向に細かく気を配るのだ。何かあったら令君や軍師《ぐんし》を通さず、直接わしに報告するように」

「お引き立ていただきありがとうございます」ついに小人の願いが叶ったわけで、二人は力いっぱい曹操に叩頭した。「どのようなお役目でも、ご下命あれば何でもいたします」

「何でもする……か」曹操の眼《まなこ》に凶悪な光が宿った。「では、お前たちに仕事を与えよう」

「何でも仰ってください」趙達が胸を叩いた。

「従僕を連れて梁国へ赴くのだ」

「梁国へ行って何をすればよろしいのでしょう」

曹操の恨みは骨髄に徹している。「梁の初代国王、節《せつ》王劉暢の陵墓を暴いてこい」

趙達と盧洪は驚きのあまり腰を抜かした。「梁の節王は章《しょう》帝の兄弟です。陵墓にちょっと手をつけただけでも首が飛ぶというのに、それをどうして暴くなど……」

「ついさっきは何でもすると誓ったはずだが、いまさらわしの命が聞けぬと言うのか」曹操は大きく目を見開いた。「墓を暴くくらい何だ。許都の皇宮を建設したとき、わしは王の陵墓に植えられていた木を伐《き》ったことがある。いま大漢の天子がわしを軽んじるというのなら、わしが陛下に不義を働いてもよかろう。生きている梁王には手が出せぬとしても、死人に手が出せぬという道理はあるまい。この鬱憤を晴らさずにおれようか」

盧洪はごくりと唾を呑み込むと、覚悟を決めて大声で疑問を呈した。「できないとは申しませんが、節王の末裔はまだこの世におります。その墓を暴いたとなれば、今後天下の者たちはわが君をどんな目で見るでしょうか。いずれ劉弥と相対することになったとき、どうなさるおつもりですか」

盧洪のような小人でさえ、こんな理屈を並べ立ててくるのだ。曹操も自身が間違っていることは百も承知していたが、それでも腹の虫が収まらず、ばんっと卓を叩いた。「そうか、いまの梁王にも、かつての梁王にも手が出せないというのだな。よかろう、ならばもっと遡って辱めてやる！　お前たち、前漢の梁の孝王《こう》［劉武《りゅうぶ》］の墓を暴いてこい！　先祖を辱められて劉氏の宗族がどう出るか、この目で確かめてやる」

劉服や現梁王にとっては遠い祖先であるが、盧洪はそれでもひどい仕打ちだと思った。しかし、これ以上反論する勇気はなかった。「ご安心ください。この件はわれらにお任せを。必ずや連中の祖先の亡骸を野にさらし、野犬の餌にしてやります」

趙達も言い添えた。「わが君のもとに陵墓から出た副葬品を残らず持ってまいりますゆえ、袁紹との戦の際、将兵らへの褒美になさってください」

「そうだな」曹操は羹の入った碗を持ち上げ、一気に飲み干した。「なんとしても袁紹を滅ぼさねばならん。わしなくして本当にやっていけるのかどうか、陛下に思い知らせるためにもな」曹操は気を奮い立たせて声を張ったが、頭痛はますますひどくなる一方だった……

（1）古人は両手を額に当てて喜びを表した。

うらぶれた天子

天子の劉協《りゅうきょう》は悲しみに暮れながら、正殿の入り口に立って御苑の灯《あか》りを眺めていた。請願する重臣たちの数は時を追って増え、最初は董昭《とうしょう》、丁沖《ていちゅう》、郗慮《ちりょ》ら数人だけだったが、のちには朝廷の重臣から小吏までが続々とやって来た。いまや司徒《しと》の趙温《ちょうおん》、太僕《たいぼく》の韓融《かんゆう》、少府《しょうふ》の孔融《こうゆう》、侍中《じちゅう》の荀悦《じゅんえつ》、輔国《ほこく》将軍を辞したばかりの伏完《ふくかん》まででいる。一同は雪交じりの寒風吹きすさぶ御苑に跪《ひざまず》き、口々に董貴人《とうきじん》の身柄を差し出すよう訴えていた。

群臣たちとの対峙はすでに深夜に及んでいた。増す一方の請願の声が、高波のように劉協のもとに押し寄せてくる。もはや抵抗する気力はなかった。帝王としての自負もしだいに打ち砕かれて、劉協は力なく正殿の柱にもたれかかった——もう終わりだ！　曹操を除く計画は完全に潰《つい》えた。このために劉協は独断で董承《とうしょう》の官職を引き上げ、注意深く呉碩《ごせき》に玉帯《ぎょくたい》を下賜し、あの大耳の草鞋《わらじ》売りを宗族の一人として認めるなど、さまざまに心を砕いてきた。いずれ劉服《りゅうふく》を一段と取り立てて董承を牽制させ、二人の不和に乗じて兵力と権力を取り戻し、自身の力で大漢の社稷《しゃしょく》を復興するつもりでいた……だが、董承と劉服は事を起こす前にしくじり、かえって曹操の警戒を強めることになった。これで今後は好機が訪れることもあるまい……

劉協は衝動に駆られた己の若さを深く後悔した。曹操に対する不満を露わにすべきではなかったし、役立たずの董承や劉服に大事を託すべきではなかった。さらに言えば、手駒をすべてさらすこともなかったのだ……だが、いまさら後悔して何になろう。董承、劉服はまもなく殺され、劉備《りゅうび》は逃げだし、自分は寵妃すら守れないのである。今後はいったいどんな日々が待っているのだろうか……

「臣ら一同、身命を賭して諫言いたします！」おっとりとした董昭がいつものごとく落ち着き払い、引き続き率先して声を上げた。「董承は偽の詔書を作って謀反を企てました。董貴人がこれ以上陛下のおそばにお仕えするのはよろしくありません。どうか陛下、天下と社稷を思ってご決断を！」

「どうか陛下、天下と社稷を思ってご決断を……」群臣たちもあとに続いて叫んだが、その声はばらばらで揃《そろ》っていなかった。そもそも群臣たちの大部分は自ら望んで来たわけではない。董昭の遣わした兵が家まで迎えに来たため、参内を余儀なくされたのである。しかも劉邈《りゅうばく》、陳紀《ちんき》、楊彪《ようひょう》といった老人に加え、まだ任官されていない賈詡《かく》まで顔を揃えている。凍てつくような雪の夜にこうして長らく跪いており、大半の者にとっては、もう誰が正しくて誰が間違っているのかなどどうでもよかった。陛下が一刻も早く董貴人を差し出してくれれば、自分たちの苦行も終わる。ただそればかりを願っていた。

この間に懐の酒をすっかり飲み尽くした丁沖は、思い切って立ち上がると、玉の階《きざはし》の下まで進み出て跪いた。「もう夜も遅うございます。陛下、どうかご決断を！」丁沖につられて、ほかの群臣もどっと前に押し寄せてきた。群臣たちが正殿の前を取り囲むのを見ても、皇宮《こうぐう》を守る虎賁《こほん》軍の衛士《えいし》たちは遮ろうともしなかった。

劉協はため息をついて制した。「これ以上朕《ちん》に近づくな。すぐに戻る。朕はすぐに戻って来るゆえ」そう言い置くと、おぼつかない足どりで後宮へ向かった……

後宮では、董貴人が伏《ふく》皇后にしがみついていた。正殿のほうから響いてくる声ははっきりと聞こえ、そのせいで二十歳になったばかりの妃《きさき》はすっかり肝をつぶしていた。まだ見ぬわが子を守るかのように、董貴人は大きなお腹をしっかりと抱きかかえた。伏皇后も憔悴しきった表情で、おくるみにくるまれた幼子の劉馮《りゅうふう》を抱き締めている。皇后は不安に押しつぶされそうな貴人をいたわりながらも、病がぶり返した息子の身を案じていた。

劉協は腰が砕けたかのように二人の前に力なく座り込むと、氷のように冷えきった董貴人の手を取った。「朕は、朕は……すまぬ……」劉協の口からこんな台詞が出てこようとは。それもそのはず、天下を統《す》べる皇帝の身でありながら、自分の妃さえ守り抜くことができずにいるのである。

董貴人の顔からさっと血の気が引いた。「陛下はわたくしめが要らないと？　いったいどうしてなのです。曹操はなぜわたくしめを殺そうとするのですか。どうかお教えください！」

だが、この天真爛漫な若い娘に何と説明すればいいものか。董貴人は密勅の件について何も知らない。玉帯は董貴人が縫ったものでもなければ、父親の董承が処刑されることさえまだ伝えていないのである。それなのにいま、董貴人自身が曹操の残忍な手にかかろうとしている。劉協は何も言えず、ただ貴人の手を固く握った。伏皇后も傍らで涙を流している。

「あまりにもひどうございます。わたくしめがお嫌いになったからといって、御子まで要らないと仰るのですか」死への恐怖が恨みと怒りに変わり、董貴人が叫んだ。

劉協は胸が引き裂かれる思いがしたが、飾り物の天子に何ができよう。劉協はいきなり貴人の腹に突っ伏して激しく慟哭した。天子の泣き叫ぶ声に和すように、伏皇后も董貴人も声を上げて泣いた。宮女たちも跪いて涙を流し、後宮に悲痛な泣き声がこだました。

どれくらい泣いていたのだろうか。ふと顔を上げると、部屋の入り口から何人かの衛士たちが次々に入ってきた。みなが驚いていると、衛士たちのなかから満寵《まんちょう》が進み出て跪いた。「謀反に関する取り調べは終わりました。刑を執行するため、速《すみ》やかに董貴人をお渡しください」

伏皇后は劉馮を宮女に預けると、気色ばんで満寵に指を突きつけ、厳しく叱責した。「みだりに後宮に闖入《ちんにゅう》するとは無礼千万！　早く出て行きなさい」

さすがに皇后と言い争うわけにもいかず、満寵は叩頭した。「臣は命《めい》によって案件を処理し、悪を除くという務めを果たすのみでございます。董貴人さえ差し出してくだされば、すぐにでも立ち去ります」

劉協はゆっくり立ち上がると、虚《うつ》ろな目を漂わせながら、力なく笑った。「連れて行け……連れて行くがいい……」

「陛下のご英断、たしかに承りました」満寵が手をさっと上げて合図すると、二人の衛士が董貴人を抱え上げ、無理やり連れ出した。貴人は大声で叫んだ。「おかしいわ！　何かの間違いよ……」衛士はそばに垂れ下がっていた帳《とばり》を半尺［約十センチ］ほど引きちぎると、丸めて貴人の口に押し込んだ。貴人は小さな体を衛士らに抱え上げられながら、なおも言葉にならない声で罵り続けた。

これが今生《こんじょう》の別れと悟った劉協と伏皇后は、慌ててあとを追おうとした。すると満寵配下の大勢の衛士が隙間なく床に跪き、二人の行く手を阻んだ。伏皇后は涙をぬぐって叫んだ。「おどきなさい！　わらわの声が聞こえぬのですか」

だが、宮中の衛士たちは残らず入れ替えられており、一人として見知った者はいなかった。衛士たちは根でも生えたかのように微動だにせず、死んでも二人を通すまいとした。その様子を遠目に見ていた群臣たちは肝を冷やしたが、それでも叩頭して声を合わせた。「大義に明るきわれらが陛下。お悔やみ申し上げます、皇后さま」

もっともらしく慰める群臣たちを見回すうちに、伏皇后はますます腹が立ってきた。そして、そのなかに父の姿を認めたときには、もう怒りを抑えることができなくなった。「お父さま、お父さままで見て見ぬふりをされるのですか。乱臣どもが無法の限りを尽くして好き勝手するのを黙って見過ごすというのですか。なんとか仰ってください」

伏完《ふくかん》は何も答えられず、忸怩《じくじ》たる思いと怯《おび》えから、老いた目に涙を溢《あふ》れさせた。そして袖で顔を覆うと、挨拶も忘れてあたふたと立ち去っていった。伏完が去ると、群臣たちも次々に暇乞《いとまご》いをして帰っていった。劉協は正殿の柱にもたれかかり、自嘲するような薄笑いを浮かべていたかと思うと、再びさめざめと涙をこぼした。伏皇后は相変わらず罵り続けていたが、そこに若い宮女が駆け寄ってきた。「皇后陛下、驚いたせいか皇子さまがひどい熱でございます。急いで侍医をお呼びください」

「侍医？　皇子付きの侍医はどうしたの？」伏皇后は皇后としての威儀などかまうことなく、大声で喚《わめ》いた。「早く侍医を呼んで皇子を診させなさい！」しかし、皇后が何度そう叫んでも、その場にいた衛士は誰一人として応じなかった。伏皇后は劉協の袖をつかんで訴えた。「董貴人とお腹の子は救えませんでしたが、わたしたちの憑だけでも救ってくださいませ……」

劉協は胸の痛みをしばし忘れて衛士たちを怒鳴りつけた。「侍医を呼べ。皇后の声が聞こえぬのか。貴様ら聞こえぬというのか！」

虎賁侍郎《こほんじろう》(1)の一人が顔を上げ、きつい沛国《はい》の訛《なま》りで答えた。「陛下に申し上げます。曹公のお子さまがご病気で、太医令《たいいれい》の脂習《ししゅう》は侍医を残らず連れて城外の陣に赴いております」

「馬鹿おっしゃい！　この天下は陛下のものか、それとも曹家のものか！　すぐに侍医を呼び戻すのです。皇子に万一のことがあったら、お前たちに責任が取れるのですか！」伏皇后は地団駄を踏みながら声を荒げた。

衛士たちは皇后に怒鳴られて恐れおののいたが、それでも勝手に持ち場を離れようとはせず、頭《こうべ》を低く垂れたままその場に跪いている。皇后は衛士たちが何を言っても動かないので、返答した虎賁侍郎の頰を思いきり平手打ちすると、泣き叫びながら後宮の息子のもとへと駆けていった。劉協はなおも柱にもたれかかったまま立ち尽くしていた。いま目の前で起こっている何もかもが現実のこととは思えなかった。董卓《とうたく》や李傕《りかく》がいたころの情景が蘇り、すべてが夢か幻のように思われた……

劉協がぼんやりしていると、暗闇のなかから沈痛な表情をした荀彧《じゅんいく》が姿を現した。「この愚か者ども、さっさとどきなさい」荀彧はただのひと言で衛士らに道を開けさせた。「早く曹公の陣から侍医を連れてくるのだ。もし皇子に何かあったら、そのときはこのわたしが許さぬぞ」

「は、ははあっ」そう答えるが早いか、衛士たちは去っていった。劉協はすがるような目で荀彧を見ると、なんとその胸に顔をうずめ、涙ながらに訴えた。「朕は……朕はどうすれば……」これまで劉協は荀彧のことをよく理解していなかったが、いまになって思えば、荀彧こそが自分と曹操のあいだを取り持ち、わずかに残された皇帝としての体面を守ってくれていたのだ。自分は荀彧のことを誤解していた。劉協はそのことにようやく気づいたのだった。

荀彧は泣き崩れる劉協の背中を優しくなでて慰めた。「陛下、ご心配には及びません。この件はもう済んだのです。董承や劉服が詔《みことのり》を偽造したこと、陛下とは何の関わりもございません。董貴人は刑を余儀なくされましたが、どうかお気を落とされませぬよう……陛下、泣くのはもうおよしください。わたしまでつらくなります」

父の胸で泣きじゃくる子供さながらであったが、しばらく泣き腫らしてようやく落ち着いたのか、劉協はゆっくりと身を起こした。荀彧がその前に跪いて懇願した。「天下はいまだ定まらず、河北《かほく》［黄河の北］との戦《いくさ》も目前に迫っております。陛下は曹公を頼りにしてこそ四海を鎮めることができ、曹公もまた陛下を奉戴してこそ、大義を掲げて出兵できるのです。君臣が心を合わせて一体となるためなら、わたしは身命を賭してその橋渡しを務めましょう。陛下もこれよりのちは曹公を信じ、再び太平の世を開くという大業に邁進してくださいますよう」そう諫めて何度も叩頭した。

「君臣が心を合わせ……一体となる……」劉協は激しくかぶりを振った――いまさらそんなことが

できるはずもない――

天子と曹操のあいだに立つ荀彧こそ、もっとも難しい立場にあった。魂が抜けたかのような劉協の姿を見て、荀彧はあたりに人がいないのを確かめると、意を決して劉協に説いた。「『墨子《ぼくし》』の言葉に、『良弓は張り難し、然《しか》れども以て高きに及び深きに入《い》るべし。良馬は乗り難し、然れども以て重きに任《た》え遠きを致すべし。良才は令し難し、然れども以て君を致し尊きを見《しめ》すべし』とあります。曹公はまさに漢室を復興する良才、御しがたいかもしれませんが、陛下によく仕えてその聖明を天下に知らしめてくれることでしょう。ですから陛下は……少なくともいまは曹公を頼りとすべきです。天下はいまなお平穏ではありません。鶏を殺して卵を取るような、軽率な行為は慎まなくてはならないのです」そう言い終わったとき、荀彧の胸は早鐘を撞《つ》くように騒いでいた。これほど憚りなく話したことを曹操に知られたら、自分にも禍《わざわい》が降りかかるのは間違いない。

劉協の目がきらりと光った。「では、そなたは時機を待って……」

「臣は何も申しておりません」荀彧はそこですぐに話題を変えた。「陛下、これ以上悲しまれますとお体に障ります。実は、いい知らせもあるのです。かつて汝南太守《じょなんたいしゅ》を務めていた徐璆《じょきゅう》が、大漢に伝わる国宝を携えて朝廷に戻ってまいります。お喜びください。伝国《でんこく》の玉璽《ぎょくじ》が戻ってくるのです」

「伝国の玉璽？　はっはっは……」薄暗い正殿のなかで、劉協は顔を上げて高笑いした。その声は本当に笑っているのか、果たして泣いているのか、やるせなさに充ち満ちていた。「伝国の玉璽が戻るからといって何の役に立つ。高祖《こうそ》さま、光武《こうぶ》さま！　天で見ていらっしゃいますか。朕はこれでも天子といえますか……はっはっは……正道を踏み外《はず》したわが父よ、失われた玉璽が戻ってまいります。

とくとご覧あれ。息子の今日があるのもすべては父上、あなたのおかげですぞ。はっはっは……」

額を床にこすりつけて涙を流す荀彧をその場に残し、劉協は一人よろめきつつ後宮へと戻っていった。

（1）虎賁侍郎とは、虎賁中郎将《こほんちゅうろうしょう》の配下で、秩《ちつ》四百石《せき》の小官である。

第十一章　関羽《かんう》降伏、曹操軍に猛将加わる

劉備《りゅうび》を奇襲する

建安《けんあん》五年（西暦二〇〇年）正月、曹操は新たに配下に加わった揚武《ようぶ》将軍の張繡《ちょうしゅう》と征虜《せいりょ》将軍の劉勲《りゅうくん》を率い、官渡《かんと》に軍を進めた。すでに董承《とうしょう》と劉服《りゅうふく》を粛清し、朝廷内の潜在的な脅威もほとんどなくなったことで、曹操はこの出陣にあたってできる限りの手を打った。

河内太守《かだいたいしゅ》の魏种《ぎちゅう》を引き続き懐《かい》県［河南省北部］一帯に駐屯させ、河北《かほく》の要路を占拠した。建武《けんぶ》将軍の夏侯惇《かこうとん》は敖倉《ごうそう》、孟津《もうしん》［ともに河南省中部］に駐屯させ、西方の異変を防がせた。厲鋒校尉《れいほうこうい》の曹仁《そうじん》には陽翟《ようてき》［河南省中部］を守らせ、許都へと続く道を防がせた。揚武中郎将《ちゅうろうしょう》の曹洪《そうこう》は宛《えん》県［河南省南西部］へと軍を進め、劉表《りゅうひょう》の動きに目を光らせた。汝南《じょなん》太守の満寵《まんちょう》と裨《ひ》将軍の李通《りつう》には汝南の守りを固めさせ、袁《えん》氏一族や袁術《えんじゅつ》の残党を押さえ込ませた。琅邪《ろうや》国の相《しょう》である臧覇《ぞうは》と北海《ほっかい》国の相である孫観《そんかん》らには徐《じょ》州の北側で、青《せい》州に対する守備を固めさせた。伏波《ふくは》将軍の陳登《ちんとう》は、広陵《こうりょう》で孫策《そんさく》の侵攻に当たらせた。こうして各地の兵馬が要衝を抑えつつ連係し、全方位から許都《きょと》を守るよう配置したのである。そのほかにも、于禁《うきん》を延津《えんしん》［河南省北部］に、劉延《りゅうえん》を白馬《はくば》［河南省北東部］に駐屯させた。これは河北に対する最前線である。各地の配備を完全に終えると、官渡に振り分けられる兵力は四万にも満たなかっ

た。これが河北に対抗するための曹操軍の総力ということになる。

時を同じくして、大《だい》将軍袁紹《えんしょう》は長らくの協議と準備を経たのち、ついに正式に出陣した。冀《き》州の守備には行軍司馬《こうぐんしば》の逢紀《ほうき》を残し、審配《しんぱい》に糧秣《りょうまつ》の輸送を取り仕切るよう命じたほかは、袁紹自ら精兵十万、軍馬一万頭を率いて南下した。青州刺史《しし》で長子の袁譚《えんたん》には大将軍長史《ちょうし》を兼ねさせ、将軍の顔良《がんりょう》と文《ぶん》醜《しゅう》を先鋒に任命した。全体は三都督《ととく》の沮授《そじゅ》、郭図《かくと》、淳于瓊《じゅんうけい》に統《す》べさせ、歩兵校尉《ほへいこうい》の高覧《こうらん》、屯騎《とんき》校尉の張郃《ちょうこう》、越騎《えっき》校尉の韓荀《かんじゅん》、参謀の許攸《きょゆう》、もと幽《ゆう》州の将であった鮮于輔《せんうほ》、そして部下の蔣奇《しょうき》と蔣義渠《しょうぎきょ》らが従軍した。大軍は鄴《ぎょう》城を出発すると、黄河北岸の拠点である黎陽《れいよう》［河南省北部］に向かった。出征の大義名分のため、そして曹操討伐の声を上げて天下の群雄を煽るため、袁紹はとくに幕僚の陳琳《ちんりん》に命じて、堂々たる一篇の檄文[1]を書かせた。曹操が犯した数々の悪事をあげつらったその檄文を各州郡に送りつけ、打倒曹操という大きな波を天下に引き起こした。

この檄文が官渡にいる曹操のもとに届いたとき、曹操はというと、寝台に横になって呻《うめ》き声を上げていた。玉帯《ぎょくたい》に仕込まれた密詔の一件がよほどこたえたのか、あるいは陵墓を掘り返された梁《りょう》の孝《こう》王の祟りか、曹操はあの日の晩からひどい頭痛に悩まされるようになった。そのうえ、厳寒をついての出征である。官渡に着いたころには起き上がるのも困難なほどだった。会戦を前にして総帥が病に倒れ、全軍はかなり浮き足立ったが、決戦の火蓋は否応もなくもうすぐ切って落とされる。軍のすべての知らせを曹操の枕元で読み聞かせて処置を仰ぐという方法で、曹操軍は決戦に備えざるをえなかった。

横になった曹操は、冷たい水に浸した布を額から目のあたりに乗せ、かすむ目を覆い隠していた。

こうしていると、わずかだが痛みも和らぐ。そのすぐ横では、繁欽《はんきん》が身をがたがたと震わせながら立っていた。陳琳の檄文を捧げ持ち、ゆっくりと、一言一句を絞り出すようにして読んでいく。額には大粒の汗が浮かんでいた。陳琳の檄文はあまりにも舌鋒鋭いものだった。一字一句が鋭利な剣のごとく、曹操自身を切り刻むばかりか、祖父の曹騰《そうとう》や父の曹嵩《そうすう》にまで幾度となく罵詈雑言《ばりぞうごん》を浴びせ、宦官の家系であることを憚りなく衆目にさらして非難していた。

「司空《しくう》曹操、祖父中常侍《ちゅうじょうじ》騰は左悺《さわん》、徐璜《じょこう》と並びに妖孽《ようげつ》を作《な》し、饕餮《とうてつ》放横《ほうおう》にして、化《か》を傷《そこ》ない民を虐《しいた》ぐ［司空の曹操の祖父である中常侍の曹騰は、左悺、徐璜とともに禍《わざわい》を引き起こし、思うがままに貪欲の限りを尽くし、腐敗をもたらして民を苦しめた］」。父嵩《すう》……父嵩は……」繁欽はそこで言葉を飲み込んだ。

その続きはとても口に出して言えたものではない。

「休伯《きゅうはく》、かまわん。そなたが書いたのではなかろう。読むんだ……続けてくれ……」曹操は額に乗せた布を押さえながら、うなされるようにつぶやいた。

「御意」繁欽は冷や汗をぬぐうと、唾をごくりと飲み込んで続きを読みはじめた。「父嵩は乞匄携養《きっかいけいよう》せられ、贓《ぞう》に因《よ》りて位を仮《か》り、金を輿《よ》にし璧《へき》を輦《れん》にし、貨《か》を権門《けんもん》に輸《いた》し、鼎司《ていし》を窃盗し、重器《じゅうき》を傾覆《けいふく》す。操は贅閹《ぜいえん》の遺醜《いしゅう》にして、本《もと》より懿徳《いとく》無く、剽狡《ひょうこう》鋒協《ほうきょう》にして、乱を好み禍《か》を楽しむ［父の曹嵩は、曹騰に引き取られて養子となり、賂《まいない》によって官位を手に入れ、金子《きんす》と宝玉を運び、権門に贈り、三公《さんこう》の位を密かに盗み、天下に不正を蔓延させた。曹操は宦官の醜悪な子孫であり、もとより立派な徳は持ち合わせておらず、狡猾で気が短く、動乱や禍を好む輩である］……」曹操は病のせいで悶々として横になり、全身はほてったように熱かったが、一向に汗が出なかった。そこへもって父子ともども罵倒する陳琳の檄文を聞いたのである。憎しみの念から歯ぎしりし、頭痛がさらにひどくなって、曹操は寝台の上をのたうち回った。繁欽はうろたえて声をかけた。「わが君！　これはやはり……」

「読め！　やつが何をほざいているのか最後まで聞いてやる。続けるんだ！」

繁欽はためらった。このまま読み続けて、曹操が怒りのあまりどうかなってしまったら、とても自分には責任が負えない。振り返って荀攸《じゅんゆう》や程昱《ていいく》、郭嘉《かくか》らの顔を見てみると、みなも真っ青な顔で固唾を呑んで見守るだけで、誰も曹操の意に反して遮ることはできなかった。繁欽はやむをえず意を決して読み続けた。「身は三公の位に処《お》れども、桀虜《けつりょ》の態を行い、国を汚《けが》し民を虐げ、毒　人鬼《じんき》に施さる。加うるに其の細政《さいせい》　苛惨《かさん》にして、科防《かぼう》　互いに設けらる。罾繳《そうしゃく》　蹊《こみち》に充《み》ち、坑穽《こうせい》　路を塞《ふさ》ぐ。手を挙ぐれば網羅《もうら》に挂《か》かり、足を動かせば機陥《きかん》に触《ふ》る。是《ここ》を以て兗豫《えんよ》に無聊《ぶりょう》の民有り、帝都に吁嗟《うさ》の怨み有り。載籍《さいせき》を歴観《れきかん》するに、無道《むどう》の臣、貪残酷烈《たんざんこくれつ》なるは、操に於いて甚だしと為《な》す［その身は三公にありながら、悪人の所業をなし、お国と民に禍を与え、死者をも害したのである。そのうえ細かく煩雑な法はむごく厳しく、禁令も補完的に設けられた。四手網《よつであみ》と矰繳《いぐるみ》で小道をいっぱいにし、落とし穴を道のあちこちに掘るかのように、法の網を張りめぐらした。このため手を上げれば網に引っかかり、足を動かせば落とし穴に嵌《はま》るありさまである。かくして兗州と豫州の民は鬱々として楽しまず、都には怨嗟《えんさ》の声が上がった。古今の書物をあまねく見ても、曹操ほど人の道を外れた臣下はおらず、これほど無慈悲で容赦のない者はいない］」

「おのれ、陳琳！」曹操は額に置いていた布を思い切り地べたに叩きつけた。「腐れ儒者め、絶対に生かしてはおかんぞ！」

「お体に障ります。どうか怒りをお鎮めください」その場の全員が曹操を取り囲むように集まってきた。

曹操は激しい頭痛と檄文に対する怒りから、気が触れて正体を失ったかのようである。両手を大きく広げて寄ってきた荀攸や郭嘉らを押し返すと、歯ぎしりをして叫んだ。「続けろ！　続けるんだ！」

繁欽の顔はすっかり青ざめていた。これ以上読み続けられるわけもなく、その場に跪《ひざまず》いた。「これは狂人の妄言です。聞く必要などございません。わが君は何よりお体を第一になされますよう」

曹操は頭が割れそうな苦しみに苛《さいな》まれた。両手で頭を抱えて左右に振り、大声を上げた。「ほざけ、俺の言うことが聞けんのか！　ならばお前から殺してやる！」

そこまで言われては繁欽も従わざるをえない。それ以上何も言葉を返すことができず、曹操の悪態には耳を塞ぎ、腹を据えてありのままを滔々《とうとう》と読み上げた。「幕府　漢の威霊《いれい》を奉じ、宇宙を折衝す。長戟《ちょうげき》百万、胡騎《こき》千群なり。中黄《ちゅうこう》、育獲《いくかく》の士を奮わせ、良弓《りょうきゅう》勁弩《けいど》の勢を騁《は》す。并《へい》州　太行《たいこう》を越え、青州　済漯《せいとう》を渉《わた》る［幕府（袁紹のこと）は漢の威光を背に、満天下で敵の矛先をくじかんとしている。百万の長柄の矛を持った兵士、一千の異民族の騎兵部隊が駆けつけている。中黄、夏育《かいく》、烏獲《うかく》（いずれも古代の勇士）のような勇士を奮い立たせ、弓弩《きゅうど》のような勢いを発揮させている。并州の軍が太行山を越え、青州の軍が済《せい》水《すい》と漯水《とうすい》を渡った］……又　操軍の吏士《りし》、其の戦う可《べ》き者、皆　幽冀より出《い》で、或いは故営《こえい》の部曲《ぶきょく》、咸《みな》怨曠《えんこう》して帰らんことを思い、流涕《りゅうてい》して北顧《ほくこ》す。其の余の兗豫の民、及び呂布《りょふ》、張楊《ちょうよう》の遺衆《いしゅう》、覆亡迫《ふくぼうはく》脅《きょう》せられ、権時《けんじ》苟《かりそめ》に従う。各《おのおの》創夷《そうい》を被り、人　讎敵《しゅうてき》と為る［そのうえ曹操軍の役人たちのうち、戦力となる者は押しなべて幽州と冀州の出で、なかには幕府の配下だった者もおり、彼らはみな久しく家族と離れて帰郷を強く望み、涙を流して北方の地を恋しく思っている。そのほかの兗州、豫州の出の者や呂布、張楊の残党も、主君が討たれてから脅されて一時的に服従しているに過ぎない。それぞれ負傷し、誰しも曹操を敵視している」……辺遠の州郡、過《あやま》り聴きて給与し、寇を強め主を弱め、衆に違《たが》い叛を旅《たす》けんことを恐る。挙げて以て名を喪《うしな》い、天下の笑いと為るは、則ち明哲《めいてつ》取らざるなり。即日幽幷青冀の四州並びに進む［都から遠い州や郡では、偽りの勅命を信じて兵を差し出し、逆賊の勢力を強くして天子の力を弱め、民の気持ちに背いて謀反人を助けることになりはしないか恐れている。出兵によって名を汚し、天下の笑いものとなるのは、賢明な者のすべきことではない。近いうちに、幽、幷、青、冀の四州がともに軍を進める］……」先に曹操の数々の悪事をあげつらい、ついで袁紹軍の強さを称揚する。袁紹軍はまるで天から降り立った兵士で、戦場に出れば向かうところ敵なく、曹操など息を吹きかけるだけで跡形もなく滅ぼすほどだと気炎を揚げる。

　繁欽もやけになったのか、それとも肝が据わったのか、読むほどに抑揚をつけながら、最後まで読み通した。「其れ操の首《こうべ》を得し者は、五千戸侯《ごせんここう》に封じ、賞銭《しょうせん》五千万とす。部曲の偏裨《へんぴ》、将校、諸吏《しょり》の降る者は、問う所有る勿《な》からん。広く恩信《おんしん》を宣《の》べ、符賞《ふしょう》を班揚《はんよう》し、天下に布告し、咸《ことごと》く聖朝に拘逼《こうひょく》の難有るを知らしめん。律令《りつりょう》の如《ごと》くせよ［曹操の首級《しるし》を挙げた者は五千戸を領する列侯《れっこう》に封じ、褒美五千万銭を与えよう。曹操軍の部隊長、将校、諸官で降伏する者は、これを罪に問わない。ここに広く恩徳と信義に基づき、軍書《ぐんしょ》と賞賜《しょうし》を天下に布告し、天子が曹操に拘禁されている大難を知らしめる。この檄文をお国の法と心得よ］」こうして怒濤のごとき長篇の檄文が、ようやく終わりを告げた。

「ううっ……」曹操は大きく声を上げて寝返りを打つと、その拍子に寝台から地べたに転げ落ちた。意識はほとんど朦朧としていた。慌てふためく衛士《えいし》らを押しのけて、曹純《そうじゅん》と許褚《きょちょ》が曹操のつぼを押したり背中をさすったりした。そばでは郭嘉が繁欽に詰め寄って非難の言葉を浴びせかけた。「いくらわが君が読めと言ったからといって、なんと馬鹿正直な。しかもご丁寧に調子までつけて読み上げるとは……これでもし何かあったら、そなたの一族を全員刑に処しても償えんぞ！」

「そ、そんな……」繁欽はそう言ったきり引きつけを起こし、白目をむいて倒れた。檄文によって、また一人卒倒したのである。

「いまさらそんな非難をぶつけて何になる」そうたしなめる程昱も度を失っていた。「とにかく繁欽を運び出せ。まずはわが君をお助けせねば」幕舎《ばくしゃ》のなかは、繁欽を担ぎ出す者、曹操を助けようとする者、右往左往する者たちでごった返した。いつもは落ち着き払っている軍師の荀攸でさえ頭を悩ませ、おろおろとしていたところ誰か兵士の足に引っ掛かり、ぶざまに転んでしまった。

そんな混乱の真っただなか、曹操が突然ぱっちりと両目を見開き、介添えしていた衛士らを押しのけ、魚が跳ねるように立ち上がった。こわばっていた顔つきも穏やかになり、蒼白だった顔には血色も戻っている。肩で大きく息をしているが、滝のような汗が頬を伝って流れ落ち、単《ひとえ》の着物は全身汗でぐっしょりと濡れていた。何日もこもっていた熱が、ようやく汗になって流れ出たのである。

「わが君……」誰もが驚きの表情でじっと目を注いでいる。

「はっはっは……」何度か深呼吸をすると、曹操は突然大声で笑いだした。そして着物を脱いで丸めると、それで体じゅうの汗をぬぐった。

「わが君、頭痛のほうは……」

「治ったぞ」曹操は笑いながらぽんぽんと頭を叩いた。「陳孔璋《こうしょう》の檄文のおかげで、全身から汗が吹き出た。まったくよく効く薬だ。はっはっは……」

曹純がすぐに気を利かせた。「この寒さですから、卸甲風《しゃこうふう》［風邪の合併症］にでもかかったらたいへんです。誰か、わが君に早く新しいお召し物を」曹操は汗をぬぐい終わると、お湯で体を洗い流した。それからさっぱりとした着物に着替え、髪をきれいに梳《す》くと、将帥の卓の向こうに回って端座した――気のしゃっきりとしたその様子から、病はすっかり癒えたようである。

「ご快復、喜ばしい限りでございます」郭嘉がすぐさま喜びの声を上げた。

曹操は下に落ちていた檄文を拾い上げると、改めて目を落とした。「それにしても陳孔璋め。何進《かしん》の大将軍府ではいささか付き合いがあったというのに、ここまでこけにしてくれるとはな。ふっふっふ、文章がどれだけ美しく凝っていようとも、所詮は紙の上で戦《いくさ》を語るだけの空論。出陣してから、お手並み拝見といこうか」郭嘉もあざけるように言った。「このご時世に至っても形式にこだわるのは相変わらずです。わざわざ戦の前に宣戦布告の文書を送ってくるとは、時代遅れというほかありません」

「それは違うぞ」曹操がにやりと笑みを浮かべた。「朝廷と大義とはわが手中にある。やつがわしに兵を向ければ、それはすなわちお上に盾突くということだ。檄文ででっち上げねば、軍を起こす名分がまったくないではないか。見ろ、わしの首級を上げた者は五千戸を領する列侯に封じて、賞金五千万銭だ。これほどの値をつけてくれるとは、ずいぶん高く買ってくれるではないか。わしが檄を飛ばすなら、『袁紹の首級を上げた者には、絹一匹、牛一頭、銭百文を褒美に取らせる』だな。やつの首など、それでももったいないぐらいだ！」

「はっはっは」曹操の皮肉で幕舎は笑いに包まれた。そのとき、主簿の王必《おうひつ》が帳《とばり》をかき上げ、がっくりと俯《うつむ》いたまま入ってきた。ふと顔を上げ、卓の前に堂々と座る曹操の姿を認めると、足をもつれさせるようにして慌てて跪いた。「わ、わが君、も、もう……」

「ああ、すっかりよくなったぞ。これも袁紹と陳琳のおかげだ」

「おお、なんとありがたや……」王必は一人喜びの声を漏らしたあと、またすぐさま重苦しい表情に戻った。「劉岱《りゅうたい》と王忠《おうちゅう》が、たったいま徐州から戻りました」

「それで、どうなった？」曹操は関心も露わに先を促した。

王必は苦り切った表情で答えた。「そ、それが……敗れました。部隊はことごとく蹴散らされ、王忠も手傷を負いました。呉敦《ごとん》と尹礼《いんれい》、孫康《そんこう》の三隊は昌覇《しょうは》の軍を包囲しましたが、旧情にほだされて打って出ませんでした。泰山《たいざん》の呂虔《りょけん》のほうは、徐和《じょか》と郭祖《かくそ》の賊軍と激しく戦いましたが決着はつかず。一方、劉備《りゅうび》は混乱に乗じて小沛《しょうはい》［江蘇《こうそ》省北西部］に入り、孫乾《そんけん》を使者として大河を渡らせ、袁紹と連絡を取っています」

「はて？」程昱が首をかしげた。「あの大耳の賊めはたしか公孫瓚《こうそんさん》に仕え、孔融《こうゆう》を助けたこともある。袁家にとっては仇のはずだが……」

「ふんっ」その名を聞くと、曹操は途端に腹を立てた。「わしが豫州牧《しゅうぼく》にしてやったのに、やつめ、着任するや袁譚を茂才《もさい》に挙げ、さっさとこねをつけておったのだ。あのときはわしらの衝突を和らげるためかと思っておったが、何のことはない。結局はすべて自分のためだったのだ……即刻、軍を整えよ。わし自ら出陣して、劉備を葬ってやる！」その言葉に幕舎がざわついた。「しかしわが君、まだお体が……」

「もう病は治った」曹操はまた額の汗をぬぐって続けた。「この獅子身中の虫を退治するまで、寝込んでなどいられるか！」

「たとえそうだとしても、劉備を討つのは得策とは申せません」曹純は困惑の色を浮かべた。「わが君と天下を争うのは袁紹です。河北の大軍はすでに鄴城を出発しております。もしわが君が東へ向かわれたら、官渡の指揮はどうなさるのです？　袁紹が大挙して黄河を渡ってきたら、わが軍はどう立ち向かうのですか」

「ふふっ……」曹操は髭をしごきながらほくそ笑んだ。「袁紹が天下を狙っているのは確かだが、あの大耳にはその気がないとでも思っているのか。やつこそ容易に本心を現さないが、胸には謀《はかりごと》を秘め、緻密な計算においては袁紹をはるかに上回る。いま討ち取っておかねば、必ずや後日の禍となるだろう」

今度は王必が諫めた。「いつも戦に負けて逃げるだけの劉玄徳《げんとく》が、ただ下邳《かひ》と小沛を押さえたに過ぎません。何も頭を悩ませるほどのことではないと思われますが」

「負け戦ばかりだろうと関係ない」曹操は思慮深げにつぶやいた。「負けてばかりだからといって、決して見くびってはならんのだ……」

荀攸と程昱もそれに首肯《しゅこう》し、郭嘉がさらに付け足した。「袁紹は即断即決のできぬ男、しかも十万もの大軍となれば、行軍の速度は遅々として進みません。黎陽に着いたとしても、にわかには黄河を渡って来ぬでしょう。かたや劉備は反乱を起こしたばかりで、まだその軍は一枚岩になっておりませんから、いま、わが君が奇襲をもって攻め寄せれば、必ずや一気に方《かた》をつけられるはずです」

曹純と王必らはそれでも納得がいかない様子で、重ねて尋ねた。「劉備が背いたのは袁紹がいるからです。袁紹を討てば劉備は自ずと白旗を挙げるはず。なぜ、わざわざ劉備を討つ必要があるのです？　それに官渡と下邳では千里の道のり、もし戦が長引いて戻って来ることができなければ、大事を誤ることになりはしませんか」

「二人とも、あの大耳の賊が何を考えているのか知恵を絞ってみよ……」曹操もはじめは気づかなかったが、いまは劉備の狙いを完全に見透かしていた。「わしはやつを豫州牧につけ、左《さ》将軍の位もやった。やつを信じてともに天下平定を図ろうと考えたからだ。このうえなく厚遇してやったと言っていい。それでもやつは背いた……まさか袁紹のほうが厚遇してくれるからか。より高い官位を与えてくれるからか。違うな。劉備ははじめからわしの下に甘んじる気などなかったのだ。ましてや、同じく袁紹の下につく気もさらさらない」曹操は刺すような冷たい目つきをさらに鋭くした。「やつにしてみれば袁紹もわしと同じ、かりそめの知り合いだ。もし袁紹がわしに勝ったとして、やつに何か利があるか。だからこそ、やつは袁紹がわしを破る前に動いたのだ。われらが睨み合っている隙《すき》を衝《つ》いて、自分の勢力範囲を固めて力を蓄える必要があると考えた。小沛を取ったのが、その何よりの証拠だ。小沛は北は兗州、東は徐州、西は豫州に接している。もし、袁紹との戦が半年一年と長引けば、その間に中原の地は劉備という虫に食い荒らされるぞ。そうなれば、わしと袁紹の勝ったほうが、今度はやつと命がけで戦う羽目になる……つまりだ、いますぐ兵を起こして火事場泥棒を働く大耳の賊には退場してもらい、それから袁紹と雌雄を決するのが最善の手ということだ」

曹純と王必の二人は、ようやくいくらかは飲み込めたというように黙ってうなずいた。

「このたびの出征は迅速を第一とする。一月《ひとつき》のうちには必ず凱旋せねばならん」曹操は話しながら軍令用の旗をつかんだ。「まず鄄城《けん》［山東省南西部］に一軍を差し向ける。袁紹の援軍が劉備のもとへ向かうのを防ぐのだ……」

「わたしが参ります」程昱は勇み立って申し出ると、曹操の返事も待たずに旗に手をかけた。

「仲徳《ちゅうとく》、気が早いぞ」

「わが君、みなまで仰る必要はございません。わたしは七百の手勢を率いて急ぎ鄄城へ向かい、往来する軍を取り締まりましょう。わが君が劉備を平らげたのちもそのままとどまり、袁紹が迂回して攻めてくるのを防ぎます」鄄城は白馬の東に当たる。そこは兗州にとって黄河沿いの要地であり、程昱はその重要性を十分に認識していた。

曹操は、自分が言って聞かせようと思っていたことをすべて程昱が先回りして言ったので、ことのほか満足を覚えた。「そのとおりだ！　しかし、それでは兵が少なすぎる。七百では何もできぬだろうから、さらに二千の兵を加えよう」

「その必要はございません」程昱は手を振りながら、曹操の提案を毅然として断った。「袁紹は十万もの兵を擁し、向かう所敵なしと高《たか》を括《くく》っております。大軍で黄河を渡ってきても、わが軍が少数なのを見れば攻めるに値しないと考え、鄄城を通り過ぎていくでしょう。わたしはその隙を衝いて、袁紹軍を攪乱《かくらん》する所存でございます。わが君が兵力を増やしてくださったならば、やつも素通りはできず、鄄城を攻めざるをえません。二、三千の兵がいたところで、どう抗《あらが》っても数万の兵に太刀打ちできぬでしょう。そうなれば、わたしはともかく、官渡の貴重な二千の兵を失うことになってしまいます。何も二箇所で損害を出す必要はありません。七百の兵で城を守ってみせますとも。袁紹ごときに何もさせやいたしません！」

「その意気やよし！」曹操は卓を手で打った。「その勇気は古代の勇士、孟賁《もうほん》や夏育にも引けを取らぬ。すぐに上奏文をしたためよう。そなたを……」曹操が上奏文と口にすれば、いつもなら繁欽がすぐそばで筆を構えるのに、いまはその姿が見えない。「うん？　休伯はどうした？」

ご自分のせいで倒れたのではありませんか！　郭嘉と程昱はなんとかその言葉を飲み込み、笑いをこらえた。すると荀攸が気まずそうに口を開いた。「繁休伯は急な病に臥せっておりまして、しばし療養が必要かと。このたびはひとまず徐佗《じょた》にお命じになってはいかがでしょうか」

「肝心なときに使えんやつなど要らん！」曹操は眉をひそめた。「路文蔚《ろぶんうつ》をこっちに回してくれ」路《ろ》粋《すい》は軍師祭酒《ぐんしさいしゅ》の任についており、荀攸に従って軍務の処理に当たっていた。「路文蔚に上奏文を起草させよ。仲徳に振威《しんい》将軍の号を加えるのだ」

「ありがたき幸せ」程昱はためらうそぶりも見せず、自若として将軍号を拝命した。「それでは、すぐに向かいます」

「わしも出立せねばな」曹操もすでに立ち上がっていた。「劉備を討つのに一刻の猶予もならん。張《ちょう》遼《りょう》の軍と夏侯淵《かこうえん》の軍は、わが中軍とともに出陣する。精鋭の騎兵を選び出し、いつものように司空の旗を高く掲げて儀仗を整えよ。迎え撃つ暇《いとま》を与えるな……それから、河隄謁者《かていえっしゃ》の袁敏《えんびん》も従軍させよ」

「袁敏殿も従軍させて、いったいどうなさるおつもりですか」

曹操が煩わしそうに王必を見た。「行けと言ったら行け。あれこれ聞かんでいい」

王必が指示を伝えに幕舎を出ると、曹純と許褚が曹操の鎧と兜を持ってきた。「わが君、お体は本当に大丈夫ですか」

「ああ、これ以上ないほどにな」曹操は軽く胸を張って叩いた。「すべては袁紹が陳琳にこの檄文を書かせたおかげだ。わしのことはともかく、父や祖父を罵るとは言語道断だが、こんな小手先の計に付き合うつもりはない。話があるなら戦場で聞いてやる！」そう声を荒らげて兜をぐっとつかむと、しっかりとかぶって顔を上げた。

（1）檄文とは、古代における召集または糾弾のための文書である。ここの檄文「袁紹の為に豫州に檄する文」は、後世において「曹操打倒の檄文」とも呼ばれる。中国の古代における檄文の名作の一つであり、昔から文人に称賛された。作者の陳琳は後漢末期の名高い文学者である。官渡の戦いで曹操は袁紹を撃破し、陳琳はのちに曹操軍の俘虜《ふりょ》となったが、曹操はその才能を惜しんで咎めずに登用した。

劉備《りゅうび》を追う

曹操を裏切る、それは劉備《りゅうび》がかねてから考えていたことだったが、玉帯《ぎょくたい》に隠された密詔に名を連ねてからは、不安な日々を過ごしていた。そのため、出陣して袁術《えんじゅつ》の北上を阻むようにとの命令が下ったときは、まさに渡りに船であった。劉備は軍を率いて許都《きょと》を離れると、深淵に潜んでいた竜が天に翔け上がるがごとく、檻に閉じ込められていた虎が野に放たれたかのごとく勢いづいた。朱霊《しゅれい》と路招《ろしょう》をうまく騙《だま》し、車冑《しゃちゅう》を斬って下邳《かひ》を手に入れたのである。かつて陶謙《とうけん》は州牧《しゅうぼく》の位を劉備に譲ろうとした。もともと徐《じょ》州ではいくらか人望のあった劉備であるが、このことにより、糜竺《びじく》や糜芳《びほう》、劉琰《りゅうえん》、薛《せつ》永《えい》といった者がそのもとに次々と集まり、にわかに勢力を盛り返していった。そのうえ昌覇《しょうは》や徐和《じょか》らも劉備の動きに呼応するように軍を起こしたこともあり、劉備の兵力は瞬く間に一万以上に膨れ上がった。たしかに大部分は山賊上がりの烏合の衆であったものの、十分な調練を積みさえすれば、曹操と袁紹の会戦につけ込んで波乱を呼ぶには十分なほどであった。

その後、劉岱《りゅうたい》と王忠《おうちゅう》が兵を率いて攻め込んできたが、関羽《かんう》と張飛《ちょうひ》が実力のいくらも出さないうちに、わずか一戦で曹操軍は蜘蛛の子を散らすように逃げ出した。これに気を良くした劉備は、「お前らごときねずみなど百匹いても同じこと。たとえ曹操が親征してきても、いまのわたしを倒せるか怪しいものだ」とまで嘯《うそぶ》いた。それにはもちろん劉備なりの成算があった。いま呉敦《ごとん》ら徐州の諸将は昌覇に足止めされており、兗《えん》州の一部の兵は徐和と争いを繰り広げている。さらに陳登《ちんとう》は孫策《そんさく》に攻め込まれているほどで、誰も自分に関わる余裕がないと踏んだのである。とりわけ、袁紹がすでに鄴《ぎょう》城を出発し、日ならずして黎陽《れいよう》に到着するという一報を聞いてからは、曹操が自分に兵を向ける可能性は万に一つもないと考え、劉備は何憚ることなく大胆に動いた。下邳の守備に関羽を残し、孫乾《そんけん》を袁紹のもとに遣わせる一方で、自身はかつて駐屯していた小沛《しょうはい》に兵を移し、兵馬の増強に励んだ。そうして居座ることで、漁夫の利を虎視眈々と狙ったのである。

ところが、小沛に入ってわずか七日、劉備と劉琰が曹操の失策についてあれこれ話していたとき、突然、斥候《せっこう》の報告が飛び込んできた。曹操が自ら軍を率いて出陣し、すでに目と鼻の先まで迫っているという。劉備は飛び上がって驚いたがどうしても信じられず、張飛と糜竺、簡雍《かんよう》を供に、数十騎を連れて自ら確かめに城を出た。丘に登って眺めやると、はるか遠くにたしかに曹操の纛旗《とうき》［総帥の大旆《たいはい》］が見える。しかも、その軍は先ごろ攻め寄せてきた軍とは明らかに気勢が違っていた。騎馬の数もかなり多く、劉備は慌てふためいた。なぜ曹操の話をしていたら曹操が現れるのか、劉備にはどうしても理解できなかった。ほんの少し前には大風呂敷を広げた劉備であったが、小沛の一万近い兵馬はほとんどが烏合の衆である。武器さえまだまともに揃《そろ》っていない。それに加えて、多くの徐州の民は曹操が来たというだけで震え上がるのだ。これでは勝負になるはずもない。劉備は状況の不利を見て取ると、なんと小沛へ戻ろうとはせず、いま付き従っている者だけを連れていきなり逃げ出した。

曹操軍が小沛に着いたときには、城内に指揮を執る将もおらず、浮き足立った寄せ集めの兵士たちだけでは当然なす術もなかった。いったん籠城すれば徹底的に攻め滅ぼす、そんな曹操軍の鉄則を誰かが思い出したのか、ほどなくして小沛の城門は大きく開け放たれた。そして城内に残っていた者は地べたに這《は》いつくばり、曹操軍による接収を喜んで迎えたのである。

小沛に入ると、曹操は大いに喜んだ。それというのも、小沛を取り返したことに加えて、劉備が置き去りにした武器や糧秣《りょうまつ》が手に入ったからである。曹操はまだ軍とも呼べないような雑兵《ぞうひょう》たちのなかから使えそうな者を選び出し、官渡へと送り込んだ。これで袁紹と対陣する曹操軍の兵力は四万あまりに増えた。

しかし、草を刈るなら根こそぎ除かねばならない。部隊を編成して小沛を守るよう曹純《そうじゅん》に指示を出すと、曹操自身は時を移さず張遼《ちょうりょう》と夏侯淵《かこうえん》を連れて東へと追撃に出た。下邳城に逃げ込まれたら余計に手間と時間を費やすことになる。曹操は騎兵にどんどん先を行かせ、歩兵をそのあとに続かせた。その行軍は電光石火で、砂塵を舞い上げて二日間、ひたすら劉備のあとを追った。しかし、当の劉備は影も形も見えず、そうこうしているうちに早くも下邳城が目の前に迫ってきた。

白門楼《はくもんろう》がまた視界に入ってきた。曹操はかつての激戦の地にまたたどり着いたが、城壁には守備兵の姿もほとんど見えない。そこでようやく事態に思い至り、張遼と夏侯淵に向かって感嘆の声を上げた。「大耳の劉備め、まったく鮮やかな逃げっぷりだ。やつはわれらが長駆して下邳まで追撃すると踏んだに違いない。それゆえここを捨てて北東に進路を取り、まっすぐ青州《せい》に向かったのだ」

夏侯淵が悔しがった。「ちくしょうめ、まんまと神隠れしたというわけか」

「いま何と？」張遼は耳を疑った。

「神隠れ……だ」

曹操は歯がゆい思いをした。「妙才《みょうさい》、それを言うなら雲隠れだ。妙才はもう少し書を読むべきだな。知っているか。兵士たちから『白地将軍《はくち》(1)』と呼ばれているんだぞ。それでもいいのか」

「白地だか黒土《くろつち》だか知らねえが、作物が育てばいい土地だろうが」夏侯淵はまったく気にもしない。「そんなことより、すぐに兵を分けて大耳の賊を追うべきだ。また昌覇の野郎と合体でもされたら厄介だぞ」

張遼は、むちゃくちゃな言葉づかいで道理の通ったことを言う夏侯淵を面白がる一方で、曹操に馬上で包拳《ほうけん》して命令を請うた。「それがし、一隊を率いて劉備を追撃しとうございます」

「何言いやがる！　俺が言い出したんだから、俺が行くべきだ！」夏侯淵も手柄を上げることにかけては貪欲である。

曹操はかすかに笑った。「では妙才が行け。もし追いつかなければ、そのまま呉敦と尹礼《いんれい》の援軍に加わって昌覇を攻めるのだ」

「よしきた！」夏侯淵は得意満面の笑みを浮かべた。「兎狩りに行ってくるぜ。じゃあな」言うが早いか、自軍の兵を集めると颯爽と北を目指して駆けていった。張遼は、自分のほうが明らかに先に命令を請うたのに、曹操が一族を優先したことに強い不満を覚えた。だが、曹操は顔を近づけると張遼の耳元でささやいた。「文遠《ぶんえん》、下邳の留守を預かっているのは関雲長《かんうんちょう》だ。恩を返すときが来たぞ……」

曹操の言葉に、張遼は内心忸怩たる思いを禁じえなかった。かつて自分が曹操のもとに降ったとき、とうに死ぬ覚悟はできていた。しかし、関羽《かんう》が理をもって張遼を説き、自らの命をかけて張遼のことを請け合ってくれたからこそ、いまこうして曹操のもとに仕えているのである。張遼は曹操軍の麾下《きか》に入ると中郎将《ちゅうろうしょう》に任じられ、関内侯《かんだいこう》に封じられた。そのうえ臧覇《ぞうは》らの降伏も手引きした。張遼は、曹操こそが英明なる君主であると深く感じ入っていた。護軍《ごぐん》の武周《ぶしゅう》とだけはそりが合わなかったが、そのほかはすべて平生《へいぜい》の願いが叶ったように感じていた。しかし、天下の形勢は猫の目のように変わる。当時、自分が曹操軍に入ることを強く勧めてくれた関羽がかえって裏切り者となり、いままさに大軍でもってその関羽を攻め滅ぼそうとしているのである。下邳が攻め落とされることは疑いない。張遼は、関羽が降伏して城を明け渡してくれることを願っていた。血を流すことも、心が傷つくことも望むところではない。しかし、張遼は関羽の性格もよくわかっていた。膝を屈して投降するぐらいなら、軍馬に跨がり青竜偃月刀《せいりゅうえんげつとう》を振りかざして、命がけで戦うことを選ぶであろう。下邳城を落としたとしても、関羽は最後まで抵抗するに違いない。そうなれば、最後は雲長の命をこの手で断つことも、ありえない話ではない。張遼は考えれば考えるほどに、曹操に対する忠と関羽に対する義のあいだで心が揺れ動いた。

曹操は冴えない表情を浮かべている張遼を見て、その心中を推し量り、笑顔で語りかけた。「文遠、関雲長に投降を勧めたいと考えているのだろう？」

「かなうことならば。ただ、雲長はあのとおりのまっすぐな性分、首を縦には振りますまい……」

「おぬしも似たような性分ではなかったか」曹操の言葉に張遼は顔を赤らめた。「このわしさえ胸襟を開き、誠意を持って遇しておれば、雲長もわしのために働いてくれたであろうな」曹操は後悔の念を抱き続けていた。あのとき約束どおりに杜《と》氏を与えていれば、あるいは関羽はとうに自分の配下に加わっていたかもしれない。それればかりか、今日のこの一戦も必要なければ、劉備の陰謀さえすぐに知ることができたかもしれないのだ。美人に目がくらんで大事を誤ったうえ、妻の丁《てい》氏の機嫌までずいぶんと損ねてしまった。だが、天はいまいちど好機を与えてくれた。今度こそ関羽を心服させ、自分のものとしてみせる。左に関羽、右に張遼を従えた布陣は、何とも勇ましいではないか……曹操はその光景を思い浮かべて、覚えず知らず笑みを漏らしていた。

「わが君、わが君……どうなさいました？」一人喜色を浮かべる曹操を不審に思い、張遼が尋ねた。

曹操は自分の失態に気がつくとすぐ真顔に戻り、髭をしごきながら意味深長な表情を浮かべた。

「文遠が降伏を勧めたいというのなら、わしにも一計がある。きっと助けになるぞ」

「まさか？」張遼は信じ切ってはいないようだ。「そのような策があるものでしょうか」

「安心しろ。この計を使えば、関羽の心は必ずや揺れ動く。そのときを狙って文遠が降伏を説けば、関羽も喜んで降るだろう」曹操は自信満々で、振り返って許褚《きょちょ》に命じた。「仲康《ちゅうこう》、いますぐ護軍の武周と河隄謁者《かていえっしゃ》の袁敏《えんびん》を呼んでまいれ」

「二人をどうするというのです？」すでに両軍が対峙しているこの段階で、文官二人を陣頭に呼びつける曹操の狙いは何なのか、張遼にはまるで見当がつかなかった。

「むろん、役に立てるのだ……」曹操は不敵な表情を浮かべた。

（1）白地とは、目に一丁字《いっていじ》なし、無学をいう。

関羽《かんう》の投降

何かよからぬことが起きているのではないだろうか……関羽《かんう》は不安に苛《さいな》まれていた。劉備《りゅうび》が下邳《かひ》を離れてから十数日、徴兵が順調であろうとなかろうと、状況を知らせに誰か人をよこしてもよさそうなものである。昌覇《しょうは》と徐和《じょか》からは早馬の知らせが届いていたものの、小沛《しょうはい》の様子は一向に伝わってこなかった。日ごろから行き来のある簡雍《かんよう》や薛永《せつえい》さえ戻って来ない。関羽もこれまでにさまざまな苦難をくぐり抜けてきた。その勘が、小沛に変事があったことを告げていた。しかし、たとえ小沛で何かが起こっていたとしても、劉備はなぜ戻ってこないのか。いくら思いをめぐらせてもまるで見当がつかず、関羽は自ら兵を率いて西の小沛へ援軍に出ようかと考えはじめていた。一つには、下邳の兵力だけではどのみちここを守り通せないため。二つには、いったん城を明け渡せば二度と取り戻すことはできないため。そして三つには、劉備の家族がまだ下邳に残っているためである。

劉備がはじめて兵を挙げてから、すでに十六年の月日が経っていた。その間、黄巾《こうきん》賊を討ち、張《ちょう》純《じゅん》と戦い、公孫瓚《こうそんさん》のもとに身を寄せ、田楷《でんかい》につき従い、孔融《こうゆう》を助け、陶謙《とうけん》を支え、呂布《りょふ》に従い、曹操に降り、そして袁紹《えんしょう》と手を結んだ。東奔西走、転戦に転戦を重ね、流浪に流浪を重ねてきた。最初に娶《めと》った妻はとうに戦乱のなかで死に別れ、いま下邳には正妻ともう一人側女《そばめ》がいる。正妻の麋《び》氏は麋《び》竺《じく》と麋芳《びほう》の妹で、徐《じょ》州にいた際に娶った。麋氏とのあいだにもうけた二人の娘は、まだ五歳にも満たない。側女の甘《かん》氏は、陶謙の妻であった甘氏の一族である。麋氏と甘氏の二人は劉備の妻となったが、劉備とともに幸せな生活を享受したことはほとんどなかった。小沛を落とされたときには、半年ものあいだ呂布の俘虜《ふりょ》となっており、いまはようやく曹操の手から逃れてきたのである。そして、劉備の家族を預かる関羽の悩みもここにあった。西に向かって出陣し、二人の夫人の身に万一何かあったなら、劉備にどうやって申し開きができるというのだ。

数日のあいだ関羽がためらっていると、急報が飛び込んできた。東から曹操軍の大部隊が押し寄せて来るという。関羽の胸が激しく高鳴った。小沛が落ちたのだ。劉備の行方を知るすべもない。事ここに至っては、もはや玉砕を覚悟で下邳の存亡と命運を一つにするしかない。関羽は副将の夏侯博《かこうはく》に親衛隊を預けて夫人らの保護を命じると、自身は残りの兵をかき集めて城壁に登った。一つには、むろん曹操軍の攻撃を防ぐため、もう一つには、まだどこかにいるかもしれない劉備の姿を探すためである。

関羽は白門楼《はくもんろう》に登ると四方を眺め渡した。なんと、目の届くところはすべて曹操軍が黒々と大地を覆い尽くしていた。軍旗が林立し、鎧兜がまばゆいばかりに日の光を照り返す。少なく見積もっても四、五千人といったところか。そしてそのなかには、曹操の出陣を示す司空《しくう》の旗が悠然と風にたなびいている。かたや下邳城内の守備兵はせいぜい千人程度で、しかもその多くは訓練も受けていない雑兵《ぞうひょう》である。結果は戦う前から誰の目にも明らかであった。関羽は青竜偃月刀《せいりゅうえんげつとう》をきつく握り締め、死なばもろともと覚悟を決めた。ところが、態勢を整えて出撃まであと半刻［一時間］というとき、なんと曹操軍は城を攻めてくるどころか、騒々しい音を立てながら南へと方向を転じたのである。

曹操軍の大半は泗水《しすい》を渡って南に連なる山々の合間に集結し、下邳の南門には二千ほどの兵を配置して関羽らを挑発してきた。関羽が姫垣《ひめがき》に手をかけて目を凝らすと、「武」と大書された軍旗が打ち立てられている。その旗のもとで戦《いくさ》の監督に当たっている者は、皮弁《ひべん》［白鹿の革で作った冠］をかぶって外套を羽織り、色白の顔に長い髭、手には武器ではなく軍令用の小旗を持っていた——護軍《ごぐん》の武《ぶ》伯南《はくなん》である。いつも理に適った曹操の用兵を考えると、関羽は意外に感じた。今日この場に文官の武周《ぶしゅう》を送り込むとは、陣中で何か変事でも起きたのだろうか……

そのとき突然、南のほうから大きな声が聞こえてきて関羽は我に返った。はるかに眺めてみれば、山あいから砂ぼこりが立ち上り、軍旗が見え隠れしていた。どうやら戦闘が起きているようである。さらに半刻が経ったころ、十数騎が泗水にかかる橋まで駆け寄って来て、下邳に詰め寄せている部隊に向かって大声で叫んだ。「勝ったぞ！　勝ったぞ！　簡雍と薛永を生け捕った！」

もしや兄上がここまで敗走してきていたのか？　それならなぜこの城に入らず、曹操軍に先を越されたのだ？　関羽は曹操の深謀遠慮を知っているだけに迷いが晴れなかった。斥候《せっこう》が叫んでいたのは、自分たちをおびき出す作戦かもしれないが、やはり劉備を案ずる気持ちが頭をもたげてくる。気づけば日が傾きはじめていた。南方の曹操軍はなおも鬨《とき》の声を上げており、武周が率いる部隊も弓矢で攻撃を仕掛けてきた。しかし、放たれた矢は数も多くないばかりか、下邳城の高い城壁を越えてくるものはほとんどなかった。関羽は守備兵に弓矢で応戦するよう指示しながらも、心中では南方の動向ばかり気になっていた。そのとき、南方の喊声がひときわ大きくなったかと思うと、山あいのくぼ地から一隊の騎馬が駆け出てくるのが見えた。赤地に白の縁取り、「劉」の字を縫い取った大旆《たいはい》を掲げている。関羽は飛び上がらんばかりに驚いた――あれこそ劉の兄上に違いない！　そのすぐ後ろからは曹操軍が怒濤の勢いで追撃しており、劉備の周りには吹けば飛ぶほどの護衛しかいなかった。劉備らは全滅の危機にさらされながら、しだいに山上へと追い立てられて、その姿はまた密林のなかに隠れてしまった。曹操軍は隊形を変えて山の麓《ふもと》をぐるりと囲み、おのおのが武器を振り上げて一斉に攻めかかろうとしていた。それと同時に城下の曹操軍による攻撃が勢いを増した。武周が旗を左右に振ると、まるで関羽が救援に出るのを妨《さまた》げるかのように、矢は白門楼に狙いを定めて放たれた。関羽はその動きを見て、さっきのはやはり劉備だったのだと確信した。そうと知りつつ見殺しにすることなど、関羽にできるはずもない。関羽はすぐさま副将の夏侯博を呼んで来させると、城の守備を夏侯博に託し、自身は劉備を救うために二百ばかりの精兵を引き連れて南門を出た。

これより以前、下邳城の周囲には、袁敏《えんびん》の手によって堀がめぐらされていた。関羽は城門を開けて吊り橋を下ろさせると、青竜偃月刀を掲げながら先頭に立って馬を駆けさせた。そのすぐあとには勇猛な二百人の兵士が付き従った。城壁の上にだけ注意を向けていた武周の軍は、まさか城から打って出てくるとは思ってもおらず、関羽らの出撃に慌てふためいた。武周は所詮一介の文人であり、これに応ずる術もなく、軍旗を捨てて大急ぎで逃げ出した。指揮官が背中を向けて逃走すれば、兵士たちが戦意を失うのも当然のことである。武周の部隊は瞬く間に混乱に陥り、二千の兵士が武器も投げ捨てて蜘蛛の子を散らすように逃げはじめた。関羽がその隙《すき》を衝《つ》いて切り込んでいくと、曹操軍の兵はことごとく四散していった。そして関羽は、夏侯博が吊り橋を上げて城門を閉じたのを見届けてから、二百人とともに南を目指して一目散に駆け出した。

関羽らは息せき切って泗水の橋を渡った。すると、前方の小高い山のほうで耳をつんざくような喊声が響き渡り、木々のあいだから、さらに南へ逃げる劉備の旗と、それを追う曹操軍の旗が見え隠れした。その様子を見て関羽の焦りはますます激しいものとなった。張飛《ちょうひ》や趙雲《ちょううん》、陳到《ちんとう》らが何とか守り抜いているのかもしれない。糜竺と糜芳の兄弟はすでに敵の手にかかったか。とにかく劉備に命の危険が迫っているのは間違いない……山はすっかり囲まれ、曹操軍の刀や槍が麦穂のように、剣や戟《げき》が高く伸びた麻のように隙間なく並んでいる。関羽は内心で嘆きの声を上げた。「今日がわれら兄弟にとって最後の日となるのか……」

もとより無謀なこととわかっていても、同年同月同日に死ぬという誓いに背くことはできない。

「生きるか死ぬか、すべてはこの一戦にかかっている。続け！」関羽は雄叫《おたけ》びを上げながら、青竜偃月刀を振りかざして敵陣に突っ込んだ。二百人の兵士らも鬨の声を作って山のほうへ突き進んでいった。とはいえ、目の前の曹操軍のほうが数では圧倒的に有利である。関羽たちはあっという間に曹操軍に取り囲まれてしまった。関羽は劉備を助けたい一心で曹操軍と切り結び、武神もかくやという戦いぶりで偃月刀を鮮やかに舞わせて、立ち塞《ふさ》がる曹操軍の兵士を次々と血祭りに上げた。曹操軍の兵士らは完全に取り乱した。「あの赤い顔が敵将の関羽だ。あいつは化け物だぞ。やつに捕まるな……」続けざまに何人かの叫び声が上がると、恐怖心が曹操軍のなかであっという間に伝染していった。曹操軍の兵士らは関羽を遠巻きにして、後ろに続く二百人の兵士らに狙いを定めた。関羽は右へ左へと大いに敵兵を討ちながら、手練《てだ》れの者に出くわさなかったのをこれ幸いと、ひたすら山の麓をめがけて馬を飛ばした。そして振り返って見ると、付き従っている者はすでに半分ほどになっており、残りは曹操軍に完全に取り囲まれていた。しかし、いまは戻って兵士らを助ける余裕はない。関羽はやむをえず、意を決してそのまま山上に向かってひた走った。

山は木々が密に植わっており、険しい道が続いていたが、幸い傾斜はそれほど急ではなかった。それにまだ春になったばかりで葉がまばらなため、敵味方の姿が割とよく見通せる。関羽の跨がる馬はしっかりとした足取りで坂道をものともせず、ひたすら突き進んでいった。弓を構えて道に立ち塞がった曹操軍の兵士らはことごとく関羽に蹴散らされたが、関羽の後ろに続く味方の兵士もどんどん削り取られていった。さらにひとしきり戦ったころには空もすっかり暗くなってきていたが、劉備の旗がしだいに近づき、すぐ林の向こうに見え隠れするまでになった。

「兄上！　雲長が来たぞ」関羽は声の限りに呼びかけた。

しかし、敵を討ち払うのに必死なのか、それとも敵兵に囲まれているためか、劉備の旗はこちらに向かっては来ず、そのまま南へと離れていった。手の届きそうなところまで来たと思ったら、また劉備の旗が遠のいていく。関羽は部下を励ましてさらに追い続けた。駆けては蹴散らし、蹴散らしては駆けて、関羽は突き進んだ。敵兵の折れた槍や戟であたり一帯は埋め尽くされたが、劉備にはまだ追いつかない。戌《いぬ》の刻［午後七時］になろうとしていた。夕日は山の向こうに沈み、山林のなかはますます暗く、もはや旗指物も闇に紛れてまったく見えず、四方の喚声もしだいに静まっていった。かといって、関羽にはほかに取るべき手段もなく、暗闇のなかをひたすら進むしかなかった。そのままどれぐらい進んだだろうか、急に足下の傾斜が緩やかになり、目の前が開けた——山の頂上に出たのである。結局、劉備に追いつくことはできず、関羽と兵士らは一緒になってがっくりと肩を落とした。あたりを見回してみると、開けた頂上以外は黒々とした木に囲まれている。このとき、あいにく山頂に霧が湧き出てきた。目の前のすべてが暗い灰色にぼんやりと包み込まれ、視界も利かず不気味な闇に支配された。

兄上はどこに消えたのだ？　曹操軍は退いたのか？　これからどうすればいい？　関羽は頭のなかが真っ白になった。兵士を呼び、火を起こしてかがり火をつけさせると、みながそれを囲んであれこれと考えを出し合った。ようやく炎が上がって霧のなかであたりを照らしはじめたころ、一人の兵が大声で叫んだ。「将軍、こちらに何かあります！」

関羽が声のするほうに足を向けると、そこは山頂でもひときわ高くなっているところだった。そしてなんと、大きな岩の隙間に「劉」の字の大旆が差し込まれ、まっすぐに立っていた。さらに旗の下には風呂敷包みが置かれてある。関羽がそれを開けると、なかから小さな甕《かめ》に入った酒と何切れかの肉、そして帛書《はくしょ》が入っていた。かがり火の薄明かりに照らして切れ長の目を凝らすと、そこには「関将軍、城を出てここに至る。心ばかりの品、受け取られよ」とあった。

「謀《はか》られたか！」関羽は大きな衝撃を受け、突き立てられた旗を見上げてにわかに悟った——曹操軍は小沛をすでに落とし、俺をおびき出すために兄上のこの旗を使ったのか。ということは、兄上はここにはいない……関羽は激しい不安に襲われ、思わず振り返った。討ち取られ、傷つき、隊から落伍して、いまや付き従っているのはわずか二、三十人ばかり。しかも、飲まず食わずのまま半日は駆け通しで山に攻め上がってきたため、すっかり疲れ果ててしまっている。まんまと曹操に山上へ追い込まれたのだ。

関羽は背筋に寒気が走るのを覚え、すぐさま命《めい》を伝えた。「みな声を上げるな。すぐに火を消して痕跡を消せ！」

小さくざわついたあと、山頂はまた暗闇と静寂に包み込まれた。今夜は月明かりもない。まるで視覚と聴覚を奪われ、洞窟の奥深くにでも放り込まれたかのようである。時折、鴉《からす》の不気味な鳴き声が不意に聞こえたかと思うと、一帯はすぐにまた、あるいはよりいっそうの暗さと静けさに支配された。関羽は一つため息をつくと、大きな黒い岩に座り込み、腰に佩《は》いている剣をわずかに引き抜いた——いざとなれば自分でけりをつけるとしよう。何もこの兵士たちまで巻き込むことはない……しかし、紆余曲折を経てきた下邳の城、そこに残してきた二人の兄嫁、そして杳《よう》として行方の知れない劉備のことを思い出すと、関羽は心を奮い起こして、そっと剣を押し戻した……

そうしてしばらく物思いにふけっていたところ、真っ暗な南側の麓に松明《たいまつ》の光が浮かび上がった。

光はゆっくりとこちらのほうに動いている。兵士たちはすぐに立ち上がると、それぞれ武器を手に取り、最後の一戦に向けて覚悟を決めた。ところが、その光は相変わらず悠揚としており、何より軍の喊声もなく静かに動いている。それから一刻あまり、その光はいよいよ山頂に近づいてきたが、まばらな馬の嘶《いなな》きが聞こえてくるばかりである。関羽は息を殺しながら、目を凝らして光のほうを見据えた。すると、木々のあいだから曹操軍が姿を現した。たった四、五人の兵士が一騎を取り巻いている。揺らめく松明の明かりが、額の広いその男の顔を浮かび上がらせた——張遼《ちょうりょう》である。

「文遠《ぶんえん》、そなただったのか……」関羽は少し語気を和らげると、兵士たちに武器を下ろすよう指示した。

「かがり火を焚いていたのが見えていたからな」張遼は馬から飛び下りて関羽のそばまで近づくと、そのまま岩の上に腰掛けた。「それにしてもずいぶん久しぶりじゃないか。俺は官渡《かんと》に駐屯して、そなたは劉玄徳《りゅうげんとく》殿と一緒に袁術《えんじゅつ》を討ちに出て、実に半年ぶりになるか。まったくいまの世は、敵とばかり顔を合わせて、友とはなかなか会えないものだ」

「まったくだ。もし戦ってなどいなければ、のんびり話でもできたのだがな……」関羽はそこで自分の矛盾にはたと気づき、厳しい表情に戻った。「それで、そなたは何をしにここへ来た？」

「俺たちは友人で、家も同郷みたいなもの、久しぶりに話でもしたいと思って来たんじゃないか」張遼は笑顔を弾けさせた。「それより酒が置いてあっただろう？　どうして飲んでくれていないんだ？」

「そなたがここに誘い込んだのか！」関羽は勢いよく立ち上がると、きつく眉をひそめ、まなじりも裂けんばかりに目を見開いて張遼を睨みつけた。松明の明かりが関羽の赤い顔にいっそう迫力を添えている。関羽は張遼に文句を言おうとしたが、ふと考えを改めた。張遼は曹操の、自分は劉備の部下である。そもそもが敵同士で、それぞれ一隊を率いているのだ。その相手に謀られたことで文句を言って何になる。関羽はそう思い直すと、怒りの形相を収めて、またゆっくりと腰を下ろした。そして地面から先ほどの酒甕を拾い上げると、泥蓋を剝《は》がして二、三口ほど呷《あお》った。張遼は何も言わず、酒を呷る関羽を黙って見つめている。すると関羽は酒甕を逆さまにして、ごくごくと胸を大きく上下させながら一気に飲みはじめた。そして最後の一滴まで飲み干すと、髭をしごきながら声を上げた。

「こいつはうまい！」そう言うなり酒甕をぞんざいに放り投げると、その手で青竜偃月刀に手をかけた。「酒も飲んだ。さあ、はじめるぞ！」

「何を言っているんだ」張遼は慌てて遮った。「俺は得物《えもの》を持って来ていないんだぞ」

関羽はまったく戦意のない張遼の顔を見ると、偃月刀をしまって尋ねた。「そうか、文遠は説得に来たのだな」

「雲長殿、それも違う」張遼はかぶりを振った。「俺がいま朝廷に仕えているのは、かつてそなたが助けてくれたからだ。そして今日はそなたが危地に陥っている。これを指をくわえて見ていられるか」

「ふんっ」関羽は一笑に付した。「なるほど、では俺がこの包囲を破って抜け出すのに手を貸してくれるというのだな？」

皮肉だと重々承知していたが、張遼は辛抱強く答えた。「いや、それも違うのだ」

「戦うでもなし、説得するでもなし、それに手を貸してくれるわけでもない。では、両軍が戦っている最中に何をしに来たというのだ？」

「そなたを救いに来た……」

張遼の遠回しな口ぶりに、関羽ははっきりと言い返した。「文遠、そのようにお茶を濁す必要はない。俺に降伏を勧めに来たとはっきり言えばいいではないか。しかし、それならこちらもはっきりと言わせてもらおう。いま、ここに至っては、降るぐらいなら死を選ぶぞ。わが兄上がすでに曹操と訣別したからには、この関羽とて、何があっても曹操軍に入ることはない。玉砕も覚悟のうえだ！　わかったら、そんな話は無用だ。われわれの友情をいたずらに汚すだけではないか」

「ずいぶんご立派なことを言ってくれるな」張遼も立ち上がると、腰に手を当てて勢いよく言葉を返した。「自分が天下の英雄だとでも思っているのか。そんな軽々に命を投げだすなどと……」

「こちらの勝手だ！」関羽は張遼の言葉を遮った。「大丈夫たるもの、死ぬときは潔く散るのみ。膝を屈して節《せつ》を曲げるなどありえん！　この関雲長を見くびるな。主《あるじ》を裏切るなどという不義を働くとでも思ったか！」

かつて曹操の軍門に降るようにと、関羽が張遼を説得したとき、それこそが正しい道理であるという物言いだった。それがいま自分の身にはね返ってくると、自分は違うと、まったく取り合おうとしないのである。張遼は心底から頭にきて、激しく声を荒らげた。「雲長、おぬし何さまのつもりだ！　曹公はおぬしを助けたいと思っておられる。下邳の兵士らのことも考えてみろ。もしおぬしを殺す気なら、城を攻め落として火を放ち、すべて焼き尽くせば済むことだ。わざわざここへ誘い出しなどせん」

「たとえそうであったとしてもだ、断じて降らん！」張遼の言い分も道理も、関羽はむろん承知している。しかし、劉備に対する思いがあまりに深すぎた。十数年来、ともに雨風をしのいできたのだ。これればかりは曹操でも到底どうしようもないことである。それに、関羽の胸中には杜《と》氏の件がずっと引っかかっていた。それは女をめぐる恨みではない。曹操は女のために自分との約束を反故にした。そんな変節ぶりを見せられては、生涯苦楽をともにすることなどできようか。いつまた裏切られるともしれないのである。

張遼は関羽の揺るぎない決心を見届けると、護衛の兵を招き寄せて二言、三言告げた。兵士らはすぐに松明を掲げ、数回ほど右へ左へと大きく揺らした。すると、いきなり山のあちらこちらから耳をつんざくような鬨の声が上がって真っ暗な山林に響き渡り、見る見るうちに満天の星空が地上に映ったかのごとく、四方八方に松明の明かりが無数にともった――山頂はとっくに曹操軍によって完璧に固められていたのである。

関羽は大刀を横ざまになぎ払った。「そう来なくてはな！　やっとこの関雲長と戦う気になったか」

張遼はいかにも遺憾だというようにかぶりを振ると、北のほうを指さした。「あれをよく見てみろ」

張遼の指さすその先には、泗水北岸にそびえる下邳の城があった。城壁にはかがり火がともり、軍旗が所狭しと林立している。関羽はそれを見ると、怒りの眼差しで張遼を睨みつけた。「曹賊め、すでに下邳を攻め落としたというのか」

「攻め落とすまでもない」張遼は冷たく笑った。「河隄謁者《かていえっしゃ》の袁敏は下邳の民のために水路や堀を整備してきた。城中の者らはみなそれを恩に感じているのだ。下邳の軍もみな地元の者ばかり。袁敏が先頭に立って声をかけただけで、城内の兵士らは夏侯博を縛って城を明け渡した。下邳のほうから望んで落ちたのだ！」張遼はそこでわざわざ付け加えた。「糜氏と甘氏、両夫人の身柄も押さえたが、安心してくれ。お二人には何人《なんぴと》たりとも指一本触れてはならぬと、曹公はすでに厳命しておられる」

関羽は胸を激しく叩いて悔しがった。「こ、これが天命か……」

「天命などではない。これが人々の選んだ道だ！」張遼は関羽をじっと見つめた。「どうだ、この期に及んでもそなたはまだ戦うというのか」

関羽の髭をなでる手はかすかに震えていた。「もし降伏せねば、曹操は二人の兄嫁に手を下すのだろうな」

「なんと、そなたは曹公をそのように見ていたのか！　かつてあの呂布でさえも玄徳殿の家族には手をかけなかった。曹公に限ってそんなことはありえん！」これは張遼自身の見立てであった。

関羽はなおも半信半疑で、しばし考え込んでから口を開いた。「文遠、そなたは俺を友とみなしてくれるか」

「当たり前ではないか！　そうでなければ、わざわざこんなところまで来やせん」

「では、一つだけ聞きたいことがある。正直に教えてくれるか」

「何でも聞いてくれ」張遼は胸を張って答えた。

「小沛が落ちたのはわかっている。わが兄上も命を落としてしまったのか」

思いも寄らなかった問いに、張遼はいきなり答えに窮した。これは容易に漏らせない、軍機に関わる一大事である。しかし、何でも答えると約束した以上、知っていることはすべて話さなくてはならない。義理がたい張遼は、思案顔でぼつぼつと話し出した。「わが軍が小沛に着いたときには、劉玄徳殿はすでに城を捨てて逃げ出していた。そして下邳まで追いかけてきたが、姿を見ておらぬ。いったいどこへ逃げてしまったのやら……」張遼はとっさに義理と軍機を秤にかけて、劉備が生きていることは匂わせつつも、袁紹のもとへ逃げ込んだことだけは言わなかった。とはいえ、そんな小手先の知恵を弄したぐらいで、いつまでも関羽を騙《だま》し通せるはずがない。

関羽はぎゅっと切れ長の目を閉じると、つらそうな表情を浮かべた。「兄上は行方が知れず、奥方らは敵の手に落ち、そして自分はいまや完全に取り囲まれてしまった……どの面《つら》を下げて生きていけるというのだ……」関羽は悲嘆に暮れた。「ああ……文遠よ、そなたの厚意に感謝するぞ。さあ、もう行ってくれ。もうしばらくしたら俺は山を駆け下りる。玉砕覚悟で最後の悪あがきだ」

「玉砕?」張遼は突然天を仰いで笑いはじめた。「はっはっは、こいつはとんだ天下の笑いものだ」

関羽はかっと目を見開いた。「忠義に殉じることのどこがおかしい!」

「もしこのまま死ねば、その身には三つの大罪を背負うことになる。それがわかるか」

説得しようとの意図は見え透いていたが、一方で関羽は張遼が何を言い出すのかにも興味を覚えた。

「では、聞いてやろう」

張遼は後ろ手に組んで関羽の目の前を行きつ戻りつしながら、悠揚迫らぬ態度で話しはじめた。

「かつて雲長殿は劉使君《しくん》と兵を挙げ、生死をともにすると誓い合った」張遼は関羽に気を遣って、劉備のことを使君と呼んだ。「たしかに劉使君は戦に敗れたばかり。雲長殿はたったそれだけで討ち死にを選ぶという。いつか劉使君が戻ってきて、雲長殿の助けを得たいと思ったときにそなたがいないのでは、かつての誓いに背くことになろう。これがまず一つ！」

関羽はかすかにうなずいた。「まあ、それはそうだが……」

張遼は自分の主張を関羽が認めたのを見ると、ほっとして続けた。「劉使君は家族を雲長殿に託した。いま、雲長殿が討ち死にしたら、二人の奥方は寄る辺を失い、雲長殿は劉使君の期待を裏切ったことになる。これが二つ！」

関羽は黙り込んで俯《うつむ》いた。これはまったくそのとおりである。

「そしてこれが三つめだが……」張遼はそこで一つため息を漏らした。「雲長殿は武芸抜群、経書や史書にも深く通じているというのに、漢室を支えて天下の乱れを収めようともせず、いたずらに匹夫の勇を発揮して死地に飛び込むという。雲長殿、英雄の生涯とて所詮は朝露のようなもの。一時の怒りに任せて討ち死にするとは、その胸に満ちたる壮志をすべて無にすることにほかならぬ。どうかこの張遼めの言葉を聞き入れ、ここで降伏してもらいたい！」

これはかつて関羽が張遼を説いたときと同じ言い分である。いまそれが、そっくりそのまま自分のもとに返ってきた。関羽は何とも言えない表情を浮かべた。赤ら顔は愁いを帯び、切れ長の眼《まなこ》には涙をたたえている。太く立派な眉にも覇気は感じられず、ただ束ねた髭が風にたなびいている。二人は黙ったままじっと見つめ合った。いつの間にやら曹操軍の喚声は止み、あたりには静寂が戻っていた。

結局、曹操軍は攻め上がってこなかった。関羽は居たたまれなさと同時に、張遼はすでに曹操の信頼を勝ち取っているのだと感じた。関羽は重々しく口を開いた。「そなたがそうまで言うのなら……それもよかろう……」

張遼は内心飛び上がって喜んだ。并州《へい》の硬骨漢がこれほど弁舌を振るうのは、並大抵のことではない。その気持ちがまさに通じたのである。自分の苦労がとうとう報われたのだ。

「ただ……」関羽が髭をしごきながら、先ほどとは打って変わった様子ではっきりと切り出した。「この身がすでに三つの罪を得ている以上、降るに当たっては三つの条件を呑んでほしい。曹公が承知してくれるなら、いますぐに抵抗はやめよう。しかし、これが呑めぬなら、三つの罪を背負ったまま死ぬまでだ」

「何でも言ってくれ。この張遼めが必ず請け負うぞ」

関羽はそれを遮った。「そなたでは駄目だ。曹公自身に認めてもらわねばならん」

張遼もあと一歩というところで引き下がる気は毛頭なく、胸をどんと叩くと自信満々に言った。「わが君はすべてこの張遼に託された。望みがあるなら何でも言ってくれ。俺が承知すれば、わが君が承知したのと同じことだ」

「ほう、それはまことか？」

「男に二言はない！」

「わかった」関羽はうなずくと、偃月刀を地面に深々と突き立てた。「まず一つ、この関羽は劉玄徳殿を兄とし、漢室の復興と天下の平定を誓い合った。それゆえ降るのは漢の皇帝であり、断じて曹公に降るのではない」

「はっはっは……」張遼は思わず笑い出した。「そんなことは言うまでもない。俺はいったいどこの国の中郎将《ちゅうろうしょう》だと思う？　于文則《うぶんそく》、楽文謙《ぶんけん》、徐公明《じょこうめい》、朱文博《しゅぶんはく》、みんな漢室の将ではないか。そなたとて曹の一族でなし、曹公の個人的な部下になるわけではない」

関羽はしきりにうなずいて、また続けた。「次に二つ、曹公には兄上の家族に対する十分な保護を求める。ご家族を傷つけるようなことは一切しない」

「それも簡単なこと。して、三つめは？」

「そして三つ！」関羽の目に鋭い光が宿った。「この関羽、この世にあっては劉玄徳の股肱《ここう》の臣、あの世にあっては劉玄徳の守り神、もしも兄上の行方が知れたそのときには、千里の道を遠しとせず、兄嫁らを連れて即刻辞去する。曹公はこれを止めてはならない！」

「なんと？」張遼はたいそう驚き、小首をかしげて考え込んだ――劉備の居所を知ったらすぐに戻るだと？　それではこのまま逃がすのと同じではないか。いくら曹公が寛大でも、この条件だけは厳しすぎる。しかしここで断れば、俺の面子《めんつ》はともかく、雲長殿が今夜にもここで死ぬことになってしまう。無力ゆえ忠を全うできず、かといって座して友の死を待つは義にあらず。この張遼、十年駆け回ってきて己の良心に背くことはなかったが、今日こそは不忠不義の輩となるのか……ちくしょう、雲長殿、そんなに俺をいじめることもなかろうに……

「どうした文遠？　やはり無理か」関羽は重ねて尋ねた。

張遼は努めて笑みを浮かべた。「なになに、三つの条件がその程度なら何も問題ない。そなたが降伏するというのであれば、すべて認めてもらえるはずだ」張遼は腹を括《くく》った――雲長の身さえ無事なら、あとのことは追い追い考えればいい。自分だって命を捨てたつもりで曹公のもとに降ったが、いまではその曹公のために命がけで働いているではないか。きっと時が解決してくれよう……

「曹公のほうは本当に問題ないのか」

「人材を常に渇するがごとく求められる曹公のこと、断じて問題ない」

「そういうことなら……」関羽は髭をしごいて少し間を置くと、言葉を絞り出した。「では、文遠の厚意に感謝するとしよう」関羽は最後まで曹操に対する謝意は口にしなかった。

「その言葉は曹公に言うべきであろう」そう言うと、張遼は気がかりなことはひとまず忘れて話を変えた。「ところで、雲長殿が降るのであれば、実は曹公から謝礼の品を預かってきているのだ」そう言っていったん離れると、兵士のほうへ行って自分が乗ってきた馬の轡《くつわ》を牽《ひ》いてきた。「この馬に見覚えはないか」

暗がりのなかではっきりと見えず、関羽は近づいて確かめた。体高《たいこう》は八尺［約百八十四センチ］、体長は一丈二尺［約二百八十センチ］ほどもあり、全身は熾《おこ》った炭のように赤く、一本の混じり毛もない。革製の鞍を置き、手綱は輝く轡に結びつけられている。壮健な体軀と見事な馬具がはっきりと見えた——これは紛れもない、かつて呂布が乗っていた風に嘶く赤兎馬《せきとば》——関羽の驚きはことのほか大きかった。「これは天下でも第一等の名馬で、曹公にとっても大切なもの。受け取れるわけなかろう」

「いや、曹公が仰るには、赤兎馬は将のなかの将にこそふさわしいとのこと。両軍がいまこうして矛を交えたわけだが、幸い雲長殿は曹公に降られるという。赤兎馬もついに働き場所を得たということだ」

「ならん、ならん……」関羽はしきりに断った。

「正直に言うと、俺だって喉から手が出るほど欲しい。しかし曹公は俺にはくれなかった。どうやらはじめからそなたに贈る気だったのだろう。これほどの好意を無下に断るわけにはいくまい」張遼はそう言って手綱を関羽の手に押し込んだ。

これ以上頑なに断ることもできない。関羽は手綱を受け取ったが、かえって今後の不安が頭をもたげてきた――曹操に降るのはあくまで一時しのぎの計に過ぎないが、まさかこれほどの好意をもって受け入れてくれるとは。男たるもの、この世に生まれて恩を受けたからには、必ずや報いねばならん。曹操の恩を受けながら、いざというときに見捨てて去るのであれば、世間からも唾棄されよう。曹操のもとを離れるときは、なにがしかの手柄を置き土産にするほかあるまい――関羽は拱手《きょうしゅ》すると、改めて曹操への言伝《ことづて》を頼んだ。「好意を辞退するのも失礼だが、受け取るのも恐縮の至り。文遠よ、この恩には微力を尽くして報いることを誓うと、曹公に伝えてくれ」

「それはやっぱり自分の口から言ってくれ」張遼はしっかと関羽の手を握ると、笑顔を弾けさせた。「これからは二人で肩を並べて戦陣を駆け回るんだ。こんなにうれしいことはない！」

そう言われても、関羽の心には気まずさが残るばかりだった。「いまは兄嫁らのことが気にかかる。すぐにでもお会いしてお詫びをせねばならん。文遠、一緒に山を下りてくれるか」

「ああ、もちろんだとも。曹公も泗水橋のたもとで首を長くしてお待ちだ。さあ、急ごう」こうして二人はそれぞれの思いを胸に抱きながら、兵士らを従えて下山していった……

曹操は関羽の投降を手放しで喜んだ。関羽と張遼という二人の勇将を手に入れる、そんな平生《へいぜい》の願いがついに実現したのである。曹操はすぐに関羽を偏《へん》将軍に任じ、張遼を裨《ひ》将軍に昇進させた。さらに下邳の兵士らをそのまま関羽の指揮下に置くこととし、劉備の家族には十分な衣食と財物を送り届けた。そして護軍の武周に下邳の事後処理を指示すると、曹操自身は将兵らを従えて、昌覇を討つために北へと軍を向けた。

昌覇はすでに呉敦《ごとん》、尹礼《いんれい》、孫康《そんこう》、そして夏侯淵《かこうえん》の軍によって取り囲まれていた。そのうえ、曹操が自ら出向いてきたと聞き知ると、これ以上は渡り合えないと判断し、すぐに城を開けて投降した。曹操は、徐州における昌覇の影響力を深く考えることもなく、兵士らをそのまま預けて、臧覇《ぞうは》の軍に加勢させた。こうして大勢が決すると、徐州の乱はほとんど収まった。そして曹操は休む間もなく、西のかた官渡へと急いで戻っていった。

このたびの東征では、曹操はわずか十数日のうちに遠路を駆けて三つの城を立て続けに抜いた。これにより、後顧の憂いを取り除くことに成功したばかりか、曹操軍の士気はいまや最高潮に達していた。官渡に帰り着いたその日、堂々たる袁紹の大軍もすでに黎陽《れいよう》に進駐したとの報告が入った。いよいよ決戦の日が近づいてきたのである……

第十二章　関羽《かんう》、顔良《がんりょう》を斬り文醜《ぶんしゅう》を誅す

陽動作戦

曹操が小沛《しょうはい》［江蘇《こうそ》省北西部］と下邳《かひ》を平定し、猛将の関羽《かんう》をも配下に収めたその一方で、劉備《りゅうび》はからくも危機をくぐり抜けていた。袁紹《えんしょう》は、劉備が自分の息子の袁譚《えんたん》を茂才《もさい》に推挙してくれたことに恩を感じており、同時に曹操軍の内情を探りたいと考えていた。そのため、袁譚を青州《せい》に遣わし、劉備を黎陽《れいよう》［河南省北部］に迎え入れて軍議に加えた。そして、郭図《かくと》の主戦論と劉備の後押しにより、袁紹は黎陽を出て白馬《はくば》［河南省北東部］を攻め、陽武《ようぶ》［河南省中部］を経て官渡《かんと》［河南省中部］を取り、一気に許昌《きょしょう》を突くという戦略を定めた。

建安《けんあん》五年（西暦二〇〇年）四月、袁紹の大軍は黎陽を出て黄河を渡りはじめ、先鋒の顔良《がんりょう》が白馬県に攻め込もうとしていた。この動きが官渡に伝えられると、曹操の軍営では、われこそ袁紹軍を食い止めて一番の手柄を立てんと、援軍を志願する声で盛り上がった。このときもまた楽進《がくしん》が真っ先に立ち上がって進み出た。「それがし一万の兵を賜り、袁紹を大河の向こうに追い返しとうございます」

すぐさま朱霊《しゅれい》も声を張り上げた。「わたしなら一万も要りません。『半ばを渡らばこれを撃つべし』と申します。八千の兵で十分です」

「わたしも出陣したく存じます。顔良の首級《しるし》を必ずや取って戻りましょう」張遼《ちょうりょう》も鼻息を荒らげて立ち上がった。

さらには徐晃《じょこう》や路招《ろしょう》、史渙《しかん》、それに扈質《こしつ》、賈信《かしん》、蔡陽《さいよう》といった小隊の将らまでが立て続けに声を上げ、前方の陣営防備に当たっている張繡《ちょうしゅう》や劉勳《りゅうくん》に至っては部下を遣わして来てまで出陣を求めた。関羽は黙って幕舎《ばくしゃ》の隅に立っていたが、内心ではずっと焦りを覚えていた。ここを去るときのことを考え、自ら進んで戦陣に出て曹操のために手柄を立てようという腹づもりだったが、曹操麾下《きか》の諸将がこれほど積極的だとは思いも寄らなかったのである。

諸将に先陣争いをさせながら、曹操はそれを聞くともなく、ただ俯《うつむ》いて軍令用の小旗を手のなかでもてあそんでいた。曹操の戦略では、大河以北に袁紹軍を足止めするのは上策でも何でもなかった。そもそも劉延《りゅうえん》にわずかな兵力で白馬を守らせたのは、袁紹に黄河を渡らせるための布石なのである。自軍の兵力は敵の半分にも満たない。そのため黄河沿いに長く戦線を張るよりは、局地戦に持ち込んだほうが間違いなく勝機がある。しかも、大河を渡るともなれば、糧秣《りょうまつ》や武器の補給線も長く伸び、全体の戦局のなかでもそこに隙《すき》が生まれやすい。

諸将は誰が先陣を切るかでしばらく言い争っていたが、曹操が一向に何も言わないので、しだいに静まり返っていった。みなの視線は曹操がいじくっている軍令用の小旗にじっと注がれ、自分の名前が呼ばれるのをいまや遅しと待っていた。ところが、曹操はさらに小旗をもてあそんだあと、ようやくそれを高く上げたと思ったら、なんと矢筒のなかに戻してしまったのである。そしてつぶやいた。

「参った、参った、これは参ったぞ……」

そう繰り返す曹操の真意がわからず、諸将はみな呆気にとられた。すると軍師《ぐんし》の荀攸《じゅんゆう》がおもむろに立ち上がった。「劉延が無事に退けるかを案じておられるのですね」

「さすがは軍師」曹操は重々しくうなずいた。「袁紹が渡河して来たのはこちらの望むところだ。兵法にも『其の来ざるを恃《たの》むこと無く、吾の以て待つこと有るを恃むなり。其の攻めざるを恃むこと無く、吾の以て攻むべからざること有るを恃むなり「敵が来ないことを当てにするのではなく、こちらに備えがあることを恃《たの》みとする。敵が攻めてこないことを当てにするのではなく、攻め込ませない用意があることを恃みとする」』という。したがって、劉延をすぐに白馬から撤退させるべきなのだ。そして敵をさらに奥深くまで誘い込む。しかし劉延の兵は少数ゆえ、官渡に戻り着く前に敵の追撃の的になるかもしれん。そのうえ白馬県にはまだ多くの民百姓が残っている。もしこれを見捨てたら、戦う前から人望を失うことになり、士気に与える影響も計り知れない」

「なんで白馬県をみすみす敵にやる必要があるのです？」楽進がいかにも自信満々といった様子で口を挟んできた。「あんなやつら、恐れることはありません。それがしの考えでは、ここの陣を引き払って白馬に出たほうがいい。そして袁紹と思い切りやり合うのです」

曹操はあきれたような目で楽進を見やり、内心であざ笑った——ふん、威勢がいいのもいまだけだぞ。実際に黄河に沿って陣を構えてみろ。十万の大軍だぞ、どれほどの威容を誇って黄河を渡って来るか。水面は船で埋め尽くされ、果てはどこまで続くのかも見えやしない。そんな敵の軍容を目の当たりにしたら、兵士たちは怖気づいて、はじめから戦《いくさ》になりはせん——

「白馬を囲まれようとも包囲を解くのはそれほど難しくはないでしょう」荀攸が落ち着いた様子で

言った。「陽動作戦で虎を山からおびき出すのです」

「ほう」曹操が目を輝かせた。「詳しく聞かせてくれ」

「兵が少なくて敵わないのなら、敵を分散させるのです」荀攸は髭をしごきながら笑みさえ浮かべた。どうやら成算があるらしい。「わが君は自ら兵馬を率いて延津《えんしん》［河南省北部］へ向かい、敵の後ろを衝《つ》くためにそこから北岸へ渡るという構えを見せるのです。そうすると袁紹は当然渡河を中断し、西に転じてわが軍を止めようとするでしょう。そのときわが君は別に軽騎兵を出して白馬を急襲するのです。そうすれば劉延の包囲が解けるだけでなく、顔良を不意打ちして捕らえることもできましょう」

「これこそ一挙両得の妙案だ！」曹操は手を打って喜んだ。

「しかし、袁紹が引っかかるでしょうか」郭嘉《かくか》は不安を口にしたが、曹操は自信満々だった。

「ほかの者なら五分五分だが、袁紹なら必ず引っかかる。なぜなら十年前……」

「おお、そうでした」郭嘉も何か思い出したように、しきりにうなずいた。

楽進は話がまとまったと見るや、また意気込んで声を上げた。「では、それがしが延津に行って袁紹をおびき出しましょう」

荀攸はかぶりを振った。「袁紹を西におびき出すには、わが君が自ら出向く以外にありえません」

楽進はそれでも食い下がった。「じゃあ、白馬を急襲するのはそれがしにやらせてくれ」

「それも延津の動きを見て決めることでしょう」今度は郭嘉が手を振って遮った。

関羽はしばらく黙って様子を見ていたが、曹操が計を定めたと見るや列から一歩出て、拱手《きょうしゅ》して箇潔に述べた。「それがしは明公《めいこう》を守って延津に向かい、その後、白馬に駆けつけとう存じます」

「よかろう。では雲長《うんちょう》もともに参れ」曹操は落ち着き払った関羽の態度を内心褒めそやした。

関羽に先を越された張遼、徐晃、朱霊、路招も、一斉に関羽に倣《なら》って申し出た。「われらもまずわが君をお守りして延津に行き、その後、白馬に駆けつけとう存じます」

曹操はそれを見て大笑いした。「よしよし、そなたら四人も部隊を率いて一緒に来るがよい」

これに慌てたのが楽進である。「そ、それがしも一緒に……」

「遅かったな。おぬしは奉孝《ほうこう》と一万の軍で本営を守るんだ」曹操は楽進を指さしながら命じた。

楽進は悔しそうに自分の頬を張った。「めちゃくちゃ早起きしてきたのに、この戦に出遅れちまうなんて！」ほかの諸将はみなくすくすと笑いを禁じえなかった。

「この戦では臨機応変な戦略が必要になる。軍師にも帯同してもらおう」曹操は卓に手をついて立ち上がると、生き生きとした表情で諸将に軍令を出した。「時を移さず行動するのだ。不測に備えて干《ほ》し飯《いい》と天幕を携行せよ。さらに兵士らには、道中、延津より黄河を渡ると吹聴させよ。できるだけ大きな声で騒がせるんだ」

「御意！」五人の威勢よい返事が中軍の幕舎に轟いた。

曹操は本隊の兵馬を引き連れ、延津を渡るぞと道中声を上げながら、于禁《うきん》の守る延津の渡しを目指して堂々と行軍した。大河の南岸で于禁の軍と合流すると、兵士らには簡単な陣屋の設営と、渡河するための船の修繕を命じ、いかにもここから黄河を渡るように見せかけた。すると曹操の思ったとおり、しばらくして斥候《せっこう》から報告が入った。袁紹の大軍は渡河を取りやめ、黎陽から西に軍を転じてこの地の向こう岸を押さえる動きだという。曹操は喜び勇んで、すぐさま関羽と張遼、そして徐晃に、騎兵五百と精兵五千の部隊を揃《そろ》えるよう命じた。そして自らその指揮を執り、軍師の荀攸も引き連れ、白馬の救援に向かった。出立する前には、延津に残る于禁と朱霊に、袁紹軍が延津の北岸まで来たら、すぐに軍営を燃やしてここを捨て、官渡に退いて守備を固めるよう言い含めた。

曹操らは延津を離れると、隠密裏に行軍するため、延津の南にある山あいの平地を抜けていった。曹操軍は片時も休むことなく駆け続け、とりわけ関羽らの将が率いる騎兵は、ありったけの力を振り絞って先頭を突っ走った。そうしてたった半日で、早くも白馬県の県境にまで到着した。

袁紹の大軍は渡河を見合わせて西へと転進したが、郭図と淳于瓊《じゅんうけい》には、当初の計画どおりに渡河をはじめさせた。まだ大半の兵士が北岸で船の戻りを待っているなか、先に白馬の渡しに着いた兵士から、休む間もなく陣の設営に取りかかった。先鋒の顔良は、白馬の守将が文弱の書生劉延であると知るや、白馬を攻め落として敵将を斬り、この戦で第一の手柄を立てようと、気をはやらせてまっすぐ城下に攻め寄せた。このように、河北の軍は慌ただしく動いていたため、曹操軍の襲来を知ったのはわずか十里［約四キロメートル］手前に至ってからのことだった。そのうえ敵軍の規模もわからないとあって、大慌てで応戦のために陣容を整えはじめた。

曹操は、ときとして一気呵成に物事を成し遂げることの重要性を知っていた。馬を急か《せ》せて部隊の先頭にまで進み出ると、さらに速度を上げて騎兵は突撃し、歩兵が後ろから押し込んで、敵が布陣し終わる前に叩きつぶすよう軍令を伝えた。関羽、張遼、徐晃らの部隊は最前線で敵の遊軍をいくつか打ち破り、そのすぐあとを曹操が、そして荀攸までもが引き離されまいと必死でついてきていた。そうして山の麓《ふもと》を回り込むと目の前が開け、決して堅固とは言えない白馬城の姿が目に入った。さらにその西側には、まだ上陸したばかりで隊列も整っていない袁紹軍がうごめいていた。

「かかれ!」張遼は大声で叫ぶと、護衛を従えて敵軍のなかに自ら突っ込んでいった。関羽と徐晃も負けじと続く。袁紹軍はただうろたえるばかりで、多くの兵士が曹操軍の騎馬隊に蹂躙《じゅうりん》された。さながら三頭の虎が羊の群れに突っ込んだかのごとくである。かたや散り散りになった袁紹軍の兵は蝿のように、右往左往してどちらに攻めればいいのかもわからず、しまいには同士討ちまではじまった。

とはいえ、やはり圧倒的に多数を擁す袁紹軍である。あとからあとから渡河してくる兵がどんどん戦いに加わってきた。指揮官も見当たらず、陣形も何もあったものではなかったが、堰《せき》を切ったように大勢の兵士が押し寄せてきた。しばらく敵味方が入り乱れて戦っていたが、しだいに河北軍が五百ばかりの曹操軍の騎兵隊を取り囲みはじめた。いまにも完全に包囲されそうになったそのとき、曹操率いる後詰めの歩兵隊が追いついた。目の前で繰り広げられる大混戦を見るなり、あれこれと考える暇もなく、手に手に得物《えもの》を掲げてまっすぐに突っ込んだ。手当たり次第に袁紹軍の兵と斬り結び、戦局はますます混乱を極めた。双方とも隊形は完全に崩れて敵味方が入り乱れ、曹操を護衛する虎豹騎《こひょうき》〔曹操の親衛騎兵〕までもが混戦のなかに取り込まれた。

荀攸にとって戦の最前線に立つのは、生まれて初めてのことであった。まるで馬までが驚き戸惑っているように感じられたが、幸い数十人の虎豹騎が周りをがっちりと守ってくれていたので、きつく手綱を握り締め、かろうじて逃げ出したくなるのをこらえていた。荀攸は曹操に向かって大声で叫んだ。「敵千人を討ってこちらの被害は八百、このまま戦うのは無理です!」

「何だって？」荀攸の声は両軍の喊声にかき消され、曹操の耳には届かなかった。

荀攸は周囲に頭を振りめぐらすと、真東の小高い丘の上に敵の総帥の絹傘を見つけ、まっすぐに指さした。

賊を討つにはまず頭《かしら》を討て、曹操は荀攸の意図を汲み取ると、すぐさま許褚《きょちょ》に命じた。「太鼓を打って諸将を集めよ。まずは東に向かって敵の大将を討つ！」はじめ許褚はよく飲み込めず、手まねをして指をさすとその意図をはっと悟った。だが、陣太鼓の類いはまだ後方の山あいに置いてあり、この乱戦ではどのみち前線まで運び込むことはできない。曹操と荀攸も腹を括《くく》った。虎豹騎を従え、軍旗をはためかせつつ、自ら東に向かったのである。諸将もその動きに倣った。曹操の判断が功を奏した。手当たり次第に戦っていた将兵らは曹操の旗を目にすると、曹操を守るために目の前の敵を打ち捨て一所《ひとところ》に集まりだし、そのままなだれるように東へと動きはじめた。曹操軍の一団がまとまりを見せて近づいてくると、絹傘の下にいた将は屈強な敵軍の姿に慌てるでもなく、悠然と待ち構えた。

身の丈は八尺［約百八十四センチ］、堂々とした腰回り、青蟹《あおがに》の甲羅のような顔にぴんと伸びた真っ黒の髭、薄い眉と低い鼻にぎょろりとした目、大きな口からは鋭い歯がのぞき、見るからに恐ろしげな形相である。鋲《びょう》を打ちつけた鉄兜はあごまで守るようにできており、上には黄色の飾り房がつけられている。身には立派な鎖帷子《くさりかたびら》を着け、胸当てには輪っかをくわえた獣面《じゅうめん》がかたどられている。一番上に羽織っている漆黒の戦袍《せんぽう》は、金糸で縁を縫い取り、渓《たに》を越える猛虎と海に潜る竜が刺繍されている。下にも黒い裳《も》を穿き、太ももには覆いを縄で巻きつけ、広い膝甲《ひざよろい》に、足元は虎頭《ことう》の軍靴《ぐんか》を履いている。跨がっているのは青毛《あおげ》の軍馬、手には一丈二尺［約二・八メートル］の劈山板門刀《へきざんはんもんとう》、周りを固める二百人の護衛兵も鎧兜の上に羽織り物を帯で締め、手には四角い盾と長柄の戟《げき》を持ち、さながら星々が月を取り巻くようにしっかりと守りを固めていた。そばにはためく錦の軍旗に縫い取られるのは「顔」の一文字、その威風はあたりをなぎ払い、立ち上る殺気がその武勇を物語っている――これぞ河北第一の猛将顔良である。

荀攸は汗を舞い散らせ、平素の落ち着きなどとうにかなぐり捨てていた。「あやつを討て！ あれを討てば、われらの勝ちだ！」言わずもがな、張遼配下の侯成《こうせい》と宋憲《そうけん》が兵を率いて真っ先に飛び出し、敵陣を貫かんばかりの勢いで突っ込んでいった。それでも顔良は顔色一つ変えず、わずかに板門刀を横に払うと、二百の兵が一斉に戟を向けて待ち構えた。むろんこの部隊も精鋭で、戟の切っ先を馬首に合わせて繰り出すと、曹操軍の騎兵を一騎も通すことなく次々に打ち倒した。そのすぐ後ろから押し寄せた歩兵部隊も長柄の槍と戟で立ち向かったが、この戦列を抜くことはできなかった。

後方から手に汗を握りつつその様子を見ていた曹操の視界のなかに、突如としてひとすじの黒い影が走った。顔良が青毛の馬を駆って自ら飛び出したのである。前線に出るや、気づけばすでに板門刀は何本もの長柄の槍を切り、曹操軍に向かって突っ込んできた。敵の大将が自軍のなかに飛び込んできたのを見て、曹操軍は好機到来と色めき立ったが、顔良がどれほど剛の者かを完全に見誤っていた。板門刀を振り回しては青毛の馬で敵兵を踏みつぶし、その戦いぶりはまさに鬼神のごとく、うろたえはじめたときには、すでに十数個もの首が地べたに転がっていた。宋憲と侯成は一斉に長柄の矛を繰り出したが、顔良は余裕を保ったまま、一分の隙を作ることもなく板門刀を舞わせて受け止めた。

「かかれ！」曹操が将兵に声をかけたとき、悲鳴がひと声響き渡ったかと思うと、なんと血みどろになった侯成の首が足元にまで斬り飛ばされてきた。曹操は何とか意識を保って顔を上げると、視線の先にはまだ馬上で血を吹き出している首から下だけの侯成がいた。宋憲も太ももに一撃を受けて落馬し、何本もの戟の餌食となって戦場に散った。

幷州《へい》の猛将が二人とも討たれ、曹操軍は浮き足立った。敵の戟部隊はなおも黒山となって押し寄せ、周りにいたほかの袁紹軍も主将を守るために集まってきた。曹操軍はどんどん押し返され、顔良の姿もしだいに遠のいていった。敵将のそばに近づくこともできなかったのである……そしてまさにこのとき、南西のほうから駆けてくる赤い影が視界の端を横切った――一人の武将が稲妻さながら顔良の軍に斬り込んでいったのである。敵の大軍のなかをまるで無人の野でも駆けるかのごとく、その男の通ったあとには血飛沫が舞い、苦もなく戟部隊の目の前まで躍り出た。

顔良は立て続けに敵将を二人討ち取り、曹操軍がしだいに敗走していくのを、馬上から得意満面で眺めていた。と、そのとき、斜向《はすむ》かいから当たるべからざる勢いで猛然と近づいてくる将の姿が目に入った。身の丈は九尺［約二メートル七センチ］もある赤ら顔で、切れ長の目に太い眉、紅を引いたように真っ赤な唇、左右の頰と口、あごに蓄えた髭、もえぎ色の頭巾に色を揃えた戦袍、青竜偃月刀《せいりゅうえんげつとう》をその手に握り締め、赤兎馬《せきとば》に跨がって風のごとく駆けてくる。顔良はつかの間考えたが、ふと出兵前に劉備が話していたことを思い出した――たしか行方知れずになった腹心の将というのがこんな格好ではなかったか？　顔良は板門刀を鞍に掛けて拱手した。「そなたはもしや関……」そんなことを言っている場合ではない。顔良はすぐに悟った。続けざまに三人もの戟兵を斬り捨てながら、関羽が目の前まで一直線に突っ込んできた。顔良は慌てて刀を手に取ったが、それを挙げて受け止める間もなく、喉にひんやりとしたものを感じた――気づけば、青竜偃月刀の鋭い切っ先が喉に突き立てられていた。

喊声で沸き返っていた戦場が、その刹那、物音一つない静寂に包まれた。そしてつかの間の静寂のあと、誰かが驚きの叫び声を上げた。「顔将軍が討ち取られた！」このひと声が合図となって袁紹軍の兵士らは逃げ腰になり、関羽と距離を取るように人垣が割れて小道が出来上がった。赤ら顔の大男は偃月刀を振り下ろして顔良の首を落とし、顔良が差していた絹傘を切り倒すと、片手に偃月刀、また片手に首級を持ちながら、赤い疾風のごとく隙間を抜けて駆け戻っていった。それを遮ろうとする者は誰一人としていなかった……

汗は頭巾からもみあげまで滴り、髭は吐き出す息に大きく揺れ、関雲長は首級を曹操の馬前に放ると包拳《ほうけん》の礼をとった。「敵将を斬ってまいりました」曹操はその姿にしばし見とれた。「苦もなく敵の大軍のなかから主将の首を取ってくるとは……雲長こそまことの武人よ！」

すぐそばでは荀攸がさっさと切り替えて、曹操の代わりに軍令を飛ばした。「攻め続けよ！　白馬の包囲を解くのだ！」

ところが実際は、曹操軍が労力を費やす必要もなかった。顔良は河北の名高い猛将で、かつこの軍の総大将、その男が討ち取られたのである。袁紹軍の兵卒に戦い続ける勇気などあるはずもなかった。なかには驚きのあまり泣き出す者までいる始末、一隊は鎧も兜も脱ぎ捨てて、まるで潮が引くかのように北へ向かって潰走しはじめた。そのとき、ぎぎっと低い音が響き渡り、白馬の城門が大きく開かれて、二千の守兵たちが一斉に攻め出してきた。これまで十分に力を温存してきた兵である。喜び勇んで敵に突っ込むと、なんとその後ろからは鍬《くわ》や鉈《なた》を手に持った民らまでが打って出て、徹底的に袁紹軍を打ち破った。

曹操はほっとひと息つくと、さらに声を上げた。「追撃だ！」

官渡から駆けて来た曹操の軍と白馬の軍が一つになって袁紹軍を追撃した。袁紹軍の兵士らは押し合いへし合いして互いを踏みつけながら、ひたすら白馬の渡しを目指して退却した。船にすがりつく者、必死で櫂を漕ぐ者、誰もが命あっての物種とばかりに互いを蹴落として船を奪い合った。溺れ死んだ者は数知れず、岸に取り残された者はことごとく曹操軍の餌食になった。対岸にいた郭図と淳于瓊も部隊を率いていたものの、大河に遮られてはなす術もなく、ただむやみに騒ぎ立てるばかりであった。結局は黄河を渡って戻ってきたわずかな兵を助けただけで、ゆっくりと西の方角へ移っていった。

東《とう》郡太守《たいしゅ》の劉延はあちこち探し回った挙げ句、ようやく曹操の姿を見つけると、その馬前に進み出た。「救援、かたじけのうございます」そう礼を口にしながら、劉延は腰の帯を締め直した。根っからの文人で痩せぎすの劉延は、鎧もぶかぶかで、いまにもずり落ちそうなほどである。

曹操は高らかに笑った。「礼なら雲長に申すがいい」

劉延は目をぱちくりさせて関羽を見た。劉備の麾下にいるはずの関羽がなぜ、しかも中軍の将としてここにいる？　ともかくも、曹操がそう言うからには関羽に礼を述べねばならない。劉延は腰を深く折った。「関将軍、白馬の包囲を解いていただき感謝申し上げます」

「お上のために力を尽くしただけのこと、礼には及びませぬ。劉太守、お顔を上げてくだされ」関羽は曹操の名を出さず、はっきり朝廷のためと言い切った。

曹操はその言外の意味に気づくこともなく、劉延に言い含めた。「一刻［二時間］の猶予を与えよう。すぐに民らを集めて来るのだ。軍とともに官渡へ移る。白馬では持ちこたえられん」

劉延はその言葉に納得しかねた。「お言葉ながら……白馬県を守り抜くことは可能かと。もしわたくしの言を容れてくださるなら、ここで民らとともに敵軍を防ぎ続けてみせます」

「はっはっは……」曹操はことのほかおかしかった。はじめは白馬に来るのを嫌がっていたくせに、その白面《はくめん》の書生がいまではこのまま戦わせろと言うのである。

曹操に一笑されると、劉延は鎧のなかから一巻の竹簡を取り出し、顔をむくれさせて意見した。「わたくしの考えはすべて理に適っております。『墨子《ぼくし》』には『城池修《じょうちおさ》まり、守器具《しゅきそな》わり、樵粟《しょうぞくた》足り、上下相《あ》い親しみ、又《ま》た四隣《しりん》諸侯の救《たす》けを得れば、此《こ》れ以《もっ》て持《じ》する所なり［城が堅固で、守るための道具が備わり、薪と穀物が十分で、上の者と下の者が互いに親しみ、四方に諸侯の助けがあれば、その場所は守り抜ける］』とあり、いますべて当てはまるのです」

「まったくそなたは本の虫だな。もっと機転を利かせねばならん」曹操は腹立たしくもあり微笑ましくもあった。「書かれたことだけを信じ切って何になる？　敵は十万、こちらは二千、一万巻の書籍をひっくり返したところで止められるわけがなかろう。時間を無駄にするな。すぐに民らを集めて撤退だ。途中で敵襲に遭わないためにも、できるだけ早く官渡に戻らねばならん」

「御意」劉延もやっと不満を押し殺して従った。

周囲を眺め渡すと、兵士らが袁紹軍の残していった輜重を上機嫌で回収していた。曹操は喜びをこらえきれず、心ここに在らずといった様子の関羽に声をかけた。「このたびはまったく雲長のおかげだな」

「当然のことをしたまでです。感謝されるようなことではございません」そう謙遜しつつも、関羽は胸算用していた。顔良を斬るという手柄を挙げたからには、これで堂々と曹操のもとを去ることができる……

袁紹《えんしょう》、大河を渡る

戦《いくさ》の火蓋はまだ切られたばかりだというのに、袁紹《えんしょう》の身には悩みごとが一つ、また一つと降りかかってきた。

息子の袁譚《えんたん》は曹操討伐の正当性を宣揚するため、劉備《りゅうび》を迎えたこの機会を利用して、北海《ほっかい》の隠者鄭《じょう》玄《げん》を黎陽《れいよう》に「招聘」した。鄭玄は経学《けいがく》の泰斗にして有徳の高士である。たとえ自ら望んで来たのではなくとも、鄭玄が軍中を訪れたというのは、それだけで喜ばしいことであった。袁紹も興奮しきりで、酒宴を開いて丁重にもてなした。しかし、鄭玄はあまりに高齢であったため、突然病となり、酒を飲んでいる最中にいきなり倒れたかと思うと、そのまま息を引き取った。

天下に名の聞こえた大物が陣中で亡くなったことで、慶事は途端に凶事へと変わった。袁紹は鄭玄のために棺を用意し、葬儀を執り行わざるをえなかった。興趣を削ぐどころか、人々はみな落ち着きを失った。葬儀に駆けつけた崔琰《さいえん》や国淵《こくえん》といった鄭玄の門生《もんせい》らは、袁紹父子に対していい顔をせず、陰で非難するようなありさまだった。

ようやく鄭玄の葬儀を終えたところで、今度は田豊《でんほう》がまた面倒を起こした。これまでにも出兵すべきか否かで何度も言い争いをしていたが、田豊はいまに至っても自説を曲げていなかった。すでに行軍の道筋も兵馬の分配も決まり、出陣の太鼓が鳴らされたというのに、田豊は袁紹の手綱を引っ張って出兵を止めようとした。「曹操は用兵に長け、その変化は窮まりない」であるとか、「必勝の策を捨て、大事の成否をこの一戦にかけようとなさっています。望みどおりの結果にならなかったとき後悔しても間に合いませんぞ」というような、相手を持ち上げて自軍を落とすことばかり口にした。袁紹もとうとう我慢ならず、田豊を鄴《ぎょう》へ護送して投獄するよう命じた。こうして、気分も晴れやらぬままに黎陽を離れたのである。

そうして大河のほとりに着くと、袁紹は顔良《がんりょう》を先鋒とし、渡河して白馬《はくば》を攻めるよう命じた。すると、次には都督《ととく》の沮授《そじゅ》が、「顔良は勇猛ではありますが、生来気が短く、単独で任せることはなりません」などと反論した。袁紹は、沮授がそもそもこのたびの南征に反対していることを知っていたので、沮授の意見には耳を貸さず、計画したとおりに黄河を渡らせた。

顔良が黄河を渡ってすぐに、袁紹は斥候《せっこう》からの知らせを受けた。曹操が延津《えんしん》に兵を進め、そこから北岸に渡って渡河部隊の背後を突く構えであるという。十年前、各地の義勇軍が董卓《とうたく》討伐に立ち上がったとき、袁紹は自ら車騎《しゃき》将軍を号して、王匡《おうきょう》とともに河内《かだい》に駐屯した。当初は、孟津《もうしん》の渡しを渡って洛陽《らくよう》をまっすぐに目指す計画であったが、小平津《しょうへいしん》を密かに渡ってきた董卓軍に背後から攻められ、あと一歩というところで計画は成らなかった。それは袁紹が挙兵して初めての戦でもあり、袁紹にとってはまさに血の教訓となった。そしていま、またも大河を挟んで対峙し、曹操が董卓と同じような動きを見せているという。袁紹の動揺は致し方のないこととも言えた。袁紹はすぐさま兵を分け、主戦派の郭図《かくと》と淳于瓊《じゅんうけい》には引き続き黄河を渡るよう命じ、自身は沮授や文醜《ぶんしゅう》、張郃《ちょうこう》、高覧《こうらん》などを引き連れて、曹操を抑えるために黄河沿いを西へ向かった。足を止めることなく西進したが、延津の北岸に着いたときには、曹操軍はすでに官渡《かんと》へと撤退し、対岸には焼け落ちた無人の陣屋が見えるのみであった……

袁紹は対岸の様子を見ると、忌々《いまいま》しげに言った。「孟徳《もうとく》、いったいどういうつもりだ。こっちが来たと思ったら、さっさと隠れてしまうとは。小賢しい真似をしてくれる」

審配《しんぱい》はむしろ得意満面にあざけった。「曹操も臆病風に吹かれたのでしょう。将軍のこの威風ただならぬ軍容に肝を冷やし、尻尾を巻いて逃げたに違いありません」

「われわれこそまんまと敵におびき寄せられたのだ」沮授は何もわかっていない二人を見て、あきれたようにかぶりを振った。「曹操がわれわれをここへおびき寄せたのは、この機に乗じて白馬の包囲を解くためです」それを聞いた張郃、許攸《きょゆう》、韓荀《かんじゅん》らもしきりにうなずいた。

袁紹も自分が嵌《は》められたことに気づいたが、面子《めんつ》が邪魔をして素直には認められず、表情をこわばらせた。「そんな小手先の策が何になる？　先鋒には顔良、後詰めに淳于瓊の大軍、たかが曹操ごときにいまさら白馬が救えるものか。白馬を包囲して、やって来た敵の援軍も討つ、それこそこちらの思うつぼだ。これからは……」

ちょうどそのとき、東のほうから慌ただしく駆けて来る馬の足音が響いてきた。自軍の旗を掲げつつ近づいてくる十騎あまりの先頭に立つのは、なんと都督の郭図その人である。

「一大事、一大事でございます！」郭図は馬を下りる時間も惜しんでそのまま馬上から声をかけた。「白馬にて曹操急襲、顔良将軍が討たれました！」

顔良は河北第一の猛将である。その顔良が討たれたという知らせは、諸将に動揺を与えるには十分であった。袁紹にはどうしても信じられなかった。馬の鞭を思い切り地面に叩きつけると、怒りも露わに怒鳴り散らした。「おのれ曹操め、どこまでもわしを馬鹿にしおって！……それに引き換え、おぬしたちは何だ！　これほどの大軍を擁しながら止められんとは、役立たずしかおらんのか！」

郭図が弁明するより前に、沮授が嫌らしい笑みを浮かべて言い返した。「不思議なことなど何もないではありませんか。無鉄砲な顔良のこと、守備を疎《おろそ》かにしたのでしょう。それに大軍の渡河ともなれば時間がかかり、救援も間に合わない。そもそも渡河するという計画自体が穴だらけだったのです」

袁紹が、これ見よがしに当てこする沮授を憎々しげに睨みつけると、不穏な空気を察した張郃が慌てて割って入った。「わが君、これからどう動くべきでしょうか」

袁紹は歯ぎしりをして悔しがり、それには答えず、顔を背けて郭図に尋ねた。「大軍はいまどうなっている？」

郭図は唾を飲み込むと、目を白黒させながら答えた。「わたしは報告のため先に参りましたが、軍はただいま淳于将軍が率いてこちらへ向かっております。それから、斥候によりますと、曹操は白馬県の民を南へ移動させているようです。おそらく城を捨てるつもりでしょう」

曹操が勝ちを得ながら撤退していると聞いて、袁紹はまた気を大きくした。「ふん、こたびはちょっと曹操につきがあったに過ぎぬ。やはりわしの力を恐れておるな」袁紹はまっすぐ対岸を指さした。「速《すみ》やかに黄河を渡れ！　延津で黄河を渡ってそのまま官渡に攻め込むのだ！　曹操を完膚なきまでに懲らしめてやらねば気が済まぬ」

しばらく口をつぐんでいた許攸が、眉をひそめて口を挟んだ。「わが君、淳于都督の大軍が来るのを待って、それから……」

「その必要はない！」袁紹は許攸の話を勢いよく遮った。「これこそまたとない好機だ。いまから渡河すれば道半ばの曹操軍を討つことができる」

「やはりここはご再考願いたく……」沮授は、袁紹が自分を信用していないことは承知していたが、事は十万からの河北軍の命に関わる。そのため、老婆心からいま一度袁紹を諫めた。「勝負はどう転ぶかわからないもの、充分に用心せねばなりません。どうしてもこのまま攻め込むと仰るなら、ここに残す軍と官渡を攻める軍を分けましょう。さすれば先行した軍に何かあっても救援を送ることができます。もし全軍で渡河して万一敗れでもすれば、河北に退くこともかないません」

負け戦を前提にする沮授の諫言を聞くうちに、袁紹は全身を怒りで震わせ、とうとう右手を剣の柄《つか》にかけたが、かと言って沮授をどうにかすることなどできなかった。沮授は田豊とは違い、かつては軍全体を統率する監軍《かんぐん》の任についていた。公孫瓚《こうそんさん》や張燕《ちょうえん》を討った際にも功績があり、加えて張郃や高覧、韓荀といった将とも良好な関係を築いているため、もしここで沮授を斬るか、あるいは獄につなぎでもすれば、諸将が黙ってはいないだろう。

許攸は袁紹が黙り込んだのを見て、まだ望みがあると考えた。「沮都督の言はまことに理に適っております。顔良の勇をもってしても討たれたのです。ここはやはり慎重に……」そこまで言ったところで、刃物のように鋭い袁紹の眼光に射すくめられ、許攸は慌てて言葉を飲み込んだ。張郃、高覧、韓荀といった諸将は俯《うつむ》いてかぶりを振るばかりで、誰も袁紹を翻意させるには至らなかった。

郭図は主戦派の急先鋒である。髭をしごいて反り返らせながら、みなに説明しはじめた。「白馬での敗戦はほんの小さなつまずきに過ぎません。このたび曹操が幸運にも勝ちを拾えたのは、聞くところでは、大刀を持った赤ら顔の男が顔良に密かに近づいて不意を襲ったからで、白馬の包囲もそれでついに解けてしまったのです。このような偶然はもう二度と起こりません。大河を渡って攻め込むことに何も問題はありません！」

劉備は軍議の輪には入っていなかった。他人のもとに身を寄せているうちは、何ごとであれ口を閉ざしておくのが賢明である。ただ、袁紹らから離れながらも、劉備はしっかり耳をそばだてていた。「大刀を持った赤ら顔の男」、その言葉が耳に飛び込んできたとき、劉備は思わず飛び上がった──まさか雲長《うんちょう》ではないか。劉備にしてみれば、袁紹にはいますぐにでも曹操を破って自分の恨みを晴らしてほしい。しかし、関羽《かんう》の消息について手がかりらしきものをつかんだのである。劉備は興奮を抑えきれず、乗馬しておもむろに袁紹らの輪に近づくと、馬上で深々とお辞儀をした。「大将軍《だい》、申し上げたきことがございます。みなさまのお邪魔をして失礼は重々承知しておりますが、差し支えございませんでしょうか」

袁紹はこの「常敗」を誇る男を見下してはいたが、その丁寧な物腰に礼をもって答えた。「劉使君《しくん》、さように気を遣わずとも、何なりと申すがよい」

「はい」劉備はにこやかな笑みを浮かべつつ、諸将に対してぐるりと拱手《きょうしゅ》の礼をとると、落ち着いてゆっくりと話しはじめた。「わたしが身の程もわきまえずに十数年ものあいだ天下を駆けめぐってきたのは、ひとえに漢室をお助けし、社稷《しゃしょく》を奮い起こさんと願ってのこと。いかんせん戦に敗れて家族とも離散し、天には上る道なく、地には入る門もなし、この広大な大地にて寄る辺なき身となってしまいました。しかし、幸いなことに大将軍が憐れみを垂れたまい、わたしをお招きくださったおかげで、ようやく苦境を免れることができたのです。天のように高く、地のように厚い大将軍のこのご恩、わたしは全身全霊をもって大将軍のために力を尽くす所存でございます……」劉備の言葉に袁紹はまんざらでもないといった様子で、髭をしごきながら微笑んで聞いていた。劉備は袁紹が十分に機嫌を直したのを見て取ると、この機を逃さず本題に入った。「いま、曹賊めは朝廷を武力でわが物とし、天子を蔑《ないがし》ろにしております。およそ大漢の正義の臣たるものは、みな勇気を奮い起こして奸賊《かんぞく》を除き、上は祖宗《そそう》の恩に報い、下は民草を安んじて、功名を青史に刻むべきです。大将軍の威信は四海に響き渡り、徳は孔子や孟子に並ぶほど。そしていま、真摯なる報国の志をもって兵を起こし、ここに至りました。われらは犬馬の労を厭《いと》わず敵を打ち破るべきではありませんか。それをなぜ、ためらい、言い逃れ、前へ進もうとせぬのです。わたしはいまこそ決意を示しとうございます」そこで劉備は馬から飛び降り、袁紹の前に跪《ひざまず》いた。「この劉備、不才なれども率先して大河を渡り、曹賊めを追撃して現状を打破し、大将軍のために大功を立てたいと存じます」

袁紹は劉備の言動をことのほか喜び、すぐに賞賛と励ましの言葉を送った。「そうだ！　劉使君は率先して大河を渡りたいと言う。それでこそ正真正銘の漢の功臣だ！」

歌声と、それに唱和するかのような二人の盛り上がりに、その場はまるで渡河しない者は漢の臣下ではないという雰囲気に包まれた。こうなっては誰であろうと反対を口にすることなどできない。諸将はしぶしぶながら同意するしかなかった。「われらも大河を渡りましょう」

沮授は大勢が決したと見るや、滔々《とうとう》と流れる黄河のほうに顔を向けてしきりにため息をついた。

「おお……上《かみ》は其の志に盈《み》ち、下は其の功に務む。悠々たる黄河よ、吾其れ反《かえ》らざるや(1)！」

袁紹は、沮授がいまに至っても鋭気をくじくようなことを言うので、我慢ならずに声を荒らげた。

「それはいったいどういう意味だ！　わが軍の全滅を祈っているつもりか！」

「とんでもございません」沮授は力なくかぶりを振った。「『力を陳《つら》ねて列に就《つ》き、能《あた》わざる者は止《や》む「力を尽くして職務に励み、それができないのならば去るのみ」』と申します。この身は凡才にございますれば、兵馬を率いて曹操に勝てるとは到底思えませぬ。どうかここで都督の職をお解きいただきたく存じます」

さすがにこれには主戦派も不戦派も納得がいかず、審配が真っ先に反対の声を上げた。「敵を目の前にして将を代えることはなりません。沮都督、それはなりませんぞ！」

韓荀も続いた。「沮都督、どうか責を全うしてくだされ。たとえ渡河には賛成でなくとも、大将軍の命令である以上、小異を捨てて大同につくべきではありませんか。あなたの指揮であってこそ、われわれも自信を持って戦えるのです……」

郭図としても、これは見過ごすことができなかった。「職を辞するというなら、もっと早くに申し出るべきでしょう。これでは人心を惑わすだけです。断じてなりません。なんと言おうと、あなたが務めねばならんのです！」

沮授はすでに心が折れており、意地も手伝ってか、誰がなんと言おうと翻意することはなかった。とうとう袁紹の怒りに火がつき、激しい口調で言い捨てた。「いちいち止めんでもいい！　辞めるならとっとと辞めてしまえ。一人ぐらい減ったところで戦局に影響はなかろうが！　郭公則《こうそく》、たったいまから、こやつの兵馬はすべてそなたに預けることとする」しかし、この決定に不満を抱く者も多かった。というのも、郭図はたしかに勇猛果敢であるが、やや気性が激しすぎる嫌いがあり、性格も陰険なためである。高覧や張郃などは、郭図とは組みたがらなかった。郭図のほうも諸将と沮授の関係を知っていたので、みなが素直に自分の命令を聞くか自信が持てず、こればかりは妥当でないと思えた。しかし、双方が納得いかずとも、袁紹がそう決めた以上はいかんともしがたい。さらに袁紹は沮授の鼻先を指さして怒鳴りつけた。「都督の職を離れてのんびりできると思うな。降格して幕僚とするゆえ、従軍したまま務めを果たせ。鄴に戻ることはならん。わしとともに大河を渡るのだ！」

「大将軍、どうか気をお鎮めください」劉備が慌てて仲裁に入った。「いまは速やかに大事を進めるべきときでございます」

袁紹もようやく少し落ち着いた。「それにしても、劉使君の心意気には感服する。ただ、そなたも東奔西走、戦に明け暮れて疲れも溜まっておろう。ここは文醜を先鋒としてまず黄河を渡らせよう」

実のところ、袁紹は劉備の能力に信を置いていなかった。

しかし、劉備も関羽を探したい一心で引き下がらなかった。「大将軍、どうかわたしの強い気持ちを汲み取ってください」

「劉使君もずいぶん食い下がりますな」そこで郭図が割って入った。「では、こうしましょう。まず文醜が騎兵隊を率いて黄河を渡り、劉使君は後ろで歩兵隊を率いてこれを助ける。そうして二隊が協力すれば手堅いのではないですかな」

劉備はさらに何か言おうとしたが、袁紹がそれを制して郭図の策に乗った。「よし、それでいこう。船を黄河に下ろして、文醜の先鋒隊は速やかに渡河せよ。劉使君は第二隊、対岸に着いたらすぐに東へ向かえ。うまくいけば曹操の軍に追いつくであろう。そのほかの隊は兵馬を整列させ、順次渡河をはじめるように。それから淳于瓊にもすぐこちらへ向かうよう知らせるのだ」

張郃はなおも不安をぬぐい切れなかった。「わが君、渡河には反対しませぬが、兵を何隊かに分けて曹操の背後を突くのはいかがでしょうか」

韓荀もそれに同調した。「わたしが一軍を率いて河内に進み、杜氏津《とししん》から回り込んで……」

「要らん！」袁紹は言下に否定した。「戦うとなれば真正面から叩きつぶすのみ。官渡さえ落とせば豫《よ》州の地は総崩れだ。いまこそ全力を注いで曹操と決着をつける！」

そのとき、許攸はふとあることを思い出した。「たとえ大軍で渡河するにしても、やはり北岸に一隊を残して呼応できるようにすべきでございます」

「では、蔣義渠《しょうぎきょ》を残すとしよう」袁紹も何かに気づいたように、すぐに付け足した。「やはり鮮于輔《せんうほ》の隊も河北に残しておく」幽《ゆう》州の故将に対して、袁紹はまだ内心わだかまりがあった。鮮于輔を前線から外《はず》したのは、戦陣での寝返りを恐れたためである。

「お言葉ですが……」太鼓腹を突き出した高覧が意見した。「肩を並べて戦に出てこそ打ち解けるというものです。幽州の兵士らも一緒に戦ってこそ、みな兄弟として勝ち鬨《どき》を上げることができましょう」

袁紹はその浅はかさに白い目を向けた。「おぬしに何がわかる？　黙ってわしの言うことを聞いておればよい」

独断専行を進める袁紹に、諸将は胸の内で舌打ちをしながら、沮授のほうを振り返った。この優秀な参謀はすっかり意気沮喪しており、まるで一切の関心を失ったかのように、両の眼《まなこ》はぼんやりと黄河に浮かぶ船に向けられていた。その視線の先では、文醜が兵卒を指揮して船に乗り込むのを急《せ》かしていた……

（1）この言葉の意味は次のとおりである。「総帥は自信満々で敵を軽んじ、部下の諸将は功にはやっている。悠々と流れる黄河よ、いまここを去れば二度と帰れないだろう」

敵を誘って将を討つ

曹操は白馬《はくば》の包囲を解くことに成功したとはいえ、この地がまた守るにふさわしくないことも見抜いていた。そこで、白馬に住む民を官渡《かんと》へ移住させるよう、時を置かず劉延《りゅうえん》に命じた。白馬の県城は、内も外も人混みでごった返した。民は家族総出で、年寄りを支え、幼子の手を引き、それぞれ軍の隊伍に入り交じった。なかには家財をあきらめ切れず、背負ったり引きずったりする者もいたので、行軍の速度は一向に上がらなかった。もうすでに未《ひつじ》の刻［午後二時ごろ］も近い。今日のうちに官渡まで戻るのは到底不可能である。このままのろのろと進んでいては、必ずや袁紹《えんしょう》軍につかまってしまう。曹操と荀攸《じゅんゆう》は歩兵と民らを守るため、騎馬隊を率いて輜重《しちょう》とともに先に進み、白馬山の南側に軍営を張ることに決めた。

張遼《ちょうりょう》、徐晃《じょこう》、そして関羽《かんう》の騎馬隊が速度を上げ、まもなく白馬山の南側の麓《ふもと》に着くというところで、ちょうど官渡からやって来た使いの者と行き当たった。曰《いわ》く、袁紹軍が延津《えんしん》の北岸に到着したという。また、朱霊《しゅれい》はすでに官渡に戻ったが、なんと于禁《うきん》は一軍を率いて西に進路を取り、杜氏津《とししん》を渡って北岸にある袁紹軍の別働隊の陣を攻めに向かったという。曹操は驚きのあまり言葉を失った。朱霊と于禁が犬猿の仲だということをすっかり忘れていたのである。おそらく二人は仲違《たが》いをし、それぞれの判断で動いたのだろう。幸い杜氏津はまだ河内郡《かだい》にあり、袁紹もそこまでは手が回らないであろうから、于禁に何か大きな間違いがあるとは思えない。

そのような予想外のことがあったとはいえ、延津に敵をおびき寄せる計略はうまくいった。曹操は胸につかえていた不安から解放されると、山あいに軍営を築くよう命令を出し、輜重車をもっと急がせた。銅鑼や陣太鼓、陣幕や逆茂木《さかもぎ》などを運び入れていたちょうどそのとき、斥候《せっこう》が大慌てで戻ってきた。「ご注進、袁紹軍が黄河を渡り、まっすぐ白馬山を目指してやって来ます！」

「何だと！」曹操は飛び上がって驚いた。「淳于瓊《じゅんうけい》の軍と合流する前に渡河をはじめたというのか。袁紹がそんな大胆な手を打ってくるとは……」

「どうやら闇雲に打った手がたまたま当たってしまったようです」荀攸は苦々しく笑いながら後ろ

を指さした――入り組んだ狭い山あいの道で、曹操軍の輜重車は隙間なく列を作り、南側へ抜けていくまでまだ時間がかかる。後ろに続いているはずの歩兵隊はまだ姿が見えず、ここにいる騎兵は五百にも満たない。いま袁紹軍の攻撃を受ければひとたまりもないだろう。身の安全を守るためには、すべての輜重をあきらめねばならない。

徐晃がすかさず提案した。「もう兵糧や武器やらは捨てましょう。急いで南へ向かい、白馬山を迂回して夜通し官渡へ駆けるのです。やつらは輜重に目がくらむでしょうし、さらに追って来るにしても陣を築いてからでしょう」たしかにそれしか手はないように思われた。

ところが曹操はまったく耳を貸さず、額をとんとんと軽く叩きながら考えを述べた。「斥候に命《めい》を伝えよ。山に登って敵の数を確かめるんだ」

徐晃も張遼も耳を疑った――たった五百人で戦うつもりなのか。しかし、曹操の命令に背くわけにはいかない。それぞれ部隊へ戻って準備を整えた。誰もがひと言も発することなく静かに待っていると、山上から叫ぶ斥候の声が響いてきた。「敵軍が見えました。五、六百騎います。その後ろには……」すでに同数かそれ以上の敵がいると聞いて諸将は不安の色を浮かべたが、そんなことはおかまいなしに斥候はすぐさま報告を続けた。「数え切れません！　歩兵の大軍です。少なくとも四、五千はいます！」

十倍もの敵を止められるわけがない。かといって、いまから逃げはじめたとしても、すでに手遅れである。曹操はぐるりと一帯の地形に目を遣って、軍令を出した。「輜重車は置いていく！　全軍は山あいの深みに入って身を隠せ。後続にも一度止まるよう伝えるんだ！」

それがいったい何になるというのだ？　諸将は互いに顔を見合わせた。

「ぼやぼやするな！　さっさと動け！」曹操が叫んだ。

がやがやと入り乱れながら、輜重車を押していた兵士らがすべて山あいの深みに隠れ、諸将は騎兵を率いて山の向こうに回り込んだ。曹操は山腹に樹木の茂った場所を見つけると、軍師の荀攸と二人笑みを浮かべながら馬を下り、まるで静かな庭でも散歩するかのように、悠々と木々のあいだに姿を消した。諸将はわけのわからぬまま兵士に指示を与えつつ、自分たちも馬を下り、曹操らについていった。

山の谷間に満ちていた音という音がふっと消え、あたりは静寂に包まれた。曹操軍は掩体《えんたい》の後ろから顔だけを出して、じっと静かに様子を見つめていた。しばらくすると、どどどっと馬の蹄《ひづめ》の音が聞こえはじめ、近づくほどに切れ目なく響いてきた。身じろぎもせず息を押し殺していると、谷間の北西方面に砂塵が巻き起こり、かと思うと、一隊の騎兵が突然現れた。その騎兵らは道いっぱいに輜重車だけが置いていかれ、曹操軍の姿がまったく見えないことに戸惑いを隠せなかった――これはいったいどういうわけだ？

騎兵隊の先頭に立つ将は身の丈七尺［約百六十一センチ］、厳《いか》つい肩に虎のような背と熊のような腰、顔はよく日に焼けている。顔じゅうに生えた赤とも黄色ともつかない短い髭は針のようにぴんと硬く、耳を隠すほど伸びた髪は方々に跳ねている。広い額に寄り気味の眉、つり上がった目に鷲鼻、菱の実を思わせる口、それにしゃくれたあごは、まるで醜い猿の顔を思わせる。上部が三つに尖った兜は先に赤い房を飾り、細かく編み込まれた鉄製の覆いを喉元までつけている。身には獣面《じゅうめん》紋様の連環《れんかん》の赤銅の鎧をつけ、その上には獬豸《かいち》（伝説上の神獣）を縫い取った深紅の戦袍《せんぽう》を羽織っている。肩には金めっきされた大弓と虎皮の矢筒をかけ、背には短戟を二本留めて備えとしている。腰には深紅の錦の帯、さらに赤銅の膝甲《ひざよろい》、軍靴《ぐんか》は鷹の頭をかたどっている。立派な体軀の白馬に跨がり、手には三叉の諸刃の剣をぐっと握り締めている。さながら鎧兜に身を包んだ猩々《しょうじょう》のようで、ひんやりとした殺気を体じゅうから立ちのぼらせている。

張遼はかつて呂布《りょふ》のもとにいたとき、袁紹の軍営に入ったことがある。そしていま、先頭にいる将をひと目見てその男を思い出すと、そっと曹操のもとに近づいてささやいた。「あいつが文醜《ぶんしゅう》です。厄介なのが出てき……」

曹操は最後まで言わさず、すぐに張遼の口を塞《ふさ》いだ。「静かにしろ」

暗闇に潜むこちらに対して、敵は明るい場所にいる。徐晃にもようやく状況が飲み込めてきた。徐晃は抜き足差し足で曹操のそばに近づくと、その耳元で声を押し殺して申し出た。「それがしが出ていって、不意討ちを食らわせてやります」

曹操は目の前の枝を少し上に持ち上げてもう一度見た――文醜は馬上で刀の柄《つか》をぐっと握り締めながら、右へ左へと顔を向けて周囲を注意深く見回しており、かなり警戒しているように見える。護衛らしき騎兵はみな白馬で揃《そろ》え、長柄の矛を手にし、弓矢を背負うその様子は、やはり相当の手練《てだ》れのようである。曹操はきつく眉をひそめた。「軽はずみなことはするな。あいつはかなりできる」

そのとき荀攸がささやいた。「馬をお放しください」

「何ですと？」徐晃にはまったく意味が理解できなかった。

かたや曹操は瞬時にその意図を見抜き、興奮を抑えつつ命令を下した。「兵士に鞍を外《はず》させて、何十頭か馬を放て。やつらが混乱しだしたら一気に突撃する。おぬしたちもそのときに備えてくれ」

徐晃、張遼、関羽、さらには許褚《きょちょ》と曹純《そうじゅん》が、音を立てないように気をつけながら南の斜面を下っていき、兵士らにこっそりと次なる動きを伝えた。そして二十頭ほど馬の縄をほどき、鞍や轡《くつわ》をすべて外すと、谷間へと追い立てた。ところが、軍馬はよく訓練されているので、押しても踏みとどまってなかなか動こうとせず、かと言って、無理やり引っ張ったり鞭を当てれば鳴き声を上げるかもしれない。だが、もはや手段を選んでいる場合ではない。許褚は馬の尻に狙いをつけて鉄の矛を突き出した。痛さのためか、馬はぶるるっと声を上げていきなり駆け出した。一頭が駆け出すと、それを追ってほかの馬たちもあちらこちらから一斉に駆け出していった。

文醜はそこらじゅうに残された輜重車を見て、そんな濡れ手で粟《あわ》をつかむような話があるわけがないと用心した。しかし、見渡せば兵士らは小躍りしながら物資を漁っている。文醜は慌てて刀を横ざまに振り、兵士らを制止した。そして注意を促そうとしたそのとき、南側の谷のほうから単騎でこちらに突っ込んで来る姿がかすかに見えた。文醜は驚きのあまり身震いしたが、時を移さず兵士らに攻撃を下知した——ところが、兵士らが向かってからはじめて、それが誰も乗っていない裸馬《はだかうま》だったことに気がついたのである。さらにそのすぐ後ろから二頭、三頭、四頭と、立て続けに馬が姿を現した。

先に突っ込んでいった兵士たちは大喜びである。野生の馬の群れだと思い込み、奪い合うようにして馬具を取りつけはじめた。ほかの騎兵も馬を飛び降りて輜重車の武器を奪い、またある者は風呂敷を広げて食糧を詰め込んだ。隊形が完全に崩れるのを見て、文醜はひどい冀州訛《きなま》りの大声で叫んだ。「やめんか！　さっさとやめろ！　全員すぐ馬に乗るんじゃ！」しかし、一介の兵士たちにとってみれば、これはまさにもっけの幸いである。文醜の命令に従って手を止める者はおらず、それどころか奪い合いに加わる者が後を絶たなかった。

そしてこのとき、天地を震わす喊声が響き渡った。曹操軍の騎兵が南側の谷から湧き出してきたのである。文醜配下の兵士らは何が起こったのか知る間もなく、うずたかい屍《しかばね》の山と化し、馬を下りていた兵はこれ幸いと木々のあいだに逃げ込んだ。谷間になっている地形では、自分たちが入って来た方向に戻って逃げるしかない。文醜の部隊は互いを踏みしだきながら敗走し、曹操は勢いに乗じて追撃をかけた。「行け！　賊軍どもを討ち滅ぼせ！」

文醜もさすがに剛の者である。握り締めた大刀で曹操軍の兵を立て続けに数人斬ると、馬首を回《めぐ》らせて血路を開いた。徐晃は、徐商《じょしょう》と呂建《りょけん》という二人の副将とともに追撃の先頭に立った。逃げ戻る文醜軍の背後から斬りかかろうとしたその瞬間、さっと弓に矢をつがえた文醜が待っていたとばかりに矢を放った。矢は徐商の馬に命中し、徐商は周囲の何人かを巻き添えにして馬もろとも勢いよく倒れた。それを目にしたほかの将兵は用心しつつ追いかけたが、なんと文醜は馬手《めて》と弓手《ゆんで》のどちらからでも弓矢を使えた。さっと体を反転させて弓手で矢を放つと、今度は呂建の右腕を射抜いた。呂建は苦痛のあまり得物《えもの》を取り落として追撃をあきらめた。徐晃はいよいよいきり立ち、さらに馬を駆けさせて文醜の背後についた。ところが文醜は、体軀に似合わず猿のように素早い動きで、すでに持ち替えていた大刀を振り向きざま横一閃《いっせん》になぎ払った。

幸い徐晃は驚くと同時にすぐさま頭を下げたため、かろうじて避けることができたが、その兜は文醜の一刀に打ち飛ばされた。文醜は鮮やかに追っ手の三将を退けると、自軍の兵に追いついてさらに西へと退いていった。そのとき、曹操軍のなかからまた一人の男が追撃に名乗りを上げた。赤ら顔のその大将は、偃月刀《えんげつとう》を手に馬を駆けさせ、みるみる距離を縮めていく。文醜は後ろをちらりと見ると、引きつけてからもう一度拖刀計《たとうけい》［刃先を下に向けて逃げるふりをし、敵が追いつくと急に振り向いて刃を振るう技］を食らわせてやろうと考えた。しかし、赤兎馬《せきとば》の速さは文醜の予想をはるかに上回っていた。気づいたときにはすでに並ばれ、関雲長《うんちょう》が偃月刀を振り上げて斬りかかってきたのである。文醜は驚きたまげたものの、すぐに大刀でそれを受け止め、かろうじて最初の一撃は免れた。すると関羽はそのまま文醜の前に駆け出し、赤兎馬を横に向けて止まり、文醜の前に立ち塞がった。

逃げ道を塞がれた文醜は度を失い、大刀を振り上げて関羽に斬りかかった。関羽はそれを受け止めると、右からも左からも脇を抜かせることなく文醜を足止めした。二人が激しく斬り結んでいるうちに、徐晃、張遼、許褚、曹純、夏侯博《かこうはく》、さらには数人の騎兵が追いついてきた。そして、十を超える刃の切っ先が一斉に文醜に向かって繰り出された——河北の勇将は人馬入り乱れるこの谷間に、あえなく命を落としたのだった。

そのときには曹操と荀攸もすでに下山しており、何度も声高に叫んだ。「ぐずぐずするな！　そのまま敵を追え！」

五百騎ばかりの曹操軍だったが、みなが勇気を奮い起こして、逃げ去っていく文醜軍を追撃した。文醜軍は大将を失ったうえ、敵の喊声が谷間にこだましたので、恐れからか何千何万もの曹操軍に追われていると思い込み、振り向きもせずにひたすら逃げた。騎兵の大半は討ち取られ、谷の西から逃げ延びた一部の兵は、なんとそのまま自軍の歩兵に正面から突っ込んでいくありさまだった。文醜の兵は数多くの自軍の兵を踏みしだきながら敗走を続け、後詰めの軍もわけがわからないまま、自分たちの部隊の将を守りつつ反転して逃げ出した。こうして袁紹軍は総崩れになったのである。

曹操は自軍のほうが少数だったため深追いはせず、谷を抜け出る前に馬首をめぐらせると、すぐに輜重を拾い集めさせて、谷の南側から抜けていった。そうしてようやくひと息ついたとき、なんと今度は南西のほうから、砂塵とともに大軍が近づいてきた。諸将はまた肝を冷やしたが、曹操は笑い声を上げた。「あれは味方に違いない」

しばらくすると、楽進《がくしん》が大軍の先頭を切って駆けてきた。「袁紹が黄河を渡りはじめてはと、それがし救援に駆けつけました！」

曹操は髭をしごきつつ問いただした。「おぬしの考えではなかろう？」

楽進はさっと顔を赤らめた。「はっ、郭奉孝《かくほうこう》と賈文和《かぶんわ》がそれがしに行けと……」

「はっはっは……危ないところだったが、もう方《かた》はついた。おぬしはそのまま兵を連れて、後ろからついてくる民らを守ってやってくれ。官渡まで休みなしで戻るぞ」

「御意」楽進は拱手《きょうしゅ》して答えた。「もう一つ、お知らせがあります。于禁の隊が杜氏津を渡って袁紹軍の陣をいくつか破りました。敵一千あまりを討って、ただいま凱旋しているとのことです」

「よくやった！」曹操は晴れやかな顔を浮かべた。「士気をいかに保つか、それが何より肝心だ。袁紹は立て続けに敗れたうえ、勇将を二人も失った。軍全体の士気もかなりくじけているはず。われらは官渡で守りを固めて、自ら死地に飛び込んでくる敵を歓迎しようではないか！」

大いに盛り上がる曹操軍のなかで、ただ一人、関羽だけは黙ってうなだれていた。曹操はわざわざ歩み寄って軽く肩を叩いた。「雲長、顔良《がんりょう》と文醜を討ち取って大功を立てたな。戻ったらそちを亭侯《ていこう》とするよう上奏文をしたためよう」

「あ、ありがたき幸せ……」関羽は心ここにあらずといった様子で礼を述べたのみであった。このとき関羽の脳裏には、夏侯博の報告が繰り返し響いていた——先ほど乱軍のうちに見かけた敵将は、玄徳《げんとく》さまによく似ておりました……

第十三章　一進一退、舞台は官渡《かんと》へ

官渡の戦い

兵法にいう、「三軍は気を奪うべし、将は心を奪うべし［敵の兵に対してはその士気をくじき、敵の将に対してはその心を動揺させよ］」と。袁紹《えんしょう》軍は大河を渡るなり連敗を喫した。顔良《がんりょう》、文醜《ぶんしゅう》という二人の勇将を討たれ、数千もの兵馬を失ったのである。この結果に袁紹は激怒した。全軍の士気を落ち着かせ、かつまた高めるために、袁紹は部下の反対を押し切って即座に延津《えんしん》［河南省北部］を渡り、陽武《ようぶ》［河南省中部］の県境にまで大軍を進め、一気に官渡を突く態勢を固めた。

このたびの南下にあたり、袁紹は十万以上の兵を起こしたが、先の連敗で兵力をわずかながら消耗していた。しかし、いまこそ曹操を一網打尽にするため、本陣の守備に五千人ばかりを残したほかは、すべての兵馬を出陣させて、官渡の北二十里［約八キロメートル］のところに布陣した。十万の大軍は左右中の三軍に分けられた。郭図《かくと》率いる左軍の将は呂翔《りょしょう》と呂曠《りょこう》、淳于瓊《じゅんうけい》率いる右軍の将は蔣奇《しょうき》と眭《すい》元進《げんしん》である。そして中軍は、本来なら沮授《そじゅ》が務めるところであるが、渡河に当たって沮授は都督《ととく》の職を辞していたので、郭図が左軍の監督とともに兼務することとなった。いよいよ官渡での開戦を間近に控え、実際の指揮は息子の袁譚《えんたん》に任せていたものの、袁紹も自ら一軍を率いて出陣した。さらに河《か》北《ほく》の勇将として名高い張郃《ちょうこう》、高覧《こうらん》、韓猛《かんもう》、韓荀《かんじゅん》らが騎兵を率いて前軍を形成し、審配《しんぱい》が手塩にかけて調練した精鋭の弓手《きゅうしゅ》や弩手《どしゅ》もそのなかに含まれていた。

十万から成る大軍である。隊列を組むと幅は五里［約二キロメートル］にもなろうかというほどで、黒々と大地を埋め尽くし、遠く望んでも端はまったく見えなかった。刀や槍が麦穂のように、剣や戟《げき》が高く伸びた麻のように立ち並び、軍旗は陽の光をも遮るほど、陣太鼓は天にも響くほどの威容である。全軍の兵士は武器を高々と掲げ、鬨《とき》の声を作りつつ前進し、一歩、また一歩と官渡に近づいた。壮大な陣容を誇る袁紹軍の歩みは、まさに地鳴りのごとく大地を揺らした。

曹操はこの知らせを聞くと、しばし考え込んだ。これほどの規模に真っ向から対陣すれば、兵力の差がそのまま結果に出るだろう。しかし、もしここで袁紹軍の前進を食い止めなければ、十万の大軍はますます意気軒昂となり、一方的に打ち破られる可能性もある。あるいは本陣の備えを固めて守備に徹すれば守りおおせるかもしれないが、それではせっかく上がった士気もまたすぐに落ちてしまうだろう。万般いかんともしがたいなか、曹操は決断を下した。三千人だけを本陣の守備に残し、残りの四万はすべて出陣、半月形の陣形をとって、袁紹の大軍に挑んだのである。幸い曹操軍は勝利を重ねていたので、士気はこのうえなく高く、全軍の将兵に恐れの色はまったく見えなかった。夏侯淵《かこうえん》、于禁《うきん》、張繡《ちょうしゅう》、楽進《がくしん》、張遼《ちょうりょう》、徐晃《じょこう》、そして関羽《かんう》など、勇敢な将がいずれも各隊の先頭に立った。前に騎兵、後ろに歩兵、その左右を弓兵が守り、楽隊は大地をしっかり踏みしめて威容を添えた。こうして堅固な構えを整えると、ゆっくりと近づいてくる敵の大軍を待ち受けた。

袁紹は自ら侵攻を主張し、兵力差でも優位に立っていたが、先の連敗によって、慎重にならざるをえなかった。袁紹としてはまず曹操軍を誘い出し、戦局を見極めてから臨機応変に動きたいと考えていた。一方、曹操のほうはこのまま組み合うのは避け、敵の出ばなをくじければ御の字という考えであった。そのため、両軍が相まみえたときには、双方ともに打って出ず、殺気の立ち込める戦場に、ただ陣太鼓の音だけが響き渡った。お互い遠巻きに矢を射かけるばかりで、むろん敵軍に損害を与えるには至らなかった。

こうして一刻［二時間］ばかりが過ぎたころ、ついに揚武《ようぶ》将軍張繡がまず打って出た。張繡は曹操に降った際、河北からの使者を公然と拒絶したので、袁紹との関係はきわめて悪かった。事ここに至っては、もはや退くという選択肢はなく、曹操軍のなかでも、袁紹を打ち破りたいと願う気持ちが人一倍強かった。張繡の副将は前任の廬江太守劉勲《ろこうたいしゅりゅうくん》、字《あざな》は子台《しだい》である。この劉勲は命より金を取るという博徒で、かつて孫策《そんさく》に根拠地としていた皖城《かんじょう》［安徽《あんき》省南西部］を奪われて一切合切を失ったあと、身一つで曹操のもとに逃げ込み、どうにか怒りをこらえて堪え忍んできた。その劉勲が、このたびの袁紹軍は、袁紹が天子にまみえたときのために金銀財宝を携えていることを知ったのである。劉勲にとっては袁紹の命など二の次で、本陣まで攻め込んで気の済むまで財物を略奪することが強い動機となっていた。張繡と劉勲、怖いもの知らずのこの二人が、いま一緒になったのである。つまり、この時点で開戦はもはや時間の問題であった。それも、二人ともとことんまでやり合う気でいる。張繡と劉勲は曹操に断りを入れることもなく、自軍の部隊を率いて攻め上がった。

張繡の兵力は少数であるが、そのほとんどは歴戦の西涼《せいりょう》騎兵であり、実際、曹操軍のなかでももっとも戦闘力の高い部隊であった。劉勲の兵力はそれよりさらに少ないが、淮南《わいなん》［淮河《わいが》以南、長江以北の地方」の河川一帯で賊を働いていた、ならず者の集団である。もとより恐れなど感じることもなく、手に手に大刀を振り上げて突っ込んでいった。

張繡と劉勲のこの動きは、曹操にとって寝耳に水であったのみならず、袁紹にとっても理解できなかった。十万の大軍にたった二千で突っ込んでくるとは、自ら死地に飛び込むに等しい。しかし、敵に生死を度外視する軍があれば、自軍にも捨て身で戦おうとする者がいた——劉備《りゅうび》である。劉備は玉帯《ぎょくたい》に仕込まれた密詔に名を連ね、徐《じょ》州で曹操に反旗を翻して以来、曹操にとっては恨み骨髄に徹する相手である。もし、もう一度曹操の手に落ちるようなことになれば、今度こそ生き延びる術はない。いつもは逃げ回るだけの劉備が、なんとこのたびばかりは思い切って打って出たのである。対面する敵陣の様子を窺いつつ、袁紹の大軍を後ろ盾として、張飛《ちょうひ》や趙雲《ちょううん》といった勇将らとともに猛然と出陣した。劉備の率いる兵もせいぜい二千あまりであったが、にわかに戦場は熱を帯びはじめた——両軍合わせて十数万もの兵士の前で、四千人による戦《いくさ》が幕を開けたのである。

劉備の動きを知って焦ったのが河北軍の審配だった。というのも、そのせいで自身の計算がすべて台無しになったからである。以前、河北軍は弓隊を中心とした戦略により、磐河《ばんが》で公孫瓚《こうそんさん》を大いに打ち破った。審配はこれで自信を深め、以来、もっぱら弓隊を使った戦術を研究し、武器の仕組みから考え直して、近距離用の強弩《きょうど》隊を作り上げた。その強力さたるや、通常の弓隊の比ではない。そして今日、いよいよその威力を試す日が来た。審配は軍令用の小旗を握り締めつつ、細心の注意をもって戦場の動きを見極め、時機が来たら一斉射撃を曹操に味わわせてやる、そう意気込んでいたのである。ところが、小旗を上げる前に、なんと劉備が応戦に打って出た。このままでは劉備軍にまで甚大な被害を与えてしまう。審配は小旗を放り投げると、馬に鞭を当てて袁紹のそばに近づいた。「わが君、劉備が勝手に打って出ました。どうしましょうか」

「衆寡敵せず、案ずることはない」胸の内は不安と興奮が渦巻いていたが、袁紹はそれをおくびにも出さず、腰に帯びていた剣を引き抜いた。袁紹は自身の立場を十分に理解しており、剣を高々と掲げると、よく通る声を荒らげることなく響かせた。「軍令を伝える。全軍突撃だ、かかれ！」号令一下、前軍を指揮していた性急な高覧は、待ってましたとばかりに兵を引き連れて突っ込んでいった。しばし弓矢が止められると、袁紹軍の中軍が山を押しのけ海をも覆すほどの勢いで曹操軍に向かって動き出し、左右の両軍もそれに合わせて押し上げた。

曹操の望む戦い方ではなかったが、敵が大挙して押し寄せてきた以上、覚悟を決めてぶつかるほかなかった。曹操は青釭《せいこう》の剣を引き抜くと、声を張り上げた。「袁紹を討って朝廷を守るのだ。続け！」戦の経験で言えば、曹操のほうが袁紹よりはるかに場数を踏んでいる。とりわけこのような大きな戦いでは、総帥の一挙手一投足が戦局全体に与える影響も大きい。「かかれ」と「続け」、このたったひと言の違いでも、士気が盛り上がるかどうかに大きく関わってくるのである。「続け」とは言っても、文字どおり曹操が陣頭に立つわけにはいかない。実際には虎豹騎《こひょうき》［曹操の親衛騎兵］を少し前に出してすぐに止まったが、それでも各部隊の将兵はその動きに反応し、敵を迎え撃つため一斉に出陣した。

兵の頭数で言えば曹操軍は袁紹軍に及ばないが、士気と練度においては、袁紹軍は曹操軍に及ばない。歴然とした兵力差がありながら、双方はがっぷり四つに組み合い、五分五分の戦いを繰り広げたのである。これほどの規模ともなれば、いかに勇猛な将であっても、大海の一滴となってしまう。両軍の名だたる猛将たちも局面を動かすほどの活躍には至らず、ただ自軍の部隊が地道に戦うのを指揮し、鼓舞するだけであった。長柄の矛や戟が繰り出されると、一列に並んだ盾がそれを受け止める。わずか二丈［約四・六メートル］を隔てたせめぎ合いが続き、まさに一進一退といった様相を呈した。

各軍の陣営から士気を鼓舞するための陣太鼓が打ち鳴らされると、互いの将兵ともに敵軍を押し込もうとじわじわ近づいた。長柄の武器があちこちで折れ飛び、方々から痛ましい声が上がりはじめると同時に鮮血が舞い散った。そしてとうとう刀剣を持った両軍の兵士たちの隙間が、断末魔の叫びとともに消えた――惨烈な白兵戦のはじまりである。

瞬く間に戦場は狂気の坩堝《るつぼ》と化した。せわしなく吹かれる角笛《つのぶえ》の音、ひっきりなしに打ち鳴らされる陣太鼓の響き、喊声、武器のぶつかる音、さらには怒号や馬の嘶《いなな》きが渾然となって、戦場に立つすべての者の耳をつんざいた。総数では不利な曹操軍であったが、兵は精鋭である。馬術に優れた張繍率いる涼《りょう》州の騎兵と、張遼率いる并《へい》州の騎兵は、一人で敵兵十人に当たるほど八面六臂の活躍を見せた。また、長らく曹操について死線をくぐり抜けてきた青《せい》州と兗《えん》州の歩兵隊は、各隊で陣形を作って敵に当たり、その動きも見事に統制されていた。一方、袁紹軍の張郃と高覧が率いる幽《ゆう》州と冀《き》州の騎兵隊も手《て》練《だ》れ揃《ぞろ》いである。そのうえ河北の歩兵は数で曹操軍を圧倒した。およそ二、三人で一人を打てば十分という計算になる。質と量、肉体同士のぶつかり合いは依然として拮抗《きっこう》していた。

いまとなっては、もはや弓も盾も必要なかった。戦場では誰もが血だるまになり、前線に立つ者は服の色さえ定かではない。敵味方を知るには感覚や訛《なま》りによるしかなかった。各隊の騎兵もすっかり隊形を乱されていた。いまやそれぞれの勇猛果敢な兵士が敵軍に突っ込み、ひとしきり奮戦したあと、何本もの槍に串刺しにされて命を落とすといったことが繰り返された。刀や槍、剣や戟がぶつかり合って耳障りな音を響かせ、打ち合った際には火花が飛び散ることもあった。切り落とされた首は人馬の足に蹴られて右へ左へと転がり続け、切り飛ばされた腕が空を舞いながら血の雨を降らせた。刃で突き刺された胸や喉は泉さながらに血を噴き出している。各部隊の将はすっかりしわがれた声を絞り出し、いまも「進め」「怯《ひる》むな」と叫んでいる。そして兵士たちは、文字どおり血の海のなかで己《おの》が得物《えもの》を振り回し続けた。未《ひつじ》の刻［午後二時ごろ］に幕を開けた血みどろの戦いは、酉《とり》の刻［午後六時ごろ］になっても一向に収まる気配を見せなかった。

曹孟徳《もうとく》も袁本初《ほんしょ》も海千山千の剛の者である。しかし、このときばかりは、二人とも眉根をぎゅっと寄せて拳を握り締め、額にはじっとりと脂汗が浮かんでいた。目の前で繰り広げられる惨劇に、曰《いわ》く言いがたい恐れを感じていたのである。日が沈んであたりが薄暗くなりはじめると、それに合わせるかのように二人の心もようやく落ち着きを取り戻した。曹操は兵を戻らせるよう曹純《そうじゅん》に指示し、ほとんど同時に袁紹も、審配に引き揚げの銅鑼を鳴らすよう命じた。空はしだいに薄闇に包まれていったが、双方の軍勢はさながら絡み合った二匹の巨竜のごとく、各所で互いに戦線から食い込んで容易には離れなかった。ほとんどの兵士が目の前の人間を殺すことに取り憑かれ、暗がりのなか馬で踏みしだき刀剣を振り回すことに明け暮れた。味方によって討たれた者も数え切れないほどである。そうして完全に夜の帳《とばり》が下りると、両軍はようやく隊形を取り戻し、傷ついた仲間を引きずりながら重い足取りで自陣へと戻っていった……

それでも、戦いの火蓋は切られたばかりである。曹操の不安が消え去ったわけではなく、官渡の本陣へ戻る際もその足取りはどこかおぼつかなかった。諸将は隊伍を再び整えると、全身に浴びた血をぬぐうこともなく中軍の幕舎《ばくしゃ》に集まってきた。悲喜こもごもしているが、楽進、朱霊《しゅれい》、夏侯淵といった血の気の多い者は、なおも興奮冷めやらぬ様子である。「今日は少なく見積もっても一万は削ってやっただろう！」

「ずいぶんご機嫌のようですな」郭嘉《かくか》は血の気のない顔に鋭い眼光を浮かべて睨みつけた。「こちらもゆうに五、六千は失っています。それに負傷者も数え切れません。袁紹は十万、それに対してわれらはたった四万あまり、このままでは早晩滅ぼされるのは目に見えています」楽進らが黙り込むと、郭嘉は振り返って曹操に苦言を呈した。「彼我の兵力差を考えれば、このような戦いは避けるべきでございます」

「今日はこちらもやむをえず応戦しただけだ……」曹操は一つため息を漏らすと、無表情のまま卓に浅く腰を掛け、静かに今日の戦いを振り返った。曹操の見立てでは、白馬《はくば》［河南省北東部］と延津の連勝で袁紹軍の気勢を削ぎ、士気の落ちた相手を一気に叩くはずであった。しかし、今日の様子を見るに、それは相当甘い考えだったようである。河北軍とて長年袁紹に付き従って鍛えられてきたに違いない。袁術《えんじゅつ》や呂布《りょふ》の軍とは比べ物にならないだろう。たった一度や二度の小さな敗戦で崩れるほど脆くはない。ましてや兵の頭数では向こうが圧倒しており、郭図や淳于瓊といった力強い将もいれば、張郃や高覧などの勇士も仕えている。その実力たるや相当なもので、これは慎重にも慎重を期す必要がある。彼我の戦力差を顧みず力任せに戦うだけでは、望むような結果になるはずもない……

曹操は黙ったまま、卓の下から自身で注釈をつけた『孫子《そんし》』を取り出すと、おもむろに開いていった。そして第四巻「形篇《けいへん》」でその手を止めた。「昔の善く戦う者は、先ず勝つ可《べ》からざるを為し、以て敵の勝つ可きを待つ。勝つ可からざるは己に在るも、勝つ可きは敵に在り。故に善く戦う者は、能《よ》く勝つ可からざるを為すも、敵をして勝つ可からしむること能《あた》わず。故に曰わく、『勝ちは知る可くして為す可からず』と［戦に巧みな昔の者は、まず誰も勝つことができないほどに守りを固め、そして自軍が勝てるように敵がなるのを待った。誰もが勝てないように守るのは自軍のことであるが、自軍が勝てるようになるのは敵によってである。それゆえ戦に巧みな者でも、敵が勝てない状態を作り出すことはできるが、自軍が敵に勝てるようにするのは不可能なのである。そのため、『勝利はその機を知るにあり、自ら動いて為すものではない』というのである］」つまり、自陣の守備をしっかりと固め、自軍を不敗の態勢に置いてから、敵に隙《すき》ができるのを待てというのである。

これこそ曹操の当初の計画そのものであったが、いざ手合わせして曹操はその思いをより強くし、「勝ちは知る可くして為す可からず」の一句を凝視した。勝利とはあらかじめ見積もることができるが、それを強いて求めてはならない。曹操は筆を執ると、その一句のあとにまた書き加えた——自ら修理し、以て敵の虚懈《きょかい》を待つなり［自軍の備えを整え、敵に弱点や隙ができるのを待つ］——。筆を擱《お》いてしばし考え込むと、曹操は諸将を見回した。「今日の戦いは実際やむをえないものだった。明日からは固く本陣を守るぞ。軽率に出陣することなく、天の時が動き出すのを待つのだ」

「御意」それを望む者も望まない者も、異口同音にひと声はっきりと返事をした。

このとき、陣の後方が急にざわめき立った。任峻《じんしゅん》が許都《きょと》から兵糧を輸送してきたのである。諸将は慌ただしく任峻を幕舎に迎え入れた。砂ぼこりにまみれた義理の弟を見ると、曹操は親しみを込めて声をかけた。「この程度のことでわざわざ労を執らずとも、部下の誰かに任せれば済むではないか」

任峻はひと息つくと、真剣な面持ちで答えた。「人任せにはできません。河北の兵馬は多く、もし途中で糧秣《りょうまつ》を奪われでもしたら、こちらが危地に陥ります」身内なだけあって、気配りもひとしおである。「それからもう一つ、荀令君《じゅんれいくん》がわが君に相談せよと」

「ほう」曹操は荀攸《じゅんゆう》と郭嘉を除いて人払いさせた。

任峻は着いたばかりでよほど喉が渇いていたのか、ひと息に水を二、三杯飲み干してから切り出した。「わが君が官渡で河北軍と対陣して以来、并州の高幹《こうかん》がしきりに不穏な動きを見せており、関内《かんだい》［函谷関《かんこくかん》以西で渭水《いすい》盆地一帯］の諸将を丸め込んで、さらには西涼の馬騰《ばとう》、韓遂《かんすい》にも使者を出しております。おそらくは袁紹のために後方からわれわれを牽制するためかと」

「高幹の動きは本当に叔父のためか。実は自分自身のためではないのか」曹操は冷笑を浮かべた。「西涼はどこにある？　それに官渡は？　もし高幹が本気で袁紹に手を貸すつもりなら、まっすぐ河《か》内《だい》に攻め入ってくるべきだろう。こちらもそのために魏种《ぎちゅう》を配して河内を守らせているのだ。とはいえ、やつが東ではなく西を向いているのであれば、何も気にすることはあるまい」

「高幹は野心を抱いているということですか」任峻もそれで腑に落ちた。

郭嘉は内輪もめを面白がった。「袁紹は冀州と青州の大軍を動かして渡河しましたが、聞けば幽州の兵も一部は参加しているとのこと。しかし、并州の動きだけは見て取れませんでした。どうやら甥御殿を可愛がったのは袁紹の骨折り損、恩知らずを養っていたというわけです。この恩知らずは叔父とわれわれの戦いをじっと見守りつつ、ひたすら自分の兵力を蓄えていた。袁紹も自分を責めるしかありませんな。三人の子と一人の甥に一州ずつ分け与えるなど、誰が袁紹に勧めたのでしょう。ここは様子見です。高幹ははじまりに過ぎません。これからお家騒動がごろごろと持ち上がってくるでしょう」

荀攸は、郭嘉の突き放した物言いに対して、それはまだ遠い先のことだと感じていた。目下の危機が除けていないうちから先々のことを論じても仕方がない。そこで話題をもとに戻した。「高幹が誰のために動いているのかはともかく、関中《かんちゅう》［関内と同じ］の諸将はようやく落ち着いたところです。また騒ぎ出すのを指をくわえて見ているわけにはいきません」

「それもそうだな……」曹操はまた考え込んだ。

だが荀彧《じゅんいく》から任峻に話があったとき、すでに打つ手は用意されていた。任峻は衛覬《えいき》より届けられた帛書《はくしょ》を懐から取り出した。「この方法で良いか見ていただきたいとのことです」

先だって朝廷の命《めい》を帯びて益《えき》州に使者に立った謁者僕射《えっしゃぼくや》の衛覬は、漢中《かんちゅう》の「米賊《べいぞく》(1)」のために道を断たれ、まだ長安にとどまっていた。その衛覬によれば、多くの農民たちは李傕《りかく》と郭汜《かくし》の乱で長安を離れていたが、いまはしだいに戻ってきているという。それゆえ民らを安撫《あんぶ》するとともに、組織立って農耕するよう促し、さらには関中の塩をきちんと管理するための役人を派遣するようにと、朝廷に進言していた。そうして上げた収益で役牛《えきぎゅう》を買い、民を募ることで、関中の諸将が民を酷使するのに掣《せい》肘《ちゅう》を加えようというのである。

「衛伯儒《えいはくじゅ》はたいしたやつだ！」曹操は賛辞を惜しまなかった。「これぞ国家百年の計だ。こうしよう。衛覬の建言であるからには、そのまま衛覬に塩の監督をさせるのだ。それから司隷校尉《しれいこうい》の鍾繇《しょうよう》を弘農《こうのう》へ移して諸将の動向を見張らせる。兵を振り分けることはしないが、関中における二人の人脈があれば、高幹などにつけ込まれるようなことにはなるまい」

「ははっ、では戻って令君にお伝えします」任峻は書簡を丁寧に懐にしまった。

「何かほかに知らせはないか」

「何日か前、孫康《そんこう》から届いた書簡によれば、昌覇《しょうは》がまた反乱を起こしたそうです」

曹操は大きくため息をついた。「背いては降り、降っては背く。もうこれで三度目だぞ。千かそこらの勢力で性懲りもなく無謀なことを……昌覇は生まれながらの賊に違いない。反乱せねば、居ても立ってもいられんのだ。とりあえずは放っておこう。いずれ叩きつぶしてくれる。それより許都の役人たちはどうだ？」

「董承《とうしょう》と劉《りゅう》……いえ、李服《りふく》を誅してからは、みな誠実に務めに励んでおります。朝議も静かなものです」任峻はありのままに伝えるのを憚った。実際は、誰もが曹操のことについては貝のように口を閉ざしてしまうのである。

「皇子劉馮《りゅうふう》の病態は？」

「皇子……ですか」任峻は思いもかけない質問に戸惑った。「あまりよくないと聞いています。病の床についてもう一年、しだいにひどくなって、いまは薬で何とか保《も》っているようです。思うに、あの子はもう長くはないのでは」

曹操は弱々しくともる灯《あか》りを見つめて考え込み、しばらくしてから切り出した。「劉馮を南陽《なんよう》王に封じる旨の上奏を令君に出させよ」

「何ですと?」三人ともが驚きを隠せなかった。袁紹との戦の真っ最中に、そんな上奏を出す必要がどこにあるというのか。

曹操は灯芯《とうしん》を見つめながらつぶやいた。「玉帯の件の影響は無視できん。董貴人《とうきじん》の処刑に何ら問題はなかったが、いかんせん竜種《りゅうしゅ》を身ごもっていた。許都の役人が何も申さないからといって、心のなかではさぞかし恨んでいるはずだ。ならば、陛下にも埋め合わせをして差し上げようではないか。劉馮を王位につければ天子も安心できる。わしは良心の呵責がなくなるし、またわしのことを悪く言う者も減るだろう」

「おお、なんとそこまで胸を痛めておられたとは……」荀攸と任峻は感無量といったありさまで嘆息した。郭嘉も二人に合わせたが、内心では笑いを禁じえなかった。むろんこれは曹操の衷心《ちゅうしん》からの言葉ではなかった。曹操に限ってそんなことで良心が咎めるわけがない。ただ、以前、梁《りょう》の孝王《こう》の陵墓を掘り返したことが大きな影響を及ぼしているのだ。陳琳《ちんりん》がこのことを檄文であげつらったので、満天下は騒然となった。いま、曹操がこのような提案をしたのは、一つには袁紹に余計な口実を与えないため、二つには後方における輿論《よろん》の支持を得て、目の前の戦のほかに面倒を起こさせないためである。心は二つでも身は一つ、当面は官渡に釘づけにならざるをえない。皇子の劉馮について、わずか一歳にして病重篤であるとわかったからには、王位を与えるのも所詮は空手形に過ぎない。

曹操にはほかにも危惧している重大な問題があった。曹操は任峻をじっと見つめた。「伯達《はくたつ》、兵糧はどれくらいもつ?」

「五か月、六か月は問題ないかと」任峻は曹操を安心させるためにさらに言葉を継いだ。「そして、そのころにはまた刈り入れの時期が来ます。今年は豊作のようですし、ちょうどそれで食いつなげましょう」

伯達よ、わが胸の内を案じて、都合のいいことだけ報告しているな——曹操もある程度は状況を把握していた。屯田制が順調にいっているとはいえ、さすがにこれ以上兵糧を費やすことはできない。一昨年来、呂布を滅ぼし、河内を平定し、張繡を帰順させてきた。さらにいまは大軍が官渡に駐屯して、日々食糧を消費しているばかりか、夏侯惇《かこうとん》、曹仁《そうじん》、曹洪《そうこう》、魏种らのところでも兵糧を必要としている。豫《よ》州と兗州の食糧はすでに蓄えを食いつぶしていっている状態である。曹操にしてみれば、この秋の刈り入れを当てにすることなどできない。半年も先のことなど誰にも読めないからだ。万一、劉表《りゅうひょう》や孫策が動き出したら、そもそも刈り入れどころではない。

荀攸も郭嘉も、そして任峻もこの問題に気づいていたが、かといって解決の手立てはまったく持ち合わせていなかった。結局のところ、戦いの幕が開いた以上は、とことんまで戦い続けるしかない。この潜在的な難題を前にして、四人は力なく燃える灯火《ともしび》を囲みながら息詰まる時を過ごした。しばらくすると、曹操がため息とともに切り出した。「『孫子』に『勝ちは知る可くして為す可からず』とある。たしかに勝機は悠然と構えて待つべきだが、天がわれらに与えた時間はそう長くないということか……」これからの戦いはますます難しいものになる、曹操はそう思わずにはいられなかった。

そうして曹操が頭を悩ませていたころ、袁紹の本陣では上を下への大騒ぎになっていた。今日の戦いは引き分けに終わったが、実のところ河北軍は一万近い兵を失い、負傷者に至っては数え切れず、十万の大軍で半数以下の敵と戦ってこのありさまであったから、明らかに負け戦といってよかった。

諸将は攻め方を変えるよう進言したが、袁紹の考えは変わらず、今度こそ大軍でもって曹操を討ち滅ぼすと息巻くばかりであった。

沮授は癇癪《かんしゃく》を起こして都督の職を辞し、二度と袁紹のためには献策しないと決めていたが、目の前で河北の兵士が次々と命を落とし、傷ついていくさまを見ていると、憐憫《れんびん》の情をいかんともしがたく、我慢し切れずに口を挟んだ。「わが君、今日のような戦い方はこれ以上してはなりません。わが軍は数で上回るとはいえ、果敢さにおいては敵のほうが上です。向こうは兵糧も物資も少なく、この点ではわれらが有利。つまり、敵は短期決戦に、こちらは持久戦に利があるのです。それゆえ、わが軍はじわじわと官渡に向けて陣を進めつつ、十分に時間をかけながら持久戦に持ち込むのです。そして、曹操軍の兵糧が底をつき、士気が落ち込めば、われらの勝利は動かぬものとなります」

「時間をかけて持久戦に持ち込めだと」袁紹は向き直りもせず、沮授を横目でちらりと見た。「『兵は勝つを貴び、久しきを貴ばず［戦は勝つことが大切で、長く戦うことはよろしくない］』というのも知らんのか。わが軍の被害も小さくはないが、曹操のほうも十のうち一か二は失っておる。このまま兵力差で押し切れば、われらが曹操軍を破るのは火を見るより明らかだ！」

沮授がその程度の兵法を知らないわけがない。そもそもいまは曹操を討つべき時機などでは決してないのに、袁紹は自分の勝手で軍を進めた。出陣してしまった以上は、我慢強く長期戦に持ち込むべきなのに、袁紹はその一点にさえ思いが及ばない。沮授はもはや袁紹につける薬はないとばかりに、深々と一礼をして中軍の幕舎を出ると、完全に袁紹のことを見限った。

袁紹は諸将の顔を見渡していると、はらわたが煮えくり返ってきた。その様子を見かねて、高覧も声高に主張した。「やはりこのまま戦い続けるべきではありません。かような強攻ではたとえ勝利を得たとしても、どれほどの兵士たちの血が流れることか……わが君、どうかご再考ください」

「戦とはそういうものだ」袁紹は一顧だにしなかった。「いまや朝廷の天下は累卵の危機にあり、民草は塗炭の苦しみにあえいでいる。将兵たるもの、いまこそ国のために力を尽くさんでどうする？　死を恐れて歩みを止めるというのか！」袁紹はここに至ってまた天下の大義というお題目を持ち出してきた。

高覧は、空論を振りかざして将兵の生死に目を向けない袁紹を見て愛想を尽かしたが、衆目の面前で言い争うことは避けた。そこで張部が進言した。「『十あらば則《すなわ》ち之《これ》を囲み、五あらば則ち之を攻め、倍あらば則ち之を分けよ』とか。いまわが軍は曹操の倍の兵力を有しております。密かに兵馬を分けて敵を後方から攪乱《かくらん》し、曹操が兵を分けるように仕向けるのです。曹操がもし兵を分ければその連係を絶って個別に殲滅し、兵を分けてこなければ、後方に回した隊は曹操の南側を押さえてその糧道《りょうどう》を断つのです。さすればこちらから攻めずとも、曹操軍は自滅するほかありません」

袁紹はやはり首を縦に振らなかった。「このままま っすぐ官渡に攻め寄せて曹操軍を叩けば、河南の地は平定されるのだ。なぜそんな回りくどいことをせねばならん」袁紹はそこで劉備を見やった。

「劉使君《しくん》、わしの言うことは間違っているか」

「将軍のお言葉、いちいち至極もっともかと」内心では張部の作戦に賛同していたが、正面から反対して袁紹の面子《めんつ》をつぶすわけにもいかない。劉備は言葉を選んで答えた。「ですが、わたしは豫州におりましたとき、汝南《じょなん》にいた黄巾賊《こうきん》の劉辟《りゅうへき》や龔都《きょうと》らとも連絡を取り合っておりました。もし将軍が敵の後方を乱すことをお望みでしたら、わたしが行って説き伏せましょう」

「いや、それも必要なかろう」袁紹はおもむろに髭をしごいて続けた。「わしも堂々たる朝廷の大《だい》将軍、江山《こうざん》に巣食う盗賊風情を頼ろうとは思わん……よし、散会だ。一日ゆっくりと軍を休めて、明後日、改めて曹操に戦いを挑む！」そう言って軍議を締め括《くく》ると、袁紹は卓の下から「上林賦《じょうりんふ》」を取り出し、のんびりと読みはじめた。

諸将はうなだれたまま次々と幕舎をあとにした。ときに張郃は、沮授が陣門のところでぼんやりと立ち尽くし、夜空を眺めているのを見かけると、すぐに近寄って声をかけた。「それがしの進言も却下されてしまいました」

「こうなることはわかっていたのだ……」沮授は何の表情もないままに答えた。「わたしは鄴《ぎょう》を出るとき、家財をすでに一族の者に分け与えてきた。そもそも勢いがあればあらゆるものを威圧できるが、勢いがなくなればこの身さえどうなることやら、悲しいかな……」

「一敗地にまみれるようなことにはなりますまい。貴殿が仰るほどひどくはならないのでは」張郃も気分は晴れなかったが、このときはまだそれほど深刻に考えていたわけではなかった。

「曹孟徳は軍略に明るく、天子を擁して後ろ盾としている。われらは公孫瓚を破ったとはいえ、兵は疲れ果て、将は驕り高ぶっている。この戦でわが軍は敗れ去るだろう」沮授は明るく輝く月を仰ぎ見て苦笑した。「揚雄《ようゆう》は『六国《りっこく》の蚩々《しし》たるは、嬴《えい》の為に姫《き》を弱らすのみ(2)』と言ったが、それはまさにいまのような情勢をいうのだろうな。生きて河北に帰ることはあるまいて」

張郃は、沮授が袁紹と仲違《たが》いしているのでわざとそんなことを言うのだろうと思い、あまり深く気には留めず、一言二言なぐさめた。そのとき、高覧が息急《せ》き切って駆けてきた。「儁乂《しゅんがい》、たいへんだ！　わが君のご長男と郭図がわれらの隊から兵をよこせと言ってきているぞ」

「なんだと？」張郃は眉をきつくひそめた。

高覧は苛立ちも露わに続けた。「郭図の隊では死傷者が多く出たから、うちの兵で埋め合わせたいと言うんだ。くそったれ、なんで俺たちがそんなことをしなくちゃならないんだ！」

「わかりきったことだ。郭公則《こうそく》はわが君のご長男のために兵力を養い、来たるべきときにはご三男と後釜を争うつもりなんだろう」沮授はしきりにかぶりを振った。「一致団結しても勝てるかわからん相手を前にして、邪《よこしま》なことに心を乱されるとは……つける薬がないとはまったくこのことだ」

そのとき、袁譚が郭図や許攸らを引き連れて通りかかった。張郃は高覧が向こう見ずな性格なのを知っていたので、しっかりとその腕を押さえ、袁譚らが陣門を抜けたのを見てからようやくその腕を放した。こうして、なんとか内輪もめだけは免れたが、最後尾を歩いていた許攸がふと足を止めて振り返った。「張将軍、沮先生、わが君はそなたらの提案を却下したが、そなたらもあまり気にかけぬようにとのことだ」

張郃は、許攸のような日和見主義者を心底嫌っていたが、相手が言葉巧みになだめてきたので、張郃も丁寧な態度で答えた。「気にかけるも何も、すべてはわが軍の勝利のためではありませんか。ただ、わが君はいささか功を急いているのではないかと」

許攸は突然大笑いしたかと思うと、張郃と沮授の肩をぽんぽんと叩きながら語りかけた。「お二方、気落ちされずともよい。わたしと曹阿瞞《そうあまん》は二十年来の付き合いだ。あれの用兵もよく知っておる。二、三日もすれば、わが君が戦いたくとも、向こうが殻に閉じこもるはずだ。塹壕《ざんごう》を深く掘り、砦の壁を高くして、固く門を閉ざすに決まっている。わが君も何度かむやみに攻めれば打つ手がないことに気がつくだろう。そのときこそ、そなたらの策が生きてくるはずだ。本陣をしっかり構えて対峙し、兵を分けて後方を攪乱する、遅かれ早かれそうなるから、もう少しの辛抱だ。はっはっは……」そう話すと、許攸は袖を翻し、笑い声を残して去っていった。

許攸の後ろ姿を遠く眺めているうちに、張郃はいくぶん気持ちが落ち着いてきた。「許子遠《きょしえん》もわが軍の智謀の士、彼があのように見ているのなら、この戦で勝利を得るのも夢ではないのかもしれませんな」

「智謀の士だと?」沮授はわが身の上に思いを致して独りごちた。「そうだな、わが君のもとでは智謀の士ほど生を全うするのは難しい。興が乗ると話に花が咲く許子遠のような者ほど、どう転ぶかわからんよ」

(1) 後漢末、道教の首領である張魯《ちょうろ》らは漢中《かんちゅう》を占拠し、宗教的なやり方で民を治めた。入信する者は五斗の米を納入するという決まりがあったため、俗にこれを五斗米道《ごとべいどう》といい、朝廷は「米賊」と呼んだ。

(2) 「六国の蚩々たるは、嬴の為に姫を弱らすのみ」とは、戦国時代、秦《しん》以外の六国が入り乱れていたのは、ただ秦が姫姓の周《しゅう》に取って代わるお膳立てをしたに過ぎないということを指す。ここで沮授がこの句を引いたのは、各地の諸侯が入り乱れているいまの情勢も、ただ曹操の天下統一のための下準備に過ぎないことを示唆してのことだった。

進退窮まる

果たして許攸《きょゆう》の予想どおり、四月に幕を開けた戦《いくさ》は、膠着状態のまま八月を迎えた。ここにきて袁《えん》紹《しょう》はもう一度大規模な戦を仕掛けようと思ったが、いかんせん曹操は固く砦の門を閉ざして戦おうとせず、手探りの小競り合いが幾度かあっただけであった。四万もの敵が目の前で道を塞《ふさ》いでいては、これを無視して迂回するわけにもいかず、十万の大軍が官渡《かんと》の北にずっと足止めを食らう形となった。

袁紹はやむをえず先の沮授《そじゅ》の提言を容れ、兵馬をじわじわと進めて曹操軍の砦に迫っていった。しかし曹操のほうも、ここが決戦の地と早くから定めていたので、砦や陣の壁をきわめて強固に作っており、袁紹軍に攻め込む隙《すき》を一切与えなかった。そこで袁紹は、数にものを言わせて土山を拵《こしら》え、東西数十里［約二十キロメートル］にもわたる陣営を築き、しだいに曹操軍の陣営を包囲する形勢を整えた。また、その一方で、張郃《ちょうこう》の献策も採用し、隊を分けて敵の後方を攪乱《かくらん》する指示を出した。

袁紹が突然戦略を変えてきたため、曹操もその対応に追われることとなった。座して袁紹に包囲を許し、そのまま死を迎えることなど到底受け入れられない。曹操も兵を東西に分け、袁紹が柵で自軍を包囲できないように自陣を延ばしていった。とはいえ、兵力差は歴然である。このような備えはきわめて危険で、陣を延ばせば延ばすほど守備が薄くなる。そうして各所に兵を配備していくと、最後には中軍の主力は一万にも足りないほどであった。しかも、そのうちの二、三千は負傷している。こちらから打って出たくとも、もはやそれさえ難しい状況となった。

こうして曹操がしだいに追い詰められていたころ、各地には急を告げる文書が飛び交っていた。袁紹はここに至って名家の誇りをかなぐり捨てた。まず、かつて曹操に打ち負かされた黄巾《こうきん》賊の残党である劉辟《りゅうへき》と龔都《きょうと》らを煽動し、汝南《じょなん》で騒乱を起こさせるよう、劉備《りゅうび》を遣わした。これと同時に、汝南にいる袁氏の故吏《こり》の瞿恭《くきょう》、江宮《こうきゅう》、沈成《しんせい》らに各地の県城を占拠させ、李通《りつう》と争わせた。さらに袁紹は泰山《たいざん》に巣食う匪賊の郭祖《かくそ》や公孫犢《こうそんとく》にまで中郎将の位を与え、彼らが呂虔《りょけん》に対して遊撃戦を行うのを支援した。かつて寝返ったことのある昌覇《しょうは》は、風向きを読んでまた曹操に反旗を翻した。すると、済南《さいなん》国の黄巾賊の首領である徐和《じょか》も、おこぼれにあずかろうと南のほうで動きを見せた。そのため臧覇《ぞうは》らは青《せい》州方面での戦いを繰り広げつつ、一方で昌覇を包囲してその動きを封じ込めた……とはいえ、これらは実はたいした問題ではなかった。まさにこのときに、なんと孫策《そんさく》までもが公然と反旗を翻し、広陵《こうりょう》郡に攻め込んだのである！

　広陵郡の功曹《こうそう》である陳矯《ちんきょう》は、陳登《ちんとう》の命《めい》を受け、遠路はるばる官渡の前線にいる曹操のもとへそのことを知らせにきた。「広陵は狭いとはいえ要衝であります。援軍をお送りいただければ、われらは孫策の野心を打ち砕き、東方の諸郡も落ち着きを取り戻すはずです。さすれば、わが君の武勲は遠く鳴り響き、その仁愛は広く行き渡り、まだ従っていない者もこちらになびき、民はその威風を崇めるでしょう。これこそ王たる者の功業でございます。どうか速《すみ》やかに援軍をお送りくださいませ……」

　陳矯は利害を説きつつ甘言も交えて訴えた。ところが曹操はまったく聞く耳を持たず、路粋《ろすい》に指図して上表文を書かせた。

臣の祖騰《とう》に順《じゅん》帝の賜りし器有り、今 四石の銅鋗《どうけん》(1)四枚、五石の銅鋗一枚を上《たてまつ》る。御物有り、純銀の粉銚《ふんちょう》(2)一枚、薬の杵臼《しょきゅう》一具……

陳矯はしびれを切らし、前に進み出て跪《ひざまず》くと、曹操の戦袍《せんぽう》をぐっとつかんだ。「曹公、早く対策をお命じください。いまや広陵郡は風前の灯火《ともしび》、孫策の大軍が攻めてきただけでなく、袁紹も海西と淮浦《わいほ》の二県［ともに江蘇《こうそ》省北部］の民を煽動し、都尉《とい》の衛弥《えいび》と県令《けんれい》の梁習《りょうしゅう》は相次いで城を失いました。このままではわが陳郡守《ぐんしゅ》も守りおおせません」

曹操は、顔じゅうに焦りの色を浮かべて真摯に訴える陳矯を見て、そのつかんだ手をゆっくりと離しながら静かに答えた。「わたしが広陵を見放すとでも思っているのか。そなたも表に出てみよ。どこに割けるほどの兵がいる？　先日、汝南で劉備と劉辟が乱を起こした。わしは必死になって兵をかき集め、ようやく蔡陽《さいよう》に二千の兵を回して援軍に向かわせたのだ。広陵に力を貸したいのは山々だが……そうだ、臧覇のところへ行って兵を借りるのはどうだ？」

陳矯はいまにも涙がこぼれ落ちそうだった。「泰山より東は青州の沿海に至るまで、どこもかしこも敵ばかりです。臧覇らも戦に明け暮れており、われわれのところまで手が回るはずがありません。曹公が援軍を出してくださらねば、広陵郡はもうおしまいです！」

「まったくどいつもこいつも口を開けば兵を出せ、兵を出せと。このぶんでは袁紹もじきに陣門まで来て同じことを言うに違いないな。このうえ兵を差し向けることなどできるわけがなかろう！」曹操も苛立ちを隠さず、追い払うように手を振った。「たしか陳登は孫策と雌雄を決するんじゃなかったのか。ならば、お手並み拝見といこうではないか。この件では手を貸すことはできん」

陳矯は慌ててぬかずいた。「広陵の兵はわずか数千、対する孫策は数万の大軍です。陳郡守のお力をもってしても立ち向かえる相手ではありません。それに、淮西《わいせい》［淮河《わいが》以南、長江以北の地の西部］でも反乱が起きています。内憂と外患が同時に発生しており、このままではまったく打つ手がないのです！」

曹操は冷たく突き放した。「陳登に打つ手がないのなら、ここでも打つ手はない！　事ここに至ったからには、打つ手がなくとも何とかするんだ！」

陳矯は力なく立ち上がると、涙をぬぐいながらつぶやいた。「ああ、これで広陵もおしまいだ……」そう言い残すと、ぞんざいに礼をしてから、おぼつかない足取りで曹操に背を向けた。曹操は陳矯の様子に胸を打たれた。陳矯こそは義士である、そう深く感じ入って、曹操はその背に声をかけた。「季弼《きひつ》、いま戻ってはあまりにも危険だ。ここに残るがいい」

陳矯は足を止めると、振り返りもせずに答えた。「故郷がさらなる窮地に陥るのです。戻って危急を告げずにおれるものですか。申包胥《しんほうしょ》のようにはいきませんでしたが、弘演《こうえん》の義を忘れることはできません」春秋時代、楚《そ》の国が伍子胥《ごししょ》と孫武《そんぶ》の率いる呉《ご》軍に攻め込まれたとき、申包胥は秦に援軍を求める使者となった。七日七晩慟哭し続け、ついに秦王の心を動かして楚を立て直したという。また、衛《えい》の懿公《いこう》は酒色に溺れて節度なく、北の異民族に攻め込まれて殺された挙げ句、その亡骸はばらばらに切り刻まれた。ときに大夫《たいふ》の弘演は、使いに出ていた陳《ちん》国から返ると、君主が亡骸も残らないほど切り刻まれたことを知る。わずかに肝の臓だけが形をとどめていたので、弘演は自身の腹を割いてそれを押し込むことで、わが身を棺として主君を葬ったと伝えられている。陳矯がこの二つの故事を引き合いに出したのは、むろん援軍を連れて戻れない以上、自分も陳登とともに死ぬ覚悟であることを訴えたのである。

曹操は陳矯の固い決意を目の当たりにして感嘆を禁じえなかった。「おお……わが目の前の申包胥は、かつて秦の宮殿で泣いたときより見事に道理を説くことよ。しばし待て。そなたの顔に免じて兵を出そう」

「本当でございますか」陳矯は勢いよく振り返った。

「むろんだ。ただ、多くとも二千が限度だぞ」

「それでも十分でございます。ありがとうございます……曹公、本当にありがとうございます！」

今度は喜びの涙で、陳矯は顔をくしゃくしゃにした。

「もう泣くな……」曹操も苦笑いを浮かべながら軍令用の小旗を引き抜いた。「こうなった以上、甘んじてこの困難を引き受けようではないか。人心が離れては元も子もないからな。一番後方の陣に行くがよい。校尉の扈質《こしつ》に二千の兵を率いさせ、そなたについて行かせよう。まず海西県の乱を鎮め、それから陳登を助けて孫策に立ち向かえ。わしにできるのはここまでだ。うまくいくかどうかは蓋を開けてみなければわからんぞ」

陳矯は涙ながらに小旗を受け取った。「これ以上何を求めるというのでしょう。広陵に戻ったら必ず……必ずや……」そのとき、陣営内に突然悲鳴が響き渡ったかと思うと、陣門を守る兵士たちの何人かが地面に倒れた——その体には矢が突き刺さっている。曹操たちがその声に呆気に取られていた次の瞬間、ぶす、ぶすと立て続けに嫌な音がした。矢が幕舎《ばくしゃ》に突き刺さっているのだ。許褚《きょちょ》は慌てて盾を手に取って曹操の前に立ち、路粋と陳矯もばたばたと曹操の卓の後ろに回った。外からまたひとしきり騒ぎ声が聞こえたあと、何人かの兵士が盾で郭嘉《かくか》を守りつつ、曹操の幕舎に駆け込んできた。

「た、たいへんです！　袁紹が土山の上に櫓《やぐら》を建て、そこから矢を射かけてきています！」

曹操は努めて平静を装い、指示を出した。「各陣営の兵に盾で幕舎を守るよう伝えよ」

「御意」許褚はひと声応えると、盾を掲げつつ走って出ていった。

郭嘉も冷や汗たっぷりである。「悪い知らせです。蔡陽が汝南で討ち死にしました」

「何？」曹操は驚きを隠せなかった。

「劉備と劉辟が兵をかき集め、道すがら略奪を繰り返して屯田を荒らしつつ北上しています。わが君、速やかに援軍をお送りください！」

曹操はぐったりと椅子に腰掛けた。「このうえどこにそんな余裕があるというのだ……どうやら賭けに出るしかなさそうだな。陽翟《ようてき》［河南省中部］に軍令を送れ。曹仁《そうじん》に、出兵して劉備に当たれと伝えるのだ」

「陽翟の兵を動かせば、許都への道ががら空きになります。袁紹軍が虚を衝《つ》いて攻め寄せて来たらどうするのです？」

「いまはそこまで考えている余裕はない。まず焦眉の急に手を打つんだ」曹操が振り返ると、陳矯がまだすぐそばに突っ立っていた。敵の矢を恐れ、幕舎から出るのをためらっているようである。曹操は青釭《せいこう》の剣を引き抜いて振り下ろすと、幕舎の後ろ側に大きな切れ目を作った。「さあ、ここから出るんだ！」

「ふふっ」郭嘉は本気で面白がった。「将帥の幕舎に裏門を作るなど聞いたことがありません」

曹操はかぶりを振った。「いまは生きるか死ぬかの瀬戸際だ。幕舎などどうでもよいではないか」

そう言いつつ、兵を動かすために慌てて出ていった陳矯を見送ると、また卓のそばに戻って、路粋に上奏文の続きを書かせた。


御雑物の孝順皇帝より得し所の賜物、五石を容るる銅の澡盤一枚有り、銀画象牙杯盤五つ有り

……


郭嘉は呆気にとられて口を挟んだ。「この大事なときに、なおも皇帝への無用の贈り物に心を砕くというのですか」

「こんなときだからこそ天子の機嫌を取っておくのだ。足をすくわれないようにな。これらはすべて祖父が順帝から賜ったものだ。いまこれを天子に返上して、わが忠誠心を明らかにしておこうというわけだ」先だって、曹操は劉馮《りゅうふう》を南陽《なんよう》王に封じる旨の上奏文を出したが、まだ幼い劉馮はそのときすでに病膏肓《こうこう》に入っており、王に封じられてわずか数日で死んでしまった。そのため曹操には、別にまた手を打って劉協《りゅうきょう》の心を落ち着かせる必要があったのである。上奏文が完成すると、曹操はさらに次のように命じた。「荀令君《じゅんれいくん》にも書簡を送り、九卿《きゅうけい》および各郡の太守《たいしゅ》にそれぞれ孝子《こうし》を一人ずつ選び出し、朝廷に推挙させるよう伝えるのだ」

「それはまたなぜでしょう？」戦の真っ最中に、曹操がなぜそんなどうでもよいことに腐心するのか、郭嘉にはわからなかった。

曹操は髭をしごきつつ答えた。「いまは情勢がどう転ぶかわからん。多くの者が裏では袁紹に媚《こ》びを売っていることだろう。推挙してくるかどうかで、どの郡が変わらず朝廷の命令を聞くのかを知るいい機会になる。ただ……ただ願わくは……」願わくは、素知らぬ顔をする者がそれほど多くなければいいのだが……

郭嘉は納得しなかった。「それを知って何になるというのです？　現下の問題は目の前の敵です。この戦に勝てば、様子を見ている者もまたこちらになびくはずです」

「口で言うほど簡単なことではないぞ……」たとえ十分な準備があったとしても、袁紹の大軍を前にしては守勢に回ることは免れない。「孫策も兵を起こしたのだ。もし広陵が破られたなら、青州や徐《じょ》州にまで手が届くことになる。そうなれば東側はもうおしまいだ。かたやこちらは陳登の援軍にたった二千しか出せないのだ。これを危機と言わずして何と言う？」

郭嘉も答えた。「たしかに孫策は次々と英雄豪傑を打ち破り、新たに江東《こうとう》［長江下流の南岸の地方］を平定しました。しかし、威勢に頼って敵に攻めかかり、武略を疎《おろそ》かにしています。そのような者はたとえ百万の軍勢を擁したところで、中原を一人で歩くようなもの。もし刺客に襲われたなら、たった一人の手で命を落とすことになるでしょう。思うに、孫策もいつの日か仇人《あだびと》の手にでもかかるのではないでしょうか」

曹操には、これが自分を安心させようとする郭嘉なりの気遣いであることはわかっていた。ある日、空から刺客が舞い降りて孫策を殺すなど、戯《ざ》れ言《ごと》の類いでしかない。曹操も苦笑した。「奉孝《ほうこう》の言うとおりになればいいのだがな」

そのとき、また幕舎の入り口が騒がしくなった。今度は張遼《ちょうりょう》が、やはり盾を掲げたまま駆け込んできたかと思うと、何も言わずにいきなり卓の前に跪いた。

「文遠《ぶんえん》、どうかしたのか」

張遼は額を重々しく地べたに打ちつけた。「それがし、わが君の信に背いてしまいました。まことに申し訳ございません！」

「何を言いだすかと思えば……」曹操もその意図がわからず、とりあえず張遼に手を貸して起こそうとしたが、張遼は頑なに動かなかった。「またどうしてそんな真似をする？　話があるなら立ってゆっくり話すがよかろう」

「まことに申し訳ございません……」

「だから、いったい何があったんだ？」

張遼はゆっくりと顔を上げた。堂々たる大男が目に涙を浮かべながら、訥々《とつとつ》と話しはじめた。「雲《うん》長《ちょう》……雲長がもう行くと……」

「もう行くとは？」曹操は焦った。「どこへ行くというのだ？」

「はじめ山頂で降伏を勧めたとき、雲長は、劉備の居所がわかり次第ここを去る、その条件が呑めなければ、死んでも降らんと申したのです」張遼はびくびくしながら続けた。「ただ、それではわが君が納得されないだろうと思い……それがしは雲長に借りがあったものですから……それで……」

「それで勝手に承諾した、そうだな？」曹操は冷たく光る目で張遼を見下ろした。

「それがしは、きっと雲長もわが君の恩徳に感謝して気が変わるだろうと思っておりました。ところが、雲長はいまもまだ劉備のことを忘れておらず、劉備が汝南にいると聞くや、すぐにここを発つと言い出したのです」目の前の張遼が、戦場で勇ましく駆け回るあの張遼だとは到底思えなかった。それほどに顔をゆがめながら訴えた。「わが君が父なら、雲長は兄弟でございます。それがし、このままこしらを切ることはできません。どうかわが君、それがしの約束をお聞き入れ、雲長を行かせてやってください。罪と罰はそれがしがすべて引き受けます！」

「そなたに責任が負えるのか」郭嘉のほうが怒りをこらえ切れず先に嚙みついた。「畜生め！　関羽も所詮は劉備と同じ、いくらよくしてやっても恩義など感じぬ畜生なのです。敗軍の、しかも生け捕りにされた将が条件をつけるとは笑止千万。わが君は兵馬を返してやったばかりか、偏《へん》将軍に任じ、漢寿亭侯《かんじゅていこう》にも封じてやったのだぞ。それでもまだ足りんというのか。そんなやつを生かしておいても何にもなりません。いっそ殺してしまいましょう！」

実は曹操もとっくにその気でいた。しかし、いまにもこぼれそうなほど涙を浮かべた張遼に見つめられると、何とも忍びない気持ちが湧いてきた。張遼と関羽は、曹操自身が夢にまで見た勇将である。洛陽で長柄の矛を地面に深々と突き刺したあの張遼、郯《たん》城の戦いで十数騎の騎兵を率いて急襲してきたあの関羽、二人の勇姿はいまも曹操の瞼に焼きついていた。関羽を殺せばたしかにあとの憂いはなくなるが、自分に寄せる張遼の敬慕の情をも失ってしまうだろう。いま張遼を責めていったい何になるというのだ。少なくとも一人はつなぎ止められるものを、本当に関羽を殺してしまえば張遼も意気消沈してしまい、やっとのことでそばに置くことができた二人の勇将を一時に手放してしまうことになる。そこまで考えると、曹操はかすかに笑顔を浮かべた。「文遠を咎めることはできん。そして、文遠の忠義の心に照らせば、雲長のことも咎められようか。いわんや主君に仕えてその本分を忘れず、雲長のような男こそ天下の義士というべきであろう」

それでも郭嘉はまだ納得できなかった。「そうは仰っても、関羽め、あまりにも……」

曹操は、もう何も言うなとそれを手で遮ると、また張遼を助け起こした。「もう一度、雲長とよく話し合ってくれ。引き留められれば言うことはないが、もしどうしても行くというのなら……」曹操はそこで歯を食いしばって言葉を絞り出した。「雲長にこう伝えてくれ。わしは庾公之斯《ゆこうしし》［春秋時代の衛《えい》の弓の名手］に子濯孺子《したくじゅし》［春秋時代の鄭《てい》の弓の名手］を追わせた話を思い出したとな。そして、行かせてやれ」

「庾公之斯に子濯孺子を追わせた……とは？」張遼には意味がわからなかった。

曹操は苦々しげに笑った。「これは『春秋《しゅんじゅう》』に見える故事でな。文遠、おぬしにはわからずとも、雲長ならきっとわかるはずだ……」

（1）鋗とは、環［玉石］をはめ込んだ平底の鍋のこと。

（2）銚とは、取っ手のついた小鍋のこと。

第十四章　発石車《はっせき》を考案する

人心の離反

建安《けんあん》五年（西暦二〇〇年）八月、袁紹《えんしょう》の大軍は数十里［約二十キロメートル］にもわたる陣を敷きながら、いよいよ官渡《かんと》へと迫った。そして幕僚の審配《しんぱい》の献策により、うずたかい土山を築き、高々とした櫓《やぐら》を組んで、曹操の官渡の砦に弓弩《きゅうど》の矢を雨霰《あられ》と降らせたのである。

守勢一辺倒の局面を打開するため、曹操は何度か土山に向かって突撃を仕掛けたが、何の成果も挙げられず、ただいたずらに死傷者を増やすばかりであった。その一方で、多くの郡県の官吏は袁紹の威勢にますます恐れをなし、城門を固く閉ざして朝廷の出兵要請を拒むか、そうでなければ密かに袁紹に宛てて降伏を申し出る書簡を送っていた。

劉備《りゅうび》は劉辟《りゅうへき》と龔都《きょうと》を従えて、曹操軍のはるか後方で屯田を荒らすなど狼藉を働き、孫策《そんさく》は堂々と広陵《こうりょう》の地に攻め込んできた。昌覇《しょうは》や徐和《じょか》といった各地の勢力も完全に鎮圧するには至らず、全体的に戦局はしだいに悪化していった。曹操も官渡で持ちこたえるのが精いっぱいで、反撃に出るほどの余裕はまったくなかった……

そしてまた夜の帳《とばり》もそろそろ下りようかというころ、曹操は兵士に盾で守らせながら、陣門に立ち上がって遠くに目を凝らした。敵の陣営は数十里にわたって長く連なり、端のほうはまるで見えない。数十歩［約七十メートル］おきに土山が築かれており、その上にどっしりと据えられた高い櫓には、ぼんやりとではあるが、弓を背にした数多くの兵士の影が見える。敵の弓兵は三班交代で、四六時中、曹操の陣営を見張っており、わずかでも機会を見つければすぐに矢の雨を降らせてくる。一方、土山の周りには何重にも騎馬の突進を止めるための柵や逆茂木《さかもぎ》が設置されており、陣の前には塹壕《ざんごう》まで掘られている。鉄壁の備えで、櫓まで達するのは至難の業に思われた。

曹操の陣はどうかといえば、全部隊の陣営がまるでみな息絶えたかと思うほどひっそりと静まり返っており、ただ、まばらな陣門の灯《あか》りだけがゆらゆらと揺れていた。それぞれの幕舎《ばくしゃ》の前に立てかけられた突車《とっしゃ》［通常は荷馬車として利用され、陣中では敵の侵攻に備える特殊な門「突門《とつもん》」となる］と盾には、隙間なく矢が突き立っている。夏の終わりとはいえ暑さはきわめて厳しかったが、緊急の用事でもなければ、幕舎から一歩でも外に出ようとする者はいなかった。幕舎を出れば、袁紹軍の格好の的になるからである。軍議はすべて夜中に行われたが、それでも優れた敵の射手の目標となるのを避けるため、諸将は灯りもともさず暗闇のなかで話し合った。

考えごとをしていた曹操の耳に突然許褚《きょちょ》の声が響いてきた。「長らくここにいては危険です。やはり戻りましょう。さもなければ、やつらがまた目ざとくわれらを見つけて矢を放ってくるに違いありません……いかん！」言っているそばから、風を切る矢の音が聞こえてきた。かと思うと、身の毛もよだつ悲鳴が耳に刺さった。護衛の兵が一人討たれたのである。

このままいては本当に危ない。許褚らは盾を高く掲げて曹操を守りつつ、夜陰に乗じて中軍の幕舎のほうへ下がっていった。曹操は全身を丸めて盾の陰に隠れ、注意深く歩みを進めていった。すぐ頭上では、盾を打つ矢の音がひっきりなしに響いてくる。

「くそったれ！」許褚は体をぶるっと震わせた。見れば、盾の隙間を縫ってきた矢が肩に刺さっている。「やってくれるじゃねえか、この暗闇で狙いをつけるとはな。とっ捕まえたら必ず斬り刻んでやる！」そうは言いつつも、許褚はひたすら曹操を守りつつ中軍の幕舎に向かい、なかに入ってからようやく盾を下ろすと矢柄《やがら》をつかんで引き抜いた。

しかし、その三角錐形の矢じりは、鎖帷子《くさりかたびら》をなんなく貫通する強力なもので、肩甲骨のあたりに深々と突き刺さったままだった。周りの者がそろそろと鎧を下ろすのを手伝うと、肉のあいだから不気味に光る矢じりが目に飛び込んできた。許褚は何も言わずに懐から匕首《あいくち》を取り出すと、火であぶって矢じりのそばに突き立てた。そうして手首をひねり、一気に矢じりをえぐり出した。許褚は歯を食いしばって声も上げずに我慢していたが、額は脂汗でぐっしょりと濡れ、鮮血が腕を伝って止めどなく地面に滴り落ちた。

曹操もきつく眉をひそめながらそれを見ていた。「仲康《ちゅうこう》、ずいぶんひどそうだな」曹操はそう言いながら自分の戦袍《せんぽう》を引きちぎると、手ずから傷口を縛ってやろうとした。

「これしきの傷、わが君のお手を煩わせるまでもありません」許褚は曹操の手から布をつかみ取ると、痛みでゆがんだ顔に無理やり笑みを浮かべてみせた。三日前、王必《おうひつ》がつい用心を怠って太ももに矢を受けたので、傷が癒えるまでは身動きがとれず、細々とした用事もすべて許褚が処理せねばならなくなった。この三日というもの、許褚は雑事に加えて日夜曹操の身を守り続けているため、文字どり休む暇もなかった。目の周りにはすっかり大きな隈《くま》ができており、そのうえ矢を受けたのだから、ただでさえ悪かった顔色は見るに堪えないほどであった。

「ここのところ疲れただろう、仲康もやはり幕舎に戻って休むといい」曹操はそう言うと、数日前に送られて来た書簡に目を落とした。曹仁《そうじん》は苦戦の末にようやく劉備と劉辟を汝南《じょなん》に撃退し、許都《きょと》の脅威はひとまず取り除かれた。しかし、潁川《えいせん》一帯の屯田は徹底的に荒らされ、今年の収穫もまったく見込めなくなってしまった。また、荀彧《じゅんいく》から届いた書簡によると、各郡から推挙された孝子《こうし》の数は全体の三分の一にも満たなかった。なんという数字であろうか。許都に置かれた朝廷は完全にそっぽを向かれているのだ。

曹操が憂慮に沈んでいると、いきなり幕舎の「裏門」から二人の大柄な男が姿を現した。「わが君、ただいま目通りはかないますか」顔を上げると、それは張遼《ちょうりょう》と関羽《かんう》の二人だった。

関羽は曹操軍の鎧兜をすべて外《はず》し、頭巾をかぶって、深緑の長い羽織り物に身を包んでいる。青竜《せいりゅう》偃月刀《えんげつとう》も握っておらず、腰にも剣を佩《は》いていない。明らかに遠出のための旅装である。関羽は、劉備が汝南にいることを知ったとき、すぐにも曹操の陣営を離れようと考えた。しかし、曹操と劉備はまさに戦っている相手同士であり、劉備は兵馬を引き連れて許都を狙っているという。いまもし劉備のもとへ駆けつければ、それは公然と曹操に敵対することになる。そこで関羽ははやる気持ちを抑えて数日のあいだ様子を見ていた。すると、曹仁が劉備を破ったと耳にしたので、ようやく暇乞《いとまご》いする機会を得たというわけである。

曹操もすでに関羽を引き留められないことはよくわかっていたが、何とか笑みを浮かべた。「雲長《うんちょう》、そんなに急がずともよいではないか」

関羽も気まずさを覚えるのか、真っ赤な顔が暗く沈んだが、それでも挨拶の言葉を絞り出した。「それがしは明公《めいこう》の恩義に深く感じ入りました。しかし、劉使君《しくん》はそれがしを自分の兄弟とみなし、生死をともにすると、かつて天地の神に誓ったのです。先ごろ、下邳《かひ》を攻め落とされたときに交わした三つの約束は聞き届けられたとのこと。いま劉使君は汝南におり、その兵馬は曹子孝《しこう》殿に打ち破られたと聞きました。これ以上は明公を煩わせることもないかと思います。昔日の誓いを思い起こせば、これに背くことは到底できませぬ。新しき恩情が深いとはいえ、かつての恩義も忘れがたいもの。明公、何とぞこのちっぽけな義兄弟の情に免じて、それがしが去るのをお許しくだされ」

曹操は、気持ちのこもった関羽の訴えを聞くと、しばらく黙り込んでしまった。何度考えてもわからなかった。あの裏切り者で負け戦《いくさ》ばかりの劉備が、なぜこれほど関羽の気持ちを引きつけて離さないのか。臧洪《ぞうこう》は張超《ちょうちょう》のために死んだ。張楊《ちょうよう》は呂布《りょふ》のために命を落とした。このご時世、義侠心を重んじた男らはみな無頼な友のために不運な最期を遂げた。人と人のめぐり合わせとは実に推し量りがたい。

張遼はずっとうなだれて聞いていたが、ふと、自分のやり方がまずかったのではないかと思いはじめ、最後に少し助け舟を出そうと考えた。「雲長殿と使君の関係は、それがしと雲長殿とに比べてどのようなものなのであろうな?」

張遼は友人として曹操に弁解してくれている、そう気づいた関羽は、張遼の問いに毅然として答えた。「それがしと文遠《ぶんえん》は朋友の交わりである。それがしと使君とは朋友にして兄弟、兄弟にして主従の間柄にある。もとより同日の談ではない」

張遼はそれで口をつぐんだが、今度は曹操がつぶやいた。「もとの主君を忘れず、来るにも去るにも道理を明らかにする。雲長はまことの好漢であるな……どうしても去るというのなら、わしも邪魔立てするつもりはない。ただ、天下は落ち着かず戦乱も止む気配がない。雲長、道中は十分に気をつけてゆくのだぞ」

「お気遣いいただき感謝申し上げます」関羽は包拳《ほうけん》の礼をとったが、どこか困ったような顔つきで、まだ何か言いたいことがあるようだった。

曹操はその表情に気がつくと、すぐにそのわけを悟った。卓上から一通の文書を取り上げると、しごく当たり前のことのように言った。「この書簡を大切に持って行き、許都に着いたら留府長史《りゅうふちょうし》の劉《りゅう》岱《たい》に渡すといい。そなたが麋《び》氏と甘《かん》氏の両夫人を連れて行くのを許すようしたためてある」

関羽はいっそう気持ちが引き締まり、同時に曹操の気配りに感じ入って、その場で跪《ひざまず》いた。「明公の懐の深さは、世の誰も及ぶところではございません。それがし、劉使君に代わって明公の温情に感謝申し上げます」そう言って、書簡を受け取ろうと手を伸ばしたところ、あろうことか曹操はそれをぐっとつかんで手放そうとしなかった。関羽としても無理やり奪い取るわけにはいかず、まじまじと曹操の顔を見つめた。

曹操は冷やかな笑みを浮かべた。「劉玄徳《げんとく》は恩義を顧みず兵を挙げて背いた。わしとやつのあいだには何も語るべき情はない。これはすべてそなたの顔に免じてのことだ」そう言って左手を上げ、関羽の肩をぽんぽんと叩いた。「かねてより、雲長は『春秋《しゅんじゅう》』に明るいと聞いておるが、ならば当然、庾公之斯《ゆこうしし》に子濯孺子《したくじゅし》を追わせた話は知っておろうな」

もちろん関羽が知らぬはずはない――鄭《てい》の国は子濯孺子に衛《えい》の国を攻めさせたが、衛は弓の名手である庾公之斯を出してこれに当たらせた。この庾公之斯というのが、子濯孺子の弟子に当たる尹公《いんこう》之他《した》の弟子であった。ときに、子濯孺子は病を得て戦陣に出られなくなった。庾公之斯は、子濯孺子が自分の師である尹公之他の弓術の師匠であったため、授けられた弓術でもって、かえって授けてくれた人を射ることは避けたかった。そこで、矢じりを外した矢を四本だけ射かけて、子濯孺子が逃げて行くのを追わなかった――曹操の意図は明白である。自分と劉備は何の関係もないどころか、むしろ敵でさえある。二人の夫人を送り返してやるのは、関羽の体面を重んじたからにほかならない。ならば、この恩はどのようにして報いてくれるのか？

関羽も聡明な男である。曹操がこの話を持ち出した意図をすぐに見抜いた。自分が去るに当たって何か置き土産となる約束をしていけというのであろう。こんなとき、ほかの者ならあれやこれやと誓いの言葉を並べ立てるかもしれないが、関羽はもとより口の重い男で、気安く他人と約束を交わすことはほとんどなかった。しばらくの葛藤ののち、関羽が切り出した。「このたび、それがしはもとの主《あるじ》の元に戻るのみで、大漢朝廷に弓を引くことは決してありません。明公がわが主を攻めるのでなければ、それがしも進んで明公の敵とはなりますまい」

その物言いに、そばで聞いていた許褚が目をむいていきり立った。「関雲長、舌を引っこ抜かれたいのか。拠《よ》って立つ地もない大耳の劉備がどうやってわが君に伍するつもりだ。頭がおかしくなったんじゃないのか？」

曹操はそれを聞き流し、つぶやくように答えた。「わしが劉玄徳を攻めぬ限りは、雲長もわしを攻めることはないか……なかなか面白い約束だ。雲長、絶対に背くことはないと誓えるか」生来、この赤ら顔の偉丈夫《いじょうぶ》は他人から見くびられることをよしとしない。関羽は頬から伸びた髭をなでつつ答えた。「男に二言はありませぬ」

「しかし、万が一この約束を破ったらどうする?」

関羽は重々しく天を指さした。「もし破ったら、それがしの首はこの身を離れ、胴とともに葬られることはないでしょう」

曹操はうなずくと、一つため息を漏らした。「よかろう……雲長が誓いを破らぬよう願っておくぞ」

そこでようやく書簡から手を放し、関羽に与えた。

「明公から賜った財宝はすべてお返しいたします。漢寿亭侯《かんじゅていこう》の印綬も幕舎にかけておきました。赤《せき》兎馬《とば》もやはりお返しします。来るのも一人なら去るのも一人。下邳より率いてきた兵馬はすべてここに残し、夏侯博《かこうはく》と何人かの従者のみ連れて、二人の兄嫁を守りつつ行きたいと思います」

曹操は、関羽がもはや自分からの情けを受けるつもりはないのだと思い知った。一方で、兵はたった一人でも惜しい。いまのこの状況に鑑みて、曹操は関羽の申し出をありがたく受けることにした。

「ならば、雲長の言うとおりにしよう。しかし、赤兎馬だけはわしから贈らせてもらうぞ。顔良《がんりょう》と文《ぶん》醜《しゅう》を討ったことへの褒美だ。手柄に比べればたいした褒美とは言えんが、われらの交誼の証しとしてもらいたい。これは雲長のためでもあるし、そのほうがあの馬も存分に力を発揮できるであろう」

「明公に感謝いたします」関羽はいたく赤兎馬を気に入っており、内心では返したくないと思っていたので、ことのほか喜んだ。「日も暮れてまいりました。すぐにでもここを離れ、暗闇に乗じて発ちたいと思います」ここは戦場である。たとえ自軍の後方から出たとしても、袁紹軍に遭遇する可能性は十分にある。それを考えれば、夜に動き出すのがもっとも安全と言えた。

曹操はまだまだ引き留めていたかったが、かといって、これ以上引き延ばすための話題もにわかには思い浮かばなかった。すでに承諾したからには、去ろうとしている相手をいまさら無理に引き留めることもできない。最後まで未練はあったが、とうとう関羽を行かせることにした。曹操は髭をなでつつ、ぽつりぽつりと告げた。「わしも少し疲れた。見送りは文遠に頼むとしよう」

すっかり肩の荷を下ろした関羽と別れのつらさに沈む張遼、それぞれの気持ちを胸に収めつつ、二人は返事とともに深く一礼し、また「裏門」を抜けて退《さ》がっていった……曹操は、関羽の大きな背中がしだいに夜の闇に溶けていくのをぼんやりと見送っていたが、胸中のざわめきは如何《いかん》ともしがたかった。一人の良将がまるで吹き抜ける風のように、跡形もなく姿を消した。いつかまた顔を合わせるときは、戦場でのことかもしれない。こうして行かせるのは、実はとんでもなく愚かな行為なのではないか。曹操はそこで思わずうなだれた。すると、卓上に置いてあった名簿と急を告げる書簡がまた目に入った——自分の元を離れるのは、何も関羽一人ではなかった。身分を問わず、各地の役人たちがこぞって自分を見捨てている。もはや大勢は決してしまったのか……

許褚はまだ関羽に対する怒りが収まらなかった。「関羽の野郎、なんて無礼な。わが君、なぜ捕まえて殺してしまわんのです？　まだそう遠くへは行っていないでしょうから、それがしが始末してきましょうか」

「男子の一言金鉄のごとし。そんなことをしたら、わしも劉玄徳と変わらんではないか」

許褚はかぶりを振った。「いいえ、わが君とあの劉玄徳では月とすっぽん。やつに信義を説いたところで、それこそ馬の耳に念仏でしょう」

「ふふっ」曹操はわずかに苦笑いを浮かべたが、たしかに許褚の言うことも一理ある。曹操は、まだ血がにじみ出ている許褚の矢傷にふと目が留まった。「おそらく今夜は何も起こるまい。おぬしも自分の幕舎に戻って休むんだ」

「わが君をお守りするのがそれがしの役目。ほんのわずかな時間でも気を抜くわけにはまいりません。わが君に万一のことがあったら、それがしの罪は償えません」

曹操は許褚をなだめた。「明日また何か緊急の事態があるかもしれん。わしもじきに眠るから、おぬしもすぐ幕舎に戻って休んでおくんだ。まずは英気を養わねば、打てる敵も打ち破れんぞ」

実際、許褚の矢傷はかなり深く、許褚もそこまで言われては折れざるをえなかった。「そういうことでしたら、それがしも戻って休むとしましょう。ご用命の際は段昭《だんしょう》と任福《じんふく》をよこします。明日の卯《う》の刻［午前六時ごろ］、またそれがしが交代にまいります。十分に英気を養い、あのくそったれの袁紹軍を懲らしめてやりますとも」

「それでいい。英気を養い、あのくそったれどもを打ち破るんだ」曹操はそう言って、盾を頭上に掲げながら幕舎を出ていく許褚を見送ったが、表情からはしだいに笑みが消えていった――言うのは簡単だが、それにしてもあの袁紹軍の櫓をどうしたものか……いや、かりに櫓を壊したとて、果たして袁紹軍を完全に追い払うことなどできるのだろうか。はじめから兵力差のある戦いだったが、こちらは数か月でしだいに兵力をすり減らし、いまでは彼我の差はますます大きくなっている。しかも、後方の情勢も穏やかではない。本当にこのまま持ちこたえられるのだろうか――胸の奥にしまってあった「撤退」の二文字が、だんだんと頭をもたげてきた。曹操は荀彧に意見を求めるため、密かに書簡を送った。許都を守る荀彧に何かいい考えがあるだろうか……

まったく打つ手もなく気落ちして座り込んでいた曹操の耳に、突然、よく聞き知った声が小さく聞こえてきた。「わが君、お邪魔してもよろしいでしょうか」曹操がはっと顔を上げると、幕舎の入り口に跪く黒い影が見えた。誰かは判然としなかったが、その人影の目だけが暗闇のなかで輝いているように見える。曹操は慌てて尋ねた。「表にいるのは誰だ?」

「徐佗《じょた》でございます。喫緊の要件を申し上げたく……」徐佗は、劉備が逃げ出して挙兵したという知らせを曹操に伝えるのが遅れたため、棒叩きに処されたあと、軍中の下っ端役人に落とされていた。それからは卞秉《べんへい》の補佐として武器の管理をしていたので、もうずいぶん長いあいだ曹操と顔を合わせていなかった。

「おお、そなたか……」徐佗の失敗はすでに過去のもの、曹操の怒りもすっかり消えていた。「何か用か?」

「袁紹軍の櫓を壊す策がございます。直接お耳に入れたく存じますので、何とぞご配慮のほど」

「ほう?」曹操はにわかに元気が戻ってきた。「ならば、すぐに入るがよい」

「御意」黒の衣に身を包んだ徐佗が俯《うつむ》いたまま入ってきた。背後には四、五人の兵卒を従えているが、さすがに徐佗はよくわきまえたもので、その兵卒を衛兵より遠くに控えさせたままにしておいた。

まさかこのようなときに徐佗が献策に来るなど、曹操には思いも寄らなかった。徐佗が口を開くより前に、曹操は申し訳なさそうに以前のことを詫びた。「先ごろは劉備の書簡の件でそなたを罰したが、あれは少しやり過ぎたように思う。近ごろは輜重《しちょう》の管理に精を出してくれているようだな。日がな一日、外で矢を避けながらの務めだ、まことにご苦労である。明日からはわが幕舎に戻って、また務めに励んでくれ」

徐佗は慇懃な物腰で答えた。「職務を怠れば罰を受けるのは当然のこと。わが君が御自らを責めるなど滅相もございません。これよりのちはいっそう職務に励み、過日の罪を償う所存でございます」

「聖人賢者でもなければ過ちは誰でも犯すものだが、それは実に立派な心がけだな」曹操は徐佗を少し持ち上げておいてから、話を本題に戻した。「ところで、袁紹軍の櫓を壊す方法を思いついたと言っていたな」

徐佗は破顔一笑した。「地下道を掘るのです」

「地下道だと?」曹操は落胆した。「わが軍の動きは敵から丸見えだ。ちょっと土を掘り出せば、櫓の上からすぐに見えるだろう」

「それがそうでもありません。われらは幕舎のなかで土を掘るのです。これなら敵からは見えません」

曹操はつかの間考え込んだが、やはりかぶりを振った。「それでも難しいな。掘り出した土はどうするつもりだ? それに、地下道を掘って軍営の外まで通じたところで、敵の土山の上まではどうやって掘るというのだ? いきなり山の上に出て打ち壊すのでもなければ、多勢に無勢、結局はこちらに大きな損害が出てしまう。やはり厳しいな」

それでも徐佗は訴えた。「それも問題ありません。すでに兵卒に命じて地勢を調べさせました。細かに書き込んだ図を拵《こしらえ》てあります。それによって示せば、わが君にも首肯《しゅこう》していただけるかと存じます」

「そなた、以前とはすっかり見違えたな」曹操は大いに満足した。「では、さっそくその図を見せてくれ」

徐佗は懐から羊皮紙の巻物を取り出すと、恭《うやうや》しく曹操の前に差し出して、跪いたまま卓上でその図を広げはじめた。「ご覧ください。この北側にあるのが袁紹軍の陣営で……ここの一帯が土山……これらが櫓になります」徐佗は図に書き込まれたものにわかりやすく説明を加えながら、そのままゆっくりと巻物を広げていった。

曹操はどこか違和感を覚えた。たしかに詳細な地図ではあるが、肝心の地下道の位置が書き込まれていない。これでは何の役にも立たないではないか。ただ、図はまだ開き切っていない。あるいは最後の最後に何か説明があるのか……曹操は地図に目を落としつつ、辛抱強く徐佗の言葉に耳を傾けた。ところが、徐佗は途中で話をやめてしまった。曹操は訝《いぶか》り、顔を上げて見てみると、徐佗の両手は小刻みに震え、口をあんぐりと開けたまま曹操の背後に視線を奪われていた。

「どうした?」曹操は何があったのかと後ろを振り向いた。するとそこには、自分の幕舎に戻ったはずの許褚が立っていた。曹操の幕舎の「裏門」から入ってきたのである。「仲康、なぜまた戻ってきたのだ?」

「なぜかわかりませんが、急に胸騒ぎがしたのです。これは何かが起こるに違いないと」許褚の声音は刺すように冷たく、曹操に答えてはいたものの、視線はじっと徐佗のほうに据えられていた。

徐佗は何を思ったのか、羊皮紙の地図を慌てて巻きはじめた。「わが君、許将軍と相談事となれば、この件はまた明日改めてご相談いたしましょう」徐佗はそそくさと礼をすると、巻物を小脇に抱えて外へ出ようとした。

「待て！」許褚はひと声怒鳴ると、ずかずかとなかほどまで入り込んできた。

徐佗はすくみあがって足を止めた。「わたくしは、わが君に策を授けに来たのです」

曹操も何やらきな臭さを覚えた。「ならば、なぜこんな夜更けにやってきたのだ？」

「わ、わたくしは……横になったときに……その、たまたまふと思いついたのです」答えはしたものの、徐佗は振り返ろうとしない。

そのとき、許褚が勢いよく近づいて、その襟首を後ろから締め上げた。徐佗はがたがたと震えだしたが、巻物だけはしっかりと脇に挟んでいる。「許将軍、いったいどういうおつもりです？」

「お前こそどういうつもりだ？　わが君の命を狙ってきたんじゃないのか」

「と、とんでもない……ですから、ただ策を授けに来ただけです」

「ほう、策とな……」許褚は鉤爪《かぎづめ》のような指を徐佗の肩にめり込ませ、もう片方の手で徐佗の手首をつかんで力任せに後ろへ引き上げた。にぶい音が響いたかと思うと、徐佗の肘はあらぬ方向に曲がっていた。許褚は泣き叫ぶ徐佗を尻目に巻物を手に取って振り下ろした――ぐさっ。なんと巻物から何かが飛び出し、地面に突き立った――冷たく光る匕首《あいくち》である。

曹操は思わず息を呑んだ。その驚きは、にわかに怒りへと変わり、卓を叩いて立ち上がった。「巻物のなかに匕首を仕込むとは、なるほど妙計だな！　貴様が勧めに来たのは敵を破る策ではなく、わが命を奪う策だったか！　有無を言わさず斬刑《ざんけい》に処せ！」

「わが君、どうかお許し……」許褚はその声に耳を貸すことなく両手で首を思い切りひねり上げた――ぐきっ。顔を真後ろに向けたまま徐佗は地面にくずおれて、ぴくりとも動かなかった。

徐佗に従ってきた兵卒もやはり刺客の一味だった。目の前で徐佗があっという間に殺されたのを見ると、大急ぎで逃げ出した。陣門の衛兵も刀を抜き、「刺客だ、刺客がいるぞ！」と叫びながら追いかけた。曹操がほっとひと息ついたとき、外からは空気を切り裂く矢の音が鳴り、耳をつんざくような悲鳴が響き渡った。その後、刺客の声も衛兵の声も途絶え、陣営は再びそら恐ろしいほどの静寂に包まれた……

「仲康が戻って来てくれたおかげだ。そうでなければ、いまごろわしはこの小悪人の手にかかっていたかもしれん」曹操は冷や汗をぬぐいながら、眼下に横たわるいびつな屍《しかばね》を見下ろした。体はうつ伏せながら顔は上を向いており、その目は恐怖で見開かれたまま、口元からはまだ血が滴っている。この騒ぎで、荀攸《じゅんゆう》や郭嘉《かくか》のほか、張遼や徐晃《じょこう》などの将も、やはり盾を掲げながら駆けつけ、口々に曹操の安否を尋ねた。曹操は何ごともなかったかのように振る舞い、むしろ今後の戦を考えれば、いま内部に潜む敵を討ち取れたのは幸いであること、それぞれ幕舎に戻って休み、明日にも軍議を開いて策を練ることを伝えた。そして、徐佗らの死体を片づけるよう命じると、荀攸と郭嘉だけを幕舎に残して解散を命じた。

すべてがもとどおりの静けさを取り戻したときには、すでに子《ね》の刻［午前零時ごろ］になっていた。曹操はすでに自分の体を支える元気もなく、卓に突っ伏して大きく息をついたが、こんなことがあったあとでは、いくら疲れていても眠りにつくことはできなかった。曹操は荀攸と郭嘉をじっと見た。厳しい状況のまま、すでに数か月も袁紹軍と対峙している。荀攸と郭嘉にも疲れの色は明らかだった。荀攸の端正な佇《たたず》まいも、郭嘉の洒脱な振る舞いもすっかり影を潜め、顔面は蒼白で髪に艶はなく、服まで薄汚れてもとの色さえはっきりしない。見た目はまだそれでもよかった。来る日も来る日も、朝から晩まで敵の矢に狙われるという精神面での疲労は言語に絶するものがあり、ぐっすりと眠ることさえできないなかでは、敵を打ち破る妙計など思いつくはずもなかった。

「兵を退こうかと思う……」曹操は自分の考えを打ち明けた。「兵卒の疲弊は甚だしく、死傷者の数も膨らむ一方だ。これ以上、官渡を守り通すことはできん」

郭嘉は眠気で意識が朦朧としていたが、撤兵は間違っていると自分の直感が訴えていた。そこですぐにあくびを噛み殺して諫言した。「わが君、それはなりません。袁紹が勢いづいて力任せに攻めてきたら、許都にたどり着くこともなく、われらは斬り捨てられましょう」

硬い表情のまま荀攸も進言した。「たとえ許都まで逃げおおせたところで、どうなるというのです？　いまここで官渡を捨てれば、兗《えん》州や徐《じょ》州など東方の地がわが君の手に戻ることは二度とありません。群臣は恐れおののき、人心は離れ、そこへ袁紹が大挙して許都を包囲したなら、われらに残された道は自害あるのみです」

「人心が離れると？」曹操は思わず苦笑した。「人心ならもうとっくに離れておろう。すでに半分以上の役人が、どちらにつくか様子を見ているのだ。ひそかに袁紹へ書簡を出しているか、さもなくば誰かが反乱するのを待っているのだろう。関羽もすでに去ってしまったではないか……それに徐佗だ。あれなどは、わしが頓丘令《とんきゅうれい》のころからの属官だぞ。長年のあいだ苦楽を分かち合い、かつて兗州で反乱があった際には、ともに多くの試練を乗り越えてきた。それでもこの首を取って袁紹に寝返ろうとしたではないか。人心など、とうに離れておる」

「それは……また別でしょう」郭嘉はなかなかあくびが収まらない。「徐佗が背いたのは、刑を受けたのを根に持ってのこと。わが君の首と引き換えにしてまで、領地と賞金に目がくらんだのです」

曹操は力なくかぶりを振った。この戦はあまりにも厳しい。たとえこのまま持ちこたえたところで局面を打開できるわけでもない。曹操は代わる代わる二人を見てから、すっかり塞《ふさ》ぎ込んだ様子で答えた。「そうだな。では、荀令君《れいくん》が何と言ってくるか、まずはその返書を待つとしよう。そういえば、わが軍の糧秣《りょうまつ》も残りは多くないはずだ。これから……」そのとき、また外で矢の乱れ飛ぶ音がした。袁紹軍が飽きることなく矢の雨を降らせてきたようである。

騒々しい陣営のなか、突然、衛兵たちが盾を掲げてこちらに駆けてきた。そのなかには、何本かの矢を受けて両脇から抱えられている斥候兵《せっこう》がいた。その斥候兵は全身血まみれで、ほとんど虫の息だったが、唇を震わせながら何とか知らせを伝えようとした。「わ、わが君……に……も、申し上げ……」

曹操は勢いよく立ち上がった。「挨拶などかまわん。何があったのだ？」

「え、袁紹……軍が、土山の後ろにあ、あ……」すべてを言い終える前にがくんと首が傾き、斥候は事切れた。

「ああ、お前はいったい何を見たというんだ……」曹操はその斥候兵のために瞼を優しく閉じてやった。

「わかりましたぞ！」郭嘉は驚きのあまり眠気が吹き飛んだ。「袁紹は横穴を掘ってわが陣営を奇襲するつもりです。間違いありません！　公孫瓚《こうそんさん》を破った手で、今度はわれらを攻める気です」

曹操は疲れ切った体に鞭を打って命《めい》を伝えた。「向こうが外から掘ってくるなら、こちらは内側を掘るのだ。全陣営の将兵に即刻伝えよ。夜を日に継いで陣営の柵に沿って長く塹壕を掘れ。敵の地下道をそれで断ち切るのだ！」

命令一下、銅鑼が鳴り響くと、おとなしくなっていた曹操軍がにわかに活気づき、あっという間に松明《たいまつ》が夜空を昼のごとく照らした。覚悟を決めた勇敢な兵士たちは轅車《えんしゃ》［通常は荷馬車として利用され、陣中では轅《ながえ》を向かい合わせて轅門《えんもん》となる］と突車を押し、盾を掲げながら土嚢《どのう》を抱えて陣の柵に近づくと、敵の矢の雨のなか掩体《えんたい》を作った。その間にも多くの者が射殺《いころ》されたが、その死体さえも壁にした。各陣営の将も自ら先頭に立ち、掩体に体を隠しながら兵士たちと塹壕を掘り進めた。矢の雨はとどまるところを知らず、塹壕を掘る手が休むこともなかった。掩体が倒されればもう一度立て直し、死人が出ればすぐに別の者があとを引き継いだ。軍営を守るために誰もが命がけだった。塹壕が出来上がったころには、夜もすでに白みはじめていた——全将兵が総出で一晩じゅう掘り続けたのである。

この夜は、曹操にとって生涯忘れられないものとなった。期待を寄せていた将が自分のもとを去っていった。長らく自分に従っていた者に命を狙われた。そして発覚した敵の奇襲と、相も変わらず止まぬ矢の雨……兵を指揮するようになって、一晩でこれほどの損害を出したことはなかった。すべてがようやく片づくと、曹操は幕舎の入り口に立ち尽くした。顔はすっかり血の気がなく、全身がだるかった。自陣を眺めやると、針ねずみのような死体があちこちに転がっていた。今晩だけで少なく見積もっても千人は命を奪われただろう。ようやく塹壕を掘り終えたばかりの兵士らは立ち上がって幕舎に戻ることさえできず、頭上を袁紹軍の矢が飛び交っているのもかまわずにそのまま掩体の下でいびきをかいていた。こんな日々はいったいいつになったら終わるのか……

数人の兵士が這《は》い起きてきた。彼らは盾を掲げながら戻る際にも、曹操に挨拶するのを怠らなかった。曹操は声を絞り出す気力もなかったが、気持ちだけで首を動かし、兵士らに何度かうなずいて見せた。そのまましばらく突っ立っていたが、どうなるものでもないと思い直し、気の晴れぬまま幕舎に入った。将帥の卓のそばには、荀攸が両目を閉じて座っていた。眠ってはならんと思っているのか、何とか体だけは支えているが、まるで舟を漕ぐ船頭のようである。郭嘉のほうはおかまいなしに、矢の突き立った盾を抱えながら、仰向けで脚を広げて涎《よだれ》を垂らして眠りこけている。許褚は大きな鉄の矛を支えにして立っていたが、雷のようないびきが幕舎に響いていた。

曹操は倒れこむようにして腰を掛けると、突如、頭が割れそうな痛みに襲われた。玉帯《ぎょくたい》に仕込まれた詔《みことのり》の一件で、あのときからはじまったいつもの頭痛がまた騒ぎ出したのである。本心から撤退したいわけではなかった。しかし、ここまで戦が長引くと、心身の疲弊はいかんともしがたい。なんといっても、もう四十六である。それでも自分一人が苦しむだけならまだいい。いまは全軍の将兵が辛酸をなめ尽くしているのだ。これでは一将功成りて万骨枯《か》るどころか、一将功成らずして万骨枯るではないか。曹操はこれまで他人に膝を屈することを拒み続けてきたが、事ここに至ってさまざまな思いが胸を去来した。そして、この胸に抱いた大志は四十六にして幕を下ろすのではないか、そんな思いにとらわれていた……

「わが君……わが君……」

「んん……」曹操はゆっくりと瞼を開いた。目の前には信を置く校尉《こうい》の段昭が立っていた。「任《じん》将軍が兵糧を送ってまいりました」

曹操は眉間のあたりを軽く揉むと、力なく答えた。「ここに通してくれ」

ほどなくして任峻《じんしゅん》が例の裏門から息を切らせて入ってきた。髪はぼさぼさ、顔じゅうほこりまみれで、兜を抱えたままである。「今宵は危ないところでした。もうお会いできないのではと思ったほどです」

曹操は無表情に答えた。「こっちでも、まったく同じことを思っていたぞ」

二人の話し声に、郭嘉と許褚が目を覚ました。荀攸も夢うつつから現実に戻ってきたようで、ぼんやりとした目をこすりながら、任峻に向かってうなずいた。もはや声をかける気力すらない様子である。任峻は重圧から解き放たれて地べたにへたり込んだ。まずは喉を潤そうと、卓上の甕《かめ》を持ち上げてみたが、なかは空になっていたので、かすれた声のまま報告した。「道中で襲われました。韓荀《かんじゅん》の率いる部隊です。三、四千ほどでしたか。幸い輜車で囲んで糧秣を守るよう指示していましたので、内側から矢を放って追い払いました……が、しかし、やつらは北に行かず、南へ進路を取ったのです」

「南だと？」郭嘉はまたも驚き、眠気も吹き飛んだ。「許都を奇襲する気ではないか」

曹操の胸にはもはや心配する気持ちさえ起こらなかった。「曹仁は劉辟を汝南のほうまで追撃した。

いま陽翟《ようてき》［河南省中部］はがら空きだ。やつらを止めることはできんな」そうつぶやいて瞼を閉じた。

荀攸もしきりにかぶりを振った。「兵で許都を囲まれても守りおおせるでしょうが、それよりも問題は今後の糧道《りょうどう》をどうするかです」

「もう糧道は必要ないかと……」任峻がやはりかぶりを振って苦笑交じりに答えた。「各地の争乱で今年の作物は収穫できません。兵糧は、今日届けてきた分で最後です」

終わりだ……これでもうおしまいだ——誰もが言葉を失った。圧倒的な兵力差、守勢一辺倒、疲労困憊の将兵たち、がら空きの後方、離反する人心、底の見えはじめた兵糧……すべての不安要素が揃《そろ》い踏みである。曹操は認めざるをえなかった。たとえもう一年、十分に準備する時間があったとしても、そして先制の機会があったとしても、袁紹との力の差はやはり埋められなかっただろう。結局のところ、この官渡での戦いは、蟷螂《とうろう》が斧をもって隆車《りゅうしゃ》に向かっただけなのである。しかし、それでも抵抗するしかない！　曹操の顔にはすでに死相さえ浮かんで見えた。一時の静寂を破って、また風を切る矢の音が響いてきた。かと思うと、征虜《せいりょ》将軍の劉勲《りゅうくん》が盾を掲げながら入ってきた。曹操は唖然《あぜん》とした。「何かあったのか？」劉勲は張繡《ちょうしゅう》に従って、いまは前線の守備についているはずである。

「めでたきことにございます！」

ただの慰めか、それとも何も考えていないだけか……曹操は、この人となりに難のある男を前にして、叱りつける気さえ失せていた。「いったいどんなめでたいことがあるというんだ？」

劉勲は歯をむき出しにして笑った。「劉虞《りゅうぐ》の故将の鮮于輔《せんうほ》が兵を連れて投降してきました」

「何？」曹操はにわかには信じられず、ずきずきとうずく頭を叩いた。「こんな状況にあるというのに、わざわざ火中の栗を拾いに来るとはな。劉子台《しだい》よ、諸将に伝えてくれ。鮮于輔を出迎えて中軍の幕舎まで連れてくるのだ。この目でその男を検《あらた》めよう」

自信を取り戻す

鮮于輔《せんうほ》はまだ四十手前に見えた。深く赤みがかった顔、もじゃもじゃの頬髭、両の眼《まなこ》は漆《うるし》を点じたかのように黒く、いつも怒っているかのような顔つきは、武人の威風を漂わせる。鮮于輔は一人で来たのではなかった。副将の鮮于銀《せんうぎん》と斉周《せいしゅう》、長史《ちょうし》の田豫《でんよ》を伴い、さらには三千以上の兵と十数台の輜重《しちょう》車を率いていた。集められるだけのものをすべて集めて投降してきたようである。

袁紹《えんしょう》は公孫瓚《こうそんさん》を滅ぼして以来、鮮于輔を建忠《けんちゅう》将軍に任命し、表向きは幽《ゆう》州のうち六郡を治めさせていたが、実際には頃合いを見計らいつつ幽州の軍を削っていき、できる限り兵権を次男の袁熙《えんき》へと移していった。このたびの官渡《かんと》の戦いでは、袁紹はその幽州の軍にも出陣するよう命《めい》を出した。しかし、結局は信じ切ることができず、鮮于輔の部隊にだけは河北《かほく》［黄河の北］に駐屯して威勢を添えさせたが、前線の戦いには参加させなかった。それどころか、蔣義渠《しょうぎきょ》の部隊に監視させていたのである。曹操軍との戦《いくさ》はすでに半年にもなっていたが、鮮于輔のもとには前線から勝利の知らせが届くどころか、後方から悪い知らせが飛び込んできた。なんと袁熙が鮮于輔の不在に乗じて、幽州六郡の役人を好き勝手にすげ替えたのである。これはもちろん旧体制の一掃を狙ってのことだった。しかし、これが幽州の人々の心に火をつけた。長史の田豫の勧めに従い、鮮于輔は寝返りを決めたのである。蔣義渠の軍に手痛い一撃を加えると、自身が率いていた部隊を連れて黄河を渡り、曹操の陣営に身を投じたのである。

現状がどうであろうと、誰かが帰順してくるのは喜ばしいことである。曹操は小さな慰みを覚えながら、鮮于輔とその部隊を見回した。その目が田豫のところで止まった。「田長史が鮮于将軍に朝廷への帰順を説いたとか？」

田豫は微笑みながらも、歯に衣着せぬ物言いで答えた。「わたしが、『最後に天下を鎮めるのは曹氏です。速《すみ》やかに天命に従い、のちの禍《わざわい》を招きませぬように』と申しましたところ、わが将軍は善に従うこと流れるがごとく、迷わず馳せ参じたのでございます」幽州の武人はその多くが精悍で、鮮卑《せんぴ》や烏丸《うがん》といった北方の異民族とずっと付き合いがある。そのため、忠義や礼節といったことには無頓着で、常々ただ強弱をもって英雄を論じる。田豫のように、勢力の多寡《たか》にとらわれず賢愚を見極める理知的な人物は、絶えて稀であった。

曹操は田豫の言葉を聞いて、すぐに気に入った。「見たところ田長史はせいぜい而立《じりつ》といったところのようだが、その若さで幽州の長史を務めるとは、なるほど滅多なことではないな」

そうして曹操がひとしきり褒めそやしたところ、なんと田豫を取り巻く者たちが一斉に笑いだした。鮮于輔は楽しげに語った。「曹公、こやつが三十を超えたばかりの若造だとは思わぬことです。戦の場数だけで言えば、わしより古株でございますから。十六のときにはもう劉備《りゅうび》について黄巾賊《こうきんぞく》と戦っていたのです。戦場に生まれ落ちてそのまま大きくなったと言ってもいい」鮮于輔の言葉に、曹操陣営のみなも笑い出した。

「田長史は劉備に従っていたことがあると？」羹《あつもの》に懲《こ》りて膾《なます》を吹くとはこのことである。劉備の名が出た途端、曹操はすぐに気を引き締めた。

田豫は急に俯《うつむ》いて、いくぶん気落ちしたような表情を浮かべた。「まだ二十歳にもならぬころ、わたしは劉玄徳《げんとく》に従って黄巾を討ち、張純《ちょうじゅん》を攻めて、われながら目をかけられたものです。その後、劉玄徳は徐《じょ》州に赴任しましたが、わたしは母の看病のため郷里に帰りました。別れの際にはわたしの手を取り、『おぬしと大事を成し遂げられないのが残念だ』と……いまでも当時のことがありありと思い出されます……」

曹操は田豫の告白に悔恨の念を深くした――ここにも大耳の賊に毒された者が……まったく見誤ったものだ。やつを見くびりすぎたのだ――そう思い悩んでいると、態度を改めた田豫の声が響いた。「ただ、惜しいかな。劉玄徳は大業を成す人物ではありません」

「ほう？」曹操はそう言われて喜び、また興味を持った。「なぜそう思う？」

「たしかに劉備は義を重んじ、小事にこだわらず、人心をつかむことに長けています。しかし、事を成すにも深謀遠慮がなく、合従連衡《がっしょうれんこう》も気分次第、かように行き当たりばったりで、どうして大事を成すことなどできましょう。この十年でも付き従う相手をころころと変え、そうこうしているうちに人々の心も離れていきました。関羽《かんう》や張飛《ちょうひ》といった根っからの武人や、劉琰《りゅうえん》や糜竺《びじく》などの変わり者を除けば、誰があのような男のために力を尽くすというのです」

「そうだ、そのとおりだ……機智に趨《はし》る者はたしかに一時の利を得るが、ふらふらしているうちに自分が世を生き抜く強みを失ってしまう」曹操は髭をしごきながら、しきりにうなずいた。だんだんと田豫のことが気に入ってきた。曹操は田豫を掾属《えんぞく》にしようと口にしかけたが、目下、生死も定かではない苦戦の真っ最中である。いまは目の前の戦いに集中しなければならない。そこでほかの者にも目を向けると、後列には若くか弱そうな書生らしき男が立っていた。年のころは二十三、四といったところであろうか、いかつい男たちのなかでいやに浮いている。曹操は興味を惹《ひ》かれて尋ねた。「そちらの先生はどなたかな?」

書生は拱手《きょうしゅ》して答えた。「わたくしめは楽安国益県《らくあんえき》［山東省北部］の者で、国淵《こくえん》と申します」

曹操の驚きは大きかった。「すると鄭康成《じょうこうせい》先生の弟子の国子尼《しじ》殿か?」

「不肖、わたくしがその国子尼でございます」

曹操はかつて郗慮《ちりょ》が言っていたことを思い出した。師の鄭玄《じょうげん》門下でもっとも若い弟子が二人いる。一人は楽安の国淵、もう一人が東萊《とうらい》の王基《おうき》という。門を叩いたばかりのころはまだほんの子供だと聞いていたが、今日こうして官渡で相まみえるとは、しかも幽州の部隊に従ってここに現れるとは、時の流れとめぐり合わせに曹操は感慨を覚えた。国淵の顔を立て、鄭玄の名望に敬意を表し、曹操は立ち上がって返礼した。「尊師はお元気かな?」

「師はすでに鬼籍《きせき》に入られました……」

「なんと!」曹操はそのいきさつをまだ知らなかった。

「明公《めいこう》、どうか事の是非をみなさまとご判断ください」国淵は鼻息荒くまくし立てた。「袁紹は黄河の南まで攻め下ろうと考え、その際息子の袁譚《えんたん》に命じて、わが師を無理やり黎陽《れいよう》［河南省北部］まで従軍させせました。まもなく八十にもなろうというのにです。そして、北海《ほっかい》から黎陽まで馬上の長旅を強いられた挙げ句、酒宴の席上で突然息を引き取られました。袁紹がどんな身分にあろうと、普通なら、およそわずかでも仁愛の情のある者なら、八十のお年寄りに無理を強いたりするものでしょうか。これが四世三公の家柄を誇る袁氏父子のやり方なのです！」国淵の憤りは冷めやらず、怒りで全身を小刻みに震わせた。

みなが歯がみして悔やんだり、ため息を漏らしたりするなかで、荀攸《じゅんゆう》が優しく目を閉じながら語りはじめた。「古人の言葉に、『能《よ》く一経《いっけい》を説くは儒生《じゅせい》為《た》り。古今を博覧するは通人《つうじん》為り。伝書を採掇《さいてつ》し、以て書を上《たてまつ》り記を奏するは文人《ぶんじん》為り。能く精思して文を著《あらわ》し、篇章を連結するは鴻儒《こうじゅ》為り』といいます。鄭康成は諸家の経典に通暁した、数百年に一人の傑物でしょう。それがそのような最期を迎えるとは、儒の道を学ぶ者にとって痛恨の極みでございます」

「わが師がなぜ、どのようにして逝去されたのか、それすら曖昧なままで済ませるわけには断じてまいりません」国淵は曹操に向かって深々と腰を曲げた。「わたくしは遼東《りょうとう》にて戦乱を避けておりましたが、もう戻るつもりはありません。これよりは明公に従いとうございます。どうか袁氏父子を捕らえ、わが恩師のために仇を討っていただきたく存じます」

これは曹操にとっても願ってもないことだった。「安心したまえ。全力を尽くして、老先生のために恨みを晴らしてくれよう」曹操は幽州から来た男たちを見回した。誰もが怒りと興奮の色を隠さず、すでに袁紹との戦いに思いを馳せているようである。そこで鮮于輔に尋ねた。「将軍はいま何の官職についておいでかな」

「袁紹はわたしを建忠将軍に任じ、漁陽太守《ぎょようたいしゅ》の職を授けて、幽州の六郡の監督を命じました。だが、すべては名ばかりのこと。実際は全部でたらめだったのです」鮮于輔はふてくされながら打ち明けた。曹操は蔑《さげす》むように手を振って袁紹のやり方を否定した。「そんな偽の官職などなんの役にも立たぬ。わしがいま朝廷を代表して、そなたを正式に度遼《とりょう》将軍に任命しようではないか」度遼将軍とは、漢の武《ぶ》帝のときに設置された官職で、兵権を持って辺境の鎮撫に当たる。漢の中興以来、その任に着いた者は、种暠《ちゅうこう》(1)や段熲《だんけい》など、いずれも名将と呼ばれる者ばかりである。

鮮于輔は、曹操が自分のことをあまりに高く持ち上げるので、驚いて目を丸く見開いた。「それはあまりにも恐れ多うございます」

「なにもかしこまって遠慮することはない。将軍の勇名は北の辺境に響き渡り、鮮卑や烏丸も敬服するほど。度遼将軍につくのは理の当然といえよう。ひとまずは幽州の部隊をそのまま率いてくれ。いずれさらに増兵するつもりだ」

鮮于輔、鮮于銀、斉周、田豫らは互いに顔を見合わせた——比べてみなければわからないものだ。曹操と、あの度量の小さな袁紹では、まるで月とすっぽんではないか。諸将は一斉に声を上げた。「われら命をなげうって、曹公のご厚恩に報いましょうぞ！」

「わしが恩に着せようというのではない。これこそが朝廷の恩沢である」曹操はその点を念押しすると、今度は手を上げて夏侯淵《かこうえん》に命を下した。「妙才《みょうさい》、お前は鮮于将軍とともに西側で陣を構えるのだ。くれぐれも敵の矢には用心してゆけよ」

「御意」夏侯淵はすかさず立ち上がった。「では将軍方、わしについて来てくだされ」

曹操はちらりと国淵に目をやった。「先生は一緒に行く必要はありません。客人としてしばらくわが軍営にとどまってください。お休みいただく場所を劉延《りゅうえん》らに用意させましょう」これほど見識のある人物である。むろん国淵を「客人」として引き止めたのは、のちのち自分の配下とするための第一歩であった。

「こちらへ来たからには、仰せのままにいたしましょう」国淵は深々と一礼すると、劉延について出ていった。

曹操は荀攸と郭嘉、任峻をその場に残して、ぞろぞろと幕舎《ばくしゃ》から出ていく者を送りだした。ほどなくして、外から空気を切り裂く矢の音が聞こえてきた。また袁紹軍が矢を射かけてきたようである。曹操は大きくあくびをした。「鮮于輔らを味方に加えたとはいえ、焼け石に水であることに変わりはない。さっきは威勢のいいことばかり並べ立てておいたが、敵を破れるかどうかは、結局のところどのような策を打てるかにかかっている」そう言うと、先ほどまでの覇気は影を潜め、苦悶の表情を浮かべた。

すると、任峻が高揚した様子で曹操に声をかけた。「とにかく鮮于輔らが帰順してきたのはありがたいこと。みな袁家に恨みを持っていますから、戦に出しても安心できます」

郭嘉はもっとわかりやすく曹操を励ました。「天下の三賢、荀慈明《じゅんじめい》［荀爽《じゅんそう》］、陳仲躬《ちんちゅうきゅう》［陳寔《ちんしょく》］、鄭康成といえば知らぬ者はおりませんが、いずれもすでに鬼籍《きせき》に入りました。しかし、荀令君《じゅんれいくん》は荀公の甥に当たります。陳元方《ちんげんほう》［陳紀《ちんき》］父子は許都で官職につき、郗慮も朝廷におります。そしていま国子尼殿までやって来たのです。天下の三賢の門生《もんせい》や子弟がこぞってわが君のもとに集まったのです。これはすなわち、天下の名士たちがわが君に心を寄せていると言っても過言ではありません。いま、やむをえず袁紹につこうとの動きを見せている者もおりますが、わが君さえもうしばらく耐え忍んだなら、必ずや転機が訪れます。くれぐれも投げやりになって撤退してはなりません」荀攸もそれを聞いてしきりにうなずいた。

「たしかに、よく兵を用いる者は敵を制し、敵に制せられずと言うが、いまの局面は一方的に受身に立たされているのだぞ……」曹操は眉をひそめて悩んだ。

そのとき、任峻が何かを思い出したように自分の頭を叩いた。「いかんいかん、危うく忘れるところでした」そう言うと、懐から竹簡を取り出した。「これは荀令君からの書簡です。撤兵に関してのお返事かと」

曹操は荀彧の意見を待ち望んでいたこともあり、すぐに広げて目を通した。

今穀食少なしと雖《いえど》も、未だ楚漢《そかん》の滎陽《けいよう》、成皐《せいこう》の間に在《あ》りしが若《ごと》きにはあらざるなり。是《こ》の時、劉項《りゅうこう》の肯《あ》えて先に退くこと莫《な》きは、以為《おも》えらく先に退かば則ち勢い屈すと。公は十分にして一に居るの衆を以て、地を画《かく》して之《これ》を守り、其の喉《のど》を搤《お》さえて進むを得ざらしむること、已《すで》に半年なり。情《じょう》見《あらわ》れて勢い竭《つ》く、必ず将《まさ》に変有らんとす。此れ奇を用うるの時、失う可《べ》からざるなり。

「いま兵糧は少ないとはいえ、項羽《こうう》と劉邦《りゅうほう》が滎陽と成皐（ともに河南省中部）のあいだで対峙したときほどではありません。当時、どちらも先に撤退しようとしなかったのは、先に撤退したほうが勢いをそがれることにつながると考えたためでございます。わが君は袁紹の十分の一の軍勢で境界を守り、その喉元を押さえて敵の侵攻を阻むこと、すでに半年になります。情勢はすでに明らかで、敵に勢いはありません。近く戦局に転機が訪れるはずです。いまこそ奇策を用いるとき、時機を逸してはなりません」

「傍目八目《おかめはちもく》とはこのことか」曹操は目を輝かせた。「まったくそのとおりだ。昔、高祖《こうそ》と項羽が滎陽と成皐で対峙していたとき、にわかには決着がつかず、双方は鴻溝《こうこう》［河南省中部］を境として互いに兵を退くことに決めた。そして項羽が先に撤兵すると、高祖はこれに追撃をかけ、漢の建国につながる大勝利を得たのだ。どちらも退けぬいまの状況と同じだ。退いたほうがそのまま敗れ去る」曹操はそこまで思い至ると、竹簡を卓に置いて続けた。「袁紹軍に打ち勝てるかどうかはともかく、ここだけは何があっても死守せねばならん」

「そのとおりです。首を伸ばして刀を受けるか、首を縮こめて刀を受けるか、ただそれだけのこと。事ここに至っては、とことんやり合うまでです」郭嘉が笑った。

「荀令君はいまこそ奇策を用いるべきと言うが、しかし、どのような策を打てというのだ……」ここ数日、曹操はすっかり疲れ果て、頭がどうにかなりそうなほどだった。そこでまた『孫子』を取り出すと、次々と手に取って第七巻の「軍争篇」を開いた。そして、「軍は輜重無くして亡び、糧食無くして亡び、委積《いし》無くんば則ち滅ぶ［軍は輜重がなければ滅び、食糧がなければ滅び、資材がなければ滅ぶ］」の一句に、かつて自らが施した「此の三者無きは、亡びの道なり」という評を見つけた。

曹操は『孫子』を閉じると、おもむろにつぶやいた。「兵糧を襲う」

「兵糧を襲うですって？」任峻は耳を疑った。「敵のほうが大軍なのに、その兵糧を奪うというのですか」

「そうだ。この兵力差ゆえ、袁紹はわれらを軽んじている。まさかこちらが兵を分けて奇襲を仕掛けるなどとは思いも寄るまい。こちらから仕掛けてひと泡吹かせてやるのだ」曹操は力任せに手のひらをばしんと卓に叩きつけた。先ほど重ね置いた荀彧の書簡の上半分が卓からはみ出しており、ちょうど曹操の手が竹簡の下の端に落ちたため、ずっしりとした竹簡が跳ね上がり、ものの見事に曹操の顔を打ちつけた。

「痛っ」曹操が声を上げると同時に、鼻血がたらりと流れ落ちた。

郭嘉は必死で笑いをこらえながら、近寄って鼻血をぬぐってやった。「わが君、たいしたことはありません」

そのとき、曹操は顔に当たってまた落ちた竹簡を凝視し、不敵な笑みを浮かべると、いきなり郭嘉を押しのけた。「これだ！　これだ！　はっはっは……」

郭嘉はいきなり曹操に押されて思い切り尻もちをついたが、起き上がって尋ねた。「これとは何ですか？」

曹操は郭嘉にかまわず、その竹簡をひっつかんでまた卓の端ぎりぎりに置いた。そして、さっきのようにもう一度思い切り手のひらを打ちつけた。すると、竹簡は翻りながら跳ね上がり、離れたところにある小さな腰掛けにぶつかって、それを倒した。曹操は、まるで何か新しい遊びを見つけた子供のように、嬉々《きき》として笑いながらはしゃいだ。今度は兵書を同じように卓に置き、また思い切り手を叩きつけると、やはり兵書も飛んでいった。曹操は気でも触れたかのように声を上げて大笑いした。とうとう『孫子』の十三巻まで持ちだして、一巻また一巻と叩いては飛ばした。幕舎のなかは大騒ぎである。『孫子』が空中を舞ってはがちゃがちゃと落ち、腰掛けを倒し、灯《あか》りをひっくり返し、立てかけていた白旄《はくぼう》［旄牛《からうし》の毛を飾りにした旗］と金鉞《きんえつ》［金のまさかり］まで音を立てて倒れた。郭嘉は頭を抱えて右往左往していた。最初に顔を打った一撃で気が触れたのだと思い、許褚《きょちょ》に慌てて命じた。「仲康《ちゅうこう》、わが君がご乱心だ。早く取り押さえよ！」

許褚は正面から飛んでくる竹簡をかいくぐって曹操に近づき、しっかりと押さえ込んだ。「わが君、お気を確かに！　目を覚ましてください！」

「ふっふっふ……はっはっは」曹操は許褚の肩をばんばんと叩きながら笑い続けた。髪はざんばらになり、鼻血も垂れ流したままである。

何かに取り憑かれたのだ……許褚は身の毛もよだつ恐ろしさを感じたが、力いっぱい曹操の肩を揺すった。「わが君、お気を確かに！　全軍の指揮を執るのです、しっかりしてください！　わが君がおかしくなったら、われらは誰を仰げばいいのです……おお、わが君……ううっ」人並み外れた大男が肩を震わせて泣き出した。一本気な男ほど胸を打たれやすいものである。許褚は主君のために泣き崩れ、任峻も義兄のために涙を流した。荀攸と郭嘉は、ただ静かに心を痛めた。

ところが、曹操はひとしきり笑い転げると、いきなり真顔に戻って許褚の背中をなでた。「何を泣いているんだ？」

郭嘉は恐る恐る近づきながら、曹操の胸のあたりに手を添えた。「しょ、正気に戻られたのですか」

「何をぬかすか。誰も気が触れてなどおらん」曹操は郭嘉らを押しのけると卓の向こうに回り込み、またいわくありげに微笑んだ。「袁紹の櫓《やぐら》をつぶす方法を思いついたのだ」

「なんと？　それで、どうするというのです？」

曹操はそれには答えず、さっと絹帛《けんぱく》を引き出すと、筆を執って絵を描きはじめた。それは四輪車で、軍中にある轅車《えんしゃ》とそっくりだったが、その上にさらに骨組みを描き足した。その上部には横軸が通り、厚く平らな角材を貫通している。片側が高く、反対側は低い。低く下がったほうの端は大きな柄杓《ひしゃく》のようになっており、反対側の高くなったほうには何本もの長縄が結びつけられていた。

郭嘉が真っ先に反応した。「これは……もしや重い物を遠くに飛ばすための戦車ですか？」

「さすが奉孝《ほうこう》、よくわかったな」曹操は大作を完成させると、ようやく鼻血をぬぐいながら説明した。「こいつは木組みのなかに太い横軸が一本、そして強くて弾力のある長い板をその軸に通すのだ。板の後ろ側には皮袋を結びつけ、前側には百本からの縄をつないでおく。使うときは、岩石を皮袋のなかに入れ、力自慢の兵卒を百人集めて一本ずつ縄を持たせる。そして号令に合わせて一気に思い切り引くのだ。そうすれば岩石でも遠くへ飛ばせる」曹操の説明を聞いても、郭嘉以外の者はまだきょとんとしている。曹操は竹簡を手に取ると、傾くようにその下に物を挟んで置き、低いほうの端に硯《すずり》を乗せて許褚を手招きした。「こっち側を叩いてみろ」

許褚の力はもちろん曹操の比ではない。加えて馬鹿のつく正直者なので、手を振り上げると思い切り叩き下ろした。びゅんっと音を立てて硯は飛び出し、そのまま幕舎の外まで飛んでいった。

「こういうことだ」曹操は髭をしごきながら得意満面である。「硯でさえこれだ。これが百斤［約二十二キロ］の岩石だったらどうなると思う？　敵の櫓がどんなに丈夫だろうと、二、三発も当たれば木っ端微塵《こっぱみじん》だ」

みな跳ね上がった硯がまき散らした墨汁を全身に浴びていたが、曹操の発明に見入ってしまい、そんなことを気に留める者はいなかった。任峻はその竹簡をまだじっと見つめていた。「いやはや、これはすごい。櫓どころか、城攻めにも使えます」

荀攸も感心して褒めそやした。「その昔、范蠡《はんれい》が越《えつ》王勾践《こうせん》を補佐した際にも似たような物を作ったと聞きますが、それはせいぜい十二斤［約三キロ］の物を二百歩［約二百七十メートル］ほど飛ばしたに過ぎません。秦《しん》から漢に至っては歩兵と騎兵による戦がさまざまに展開されるようになりました。そのうち各種の戦車もしだいに廃れ、いまでは詳しく知る者もおりません。わが君が描いてみせたのは、まさにそれでしょう。古《いにしえ》の賢人と期せずして同じものを描きだすとは、恐れ入るばかりです」

郭嘉はもっと露骨であった。「范蠡の機器はたかが十二斤、わが君のものなら百斤だろうと、いとも簡単に飛ばせる。先賢の上をいくのは明らかです。いやあ、実に素晴らしい。これを発石《はっせき》(2)車と名づけましょう」

「発石車か、それはいい」そこで曹操は命を伝えた。「官渡の西、汴水《べんすい》の岸辺にちょうど山林がある。わが陣営の後方だ。速やかに軍令を伝えよ。五千の兵を選びだし、そこで木材と石を集めさせよ。この絵を何枚か写して各陣に回し、同じものを作らせるのだ。もし難しければ轅車を使って造り直してもかまわぬ。各陣で少なくとも四台用意せよ。ただ、敵に気づかれぬように、できるだけ幕舎のなかで造るのだ。すべての用意が整ったら、また追って指示を出す。それから、鮮于輔のところへ行って詳しい話を聞こう。いま、誰が袁紹に兵糧を運んでいるのか、どの道を通っているのか。これまで何日もさんざんな目に遭わされたんだ。たっぷりと利子をつけて、この鬱憤を晴らしてくれる！」

各陣営に指示が飛ぶと、曹操軍はさっそく発石車の製造に大々的に取りかかった。櫓から見ると、外に出ようとする者さえいない長く伸びた陣営は、意気消沈して静まり返っているように見えたが、その実、幕舎のなかはのこぎりを引く者、縄を縒《よ》る者で、てんやわんやであった。そうしてたった五日のあいだに、各陣営の発石車がすべて揃《そろ》えられた。

六日目の未明、ようやく空がうっすらと白みはじめたころ、曹操軍の将兵は計画どおり、ついに発石車を押し出した。これまで、曹操はずっと袁紹軍の動きを注意深く見ており、歩哨《ほしょう》の交代がこの時刻に行われることを探りだしていた。一晩じゅう見張りに立っていた弓兵がちょうど櫓を下りはじめ、次の班がまだ上がって来ていない時間を狙ったのである。眠気に誘われていた当直の兵士たちの目に、敵が何やら怪しい車を押し出すのが見えた。上部には骨組みがあり、とんでもない大きさの「柄杓」を備えている。柄杓には大きな石が詰め込まれ、手前側の木の端には何本もの縄が結びつけられていた。袁紹軍の兵士らは曹操軍の狙いがさっぱりわからなかった。気の抜けた矢を試しに放つ者もいたが、そのほとんどは興味津々で首を伸ばして眺めていた。そのとき、曹操軍の幕舎から盾を掲げた兵士が出てきたかと思うと、みながその車の前まで駆け、それぞれが縄をつかんだ。気づけば、幕舎の前には陣太鼓まで並べられている。

袁紹軍の兵士もこれは何かあると感じ取った。すかさず矢をつがえて弓を構えた。しかし、いまにも指を離そうとしたその矢先、敵陣から陣太鼓の音が響いてきた。それを合図に、曹操軍の兵士は掲げていた盾を投げ捨て、両手で縄を持ち、思い切り引っ張った。敵のかけ声が聞こえたときも、袁紹軍は何が起きているのかわからなかったが、なんと気づいたときには石臼のような岩石が目の前に迫っていた。

　小さなものでも数十斤、大きなものなら百斤はあろうかという岩石を、一台につき力自慢の八十人が思い切り縄を引いて打ち出すのである。こんなものがまともに当たれば無事で済むはずがない。あっという間にあたり一面は砂ぼこりに呑み込まれ、そのなかから悲鳴と櫓の崩れる音が聞こえてきた。この一撃で、多くの櫓が木っ端微塵につぶされた。櫓から落ちて死んだ者、崩れた櫓の下敷きになって押しつぶされた者は数知れず、まさに阿鼻叫喚の地獄絵図となった。半分以上の櫓は命中を免れたが、基礎の土山も突貫作業が祟《たた》ったのか、岩石の衝撃で崩れはじめ、ほとんどの櫓が倒れそうなほど傾いた。そのうえ、巻き上がった砂ぼこりで視界はまったく利かない。櫓に残っていた袁紹軍の兵士は、ひっくり返り、櫓から落ち、弓矢を失い、視界を奪われてうろたえた。それでも矢を放とうとする者もいたが、舞い上がる砂ぼこりでどちらに向かって打つべきかもわからないありさまだった。

　曹操もこの発石車を使うのは初めてのことである。どれほど役立つか見当もつかなかったため、発石車を前後左右、異なる距離に置き、飛ばす石の重さもそれぞれに変えて試しながらの攻撃だった。最初の一撃で要領をつかむと、すぐに発石車の位置を調整し、後衛の兵士らもすかさず次の石を運んできて、敵に息つく暇を与えず第二弾を発射した。岩石が櫓を砕くたびにすさまじい轟音が鳴り響き、砂ぼこりは数丈［約十メートル］ほども舞い上がってあたり一面を覆いつくした。曹操軍も最初こそ櫓の位置を把握していたが、いまや完全に視界を奪われたため、ありったけの力を込めてむやみやたらに石を打ち出し続けた。

　それが二十回以上も繰り返され、曹操はようやく停止を命じた。耳をつんざく轟音だけがまだこだましている。そのとき、一陣の西風が吹きつけた。砂ぼこりが吹かれてしだいに視界が開けていく。目の前にあったはずの延々と続く土山はほとんどが崩れ、至る所に岩石と櫓の残骸、投げ捨てられた弓、そして血だるまになった死体が積み重なっていた。櫓にいた袁紹軍の兵で助かった者は誰一人としていなかった。

曹操自身も発石車がこれほどの威力を見せるとは思っていなかった。曹操は間髪を入れず出陣を命じた。曹操軍の陣門が開かれると、数十台の発石車も土山のあったあたりまで押し出され、そこでまた岩石を拾って攻め続けた。もう少し進めば、そこは袁紹の本営である。袁紹軍の将兵も未明の轟音に叩き起こされたが、まだ状況がわからず、ただ天から降り注いでくる無数の岩石を目の当たりにして呆然としていた。ばきばきっと激しい音が何度も続いた。陣門が壊され、陣の柵が崩された。袁紹軍の陣営のうち十あまりは壊滅的な打撃を受け、数え切れないほどの兵士たちがわけもわからないままに死んでいった。整然と並んでいた大陣営が蜂の巣をつついたような大騒ぎになった。曹操軍がどんな戦車を使っているのかもわからない。「霹靂《へきれき》が来たぞ」そう叫びながら、みな一様に頭を守りつつ逃げだした。

幸い袁紹軍は将兵の数が多く、休養も十分だったうえ、中軍の前衛では張郃《ちょうこう》と高覧《こうらん》が指揮を執っていたので、しばらくは混乱をきたしたものの、すぐに隊伍を組み直した。そして弓には矢をつがえ、刀を鞘《さや》から抜き放ち、長柄の槍や戟《げき》を構えて曹操軍を迎え撃とうと正面を見据えた。ところが、そのときには曹操軍はすでに撤退しており、陣門を固く閉ざして守りを固めていた。これでは何も打つ手はない。

これまで曹操は受けに回る一方だったが、とうとう攻勢に転じたのである。しかも、鮮于輔から袁紹軍の糧道《りょうどう》について詳しい情報を聞くと、現状をしっかりと見極めて、その日の晩のうちには徐晃《じょこう》と史渙《しかん》に騎兵を与え、延津《えんしん》［河南省北部］の南に向かわせ奇襲をかけさせた。兵糧を輸送していた韓猛《かんもう》の部隊を急襲し、千台もの輜重に残らず火をかけたのである。例の「霹靂車《へきれきしゃ》」に対する恐れと相まって、袁紹軍の士気は大いに下がった。長い陣営で包囲を狭めるどころか、連夜にわたる後退で、二十里［約八キロメートル］退いたところに陣を構え直した。結局、もとの睨み合いに戻ったのである。

ひとまず危機を切り抜けた曹操軍の陣営に、吉報が二つ飛び込んできた。韓荀《かんじゅん》の部隊による許都の奇襲計画を聞きつけた曹仁《そうじん》は、汝南《じょなん》からすぐさま取って返した。夜を日に継いで、戻ったその足で韓荀の軍を襲い、雞洛山《けいらくさん》（現在の河南省密《みつ》県の南東にある径山《けいざん》のこと）で敵を食い止めた。両軍が入り乱れるなか、曹仁は自ら先頭に立って斬り込んでいき、乱軍のうちに韓荀を討ち取った。こうして許都に対する脅威は未然に取り除かれた。

もう一つの吉報とは、曹操も夢想だにしなかったことであるが、世に打って出て以来負け知らずだった孫策《そんさく》が、なんと広陵《こうりょう》の地で一敗地にまみれたというものであった。射陽《しゃよう》県匡琦《きょうき》城［江蘇《こうそ》省中部］における一戦で、陳登《ちんとう》自身が命を賭して敵軍に突っ込み、十倍にも上る江東《こうとう》［長江下流の南岸の地方］の軍を打ち破ったのである。陳矯《ちんきょう》もこれを支えて巧みに陣を敷き、実際より兵力を多く見せかけた。さらに曹操の援軍がすでに到着したとの噂を広めたことで、孫策は江東へと逃げ帰っていった。扈質《こしつ》もまた徐宣《じょせん》らの手引きにより、淮西《わいせい》［淮河《わいが》以南、長江以北の地の西部］の反乱を鎮圧し、こうして南東方面の危機はすべて取り除かれた。

戦局は目まぐるしく変わりながらももとの状態に戻り、曹操は最大の危機をとうとう持ちこたえた。しかも全軍の士気はこのうえなく高く、ここに至って、このまま地道に戦い続ければ、袁紹軍を破れるのではないかとの望みが軍のなかで広まった。歓喜に沸く曹操軍の陣営にあって、実際の状況を冷静に見極めていたのは、曹操や荀攸といった一握りの者だけであった。これからの戦いこそ、ますます厳しいものになる。なんとなれば、曹操軍の兵糧はすでに底をつきかけているのだから……

（1）种暠、字《あざな》は景伯《けいはく》、河南尹洛陽県《かなんいんらくよう》の人物で、周《しゅう》の仲山甫《ちゅうざんほ》の末裔である。父は定陶《ていとう》［山東省南西部］の県令で、三千万銭もの財産を有していたといわれる。父の逝去後、种暠はその財産をすべて一族や村の貧しい者に分け与え、名利を追う人物とは交際しなかった。

（2）発石車とは、てこの原理と遠心力を利用して石を敵陣に飛ばす、木製の兵器である。晋《しん》朝以降は「砲」とも呼ばれ、近現代の大砲の原初形態といえる。『范蠡兵法』にも類似の機器に関する記述があるが、実戦での運用についていえば、官渡の戦いが史書で確認できるもっとも古い記録である。

第十五章　戦局一変、烏巣《うそう》を夜襲する

瀕死のあえぎ

建安《けんあん》五年（西暦二〇〇年）十月、北方に厳寒の冬がまたやってきた。身を切るような北西の風が木の葉や草花を吹き散らし、官渡《かんと》の平原は荒涼とした気配に覆われていた。長く連なる曹操軍の陣営では、幕舎《ばくしゃ》が寒風に吹かれてばたばたと激しく音を立てていた。昼間は戦《いくさ》に夢中で何も感じなかったが、夜になって寒さが一段と厳しくなると、兵士らは骨を刺すような冷たさに体を震わせた。寒さのあまり寝つけない者は、火鉢や松明《たいまつ》の前で手をさすりつつ暖を取った。中原の兵士たちは河北《かほく》［黄河の北］の兵よりも寒さに弱い。戦の趨勢は、これでまた袁紹《えんしょう》軍に傾きはじめた。しかし、曹操軍にとっては寒さより恐るべきことがあった。一年近くにも及ぶ戦の果てに、兵糧が底をつくのはもはや時間の問題だったのである。

この危機を乗り越えるため、曹操は成皐《せいこう》［河南省中部］に駐屯する夏侯惇《かこうとん》と、陽翟《ようてき》［河南省中部］に駐屯する曹仁《そうじん》に、余っている兵糧をすべて官渡に回すよう軍令を伝えた。さらに一部の兵士を山菜や鳥獣の確保に出し、軍中での食事を一日一度に制限した。そこまでしても所詮は焼け石に水で、せいぜいもう何日か持ちこたえられるほどしか残っていなかった。

曹操は真新しい戦袍《せんぽう》に袖を通すと、各所の防備が万全かどうかを確かめるために各陣営を見て回った。心のなかでは焦燥の念に駆られていたが、そんなそぶりはおくびにも出さず、落ち着き払った様子で、その一挙一動にはことさら余裕を持たせてみせた。将は兵の要《かなめ》、兵は将の力である。このようなときに総帥が浮き足立つと、その不安は瞬く間に全軍に広まってしまう。そのため曹操は自分を奮い立たせ、みなの不安を取り除くべく、余裕綽々たる自身の姿ができるだけ多くの目に触れるよう、悠揚迫らざる様子で顔をしっかりと上げて闊歩したのであった。

仔細に各陣営を見て回ったあと、曹操は自身の幕舎には戻らず、軍門に寄りかかりながら、目の前に果てしなく広がる平原を眺めやった。冬の空は日も短い。まだ戌《いぬ》の刻［午後七時ごろ］になったばかりだというのに、もう夜の帳《とばり》が下りていた。しきりに吹きつける冷たい風が骨身に染みる。許褚《きょちょ》が何度も幕舎に戻るよう言ってきたが、曹操はそんな気分にはなれなかった。いまこの瞬間、曹操の心は物音一つしない闇夜のようであった。一筋の光さえ見えない。ややもすると弱気に陥りそうな自分を、強い力で引き止めるのがやっとだった。

戦争とは、ただ戦場で繰り広げられるだけのものではない。後方の経済力がより大きくものを言う。豫《よ》州と兗《えん》州はいずれも中原に位置し、ここ十数年、たえず戦争と災害に見舞われてきた。その損害たるや、河北の比ではない。いくら曹操が屯田を起こして民に野良仕事を与えても、食糧の生産がたった三、四年で劇的に変わるわけでもない。支配する地域は相手より小さく、人の数も相手より少なく、土地もまた相手より痩せている。兵糧の補給は、袁紹が曹操を圧倒するもう一つの強みだった。戦場にあっては、いかなる困難でも乗り越えられないものはないが、兵糧がなくなっては座して死を待つのみである。軍馬を殺して食い尽くし、木の皮を剝《は》いで食い尽くし、人肉を食うことになったなら、どれほど忠実な将兵であっても、まずは自分が生き延びる道を探るはずだ。そのときは、曹操自身がかつての呂布《りょふ》のように部下に縛られ、袁紹への手土産とされるであろう。そして死に就く前には袁紹にさんざん非難され、侮辱されるに違いない。長らく雄略を振るってきた天下の三公《さんこう》が、人から辱められるなどあってはならない。曹操は覚悟を決めた。万が一にもそのような日が来たときは、いさぎよくこの首を斬り落とそう。それならば、国に殉じて自刃したと評されて、後世笑われることもなかろう……

「わが君、ここにおいででしたか」郭嘉《かくか》が心配そうに駆け寄ってきた。「道理でどこを探しても見当たらなかったわけです。まさか軍門においでとは」

「ああ、ちょっと景色でも眺めようと思ってな」曹操は自分でもまともな説明になっていないとわかっていた。目の前に広がるのは、見るべきところなど何もないただの闇である。

「景色はよくとも北風が強く、寒さにあたってしまいます。やはり幕舎へ戻ってお休みになられては」郭嘉は曹操の胸中を察していたが、あえて触れることはしなかった。もはや打てる手は何もない。言ったところで悩みは深まるばかりである。

曹操はうなずくだけで、一歩も動こうとしなかった。戻ったところでどうせ寝つけないのだ。一人でもやもやするぐらいなら、ここで軍門の衛兵と一緒にいたほうが気も紛れる。郭嘉は自分の狐裘《こきゅう》を脱ぐと、それを曹操の肩にかけた。「そういえば、先ほど知らせが入りました。数日前、曹洪《そうこう》将軍が宛《えん》の陣を引き上げて、まっすぐここに向かっているとか。昼夜兼行で来れば、今晩にも到着するものと思われます。向こうにはまだいささか食糧もあるようですから、われわれも助かるかもしれません」

曹洪は劉表《りゅうひょう》に対する備えに当たっていた。近ごろ入手した情報によると、荊州《けい》長沙《ちょうさ》郡の太守《たいしゅ》である張羨《ちょうせん》が造反し、劉表はその対応に忙殺されて、曹操軍のほうまで手が回らないらしい。実際、いままで手合わせした感触から、曹洪は劉表が攻めて来てもたいしたことはないと踏んだ。そこで、曹操の最後の勝負に加勢するため、いま三千の部下を連れて北上しているのである。

たとえ曹洪の兵糧が着いたところで、総勢三万の大軍である。持ってせいぜい二、三日ということは、むろん曹操もわかっていた。いずれにしても、生死の分かれ目はもう片手の指で数えられるほどに差し迫っている。恨み言がつい出そうになったが、見れば狐裘を貸してくれた郭嘉は、もみ手に足踏みでがたがたと震えている。曹操は郭嘉を気遣った。「その痩せた体つきは何だ？　まるで女子《おなご》のようではないか。この上着はやはり自分で着るがいい」そう言いながら、曹操は狐裘を脱いだ。

しかし、震えていたのは郭嘉の芝居であった。郭嘉はなおぶるぶると体を震わせながら、曹操の手を押し返した。「わが君がここで景色を見ながら軍門を守るのであれば、この寒さですから一枚でも多いほうがよいでしょう」

「では、おぬしはすぐに戻って休め。この寒さだからな」

「わが君が休まれないのなら、わたしも休みません。せいぜいここで凍え死ぬだけですし、それもまた主君に忠を尽くした結果だと言えましょう」

曹操は思わず笑いを漏らした。「まったく、おぬしの悪知恵にはかなわんな。では戻るとするか。ただ、公達《こうたつ》も連れて来てくれ」

「軍師は寒さにあたったようです」郭嘉は狐裘をようやく受け取ると、再び袖を通した。「何があろうとご自愛なさいますよう。明日にも袁紹が撤退しないとも限りませんから」むろんそんなことがありえないのは、二人とも百も承知である。

曹操も小さくうなずいただけで、郭嘉と許褚を連れて自分の幕舎に向かった。前衛の陣屋をいくつか抜け、かすかに灯《あか》りのともる中軍の幕舎までゆるゆると戻ってきた。そして幕舎に入ろうとしたとき、王必《おうひつ》が片足を引きずりながら駆けてきた。「わが君……わが君……」

「矢傷も癒えていないのに、こんなところまでどうしたんだ？」

王必は太ももを押さえながら知らせた。「斥候《せっこう》からの報告です。後方から一隊の軍が現れました」

「子廉《しれん》の部隊が着いたのだろう」

「違います。その一隊は南東からこちらに向かっているのです」

「南東だと？」曹操の脳裏ににわかに疑念が生じた。「宛城からなら南西から来るはずだ。わざわざ遠回りして南東から来ることなど考えられん……行くぞ、この目で確かめる」

曹操らは足早に南東方面の陣門へ向かった。見やれば、はるか遠くに松明の明かりが見え隠れしている。かなりの数がいるようで、ゆっくりと進んでいる。これは曹洪の軍ではない。しかし、行軍の様子からして袁紹軍の奇襲でもない。あるいはここらの山賊かとも思ったが、官軍の本陣の前に堂々と現れる山賊などいるはずもない。斥候が何度も行き来して消息を知らせてくる。その隊伍はますますこちらに近づいてきた。隊のなかには数多くの荷車も交じっているようだ。暗がりのなかでは敵とも味方とも見分けられず、うかつに近づくこともできない。そのとき、翻る大旆《たいはい》にぼんやりと「李」

の字が見えた。まもなく、曹操軍の斥候を追い立てるように十数騎がこちらに向かって駆けてきた。物見櫓《やぐら》に立つ哨兵《しょうへい》が大急ぎで矢をつがえて叫んだ。「止まれ！　何者だ？　それ以上近づいたら射《う》つ！」

「射つな、射たないでくれ」その十数騎は手綱を引いて馬を止めると、身を翻して馬から飛び降りた。そして轡《くつわ》を牽《ひ》きながら陣門に近づくと、顔を上げて哨兵に向かって叫んだ。「われらは李将軍のご命令で兵糧を届けにきたのだ！　速《すみ》やかに曹公にお知らせ願いたい」

その声は陣門の奥にいた曹操にもはっきりと聞こえた。よく見れば、その男たちはみな黒の布衣《ふい》に黒の頭巾という、正規の軍ではない出で立ちをしている。「わしがその曹操だ。そちらの李将軍とは、いったい誰のことかな？」

男たちは一斉に跪《ひざまず》いた。「田舎者ゆえ、どうかご無礼をお許しください。われらの当主李曼成《りまんせい》が兵糧をお届けにあがりました。われらは先にご挨拶にまいった次第です」

郭嘉は訝《いぶか》しんで曹操に尋ねた。「李典《りてん》は兗州で守備についているのでは？　いつの間に兵糧輸送の役を命じられたのでしょう？　いや、そもそもその兵糧はどこから準備してきたのか……」

曹操ははっと気がついた。「そうだ！　これは李氏の食糧に違いない。李典は一族の蔵を開き、兵糧をかき集めて来てくれたのだ……すぐに門を開けろ！」

ほどなくしてその一隊が目の前まで近づいてくると、何台もの大きな車が暗闇のなかから浮かび上がってきた。家畜に牽かせている車もあったが、そのほとんどは人力で押している。あとからあとから続いてくる車は全部で百台近くあった。万単位の軍隊にとってはそれでも決して十分とは言えなかったが、一族にしてみれば途方もない財産をなげうったといえる。曹操は車を目で追っていた。穀物や飼い葉のほかにも、綿入れの服や布の掛け物、何台分もの干した棗《なつめ》などがあった。関東《かんとう》［函谷関《かんこくかん》以東］では今年は不作で、民らは棗を食べて飢えをしのいでいるというのに、それさえも差し出してくれたのだ。李典は身代《しんだい》を一切合切持ってきたに違いない。

話を聞きつけてやって来た諸将も、食糧を目の当たりにして感無量といった様子である。そこへ数百からなる正規の歩兵が近づいてきた。その中心に押し立てられた馬上の将こそ、李典その人である。周りでは兵糧を運んできた者らが、やれ曼成だの兄貴だの、甥っ子だ叔父さんだのとやんやの大騒ぎだったが、将軍と呼ぶ者は一人もいなかった。それもそのはずで、兵糧輸送に当たっていたのはみな李氏の一族だったのである。李氏の男が老いも若きもこぞって曹操のために兵糧を運んできたのだった。

「わが君にお目通りを願います」李典は遠くに曹操の姿を認めると、馬を飛び降りて拝礼した。

曹操はしばし声も出ず、その姿をぼんやりと眺めていた。自分が挙兵して以来、李氏から受けた恩義は数知れない。李乾《りけん》、李進《りしん》、李整《りせい》はすでに世を去り、このたびは李典が一族を仕切って兵糧を届けにきてくれた。そういえば、かつて下邳《かひ》では張遼《ちょうりょう》のことで李典を叱責したこともあった。いま、その李典を目の前にして、曹操は面目ない気持ちに苛《さいな》まれた。諸将も集まってきて、それぞれに包拳《ほうけん》の礼をとったり、感謝の言葉を述べたりした。李典は一人ひとりにきちんと返礼したが、ただ張遼にだけは無視を決め込んだ――私情は挟むべきではないが、まだ恨みを忘れていなかったのである。

曹操はしばし様子を見ていたが、張遼がいかにも気まずそうにしているので、あまり李典とあれこれ長話をするのは憚られた。「曼成よ、一族の命をすべてわしに預けられても、荷が重いな」

「わが李氏は地方の土豪に過ぎません。わが君の知遇を得ることがなければ、どうして今日まで栄えることができたでしょう。それにわが君の戦は朝廷を守る戦い。公私いずれにしましても、われわれには力を尽くす理由がございます」そこで李典は一族の者らに向き直った。「みなの者、道中ご苦労であった。ただ、兵糧のことを考えると、みながここで官軍の兵士らと一緒に飯にありつくのは難しい。よって直属の兵以外は夜陰に乗じて速やかに戻るがよい。帰りの道中も気をつけるんだぞ。袁紹軍に見つからぬよう、散り散りになって帰るんだ」

みなは口々に返事をすると、食糧をその場に置いて、ひと休みすることもなくそろそろと闇夜のなかに消えていった。任峻《じんしゅん》が分量を検《あらた》めようと食糧を車から下ろすのも待たずに、また斥候の報告が入ってきた。曰《いわ》く、宛城の部隊が到着して南西に陣を築いているという。それからほどなくして曹洪が姿を現した。「わが君、馬を連れてきた。二千頭以上の軍馬だ！」

鍾繇《しょうよう》は司隷校尉《しれいこうい》の職位で弘農《こうのう》郡を治め、衛覬《えいき》や段煨《だんわい》などの協力により関中《かんちゅう》［函谷関以西で渭水《いすい》盆地一帯］の諸将をまとめて、高幹《こうかん》の勢力を締め出してきた。さらに馬騰《ばとう》と韓遂《かんすい》には朝廷に子弟を一人、人質として入れさせただけでなく、二千頭もの西涼《せいりょう》の軍馬を集めさせていた。それをいま曹洪が連れてきたのである。曹操軍の馬の数は袁紹軍とは比べるべくもない。そのため、これまでは奇襲をするにも相応の規模でしかできなかった。つまり、この二千の軍馬は二千の奇襲部隊を得たに等しいと言える。

こうして立て続けにめでたいことがあった。曹操が諸将を連れて中軍の幕舎に戻ると、そこへ泰山《たいざん》郡従事《じゅうじ》の高堂隆《こうどうりゅう》、汝南《じょなん》郡従事の朱光《しゅこう》、広陵《こうりょう》郡功曹《こうそう》の陳矯《ちんきょう》が揃《そろ》って面会にやって来た。曰く泰山郡では、山あいを根城にしていた郭祖《かくそ》や公孫犢《こうそんとく》といった悪党を呂虔《りょけん》が奇襲して討ち滅ぼし、済南《さいなん》に巣食っていた黄巾《こうきん》賊の徐和《じょか》の侵攻を食い止め、さらには昌覇《しょうは》を孤立させて三たび曹操軍に投降させたという。また朱光によると、汝南では李通《りつう》と満寵《まんちょう》がしっかりと手を組んで、瞿恭《くきょう》、江宮《こうきゅう》、沈成《しんせい》という三人の賊将を斬り、彼らを抱き込むために袁紹が遣わしてきた使者も刑に処したらしい。そしていま賊将の首級《しるし》と袁紹が送ってきた偽の征南《せいなん》将軍の印綬を届けに来たという。

そしてもっとも驚いたのは、陳矯からの知らせだった——江東《こうとう》［長江下流の南岸の地方］の孫策《そんさく》が死んだ！

孫策は江東一帯を平定したとき、かつて西の都長安《ちょうあん》の朝廷が任命した呉《ご》郡太守の許貢《きょこう》を誅殺していた。そしてこのたび、許貢に厚遇されていた三人の食客が、その仇討ちを果たしたのである。食客らは目立たぬように変装して民のあいだに紛れ込み、常に孫策の動向に目を光らせていた。孫策は陳登《ちんとう》に敗れていったん江東に戻ったが、曹操の援軍が来ていないことを聞きつけると、再び広陵を奪い取らんと北上した。大軍は丹徒《たんと》県［江蘇《こうそ》省南部］の境まで来たところで、遅れていた兵糧を待つことになった。もとより武術の好きな孫策である。この暇を利用して狩猟に出かけた。三人の食客はこのときを狙った。木こりに扮して孫策を待ち受け、放った矢は孫策の額に命中した。供の者によって三人は殺されたが、孫策の受けた傷はひどく、陣営に戻り着くなり絶命の叫びを上げた。当代きっての華やかな勇将は、刺客の手によってあえない最期を迎えたのである。時に二十六歳のことであった。

孫策が世を去ると、江東では弟の孫権《そんけん》が跡を継いで立った。しかし、孫権はまだ十七歳の若者である。いきなり権力の座についたところで右も左もわからない。内外の政務は長史《ちょうし》の張昭《ちょうしょう》と中護軍《ちゅうごぐん》の周《しゅう》瑜《ゆ》の手に委ねられ、ようやく落ち着きはじめた。主君の急死とあっては再び軍を動かすこともできない。江東の軍は北伐をあきらめ、亀のように首を引っ込めた。これで向こう一、二年は対外的に軍を動かすことはないだろう。こうして広陵の脅威もすっかり取り除かれた。

立て続けに届いた吉報が軍の士気をまた奮い立たせた。諸将は腕まくりして袁紹との最後の一戦に意気込みを示し、がやがやと賑やかに曹操の幕舎をあとにした。任峻はすべての食糧を点検して曹操に報告した。李典と曹洪が持ってきた分を合わせれば、ちょうど十五日もつという。曹操は将兵らを不安にさせないため、残りの兵糧に関しては決して外に漏らさないよう厳命した。

兵士らは何も知らずに戦い、戦局もしだいに好転しているように思えたが、本当の危機はもう目前に迫っていることを曹操ははっきりと感じていた。袁紹はむやみに攻めてこようとはせず、飢えと寒さで曹操軍が自滅するのを待っていた。曹操はぽつんとともる灯りを一人静かに見つめながら頭をひねったが、どうしても敵を打ち破る万全の策が思いつかない。そして最後は開き直るしかなかった――事を謀《はか》るは人にあり、事を成すは天にあり……ありったけの力を尽くすだけだ。男たるもの進退窮まったときこそ果断に動くもの。せいぜい最後の最後まであがいて共倒れになるのも悪くあるまい!

そこまで考えたところで疲れを感じ、火を吹き消すと、布団を引き寄せて頭からかぶり眠りについた……夢うつつのなかで、幕舎の外から許褚の激しい叱責の声が聞こえてきた。「間抜けどもめ!なぜ敵の間者をこんなところまで連れてきた? わが君はようやく眠りについたところだ。ここで騒ぎを起こしてはならん。さっさと引っ立てて始末せよ」

それに続いて甲高い声が聞こえた。「わたしは間者ではない。曹公に会わねばならんのだ。どうか取り次いでくれ」曹操は目を閉じたまま聞いていた。どこかで聞いたことがあるような声だったが、にわかには思い出せなかった。一日、気を張り通していたせいで、またすぐに眠気が襲ってきた。曹操はそれ以上考えるのも億劫になり、寝返りを打って再び眠りに落ちた。また許褚の声がかすかに聞こえてくる。「やかましい！　間者かどうかはともかく、わが君はもうお休みだ。ひとまず陣の奥で監禁しておく。何かあるなら明朝申し出るがいい」

ところが、その尖った声の持ち主はますます声を荒立てた。「ふざけるな！　どれだけ苦労してここまで来たと思っている？　それをのうのうと眠っているから会えないだと？　曹阿瞞《あまん》殿！　おぬしは旧友の前でも偉ぶるつもりですか！　さっさと出てきてください！　阿瞞殿……出てこないんですか……」その声が途切れた途端に騒がしい声が沸き上がった。どうやら主君の幼名を呼んだことに腹を立てた衛兵らが取り押さえにかかったようである。

曹操もはじめはやかましく思って布団のなかにもぐり込んだが、幼名を呼ばれると、疲れも忘れて思わず身を起こした。時と場合と身分さえもわきまえず、曹操のことを幼名で呼ぶのは天下にただ一人しかいない――許攸《きょゆう》だ！

賭けの一手

「おい、まさか賢弟か！　そこにいるのは子遠《しえん》なのか」曹操は望外の喜びに、靴を履くのも忘れて裸足で幕舎《ばくしゃ》を飛び出した。

間者と間違われた許攸《きょゆう》は粽《ちまき》のように縄でぐるぐると縛られ、兵士四人がかりで押さえつけられていた。曹操が出てきたのを見ると、口を尖らせて皮肉った。「いやいや、賢弟だなどとは恐れ入ります……見間違いでしょう。わたしはただの間者ですから」

「子遠が来てくれたのならこちらのものだ！」許攸が日ごろから傲岸不遜《ごうがんふそん》な性格であるのを知っていた曹操は、すぐにへりくだって頭を下げた。「皮肉はそれぐらいにしてくれないか……さあ、早く縄を解け！」

「いや、少々お待ちを」許攸は落ち着いた様子で続けた。「そちらの軍の兵士どもは口々にわたしを間者だと言ってくれたが、この件はどうしてくれますか」

曹操は許攸に袁紹《えんしょう》軍の様子を聞きたい一心で、すぐに犯人探しをはじめた。「誰だ、許先生を間者だとぬかしたやつは？　全員自分を張り飛ばせ！」兵士らにしてみれば務めを果たしただけのはずが、なんと曹操の大切な客を捕まえてしまったのだ。命令に背くわけにもいかず、許褚《きょちょ》を筆頭に間者呼ばわりした者は、みな自分の頬を思いきり張った。曹操は自ら近づいて許攸の縄を解こうとしたが、なかなか解けない。よく見れば結び目はすべて細結《こまむす》びになっている。どうやら許攸はかなり手こずらせたようだ。そこで剣を手に取って縄を切り、ずいぶんかかってようやく許攸を自由にしてやった。

許攸は腕やら脚やらをほぐしてから、曹操に向かって挨拶した。「曹公は朝廷の柱石、わたしは一介の布衣《ふい》、御自らここまでしていただき恐縮至極です」

嫌味を含んだその口ぶりに曹操も笑いだした。「長い付き合いではないか。いまの身分などどうでもよかろう」曹操はしっかりと許攸の手を握り締めた。「さあ、なかでゆっくり話そう」

「いや、まだです」許攸は許褚のほうを振り向いた。「わたしの剣はどこだ？　それから馬は？」

許褚はこの男が気に食わなかったが、曹操の顔を立て、怒りを押し殺して答えた。「どのみち陣営のなかでの騎馬は許されません。それがしがきちんと見ておきましょう」

「くれぐれも失うでないぞ」

「あの剣と馬では誰も欲しがりません」

許攸は目をむいた。「黙れ！　あれだけは袁紹の陣営からやっと持ち出してきたのだ。他人にくれてやるものか」

四十を過ぎても相変わらずのひねくれ者だ。曹操もこのままでは埒《らち》が明かないと思い、割って入った。「まあまあ、それくらいのことで角を立てんでもよかろう。軍馬ならここにいくらでもいる。あとで気に入ったのを牽《ひ》き出してくるといい」そこでようやく、べらべらとしゃべり続ける許攸を幕舎のなかに通した。許攸には遠慮というものがまるでなかった。幕舎に入るなり、曹操の寝台に腰掛けたのである。護衛の兵が灯《あか》りをともして持ってくると、曹操も許攸のすぐそばに腰掛け、あらためて許攸の姿をまじまじと眺めた——見てくれは以前とそう変わらない。細い眉はいっそう薄く、低い鼻にぼってりとした唇、方々に跳ねたねずみのような髭、丸くて大きな目だけは爛々として、はしっこく動いているが、目じりには幾すじかの皺《しわ》が刻まれ、頬にもしみが増えた。黒っぽい綿布の衣に身を包んでいるが、全身砂ぼこりにまみれている。そのうえ髪はざんばらなのだから、まったく冴えない――この様子だと、おおかた袁紹のところで何か面倒を起こして追い出され、行く当てもなくここを頼って来たのだろう。

曹操の見立ては間違っていなかった。許攸は袁紹と衝突したため、曹操のもとに身を寄せて来たのである。許攸は袁紹に付き従って以来、河北《かほく》の地盤を固めるために身を粉にして尽くしてきた。しかし、傲岸不遜で財貨を好む性格は改められず、袁紹の寵愛をいいことに私腹をこやし、権威を笠に着て賂《まいない》を求めた。その後、袁紹が勢力を拡大すると、河北の豪族や名家の者が次々とその幕下に集まった。参謀に任命された冀《き》州随一の豪族審配《しんぱい》は、よそ者の許攸が自分たちの土地で好き勝手に土地や財貨をむさぼっているのを見過ごせるはずもなかった。そのため表向きはともかく、二人はもう何年ものあいだそりが合わず、互いに相手を陥れようと考えていた。

先だって曹操軍は韓猛《かんもう》を奇襲し、大量の糧秣《りょうまつ》や輜重《しちょう》車に火を放った。そのため袁紹は、兵糧を準備してまた前線に送るため、審配を河北に帰らせた。審配は鄴《ぎょう》城［河北省南部］に着くと、良民を苦しめて不当に土地をわがものとしたとの罪で、許攸の一族の若者を監禁し、さらには許攸の罪をいちいちあげつらった書簡を官渡《かんと》に送り届けた。おりしも官渡では、許攸が二度にわたって袁紹に許都《きょと》への奇襲を進言していた。そこで袁紹は、その策をはねつけたばかりか、審配からの書簡を突きつけて厳しく許攸を叱責し、一介の軍吏に降格したうえで、沙汰が下りるまで従軍しておくよう命じた。許攸はあれこれ思いめぐらしては、ますます気が塞《ふさ》いだ――このままではたとえ曹操軍に勝ったとしても、前途は真っ暗だ。冀州では審配に邪魔立てされて、一族の者を救い出すことなど夢のまた夢。こうなれば、いっそのこと袁紹を見限って曹操のもとに身を投じるか……

曹操なら袁紹に勝つため必ず自分を礼遇するに違いない、そう踏んでいた許攸は偉そうにふんぞり返り、口を尖らせていかにも尊大な顔つきである。「ずいぶん遠くから来たもので腹が空いてかないません。ひと休みするので、そのあいだに何か用意してほしいものです」そう言うなり、そのまま曹操の寝台で横になった。戦《いくさ》のことにはまったく触れる様子もない。

曹操としては袁紹軍の情報が喉から手が出るほど欲しい。許攸の機嫌を損ねるわけにはいかず、自分の寝台を譲ると、すぐに食事の用意を命じた。ほどなくして熱々のうどんが届けられ、胡麻つきの餅子《ビンズ》［粟《あわ》粉などを焼いた常食物］がいくつかと、干した棗《なつめ》もたっぷりと添えられた。許攸は思う存分にそれらをがつがつと頬張り、碗を持ち上げて汁まで飲み干すと、腹をさすった。「ああ、食った食った……」

そろそろ頃合いと見て、曹操は丁重な口ぶりで話しかけた。「子遠、よくぞ来てくれた。暗君を捨てて、朝廷に帰順してくれるのだな」

許攸はすこぶる体面を重んじる。袁紹と不和になって身を投じたが、物笑いの種になると思ってか、そのことには一切触れなかった。曹操の問いを認めるでもなく否定するでもなく、ただ思わせぶりに質問を返した。「つまるところ、明公《めいこう》は袁紹を破りたいとお考えなのですか」

なんたる愚問だ——曹操は、許攸の傲慢かつおだてに乗りやすい性格を知っていたので、どのみち甘言を並べてでも引き留める必要があるのなら、いっそのことととことん喜ばせてやろうと考えた。そこで許攸に向かって深々と腰を曲げた。「古《いにしえ》より『肉を食するは鄙《ひ》［肉を食するいい身分の者は暗愚］』という。愚兄はいま朝廷では三公、軍中では総帥の地位にあるが、賢弟の才智縦横、深謀遠慮には遠く及ばぬ。いまこそ旧交を温めて、どうか袁紹を破る方法を教えてもらいたい。この戦に勝って大功を立てることができれば、愚兄が感謝に堪えないばかりか、それは朝廷の幸い、いや、天下万民の幸い……」曹操は司空《しくう》について以来、これほど他人に媚《こ》びたことはなかった。いまこうして下手に出て頼み込んだが、内心では苦々しい思いを禁じえなかった。

かたや許攸は悦に入った様子で、目を細めながらうんうんと妙なる調べに耳を傾けているかのようである。その虚栄心が十分に満たされたのか、おもむろに髭をつまみつつ答えた。「いやいや、それほどでもありませんが、まあ袁紹を破るのは簡単なことです。ただ、一つだけお尋ねしたい。偽らず、誠実にお答えいただけますかな？」

「もちろんだ。なんなりと聞いてくれ」

「こちらの兵糧はあとどれほどでしょう？」

曹操はかすかに笑みを浮かべると、髭をしごきながら答えた。「保《も》ってなんとかあと一年というところか」

「違いますな」許攸は白い目で曹操を見た。「わたしは本当のことが聞きたいのです」

曹操も軽々しく軍中の機密を教えるわけにはいかず、なんとかごまかそうとした。「まあ半年分といったところだ」

許攸は突然立ち上がった。「まだ半年も保つのであれば……そのときに出直すとしましょう」

「待て、待ってくれ」曹操は慌てて引き止めた。

「そんなに多くは残っていないはずです」許攸は笑いながらもう一度腰を下ろした。

「ああ……」曹操はわざとため息をついた。「子遠、怒らずに聞いてくれ。実はもう三か月分しか残っていないのだ」

許攸は冷やかに笑った。「さすがは阿瞞殿、わたしも陳孔璋《ちんこうしょう》［陳琳《ちんりん》］の檄文を見ましたが、まったくそのとおりです。あなたという人は実にずる賢い。わたしはあなたを助けるため好意からここへ来たというのに、なぜひと言も本当のことを語ってくれないのです」

「はっはっは……それは『兵は詐《さ》を厭《いと》わず［戦では敵を欺いてもかまわない］』というやつだ」曹操は許攸の耳元に口を近づけると、ことさら小さな声でささやいた。「本当のことを言おう。軍中の兵糧は保って一月《ひとつき》あまりだ」

「まだ嘘をつくのですか」許攸は手元にあった干し棗をひとつかみ取って曹操を睨んだ。「一月分もあるというのなら、この寒い時期にこんな物を食べますか」

曹操は痛いところを突かれた。さすがは許攸である。もはや真実を言うしかない。「賢弟の目はごまかせんな。実際は保って半月、それだって配下の将らが自ら集めてきたものだ」

「ふむ、まあそんなところでしょうな」許攸は棗を口に放り込むと、勢いよく嚙みつぶして飲み込んだ。「孤軍で強大な敵に当たるも、外に援軍なく、内に兵糧なし。これで速戦即決を採らないのは、自らを死地に追い込むようなもの」

「それぐらいはもちろんわかっているのだが、袁紹陣営の防備には綻《ほころ》びすら見られない。これでどうやって袁紹を破れというのだ」

許攸は含み笑いをした。「愚弟に策があります。三日のうちには袁紹軍十万を戦わずして破ることができるでしょう。お聞きになりたいですか」

「これ以上もてあそばんでくれ。それはどんな方法だ、早く教えてくれ」

許攸は厳しい顔つきになり、その丸っこい目に炯々《けいけい》とした光を宿した。「先ごろ阿瞞殿は韓猛を奇襲し、千台もの輜重車に火を放ちました。そのため袁本初《ほんしょ》は、審配を冀州に戻らせて兵糧を二度調達させています。このたびの兵糧はゆうに輜重車一万台分、それらはすべて官渡の北東四十里［約十六キロメートル］のところにある烏巣《うそう》に蓄えられています。淳于瓊《じゅんうけい》が一万ほどの兵でこれを見張っておりますが、もし阿瞞殿が遊撃隊を組んで奇襲すれば、向こうはなす術もないでしょう。穀物をすべて焼き払えば、袁紹の大軍はすぐに兵糧不足に陥り、三日もせぬうちに大混乱に陥るはずです」

曹操はすこぶる喜んだが、またすぐ憂い顔に戻った。「しかし、前にも兵糧を襲ったばかりだ。それをもう一度やるというのか」

「だからこそ、もう一度するのです」許攸はぱしんと膝を打った。「袁紹はまったくの凡人です。わたしや沮授《そじゅ》が何を献策したところで聞く耳を持ちません。袁紹はまさかまた兵糧を襲ってくるとは考えてもいないでしょう。そこを衝《つ》いていま一度兵糧を攻めるというのは、まさに敵の裏をかくことにほかなりません。ましてや淳于瓊などは何の能もありません。それは阿瞞殿もご存じのはずですが」

かつて淳于瓊と曹操はともに西園八校尉《せいえんはちこうい》として席を列ねた。曹操はその無謀さや酒好きの性格をよく知っている。そうであっても、やはりためらいは残った。「淳于瓊は能なしでも、ここから四十里もの道のりを敵の目をかいくぐってはいけまい」

「そんなことはありません。精鋭の兵士を選び出して袁紹軍の兵馬を装い、『袁公は曹操が補給路を攻めるのではと案じられ、われらを烏巣の護衛に遣わされた』と言うのです。そのときわたしが顔を出して援護すれば、すんなり通してくれるでしょう」許攸は幕舎の外を指さして続けた。「まだ亥《い》の刻［午後十時ごろ］にもなっていません。いますぐに部隊を動かせば、空が明るくなるころには勝負がついているはずです。もし明日になってわたしがいないことを袁紹が知れば、必ず用心して守備を固めます。そうなれば、もう兵糧を襲おうとしても不可能。いまが千載一遇の好機なのです。よくよくお考えください」

曹操はすっくと立ち上がり、外に向かって声を上げた。「仲康《ちゅうこう》、灯りをつけて太鼓を打て。軍議を開く」

中軍の大陣営に集合を知らせる太鼓が響くと、ほどなくして将と掾属《えんぞく》［補佐官］が続々と集まり、軍師《ぐんし》の荀攸《じゅんゆう》も病を押してやって来た。かつて河北の地で仕えていた郭嘉《かくか》、朱霊《しゅれい》、路招《ろしょう》らは、許攸の姿を見て一様に驚いた。曹操が烏巣急襲の計略を話すと、幕舎のなかは反対の声で満たされた。とりわけ于禁《うきん》は義憤に駆られて強く反対した。「官渡と烏巣の隔たりは四十里、その間、敵は斥候《せっこう》をそこかしこに放っています。かりに敵地へ深く侵入することができたとしても、袁紹が援軍を送れば、わが軍は前後を敵に挟まれて生き延びる術はありません。それにこの者は……」于禁はそこで許攸を一瞥した。「この者は夜半に敵陣を抜け出して来ました。何を企んでいるのかわかったものではありません。まずは詳しく取り調べるべきでしょう」

「企むとはなんだ……」許攸は理詰めで反駁した。「わが一族は老いも若きも袁紹に捕らえられた。この一事でもわが恨みの大きさが知れよう。そのわたしがそなたらを騙《だま》すと思うのか。わたしとて軍に身を置く者。万が一にでも何か過ちがあれば、そのときは潔く首を差し出す所存だ」

「このくそったれが！」曹洪《そうこう》が目をむいて食ってかかった。「てめえの首などどうでもいい。大事なのは主君の命だけだ。万が一だと、それで貴様を始末したところで何になるっていうんだ！」

許攸が口を開く前に、朱霊も気色ばんで訴えた。「たとえ許子遠殿の言葉がまことだとしても、いまいちど兵糧を狙うのは得策とは思えません。袁紹も厳に警戒しているはず。わが君、軽々に危険を犯すべきではありません。軍は一日たりとて総帥を欠くことはできぬもの、何とぞお考え直しください」

「お考え直しください」諸将も口を揃《そろ》えて声を上げた。于禁、朱霊、張遼《ちょうりょう》、李典《りてん》といった日ごろは仲の悪い者たちも、このときばかりは意気投合し、揃って懇願の眼差しを曹操に向けた。

許攸が曹操の陣営に奔《はし》ったのはたしかに熟慮の末のことではなかったが、いささか簡単に考えすぎていたことに、許攸自身もいまさらながら気がついた。なんと言っても河北から身を投じて来たのである。曹操が自分の計略に同意したとしても、曹操軍の諸将にまで受け入れさせるのは容易ではない。帰順してきた身であれば、きつく言い返すのも憚られる。許攸は焦りを覚えて曹操に目を向けた。どうやら曹操も悩みはじめたようである。そのまま諸将の顔を見回すと、誰もが一様に疑いの眼差しを自分に向けている。郭嘉まで眉をきつくひそめて助け舟を出してはくれなかった。もはやいかんともしがたい、許攸がそうあきらめかけたとき、傍らに腰かけていた荀攸が力のない声を振り絞った。「子遠殿の計を採るべきかと……」

ようやく曹操の耳に賛同の声が届いた。「おお、軍師は賛成か」

荀攸は立ち上がる気力もないらしく、ぐったりと腰掛けたままぽつりぽつりと話しはじめた。「袁本初は兵法に通じておりませぬゆえ、すぐに救援を出すとも限りません。たとえ援軍を出したとしても、わが君の力を持ってすれば必ずや勝ちを得られるでしょう。いわんやいまは冬、烏巣は北東にあります。火を放てば風に乗って燃え広がり、火の手は官渡の袁紹軍にも見えるはず。袁紹軍は肝をつぶし、兵の士気も一気に下がることでしょう。そうなればもうしめたもの。この機を逃す手はありません……」荀攸はゆっくりと息を継ぎつつ戦機を説いた。

「そうです、そのとおり！　公達《こうたつ》殿の言葉こそ、まことに智者の見識というものではありませんか」許攸がにわかに勢いづいた。

曹操は左右を見回してみたが、荀攸のほかに同意の声を上げる者はおらず、この広い中軍の幕舎がしばし沈黙に支配された。曹操の悩みは深刻になる一方だった。もとよりまたとない機会である。しかし、諸将の意見も理に適っている。もしこの奇襲に失敗したら、戻って官渡を守ることさえきわめて困難となろう。奇襲となれば多くの兵を連れていくこともできない。鍾繇《しょうよう》が送ってくれた軍馬も出して、多くとも五千までだ。かたや烏巣を守る淳于瓊の軍だけでも一万はいる。道中で一戦交えるようなことがあれば、烏巣に着いたとしても難しい戦いを強いられるだろう。この作戦はどう考えても無謀だ……いや、それでも仕掛けるべきなのか……

みな押し黙ったまま、じっと曹操に視線を注いでいた。あとは最後の決断を待つのみである。幕舎は静寂に包まれ、火鉢の炭の爆《は》ぜる音だけがいやに大きく響いた。長らくの沈黙を破り、曹操がふいに立ち上がった。「少し表を歩いてくる。そのままここで待っていてくれ。戻ったら決断を下す」そう言うと、訝《いぶか》る諸将を残して幕舎を出ていった。

「阿瞞殿！」許攸が慌ててあとを追った。「この大事なときに何をなさるおつもりです？　わたしもお供しましょう」

「その必要はない」曹操は振り向きもせずに答えた。「しばらく我慢して待っていてくれ。すぐに戻る。手遅れになっては元も子もないからな」

幕舎を出るなり、冷たい風が吹きつけてきた。曹操は新鮮な空気をたっぷり吸い込むと、足早に陣門を抜けて前軍の陣営に向かった。護衛の許褚らも曹操の意図はわからなかったが、かといって、あれこれ尋ねるのも憚られ、ただ静かにすぐ後ろからついていった。陣営の門を二つ抜けると、そこは最前線に位置する張繡《ちょうしゅう》の陣である。曹操はそこでようやく足取りを緩めた。門衛の若い将は遠くに曹操の姿を認めると即座にその場で跪《ひざまず》き、曹操の到来を待って挨拶した。「わが君に申し上げます。ただいま張将軍は陣内の巡視に出ており、いまは劉《りゅう》将軍が幕舎にて指示を出しております。いますぐお取り次ぎして……」曹操は門衛には何も答えず、護衛を連れてそのまま陣門を入っていった。

張繡や劉勲《りゅうくん》のところでもない。曹操はまっすぐ陣の南西の角に向かい、ぽつんと張られた小さな幕舎の前で立ち止まった。帳《とばり》の隙間から光が漏れている。曹操は振り向いて許褚に命じた。「ここで待て。いいか、何があっても邪魔をしてはならんぞ」曹操は鎧と戦袍《せんぽう》の乱れをきちんと直してから、帳を少しだけ持ち上げて静かに声をかけた。「文和《ぶんわ》殿、こんな遅くに、まだお休みではありませんでしたか」

「誰かな？」賈詡《かく》は狐裘《こきゅう》を羽織り、板草履をぶらさげ、ちょうど火鉢の前に座って火にあたりながら書物に目を落としていた。灯火《ともしび》はほの暗く、目も悪くなっていたので、客人が近づくまで誰かわからなかった。相手が曹操だとわかると、賈詡は慌てて立ち上がろうとしたが、腰を浮かせる前から曹操に押し戻された。「どうかそのままで。肩肘張らずに少しお話でも」

「いまごろは幕舎で軍議の最中かと思っていましたが、こんなところまで足をお運びになるとは」

賈詡はなお顔を上げようとせず、見下ろした視線の端で曹操が座ったのを確かめた。

「近ごろは軍務があまりに忙しく、わがほうに文和殿という智謀の士がおられることを忘れていました……はっはっは」曹操は髭をしごきながら笑った。

「それはそれは、恐れ多い」賈詡は書物を手にしたまま、頭を下げてへりくだっている。

「もとは文和殿を執金吾《しつきんご》とするよう上奏するつもりでしたが、その前にこのような事態が起こりました。許都《きょと》で悠々自適を楽しむ暇《いとま》もなく、文和殿にまで張繡に従って出征させることになってしまって……実に面目ないことです」

曹操の来意がよくわからず、どう返したものか、賈詡はひと言だけ小さな声で答えた。「お国のために力を尽くすのは当然のことです」

「文和兄上、あなたは……」

「兄上だなどと……わたしにはそのように呼ばれる徳も才もありませぬ」

「何を仰る。ほかには誰もいません。親しく兄弟として呼び合っても問題ないでしょう」曹操はにこやかな笑みを浮かべた。「袁紹と長らく対峙し、いまもって勝利を得るに至っておりません。文和兄上、何かいい案はございませんか」

賈詡はかぶりを振った。「明公は久しく兵馬を指揮され、その叡智は他人の及ぶところではありません。思うに、万事妥当、何も過不足はございますまい」曹操の陣営にいる幕僚の多くは潁川《えいせん》の出身、将は沛国《はい》の、役人らは兗《えん》州の戸籍を持つ者が多数を占める。そのようななかで、涼《りょう》州出身の賈詡は進んで誰とも関わろうとはしなかった。しかも、生え抜きでないばかりか、以前には張繡に策を授けて曹操軍に大損害を与えているのである。何を言うにも細心の配慮をしないわけにはいかない。

賈詡が胸襟を開いて話そうとしないのを見て、曹操は手を変えた。すでに目の奥は笑っていない。

「文和兄上はご謙遜が過ぎる。昨夜は寝つけず、少し考えたのです。兄上をたいした役目もない執金吾につけるのは役不足ではないかと。兄上ほどの人であれば、一地方を平定して朝廷に貢献すべきです。そこで、執金吾を改めて冀州牧《ぼく》とするよう上奏しようかと思っています」

「何ですと⁉」賈詡にとってはまさに晴天の霹靂である。手元が震えて、思わず書物を火鉢のなかに落としてしまった。賈詡はすぐさま跪いた。「わたくしめなど才も徳も足らず、そのような大任はとても務まりません。どうかお考え直しください」むろん冀州はいま袁紹の手にある。もし名前だけでも冀州牧になったなら、袁紹の恨みを買うことは避けられない。先だって使者として遣わされてきた李孚《りふ》による帰順要請を拒んだときから恨まれてはいようが、いまならまだ何とかなる。このまま曹操が敗れれば、涼州に帰って引きこもってしまえばいい。袁紹もそれ以上は追及してこないはずだ。しかし、面と向かってさらに恨みを買うようなことをすれば、曹操が負けた日には、自分も生き延びる望みはなかろう。賈詡はこれまで幾多の修羅場をくぐり抜けて来た。もうこれ以上泥沼に足を突っ込むようなことはしたくなかった。

「それは何の真似ですか。さあ、早くお立ちください」曹操は賈詡を追い込んだことで、得意げな笑みを浮かべた。「あなたを冀州牧に任命するのは、朝廷はもとより、わたしもあなたを頼りにしているからです。文和兄上、あなたが胸襟を開いてお話しくだされば、袁紹ごとき何を憂えることがありましょう」

賈詡は返答に窮し、びくびくしながら寝台にまた腰掛けると、額に浮いた冷や汗をぬぐいながら言った。「そうまでお望みとあらば……」

「ここへ来たのは、そもそもあなたのご高論を拝聴するためです」曹操は許攸の策をあえて出さず、いかにも遣る方ないといった様子でため息をついた。「誰もが口を揃えて言うことには、用兵ではわたしのほうが優れているものの、彼我の兵力差は如何《いかん》ともしがたいと」

賈詡も落ち着きを取り戻すと、火鉢に目を落としたまま考え込んだ。これ以上、口をつぐんでいるわけにもいかない。「曹公は智においても勇においても袁紹に勝《まさ》ります。さらには人を用いれば妙、機を見るに敏、この四つにおいて曹公は袁紹に勝りながら、半年以上も勝ちを得られないのはなぜでしょう。その理由にお気づきですか」

曹操は胸の前で握った拳にもう片方の手をかぶせ、へりくだって拝礼した。「どうか賈公にお教え願いたい」

「そんな、恐れ多いことを……」賈詡は慌てて遮った。「単刀直入に言わせていただくなら、袁紹に勝てないのは智勇が及ばぬためではありません。それは、彼我の兵力差に恐れをなすあまり、万全の策を求めてしまうからです」

「しかしそれは……」曹操は弁解しようとしたが、すぐに気がついた。賈詡の言うことにも一理ある。

撤兵を考えたのは誰あろう、自分自身ではないか。

曹操が何も言い返してこないのを見て、賈詡も肝が据わった。「戦場に一歩踏み入れば危険はつきもの。そもそも万全の策などありえないのです。天子を思い、朝廷を思い、あれこれ背負えば背負うほど、身動きが取れなくなっていくのです。それでどうやって戦えるというのでしょう。幸い曹公は柔軟に考えを改めつつ、粘り強く戦うことができます。これこそが成功への第一歩です。高祖《こうそ》が滎陽《けいよう》の戦い［河南省中部］で匙《さじ》を投げていたら、どうして天下を統一できたでしょうか。光武《こうぶ》帝が昆陽《こんよう》［河南省中部］であきらめていたら、どうして王莽《おうもう》の四十万もの大軍を打ち破れたでしょうか」

「しかし……粘るだけでは敵には勝てぬ」曹操は嘆息した。「いつの時代も勝敗とは一瞬にして決まるもの」

「さよう、たしかに世の勝敗はすべて刹那のあいだに決するものでございます。しかし、その一瞬がやって来るそのときまで誰でも持ちこたえられるかと言えば、決してそうではありません」そして、いつも物静かな賈詡が声を上げて笑い出した。「一刻［二時間］ほど前に任峻《じんしゅん》殿がやって来まして、兵糧不足は解決したと申しておりました。実のところはわかりませんが、曹公はよくご存じでしょう。いま、このときにあっては、どんなに小さなぼんやりとした機会でさえ見逃すことはできません。古人も『君子の戦に陣有れども、勇もて本《もと》と為《な》す』と述べております。ここまで持ちこたえただけでも容易ならざること、可能性に賭けてこそ勝機も生まれますが、耐えるばかりでは敗れ去るのは必定」

「ご教授に深謝いたします」賈詡の言葉には取るべきところが多い。そこで曹操は許攸の計略を持ちだした。「いま、計が一つあります。軽装の兵で……」

「お話しいただく必要はありません」賈詡は手で遮った。「勇気を持って進めればそれでよいのです」

「まだお聞きにもなっていないのに？」

「明公はいくたびも死線をくぐり抜けてこられた非常のお方。この情況で明公の胸に響いた計略なら、試さぬ手はありません」賈詡の表情からは何も読み取れないが、ただその炯々と鋭く光る目で見つめられると、曹操は心の内まですべて見透かされているような気になった。

「ふふっ……」曹操は口元をほころばせた。「文和兄上は変わったお人だ。ひとくさりお話を聞いただけで、胸のわだかまりがすべて霧散しました。改めて、お教えに感謝します！」そう礼を述べると、曹操は勢いよく立ち上がり、賈詡に背を向けて幕舎を出た。

慌てたのは賈詡である。「明公、冀州牧の件は……」

曹操は小さく笑いを漏らした。「あれはやめです。文和兄上には司空参軍《しくうさんぐん》についてもらいます。明日からはわが軍営で勤めてもらいますぞ」

賈詡は曹操の後ろ姿を眺めながらため息をついた――冀州牧にはならずに済んだが、司空府に引っ張り出されるとはな……思えば李傕《りかく》の前で知恵をひけらかしたのがけちの付きはじめか。落ち着きのない人生を送ることになったものだ。この馬車馬はいつになったら轡《くつわ》を外《はず》されるのかのう……

曹操は前軍の陣営をあとにすると、護衛兵を連れて疾風のごとく中軍の幕舎へ戻った。一歩足を踏み入れるなり軍令を発した。「張遼、徐晃《じょこう》、楽進《がくしん》、すぐに五千の騎兵を揃えよ。兵には枚《ばい》を銜《ふく》ませ、馬の蹄《ひづめ》は布で包め。兵はそれぞれ柴草を一束背負うのだ。この曹孟徳《もうとく》が自ら打って出て、烏巣を奇襲する！」

諸将は顔を見合わせた。しばらく出かけただけでなぜこうも態度が変わったのか、誰にもわからなかった。于禁が包拳《ほうけん》して一歩前に出た。「わが君の心が決まったのであれば、われらも止めることはできません。しかし、どうかわたしを代わりに行かせてください。敵の領内に深入りすれば何が起こるかわかりません。刀槍剣戟《げき》いずれも目はなく、わが君に万一のことがあったら……」

「みなまで言うな」曹操は青釭《せいこう》の剣を振り出すと、そのまま幕舎内の帳を切り裂いた。「わが意は決まった。このうえ諫める者があれば、これと同じ末路をたどることになる。この奇襲ではそれぞれが命を惜しむことなく奮い立たねばならん。このわしも自ら陣頭に立って将兵を鼓舞するぞ。戦の場に身を置きながら、どうして命を惜しもうか。この運命が尽きていなければ道は必ずや開けよう。乾坤一擲、たとえ勝負に敗れたとしても、後世に勇名を残すことができるではないか。さあ、早く兵を揃えるんだ！」

「御意」張遼、徐晃、楽進は勢いよく幕舎を出た。

許攸は親指を立てた手をぐっと突き出した。「そうだ、さすが曹阿瞞！　その果断ぶりは袁紹など足元にも及ばぬ！　間違いない。鎧袖一触《がいしゅういっしょく》、軍配はわが軍に上がるであろう！」曹操は剣を鞘《さや》に戻すと、改めて諸将を見回して釘を刺した。「ほかの者も気を抜いてはならぬぞ。陣の守備は子廉《しれん》と軍師に任せる。烏巣を急襲され、その救援が間に合わないとなれば、袁紹は必ずや大軍を動かしてこの陣を襲って来るに違いない。それも恐るべき勢いでだ。ここに軍令を言い渡す。すべてをなげうってわれらが本陣を守り抜け！」

「御意」諸将は頭《こうべ》を垂れたまま、歯を食いしばったような声で返事をした。まだ完全には不安がぬぐえないのである。そして顔を上げると、許攸の腕を取って晴れやかに闊歩していく曹操の姿が目に入った。

烏巣《うそう》の焼き討ち

五千の精鋭が曹操軍の陣を出たときには、すでに亥《い》の刻が過ぎていた。兵士は枚《ばい》を銜《ふく》み、馬の蹄《ひづめ》に布をかぶせ、松明《たいまつ》をともすことなく進んだ。ちょうど月の終わりに当たり、空にはぼんやりと下弦の月がかかっているだけである。曹操率いる一隊は、闇夜に紛れて密かに官渡《かんと》の主戦場をあとにした。暗闇のなか、不安に押しつぶされそうになりながらも十数里［約六キロメートル］ほど進んだが、不測の事態は何も起こらず、ようやく行軍の速度を緩めた。北東の方角は袁紹の陣営の後方に当たり、斥候《せっこう》に出くわすことは免れない。敵に見つかっても疑いを招かないように、曹操は何本か松明をつけさせると、前方の兵士らには袁紹軍の服に着替えさせ、さらに河北《かほく》軍の黄色い軍旗を掲げるよう命じた(1)。それらは白馬《はくば》の戦いで顔良《がんりょう》の部隊から分捕った物であるが、ついに役立つときが来た。

そのまま進むうちに袁紹軍の小部隊と一、二度すれ違ったが、暗闇のなかということもあり、気づかれることなく無事にやり過ごした。その後、数人の斥候と出くわして隊の所属を勘問《かんもん》されたが、袁紹軍の装いをした虎豹騎《こひょうき》らは、その際の答えもしっかりと用意してあった。「袁公は曹操が兵糧を狙うのではないかと案じられ、烏巣《うそう》の淳于《じゅんう》将軍のもとにわれらを援軍として遣わされたのです」袁紹軍の斥候は疑いを挟むこともなく、遠目には許攸《きょゆう》の姿も見えたので、それ以上は何も問わずに曹操軍を通らせた。

曹操は部隊を指揮して駆けたり止まったりしながら、自身も何度か取り調べを受け、ときには敵の部隊に進んで声をかけた。そうしてさらに四、五里［約二キロメートル］ほど進むと、斥候の巡邏も見当たらなくなった。おそらく袁紹の本陣からずいぶん離れたに違いない。そこで部隊はまた早駆けに入り、北東に針路を取った。夜道の涼しさがなんとも心地よい。そのうえ部隊の軍馬はいずれも鍾《しょう》繇《よう》が送ってくれた涼州の駿馬ばかりである。曹操軍の行軍速度はどんどん上がり、烏巣までの道のりを半ば過ぎても、まだようやく丑《うし》の刻［午前二時ごろ］になったばかりだった。

五千の騎兵が早駆けで道を急ぐ。小高い丘を一つ越えたそのとき、前方にぼんやりと松明の明かりが見えた。どうやらこのあたりを見回っているようである。曹操はすぐに速度を落とすよう命じると、先ほどまでのようにうまくやり過ごそうと考えた。ほどなくして前方の部隊が曹操たちの行く手を遮ると、そのなかから斥候らしき早馬が近づいてきて叫んだ。「どこの部隊だ？　兵糧を貯蔵する要地も近い。これ以上進んではならん！」

曹操軍の将兵がこれまでと同じように答えた。「われらはわが君のご命令で、淳于将軍を援護するため烏巣に向かう。速《すみ》やかにそちらの将軍に取り次ぎ、道を開けてもらいたい」

その斥候はもう一度確認した。「どちらの部隊か、まずは名乗られよ」

「われらは中軍に属し、許攸参軍《さんぐん》の指揮下にある」

斥候は馬首を回《めぐ》らしたが、どこか釈然としない様子で去り際に釘を刺していった。「では、将軍に取り次いでまいるゆえ、そのままここで待つように。決して動いてはならぬぞ」

このとき曹操は副将のふりをして許攸の後ろに控えていたため、そのやりとりがはっきりと聞こえた。「どういうことだ？　やつはわれらを疑っているぞ」声を押し殺して許攸に尋ねた。

「そうかもしれませんが、念のため確認しようというのでしょう」許攸は不満げに答えた。「淳于瓊のところには副都督の眭元進《すいげんしん》のほかは、韓莒子《かんきょし》、呂威璜《りょいこう》、趙叡《ちょうえい》という三人の副将がいます。おそらくはそのうちの誰かの隊が見回りに出ているのでしょう」

「少なくとも千人はいるぞ」曹操は不安がこみ上げてきた。「烏巣まであとどれくらいある？」

「二十里［約八キロメートル］ほどでしょう。もうしばらく進んで山を二つ迂回すれば見えてくるはずです」許攸も緊張が高まってきたのか、自分に言い聞かせるようにつぶやいた。「大丈夫、きっとやり過ごせます。問題はありません……大丈夫なはず……」

そう言いながらも、やはり焦りからか、許攸は青白い顔で額に冷や汗を浮かべ、両手は小刻みに震えていた。しかし、ここまで来た以上は、奇襲が露見したところで戻ることもできない。曹操はすぐさま張遼《ちょうりょう》に言いつけた。「あの斥候の言うことを聞いてこのまま待っている必要はない。少しずつ前に進め。どうせ最後は突っ込むのだ」そして振り返ると許褚《きょちょ》に命じた。「ひとまず許先生を護衛しながら進め。何かあったときは臨機応変に動けよ」

曹操の軍令が伝わると、曹操軍はゆっくりゆっくりと進みはじめた。曹操軍の落ち着いた様子に、正面で道を遮る部隊もさほど怪しんでいるようには見えない。そのとき、袁紹軍の部隊から声が飛んできた。「わが軍の眭都督は許先生に話を聞きたいと仰せである。併せてそちらの受けた軍令を確認したい」

「眭元進だな」曹操は軍令用の小旗を取り出すと許攸の前に差し出した。「そなたが行ってうまくやってくれ」

「わたしがですか？」許攸は青ざめてしどろもどろになった。「わ、わたしが……」

曹操は眉をひそめた。「心配することはない。仲康《ちゅうこう》が必ず守ってくれる」

「はあ……仕方あるまい……」許攸はもごもご答えて馬に鞭を当てようとしたが、腕に力が入らず、体が言うことを聞かない。

許褚は頭にきた。「貴殿は鎧袖一触《がいしゅういっしょく》、軍配はわが軍に上がると仰っていませんでしたか。陣中では大口を叩いていたくせに、なんと肝っ玉の小さい！」

「い、一緒に来ただけましであろう」

曹操は腹立たしいやらおかしいやらで、やにわに自分の鞭を許攸の馬の尻めがけて振り下ろした。

「あ、うわっ……」許攸の馬がいきなり飛び出した。許褚はその後ろにぴたりとついたが、許攸がすぐに馬を止めたので、後ろから低い声で急《せ》かせた。「さあ、早く！」

「こいつが進まんのだ」許攸がぶつぶつと漏らした。

「いいから早く」

「無理だ、手が震えてうまくさばけん」

「それがしが守りますから」

「では、おぬしが討たれたらどうする？」

「自分で言い出したくせに、そんなに怖いのですか」

「策はそうでも、自分でこんなことをするのは初めてだ……」

「まったく、なんてざまです！　わが君の友人でなかったら、いますぐにでも突き殺してやるところだ」

ぶつぶつ言い合いながら、二人はぐずぐずと前に進み出た。相手は待ちきれなかった様子で、人だかりのなかから一騎が進み出てきた——副都督の眭元進その人である。眭元進は馬を鞭打ちながら二人に近づくと、皮肉たっぷりに挨拶した。「おお、これはこれは許先生ではありませんか。あなたほどの方がどうしてまたこんな端の軍へ？」そもそも眭元進は審配《しんぱい》に従って兵糧の管理に当たっていたので、許攸の一族の件もよく知っていた。そのため、いま許攸が軍を率いて来たと聞いても何の疑いも持たなかった。てっきり袁紹に干されて来たと思ったのである。

「す、眭都督……」許攸はなんとかひと言だけ答えた。

眭元進は、許攸が日ごろから傲慢なのを知っていたので、さぞ気落ちしているのだろうと思い込み、追い討ちをかけるようにあざけった。「何をぐずぐずと。てんで役に立ちませんな。軍令用の小旗を早くこちらへ見せてください」

許攸はのそのそと小旗を取り出したが、検《あらた》められれば事はすぐに露見する。進み出て手渡すことができず、まだ少し離れたところから投げてよこした。「受け取れ」

「少しふざけただけで、そんなに怒ることもないでしょうに」眭元進は小旗を受け止めると、許攸を白い眼で見た。闇夜のこととてはっきり見えず、文字の形や模様をなぞってみた。ところが、なぞればなぞるほどわけがわからない。いつもの矢とはずいぶん様子が違う。眭元進はそもそも字が読めない。確認のために長らくなぞってみたが、とうとう「曹」の字さえわからず、思い切り舌打ちした。そしてふと顔を上げれば、なんと正面の部隊がどんどんこちらに近づいてくる。松明の明かりでしだいにはっきりとしてきた。先頭の騎兵は河北軍の服を着ているが、後ろに続く兵の服の色は曹操軍のようだ。

眭元進は激しく後悔し、馬を駆り立てて逃げ出そうとした。許褚がそれを逃すはずはない。巨大な鉄の矛を振り回し、眭元進の後頭部めがけて力強く突き出すと、脳漿《のうしょう》が一面に飛び散った。

後方の袁紹軍もざわめき立ったが、まだ事態も飲み込めないうちに、張遼、徐晃《じょこう》、楽進《がくしん》らが騎兵を率いて突っ込んできた。大将が討ち取られては、もはや立ち向かう気概もなかった。一千あまりいた兵士らは迎え撃つでもなく、松明をそこらに放り投げ、蜘蛛の子を散らすように逃げ出した。曹操軍の兵士らは向かうところ敵なしとばかりに得物《えもの》を振り回した。暗闇のなかで月明かりに刃がきらめき、あちらこちらで火花が上がった。曹操は声を張り上げた。「それぐらいでいい。この闇夜ではどのみち逃げられてしまう。もう放っておけ。こちらの動きがばれた以上は、松明を拾って道を照らせ。全速で烏巣に向かうぞ!」振り返れば、許攸が驚きのあまり落馬していた。「仲康、馬に乗せてやってくれ。ぐずぐずしてはおれん」

道半ばまで来て眭元進を討ったからには、もう後戻りはできない。許攸を隠れ蓑《みの》に使う必要もなくなった。曹操は張遼、徐晃と馬を並べて先頭を駆けた。逃げ出した敵の歩兵をはるか後方に残して、五千の奇襲部隊は砂ぼこりを巻き上げながら、殺気も露わに烏巣を目指して突き進んだ。全速で半刻

［一時間］ほど駆け、山を二つ迂回したところで、また正面から松明を掲げた十数名の巡邏の騎兵が姿を現した。このたびは誰何《すいか》に答えることもなく、矢を乱れ打って残らず射殺《いころ》すと、さらに馬に鞭を当てて先を急いだ。そしてとうとう烏巣の敵陣に掲げられた松明の明かりが、まだ小さくはあったがたしかに見えた。しかし、ここからは急な山道を駆け上がらねばならず、少なくともまだ十里［約四キロメートル］前後はある。

　曹操は横を向いて次の命令を伝えた。「陣形を整えよ。まっすぐ本陣を突く。遮る者は誰であろうとかまわん。皆殺しにしろ！」五千の騎兵は陣形を剣のように整えつつ突進した。張遼、徐晃、楽進は陣形の切っ先に、曹操と許攸は虎豹騎に囲まれながら少しずつ後ろに下がっていった。

　そのまましばらく進んでいくと、敵の斥候や遊撃隊の数もますます増えてきた。そのほとんどは曹操軍の矢の餌食になるか、四方に逃げ出した。しかし、なかにはすぐに馬首を回らせて本陣へ知らせに戻る者もいた。いまや目を凝らせば烏巣の本陣の輪郭がはっきりと見える。穀物を蓄えるための囲いや輜重《しちょう》車が延々と連なっている。さらには兵糧を詰めた数えきれないほどの麻袋が山のように積み上げられていた。淳于瓊はようやく奇襲の報告を受けたのか、見る間に松明がどんどんともされ、陣営の兵士らが集まってきていた。前に騎兵、後ろに歩兵が陣を作りはじめている。その数は少なく見積もっても五、六千といったところである。

　距離はいよいよ縮まり、両軍の兵士らは体じゅうに力をみなぎらせた。そのとき、張遼が大刀を高く掲げて叫んだ。「突っ込め！」それに呼応して曹操軍の兵士らが揃《そろ》って鬨《とき》の声を上げた。迎え撃つ袁紹軍は陣形が完全に整うのを待たず、一斉に叫び声を上げると、黒々とうねる波のごとく曹操軍に向かってきた。双方の先頭に立つ騎兵が真っ向からぶつかり合い、軍馬を止めて武器を振り回し、入り乱れた。ただ、やはり袁紹軍は十分に陣形が整っておらず、またそのほとんどが歩兵であったから、何度かぶつかり合ううちに陣形を攻め崩され、混乱のうちに本陣へと逃げ戻っていった。

もとより曹操軍に退くという選択肢はない。一方の袁紹軍も兵糧を失うようなことになれば敗戦は必至である。韓莒子、呂威璜、趙叡らはそのことをよくわかっていたので、自ら最前線に出た。陣形が乱れても退かず、身辺の護衛とともに戦いに参加し、得物を振るって敵を討った。命を賭して曹操軍の足を止める覚悟である。その間に袁紹軍の多くの兵が烏巣の本陣に引き返した。

まもなく陣門が閉ざされる。目の前の敵をなかなか抜くことができない。曹操は遠目に陣門の様子を見ると、慌てて大声で叫んだ。「矢だ、矢を射《う》て！　やつらを矢で追い払え！」虎豹騎がすかさず矢の雨を降らせたが、眼前の袁紹軍も決死の覚悟である。身を挺して曹操軍の行く手を遮った。そうして何度か矢で射かけられるうちに、韓莒子ら三人の将も陣中に没したが、まさに息絶えんとするそのときも曹操軍の馬の足にしがみついていた。その甲斐もあってか、とうとう烏巣の陣門は曹操軍の来襲を前に固く閉じられた。

曹操は目を皿にして敵陣の門を見ると、すかさず声を上げた。「このまま本陣を攻め続けろ！　攻撃の手を休めるな！」

それを合図に曹操軍の兵士は一斉に烏巣の本陣に攻め寄せ、柵を倒し、物見櫓《やぐら》に矢を放った。袁紹軍も柵を隔てて長柄の槍や戟《げき》を繰り出し、曹操軍の騎兵の馬を狙った。両者の攻防が拮抗《きっこう》したそのとき、許攸が喉も裂けよと声高に叫んだ「火を放て！　やつらの兵糧を燃やすのだ！」曹操軍の兵士はみな柴の束を背負っていた。次々に松明から火を移すと、柵越しにそれをどんどん投げ入れた。袁紹軍の兵も一部はすぐ火消しに回り、兵糧と幕舎《ばくしゃ》は燃えずに済んだが、陣門はすでに燃え上がり、完全に焼け崩れた。そうなると、さっきまでの柵を挟んだ攻防から、今度は白兵戦である。それでも袁紹軍は必死に食い下がり、曹操軍の侵入を防いだ。

曹操と許攸は指揮を執りつつも焦りを覚えはじめた。そこへ突然、後方から数人の虎豹騎が駆け寄ってきた。「河北の援軍です。数千の騎兵がまもなくやって来ます」

「前には決死の部隊、後ろには騎兵の援軍、どうすればいいんだ？」これには許攸も平静を失った。

「と、とにかく兵を分けて防ぎましょう」

曹操は前方の戦況に目を凝らすと、ぞんざいに答えた。「全部で五千もいないのに、どうやって分けるんだ？」許攸は手綱を握る手に力を込めた。「で、では引き上げますか」

「いまさらどこへ引き上げる？　そんなことをすれば軍そのものが瓦解して全滅だ」曹操は護衛兵から自軍の旗を取り上げると、それを振りながら叫んだ。「誰も振り返ってはならん。敵の援軍が背後に近づくまでは前進あるのみ！　合図はこの旗だ！」曹操は命令を伝えると長柄の矛を持ってこさせ、その先に軍旗を結びつけた。矛だけでも一丈あまり［約二・五メートル］あり、軍旗を結ぶと三丈［約七メートル］に近い。それを曹操と許攸の二人がかりで持ち、敵陣の奥まで入った味方からもよく見えるようにまっすぐ支えた。

「これで大丈夫でしょうか」許攸が自信なさげに尋ねた。

曹操は歯を食いしばって矛を支えながら答えた。「大丈夫も何もこうするしかない。死地に陥《おとしい》れてのち生《い》くというだろう！」

そうこうしているうちにも後方からの鬨の声はどんどん大きくなり、赤々と燃える松明の火がしだいに迫ってきた。その明かりのなかに「蔣」の字の大旆《たいはい》が浮かんで見えた——五千の騎兵を引き連れるのは、河北の将蔣奇《しょうき》である。

許攸はがたがたと震え、とうとう泣き出した。矛を支える手ももう限界のようである。「ちくしょう、蔣奇が来たぞ！　もう手が……誰か手伝ってくれ！」三人の護衛がすぐさま駆け寄り、五人で力を合わせて異様に長い旗を支えた。いまや蔣奇の部隊をはっきりと視界に捉えることができる。それでも曹操は旗を支えて動かなかったが、さっきから震えている許攸に加え、さすがにほかの三人も差し迫る危機に身震いを禁じえなかった。軍旗はばたばたと大きな音を立てて風にはためいている。そのとき、敵陣の柵を焦がしていた炎が支えている軍旗へと燃え移った。

「うわっ、火がついた。駄目だ、もう逃げよう……」許攸は顔をゆがめて泣き腫らしている。

曹操は腹立ちを隠せなかった。「おい、火がついたぐらいで何だ！　この腰抜けの役立たずめ！お前はもう戦《いくさ》には出さん！」

「どうせ次なんてもうない……」許攸は失禁しそうになっていた。

「やかましい！　しっかり持て！」

大旆に燃え移った炎はますます勢いよく燃え上がり、さながら大きな火の玉のようだった。その下では曹操軍の兵士がなおも勇猛果敢に敵と切り結んでいる。誰かが叫び声を上げた。「まだ残っている柴を全部放り込め！　やつらを丸焦げにするんだ！」兵士らはみなその声に反応して、火をつけた柴をやたらめったら烏巣の敵陣に放り投げた。それによって火はさらに幕舎を燃やし、糧秣《りょうまつ》を焼き、そのまま敵兵を火だるまにした。それがまた密集した袁紹軍の兵士らに燃え移り、服についた火を消すために誰もがあちこちで地べたにばたばたと転がった。もはや敵と戦うどころではない。

曹操はまったく気を緩めることはなかった。背後から迫りくる敵を見れば、すでに矢の届く距離まで近づいている。「いまだ！　全軍反転！」声と同時に五人は大旆を揺り動かした。大きな火の玉が後方の敵を指し示す。曹操軍の兵士はすでに忘我の境に入っていた。敵に前後を挟まれれば命がけで戦うしか生き残る道はない。合図を見ると、目の前で焼け焦げている敵は捨て置き、馬首を回《めぐ》らせて今度は後方に突っ込んでいった。敵がどれだけいようが、やるしかない。今日の戦は文字どおり死ぬか生きるかなのだ。

蔣奇の部隊は暗闇からやって来た。前方には火の海が燃え広がっている。その炎を背に向かって来る部隊は果たして敵か味方か、影になってはっきりとはわからない。逆に曹操軍からすれば敵の姿は丸見えである。袁紹軍は状況もよく飲み込めないうちに手痛い先制攻撃を食らうことになった。いきなりこちらに向き直った騎兵部隊が、当たるべからざる勢いで突っ込んでくる。袁紹軍の陣形は瞬く間に乱れ、統制を失って大混乱に陥った。蔣奇は兵卒とともに最前線に立っていたが、混乱のうちに馬から突き落とされ、その体はわけもわからないうちに踏みしだかれてずたずたになった。

曹操軍は敵の混乱を見て取るとますます奮起し、みな返り血を全身に浴びながら必死で戦った。張遼、徐晃、楽進、許褚らも最前線に繰り出してきた。今日こそはと、曹操もありったけの力を振り絞り、大旆を支えて兵士らとともに戦った。将も兵もここに骨を埋めんと一丸になったのである。かたや蔣奇の兵はいきなり大将を見失い、激しく燃える烏巣の本陣を見て、あっという間にそのほとんどが四散してしまった。残った者はもはや格好の的である。獰猛《どうもう》に襲いかかってくる曹操軍の餌食となった。

曹操は矛を振るって敵兵を一人刺し殺し、目を上げると、五千の敵は蜘蛛の子を散らすように逃げ惑っていた。興奮を抑え込んで叫んだ。「追うな、追うな！　戻って烏巣を燃やし尽くせ！」そう言うが早いか、隣の兵から松明を奪って烏巣の陣に放り込んだ。

烏巣を守備していた袁紹軍がここまで持ちこたえられたのは、ひとえに官渡からの援軍が来るのを信じていたからである。それがいま、到着したそばから目の前で曹操軍に打ち破られた。陣を守り抜くという気概は霧消し、兵士らは我先にと逃げはじめた。烏巣の陣に取って返した曹操軍は逃げ惑う兵には目もくれず、ひたすら松明を振り回して天幕や輜重車、兵糧の蔵などにどんどん火をつけた。折りからの強い西風にあおられて多くの兵糧が焼かれた。激しく容赦のない火の手は東に向かってあらゆるものを飲み尽くし、天をも焦がす灼熱の炎は人の手ではもはやなす術なかった。焼け焦げた布やら草の葉やらが黒煙のなかを所狭しと舞い飛び、火のついた兵糧はぱちぱちと爆《は》ぜながら燃え上がっている。逃げ遅れた袁紹軍の兵士にも火の手が襲いかかった。地べたにのたうち回りながら凄惨な叫び声を上げ、最後は火だるまとなって死んでいった。人肉を焼く臭いが鼻を刺す。火の勢いは止まるところを知らず、曹操軍の兵士も陣の外までいったん避難し、逃げ出してきた敵を待ち構えて討ち取った。巨大な烏巣の本陣は、まさに一面火の海となった。

ゆうに一刻［二時間］は燃え続けた。空を赤く染めた炎が勢いを失いはじめたころ、ちょうど入れ替わるように東の空が白みはじめた。曹操の顔は煤《すす》で黒く染まっており、何度も何度も咳をした。許攸も墨で塗りつぶしたように真っ黒な顔で、喜びを表すこともできないほど精も根も尽き果てている。ふと見れば、楽進が馬を飛ばして駆けつけて来た。「わが君、東のほうで逃げ遅れた袁紹軍の兵士が一千ほど帰順を申し出ています。いかがいたしましょうか」

「ぺっ」曹操は煤交じりの唾を吐いた。「武器を取り上げ、そいつらの鼻を削いでやれ！」

「鼻を削ぐ？」楽進はつかの間言葉を失った。「そ、それはやりすぎではありませんか」

「敵の戦意をくじくのだ」曹操の凶悪な一面がまた顔を出した。「鼻を削いで官渡の陣に送り返せ。まざまざと悲惨な姿を見せつけてやるんだ。それでもわれらに抵抗するのか見ものではないか」

楽進はやむをえず軍令に従った。曹操は徐晃にも軍令を出し、燃え残っている兵糧がないか調べ、あれば兵士らにできるだけ持たせて、残りはすべて焼き払うよう命じた。そうこうしているうちに、胸を引き裂くような叫び声がしだいに近づいてきた。その声とともに、顔を鮮血に染めた数多くの袁紹軍の兵士が、両手を縛られたまま引き立てられてくる。鼻を削がれた顔は見るも無惨であった。

曹操は、いっそ殺してくれと泣き叫ぶ袁紹軍の兵士を見ながら、密かに冷たい笑みを浮かべた。そのとき、一人の男が曹操の馬前に身を投げ出し、大声で罵った。「曹孟徳《もうとく》、貴様はなんというむごいことを！　殺すなら殺せばよかろうに、わざわざ生き恥をさらさせるとはな！」鼻が落とされているため、空気が漏れたような聞き取りにくい声である。

許攸は目を細めてその人相を検《あらた》めた。「お、おぬしは……淳于仲簡《じゅんうちゅうかん》か」

淳于瓊はざんばら髪で顔じゅう血まみれになっており、両腕を固く縛られていたが、倒れたまま曹操の目の前で罵り続けた。「将は殺されようとも辱めを受けずという。この不仁不義の悪人め、貴様をこの手で切り刻み、一族郎党を皆殺しにしてやれんのが心残りだ」

曹操はそのひどい姿に、曰《いわ》く言いがたい感情に襲われた――淳于瓊はかつての友だ。蹇碩《けんせき》を誅したときも、何進《かしん》を支えた日々も、そして董卓《とうたく》を討ったときも、いつも一緒に力を尽くしてきた。それなのに、なぜかつて苦労をともにした旧友をこんな目に……曹操は馬を下りると、思わず手を差し出そうとした。しかし、いまはそれぞれ互いの立場がある。さらにきつく縛り上げるよう命じると、自分を落ち着かせて問いただした。「仲簡、おぬしもかつては西園《せいえん》で校尉《こうい》を務めた将、袁本初《ほんしょ》などについてこんな日を迎えるとはな」

淳于瓊は悔恨や恭順の意をいささかも見せず、忌々《いまいま》しげに曹操を睨みつけた。「勝敗は天の定め、何も言うことはない。わずかでも良心が残っているなら、早く俺を殺してくれ！」

「まったく……何年経っても変わらんな」曹操はため息を漏らすと、許攸のほうを振り返った。「仲簡を放してやろうと思うが、そなたの考えはどうだ？」

戦の最中はまごつくばかりだった許攸もいまは頭がはっきりしてきたようで、怒りも露わに言い放った。「こいつを放してどうするのです？ 毎日鏡で自分の顔を見ながら阿瞞《あまん》殿を罵るだけでしょう」

一度断たれた情は削がれた鼻と同じく、二度ともとには戻らない。

曹操はやるせなくかぶりを振った。「誰か、この者を引っ立てて斬刑《ざんけい》に処せ。亡骸はきちんと葬ってやるがよい」

兵士に引きずられながら、淳于瓊はいきなり不敵に笑い出した。「首を刎《は》ねるぐらいでいいのか。

二十年後、また偉丈夫《いじょうふ》として生まれ変わるぞ。そのときはもう一度お前の命を狙うからな。貴様のような畜生に安息の日は訪れん！　はっはっはっ……」こうまで毒づかれてもやはり古い付き合いである。曹操はその死を見るに忍びず、東のほうに顔を背けた。

烏巣の本陣は、怨嗟と泣き叫ぶ声に満たされていた。赤い血にまみれた顔を手で押さえた兵士たちが、おぼつかない足取りで官渡へと護送されていく。一方その背後では、黒い煤で顔を真っ黒にした曹操軍の兵士らが、歓喜とあざけりと喝采の声を上げていた。怨嗟と歓呼の声が渦巻くなか、高ぶっていた曹操の気持ちもようやく落ち着きを取り戻しはじめた。東の地平線からゆっくりと真っ赤な朝陽が昇ってくる。また新しい一日のはじまりである。はじまりではあるが、中原の大地はもはや天が裂け地が割れたような大混乱であった……

曹操はふいに馬首を回らせると、歓声を上げる兵士たちに向かって叫んだ。「官渡に戻るぞ。次なる決戦が待っている！」

（1）中国の歴代王朝は、五行思想における木火土金水のいずれかの徳を備えていると考えられていた。また五行にはそれぞれ青赤黄白黒の色が配当される。漢王朝は火徳に当たるので赤を尊び、袁氏は伝説の皇帝である舜《しゅん》の土徳を継ぐと標榜していたので、黄色の旗を用いていた。

第十六章　袁紹《えんしょう》、敗れて千里を走る

張郃《ちょうこう》と高覧《こうらん》の投降

宿敵と対峙する日々、むろんそれは曹操にとって試練にほかならなかったが、袁紹にとってもこれまでにない苦しみを伴うものであった。

河北《かほく》軍は官渡《かんと》において終始優勢であったが、目下の局面は決して満足のいくものではなかった。当初は「幷《へい》州の軍が太行山《たいこうさん》を越え、青《せい》州の軍が済《せい》水と漯《とう》水を渡り、冀《き》州の大軍が黄河に軍船《いくさぶね》を浮かべて敵の前方に当たっているあいだに、荊《けい》州の軍が宛《えん》県や葉《しょう》県［ともに河南省南西部］に動いて曹操の背後を脅かす」ことを期待していた。ところが、いまになってもその態勢はつくれていなかった。

まず、ことのほか目をかけてきた甥の高幹《こうかん》は、幷州に入って軍を指揮下に置いたあと、太行山を越えて河内《かだい》に兵を出してくるどころか、関中《かんちゅう》［函谷関《かんこくかん》以西で、渭水《いすい》盆地一帯］に向かって勢力を伸ばしていた。袁紹にとって、これはまったく理解しがたいことだった。息子の袁譚《えんたん》には青州方面の中軍の指揮を執らせたが、その後も青州別駕《べつが》の王脩《おうしゅう》は徐《じょ》州の守りを突破できず、かえって臧覇《ぞうは》や孫観《そんかん》、尹礼《いんれい》、呉敦《ごとん》といった匪賊上がりの郡太守《たいしゅ》にしばしば攻め込まれた。つまり、東は済水を渡って敵を討つ計画も完全に失敗したのである。さらに荊州の劉表《りゅうひょう》について言えば、当初こそ成り行きを見守っていたもの、ようやく重い腰を上げて出兵を決定した。ところがその矢先、長沙《ちょうさ》太守の張羨《ちょうせん》による反乱が起きた。荊州の大軍は曹操の後方を牽制する前から内乱の鎮圧に向かうこととなり、その応援はもはや望むべくもなかった。そのほか、脅《おど》したり賺《すか》したり、時には賄《まいない》までして各地に配した山賊らは、誰一人として袁紹の期待に応えることなく、すべて曹操軍によって蹴散らされた。

もっとも忌々《いまいま》しいのが劉備《りゅうび》である。劉備は汝南《じょなん》に着くと、はじめこそ勢いよく後方を攪乱《かくらん》したが、曹仁《そうじん》に惨敗を喫するや官渡に逃げ戻り、今度は荊州へ行って劉表を動かすと言ったきり、密かに身をくらませたのである。広大な中原の大地を見回しても、力を尽くして曹操に相対しているのは、結局のところ袁紹ただ一人であった。

両軍が対峙してから半年あまり、袁紹もしだいに気づきはじめていた。勇ましく大軍を起こして中原を席捲し、武威を発揚して天下に覇を唱えるというのは、独りよがりな白昼夢だったのではないか。速《すみ》やかに曹操を討ち滅ぼすことなど所詮は絵空事で、実際にはただ兵力と財力を恃《たの》みに少しずつ敵を削ることしかできていない。緩やかに兵を黄河の南に進めて敵を攪乱すべしという田豊《でんほう》の進言に耳を貸さなかった。一気に南下して機先を制すべしという郭図《かくと》の策もそのとおりに実行しなかった。結局、曹操軍の士気がもっとも盛り上がっているときに南下したせいで、功を焦って顔良《がんりょう》と文醜《ぶんしゅう》という二人の大将を失った。そればかりか、幽州から配下に加わった劉虞《りゅうぐ》の故将には疑いの目を向けた挙げ句に寝返られ、韓荀《かんじゅん》は許都《きょと》に攻め上らせようとして雞洛山《けいらくさん》で討ち死に、韓猛《かんもう》は輜重《しちょう》車を輸送している最中に襲われて死んだ。将兵はみな疲労困憊で士気もこのうえなく低い。しかし、誰を責めることもできない。すべては自ら招いたものなのだ。

他人と顔を合わせているときはいつもの硬い表情を崩さないが、夜も更けてあたりが静まると、袁紹は一人反省し、慚愧と自責の念に駆られるのだった。田豊は獄につなぎ、沮授《そじゅ》から都督《ととく》の職を解き、許攸もすでに左遷した。審配《しんぱい》は鄴城《ぎょう》に戻って政務を執り、郭図は日がな一日軍の調練に当たっている。そして長男の袁譚はいまもまだ足元を固めるのにあくせくしている……この戦い、気づけば状況はすでに大きく変わっており、腹を割って話し合える者はいまやどこにもいなかった。ただ、幸いなことに、あまりに長引くことはない。曹操軍の兵糧はもうまもなく底をつくが、自軍は烏巣《うそう》に一万台を超える兵糧を蓄えている。このまま敵の兵糧が尽きるのを待てば、勝利はこちらに転がり込んでくる。許都に軍を進めるのも水が低きに流れるようなものだ。もはや袁紹は勝利を渇望しているわけではなかった。解放されればそれでいい、袁紹はこの戦《いくさ》にもううんざりしていた——戦が終われば田豊と沮授は赦免してやろう。関西《かんせい》［函谷関以西の地］を鎮め、江表《こうひょう》［長江の南岸一帯］に兵を進めるのは後回しだ。まずは袁譚と高幹を呼び戻さねば——主従の関係、それから息子と甥との関係をしっかりと深める必要がある。そして何より、積年の疲労に蝕《むしば》まれた体を十分に休める必要があった。

袁紹は将帥の卓に突っ伏して、寂しく揺れる灯《あか》りをぼんやりと眺めながら、あれこれ思いを馳せていた。そのとき、ふと冷たい風が吹き込んでくるのを感じた。顔を上げると、息子の袁譚が慌てた様子で駆け込んできた。「父上、一大事です！ 眭元進《すいげんしん》の兵が逃げ落ちてきて……烏巣が曹操に奇襲されたとのことです！」

「何だと！」袁紹は頭をがつんと殴られたかのような衝撃を受けた。全身から血の気が失せていく。口をわなわなと震わせ、言葉にもならない言葉を絞り出した。「烏巣を……奇襲……」袁紹がその意味を噛みしめているさなか、郭図や張郃《ちょうこう》、高覧《こうらん》といった者が、取り乱し気味に幕舎《ばくしゃ》に入り込んできた。思いつめた顔で口々に何ごとかを言い争っている。それを袁紹はぼんやりと聞いていたが、何も耳に入ってこない。腕がだらりと垂れ下がり、その拍子に卓上の「子虚賦《しきょふ》」がずり落ちた。開かれた竹簡の上には司馬相如《しばしょうじょ》の華麗な美文が踊る――礌石《らいせき》相撃ちて、硠々礚々《ろうろうかいかい》、雷霆《らいてい》の声の若《ごと》し［大きな石が触れ合って、ごろごろがんがんと雷鳴のように鳴り響く］……

高覧が拳を振り上げて喚《わめ》いた。「くそったれ！　許攸は曹操に投降したうえ、烏巣までの道案内を買って出たんだ。なんという恥知らず！　わが君、それがしに任せていただければ、やつの首を一刀両断に刎《は》ねてやります」

「いまはそんなことを言っている場合ではない」張郃も袁紹の前に進み出ると、卓をばんと叩いて下命《かめい》を求めた。「わが君、ここの兵糧だけでは三日も保《も》ちません。烏巣を失ったらわれらは全滅です。いますぐ淳于瓊《じゅんうけい》を助けるために大軍を差し向けてください。まだ間に合うかもしれません！」

「あ、ああ……」袁紹はすでに平常心を失っていた。ろくに言葉も出てこない。「そ、そうだな……」それだけ言うと、震える手で軍令用の小旗を抜き取った。

「お待ちください」落ち着いた声は郭図だった。「眭元進が敗れたとはいえ、烏巣にはまだ淳于将軍や韓莒子《かんきょし》らがおります。曹賊めとて、易々と落とすことはできぬでしょう。それよりは、もとより少ない兵を奇襲に振り分けている以上、本陣の守備は手薄なはず。わが軍は全力で敵の本陣を衝《つ》くべきです。曹操も烏巣を破る前に本陣が攻められたと知れば、慌てて奇襲の軍を返すでしょう。これぞ孫臏《そんぴん》の『魏《ぎ》を囲み趙《ちょう》を救う［一方を救うために他方を牽制する］』の計です」

「公則の言も一理あるな……」袁紹はすっかり混乱し、軍令用の小旗を誰に渡せばいいのかわからなくなった。

「それは違います！」張郃がすかさず反論した。「曹操は戦の手練《てだ》れです。遠く奇襲に出た以上、本陣の守りはいっそう固めているはず。もしも烏巣が落とされ、敵の本陣が落とせなかったら、わが軍の損害は甚大です。兵糧を失って士気も下がり、十万の軍といえど総崩れになるでしょう」

これには郭図も真っ向から反駁した。「事を謀《はか》るは人にあり、事を成すは天にあり。烏巣はここから四十里［約十六キロメートル］、曹操も奇襲が露見して全速で行軍しているはず。いまから援軍を送っても間に合わぬ。それならここで一気に敵陣を叩くほうがよい」

高覧は腕まくりすると、鼻息荒く食ってかかった。「いや、いますぐ大軍で烏巣に向かうべきだ。もし救援が手遅れならそのまま白馬《はくば》まで撤退し、軍が落ち着くのを待ってゆるゆる河北まで退くのがいい。ここにかかずらっていれば退却の時機まで逸してしまうぞ。郭公則、おぬしはそれでも都督か？　これ以上かき回すのはやめてくれ！」

「それでも都督かだと？」郭図は高覧に侮辱されて一瞬気色ばんだが、目を細めて冷たい笑みを浮かべた。「わたしは一介の文人に過ぎんが、それでも一か八かやってみようと申しているのだ。そなたは武人、本来なら全軍を鼓舞して命がけでこの一戦に臨むべきであろう。勝てば危機を回避できるというのに、進もうとせぬどころか命惜しさに保身に走るとは。卑怯な匹夫がよくもわたしを非難できたものだ」

「もう一遍言ってみろ！」高覧が拳を振り上げて郭図に殴りかかろうとした。張郃は慌てて高覧の腰を抱え、必死に引き止めながら郭図に言い返した。「われらは死を恐れているわけではない。ただ、戦うにしても勝機は見えず、士気もすでに下がりはじめている。われらだけが必死になっても兵士は動かんのに、これでどうしろというのだ。ましてや曹操軍は抜かりなく備えているであろう。攻め込んでも無駄に死人が出るだけだ」

だが、郭図は断固として主張した。「兵力ではわが軍が上回る。鞭で追い立ててでも兵士を敵の本陣に突撃させるのだ」

高覧は張部に動きを封じられていたが、なおも郭図を罵った。「このやろう、兵が多いからなんだって！　貴様はわが軍の兵が次から次に生えてくるとでも思っているのか。誰だって親兄弟や妻子がいるんだぞ！　兵糧もないのに連中を戦地に駆り立てて、いったい誰が命がけで戦うってんだ……」

いつもは威風堂々と構えている袁紹だったが、いまは目の前で言い争う部下を見ても何もできず、ただおろおろとして、いったい誰の言葉に耳を傾ければいいのかわからないでいた。「沮授はどこにおる。わが監軍《かんぐん》はどこにいった……」袁紹はきょろきょろと見回したが影も形も見当たらない。沮授はすでに袁紹を見限って、すべてを投げ出していたのである。沮授がいないことに気づくと、袁紹は藁《わら》をもつかむ思いで袁譚の手を握った。「譚よ、教えてくれ。われらはどうすべきなのだ？」

戦局は危機に瀕しているが、父にすがられて袁譚は喜びを感じた。父は自分に跡を継がせるつもりだ、そう思うと、名家の子弟の威光を振りかざして一同を叱りつけた。「みな騒ぐでない。わたしの言葉を聞け！」郭図、張部、高覧の三人が静まると、袁譚は一つ咳払いをして続けた。「そなたらの争いが収まらぬ以上、両方の案を採ろう。烏巣に救援を送りつつ、官渡の曹操陣営も攻めるのだ」言い終えると、袁紹に深々と一礼した。「烏巣の救援には蔣奇《しょうき》を推したいと存じます。蔣奇はもともと淳于瓊のもとにいたため、気心も知れておりましょう」むろん気心云々は単なる口実で、実際は蔣奇が自分と良好な関係にあったからだ。

袁譚の折衷案を聞いて張郃と高覧は小さくかぶりを振ったが、袁紹はまるで病人が良薬を得たかのように息を吹き返した。「それがいい、両方の策を採ればいいのだ。蔣奇には速やかに救援に向かわせ、張郃と高覧は大軍を率いて曹操陣営を攻めよ。わが意は決した。すぐに行動に移れ！」

「わが君……」高覧はなおも食い下がろうとしたが、張郃がその戦袍《せんぽう》を引っ張って耳元でささやいた。「もうよせ。これ以上諫めて何になる。田豊や沮授があれだけ忠言を尽くしたのに、わが君が聞き入れたことがあったか。命《めい》が発せられたからには力を尽くすのみ。戦場で命を落とそうが、己の良心に恥じなければそれでいい」

「ああ……そうだな」高覧は大きくため息をついた。

このとき郭図がここぞとばかりに要求した。「蔣奇の隊は騎兵が十分ではない。張将軍、高将軍、お二人の配下の騎兵を少し融通してほしい。敵本陣の攻めには歩兵を率いていけば事足りよう」

高覧が再び怒った。「なんで俺らの……」

「文句があるというのか!?」袁譚も目をむいて加勢してきた。「敵を破る前から自分の利益ばかり考えるやつがあるか。これは大局からの判断なのだ。二人には従ってもらわないと困る。父上、わたしの申すことに誤りがありましょうか」

「そうだ……そうだな……」いまは袁譚が何を言おうと袁紹には正しく思えた。

大局からの判断——高覧と張郃は腹を立てたが、そう言われては返す言葉もない。その実、蔣奇と袁譚、郭図は結託しており、張郃らの兵を削って自分たちの勢力を伸ばそうという魂胆であった。曹操との戦いに勝ったとしても、連中は融通した騎兵を戻すつもりはない。つまり、危急の際にあって、なお自身の勢力拡大を優先したのである。とはいえ、さすがに袁紹の面前でその息子を罵ることは憚られ、張郃と高覧の二人もしぶしぶ命令に従った。

こうして烏巣の救援には、蔣奇が五千の騎兵を率いて向かった。その一方で、張郃と高覧は大部隊を集結させ、曹操本陣を攻める準備に取りかかった。半刻［一時間］あまりで三万の歩兵が集められ、押し合いへし合いしながら軍門を出た。ところがそのとき、北東のはるか遠くの空が赤く染まるのが見えた——烏巣が燃えている！　たちまち軍の士気は下がり、あっという間に大騒ぎとなったが、高覧と張郃は心を鬼にして大軍を前進させた。

曹操は自身が奇襲に出る前から、本陣の守りについて居残りの諸将に申し渡していた。留守を預かる将らは厳しい戦いを覚悟しており、部下を残らず率いて陣の柵のあたりに集結していた。荀攸《じゅんゆう》は病を押して軍令用の小旗を手に指揮を執り、曹洪《そうこう》も自ら陣太鼓を叩いて士気を鼓舞した。こうして曹操軍の本陣をめぐる激しい戦いが幕を開けた。

袁紹軍は濁流のごとく曹操陣営に襲いかかり、飛蝗《ばった》の群れのように空を埋め尽くす矢を飛ばした。また、衝車《しょうしゃ》［城門を突き破るための兵器］を先頭に列をなして突撃した。だが、曹操軍の守りも堅い。将兵らは一歩も退かず、盾をかざして柵の隙間から長柄の槍を突き出した。衝車が幾度となくぶつかってくる。袁紹軍は数多くの死者を出しながら、ついに巨大な柵の一部を破った。攻め入るか、攻め入られるかの瀬戸際である。曹洪は発石車《はっせき》を前線へと押し出し、敵に向かってこれでもかと岩石を放った。張部は衝車が倒れて兵が混乱しているのを見ると、自軍の兵を追い立てるように鞭を振るった。高覧は護衛兵とともに最前列に飛び出し、敵の矢や石を物ともせず力の限り戦った。激しいせめぎ合いがしばらく続いたあと、ついに曹操陣営の柵が完全に倒れた。こうなると、あとは血で血を洗う白兵戦である。曹洪は決死隊を率いて塹壕《ざんごう》に沿うように立ち塞《ふさ》がり、文字どおり身をもって敵の侵攻を防いだ。岩石のぶつかる音、陣太鼓の低い響き、喊声、悲鳴、すべてが綯《な》い交ぜになり、舞い上がる血飛沫と砂ぼこりも加わって、あたり一帯が混沌に陥った。両軍の兵は持てる力のすべてを出しきって戦い、激戦は深夜を過ぎて未明を超え、なんと正午まで続いた。袁紹軍の突撃は百をもって数え、死者が地面を覆い尽くした。曹操軍の兵士の壁は崩れても崩れてもまた築かれ、誰もが本陣と生死をともにする覚悟で戦い抜いた。

兵法では、「朝の気は鋭《えい》、昼の気は惰《だ》、暮れの気は帰《き》［朝方に士気は鋭く、昼ごろに士気は衰え、夕方に士気はなくなる］」という。攻め手は守り手よりずっと消耗が激しい。朝から米粒一つ口にしていない袁紹軍は、もう昼が過ぎるというのに敵陣を攻め落とせず、兵の士気はいっそう下がり、攻撃の勢いも徐々に弱まっていった。疲れで地べたに座り込む者や喊声を上げる力さえなくした者、果ては息を荒らげて倒れ込む者まで出てきた。

全身を返り血で染めた高覧は、またも曹操軍にはね返されると、喉も張り裂けんばかりに大声で叫んだ。「われに続け！」だが、振り返ると、よろよろとついてくるのは数十人ばかりの護衛兵のみである。高覧は怒りにうち震え、あえいでいる兵たちを見境なく鞭で叩いた。「ろくでなしども！　ちゃんと立ち上がって俺に続かんか！」しかし、すでに疲れ果てた兵たちは突撃などできる状態ではなかった。頭を抱えて地べたに突っ伏すか、そうでなければ魂が抜けたかのように高覧を虚《うつ》ろに見つめるだけである。

焦る高覧が兵をまた罵ろうとしたところ、ふいに飛んできた矢が左肩に突き刺さり、あっと叫んで馬から落ちた。高覧がまるで何かに取り憑かれたかのように落馬したため、兵は驚くと同時に、これ幸いと潮が引くように逃げだした。護衛兵らはとどめを刺させまいと必死に守り、なんとか高覧を助け出して張郃のところまで運んだ。体じゅうが血と汗と泥ですっかり汚れ、とりわけ戦袍は敵の血なのか本人の血なのか、どす黒く染まっていた。

「大丈夫か」張郃は驚いて馬から下りた。

くたびれ果てた高覧は小鼻を膨らませて肩で息をしていたが、まだ心までは折れていなかった。

「ち、ちくしょうめ……俺は大丈夫だ……まだやれる……」

張郃があたりを見回すと、自軍の兵が敵に矢を射られて続々と退いてきた。眠気、疲労、空腹、そして喉の渇き、もはやほとんどの兵が戦意を失っている。ふらふらと戦線を離れ、北東の自陣に向かって逃げはじめていた……

張郃はため息をついた。「陣形がここまで乱れてはもう戦えぬ」

高覧は虎のような目に涙を浮かべて天を仰いだ。「これが天意か……」

「いや、天意ではない。わが君が忠言に耳を傾けなかったせいだ」張郃は憤然と膝頭を叩いた。「烏巣がどうなったかわからんが、ここはもう撤退しよう」

だが、張郃が引き鉦《がね》を鳴らすよう命じたその瞬間、対面の曹操軍で陣太鼓の音が鳴り響き、撤退はたちまち潰走へと変わった。もはや隊列などかまっていられない。最後の気力を振り絞ってひたすら逃げた。夜目《よめ》の利かない鳥さながら、てんでばらばらに逃げる兵らは方角さえわからないまま闇雲に散っていった。大将を捨てて自分の陣営に逃げる者もいれば、陣営にも戻らずただ北のわが家を目指して逃げる者もいた。張郃と高覧は気力を奮い立たせて馬に跨がり、護衛兵とともに殿《しんがり》を務めた。しかし、目に入るのは逃げ惑っている自軍の兵ばかりで、敵兵の姿はまったく見えなかった――実のところ、曹操軍は陣太鼓を打ち鳴らしただけで、追撃をかけずに袁紹軍を蹴散らしたのである。

張郃と高覧は敗軍を率いてなんとか十里［約四キロメートル］ほど進んだが、もうすでに兵士らは精も根も尽き果てていた。そこは双方の陣の中ほどに位置し、あたりには人家も見当たらない。張郃らは小高い丘に登り、陰を探して身を休めた。そして破れた旗指物を突き立てると、鉦を鳴らして四散した兵を呼び集めた。張郃は丘の一番高いところに座り込むと、一面にうずくまる無残な負傷兵たちを眺めた。槍は折れ、弦《つる》は切れ、怨嗟の声が充ち満ちている。なかには裸足の兵もおり、河北を平定した勇猛な軍の姿など見る影もなかった。一、二年も遡れば、公孫瓚《こうそんさん》を滅ぼし、黒山《こくざん》の賊を破った勇姿があった。それがこのていたらくである。いったい誰を責めればいいのか……一方、高覧はさほど悩むこともなく、傷口を縛りながらぶつぶつと曹操を罵り、郭図を罵り、果ては袁紹父子をも罵りはじめた。

二人がすっかり意気消沈していると、北のほうから砂塵を巻き上げて駆けてくる騎馬の姿が見えた。どうやら自軍の早馬のようである。「わが君と郭都督の命で伝令に参りました。張将軍と高将軍はどちらでしょうか」

「ここだ」高覧は立ち上がりもせず不機嫌に応じた。

二人が目の前にいたことに伝令官は驚いたようだった。いつもは威風堂々とした将軍が、敗残兵に紛れて見分けがつかなかったのである。伝令官は馬から飛び下りて一礼した。「これは張将軍、高将軍」

張郃は何か嫌な予感がし、憤然として尋ねた。「わが君のご命令とはなんだ」

「お二方は撤退せず、曹操陣営を攻め続けよとのことです」

「まだ攻めろだと？」高覧は怒って立ち上がった。「兵がどれだけ疲労困憊しているか見えないのか。貴様の目は節穴か!?」

「これはわたしの意見ではありません。わが君と郭都督のご命令なのです」伝令官はそう弁明すると、軍令用の小旗を差し出した。

高覧は「郭都督」と聞くや、肩に受けた矢傷の痛みも吹き飛んだ。怒髪天を衝かんばかりに怒りだし、飛びかかるようにして伝令官の手から小旗をひったくると、それを真っ二つに叩き折った。

伝令官は驚いて顔色を変えた。「軍令旗を折るなど……」

高覧は剣を引き抜いた。「折ったらどうだというんだ。これ以上俺を怒らせたら、貴様も一緒に叩っ斬るぞ！」張郃が慌ててあいだに入った。「やめろ！　落ち着け」伝令官は真っ青になって後ずさり、それ以上何も言えなくなった。

張郃は高覧を押しとどめてから、振り向いて尋ねた。「烏巣はどうなった？　淳于瓊と蔣奇は曹操軍を追い払ったのか」

「それは……わたしにもよくわかりません」だが、明らかに顔色が変わった。張郃は事態を察し、ため息をついた。「先に戻ってわが君に伝えてくれ。半日ずっと攻め続けたが勝利は見えない。将も兵もひどく疲れている。これ以上戦うのは無理だ」

伝令官は渋い顔をした。「わが君の気質は将軍もご存じかと。同じ命令を繰り返されては従うほかありません」

「逆らうのではない。本当にもう戦えぬのだ」

「わが君のお言葉です。お二方はなんとか持ちこたえ、死を恐れず犠牲を厭《いと》わず、必ず曹操の本陣を落せとのことです」

「それで簡単に落とせるなら、なぜ半年も虚しく苦労を重ねていたのだ」張郃は冷たい笑みを浮かべた。「死を恐れず犠牲を厭わずとは……ああ、わが君。あなたが将兵の命を惜しまずして、どうして将兵があなたのために命をかけて戦いましょうや」

伝令官も苦しい立場だった。袁紹の命令が完遂されなければ、自身とて同じように処罰されるのだ。そこで歯を食いしばって懇願した。「どうか将軍方、命令どおりにしてください。そ、そうでないと……」そうでないとどうなるのか、その先は口にできなかった。

「これ以上は戦えぬ」張郃はきっぱりと拒絶した。「『一たび鼓《こ》して気を作《おこ》すも、再びして衰え、三たびして竭《つ》く［一度目の陣太鼓では士気を奮っても、二度目では衰え、三度目には尽き果てる］』だ。いまや曹操軍の士気は高く、われらは気力さえ失せている。もう一度急襲させようものなら兵は残らず逃げてしまうぞ」

伝令官も勇気を振り絞って食い下がった。「郭都督のお言葉にもあったはずです。力があるならば戦え、力が尽きようとも戦え。わが軍の興亡はこの一戦にあり。従わねば軍法に照らして処罰すると」

張部はなおも言い返そうとしたが、その前に我慢の限界を超えた高覧が張部を押しのけた。「いつまでこいつの相手をするつもりだ」そう凄むなり伝令官に飛びかかり、地べたに押し倒して髻《もとどり》をつかむと、その首筋に剣を押し当てた。ただの伝令に巨軀の高覧を振りほどけるはずもなく、情けない声で叫んだ。「お助けください……どうか命だけは……」

「ぐだぐだぬかすんじゃねえ！」高覧が手に力を込めると、伝令の首筋に血がうっすらとにじんだ。

「質問に答えろ！　烏巣はどうなったんだ」

「しょ、将軍、どうか怒りをお鎮めください……」

「さっさと答えろ！」

これ以上隠し通すことはできない。伝令もあきらめて正直に答えた。「烏巣はすでに陥落し、兵糧も輜重もことごとく焼き払われました。淳于都督と蔣将軍は乱戦のうちに……」

「死んだのか。ふふっ……」張部は自らをあざけるように苦笑した。「これですっきりした。さすがは英明なるわが君よ。われら全員、曹孟徳《もうとく》の手にかかって死ねということらしい……」その声に続いてすぐに悲鳴が上がった——高覧の手に伝令の首がぶら下がっていた。

張部は思わず噴き出した。「おぬしというやつは……」

高覧は血が噴き出している伝令官の胴体を蹴り飛ばすと、首級《しるし》を高く掲げて立ち上がった。「俺は寝返ってやるぜ！」ようやく集まってきた少しばかりの兵士らも、それを見て驚きたまげ、脱兎のごとく逃げだした。

張郃が高覧を叱責した。「われらは河北の禄を食《は》む身、危機に臨んで寝返ったりできるものか。すぐに本陣へ帰るか、わが君を守って撤退を援護すべきだ」

「何がわが君だ。老いぼれ匹夫の袁紹め！」高覧はいきり立って言った。「あの間抜けが片方の肩ばかり持つせいで、どれだけの河北の健児《けんじ》が戦場で命を落としたと思う。本陣に戻るだと？　戻ったらあの匹夫は俺たちを殺しかねんぞ。しかも出来損ないの息子に兵権を奪われたままでいいのか。俺は身に染みてわかった。袁紹についていたら遅かれ早かれ身の破滅。あんな卑劣な凡人なんか、もっと早くに見限るべきだったんだ！」

高覧は呆然とする張郃の肩に手を乗せて続けた。「儁乂《しゅんがい》、顔良《がんりょう》と文醜《ぶんしゅう》は頼りになる河北の勇将だった。それなのに連中がどんな死に方をした？　戦い方がまずかったわけじゃない。袁紹の失策のせいで命を落としたんだ。もしいま無理に攻め続ければ、さらに多くの兵が死ぬことになる。一人の無能な将のために、万を超える兵が巻き添えを食うんだ」

張郃はため息をついた。「わたしにもわかったことがある。袁紹はたしかに大事を成す器ではない。だが、長年の恩というものもある。不義不忠な真似はできん」

「忠だの義だの、このご時世そんなことにかまっていられるか。どっちにしろ俺は伝令を殺したからな。もう寝返るしかないんだ」高覧は目をむいて続けた。「俺は無骨者だが、良禽《りょうきん》は棲《す》む木を選ぶし、良臣は仕える主君を選ぶってことくらい知っている。あいつら父子はとんだろくでなしだ。逢紀《ほうき》や郭図みたいな奸臣ばかりをひいきしやがって。ここ数年、おぬしの忠言や良策が一つでも聞き入れられたことがあったか。心の狭い主君にずる賢い臣下、あんなやつらと一緒にいたんじゃ、いずれは連中に殺されるのがおちだ。張導《ちょうどう》や劉勲《りゅうくん》がどんな末路をたどったのか忘れたわけではあるまい」

張郃はぶるっと身を震わせた。「ううむ……この張郃、これまで情と義とを大事にしてきたつもりだが、わけもわからず奸佞《かんねい》な輩の手にかかるのはごめんだ！　とはいえ、何か考えでもあるのか」

高覧は顔を上げて南に目をやった。「思うに許攸は先見の明があった。われらも曹操に身を投じよう」

「曹操に身を投じる？」張郃は眉をひそめてあたりを見回した。だが、ほとんどの兵はすでに逃げ出しており、残っているのは腹心の護衛兵と身動きできない負傷兵だけだった。「残っているのはたったこれだけだぞ。それに、ずっと戦っていた相手を曹操が受け入れるものか。世の中どこへ行っても悪党ばかりだ」

高覧は歯がみした。「とにかく輜重と衝車を焼いてから、誰か人を遣って降伏を願い出よう。受け入れてもらえればそれでよし、もし断られたら……」

「断られたら、われら兄弟、曹操の本陣に斬り込んで戦うまでよ」張郃の顔に血の気が戻ってきた。

「そうなれば進むも退くも死あるのみだ。思い切り暴れてやろうぜ！」

「おうともよ！」二人は悲壮な決意を固めて、互いの大きな手を握り締めた……

破竹の勢い

高覧《こうらん》と張郃率《ちょうこう》いる袁紹軍《えんしょう》は隊伍を乱して撤退したが、むろん曹操軍の陣営にも死傷者が累々と横たわっていた。激しい攻防を繰り広げたため、将兵たちはみな疲れて地べたに倒れ込み、追撃を命じる陣太鼓も虚しく響くのみであった。昼過ぎになっても曹操からの連絡はなく、留守を預かる曹洪《そうこう》と荀攸《じゅんゆう》は気が気ではなかった。もし袁紹が軍を立て直して攻め込んでくれば、今度こそ本陣はもたない。二人が善後策を練っていると、誰かが大声で叫んだ。「見ろ、煙だ！」その声に応じて諸将があちこちから出てきた。北のほうを眺めると、十里［約四キロメートル］ほど先にもうもうと黒煙が立ちのぼっている。誰もが互いに顔を見合わせていたそのとき、袁紹軍から使者がやってきた。曰《いわ》く、張郃と高覧の二将が自ら衝車《しょうしゃ》などを壊して投降を申し出ているという。

曹洪は半信半疑だった。「目の前の仇敵に投降するとは、どういうわけだ？」

于禁《うきん》がすぐに進言した。「張郃と高覧は袁紹の腹心です。これだけ戦ったあとに突然投降してくるとは、わが軍の不備につけ込んで陣に攻め込もうという魂胆に違いありません。将軍、これは偽りの投降です。決して信じてはいけません」

傷を縛っていた朱霊《しゅれい》が、それを聞いて思わず怒りだした。「文則《ぶんそく》、われら河北《かほく》の将を見くびるでない。張郃と高覧は軍中でも名高い義士、そんな卑怯な真似をして名を汚すようなことはせぬ。小人《しょうじん》の心で君子の腹を邪推しないでもらいたいものだ」

朱霊の遠慮のない言葉を聞いて于禁も怒りだした。「小人だと？　文博《ぶんはく》こそ言葉に気をつけるんだな。戦《いくさ》では相手を欺くのが当たり前だ。投降を疑うのは、わが軍の将兵を思えばこそではないか」

「ふん！　実のところは誰のためだか……」朱霊は白い目を向けた。「優れた将が二人も来たら、誰かさんはわが君の寵を失うかもしれんからな」

「なんだと！」

すぐそばでは張繡《ちょうしゅう》や劉勲《りゅうくん》、鮮于輔《せんうほ》らのほか、袁紹の使者も決定が下されるのを待っている。こんな場で内輪もめなどみっともないことこのうえない。曹洪は恥ずかしさに激怒して怒鳴りつけた。「二人とも黙れ！　こんなときに言い争いとは何ごとだ。これ以上くだらぬことをほざいたら、柵の修復を手伝わせるぞ！」

そこで荀攸が慌てて口を開いた。「曹将軍、手遅れになると何が起こるかわかりません。一刻も早く投降を許可なさいませ」この一晩を慌ただしく過ごしたことで、荀攸は汗をかいて熱が引き、ずいぶん復調していた。

「本当に認めてもいいのですか？」曹洪は困り果てた。「わが君がおらぬのに勝手に決めるのは……もしこれが偽りだったらどうするのです？」

「張郃と高覧の投降は本心からに違いありません」荀攸が胸を叩いてみせた。「袁紹は張郃の策を聞き入れなかったと聞いております。二人の投降はおそらくそのためかと。将軍、これ以上何を疑われるのです。早く門を開いて二人を迎え入れましょう」

于禁が我慢できずに口を挟んだ。「わが君はまだ連中がわれらの本営を襲って大勢の兵を殺したことをご存じない。かりに降伏に応じたとして、それがわが君のご意向に背くことになったら誰が責任を取るのです」

「わたしが責任を取ろう」荀攸がじろりと于禁を睨んだ。荀攸の言葉に力を得て、朱霊も続いた。「わたしも軍師《ぐんし》殿とともに責を負う」続いて張繍、劉勲、鮮于輔といった帰順して日の浅い将たちも次々に賛意を示し、于禁も口を閉ざさざるをえなくなった。

そこで曹洪も決断を下した。「よし、投降を許可する」

命令一下、兵士でできた壁が左右に分かれ、ほどなくして敗軍の将兵らが足取りも重くやってきた。張郃と高覧は馬を下りて剣を外すと、胸を張って曹操陣営に入った。配下の兵卒もみな武装を解いて陣営の外に整列し、収容されるのをおとなしく待った。張郃と高覧は曹操軍のなかに鮮于輔や朱霊、路招《ろしょう》といった見知った顔を見つけると、目線を交わして小さくうなずいた。そのまま中軍の幕舎《ばくしゃ》の前に進むと、年のころは四十あまり、赤い髭をたなびかせた威厳溢《あふ》れる武将の姿が目に入った。二人は慌てて跪《ひざまず》いた。「これは曹公、何とぞ遅参をお許しください」

「俺は曹公ではない」曹洪はかぶりを振った。「わが君は奇襲に出て、まだお戻りになっておらぬ」

高覧はあけっぴろげな性格で、そうと聞くなりすぐに膝を崩した。「ちぇ！　勝手に受け入れてあんたに責任が取れるのか？　しかも、曹公のふりをして俺らを跪かせるなんて、ひどいじゃないか」

曹洪も思ったことは出まかせに言う質《たち》である。高覧の不遜な態度に剣を抜いて答えた。「このくそったれ、降伏を許したのは間違いだ。負けたくせに威張りやがって、こいつの斬れ味を試してみるか！」

高覧も言い返そうとしたが、張郃が慌てて押さえつけた。ちょうどそのとき、後方の陣から曹操軍の小隊長が飛び跳ねるようにして走ってきた。「わが君が戻ったぞ、凱旋だ！」

その瞬間、陣営は割れんばかりの大歓声に震えた。諸将は張郃や高覧などほったらかしにして、急いで後方の陣に向かった。高覧は曹操軍の将らが離れていくと、張郃を引き寄せて不平をこぼした。「どうやらここの連中も、ろくでもないやつばかりだな。曹操の野郎がやって来ておじゃんになったら、二人でひと暴れしてやろうぜ」だが、張郃はかぶりを振った。「これ以上争って何になる。降伏したからには苦い薬だろうが甘い蜜だろうが飲み下すしかない……」

そうこうしているうちに、太く力強い声が聞こえてきた。「張将軍と高将軍はどこだ。さっさと案内せんか」その声に続き、曹操陣営の者たちに囲まれて一人の武将がやって来た。鎧兜を身にまとっているが背はさほど高くない。全身が煤《すす》まみれで、面立ちもよくわからなかった。二人が唖然《あぜん》としていると、その男はずんずん間近に寄ってきて、朗らかな声で笑った。「お二人が参られたおかげで、この曹操の大事は成ったも同然です」

張郃と高覧は互いに顔を見合わせた——この男が曹操だと!?——二人にはとても信じられなかった。煤にまみれたその姿は、二人の知る総大将とは遠くかけ離れている。袁紹に従って十年近く、袁紹はいつも中軍に腰を据えて命《めい》を下すだけであった。いつも家柄に恥じない洗練した姿で、陣頭に立って戦袍《せんぽう》を血に染める姿などついぞ目にしたことがない。張郃は大いに心を動かされた——俺が愚かだった。曹孟徳《もうとく》が兵とともに陣頭に立つ男だと早くに知っていたら、袁本初《ほんしょ》の下であんなに苦しむこともなかったのだ。果断さでも用兵でもその差は明らか、この男が袁紹に負けるわけがない

――二人は即座に地べたに跪いた。「われらは悪人を助けて官軍に背いておりました。今日は帰順いたしますゆえ、どうか曹公、われらの罪をお許しください！」

「はっはっは……」曹操は煤で真っ黒になった顔をぬぐうと、二人に手を差し伸べた。「その昔、春秋の世の伍子胥《ごししょ》は頑なに呉王夫差《ごふさ》を支え、それがため最後は自害する羽目に陥った。一方で、微子《びし》［殷《いん》の王族］は殷を離れて周《しゅう》に降り、韓信《かんしん》［漢の劉邦《りゅうほう》の建国に貢献した武将］は楚《そ》を棄てて漢に帰順した。ともに伍子胥より賢明であったと言えよう。己《おの》が過ちを認める点において、そなたら二人は先人と比べても何ら遅いということはない。さあ、もう跪くことはない」

張郃と高覧は胸をなで下ろして立ち上がった。ふと見れば、向こうで許攸《きょゆう》が笑いを噛み殺している。二人は恥ずかしさを覚えたが、そこへまた曹操の声が聞こえてきた。「わしは天子を奉じて逆臣を討伐しておる。わしに帰順するということは、朝廷に帰順するということ。二人が暗君を捨てて帰順したからには、兵はそのまま率いてもらうこととする。たしか河北では北軍校尉《ほくぐんこうい》であったな。すぐにでも朝廷に上奏して将軍に引き上げ、亭侯《ていこう》の爵位を授けるように取り計らおう」

罪を問われなかったばかりか、官位は上がり、爵位までもらえるとは、耳を疑うような出世である。高覧はしばし呆気にとられたのち、どんと自分の胸を叩いた。「明公《めいこう》、袁紹軍は烏巣《うそう》を焼き討ちされたうえ、われらの隊も失いました。兵糧もなくなり、士気は大いに下がっているはずです。それがしを信じてくださるなら、先鋒となって袁紹軍を打ちのめし、郭図の野郎や袁譚ごとき若造、斬り刻んでご覧に入れましょう」無骨者の高覧は、袁譚派に受けた屈辱をずっと覚えていた。

曹操は興奮を抑えつつ高覧に言い含めた。「いや、今日はやめておこう。二人が帰順したという知らせを袁紹に思い知らせ、一晩やつの肝を冷やさせてから、明日出陣するとしよう。袁紹にまだ戦う胆力が残っているのか見ものだぞ」そして諸将の後ろに立っていた荀攸と郭嘉《かくか》に目配せすると、二人もしきりにうなずいた——張郃と高覧は降伏したとはいえ、いきなり自軍の先鋒として使うほど信用はできない。それに、袁紹軍は意気消沈しているだろうが、窮鼠かえって猫を嚙むともいう。勝利は目前であったが、自軍の兵も疲れ果て、死傷者も数え切れない。実際、曹操軍にもこれ以上正面からぶつかる余力はなかった。袁紹に時間を与えてやるのは、兵糧が失われたことで兵卒らが戦々恐々となって浮き足立つのを待つためである。これぞまさに、戦わずして勝つであった。

案の定、翌朝早くに近づいてみると、袁紹軍の陣営は大混乱に陥っていた。河北の将兵らは取るべき行動もわからず主君に尋ねようとしたが、そのときはじめて将帥の幕舎が空になっていることを知った。袁紹はわが身に禍《わざわい》が及ぶのを避けるため、夜のうちに軍を捨てて逃げ出していたのだ……

総帥がいないのでは、袁紹軍も陣門を閉じて堅く守るしかない。それはもはや忠義を尽くすためではなく、ただ自らの命を守るための戦いだった。陣太鼓の音が鳴り響く。すると早くも曹操軍のなかから白い戦袍をまとった将軍が飛び出し、手にした銀の槍を掲げて大声で叫んだ。「今日こそは必ず袁紹軍を討ち平らげるぞ。みなわれに続け!」叫び終えるや鋭い指笛を吹き、これに呼応して十数名の騎兵が雨霰《あられ》のように降る矢を物ともせず最前線に飛び出した。騎兵は長柄の槍を同時に突き出し、ぴたりと閉じられた陣門に突き立てると、声を合わせて力いっぱいに引き倒した。陣門が破られると、白い戦袍の大将に続いて兵士らが怒濤のごとくなだれ込み、敵と見るや次から次へと血祭りに上げていった。

「張繡だ！　将軍の張繡が来たぞ！」目ざとい者が叫んだ。

張繡の槍は銀色の大蛇のごとくうなりを上げて敵を討ち、護衛の騎兵も縦横無尽に駆け回った。その行くところは血の雨が降り、屍《しかばね》が地を覆った。曹操は膝を打って感嘆の声を上げた。「何たる武勇だ！　わが縁者は千戸侯《せんここう》［千戸を領する列侯《れっこう》］に封じる価値がある！」

張繡の活躍を見ておとなしくしている劉勲ではない。馬に鞭を当てながら麾下《きか》の兵に発破をかけた。「張繡に先を越されるな。野郎ども、俺に続け！」実のところ、劉勲の兵士らにとっては敵を殺すより略奪するほうが先決で、金脈でも掘り当てたかのように命がけで突進していった。この二隊が突撃を繰り返したことにより、袁紹軍に残っていたわずかな戦意も完全に失われ、陣営内は蜂の巣をつついたような騒ぎとなった。別の陣門を自ら開けると、鎧兜もかなぐり捨てて、大勢の兵が一路北を目指して逃げた。

一年近く押さえつけられていた曹操軍は、溜まりに溜まった鬱憤をここぞとばかりに晴らした。軍紀に厳しい曹操軍の将兵が、いまは曹操の軍令が届く前から、気でも触れたかのように突進した。追撃して敵を殺しまくる者、敵の陣営を潰す者や略奪する者など、めいめいが勝手に動き、虎豹騎《こひょうき》［曹操の親衛騎兵］でさえ居ても立ってもいられず敵陣に攻め込んだ。鬨《とき》の声はますます激しく、やがてそれは天にも届く歓喜の声へと変わっていった。

つらく苦しい戦いがようやく終わりを告げ、中原の情勢はこれより書き改められることとなった。曹操は喜びを抑えきれず、沸き立つ戦場を横目に馬で広野に駆け出すと、天を仰いで狂ったように笑った……

古《いにしえ》の燕趙《えんちょう》を望む

建安《けんあん》五年（西暦二〇〇年）十月、長きにわたった官渡《かんと》の戦いは、曹操軍の完全勝利によって幕を閉じた。袁紹《えんしょう》は時機を逸したうえに備えを疎《おろそ》かにしたため、烏巣《うそう》の兵糧を焼かれて失った。そのうえ張部《ちょうこう》と高覧《こうらん》が投降したことで全軍の将兵はさらに動揺し、完全に戦意を喪失してしまった。

当初、田豊《でんほう》や沮授《そじゅ》は決して黄河を渡ってはならないと強く諫めたが、袁紹はこれを聞き入れず、結局は敵地で兵糧を断たれた。いまや大混乱に陥った十万近い大軍が、いつ反乱を起こしてもおかしくはなかった。そんな軍を指揮して河北《かほく》まで百里［約四十キロメートル］も退却することはできない。袁紹はやむをえず袁譚《えんたん》や郭図《かくと》といった腹心だけを連れて慌ただしく北へ奔《はし》り、黄河を渡って倉亭《そうてい》［河南省北部］まで撤退した。大軍の兵も陣営も、輜重《しちょう》も武器もことごとく打ち捨てて逃げたのである。

残された河北軍は完全に崩壊し、曹操の猛攻を受けた十万近い兵は、我先にと北へ向かって敗走した。勝利の知らせを受けた夏侯惇《かこうとん》と程昱《ていいく》も、兵を率いて東西の両方面から取り囲むように追い討ちをかけた。河内《かだい》に駐屯していた魏种《ぎちゅう》も黄河沿いを東へ進み、河北への退路を断った。袁紹軍の敗残兵には手傷を負った者も多く、兵糧もなければ船もない。かなりの数が黄河の南で阻まれ、曹操軍の俘虜《ふりょ》となった。

荀攸《じゅんゆう》、郭嘉《かくか》、許攸《きょゆう》らを引き連れて袁紹の本営の幕舎《ばくしゃ》に入った曹操は、なかのしつらえを目にして呆気にとられた——そこは一時的に起居し、ときに軍議を開く幕舎の枠を超え、許都の皇宮《こうぐう》をも凌《しの》ぐ豪華さであった。鴻鵠《こうこく》と朱雀《すざく》を刺繡した錦織りの帳《とばり》、錦の緞子《どんす》が敷かれた寝台、枕元の衣装棚には鎧兜や佩剣《はいけん》こそないものの、鮮やかな刺繡を施した絹の肌着や、金糸を織り込んだきらびやかな紗《しゃ》の礼服が残されている。その後ろには長さ八尺［約百八十四センチ］ほどの屛風が置かれ、揮毫された荘子の「逍遥遊《しょうようゆう》」は書の大家師宜官《しぎかん》の真筆である。高級な紫檀《したん》の卓上には高さ三尺［約七十センチ］もある翡翠の投壺《とうこ》が置かれ、金製の矢じりをつけた軍令用の小旗が数本入れてある。璋《しょう》、琮《そう》、瑜《ゆ》、瑾《きん》など手慰みの玉器もあり、犀《さい》をかたどった青銅の燭台や書物もある。寝所の中央には四角い銅の鼎《かなえ》が鎮座し、惜しげもなく香が焚かれて馥郁《ふくいく》とした香りが立ちこめている。隅にある二つの火鉢には、まだ燃えさしの炭が燻ぶっていた。どんな特殊な炭かはわからないが、炭の臭いがまるでしない。とりわけ一同の目を引いたのは西側に置かれた二つの巨大な樟《くすのき》の木箱で、蓋もできないほど竹簡が山のように積み上がっていた。

曹操はゆっくりと真ん中あたりまで来ると、こうした骨董や珍宝、書物などを眺めて舌を巻いた。「十年ほど前に目にした袁紹の部屋も豪華だったが、勢力が大きくなりこれほど贅沢になっていたとは……これを見る限り皇帝を僭称した従弟《いとこ》の袁術《えんじゅつ》にも劣っていないな」

郭嘉は幕舎の外に立つ曹洪《そうこう》と劉勲《りゅうくん》に目を遣って、皮肉な笑みを浮かべた。「わが君、子廉《しれん》殿と子台《しだい》殿が兵を遣わして守ってくれたおかげで、ここの品は略奪を免れたのです」

「そうか」曹操も二人を見てからかうように言った。「敗残兵は奪わなかったかもしれんが、守銭奴どもには少なからず持ち出されたようだな……」曹洪と劉勲は俯《うつむ》いて何も答えなかった。曹操の読みどおり、二人は袁紹の陣営に入るや否や目を皿にしてお宝を探し回り、この幕舎で価値のある物はとっくに自分たちの陣営に運んでいた。残ったのは重くて運べないものと二級品ばかりだった。しかも二人は曹操がやってくる前におのおのの取り分でもめて、ひとしきり言い争いまでしていた。

曹操は卓上にあった竹簡をおもむろに手に取った。班固《はんこ》の「両都賦《りょうとふ》」である。ほかには王延寿《おうえんじゅ》の「魯霊光殿賦《ろれいこうでんふ》」、さらには緯書《いしょ》［儒教の教義に関連させた予言書］の『帝覧嘻《ていらんき》』まであった。曹操は竹簡を放り投げて冷たく笑った。「詩賦のほかは緯書か。さすがは袁紹、ずいぶんご立派な趣味をお持ちだ」

荀攸は思わずため息をついた。「軍が対峙しているときは全身全霊で戦《いくさ》に臨むもの。かような書に目を通していたようでは、袁本初《ほんしょ》も敗れるべくして敗れたと言えましょう」

「やつは四代にわたって三公《さんこう》を輩出した家柄。実際に見ようが見まいが、こうした書を並べて体裁を取り繕《つくろ》う必要があったのだろう」曹操は振り向いて樟の木箱のなかから適当な文書を一巻手に取り広げたが、その曲がりくねった字に笑い出した。「なんとも読みにくい字だな、いったい誰からの書簡だ……銍《ちつ》県［安徽《あんき》省北部］の県長秦宜禄《しんぎろく》、大将軍《だい》にご挨拶を申し上げます……」その途端、曹操の目に怒りが宿った。「恥知らずの秦宜禄め、袁紹と結託していたとは！」

郭嘉が蔑《さげす》むように言った。「小人《しょうじん》はどこまでいっても小人、権力者に取り入るためにほらを吹き、おべっかを使うものです。わが君が寡兵でもって大軍に勝つとは予想できなかったのでしょう。ですが、これも悪いことではありません。戻ったらこの文書を証しに、逆賊と気脈を通じた罪であの世に送ってやればよいのです」

「法に照らして処刑するまでもありません。やつはもう死んでいます」許攸が口を挟んだ。「劉備《りゅうび》が汝南《じょなん》で劉辟《りゅうへき》と組んで謀反を企てたとき、秦宜禄もこれに一枚嚙んだのですが、連中は曹仁《そうじん》将軍に敗れました。すると秦宜禄は今度は劉備を裏切ろうとして、その挙げ句張飛《ちょうひ》に殺されたそうです」

秦宜禄が死んだと聞き、曹操は思いがけず気が楽になった。これで杜《と》氏の一件をばらされる心配もなくなったのだ。曹操は竹簡を放り投げるとあざけった。「面従腹背、やつ程度の小物が劉備の前で猿知恵を弄するとは、身の程知らずもいいところだ。秦宜禄のことなどどうでもいい。大耳の賊はどうした？　袁紹について河北へ逃げたのか」

「とっくに行方知れずです」許攸が冷笑を浮かべて答えた。「劉備は汝南から戻って二日もせずに、今度は荊州《けいしゅう》の劉表《りゅうひょう》と連絡を取ると言って、布団まで丸めて出て行きました。おそらく袁紹のほうが分が悪いと見て、口実を設けてとんずらしたのでしょう。あの劉玄徳《げんとく》というのは船底にいるねずみ、沈みそうになると真っ先に逃げ出すのです。まあ、それはそれで先見の明とでも言うのですかね」

「ふん！　いつかあいつを亡き者にして、この恨みを晴らしてやる」曹操は歯がみしてそう毒づいたが、ふと関羽《かんう》のことを思いだして喪失感を覚えた。気を取り直し、二つの箱の文書を指さして命じた。「路粋《ろすい》と繁欽《はんきん》にこれらを検《あらた》めさせよ。袁紹がほかにどんな陰謀を企んでいたのか確かめるのだ」

そのとき再び外が騒がしくなり、王必《おうひつ》が駆け込んできた。「申し上げます。敵を追撃していった将軍方が勝利して戻られました。黄河を渡る前の袁紹軍の兵を少なくとも五、六万は俘虜にしたそうです」

「なんとそんなに……」曹操は喜ぶどころか眉をひそめた。「どこだ、案内せよ」幕舎を出るとすぐ、鮮于輔《せんうほ》や斉周《せいしゅう》らがざんばら髪の俘虜を連れて出迎えた。それを見た許攸は顔色を変え、諸将が口を開くよりも先に叫んだ。「阿瞞《あまん》殿、ご覧ください。沮授《そじゅ》殿が投降して来ましたぞ」許攸は沮授とは長年河北でともに仕え、人となりや仕事ぶりは異なるが、その才能を高く評価していた。何より許攸は曹操に投降したとはいえ味方と呼べる者はおらず、自分と似た境遇の人間と急ぎ助け合う必要があった。そのため先手を打って「投降」と口にすることで、沮授に退路を残したのである。

だが、沮授はそうした許攸の好意などまったく意に介さず、頭を振り上げて乱れた髪を後ろに払うと、はっきりと異議を唱えた。「わたしは投降などしておらぬ。おぬしらの兵に捕らえられたのだ」

曹操は上から下までゆっくりと沮授を眺め、にこりと笑った。「かつて河北にいたときから、先生の智謀には敬服しておりました。しかし、その後は黄河に阻まれ、先生とともに大事を成すことができず、残念に思っていたのです。それがまさか先生とこのような形で再会できるとは思ってもいませんでした」

沮授が苦笑いした。「わが大将軍は策を誤り、やむなく軍を捨てて北へ逃げました。才智、武勇、ともに欠けたこのわたしが捕らわれの身となるのは当然のこと……」

もともと沮授を高く評価していたところに、その苦々しげな微笑みを見て、曹操の胸に惻隠《そくいん》の情が湧いた。「こたびのことは、決して先生の才智や武勇が劣っていたからではありません。袁本初が先生方の良言を容れなかったからです」そう話しながら、鮮于輔に縄を解くよう促した。「沮先生、官渡の戦いは勝負がつきましたが、いまだ四海は平定されておりません。わたしとともに大事を謀るおつもりはありませんか」

沮授は、目の前にいる背丈は低いが懐の深い男を凝視し、袁紹を主《あるじ》として選んだのは間違いだったと後悔した。だが、高潔な沮授は二君に仕えることを潔しとせず、しばし押し黙ってから申し出を断った。「明公《めいこう》のお気持ちには感謝いたします。ですが、家族も一門も揃《そろ》って河北におり、その命運は袁氏の手に握られております。わたしが明公に降れば、袁紹父子はわが一族を手にかけて鬱憤を晴らすでしょう。どうか明公、速《すみ》やかに死を賜りますように。家族や一門の命を守り、名節を汚すことなく旅立たせていただけるならば、ありがたき幸せに存じます」

許攸は見るに忍びなかった。「もう少しよくお考えください。大事を謀る者は些事にはこだわらないものです……」

「許子遠《しえん》、もう何も申すでない」沮授は手を振って遮った。「おぬしとは同日の談ではないのだ。おぬしは権力を笠に着て賂《まいない》を受け取り、家族は審配《しんぱい》によって獄に入れられている。この戦いに勝とうが負けようが、どのみちよい結果にはならぬだろう。だが、わたしは違う。この沮授はそれほど厚い面《つら》の皮は持っておらぬからな。おぬしのように主君を売り渡して栄達を求める真似などできぬ」沮授にそうなじられ、許攸は恥ずかしさのあまり顔を真っ赤にした。

沮授の決意は固く、考えを変えそうにないと見てとった曹操はため息をついた。「もっと早くに先生の補佐を得ていれば、かくも天下を憂える必要はなかったでしょうに……惜しいかな。沮先生を……」沮授を処刑して厚く葬るよう曹操が命《めい》を下そうとしたそのとき、許攸が耳元でささやいた。「殺してはなりません。沮授殿を閉じ込めておいて、こちらに投降したと触れ回るのです。それを聞いた袁紹は必ずや沮授殿の家族を殺すでしょう。そうなれば袁紹はやつの仇となり、腹を決めてこちらに仕えるに違いありません」

曹操の目がきらりと光った。「沮先生を陣営内に連れて行き監視しておけ。刑に処するかは追って沙汰する」

聡明な沮授は、すぐにぴんと来て激怒した。「許子遠、この卑劣な小人め！　絶対におぬしを許さんぞ。放せ、放さんか！」むろん兵たちは沮授の言うことに耳を貸さず、無理やり引っ立てていった。荀攸と郭嘉も許攸の考えに感づいた。ただ、曹操の面子《めんつ》を慮《おもんぱか》り、面と向かって許攸を非難することはしなかった。

曹操もそのことに気づいてはいたが、あえて何も言わず、一同を連れて軍門へ向かった。その先では鎧兜をむしり取られ、後ろ手に縛り上げられた河北の俘虜たちが、ぞろぞろと北から連れて来られていた。列は果てしなく続き、護送している曹操軍の兵より何倍も多い。曹操はかぶりを振った。「俘虜が多すぎる。いまある兵糧では養いきれんぞ」

荀攸がにこやかに答えた。「ご心配には及びません。袁紹が敗れたことで各地も落ち着きを取り戻します。すぐに糧秣《りょうまつ》を調達するよう命を下せば問題ないでしょう」

しかし、曹操の顔に笑みはなく、密かにため息をついた――郡県の官吏はみな自分が抜擢した者だ。それなのに、困っているときには手を拱《こまぬ》いて日和見を決め込み、李典《りてん》以外は誰も米一粒さえ送ってこなかった。それが平穏になった途端に手のひらを返すようでは薄情に過ぎるではないか。こんな天秤にかけるような連中はいっそ始末したほうがいいのでは……いや、よそう。天子でさえ態度を決めかねていたのだ。ほかの者ならなおさらだろう。英雄たるもの、志ある者はもちろん、この世の何人《なんぴと》をも受け入れる度量を持たねばならんな――

曹操が物思いにふけっていると、路粋と繁欽が駆け寄ってきて跪《ひざまず》いた。「わが君にお伝えしたい大事がございます」

「なんだ」曹操は俘虜の列に目を遣ったまま、振り返りもせずに続きを促した。路粋は少し困ったように周りの者に目配せしつつ、奥歯に物が挟まったような話しぶりで答えた。「鹵獲《ろかく》したあの箱のなかから見つけたのですが……その、少なからぬ地方官が袁紹に投降の文書を送っておりまして、なかには……なかにはその……」

「なかにはなんだ!?」

路粋は腹を括《くく》って打ち明けた。「わが陣営の将たちが袁紹に送った書簡もございました」

この知らせに一同はしばし呆然となった。驚く者、訝《いぶか》る者、憤る者、恐れる者、悲しむ者、憐れむ者など、反応はさまざまであったが、ただ、誰一人として口を開く者はいなかった。一同の視線が曹操に注がれた。些細な恨みでも仕返しをする曹操の性格からして、必ずや激怒し、徹底的な追及を命じるに違いない。ところが、曹操は予想に反して怒るでも騒ぐでもなく、重々しい口調で命じた。「袁紹に身を寄せて生き延びようとしたのは徐佗《じょた》一人ではあるまい。それくらい、とうにわかっていたことだ……兵を数人連れて行き、すべての文書をここに運んで来い」

「御意」路粋と繁欽は命を受けると幕舎に取って返した。

残された文官武官は警戒した。脛に傷を持つ者は衆目の面前で暴露されるのだと思い、心臓が高鳴り顔面蒼白になった。やましいことがない者も、隣に立っているのが謀反人ではないのかと、恐れと疑念に駆られた。だが、いまは誰とも目を合わせるわけにはいかない。そんなことをすれば憶測が憶測を呼び面倒なことになる。一同はうなだれて自身にやましいことがないか自問し、ひと言も発さないまま、兵たちが二つの箱を目の前に置くのを見守った。関わりのない許攸はさも楽しそうに笑った。「阿瞞殿、書簡が目の前に来ましたぞ。あとは陣営内で袁紹とつながっていた謀反人どもを洗い出し、一網打尽にするだけですな」火に油を注ぐとはこのことである。一同の緊張はいやが上にも高まり、さらに深く頭《こうべ》を垂れた。

曹操はかぶりを振り、何の表情も浮かべずに命じた。「残らず焼いてしまえ」

「焼くですと?」それは許攸だけでなく、その場にいた一同が思ってもみない言葉だった。誰も応じようとしないので、曹操は護衛兵から松明《たいまつ》を受け取ると、自ら火をつけて竹簡の箱に投げ入れた。山と積まれた竹簡が燃え上がると、曹操は振り向いて大きな声で告げた。「袁紹が勢い盛んであったとき、何を隠そう、わしとて守り切れる自信はなかった。みなが迷いを抱くのも仕方あるまい。忠不忠も善悪も、いまはすべてこの火のなかだ。潔白な者は言うに及ばず、そうでない者もこれで心を改め、今後は忠を尽くしてくれ。この件はもう二度と持ち出すことは許さん……わしはいささか疲れた。おぬしたちも忙しくしていただろう。用のない者は戻って休むがいい」それだけ言い残すと、曹操は袖を払って踵《きびす》を返した。あとに残された将兵らは感涙にむせび、罪を焼き尽くす炎が涙で濡れたその頬を赤く照らしていた。

曹操が俯き加減にそぞろ歩いていると、突然背後で笑い声がした。「書簡を焼くとはたいした妙計です」振り向くと、許攸がついて来ていた。

「何の話だ」

許攸は短い髭をひねりながら答えた。「ほかの連中は騙《だま》せても、わたしの目はごまかせません。かつて光武《こうぶ》帝は王昌《おうしょう》を滅ぼしたとき、配下の将と王昌が内通していた書簡を燃やしました。そうして諸将を安心させると、その後、諸将は以前にも増して忠誠を尽くすようになったといいます。阿瞞殿がそのやり口を真似たこと、気づかないとでも思いましたか」

曹操は昔なじみを横目で眺めながら、許攸の利口さは少しばかり度を越していると感じた。しかし、長い付き合いでもあり、袁紹を破った一番の功労者でもあるので、不満を抑えて笑みを浮かべた。「子遠、われらの仲ではないか。わざわざ口に出すこともなかろう」

「阿瞞殿を助けるためにわたしは家族を捨て、いまや天涯孤独の身となりました。いかにして報いてもらえるのでしょうか」

許攸が策を捧げにやって来たとき、曹操は幼名を呼ばれて親しみを覚えたが、いまはなぜか耳ざわりだった。曹操は笑顔を作ってうなずいた。「子遠が嫌でなければ、司空《しくう》府の軍師祭酒《ぐんしさいしゅ》についてくれるか」

許攸の眉がぴくんと跳ね上がった。「たかが軍師祭酒ですと？　荀公達《こうたつ》の下について、郭嘉らと肩を並べろというのですか。『われらの仲』にしては扱いがずいぶんと粗略ではありませんか」

「そう言うな」曹操は許攸の手を引いて耳元でささやいた。「おぬしを粗略に扱ったりするものか。軍師祭酒とはいえ、衣食や屋敷、俸禄などは当然ほかの者と異なる」

「なら、よいでしょう」許攸は得意になって喜んだ。「面子、銀子《ぎんす》、女子《おなご》、言ってみれば人生などそれに尽きます！」

二人はそれぞれの思いを胸に、肩を並べて袁紹の寝所に入った。曹操は袁紹の卓の前に座り、何も書かれていない竹簡を取り出すと戦勝報告の上奏を書きはじめた。そばで足を投げ出して座った許攸は昔の話を滔々《とうとう》と語りだした。曹操が何とはなしに相手をしていると、すぐに王必が曹操を探しにやって来て報告した。「俘虜を確認しましたところ、全部で七万あまりになります」

「うむ」曹操は恐るべき早さで上奏文を書きながら、頭も上げずに答えた。

「それから例の沮授ですが……軟禁していた天幕を飛び出し、馬を奪って北へ逃亡を図りました。幸い陣門を出る前に兵士が捕らえております」

「ふんっ」曹操はわざと許攸に一瞥を投げかけてから王必に命じた。「才能があっても役に立たず、かえって手間をかけさせるなら、軍門に引き出して首を刎《は》ねよ！」それから袁紹の寝台を指さした。「わしは今日ここに泊まる。許褚《きょちょ》には急いで仕事を終わらせて護衛に戻るよう伝えよ。それから寝台にある錦の緞子は放りだし、わしのいつもの古い布団に替えさせろ。珍宝や書物も残らず捨ててしまえ。この幕舎はわしのものになったのだ。すべてわしの好みに作り変える」

先ほどは沮授を助けようとした許攸だが、曹操から手厚い待遇を取りつけたいまとなっては、もはやどうでもよかった。そして曹操が沮授に向けた言葉の意味にも気づかぬまま、相変わらず嫌味を口にした。「沮授は気が触れたのではないか。どうせ死ぬ運命、死にたいやつは好きにさせてやればいい」

曹操はすでに勝ち戦を報告する上奏文を書き上げていた。「子遠、ちょっと見てくれ」

「いいですとも」許攸は尻をずらして近づくと、のぞき込むようにして上奏文を読んだ。

大《だい》将軍鄴《ぎょう》侯の袁紹、前《さき》に冀州牧韓馥《きしゅうぼくかんふく》と与《とも》に故《もと》の大司馬劉虞《だいしばりゅうぐ》を立て、刻みて金璽《きんじ》を作り、故の任《じん》長畢瑜《ひつゆ》をして虞に詣《いた》り為に命禄《めいろく》の数《すう》を説かしむ。又紹 臣に書を与えて云う、「鄄《けん》城に都す可《べ》し、当《まさ》に立つ所有るべし」と。擅《ほしいまま》に金銀の印を鋳し、孝廉計吏《こうれんけいり》、皆往《ゆ》きて紹に詣る。従弟の済陰太《さいいんたい》守叙《しゅじょ》紹に書を与えて云う、「今 海内喪《かいだいほろ》び敗れ、天意 実《まこと》に我が家に在り、神応《しんおう》徴《しるし》有るは、当に尊兄に在るべし。南兄の臣下、即位せしめんと欲するも、南兄 言うならく、「年を以てすれば則ち北兄長じ、位を以てすれば則ち北兄重し」と。便《すなわ》ち璽を送らんと欲するも、曹操 道を断つを恐る」と。紹の宗族 累世 国の重恩を受くれども、凶逆無道、乃《すなわ》ち此《ここ》に至る。輒《すなわ》ち兵馬を勒《ろく》し、与に官渡に戦い、聖朝の威に乗じ、紹の大将淳于瓊《じゅんうけい》等八人の首を斬るを得、遂に大いに破り潰《つい》やす。紹と子の譚《たん》とは軽身もて迸走《ほうそう》す。凡《およ》そ首を斬ること七万余級、輜重 財物 巨億なり。

「大将軍にして鄴侯の袁紹は、かつて冀州牧の韓馥とともに、もと大司馬の劉虞を皇帝に擁立しようとして、金の玉璽を拵《こしら》え、もと任県［河北省南部］の県長畢瑜を遣って天命を説かせました。袁紹はわたくしめにも書をよこしてこう申しました。「鄄城［山東省南西部］に都を置くべきだ。擁立すべき方がおられる」と。そして勝手に金銀の印を鋳造し、孝廉や計吏［地方から朝廷へ報告書を運ぶ官吏］は続々と袁紹のもとに集まりました。また、従弟で済陰太守の袁叙も袁紹に書を送り、「いま四海の内は崩壊し、天意はわが袁家にあり、天の示す兆候もまさに貴兄にあります。南兄（袁術）の臣下が南兄を即位させようとしたとき、南兄はこう申しました。『年齢では北兄（袁紹）が上であり、官位でも北兄が重い』と。そこで玉璽を送ろうとしましたが、曹操が道を遮ることを恐れたのです」と伝えました。袁紹の一族は何代にもわたってお国の禄を食《は》んできましたが、その凶逆非道ぶりはこれほどのものでした。そこでわたくしめは兵を率いて官渡で戦い、聖朝のご威光をもって袁紹の将の淳于瓊ら八人の首を斬り、これを徹底的に打ち破りました。袁紹は息子の袁譚と身一つで敗走しました。斬首した者は七万あまり、輜重や財物も莫大な数となりました」

許攸は興味津々で読み進めたが、最後の「凡そ首を斬ること七万余級」という一句を見て、驚きのあまり引っくり返りそうになった。「こ、これは……俘虜を一人残らず殺すのですか」

曹操は不敵な笑みを浮かべた。「連中を生かしておけば大量の兵糧を費やすことになる。かといって放免したのでは、袁紹の捲土重来《けんどちょうらい》を助けることになる。まして連中は沮授と同じく家族を河北に残しているのだ。わざわざ禍根を残すこともなかろう。かつて秦《しん》の白起《はくき》は長平《ちょうへい》［山西省南東部］で趙《ちょう》兵四十万を生き埋めにした。それに比べてこたびは七万、たいしたことではなかろう」

許攸は、凄みを秘めた曹操の笑みを見つめ、背筋に寒気を覚えた——七万人を殺してたいしたことがないだと？——そんなことをいとも簡単に口にする曹操は、先ほど文書を燃やした男とはまるで別人だった。

曹操はすでに若かりし日の心を許し合った友ではない、ここにきてようやく許攸もそのことを理解した。善人を装いながら綿密に謀《はかりごと》をめぐらせる曹操は、袁紹以上に仕えにくい。自分に逆らう者はすべて滅ぼす悪鬼《あっき》、許攸の目にはそう映った……

「子遠、ほかにも手伝ってほしいことがある」

「はい……わが君！」我に返った許攸は思わずそう返事した。

曹操は軍令用の小旗を手渡した。「于禁《うきん》のところへ行って大きく深い穴を掘るよう伝えてくれ。そして人が寝静まってから、河北の俘虜どもを何十人かずつ穴に連れていき……」最後に首を刎ねるそぶりをしてみせた。

「わ、わかりました……」

曹操は許攸の肩をばしんと叩いて不気味に微笑んだ。「残らず始末するよう言いつけてくれ。あとで面倒が起きないようにな……頼みましたぞ、子遠殿！」

「お任せください……」許攸は肩を叩かれた拍子に倒れそうになったが何とか踏み止まると、小旗を抱えておずおずと幕舎を出ていった。曹操はその背中を見送りながら、ようやく満足そうな笑みを浮かべた――金銀財宝など惜しくないが、立場だけはゆるがせにできぬ。何人《なんぴと》たりとも手柄を誇るような真似は許さぬ。揺るぎない威厳を備えてこそ、敵を震え上がらせ、百官を御し、国をうまく治められるのだ――

ほどなくして、許褚が数人の護衛兵とともに小走りで幕舎に入ってきた。袁紹のさまざまな手慰みの品や珍宝を箱に詰めて封をし、錦織りの立派な布団を折り畳んで使い古されたものに取り換えた。曹操は大の字になってその上に寝ころぶと、すぐにまどろみはじめた……官渡の勝利は輝かしい物語の第一章に過ぎない。次の一手で黄河を渡り、落ちぶれた袁紹に追い討ちをかけて河北を平定する。その次は荆州を奪い、江東《こうとう》を平らげ、西涼《せいりょう》を鎮めて、最後に蜀《しょく》を手に入れれば、漢室の天下は必ずや復興できる。そのあとは……曹操はそこで急に目を開けた。嫌な絵が夢に浮かんできたからだ。血文字の記された絹帛《けんぱく》、そこには「この正道に反する逆臣を誅するのみ」とあった。末尾の「耳《のみ》」の最後の一画は縦に長く伸び、いまもまだ血が滴っているようだった……

曹操は胸に手を置いて自問した。いずれすべての戦が終わったとき、自分はどうするべきなのか。政《まつりごと》を天子に返して野に隠れるか。だが、天子にも比肩する威厳を備えたいまとなっては、完全に身を引くこともままなるまい。それでも権力を捨てて、自分に対してわだかまりを抱く皇帝に好き勝手させてやるのか。そんなことをして、また玉帯《ぎょくたい》に密詔が仕込まれたらどうする……

曹操は長らく考え込んでいたが、満足のいく答えは得られなかった。そこで思い切って考えるのをやめ、寝返りを打って再び瞼を閉じた——天下はまだ平定されていない。だが、なるようにしかならないのだ。そんな先々のことで悩んでも仕方がない……二十年前、袁紹と酒を酌《く》み交わしたとき、よもやこのような日が来るとは思いもしなかった。二十年前どころか、去年劉備と酒を煮て英雄を論じたときでさえ、仇同士となって反目するとは思いも寄らなかったではないか。それこそが乱世、すべては時の流れに身を任せるしかない……

参考資料

袁紹《えんしょう》の為に豫《よ》州に檄する文

陳琳

　蓋《けだ》し聞く、明主《めいしゅ》は危うきを図りて以て変を制し、忠臣は難を慮《おもんぱか》りて以て権を立つと。是《ここ》を以て非常の人有りて、然る後に非常の事有り。非常の事有りて、然る後に非常の功を立つ。

　夫《そ》れ非常なる者は、故《もと》より常人の擬《なぞら》える所に非ざるなり。曩者《むかし》彊秦《きょうしん》は弱主《じゃくしゅ》にして、趙高《ちょうこう》柄《へい》を執り、専ら朝権を制し、威福《いふく》己に由《よ》る。時人《じじん》迫脅《はくきょう》せられ、敢えて正言《せいげん》する莫《な》し。終《つい》に望夷《ぼうい》の敗《はい》有り、祖宗《そそう》は焚滅《ふんめつ》せられ、汙辱《おじょく》は今に至り、永く世の鑑《かがみ》と為《な》る。

　呂后《りょこう》の季年《きねん》に臻《いた》るに及び、産《さん》禄《ろく》政《まつりごと》を専らにし、内に二軍を兼ね、外に梁趙《りょうちょう》を統《す》ぶ。万機《ばんき》を擅断《せんだん》し、事を省禁《しょうきん》に決す。下陵《しの》ぎ上替《すた》れ、海内《かいだい》寒心《かんしん》す。是に於いて絳侯《こうこう》朱虚《しゅきょ》、兵を興《おこ》して奮怒《ふんど》し、逆暴《ぎゃくぼう》を誅夷《ちゅうい》し、太宗《たいそう》を尊立《そんりつ》し、故に能《よ》く王道興隆し、光明顕融《けんゆう》たり。此れ則ち大臣《たいしん》権を立つるの明表《めいひょう》なり。

　司空《しくう》曹操、祖父中常侍騰《ちゅうじょうじとう》は左悺《さわん》徐璜《じょこう》と並びに妖孽《ようげつ》を作《な》し、饕餮《とうてつ》放横《ほうおう》にして、化《か》を傷《そこ》ない民を虐《しいた》ぐ。父嵩《すう》は乞匄《きつかい》携養《けいよう》せられ、贓《ぞう》に因《よ》りて位を仮《か》り、金を輿《よ》にし璧《へき》を輦《れん》にし、貨《か》を権門《けんもん》に輸《いた》し、鼎司《ていし》を窃盗し、重器《じゅうき》を傾覆《けいふく》す。操は贅閹《ぜいえん》の遺醜《いしゅう》にして、本《もと》より懿徳《いとく》無く、剽狡《ひょうこう》鋒協《ほうきょう》にして、乱を好み禍《か》を楽しむ。

　幕府鷹揚《ようよう》を董統《とうとう》し、凶逆《きょうぎゃく》を掃除《そうじょ》す。続《つ》いで董卓《とうたく》の官を侵《おか》し国を暴《あら》すに遇う。是に於いて剣を提《ひっさ》げ鼓《こ》を揮《ふる》い、命《めい》を東夏《とうか》に発し、英雄を収羅《しゅうら》し、瑕《か》を棄て用を取る。故に遂に操と諮《し》を同じくし謀《ぼう》を合わせ、授くるに裨師《ひし》を以てし、謂《おも》えらく、其れ鷹犬《ようけん》の才、爪牙《そうが》任ず可《べ》しと。乃ち愚佻《ぐちょう》にも短略《たんりゃく》にして、軽がるしく進み易《たやす》く退くに至《いた》っては、傷夷《しょうい》折衄《せつじく》して、数《しばしば》師徒《しと》を喪《うしな》う。幕府輒《すなわ》ち復《ま》た兵を分かち鋭に命じ、修完《しゅうかん》補輯《ほしゅう》し、表して東郡《とうぐん》を行わしめ、兗州刺史《えんしゅうしし》を領せしめ、被《こうむ》らすに虎文《こぶん》を以てし、奨《すす》めて威柄《いへい》を䞉《ひろ》わしめ、秦師《しんし》一剋《いっこく》の報を獲《え》んことを冀《こいねが》う。而《しか》るに操遂に資《し》を承《う》けて跋扈《ばっこ》し、肆《ほしいまま》に凶忒《きょうとく》を行い、元々《げんげん》を割剝《かっぱく》し、賢を残《そこ》ない善を害す。

故《もと》の九江太守《きゅうこうたいしゅ》辺譲《へんじょう》、英才俊偉《しゅんい》にして、天下に名を知らる。直言正色《せいしょく》にして、論は阿諂《あてん》せず。身首《しんしゅ》梟懸《きょうけん》の誅を被り、妻孥《さいど》灰滅《かいめつ》の咎《とが》を受く。是《これ》より士林《しりん》憤痛《ふんつう》し、民怨《みんえん》弥《いよいよ》重く、一夫《いっぷ》臂《ひ》を奮《ふる》えば、州を挙げて声を同じくす。故に躬《み》徐方《じょほう》に破れ、地呂布《りょふ》に奪われ、東裔《とうえい》に彷徨《ほうこう》し、蹈拠《とうきょ》するに所無し。

幕府幹を強くし枝を弱くするの義を惟《おも》い、且つ叛人《はんにん》の党を登《な》さず、故に復た旌《はた》を援《ひ》き甲を擐《き》て、席捲して起《た》ちて征し、金鼓《きんこ》響振《きょうしん》すれば、布の衆奔沮《ほんそ》す。其の死亡の患《かん》を拯《すく》い、其の方伯《ほうはく》の位を復す。則ち幕府兗土《えんど》の民に徳無く、操に大造《たいぞう》有るなり。

後鸞駕《らんが》旆《はた》を返《かえ》し、群虜《ぐんりょ》寇攻《こうこう》するに会う。時に冀《き》州方《まさ》に北鄙《ほくひ》の警《けい》有り、局を離るるに遑匪《いとまあら》ず。故に従事中郎《じゅうじちゅうろう》叙勛《じょくん》をして、就《つ》きて操を発遣《はっけん》せしめ、郊廟《こうびょう》を繕修《ぜんしゅう》し、幼主《ようしゅ》を翊衛《よくえい》せしむ。操便《すなわ》ち志を放《ほしいまま》にす。専行し脅かして遷《うつ》し、省禁を当御《とうぎょ》す。王室を卑侮《ひぶ》し、法を敗《やぶ》り紀《き》を乱す。坐《い》ながらにして三《さん》台《だい》を領し、専ら朝政を制す。爵賞《しゃくしょう》心に由《よ》り、刑戮《けいりく》口に在り。愛する所五宗《ごそう》を光《かがや》かせ、悪《にく》む所三族《さんぞく》を滅《めっ》す。群談《ぐんだん》する者顕誅《けんちゅう》を受け、腹議《ふくぎ》する者隠戮《いんりく》を蒙《こうむ》る。百寮《ひゃくりょう》口を鉗《つぐ》み、道路に目を以てす。尚書《しょうしょ》朝会を記し、公卿《こうけい》員品《いんぴん》を充《み》たすのみ。

故の太尉楊彪《たいいようひょう》、二司《にし》を典歴《てんれき》し、国を享《う》け位を極む。操皆睚《さいがい》に因縁《いんえん》し、被らするに非罪《ひざい》を以てす。榜楚《ぼうそ》参《まじ》え并《あわ》せ、五毒《ごどく》備《つぶ》さに至る。情に触れて忒《とく》に任せ、憲網《けんもう》を顧《かえり》みず。又議郎《ぎろう》の趙彦《ちょうげん》、忠諫《ちゅうかん》直言《ちょくげん》し、義納る可《い》き有り、是を以て聖朝《せいちょう》含聴《がんちょう》し、容《かたち》を改め飾りを加う。操時明《じめい》を迷わせ奪い、言路《げんろ》を杜絶《とぜつ》せんと欲し、擅《ほしいまま》に収《と》らえて立ちどころに殺し、報聞《ほうぶん》を俟《ま》たず。又梁の孝王《こうおう》、先帝の母昆《ぼこん》にして、墳陵《ふんりょう》尊顕《そんけん》なり。桑梓《そうし》松柏《しょうはく》すら、猶《な》お宜しく粛恭《しゅくきょう》すべし。而るに操吏士《りし》を帥将《すいしょう》し、親《みずか》ら臨みて発掘し、棺を破り尸《し》を裸《はだか》にし、金宝《きんほう》を掠取《りゃくしゅ》す。聖朝をして流涕《りゅうてい》せしめ、士民《しみん》をして傷懐《しょうかい》せしむるに至る。操又特に発丘中郎将《はっきゅうちゅうろうしょう》、摸金校尉《ぼきんこうい》を置き、過《よぎ》る所隳突《きとつ》し、骸《むくろ》の露《あらわ》れざる無し。身は三公《さんこう》の位に処《お》れども、桀虜《けつりょ》の態を行い、国を汙《けが》し民を虐げ、毒人鬼《じんき》に施さる。

加うるに其の細政《さいせい》苛惨《かさん》にして、科防《かぼう》互いに設《もう》けらる。罾繳《そうしゃく》蹊《こみち》に充《み》ち、坑穽《こうせい》路を塞《ふさ》ぐ。手を挙ぐれば網羅《もうら》に挂《か》かり、足を動かせば機陥《きかん》に触《ふ》る。是を以て兗豫に無聊《ぶりょう》の民有り、帝都に吁嗟《うさ》の怨み有り。載籍《さいせき》を歴観《れきかん》するに、無道《むどう》の臣、貪残酷烈《たんざんこくれつ》なるは、操に於いて甚だしと為《な》す。

幕府方に外奸《がいかん》を詰《とい》めたれば、未だ整訓《せいくん》するに及ばず。緒《しょ》を加えて含容《がんよう》し、弥縫《びほう》す可きを冀う。而るに操の豺狼《さいろう》の野心、潜《ひそ》かに禍謀《かぼう》を包み、乃ち棟梁《とうりょう》を摧撓《さいどう》し、漢室を孤弱《こじゃく》にし、忠正《ちゅうせい》を除滅《じょめつ》し、専ら梟雄《きょうゆうた》為らんと欲す。

往者《さき》に鼓を伐《う》ち北のかた公孫瓚《こうそんさん》を征すや、強寇《きょうこう》桀逆《けつぎゃく》にして、囲みを拒《ふせ》ぐこと一年。操其の未だ破れざるに因り、陰《ひそ》かに書命《しょめい》を交《か》わし、外は王師《おうし》を助け、内は相掩襲《えんしゅう》す。故に兵を引きて河に造《いた》り、舟を方《なら》べて北に済《わた》る。会《たまたま》其の行人《こうじん》の発露せしにより、瓚も亦梟夷《きょうい》せらる。故に鋒芒《ほうぼう》挫縮《ざしゅく》し、厥《そ》の図をして果たさざらしむ。

爾《しか》して乃ち大軍 西山《せいざん》を過《よぎ》りて蕩《とう》すれば、屠各《とかく》 左校《さこう》、皆 手を束《つか》ねて質《ち》を奉じ、争って前登《ぜんとう》を為し、犬羊《けんよう》の残醜《ざんしゅう》、山谷《さんこく》に消淪《しょうりん》す。是に於いて操の師 震慴《しんしょう》し、晨夜《しんや》に逋遁《ほとん》し、敖倉《ごうそう》に屯拠《とんきょ》し、河を阻《へだ》てて固《こ》と為し、螳螂《とうろう》の斧を以て、隆車《りゅうしゃ》の隧《すい》を禦《ふせ》がんと欲す。幕府 漢の威霊《いれい》を奉じ、宇宙を折衝す。長戟《ちょうげき》百万、胡騎《こき》千群なり。中黄《ちゅうこう》、育獲《いくかく》の士を奮わせ、良弓《りょうきゅう》 勁弩《けいど》の勢を騁《は》す。幷《へい》州 太行《たいこう》を越え、青州 済《せい》 漯《とう》を渉《わた》る。大軍 黄河に汎《う》かびて其の前に角《つのど》り、荊《けい》州 宛《えん》 葉《しょう》に下りて其の後に掎《あしと》る。雷霆虎歩《らいていこほ》して、並びに虜庭《りょてい》に集まり、炎火《えんか》を挙げて以て飛蓬《ひほう》を焫《や》き、滄海《そうかい》を覆《おお》いて以て熛炭《ひょうたん》として沃《そそ》ぐが若《ごと》し。何の滅せざる者有らんや。

又 操軍の吏士、其の戦う可き者、皆 幽《ゆう》冀より出《い》で、或いは故営《こえい》の部曲《ぶきょく》、咸《みな》 怨曠《えんこう》して帰らんことを思い、流涕して北顧《ほくこ》す。其の余の兗豫の民、及び呂布、張楊《ちょうよう》の遺衆《いしゅう》、覆亡迫脅《ふくぼうはくきょう》せられ、権時《けんじ》苟《かりそめ》に従う。各《おのおの》 創夷《そうい》を被り、人 讎敵《しゅうてき》と為る。若《も》し旆を廻《めぐ》らせて方に徂《ゆ》き、高岡に登りて鼓吹《こすい》を撃ち、素揮《そき》を揚げて以て降路《こうろ》を啓《ひら》かば、必ず土崩《どほう》 瓦解して、刃に血《ちぬ》るを俟たざらん。

方今《ほうこん》 漢室 陵遅《りょうち》し、綱維《こうい》 弛絶《しぜつ》す。聖朝に一介の輔《ほ》も無く、股肱《ここう》に折衝の勢い無し。方畿《ほうき》の内、簡練《かんれん》の臣、皆 頭《こうべ》を垂れて翼を搦《おさ》め、憑恃《ひょうじ》する所莫し。忠義の佐有りと雖《いえど》も、暴虐の臣に脅かされ、焉《いずく》んぞ能く其の節を展《の》べんや。

又 操 部曲の精兵を持つこと七百、宮闕《きゅうけつ》を囲守《いしゅ》するに、外は宿衛《しゅくえい》に託し、内は実に拘執《こうしゅう》す。其の簒《さん》逆《ぎゃく》の萌《きざし》、斯《これ》に因りて作《おこ》らんことを懼《おそ》る。此れ乃ち忠臣の肝脳《かんのう》 地に塗《まみ》ゆるの秋《とき》、烈士《れっし》 功を立つるの会、勖《つと》めざる可けんや。

操 又 命を矯《た》めて制を称し、使を遣《つか》わして兵を発す。辺遠の州郡、過《あやま》り聴きて給与し、寇を強め主を弱め、衆に違《たが》い叛を旅《たす》けんことを恐る。挙げて以て名を喪《うしな》い、天下の笑いと為るは、則ち明哲《めいてつ》取らざるなり。

即日 幽幷青冀の四州並びに進む。書 荆州に到れば、便ち見兵《げんぺい》を勒《ろく》し、建忠《けんちゅう》将軍と声勢を協同す。州郡 各戎馬《じゅうば》を整え、境界に羅落《ららく》し、師を挙げて威を揚げ、並びに社稷《しゃしょく》を匡《すく》わん。則ち非常の功、是に於いて著《あらわ》る。其れ操の首を得し者は、五千戸侯《ごせんここう》に封じ、賞銭《しょうせん》五千万とす。部曲の偏裨《へんぴ》、将校、諸《しょ》吏《り》の降る者は、問う所有る勿《な》からん。

広く恩信《おんしん》を宣《の》べ、符賞《ふしょう》を班揚《はんよう》し、天下に布告し、咸《ことごと》く聖朝に拘逼《こうひょく》の難有るを知らしめん。律令《りつりょう》の如《ごと》くせよ。

［英明なる君主は危機を予測して策を立て、忠臣は難局に出くわして臨機応変な措置を講ずるという。つまり非凡な人物だからこそ、偉業をなせるのである。偉業をなしたからこそ、殊勲が生じるのである。

そもそも偉業は、凡人に真似のできることではない。かつて強大な秦に年若く凡庸で惰弱な君主（二世皇帝胡亥《こがい》）が即位したとき、趙高が実権を握って朝廷を取り仕切り、威福をほしいままにした。このため当時の者たちは震え上がり、直言しようとしなかった。結局、二世皇帝は望夷宮で身を滅ぼし、宗廟《そうびょう》はすっかり破壊され、悪名はいまに至るまで伝えられ、永く世の教訓となっている。

呂后（前漢《ぜんかん》の皇后）の晩年になってから、呂産《りょさん》、呂禄《りょろく》が政権を握り、内では南軍、北軍を統べ、外では梁、趙の二国を領した。政務の全般をほしいままに取り仕切り、禁中で決定を下した。臣下が君主を凌《しの》いで君主が権威を失ったため、天下の者たちは不安で心を凍らせた。そこで絳侯（周勃《しゅうぼつ》）と朱虚侯（劉章《りゅうしょう》）が挙兵して怒りを震わせ、逆賊を討伐し、太宗（文《ぶん》帝）を即位させ、これにより王道は隆盛し、光明が燦然と輝いた。

これこそ重臣が臨機応変な措置を講じた手本にほかならない。

司空の曹操の祖父である中常侍の曹騰は、左悺、徐璜とともに禍《わざわい》を引き起こし、思うがままに貪欲の限りを尽くし、腐敗をもたらして民を苦しめた。父の曹嵩は、曹騰に引き取られて養子となり、賂《まいない》によって官位を手に入れ、金子《きんす》と宝玉を運び、権門に贈り、三公の位を密かに盗み、天下に不正を蔓延させた。曹操は宦官の醜悪な子孫であり、もとより立派な徳は持ち合わせておらず、狡猾で気が短く、動乱や禍を好む輩である。

幕府（袁紹《えんしょう》）はかつて勇猛な兵を率い、凶悪な宦官を一掃した。続いて董卓が百官を押さえつけて国を乱した。そこで剣を引っ提げて陣太鼓を打ち鳴らし、命を東方（勃海《ぼっかい》）より発し、英雄豪傑を味方に引き入れ、欠点には目をつぶって取り立てた。このため曹操とともに策略を立て、一部の部隊を与えたのだが、それは曹操の鷹犬のごとき才が、部下としての役割を果たせると考えたからである。ところが、曹操は愚かにもつまらない策を取って、軽々しく軍を進めてはたやすく退き、手痛い敗戦を喫し、しばしば兵を失った。幕府はそのたびに精鋭を分け与え、軍を立て直してやったうえ、天子に上表して東郡太守に任じ、兗州刺史を兼ねさせ、虎の紋様の羽織り物をまとわせ、威光と権力を備えさせたのだが、それは春秋時代に秦軍がたび重なる敗北ののち勝利して恩に報いたことに倣《なら》いたいと強く願ったからである。しかし、曹操はそれらを手にするとのさばり出し、残忍な所業もためらうことなく行い、民から搾り取り、賢人や善人を殺《あや》めた。

もとの九江太守の辺讓は、群を抜く才人で、天下にその名を知られていた。歯に衣着せず直言し、へつらうところがなかった。そのため曹操にさらし首にされ、妻子は皆殺しにされた。このことがあってから士《し》人《じん》たちは憤慨し嘆き悲しみ、民の恨みはますます募り、一人の男が腕を振り上げて曹操打倒を呼びかけると、一州こぞって応じた。このため曹操は徐州で敗れ、土地は呂布に奪われ、東の辺地をさまよい、身を寄せる場所もなくなった。

幕府には中央集権を図るべきだという考えがあり、また謀反人（呂布）には与《くみ》しない立場から、再び軍旗を掲げて鎧を身にまとい、片っ端から討伐に乗り出し、陣太鼓を鳴り響かせたところ、呂布軍は潰走した。こうして曹操を崖っぷちから救い出し、兗州刺史の地位を回復させてやった。結果として、幕府は兗州の民に恩恵を施さず、曹操に大きな成果を挙げさせてしまった。

のちに天子の御車《みくるま》が洛陽へ戻るに際して、奸賊《かんぞく》（李傕《りかく》や郭汜《かくし》ら）が攻めてきた。冀州ではちょうど北方が危険な状態にあり、離れる余裕がなかったので、従事中郎の徐勛を曹操のもとに遣わし、曹操を出軍させ、郊廟の修繕と、若き天子の警護に当たらせた。ところが、曹操は洛陽に着くと勝手気ままに独断専行した。天子を脅して許《きょ》県へと遷都させ、禁中の諸事を取り仕切った。帝室を蔑《ないがし》ろにし、法を破り綱紀を乱した。居ながらにして三台（尚書《しょうしょ》、御史台《ぎょしだい》、謁者台《えっしゃだい》）に指図するなど、朝政を壟断した。封爵、恩賞を気分次第で与え、刑罰を法によらず執り行った。寵愛する者には高祖父から孫まで栄誉を与え、憎悪する者は三族を皆殺しにした。群れて論じる者は公然と誅殺し、腹のなかで批判する者は密かに殺めた。そこで百官は口を閉ざし、道で行き会うに際して目配せで不満を伝え合うのみとなった。尚書は朝議の記録係に成り下がり、三公、九卿《きゅうけい》は席を温めるだけになった。

もとの太尉の楊彪は司空、司徒《しと》を歴任し、封土を授かって位人臣を極めた。しかし、曹操は些細な恨みによって濡れ衣を着せた。鞭打ちと棒叩きの刑を併せて行い、全身ことごとく痛めつけた。感情の赴くままにでたらめに刑罰を科し、法を顧みなかった。議郎の趙彦の諫言は、忠心により真っ当だったので、天子も耳を傾け、褒美を与えた。しかし、曹操は時世を惑わし、天子への上奏の道を閉ざそうと、勝手に趙彦を捕えて即座に殺し、天子に報告すらしなかった。また梁の孝王は、先帝（前漢の景帝《けい》）の弟であり、その陵墓は大いに尊ばれるべきものである。陵墓に植わっている桑、梓、松、側柏《このてがしわ》ですら、恭《うやうや》しく扱われるべきである。ところが、曹操は役人を引き連れ、自ら陵墓の盗掘に立ち会い、棺を打ち壊して遺体を裸にし、金銀や宝物を掠《かす》め取った。このため天子は涙を流し、士人や民も痛み悲しんだ。さらに曹操はわざわざ発丘中郎将（陵墓の発掘を司る官）や摸金校尉（金銀の捜索を司る官）を設け、通りかかった陵墓をすべて破壊し、遺体を野にさらした。その身は三公にありながら、悪人の所業をなし、お国と民に禍を与え、死者をも害したのである。

そのうえ細かく煩雑な法はむごく厳しく、禁令も補完的に設けられた。四手網《よつであみ》と矰繳《いぐるみ》で小道をいっぱいにし、落とし穴を道のあちこちに掘ったかのように、法の網を張りめぐらした。このため手を上げれば網に引っかかり、足を動かせば落とし穴に嵌《は》まるありさまである。かくして兗州と豫州の民は鬱々として楽しまず、都には怨嗟《えんさ》の声が上がった。古今の書物をあまねく見ても、曹操ほど人の道を外れた臣下はおらず、これほど無慈悲で容赦のない者はいない。

幕府はちょうど外敵（公孫瓚）を問いただすことに追われ、曹操を教え導く余裕がなかった。寛大な心で目をつぶり、曹操が自分で誤りを改め正すことを期待した。ところが、曹操の豺《やまいぬ》や狼のような凶暴な心根は変わらず、密かに謀反の策謀を抱き、国の柱石となる重臣を陥れ、漢室を孤立させ、忠臣を根絶やしにし、自ら英雄になろうとした。

先ごろ、幕府は陣太鼓を打ち鳴らして北へ向かい公孫瓚を討伐しようとしたが、公孫瓚は手強く悪賢く、わが軍の包囲に抵抗すること一年に及んだ。曹操は公孫瓚がなかなか敗れないのをいいことに、密かに公孫瓚と文書を交わし、表向きは官軍（袁紹軍）を救援すると見せかけ、実際にはわが軍を急襲しようとした。それゆえ軍を率いて黄河に到達し、軍船《いくさぶね》を並べて北に渡った。しかし、たまたま曹操の使者がわが方に捕まってその陰謀が発覚し、公孫瓚も誅殺された。このため曹操の鋭気はくじかれ、その陰謀も未遂に終わった。

そしてわが大軍が西山（鹿腸山《ろくちょうざん》）に着いて賊を掃討すると、屠各（匈奴の一部族）や左校（黒山《こくざん》賊の一人）が帰順して人質を差し出し、我先にと先陣を務め、蛮族の残党は山谷のなかで滅んだ。そこで曹操軍は震え上がり、昼夜を継いで逃走し、敖倉（河南省中部）に駐屯し、黄河を隔てて陣を固めたが、それは蟷螂《かまきり》が斧を振り上げ、大軍の進撃を阻もうとするようなものである。幕府は漢の威光を背に、満天下で敵の矛先をくじかんとしている。百万の矛を持った兵士、一千の異民族の騎兵部隊が駆けつけている。中黄、夏育《かいく》、烏獲《うかく》（いずれも古代の勇士）のような勇士を奮い立たせ、弓弩《きゅうど》のような勢いを発揮させている。并州の軍が太行山を越え、青州の軍が済水《せいすい》と漯水《とうすい》を渡り、冀州の大軍が黄河に軍船を浮かべて敵の前方に当たっているあいだに、荊州の軍が宛県や葉県に動いて曹操の背後を脅かす。雷鳴を轟かせて猛虎が歩むような威武を張りつつ、敵地に集結し、その勢いはあたかも盛んに燃え上がる火が枯れた蓬《よもぎ》を焼き、火の粉が大海を覆いつくすようなものである。どうして曹操を滅ぼせないことがあろうか。

そのうえ曹操軍の役人たちのうち、戦力となる者は押しなべて幽州と冀州の出で、なかには幕府の配下だった者もおり、彼らはみな久しく家族と離れて帰郷を強く望み、涙を流して北方の地を恋しく思っている。そのほかの兗州、豫州の出の者や呂布、張楊の残党も、主君が討たれてから脅されて一時的に服従しているに過ぎない。それぞれ負傷し、誰しも曹操を敵視している。もし軍旗を押し立てて軍を進め、高地に登って陣太鼓を打ち鳴らし、彼らが白旗を掲げて投降する道を開けてやったならば、必ずや曹操軍は崩壊し、一戦交えるまでもないであろう。

いまや漢室は衰え、天下の綱紀は弛み廃れている。朝廷に天子を輔弼《ほひつ》する者は一人もおらず、股肱の臣には逆賊を打ち砕く力がない。畿内にいる選《よ》りすぐりの臣下は、みな意気消沈して恃《たの》みにできない。忠臣がいても暴虐な臣（曹操）に脅かされ、どうしてその節義を全うできよう。

また曹操は配下の精鋭七百により、宮殿の守りを固め、表向きは警護と称するも、実は天子を拘禁しており、これが簒奪の萌芽になると懸念される。いまこそ忠臣は肝脳を地にまみれさせても戦うときであり、烈士が功名を立てるまたとない機会である。忠臣たるものは勉励《べんれい》せずにおれようか。

曹操はそのうえ勅命を偽って朝政を掌握し、使者を遣わして兵を徴発している。都から遠い州や郡では、偽りの勅命を信じて兵を差し出し、逆賊の勢力を強くして天子の力を弱め、民の気持ちに背いて謀反人を助けることになりはしないか恐れている。出兵によって名を汚し、天下の笑いものとなるのは、賢明な者のすべきことではない。

近いうちに、幽、幷、青、冀の四州がともに軍を進める。荊州も檄文を手にすれば、直ちに手元の兵を率い、建忠将軍（張繡《ちょうしゅう》）と協力する態勢を取る。そのほかの州や郡もそれぞれ兵馬を調え、州境や郡境に並べ、曹操討伐の軍を起こして気勢を上げ、ともにお国の窮地を救うであろう。そうすれば殊勲が生じる。曹操の首級《しるし》を挙げた者は五千戸を領する列侯《れっこう》に封じ、褒美五千万銭を与えよう。曹操軍の部隊長、将校、諸官で降伏する者は、これを罪に問わない。

ここに広く恩徳と信義に基づき、軍書《ぐんしょ》と賞賜《しょうし》を天下に布告し、天子が曹操に拘禁されている大難を知らしめる。この檄文をお国の法と心得よ」

主な登場人物　（　）内は字《あざな》

曹操《そうそう》（孟徳《もうとく》）　幼名は阿瞞《あまん》。司空《しくう》など歴任
荀彧《じゅんいく》（文若《ぶんじゃく》）　尚書令《しょうしょれい》など歴任
荀攸《じゅんゆう》（公達《こうたつ》）　曹操軍の軍師《ぐんし》
郭嘉《かくか》（奉孝《ほうこう》）　曹操軍の軍師祭酒《ぐんしさいしゅ》
董昭《とうしょう》（公仁《こうじん》）　河南尹《かなんいん》など歴任
程昱《ていいく》（仲徳《ちゅうとく》）　兗《えん》州の軍事を監督
曹洪《そうこう》（子廉《しれん》）　曹操配下の将、諫議大夫《かんぎたいふ》など歴任
曹仁《そうじん》（子孝《しこう》）　曹操配下の将、厲鋒校尉《れいほうこうい》など歴任
曹純《そうじゅん》（子和《しわ》）　曹操の親衛騎兵の虎豹騎《こひょうき》を率いる
夏侯惇《かこうとん》（元譲《げんじょう》）　曹操配下の将、建武《けんぶ》将軍など歴任
夏侯淵《かこうえん》（妙才《みょうさい》）　曹操配下の将
丁沖《ていちゅう》（幼陽《ようよう》）　司隷校尉《しれいこうい》など歴任
任峻《じんしゅん》（伯達《はくたつ》）　曹操の従妹《いとこ》の夫。兵糧の調達を担当
楽進《がくしん》（文謙《ぶんけん》）　曹操の配下の将
朱霊《しゅれい》（文博《ぶんはく》）　曹操の配下の将

万潜《ばんせん》（不詳）　兗《えん》州刺史《しし》など歴任
劉岱《りゅうたい》（公山《こうざん》）　司空府の長史〔次官〕
毛玠《もうかい》（孝先《こうせん》）　司空府の東曹掾《とうそうえん》など歴任
満寵《まんちょう》（伯寧《はくねい》）　許都令《きょとれい》など歴任
薛悌《せってい》（孝威《こうい》）　泰山太守《たいざんたいしゅ》など歴任
李典《りてん》（曼成《まんせい》）　離狐《りこ》太守など歴任
許褚《きょちょ》（仲康《ちゅうこう》）　都尉《とい》として曹操を護衛
繁欽《はんきん》（休伯《きゅうはく》）　司空府の掾属《えんぞく》〔補佐官〕
衛覬《えいき》（伯儒《はくじゅ》）　治書侍御史《ちしょじぎょし》など歴任
武周《ぶしゅう》（伯南《はくなん》）　曹操の配下で張遼《ちょうりょう》の護軍《ごぐん》など歴任
呂虔《りょけん》（子恪《しかく》）　泰山都尉《たいざんとい》
鍾繇《しょうよう》（元常《げんじょう》）　司隷校尉《しれいこうい》など歴任
孔融《こうゆう》（文挙《ぶんきょ》）　少府《しょうふ》など歴任
袁紹《えんしょう》（本初《ほんしょ》）　大《だい》将軍など歴任
沮授《そじゅ》（不詳）　袁紹軍の監軍《かんぐん》〔総司令官〕など歴任

郭図《かくと》（公則《こうそく》）　袁紹軍の都督《ととく》〔司令官〕など歴任
田豊《でんほう》（元皓《げんこう》）　袁紹の幕僚
許攸《きょゆう》（子遠《しえん》）　袁紹の幕僚
逢紀《ほうき》（元図《げんと》）　袁紹の幕僚
陳琳《ちんりん》（孔璋《こうしょう》）　袁紹の幕僚
張郃《ちょうこう》（儁乂《しゅんがい》）　袁紹配下の将
袁術《えんじゅつ》（公路《こうろ》）　仲《ちゅう》王朝の皇帝を自称
孫策《そんさく》（伯符《はくふ》）　袁術配下の将から独立
劉勲《りゅうくん》（子台《しだい》）　袁術が任じた廬江《ろこう》太守
劉表《りゅうひょう》（景升《けいしょう》）　荊《けい》州牧など歴任
張繍《ちょうしゅう》（不詳）　南陽《なんよう》の穣《じょう》県一帯に駐屯
賈詡《かく》（文和《ぶんわ》）　張繍の幕僚
公孫瓚《こうそんさん》（伯珪《はくけい》）　前《ぜん》将軍など歴任
呂布《りょふ》（奉先《ほうせん》）　左《さ》将軍など歴任
陳宮《ちんきゅう》（公台《こうだい》）　呂布の幕僚
張遼《ちょうりょう》（文遠《ぶんえん》）　呂布配下の将
陳登《ちんとう》（元竜《げんりゅう》）　広陵《こうりょう》太守など歴任
陳矯《ちんきょう》（季弼《きひつ》）　広陵郡の功曹《こうそう》

袁渙《えんかん》（曜卿《ようけい》）　劉備によって茂才《もさい》に挙げられてのち、
袁術や呂布に仕える
袁敏《えんびん》（不詳）　袁渙の従弟《いとこ》
劉備《りゅうび》（玄徳《げんとく》）　豫《よ》州牧《ぼく》など歴任
関羽《かんう》（雲長《うんちょう》）　劉備配下の将
張飛《ちょうひ》（益徳《えきとく》）　劉備配下の将
麋竺《びじく》（子仲《しちゅう》）　嬴《えい》郡太守
麋芳《びほう》（子方《しほう》）　彭城《ほうじょう》国の相《しょう》
陳羣《ちんぐん》（長文《ちょうぶん》）　徐《じょ》州の別駕従事《べつがじゅうじ》
陳紀《ちんき》（元方《げんほう》）　尚書令など歴任
臧覇《ぞうは》（宣高《せんこう》）　徐州琅邪《ろうや》国の独立勢力
劉璋《りゅうしょう》（季玉《きぎょく》）　益《えき》州牧《ぼく》
献《けん》帝　劉協《りゅうきょう》　皇帝〔西暦一八九～二二〇年在位〕
鄭玄《じょうげん》（康成《こうせい》）　経学者
国淵《こくえん》（子尼《しじ》）　鄭玄の弟子
卞《べん》氏　曹操の側室
卞秉《べんぺい》（不詳）　卞氏の弟
丁《てい》氏　曹操の正妻

主な官職

中央官

大将軍《だいしょうぐん》　非常設の最高位の将軍

三公《さんこう》

太尉《たいい》　軍事の最高責任者で、三公の筆頭

司徒《しと》　民生全般の最高責任者

司空《しくう》　土木造営などの最高責任者

九卿《きゅうけい》

太常《たいじょう》　祭祀などを取り仕切る

光禄勲《こうろくくん》　皇帝を護衛し、宮殿禁門のことを司る

虎賁中郎将《こほんちゅうろうしょう》　皇宮《こうぐう》に宿衛《しゅくえい》する虎賁を率いる

騎都尉《きとい》　もとは羽林の騎兵を監督、のち叛逆者の討伐に当たる

謁者僕射《えっしゃぼくや》　朝廷の儀礼、使命の伝達を司るとともに、動乱を起こした官を慰撫することもある

議郎《ぎろう》　皇帝の諮詢に対して意見を述べる

衛尉《えいい》　宮門の警衛《けいえい》などを司る
太僕《たいぼく》　皇帝の車馬や牧場などを司る
廷尉《ていい》　裁判などを司る
大鴻臚《だいこうろ》　諸侯王と帰服した周辺民族を管轄する
宗正《そうせい》　帝室と宗室《そうしつ》の事務、および領地を与えて諸侯王に封ずることを司る
大司農《だいしのう》　租税と国家財政を司る
少府《しょうふ》　帝室の財政、御物などを司る
執金吾《しつきんご》　近衛兵を率いて皇宮《こうぐう》と都を警備する
侍中《じちゅう》　皇帝のそばに仕え、諮詢に対して意見を述べる
　黄門侍郎《こうもんじろう》　皇帝のそばに仕え、尚書の事務を司る士人《しじん》
録尚書事《ろくしょうしょじ》　尚書《しょうしょ》を束ねて万機《ばんき》を統《す》べる。国政の最高責任者が兼務する
尚書令《しょうしょれい》　尚書台の長官
　尚書僕射《しょうしょぼくや》　尚書令を補佐する
　尚書《しょうしょ》　上奏の取り扱い、詔書の作成から官吏の任免まで、行政の実務を担う
御史中丞《ぎょしちゅうじょう》　官吏の監察、弾劾を司る
　治書侍御史《ちしょじぎょし》　優秀な侍御史《じぎょし》から選ばれ、難度の高い案件を担当する
　侍御史《じぎょし》　官吏を監察、弾劾する

武官

驃騎《ひょうき》将軍　大将軍に次ぐ将軍位
車騎《しゃき》将軍　驃騎将軍に次ぐ将軍位
衛《えい》将軍　車騎将軍に次ぐ将軍位
後《こう》将軍　衛将軍に次ぐ将軍位
左《さ》将軍　衛将軍に次ぐ将軍位
北軍中侯《ほくぐんちゅうこう》　北軍《ほくぐん》の五営《ごえい》を監督する
　屯騎《とんき》校尉　宿衛《しゅくえい》の騎兵を指揮する
　歩兵校尉《ほへいこうい》　上林苑《じょうりんえん》の駐屯兵を指揮する
　越騎校尉《えっきこうい》　越騎を指揮する
　長水校尉《ちょうすいこうい》　長水と宣曲《せんきょく》の胡騎《こき》を指揮する
司馬《しば》　将軍の属官

地方官

司隷校尉《しれいこうい》　京畿地方の治安維持、同地方と中央の百官を監察する
州牧《しゅうぼく》　州の長官。郡県官吏の監察はもとより、軍事、財政、司法の権限も有する
刺史《しし》　州の長官。もとは郡県官吏の監察官
　別駕従事《べつがじゅうじ》　刺史の巡察に随行する属官

従事《じゅうじ》　刺史の属官
河南尹《かなんいん》　洛陽《らくよう》を含む郡の長官
国相《こくしょう》　諸侯王の国における実務責任者
太守《たいしゅ》　郡の長官。郡守ともいわれる
都尉《とい》　属国《ぞっこく》などの治安維持を司る武官
県令《けんれい》　県の長官
県長《けんちょう》　一万戸以下の小県の長官
功曹《こうそう》　郡や県の属官で、郡吏や県吏の任免賞罰などを司る

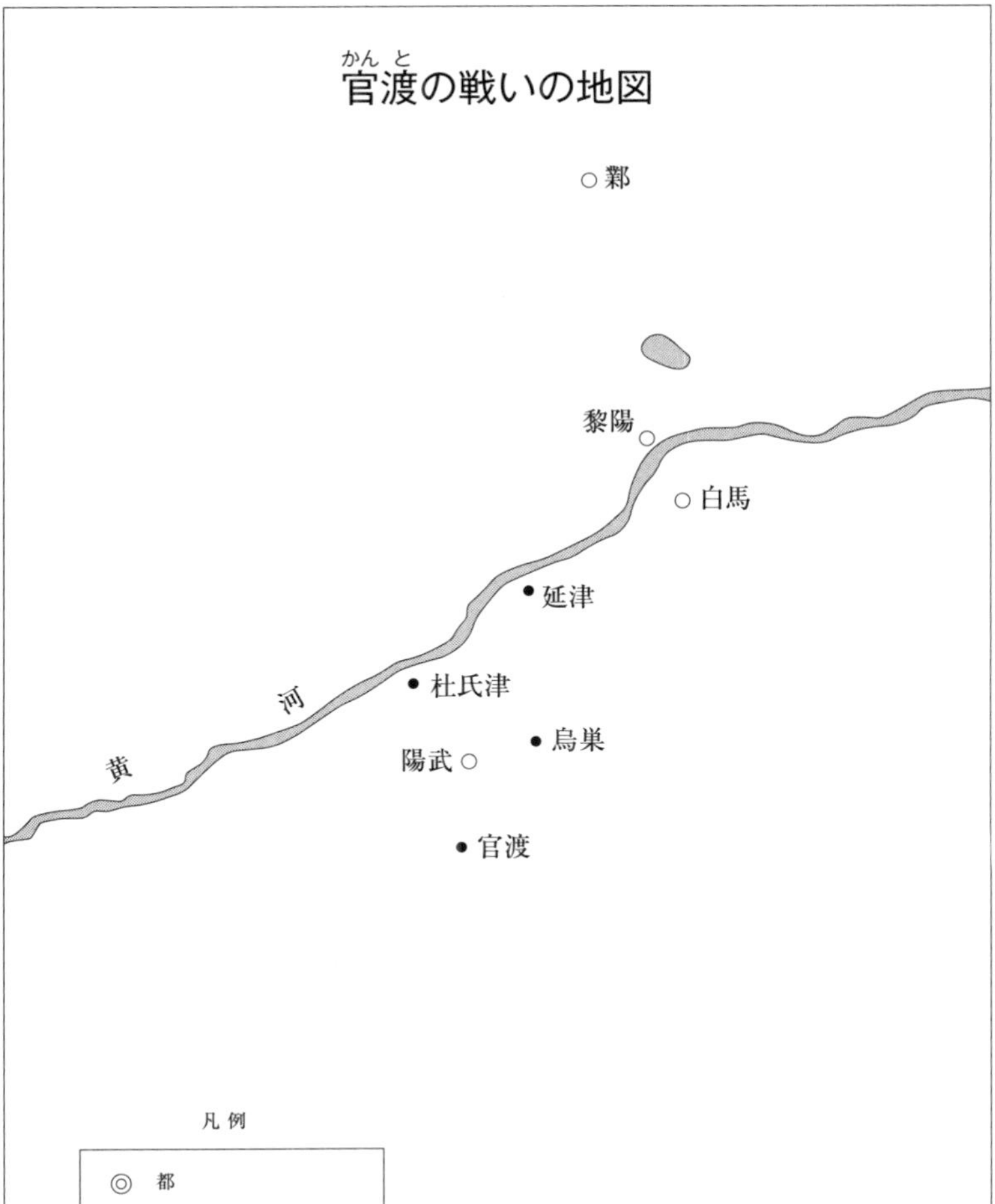

官渡《かんと》の戦いの地図
鄴
黎陽
白馬
延津
杜氏津
烏巣
陽武
官渡
黄
河
凡例
都
一部の県
一部の主要地
許都
0km
50km

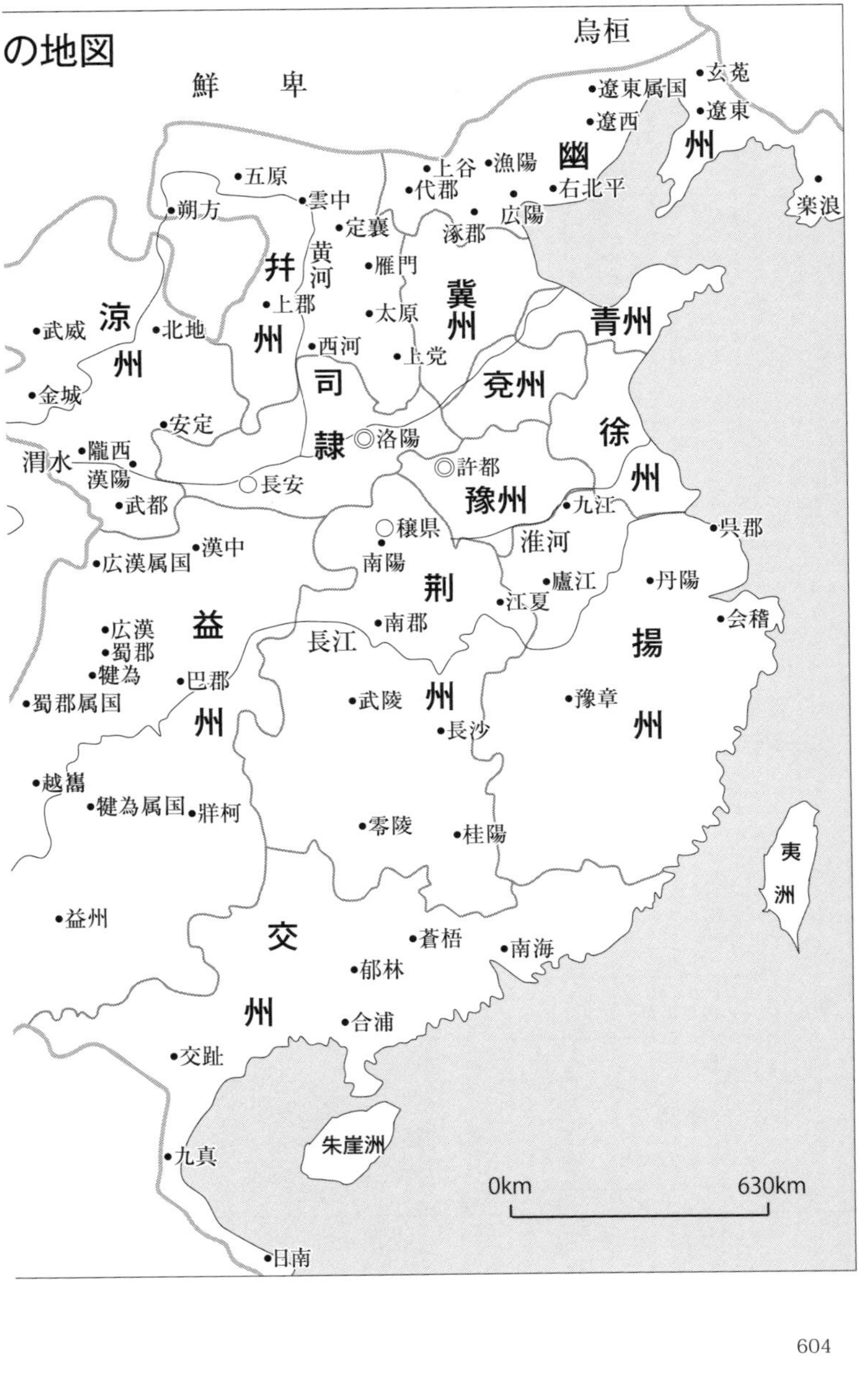
の地図
烏桓
鮮卑
玄菟
遼東属国
遼東
遼西
幽州
楽浪
五原
雲中
朔方
定襄
上谷
漁陽
代郡
右北平
広陽
涿郡
黄河
雁門
并州
冀州
涼州
武威
北地
上郡
太原
青州
西河
上党
金城
司隷
兗州
安定
洛陽
徐州
渭水
隴西
漢陽
許都
長安
豫州
九江
武都
穣県
淮河
呉郡
南陽
漢中
広漢属国
荊州
廬江
丹陽
江夏
会稽
益州
広漢
南郡
長江
揚州
蜀郡
犍為
巴郡
蜀郡属国
武陵
豫章
長沙
越巂
犍為属国
牂柯
零陵
桂陽
夷洲
益州
交州
蒼梧
南海
郁林
合浦
交趾
朱崖洲
九真
日南
0km
630km

後漢時代
張掖居延属国
西域長史
敦煌
酒泉
張掖
西羌
永昌
凡例
◎ 都
太字 州
• 郡、国、属国（司隷、冀州、青州、兗州、豫州、徐州以外）
○ 主要地、一部の県
—— 州界

後漢時代の司隷《しれい》の地図
并州
冀州
涼州
司
隷
河東
河内
兗州
河
黄
左馮翊
右扶風
孟津
河南尹
滎陽
中牟
洛陽
函谷関
渭水
長安
京兆尹
弘農
豫州
凡例
◎ 都
太字 州
無印 郡
○ 主要地、一部の県
州界
郡界
益州
荊州
0km
100km

後漢時代の冀《き》州、青《せい》州、兗《えん》州、豫《よ》州、徐《じょ》州の地図
幽州
中山国
常山国
易京
河間国
勃海
安平国
并州
泰山
冀州
鉅鹿
趙国
清河国
平原国
楽安国
東萊
済南国
斉国
青州
北海国
鄴県
魏郡
東
済北国
濮陽
頓丘
兗州
嬴郡
泰山
司
隷
東郡
東平国
至洛陽
黄河
済陰
魯国
山陽
任城国
琅邪国
酸棗
陳留
小沛（沛県）
徐州
凡例
◎ 都
太字 州
無印 郡、国
○ 一部の県
州界
郡、国界
長社
梁国
彭城国
東海
潁川
許都
陳国
譙県
沛国
下邳
西華
荊州
豫州
汝南
淮河
下邳国
広陵
揚州
長江
0km
150km

●著者

王 暁磊（おう ぎょうらい）

歴史作家。中国在住。『後漢書』、『正史 三国志』、『資治通鑑』はもちろんのこと、曹操に関するあらゆる史料を10年以上にわたり、まさに眼光紙背《がんこうしはい》に徹するまで読み込み、本書を完成させた。曹操の21世紀の代弁者を自任する。著書にはほかに『武則天』（全6巻）などがある。

●監訳者、訳者

後藤 裕也（ごとう ゆうや）

1974年生まれ。関西大学大学院文学研究科中国文学専攻博士課程後期課程修了。博士（文学）。現在、関西大学非常勤講師。専門は中国近世白話文学。著書に『語り物「三国志」の研究』（汲古書院、2013年）、『武将で読む 三国志演義読本』（共著、勉誠出版、2014年）、訳書に『中国古典名劇選Ⅱ』（共編訳、東方書店、2019年）、『中国文学史新著（増訂本）中巻』（共訳、関西大学出版部、2013年）などがある。

●訳者

岡本 悠馬（おかもと ゆうま）

1983年、兵庫県神戸市生まれ。神戸市外国語大学中国学科卒業。在上海日本国総領事館勤務（外務省在外公館派遣員）を経て、鍼灸師となる。臨床治療と並行して神戸市外国語大学非常勤講師、大阪大学医療通訳養成コース講師などを歴任。現在、群馬県の鍼灸養気院・副院長。著書に『キクタン中国語【上級編】』（共著、アルク、2013年）、訳書に『海角七号 君想う、国境の南』（共訳、徳間書店、2009年）などがある。

川合 章子（かわい しょうこ）

1988年、佛教大学文学部東洋史科卒業。郵便局勤務を経て、武漢大学と北京文科大学に留学（公費留学生）。1994年より翻訳者、歴史ライター。訳書に『泡沫の夏３』（新書館、2014年）、『原典抄訳「三国志」（上、下）』(講談社＋α文庫、2009年)、『封神演義 中国原典抄訳版』（講談社＋α文庫、1998年）、著書に『時代を切り開いた世界の10人 第4巻』（学研、2014年）、『あらすじでわかる中国古典「超」入門』（講談社、2006年）などがある。

曹操　卑劣なる聖人　第五巻
2021 年 4 月 10 日　初版第 1 刷　発行

著者　王 暁磊
監訳者、訳者　後藤 裕也
訳者　岡本 悠馬、川合章子
装丁者　大谷 昌稔
装画者　菊馳 さしみ
地図作成　閏月社
発行者　大戸 毅
発行所　合同会社 曹操社
〒 344 － 0016　埼玉県春日部市本田町 2 － 155
電話 048（716）5493　FAX048（716）6359
発売所　株式会社 はる書房
〒 101 － 0051　東京都千代田区神田神保町 1 － 44 駿河台ビル
電話 03（3293）8549　FAX03（3293）8558
印刷・製本　中央精版印刷株式会社

ISBN 978-4-910112-04-6